EX LIBRIS

THE TRAGEDIES OF
WILLIAM SHAKESPEARE

U0121013

后浪插图珍藏版

THE TRAGEDIES OF
WILLIAM SHAKESPEARE

莎士比亚悲剧集

[英]威廉·莎士比亚 著　[英]H.C.塞卢斯 绘
朱生豪 译　叶紫 校

江苏凤凰文艺出版社

图书在版编目（CIP）数据

莎士比亚悲剧集：插图珍藏版 /（英）威廉·莎士
比亚（William Shakespeare）著；（英）H.C. 塞卢斯
(H. C. Selous) 绘；朱生豪译 . —— 南京：江苏凤凰文
艺出版社，2023.1（2024.5 重印）

ISBN 978-7-5594-5219-1

Ⅰ . ①莎… Ⅱ . ①威… ② H… ③朱… Ⅲ . ①悲剧 –
剧本 – 作品集 – 英国 – 中世纪 Ⅳ . ① I561.33

中国版本图书馆 CIP 数据核字 (2022) 第 168599 号

莎士比亚悲剧集（插图珍藏版）

［英］威廉·莎士比亚 著　　［英］H.C. 塞卢斯 绘　朱生豪 译　叶紫 校

策　划　尚　飞

责任编辑　曹　波

特约编辑　俞延澜

装帧设计　墨白空间·Yichen

出版发行　江苏凤凰文艺出版社

　　　　　南京市中央路 165 号，邮编：210009

网　　址　http://www.jswenyi.com

印　　刷　河北中科印刷科技发展有限公司

开　　本　880 毫米 × 1230 毫米　1/32

印　　张　24.625

字　　数　485 千字

版　　次　2023 年 1 月第 1 版

印　　次　2024 年 5 月第 4 次印刷

书　　号　ISBN 978-7-5594-5219-1

定　　价　138.00 元

江苏凤凰文艺版图书凡印刷、装订错误，可向出版社调换，联系电话 025 - 83280257

目 录

罗密欧与朱丽叶

ROMEO & JULIET

剧中人物

爱斯卡勒斯 / 维洛那亲王

帕里斯 / 少年贵族，亲王的亲戚

蒙太古
凯普莱特 } 互相敌视的两家家长

罗密欧 / 蒙太古之子

茂丘西奥 / 亲王的亲戚
班伏里奥 / 蒙太古之侄 } 罗密欧的朋友

提伯尔特 / 凯普莱特之侄

劳伦斯神父 / 法兰西斯派教士

约翰神父 / 与劳伦斯同门的教士

鲍尔萨泽 / 罗密欧的仆人

山普孙
葛莱古里 } 凯普莱特的仆人

彼得 / 朱丽叶乳媪的从仆

亚伯拉罕 / 蒙太古的仆人

卖药人

乐工三人

茂丘西奥的侍童

帕里斯的侍童

蒙太古夫人

凯普莱特夫人

朱丽叶 / 凯普莱特之女

朱丽叶的乳媪

维洛那市民；两家男女亲属；跳舞者、卫士、巡丁及侍从等

致辞者

地点

维洛那；第五幕第一场在曼多亚

开场诗

致辞者上。

故事发生在维洛那名城，
有两家门第相当的巨族，
累世的宿怨激起了新争，
鲜血把市民的白手污渎。
是命运注定这两家仇敌，
生下了一双不幸的恋人，
他们的悲惨凄凉的殒灭，
和解了他们交恶的尊亲。
这一段生生死死的恋爱，
还有那两家父母的嫌隙，
把一对多情的儿女杀害，
演成了今天这一本戏剧。
交代过这几句挈领提纲，
请诸位耐着心细听端详。（下）

第一幕

第一场

维洛那。广场

山普孙及葛莱古里各持盾剑上。

山普孙　　　葛莱古里，咱们可真的不能让人家当作苦力一样欺侮。

葛莱古里　　对，咱们可不能随便给人欺侮。

山普孙　　　我说，咱们要是发起脾气来，就会拔刀子动武。

葛莱古里　　是啊，你可别把脖子缩进领口里去。

山普孙　　　我一动性子，我的家伙可是不认人的。

葛莱古里　　可你是不大容易动性子的。

山普孙　　　我见了蒙太古家的狗子就生气。

葛莱古里　　有胆量的，生了气就该站住不动；逃跑的不是好汉。

山普孙　　　我见了他们家的狗子，就会站住不动；蒙太古家的男男女女，要是碰到了我，我就往街边的墙上一靠，让他们没有好路可走。

葛莱古里	那就说明你只是个软骨头的奴才；只有最没出息的人才会往墙上去靠。
山普孙	没错，所以天生软骨头的女人就老被人按在墙上；所以蒙太古家的人，要是男的，我就把他们从墙边推开，要是女的，我就把她们往墙上一搠。
葛莱古里	吵架是咱们两家主仆男人们的事，与她们女人有什么相干？
山普孙	那我不管，我要做一个杀人不眨眼的魔王；一面跟男人们打架，一面对娘儿们也不留情面，我要割掉她们的脑袋。
葛莱古里	割掉娘儿们的脑袋？
山普孙	对了，娘儿们的脑袋，或者她们的"处女袋"也好，你爱怎么说就怎么说。
葛莱古里	那她们想必能尝到那滋味了哟。
山普孙	只要我直挺挺的，她们肯定能尝到。我这身横肉可是出了名的。
葛莱古里	还好你不是一身软绵绵的鱼肉，否则你那家伙就是根又松又瘪的腌鱼棒了；来，拔出你的家伙，有两个蒙太古家的人来啦。

亚伯拉罕及鲍尔萨泽上。

| 山普孙 | 我的刀子已经出鞘；你去跟他们吵起来吧，我就在你背后帮你。 |

葛莱古里	怎么？你想掉头逃跑吗？
山普孙	你放心吧，我不是那样的人。
葛莱古里	哼，我倒真有点不放心呢！
山普孙	还是让他们先动手，打起官司来也是咱们理直。
葛莱古里	我过去冲他们横个白眼，瞧他们怎么样。
山普孙	好，瞧他们有没有胆。我要冲他们咬咬我的拇指，瞧他们能不能忍受这样的侮辱。
亚伯拉罕	你是在冲我们咬拇指吗？
山普孙	是的，我是在咬拇指呢。
亚伯拉罕	你是在冲我们咬拇指吗？
山普孙	（向葛莱古里旁白）要是我说是，那么打起官司来是谁理直？
葛莱古里	（向山普孙旁白）是他们理直。
山普孙	不，我没冲你们咬呀；我只是咬咬我的拇指罢了。
葛莱古里	你是要向我们挑衅吗？
亚伯拉罕	挑衅！不不，哪儿的话。
山普孙	你要是想跟我们吵架，那我可以奉陪；你也是你家主子的奴才，我也是我家主子的奴才，难道我家的主子就比不上你家的主子？
亚伯拉罕	比不上。
山普孙	好。
葛莱古里	（向山普孙旁白）说"比得上"；咱家老爷的一位亲戚来了。
山普孙	比得上。

Gregory. [*Aside to* SAMPSON.] Say—better: here comes one of my master's kinsmen.

Sampson. Yes, better, sir.

Abraham. You lie.

Act I. Scene I.

亚伯拉罕　　你胡说。

山普孙　　　是汉子就拔出刀来。葛莱古里，别忘了你的绝活。

　　　　　　（双方互斗）

班伏里奥上。

班伏里奥　　分开，蠢材！收起你们的剑，不懂事的东西。（击

　　　　　　下众仆的剑）

提伯尔特上。

提伯尔特　　怎么！你在跟这些不中用的奴才吵架？过来，班伏

　　　　　　里奥，让我结果了你。

班伏里奥　　我不过是维持和平；收起你的剑吧，或者用它把这

　　　　　　些人分开。

提伯尔特　　什么！你拔了剑，还说和平？我痛恨这两个字，就

　　　　　　跟我痛恨地狱，痛恨你和所有蒙太古家的人一样。

　　　　　　照剑，懦夫！（二人相斗）

两家各有若干人上，加入争斗；一群市民持枪棍继上。

众市民　　　打！打！打！把他们打下来！打倒凯普莱特！打倒

　　　　　　蒙太古！

凯普莱特穿长袍及凯普莱特夫人同上。

凯普莱特　　什么事吵得这个样子？喂！把我的长剑拿来。

凯普莱特夫人　我的拐杖呢？我的拐杖呢？你要剑做什么用？

凯普莱特　　快拿剑来！蒙太古那老东西来啦；他还晃着他的剑呢，明明在跟我找事。

蒙太古及蒙太古夫人上。

蒙太古　　凯普莱特，你这奸贼！——别拉着我；让我过去。

蒙太古夫人　你要去跟人家吵架，我一步也不让你走。

亲王率侍从上。

亲王　　目无法纪的臣民，扰乱治安的罪人，你们的刀剑都为邻里的血所玷污；——他们不听我的话吗？喂，听着！你们这些畜生，为了扑灭怨毒的怒焰，不惜让殷红的泉流从你们的血管里喷涌；你们要是畏惧刑法，就赶快把杀人凶器从沾满血腥的手里丢下，静听你们震怒的君王的判决。凯普莱特，蒙太古，你们已经三次为了嘴上的一句空言，引起了市民的械斗，扰乱了街道上的安宁，害得维洛那的年老公民也不得不脱下他们尊严的装束，用他们习于安乐的苍老衰弱的手挥起古旧的长枪，来分解你们溃烂

　　　　　　　的纷争。要是你们以后再在市街上闹事，我便要让你们的生命成为扰乱治安的代价。现在，其他人都给我退下；凯普莱特，你跟我来；蒙太古，你今天下午到自由村的审判厅来，听候我对今日一案的宣判。大家散开，倘有逗留不去的，格杀勿论！（除蒙太古夫妇及班伏里奥外皆下）

蒙太古　　谁让这场宿怨重新燃起纷争？告诉我，侄儿，他们动手的时候，你也在场吗？

班伏里奥　我还没到这儿来，您仇家的仆人跟您家里的仆人就已打成一团。我拔出剑来分开他们；可就在这时，那个性如烈火的提伯尔特提着剑来了，他向我口出不逊之言，把剑举在他自己头上挥舞，那剑在风中发出咝咝的声音，就像风在讥笑他的装腔作势一样。我们剑来剑往的时候，人越来越多，有的帮这一边，有的帮那一边，乱哄哄地争来斗去，直等亲王来了，才把两边的人喝开。

蒙太古夫人　啊，罗密欧呢？你今天见过他吗？我很高兴他没有参加这场争斗。

班伏里奥　伯母，在尊贵的太阳从东方的金窗里探出头来的前一个时辰，我因心中烦闷，到郊外去散步，在城西一丛枫树下面，看见罗密欧兄弟早就在那儿走来走去。我向他靠近，可他一看见我，就躲进了树林深处。我也是心灰意懒，觉得自己在这世上已是多余，只想找个没有人迹的地方；所以，凭着自己的心境推

	测别人的心境，我就没去找他多事，同他彼此避开。
蒙太古	好多天早上，都有人在那儿看见过他；他把眼泪洒作清晨的露水，把长叹嘘成天空的云雾；可一等到鼓舞众生的太阳在东方的天边渐渐升起，揭开黎明女神床上那灰黑色的帐幕，我那心情沉重的儿子就避开光明，溜回家里，一个人关起了门，躲在房里，还闭紧了窗，把大好的阳光锁在外面，为他自己创造一个人工的黑夜。他这怪脾气怕不是善兆，除非良言劝告能解除他心头的烦恼。
班伏里奥	伯父，您知道他烦恼的根源吗？
蒙太古	我不知道，也没法从他自己嘴里探听。
班伏里奥	您有没有设法探问过他？
蒙太古	我自己以及其他许多朋友都曾探问过他，可他把心事一起闷在肚里，总是绝口不提，严守秘密，不让人试探出来，就像一朵初生的蓓蕾，还没迎风舒展它的嫩瓣，向太阳献吐它的娇艳，就被妒忌的蛀虫牢牢咬住了一样。只要能知道他的悲哀究竟从何而来，我们一定会尽心竭力，替他找寻治疗的方案。
班伏里奥	瞧，他来了；请您站在一旁，等我去问问他究竟有什么心事，看他理不理我。
蒙太古	但愿你留在这儿，能听到他真情的吐露。来，夫人，我们走吧。（蒙太古夫妇同下）

罗密欧上。

班伏里奥	早安，兄弟。
罗密欧	现在还算早吗？
班伏里奥	才刚敲过九点的钟。
罗密欧	唉！在悲哀里度过的时间似乎格外地长。那个急忙忙地走过去的人，不就是我的父亲吗？
班伏里奥	正是。是什么样的悲哀让罗密欧的时间变得这样漫长？
罗密欧	因为我缺少能让时间变得短促的东西。
班伏里奥	你跌进了恋爱的网里了吗？
罗密欧	是跌出——
班伏里奥	跌出恋爱的网了？
罗密欧	出了她的心了，我得不到心上人的欢心。
班伏里奥	唉！想不到爱神的外表这样温柔，实际上却如此残暴！
罗密欧	唉！想不到爱神蒙着眼睛，却会一直闯进人们的心灵！我们在哪儿吃饭？哎哟！又是谁在这儿打过架了？不必告诉我了，我早知道了。这都是怨恨的后果，可爱情的力量比怨恨还大过许多。啊，吵吵闹闹的相爱，亲亲热热的怨恨！啊，无中生有的一切！啊，沉重的轻浮，严肃的狂妄，整齐的混乱，铅铸的羽毛，光明的烟雾，寒冷的火焰，憔悴的健康，永远觉醒的睡眠，否定的存在！我感觉到的爱情正是这样一种东西，可我并不喜爱这种爱情。你不会笑我吗？

班伏里奥	不会，兄弟，我倒是有点想哭。
罗密欧	好人啊，为什么呢？
班伏里奥	因为瞧着你善良的心受到这样的痛苦。
罗密欧	唉！这就是爱情的错误，我自己已有太多的忧愁重压在我心头，你对我表示的同情，徒然让这太多的忧愁之上，再加一重忧愁。爱情是叹息吹起的一阵烟雾；恋人的眼中有它消散之后留下的火星；恋人的眼泪是它激起的波涛。它又是最智慧的疯狂，哽喉的苦味，沁舌的蜜糖。再见，兄弟。（欲去）
班伏里奥	且慢，让我跟你一块儿走吧；就这样丢下了我，未免太不给我面子。
罗密欧	嘿！我已经遗失了自己；我不在这儿；这不是罗密欧，他在别的地方。
班伏里奥	老实告诉我，你爱的是谁？
罗密欧	什么！你要我在痛苦呻吟中说出她的名字来吗？
班伏里奥	痛苦呻吟！不，你告诉我是谁就得了。
罗密欧	叫一个病人郑重其事地立起遗嘱！啊，对于一个病重的人，还有什么比这更让他痛心？老实对你说，兄弟，我真是爱上了一个女人。
班伏里奥	我就说你肯定爱上谁了，果然猜得不错。
罗密欧	好一个每发必中的射手！我爱的是一位美貌的姑娘。
班伏里奥	好兄弟，只要目标准确，不怕发而不中。
罗密欧	你这一箭就射岔了。丘匹德的金箭无法射中她的芳心；她有狄安娜女神的圣洁，不让爱情稚弱的弓矢

损害她坚不可破的贞操。她不愿听任深怜密爱的词
句把她包围，也不愿让灼灼逼人的眼光向她进攻，
更不愿接受足让圣人动心的黄金的诱惑；啊！美貌
便是她巨大的财富，只可惜她一死以后，她的美貌
也要化为黄土！

班伏里奥　　那她已经立誓，终身守贞不嫁了吗？

罗密欧　　她已经立下了这样的誓言，为了珍惜她自己，造成
了莫大的浪费；因为她让美貌在无情的岁月中日渐
枯萎，不知替后世传留她的绝世容华。她是个太美
丽、太聪明的人儿，不该剥夺她自身的幸福，让我
抱恨终天。她已立誓割舍爱情，我现在活着也就像
死去一般。

班伏里奥　　听我的劝，别再想起她了。

罗密欧　　啊！那么你教我怎样忘记吧。

班伏里奥　　你可以放纵你的眼睛，让它们多看几个世间的美人。

罗密欧　　那不过格外让我觉得她美艳无双罢了。那些亲吻着
美人娇额的幸运的面罩，因为它们都是黑的，所以
常常让我们想起被它们遮掩的面庞，不知该有多么
娇丽。突然盲目的人，永远不会忘记存留在他消失
了的视觉中的宝贵影像。一个姿容绝代的美人，她
的美貌除了让我记起这世上有个比她更美的人以
外，还有什么用处？再见，你教不会我怎样忘记。

班伏里奥　　我定要证明我的方法能行，否则死了也不瞑目。

（同下）

第二场

同前。街道

凯普莱特、帕里斯及仆人上。

凯普莱特　可蒙太古也肩负着跟我同样的责任；我想像我们这样上了年纪的人，维持和平还不是难事。

帕里斯　你们两家都是很有名望的大族，结下了这样不解的冤仇，真是一件不幸的事。可是，老伯，对于我的求婚，您有何见教？

凯普莱特　我的意思早就向您表示过了。我女儿今年还没满十四，完全是个不懂事的孩子；再过两个夏天，才能谈婚论嫁。

帕里斯　比她年纪更小的人，都已当上了幸福的母亲。

凯普莱特　早结果的树木一定早凋。我在这世上什么希望都没有了，她是我唯一的安慰。不过，向她求爱吧，善良的帕里斯，得到她的欢心；只要她愿意，我的同意便没有问题。今天晚上，我要按照旧例，举行一次宴会，邀请许多好友参加；您也是我要邀请的一位，请您接受我最诚挚的欢迎。今夜，在寒舍，您会见到灿烂的群星翩然下降，照亮黑暗的天空；在蓓蕾般娇艳的女郎丛中，您能充分享受青春的愉快，正像盛装的四月追随着残冬的足迹降临人世，让年轻人心里充满活跃的欢欣一样。您可听个畅，看个饱，从许多美貌的女郎中，拣一个最好的来做您的意中人，连我的女儿也在其内。来，跟我来。（以一纸交仆）你到维洛那全城去走一转，一个一个照这单子上的名字找人，请他们到我家里。（凯普莱特、帕里斯同下）

仆人　　　照这单子上的名字找人！人家说，鞋匠的针线、裁缝的钉锤、渔夫的笔、画师的网，各人有各人的职司；可我们的老爷却叫我来照着名单找人，我怎么知道写字的人在上面写了些什么？我得要找个识字的人——来得正好。

班伏里奥及罗密欧上。

班伏里奥　不，兄弟，新的火焰能把旧的火焰扑灭，大的苦痛能让小的苦痛减轻；头晕目眩的时候，只要转身向后；一桩绝望的忧伤，也可以用另一桩烦恼把它驱除。为你的眼睛找到新的迷惑，你原来的痼疾便可霍然脱体。

罗密欧　　你这药草倒能医治——

班伏里奥　医治什么？

罗密欧　　医治你跌伤的胫骨。

班伏里奥	怎么，罗密欧，你疯了吗？
罗密欧	我没疯，可我比疯子更不自由；关在牢里，不进饮食，挨着鞭挞和酷刑——晚安，好朋友！
仆人	晚安！请问先生，您念过书吗？
罗密欧	是的，这是我不幸中的资产。
仆人	也许您能不看着书念；可请问，您能不能看着字一个一个地念？
罗密欧	是我认得的字，我就会念。
仆人	您这是实在话；上帝保佑您！（欲去）
罗密欧	等等，朋友；我会念。"玛丁诺先生暨夫人及诸位令爱；安赛尔美伯爵及诸位令妹；寡居之维特鲁维奥夫人；帕拉森西奥先生及诸位令侄女；茂丘西奥及其令弟凡伦丁；凯普莱特叔父暨婶母及诸位贤妹；罗瑟琳贤侄女；里维娅；伐伦西奥先生及其令表弟提伯尔特；路西奥及活泼之海丽娜。"好一群名士贤媛！请他们到哪儿去？
仆人	到——
罗密欧	到哪儿？晚餐？
仆人	到我们家去。
罗密欧	谁家？
仆人	我主人的家。
罗密欧	对了，我该先问你这个问题才是。
仆人	您不用问，我这就告诉您吧。我主人就是那个有财有势的凯普莱特；要是您不是蒙太古家的人，请您

　　　　　　　　也来跟我们喝一杯酒，上帝保佑您！（下）

班伏里奥　　这是凯普莱特家按照旧例举行的宴会，你热恋的美
　　　　　　　　人罗瑟琳也要和维洛那城里所有的绝色名媛一起赴
　　　　　　　　宴。你也到那儿去吧，用不带成见的眼光，把她的
　　　　　　　　容貌跟别人比较比较，你就知道你的天鹅不过是只
　　　　　　　　乌鸦罢了。

罗密欧　　　要是我虔敬的眼睛会相信这种谬误的幻象，那就让
　　　　　　　　眼泪变成火焰，把这双罪状昭著的异教邪徒烧成灰
　　　　　　　　烬！比我的爱人还美！烛照万物的太阳，自有天地
　　　　　　　　以来也不曾见过一个能和她媲美的人。

班伏里奥　　嘿！你看见她的时候，因为没有别人在她身旁，你
　　　　　　　　那两只眼睛里只有她一个人，所以你以为她很美
　　　　　　　　丽；可在你那水晶天秤之上，把你的恋人跟另一个
　　　　　　　　我会在这宴会上指给你看的美貌姑娘同时一放，那
　　　　　　　　么她现在虽然仪态万方，到时候就要自惭形秽。

罗密欧　　　我倒要去这一趟；不是去看你说的美人，只要看看
　　　　　　　　我自己的爱人怎样大放光彩，我就心满意足了。（同
　　　　　　　　下）

第三场

同前。凯普莱特家中一室

凯普莱特夫人及乳媪上。

凯普莱特夫人　奶妈，我女儿呢？叫她出来见我。

乳媪　　　　凭着我十二岁时的童贞发誓，我早就叫过她了。喂，小绵羊！喂，小鸟儿！上帝保佑！这孩子到哪儿去啦？喂，朱丽叶！

朱丽叶上。

朱丽叶　　　什么事？谁叫我？

乳媪　　　　你母亲叫你。

朱丽叶　　　母亲，我来了。您有什么吩咐？

凯普莱特夫人　是这么回事。奶妈，你出去一会儿。我们要谈些秘密的话——奶妈，你回来吧；我想起来了，你听听也没关系。你知道我女儿的年纪也不算怎么小啦。

乳媪　　　　对啊，我把她的生辰记得清清楚楚。

凯普莱特夫人　她现在还不满十四。

乳媪　　　　我敢用我的十四颗牙打赌——唉，说来伤心，我的牙掉得只剩四颗啦！——她还没满十四岁呢。现在离收获节还有多久？

凯普莱特夫人　两星期多一点吧。

乳媪　不多不少，不先不后，到收获节的晚上她才满十四。苏珊跟她同年——上帝安息一切基督徒的灵魂！唉！苏珊是跟上帝在一起啦，我命里不该有这样一个孩子。可我说啦，到收获节的晚上，她就满十四岁啦；正是，一点不错，我记得清清楚楚。从地震那年算起，已经十一年啦；那时她已断了奶了，我永远不会忘记，不先不后，刚巧就在那天；因为我那时用艾叶涂过奶头，坐在鸽棚下面晒着太阳；那时老爷跟您都在曼多亚。瞧，我的记性可不算坏。可就像我说的，她一尝到我奶头上艾叶的味道，就觉得苦啦，哎哟，这可爱的小傻瓜！她就发起了脾气，把奶头一摔。这个说来话长，算来也有十一年啦；后来她就慢慢会一个人站得直挺挺的，还会摇呀摆的到处乱跑，就是在她跌破额角那天，我那去世的丈夫——上帝安息他的灵魂！他是个喜欢说说笑笑的人——把这孩子抱了起来；"啊！"他说，"你扑在地上了吗？再过几年，到了岁数，你就该面孔朝上往下倒啦；是不是呀，朱丽？"谁知道这个可爱的坏东西忽然停住了哭声，说"嗯"。哎哟，当年的玩笑今儿是要成真了呀！就是活到一千岁，我也不会忘记这话。"是不是呀，朱丽？"他说；

这可爱的小傻瓜就停住了哭声，说"嗯"。

凯普莱特夫人 得了得了，请你别再说下去了。

乳媪 是，太太。可我一想到她会停住了哭，说"嗯"，就禁不住笑呀。不说假话，她额角上肿起了像小雄鸡的睾丸那么大的一个包哩；她痛得放声大哭；"啊！"我丈夫说，"你扑在地上了吗？再过几年，到了岁数，你就该面孔朝上往下倒啦；是不是呀，朱丽？"她就停住了哭，说"嗯"。

朱丽叶 我说，奶妈，你说够了也该停了，求你。

乳媪 好，我不说啦，不说啦。上帝保佑你！你是在我手里养大的最可爱的小宝贝；要是我能活到瞧着你嫁出去的那天，也算了结我的一桩心愿啦。

凯普莱特夫人 是呀，我现在就是要谈她的亲事。朱丽叶，我的孩子，告诉我，要是现在把你嫁了出去，你觉得怎样？

朱丽叶 这是我做梦也没想到过的光荣。

乳媪 光荣！倘不是你只有我这一个奶妈，我肯定要说你的聪明是从奶头上得来的呢。

凯普莱特夫人 好，该考虑考虑婚姻问题啦。在这维洛那城里，比你年轻的千金小姐都已做了母亲。就拿我来说吧，我在你现在这样的年纪，也已生下了你。废话不多说了，少年英俊的帕里斯已经来向你求过婚啦。

乳媪 真是一位好官人，小姐！像这样的一个男人，小姐，真是天下少有。哎哟！他才是一位十全十美的好郎君。

凯普莱特夫人 维洛那的夏天找不到这样一朵好花。

乳媪 是啊，他是一朵花，真是一朵好花。

凯普莱特夫人 你怎么说？你能不能喜欢这位绅士？今晚在家里的宴会上，你就会看见他了。从年轻的帕里斯脸上，你能读到用秀美的笔写成的迷人字句；一根根齐整的线条，交织成一整幅和谐的图画；要是你想探索这卷美好的书中的奥秘，在他的眼角上就能找到微妙的诠释。这本珍贵的恋爱经典，只缺少一帧能和它相得益彰的封面；正像游鱼需要活水，美妙的内容也少不了美妙的外表陪衬。记载着金科玉律的宝籍，锁合在金漆的封面里，它的辉煌富丽为众目所共见；要是你做了他的封面，那么他的一切就都属于你了，你自己也不会少了什么。

乳媪 少了什么？哪里！更多更大了才是。有了男人，女人才会变大。

凯普莱特夫人 简简单单地回答我吧，你能不能接受帕里斯的爱呢？

朱丽叶 要是我见到他后能有好感，那我是准备喜欢他的。可我眼光的飞箭，倘若没有得到您的允许，可是不敢大胆发射出去的呢。

一仆人上。

仆人 太太，客人都来了，餐席都摆好了，请您跟小姐快些出去。大家在厨房里埋怨奶妈，什么都乱成一团。我去侍候客人们啦；请您马上就来。

凯普莱特夫人　我们这就来了。朱丽叶，那伯爵在等着呢。

乳媪　　　　去，孩子，快去寻找那天天欢乐、夜夜良宵。（同下）

第四场

同前。街道

罗密欧、茂丘西奥、班伏里奥及五六人或戴假面或持火炬上。

罗密欧　　怎么！我们就用这一番话作为我们的进身之阶，还是就这么昂然直入，不说一句道歉的话？

班伏里奥　这种虚文俗套，现在早就不流行了。我们用不到蒙着眼睛的丘匹德，背着一张花漆的木弓，像个稻草人似的去吓那些娘儿们；也用不到跟着提示的人一句一句去念叨那些从书上默诵出来的登场白；随他们把我们认作什么人吧，我们只要跳完一回舞，走了就完啦。

罗密欧　　给我一个火炬，我不乐意跳舞。我阴沉的心需要光明。

茂丘西奥　不，好罗密欧，我们一定要你陪我们跳舞。

罗密欧　　我实在不能跳。你们都有轻快的舞鞋；我却只有一个铅一样重的灵魂，把我的身体紧紧钉在地上，让我没法移动脚步。

茂丘西奥　你是个恋爱中人，就借着丘匹德的翅膀，高高地飞起来吧。

罗密欧　　他的羽镞已经穿透我的胸膛，我不能借着他的羽翼高翔；他束缚了我的整个灵魂，爱的重担压得我向下坠沉。

茂丘西奥　　爱是一种温柔的东西，要是你拖着它一起下沉，那未免太难为它了。

罗密欧　　爱是温柔的吗？它可太粗暴、太专横、太野蛮了；它像荆棘一样刺人。

茂丘西奥　　要是爱情虐待了你，你也可以虐待爱情；它刺痛了你，你也能刺痛它；这样你就能战胜爱情。给我一个面具，让我藏起我的尊容；（戴假面）哎哟，好难看的鬼脸！再给我拿一个来罩住它吧。也罢，就让人家笑我丑吧，也有这张鬼脸替我遮羞。

班伏里奥　　来，敲门进去；大家一进门，就跳起舞来。

罗密欧　　拿一个火炬给我。让那些无忧无虑的公子哥们去卖弄他们的舞步；莫怪我说句老气横秋的话，我对这种玩意儿实在敬谢不敏，还是做个壁上旁观的人吧。

茂丘西奥　　胡说！要是你已经没头没脑地深陷在恋爱的泥沼里了——恕我直言——那我们就一定要拉你出来。来来来，别再昼点夜灯，浪费光阴！

罗密欧　　这哪是昼点夜灯。

茂丘西奥　　我的意思是说，我们拿着火把，在这耽误时间，好比白天点灯。我们是出于好意，好想法它大多还是出自理智，不靠眼睛鼻子。

罗密欧	参加这舞会，我们也是好意，可只怕不是件聪明的事。
茂丘西奥	请问为什么呢？
罗密欧	昨天晚上我做了个梦。
茂丘西奥	我也做了个梦。
罗密欧	好，你做了什么梦？
茂丘西奥	我梦见做梦的人老是说谎。
罗密欧	梦里的人往往能见到真实的事情。
茂丘西奥	啊！那一定是春梦婆来望过你了。
班伏里奥	春梦婆？那是谁？
茂丘西奥	她是精灵们的稳婆；她的身体只有郡吏手指上的一颗玛瑙那么大；几匹蚂蚁大小的细马替她拖着车子，越过酣睡的人们的鼻梁，她的车辐是用蜘蛛的长脚做成；车篷是蚱蜢的翅膀；挽索是蜘蛛的细丝；颈圈是如水的月光；马鞭是蟋蟀的骨头；缰绳是天际的游丝。替她驾车的是只小小的灰色蚊虫，它的大小还不及从一个贪懒丫头的指尖上挑出来的懒虫的一半。她的车子是野蚕用一颗榛子的空壳替她造成，它们自古以来，就是精灵们的车匠。她每夜驱着这样的车子，穿过情人们的脑海，他们便在梦里谈情说爱；经过官员们的膝盖，他们便在梦里打躬作揖；经过律师们的手指，他们便在梦里伸手讨要讼费；经过娘儿们的嘴唇，他们便在梦里跟人家接吻，可因为春梦婆讨厌她们嘴里吐出来的糖果气息，往往

会罚她们满嘴长起水泡。有时她从捐献给教会的猪身上拔下它的尾巴，撩拨一个神父的鼻孔，他就会梦见他自己又领到一份俸禄；有时她绕过一个兵士的颈项，他就会梦见自己割断了敌人的咽喉——进攻，埋伏，锐利的剑锋，淋漓的痛饮，忽然被耳边的鼓声惊醒，咒骂几句，又翻身睡去。就是这春梦婆在夜里把马鬃打成了辫子，把懒女人齷齪的乱发烘成处处胶黏的硬块，要是梳通了它们，就要遭逢祸事；就是这婆子在女孩子们仰面睡觉的时候，压在她们的身上，教会她们怎样生养儿子；就是她——

罗密欧　　　得啦，得啦，茂丘西奥，别说啦！你全然在那儿痴人说梦。

茂丘西奥　　没错，梦本来就是痴人脑中的胡思乱想；它的本质像空气一样稀薄；它变化莫测，像一阵风，刚才还在向冰雪的北方求爱，忽然发起恼来，一转身又到雨露的南方来了。

班伏里奥　　你讲起的这一阵风，不知把我们都吹到哪儿去了。人家晚饭都用了，我们进去怕是晚啦。

罗密欧　　　我怕也许太早；我觉得仿佛有种不可知的命运，将要以今晚的狂欢为起点，开始它恐怖的统治，我这可憎的生命，将要遭遇残酷的夭折而告一段落。就让支配我前途的上帝指导我的行动吧！前进，勇敢的朋友们！

班伏里奥　　来，把鼓擂起来。（同下）

第五场

同前。凯普莱特家中厅堂

乐工各持乐器等候；众仆上。

仆甲　　卜得潘呢？他怎么不来帮忙把这些盘子都拿下去？碟子他不愿意搬！砧板他不愿意擦！

仆乙　　所有事情都交给一两个人，叫人手都没工夫洗，能不乱了套吗！

仆甲　　把折凳拿进去，把食器架搬开，留心别打碎盘子。好兄弟，留一块杏仁酥给我；谢谢你了，去叫那管门的让苏珊跟耐儿进来。安东尼！卜得潘！

仆乙　　啊，兄弟，我在这儿。

仆甲　　里头要你帮忙，都在叫你，问你，到处找你。

仆乙　　我们可没有分身术啊。兄弟们，手脚麻利些，打起精神来吧，谁活到最后，就把一切通收。（众仆退后）

凯普莱特，朱丽叶及其家族等自一方上；众宾客及假面跳舞者等自另一方上，相遇。

凯普莱特　　诸位朋友，欢迎欢迎！足趾不生茧子的小姐太太们要跟你们跳一回舞呢。啊哈！我的小姐们，你们之中，现在有谁不愿意跳舞？我可以发誓，谁要是推三阻四，脚上一定长着老大的茧；果然给我猜中了吗？诸位朋友，欢迎欢迎！我从前也曾戴过假面，在一个标致姑娘的耳朵边讲些让她心花怒放的话儿；这种时代现在是过去了，过去了，过去了。诸位朋友，欢迎欢迎！来，乐工们，奏起音乐来吧。站开些！站开些！让出地方来。姑娘们，跳起来吧。（奏乐；众人开始跳舞）混蛋，把灯点亮一点，把桌子一起搬掉，把火炉熄了，这屋里太热啦。啊，好小子！这才玩得有兴。啊！请坐，请坐，好兄弟，我们两个现在是跳不起来的了；您还记得我们最后一次戴着假面跳舞是什么时候吗？

凯普莱特族人 说来也有三十年啦。

凯普莱特 什么，兄弟！没这么久，没这么久；是在路森修结婚那年，离现在大概二十五个年头，那时我们跳过一次。

凯普莱特族人 不止了，不止了；大哥，他儿子也有三十岁啦。

凯普莱特 我难道不知道吗？他儿子两年以前还没成年哩。

罗密欧 搂着那位骑士的手的小姐是谁？

仆人 我不知道，先生。

罗密欧 啊！火炬远不及她的明亮；
她皎然照耀在暮天颊上，
像黑奴耳边璀璨的珠环；

Romeo. What lady is that, which doth enrich the hand
Of yonder knight?
  Servant. I know not, sir.

Act I. Scene V.

她是天上明珠降落人间！

瞧她随着女伴进退周旋，

像鸦群中一只白鸽蹁跹。

我要等舞阑后追随左右，

握一握她那纤纤的素手。

我从前的恋爱是假非真，

今晚才遇见绝世的佳人！

提伯尔特 听这人的声音，好像是蒙太古家的人。孩儿，拿我的剑来。哼！这不知死活的奴才，竟敢套着个鬼脸，到这儿来嘲笑我们的盛会？为了凯普莱特家族的光荣，我就算把他杀死，也不算罪过。

凯普莱特 哎哟，怎么，侄儿！你怎么动起怒啦？

提伯尔特 姑父，这是我们的仇家蒙太古家的人；这贼子今晚来这儿，一定不怀好意，存心来捣乱我们的盛会。

凯普莱特 他是罗密欧那小子吗？

提伯尔特 正是他，正是罗密欧这小杂种。

凯普莱特 别生气，好侄儿，让他去吧。瞧他的举动倒也规规矩矩；说老实话，在维洛那城，他也算得一个品行很好的青年。我无论如何也不愿在我自己家里跟他闹事。你还是耐着性子，别理他吧。我的意思就是这样，你要是听我的话，就赶快收下怒容，和和气气，不要打断了大家的兴致。

提伯尔特 这么个贼子也来做我们的宾客，我怎么能不生气？我不能容他在这儿放肆。

凯普莱特	不容也得容；哼，目无尊长的孩子！我偏要容他。嘿！谁是这里的主人？你还是我？嘿！你容不得他！什么话！你要当着这些客人的面闹吗？你不服气！要充好汉！
提伯尔特	伯父，咱们不能忍受这样的耻辱。
凯普莱特	得啦，得啦，你真是一点规矩都不懂。——是真的吗？您也许不喜欢这个调调。——我知道你一定要跟我闹别扭！——说得很好，我的好人儿！——你是个放肆的孩子；去，别闹！不然的话——把灯再点亮些！再点亮些！——不害臊的！我要叫你闭嘴。——啊！痛痛快快玩一下吧，我的好人儿们！
提伯尔特	我这满腔怒火偏给他浇下一盆冷水，好教我气得浑身直打哆嗦。我且退下；可今天由他闯进了咱这屋子，总有一天要他得意反成后悔。（下）
罗密欧	（向朱丽叶） 要是我这俗手上的尘污 亵渎了你的神圣的庙宇， 这两片嘴唇，含羞的信徒， 愿意用一吻乞求你宥恕。
朱丽叶	信徒，莫把你的手儿侮辱， 这样才是最虔诚的礼敬； 神明的手本许信徒接触， 掌心的密合远胜如亲吻。
罗密欧	生下了嘴唇有什么用处？

朱丽叶	信徒的嘴唇要祷告神明。
罗密欧	那么我要祷求你的允许，
	让手的工作交给了嘴唇。
朱丽叶	你的祷告已蒙神明允准。
罗密欧	神明，请容我把殊恩受领。（吻朱丽叶）
	这一吻涤清了我的罪孽。
朱丽叶	你的罪却沾上我的唇间。
罗密欧	我的唇上有罪？啊，感谢你甜蜜的指责，这次我要把罪恶收还。
朱丽叶	你吻人的理由倒无违圣经的教导。
乳媪	小姐，你妈要跟你说话。
罗密欧	谁是她母亲？
乳媪	小官人，她母亲就是这府上的太太，她是个好太太，又聪明，又贤惠；我替她抚养她的女儿，就是刚才跟您说话的那个；告诉您吧，谁要是娶了她去，那才叫发大财哩。
罗密欧	她是凯普莱特家的人吗？哎哟！我的生死现在操在我仇人的手里了！
班伏里奥	去吧，舞快跳完啦。
罗密欧	是啊，我只怕盛筵易散，良会难逢。
凯普莱特	不，列位，请慢点儿走；我们还要请你们稍微用些茶点。真的要走吗？那谢谢你们；各位朋友，谢谢，谢谢，再会！再会！再拿几个火把来！来，我们去睡吧。啊，好小子！天真的不早了；我是得去休息

一会儿。（除朱丽叶及乳媪外俱下）

朱丽叶	过来，奶妈。那边的那位绅士是谁？
乳媪	提伯里奥那老头儿的儿子。
朱丽叶	现在跑出去的那个人是谁？
乳媪	呃，我想他就是那个年轻的彼特鲁乔。
朱丽叶	那个跟在人家后面，不跳舞的人是谁？
乳媪	我不认识。
朱丽叶	去问问他叫什么名字。——要是他已经结婚，那么婚床便是我的新坟。
乳媪	他的名字叫罗密欧，是蒙太古家的人，咱们仇家的独子。
朱丽叶	恨灰中燃起了爱火融融， 要是不该相识，何必相逢！ 昨天的仇敌，今日的情人， 这场恋爱怕要种下祸根。
乳媪	你在说什么？你在说什么？
朱丽叶	那是刚才一个陪我跳舞的人教给我的几句诗。（内呼，"朱丽叶！"）
乳媪	就来，就来！——来，咱们去吧；客人们都散了。（同下）

开场诗

致辞者上。

旧日的温情已尽付东流，
新生的爱恋正如日初上；
为了朱丽叶的绝世温柔，
忘却了曾为谁魂思梦想。
罗密欧爱着她媚人容貌，
把一片痴心呈献给仇雠；
朱丽叶恋着他风流才调，
甘愿被香饵钓上了金钩。
只恨解不开的世仇宿怨，
这段山海深情向谁声诉？
幽闺中锁住了桃花人面，
要相见除非是梦魂来去。
可是热情总会战胜辛艰，
苦味中间才有无限甘甜。（下）

第一场

维洛那。凯普莱特花园墙外的小巷

罗密欧上。

罗密欧　我的心还逗留在这儿，我能就这样掉头离开吗？缩回去吧，无情的土地，让我回到这世界的中心。（攀登墙上，跳入墙内）

班伏里奥及茂丘西奥上。

班伏里奥　罗密欧！罗密欧兄弟！

茂丘西奥　他是个乖巧的家伙；我说他一定溜回家睡了。

班伏里奥　他往这条路跑，一定跳进这花园的墙里去了。好茂丘西奥，你叫叫他吧。

茂丘西奥　不，我还要念咒喊他出来呢。罗密欧！痴人！疯子！恋人！情郎！快快化作一声叹息，出来吧！我不要你多说什么，只要你念一行诗，叹一口气，把咱们那维纳斯奶奶恭维两句，替她瞎眼的儿子丘匹德少爷取个绰号。这老小子丘匹德，真是个神弓手呀，居然能叫国王爱上了女叫花子。他没有听见，没有作声，没有动静；这猴崽子难道死了？待我咒他的鬼魂出来。凭着罗瑟琳光明的眼睛，凭着她的高额角，她的红嘴唇，她玲珑的脚，挺直的小腿，充满弹性的大腿和大腿附近的那一部分，凭着这一切的名义，赶快给我现出真形来吧！

班伏里奥　　他要是听见了，一定会生气。

茂丘西奥　　他生什么气。要叫他生气，除非我在他情人的圈儿里唤起某个稀奇的妖精，让它直直挺在那儿，直等她降服了它，叫它垂下头来。这么搞还算得上恶毒。我这咒语光明正大。我无非是用他情人的名义引他出来罢了。

班伏里奥　　来，他已经躲进树丛，跟那多汁的黑夜做伴去了；爱情本就盲目，让他到黑暗里摸索去吧。

茂丘西奥　　如果爱情盲目，它就射不中靶心。这会儿他肯定坐在那欧楂树下，但愿他的情人就像楂果一样——姑娘们在私底下说笑时说的那种楂果。啊，这罗密欧呀，就想要那形状的果儿——开口的果儿，像个开口的臀，候着他那长长的梨。罗密欧，晚安！我要上床睡觉去了；草地上太冷，我可受不了了。来，咱们走吧。

班伏里奥　　好，走吧；他要避着我们，找他也是白费力气。

　　　　（同下）

第二场

同前。凯普莱特家的花园

罗密欧上。

罗密欧　　没受过伤的才会讥笑别人身上的创痕。（朱丽叶自上方窗户中出现）轻声！那边的窗里亮起来的是什么光？那就是东方，朱丽叶就是太阳！起来吧，美丽的太阳！赶走那妒忌的月亮，她因为她的女弟子比她美貌，已经气得面色惨白。既然她这样妒忌着你，你就不要皈依她了；脱下她给你的这身惨绿色的贞女道服，它只配给愚人穿着。那是我的意中人；啊！那是我的爱；唉，但愿她知道我在爱着她吧！她欲言又止，可她的眼睛已然道出她的心事。待我去回答她吧；不，我别太鲁莽，她不是在对我说话。天上两颗最灿烂的星，因为有事他去，请求她的眼睛代替它们在空中闪耀。要是她的眼睛变成了天上的星，天上的星变成了她的眼睛，那便怎样呢？她脸上的光辉会掩盖了星星的明亮，正像灯光在朝阳下黯然失色一样；在天上的她的眼睛，会在太空中大放光明，让鸟儿们误以为黑夜已经过去而一展它

　　　　　　　们的歌声。瞧！她用纤手托住了脸庞，那姿态是多
　　　　　　　么美妙！啊，但愿我是那只手上的手套，好让我亲
　　　　　　　亲她脸上的香泽！

朱丽叶　　　　唉！

罗密欧　　　　她说话了。啊！再说下去吧，光明的天使！我在这
　　　　　　　夜色之中仰视着你，就像一个尘世的凡人，张大了
　　　　　　　出神的眼睛，瞻望着一个生着翅膀的天使驾着白云
　　　　　　　缓缓驰过天空一样。

朱丽叶　　　　罗密欧啊，罗密欧！为什么你偏偏是罗密欧呢？否
　　　　　　　认你的父亲，抛弃你的姓名吧；也许你不愿意，
　　　　　　　那么，只要你宣誓做我的爱人，我也不愿再姓凯普
　　　　　　　莱特。

罗密欧　　　　（旁白）我是继续听着，还是现在就对她说话？

朱丽叶　　　　只有你的名字才是我的仇敌；你即便不姓蒙太古，
　　　　　　　也仍然是这样的一个你。姓不姓蒙太古，有什么关
　　　　　　　系？它又不是手，又不是脚，又不是手臂，又不是
　　　　　　　面孔，又不是身体上任何其他的部分。啊！换一个
　　　　　　　姓名吧！姓名本来就没有意义；我们叫作玫瑰的这
　　　　　　　一种花，要是换个名字，它的香味还是同样芬芳；
　　　　　　　罗密欧要是换了别的名字，他可爱的完美也决不会
　　　　　　　有丝毫改变。罗密欧，抛弃你的名字吧；我愿意用
　　　　　　　我的整个心魂，赔偿你这身外的空名。

罗密欧　　　　那我就听你的话，你叫我一声爱人，我便重新受洗，
　　　　　　　再命新名；从今以后，永远不叫罗密欧了。

朱丽叶	你是什么人，在黑夜里躲躲闪闪地偷听人家说话？
罗密欧	我没法告诉你我叫什么名字。敬爱的神明，我痛恨我自己的名字，因为它是你的仇敌；要是把它写在纸上，我一定把这几个字撕成粉碎。
朱丽叶	从你嘴里吐出，灌进我耳朵里的，还不到一百个字，可我认识你的声音；你不是罗密欧，蒙太古家的人吗？
罗密欧	不是，美人，要是你不喜欢此姓此名。
朱丽叶	告诉我，你怎么会来这儿，为什么来这儿？花园的墙这么高，不是轻易就爬得上的；要是我家的人瞧见你在这儿，一定不会让你活命。
罗密欧	我借着爱的轻翼飞过园墙，因为瓦石的墙垣不能把爱情阻隔；爱情的力量能做到的事，它都会冒险尝试，所以，我不怕你家里人的干涉。
朱丽叶	要是他们瞧见了你，一定会把你杀死。
罗密欧	唉！你的眼睛比他们的二十柄刀剑还要厉害；只要你用温柔的眼光看我，他们就不能伤害我的身体。
朱丽叶	我怎么也不愿让他们瞧见你在这儿。
罗密欧	朦胧的夜色能替我遮过他们的眼睛。只要你爱我，就让他们瞧见我吧；与其因为得不到你的爱情，在这世上挨命，还不如在仇人的刀剑下丧生。
朱丽叶	谁叫你找到这儿来的？
罗密欧	爱情怂恿我探听到这个地方；他替我出主意，我借给他眼睛。我不会操舟驾舵，可即便你在辽远辽远

的海滨，我也会冒着风波，寻访你这无价之宝。

朱丽叶 幸亏黑夜替我罩上了一重帘幕，否则就因为我刚才被你听去的话，你一定能看见我脸上羞愧的红晕。我真想遵守礼法，否认已经说过的言语，可这些虚文俗礼，现在只好都置之不顾！你爱我吗？我知道你一定会说"是的"；我也一定会相信你的；可也许你起的誓只是谎言，人家说，对于恋人们的寒盟背信，上帝都一笑置之。温柔的罗密欧啊！你要是真的爱我，就请真诚地告诉我吧；你要是嫌我太容易降心相从，我也会堆起怒容，装出倔强的神气，拒绝你的好意，好让你向我婉转求情，否则我是无论如何不会拒绝你的。俊秀的蒙太古啊，我真的太痴心了，所以也许，你会觉得我有点轻浮；可相信我，朋友，总有一天你会知道我的忠心远胜那些善于矜持作态的人。我必须承认，倘不是你趁我不备，偷听了我真情的表白，我一定会更加矜持一点；所以，原谅我吧，是黑夜泄漏了我心底的秘密，别把我的允诺看作了无耻的轻狂。

罗密欧 姑娘，凭着这轮皎洁的月亮，它的银光涂染着这些果树的梢端，我发誓——

朱丽叶 啊！不要指着月亮起誓，它是变化无常的，每个月都有盈亏圆缺；你要是指着它起誓，也许你的爱情也会像它一样无常。

罗密欧 那么我指着什么起誓呢？

朱丽叶　　　不用起誓了吧；或者，要是你愿意的话，就凭着你优美的自身起誓，那是我所崇拜的偶像，我一定会相信你的。

罗密欧　　　要是我出自深心的爱情——

朱丽叶　　　好，别起誓啦。我虽然喜欢你，却不喜欢今天晚上的密约；它太仓促、太轻率、太出人意料了，正像一闪电光，等不及人家开一声口，就消隐了下去。好人，再会吧！这朵爱的蓓蕾，靠着夏日暖风的吹拂，也许会在我们下次相见的时候，开出鲜艳的花来。晚安，晚安！但愿恬静的安息同样降临到你我两人的心头！

罗密欧　　　啊！你就这样离我而去，不给我一点满足吗？

朱丽叶　　　你今夜还要什么满足呢？

罗密欧　　　你还没把你忠于爱情的盟誓跟我交换。

朱丽叶　　　在你要求以前，我就已经把爱给你；可我很愿意重新向你表白。

罗密欧　　　你要把它收回去吗？为什么呢，我的爱人？

朱丽叶　　　为了表示我的慷慨，我要把它重新给你。可这样就等于希望得到自己已经拥有的东西：我的慷慨像海一样浩渺，我的爱情也像海一样深沉；我给你的越多，我自己也越是富有，因为这两者都没有穷尽。(乳媪在内呼唤)我听见里面有人在叫；亲爱的，再会吧！——就来了，好奶妈！——亲爱的蒙太古，愿你不要负心。再等一会儿，我就会来的。(自上方下)

罗密欧	幸福的,幸福的夜啊!我怕我只是在晚上做了个梦,这样美满的事怎能成真。

朱丽叶自上方重上。

朱丽叶	亲爱的罗密欧,再说三句话,我们真的要再会了。要是你的爱情的确光明正大,你的目的在于婚姻,那么明天我会叫人去你那儿,请你叫他带信给我,告诉我你愿意在什么地方、什么时候举行婚礼;我就会把终身交托给你,把你当作我的主人,跟随你到世界的尽头。
乳媪	(在内)小姐!
朱丽叶	就来。——可你要是没有诚意,那么我请求你——
乳媪	(在内)小姐!
朱丽叶	等一等,我来了。——停止你的求爱,让我独自伤心。明天我就叫人找你。
罗密欧	凭着我的灵魂——
朱丽叶	一千次的晚安!(自上方下)
罗密欧	晚上没有你的光,我只有一千次的心伤!恋爱的人去和情人约会,就像一个放学归来的儿童;可当他和情人分别的时候,却像上学去时一样满脸懊丧。(退后)

朱丽叶自上方重上。

朱丽叶　　　嘘！罗密欧！嘘！唉！我希望我会发出呼鹰的声音，招这只鹰儿回来。我不能高声说话，否则我要用喊声捣毁厄科[1]的洞穴，让她无形的喉咙因为反复叫喊我的罗密欧的名字而嘶哑失声。

罗密欧　　　那是我的灵魂在叫喊着我的名字。恋人的声音在晚间是多么清婉，听上去就像最柔和的音乐！

朱丽叶　　　罗密欧！

罗密欧　　　我的爱！

朱丽叶　　　明天我应该在什么时候叫人去找你？

罗密欧　　　就在九点钟吧。

朱丽叶　　　我一定守信；挨到那个时候，该有二十年那么长久！我记不起为什么要叫你回来。

罗密欧　　　让我站在这儿，等你记起原因。

朱丽叶　　　你这样站在我的面前，我一心想着多么爱跟你在一块儿，一定永远也记不起来。

罗密欧　　　那我就永远等在这儿，让你永远记不起来，忘记除了这里以外还有哪里是家。

朱丽叶　　　天快亮了；我希望你快走；可我就好比一个淘气的女孩，像放走一个囚犯似的，让她心爱的鸟儿暂时跳出她的掌心，又用一根丝线把它拉回，爱的私心让她不愿意给它自由。

罗密欧　　　我但愿我是你的鸟儿。

1　厄科（Echo），希腊神话中的仙女，因苦苦单恋美少年那喀索斯（Narcissus）而日渐憔悴，形容消灭，化作山谷中的回声。

朱丽叶　　好人，我也但愿这样；可我怕你会死在我过分的抚爱之中。晚安！晚安！离别是这样甜蜜的凄清，对你，我道不尽晚安，直到天明！（下）

罗密欧　　但愿睡眠合上你的眼睛！

　　　　　　但愿平和安息我的心灵！

　　　　　　我如今要去向神父求教，

　　　　　　把今宵的艳遇诉他知晓。（下）

第三场

同前。劳伦斯神父的寺院

劳伦斯神父携篮上。

劳伦斯　　黎明笑向着含愠的残宵，

金鳞浮上了东方的天梢；

看赤轮驱走了片片乌云，

像一群醉汉向四处狼奔。

趁太阳还没有睁开火眼，

晒干深夜里的涔涔露点，

我待要采摘下满篓盈筐，

毒草灵葩充实我的青囊。

大地是生化万类的慈母，

她又是掩藏群生的坟墓，

试看她无所不载的胸怀，

哺乳着多少的姹女婴孩！

天生下的万物没有弃掷，

什么都有它各自的特色，

石块的冥顽，草木的无知，

都含着玄妙的造化生机。

莫看那蠢蠢的恶木莠蔓，

对世间都有它特殊贡献；

即使最纯良的美谷嘉禾，

用得失当也会害性戕躯。

美德的误用会变成罪过，

罪恶有时反会造成善果。

这一朵有毒的弱蕊纤苞，

也会把淹煎的痼疾医疗；

它的香味可以祛除百病，

吃下腹中却会昏迷不醒。

草木和人心并没有不同，

各自有善意和恶念争雄；

恶的势力倘然占了上风，

死便会蛀蚀进它的心中。

罗密欧上。

罗密欧　早安，神父。

劳伦斯　上帝祝福你！是谁的温柔的声音这么早就在叫我？
孩子，你一早起身，一定有什么心事。老年人因为
多忧多虑，往往容易失眠，可身心壮健的青年，一
上了床就该酣然入睡；所以你的早起，倘不是因为
有什么烦恼，一定是昨夜没有睡觉。

罗密欧　你的第二个猜测是对的；昨夜我享受到了比睡眠更

甜蜜的安息。

劳伦斯　　上帝饶恕我们的罪恶！你是跟罗瑟琳在一起吗？

罗密欧　　跟罗瑟琳在一起，我的神父？不，我已经忘了那个
　　　　　名字，那是个令人不快的名字。

劳伦斯　　那才是我的好孩子；可你究竟去了哪儿呢？

罗密欧　　我愿意在你问我第二遍前就实言相告。昨天晚上，
　　　　　我跟我的仇敌在一起宴会，突然有人伤害了我，同
　　　　　时她也被我伤害；只有你的帮助和你的圣药，才能
　　　　　医治我们的重伤。神父，我并不怨恨我的敌人，因
　　　　　为，瞧，我来向你请求的事，不单是为我自己，也
　　　　　同样是为她。

劳伦斯　　好孩子，说明白些，把你的意思老老实实都告诉我，
　　　　　别打哑谜了。

罗密欧　　那我就老实告诉你吧，我心底的一往深情，已经完
　　　　　全倾注在凯普莱特的美丽女儿身上。她也同样爱
　　　　　我；一切都已完全定当，只要你肯替我们主持神圣
　　　　　的婚礼。我们在什么时候遇见，在什么地方求爱，
　　　　　怎样彼此交换盟誓，这一切我都可以慢慢说给你听；
　　　　　可无论如何，请你一定要答应，就在今天替我们
　　　　　成婚。

劳伦斯　　圣芳济啊！多么快的变化！难道你深爱的罗瑟琳，
　　　　　就这样一下子被你抛弃了吗？这样看来，年轻人的
　　　　　爱情，都是见异思迁，不是发于真心。耶稣，马利亚！
　　　　　你为了罗瑟琳的缘故，曾用多少眼泪洗刷你消瘦的

脸庞！为了替无味的爱情添加一点辛酸的味道，曾经浪费掉多少咸液！太阳还没扫清你吐向苍穹的怨气，我这龙钟的耳朵里还留着你往日的呻吟；瞧！就在你自己的脸颊上，还剩着一丝不曾擦去的旧时泪痕。要是你不曾变了个人，这些悲哀都是你真实的情感，那你便是罗瑟琳的，这些悲哀也是为罗瑟琳而发；难道你现在已经变心了吗？男人既然这样没有恒心，那就莫怪女人朝秦暮楚。

罗密欧　你常常因为我爱罗瑟琳而责备我。

劳伦斯　我的学生，不是说你不该恋爱，我只叫你不要因为恋爱而发痴。

罗密欧　你又叫我把爱情埋葬。

劳伦斯　我没叫你把你的爱埋葬，再去另找新欢。

罗密欧　请你不要责备于我；我现在所爱的她，跟我心心相印，不像之前那个一样。

劳伦斯　啊，罗瑟琳知道，你对她的爱啊，完全抄着人云亦云的老调，你还没上过入门恋爱的一课。可是，来吧，朝三暮四的青年，跟我来；为了一个理由，我愿意助你一臂之力：因为你们的结合也许会让你们两家释嫌修好，那就是天大的幸事了。

罗密欧　啊！那我们快去，我巴不得越快越好。

劳伦斯　凡事三思而行；跑得太快就会滑倒。（同下）

第四场

同前。街道

班伏里奥及茂丘西奥上。

茂丘西奥　见鬼的，这罗密欧究竟到哪儿去了？他昨晚没回家吗？

班伏里奥　没有，我问过他的仆人了。

茂丘西奥　哎哟！那个白面孔狠心肠的女人，那个罗瑟琳，把他折磨得太狠，他一定是疯了。

班伏里奥　提伯尔特，凯普莱特那老头的亲戚，有一封信送到他父亲那里。

茂丘西奥　肯定是一封挑战书。

班伏里奥　罗密欧一定会给他一个答复。

茂丘西奥　只要会写几个字，谁都能写个答复。

班伏里奥　不，我说他一定会接受他的挑战。

茂丘西奥　唉！可怜的罗密欧！他已经死了，一个白女人的黑眼睛戳破了他的心；一支恋歌穿过了他的耳朵；瞎眼的丘匹德之箭把他当胸射中；他现在还能抵得住提伯尔特吗？

班伏里奥　提伯尔特是个什么家伙？

茂丘西奥　　我可以告诉你，他不是个平常的阿猫阿狗。啊！他是个顶懂得礼节的人。他跟人打起架来，就像照着乐谱唱歌一样，一板一眼都不放松，一秒钟的停顿，然后一、二、三，刺进了人家的胸膛；他全然是个穿礼服的屠夫，一个决斗专家。啊！那了不得的侧击！那反击！那直中要害的一剑！

班伏里奥　　那什么？

茂丘西奥　　见他的鬼！这种怪模怪样、扭扭捏捏的装腔作势，说起话来怪声怪气，"耶稣啊，好一柄锋利的刀子！"——好一个高大的汉子，好一个风流的婊子！嘿，我的老爷子，咱们中间有这么一群不知从哪儿飞来的苍蝇，这群满嘴法国话的时髦人，他们因为趋新好异，坐在一张旧凳子上也会浑身难受，这怎不叫人痛哭流涕？哎，真是好一把软骨头！

　　　　　　罗密欧上。

班伏里奥　　罗密欧来了，罗密欧来了。

茂丘西奥　　瞧他那孤零零的神气，倒像一条风干的咸鱼。哎呀，你那块肉呀，怎么成了鱼干了呢？现在他又要念起彼特拉克的诗句来了：罗拉比起他的情人，不过是个灶下的丫头，虽然她有个会作诗的爱人[1]；狄多[2]

---

[1]　彼特拉克（Petrarch）是十四世纪意大利诗人，罗拉（Laura）是他终身的爱人。

[2]　狄多（Dido）为古代迦太基（Carthage）王后。

是个蓬头垢面的村妇；克莉奥佩屈拉[1]是个吉卜赛姑娘；海伦、希罗[2]都是下流的娼妓；提斯柏[3]也许有双美丽的灰眼，可也不配相提并论。Bon jour[4]，罗密欧先生，就冲您那又宽又松的法国裤子，给您来个法式敬礼！昨晚您这玩笑可真是开得溜啊。

罗密欧　　　两位大哥早安！昨晚我开了什么玩笑？

茂丘西奥　　溜啊，先生，您倒是溜得快呀。——你忘记了吗？

罗密欧　　　对不起，茂丘西奥，我有件很重要的事情，所以只好失礼。

茂丘西奥　　也就是说，事一重要，就能让人冲那大腿屁股屈一屈膝了。

罗密欧　　　失礼自当屈膝赔礼。

茂丘西奥　　我看你屈得很到位了。

罗密欧　　　可不是吗，有礼有节地屈呀。

茂丘西奥　　那我可是顶顶讲礼的了。

罗密欧　　　镶花鞋子的尖顶是吗？

茂丘西奥　　对呢。

罗密欧　　　那我的鞋子早已镶满了花了。

茂丘西奥　　算你聪明。那就跟着我来，把这笑话追到底吧，追得你鞋破花落，只剩一层鞋底，等那薄薄的鞋底一

1　克莉奥佩屈拉（Cleopatra），埃及女王。中世纪英国人认为吉卜赛人来自埃及。

2　海伦（Helen）、希罗（Hero）都是希腊神话中的女性。

3　提斯柏（Thisbe）及其恋人皮拉摩斯（Pyramus）的故事见《仲夏夜之梦》。

4　法语，意为"早安"。

破，也就只剩那光秃秃的笑话了哟。

罗密欧　啊，这笑话可真够浅薄，薄得像那鞋底，没有再薄的了，所以薄得精彩。

茂丘西奥　快来帮忙，好班伏里奥，说得我头都晕了。

罗密欧　快马加鞭，快马加鞭，不然我就宣告胜利了呀。

茂丘西奥　要是这比赛让你一领先就随你的性，想往哪儿跑就往哪儿跑，我自认不敌；谁让我这五官相加，也没你那一官来得野、来得骚呢；比野比骚，我几时追上你过？

罗密欧　那岂不是因为除了比野比骚，你什么也不愿意跟我比呀。

茂丘西奥　就冲你这胡说八道，我恨不得咬掉你的耳朵。

罗密欧　哎哟，你可不野不骚，别咬别咬。

茂丘西奥　你这笑话，简直又甜又酸，成了酸酱汁了。

罗密欧　甜甜的乖肉，配酸酸的酱汁，岂非绝配？

茂丘西奥　你这妙趣倒像你那横肉，羊羔皮似的能紧能松，一英寸能拉成好几十英寸。

罗密欧　那就顺便再拉得宽些，把你这小小的乖肉拉成一大块笨肉。

茂丘西奥　啊，我们这样打趣说笑，岂不比呻吟求爱好得多吗？你现在和气多了，成了真正的罗密欧了，不论生性如此，还是后天养成，现在的你才是真正的你；爱情，它就是个泪涕满面的傻瓜，上奔下窜，急着把那棍棒塞进洞里。

班伏里奥　　打住，打住。

茂丘西奥　　话不说完，还留个尾巴？你是要我把尾巴往那洞口
　　　　　　　打呢？

班伏里奥　　再不打住，你那尾巴可就越变越长了。

茂丘西奥　　哎哟，你上当了；你要是不接着说呀，我的尾巴本
　　　　　　　该缩得小小的啦，我这话头已经到了底了，不想再
　　　　　　　待在那话题里啦。

　　　　　　　乳媪及彼得上。

罗密欧　　　瞧啊，又一个话头来喽。是条船呀，是条船！

茂丘西奥　　是两条，两条！裙子船加裤子船，一公一母两条船。

乳媪　　　　彼得！

彼得　　　　有！

乳媪　　　　彼得，我的扇子。

茂丘西奥　　好彼得，替她把脸遮了；因为她的扇子比她的脸好
　　　　　　　看一点。

乳媪　　　　早安，列位先生。

茂丘西奥　　晚安，好太太。

乳媪　　　　是道晚安的时候了吗？

茂丘西奥　　我告诉你，不会错的。那钟盘上的手指正摸着正中
　　　　　　　那地方呢。

乳媪　　　　去你的！你是什么人？

罗密欧　　　好太太，上帝创造了他，却又让他自甘堕落。

Romeo. Here's goodly gear!
Mercutio. A sail, a sail, a sail!

Act II. Scene IV.

乳媪　　　　对，说得好，"让他自甘堕落"，是这么说的吧？列位先生，你们有谁能告诉我年轻的罗密欧在什么地方？

罗密欧　　　我可以告诉你；可等你找到他的时候，年轻的罗密欧已经比你寻访他的时候老了点了。我因为取不到一个好一点的名字，所以叫罗密欧；在取这个名字的人里，我是最年轻的一个。

乳媪　　　　您真会说话。

茂丘西奥　　呀，最糟糕的你还说好？你可真是想法独到，有水平，有水平。

乳媪　　　　先生，要是您就是他，我要跟您单独讲几句话。

班伏里奥　　她要拉他好好吃顿晚饭去了。

茂丘西奥　　一个老虔婆，哼！发现野物了呀！

罗密欧　　　发现什么？

茂丘西奥　　哎哟先生，可不是野鸡，要说是，那也是斋节饼里的鸡，都发了白霉，没法享用喽。（唱）

　　　　　　老鸡老鸡发白霉，

　　　　　　老鸡老鸡发白霉，

　　　　　　本是斋节好肉点。

　　　　　　可惜老鸡患白霉，

　　　　　　敢来尝的又有谁，

　　　　　　还没用就霉了遍。

　　　　　　罗密欧，你到不到你父亲那儿去？我们要在那边吃饭。

罗密欧	我随后就来。

茂丘西奥　　再见了，老小姐；（唱）"小姐小姐小姐姐"！（茂
　　　　　　丘西奥、班伏里奥下）

乳媪　　　好，再见！请问先生，这个满嘴胡说八道的放肆家
　　　　　　伙是什么人？

罗密欧　　奶妈，这位先生最喜欢听他自己讲话；他在一分钟
　　　　　　里所说的话，比他在一个月里听人家讲的话还多。

乳媪　　　要是他对我说一句不客气的话，尽管他力气更大一
　　　　　　点，我也要给他一顿教训；这种家伙二十个我都对
　　　　　　付得了，要是对付不了，我会叫那些对付得了的人
　　　　　　来。混账东西！他把老娘看作什么人啦？我不是那
　　　　　　些烂污婊子，哪能由他随便取笑。（向彼得）你也
　　　　　　是个好东西，看着人家把我欺侮，站在旁边一动也
　　　　　　不动！

彼得　　　我没看见谁欺侮你了；要是我看见了，一定会立刻
　　　　　　拔出我的棍棒来的。碰到吵架的事，只要理直气壮，
　　　　　　打起官司来不怕人家，我可从来不肯落在人家后头。

乳媪　　　哎哟！真把我气得浑身每一块肉都在发抖。混账东
　　　　　　西！对不起，先生，让我跟您说句话吧。我刚才说
　　　　　　过，我家小姐叫我来找您；她叫我说的话呀，我可
　　　　　　不能先告诉您；可我要先明明白白对您说啊，要是
　　　　　　正像人家说的，您想骗她做一场春梦，那可真是人
　　　　　　家说的，是顶坏顶坏的了；这姑娘年纪还小，所以
　　　　　　您要是欺骗了她，就实在是一桩对不起人家的事了，

　　　　　　　无论对哪一位好人家的姑娘来说，都是一样，而且，
　　　　　　　这也是一种顶不应该的行为。

罗密欧　　奶妈，请你替我向你家小姐致意。我可以对你发
　　　　　　　誓——

乳媪　　　很好，我就这样告诉她。主啊！主啊！她听见了一
　　　　　　　定会非常欢喜。

罗密欧　　奶妈，你告诉她什么话呢？你还没听我说呀。

乳媪　　　我就对她说您发过誓了，那可以证明您是一位正人
　　　　　　　君子。

罗密欧　　你请她今天下午想办法出来，到劳伦斯神父的寺
　　　　　　　院里忏悔，就在那里举行婚礼。这几个钱是给你
　　　　　　　的酬劳。

乳媪　　　不，真的，先生，我一个钱也不要。

罗密欧　　别客气了，还是拿着吧。

乳媪　　　今天下午吗，先生？好，她一定会去的。

罗密欧　　好奶妈，请你在这寺墙后面稍等，就在这一小时内，
　　　　　　　我要叫我的仆人去拿一捆扎得像船上的软梯一样的
　　　　　　　绳子来给你带去；在秘密的夜里，我要靠它去攀登
　　　　　　　幸福的尖端。再会！愿你对我们忠心，我一定不会
　　　　　　　有负你的辛劳。再会！替我向你家小姐致意。

乳媪　　　天上的上帝保佑您！先生，有句话我想说给您听。

罗密欧　　你有什么话说，我的好奶妈？

乳媪　　　您那仆人可靠得住吗？您没听见古话说的，两个人
　　　　　　　知道是秘密，三个人知道就不是秘密了吗？

罗密欧　　你放心吧，我的仆人再可靠不过。

乳媪　　好先生，我那小姐是个最可爱的姑娘——主啊！主啊！——那时候她还是个咿咿呀呀怪会说话的小东西——啊！本地有一位名叫帕里斯的贵人，他巴不得把我家小姐抢到手里；可她呀，好人儿，瞧他比瞧一只蛤蟆还讨厌。有时我对她说，帕里斯人品不错，你才不知道哩，她一听见这样的话，就气得面如土色。请问罗斯玛丽花和罗密欧是不是都是"罗"（R）打头呀？

罗密欧　　是呀，奶妈，怎么说？都是"罗"（R）打头呀。

乳媪　　你真会开玩笑啊！那可是狗的名儿[1]呀；"罗"（R）就是那个——不对；我知道那一定是另一个字打头的——她还把你和罗斯玛丽花连在一起，编成一句很有趣的话呢，您听了一定欢喜。

罗密欧　　替我向你家小姐致意。

乳媪　　一定一定，一千遍为您转达。（罗密欧下）彼得！

彼得　　有！

乳媪　　给我带路，快些走。（同下）

1　"R"听上去像狗的低吠。

第五场

同前。凯普莱特家的花园

朱丽叶上。

朱丽叶　我在九点钟差奶妈过去；她答应半小时内回来。也许她碰不见他；那肯定不会。啊！她的脚走起路来不大方便。恋爱的使者应当是思想，因为它比驱散山坡上的阴影的阳光还要快过十倍；所以维纳斯的云车是由白鸽驾驶，所以凌风而飞的丘匹德生着翅膀。现在太阳已经升上中天，从九点钟到十二点钟是三个很长的钟点，可她还没回来。要是她是个有感情、有温暖的青春的血液的人，她的行动一定会像球儿一样敏捷，我用一句话就能把她抛到我心爱的情人那里，他也能用一句话把她抛回到我这里；可上了年纪的人，大多像死人一般，手脚滞钝，呼唤不灵，慢吞吞地没有一点精神。

乳媪及彼得上。

朱丽叶　啊，上帝！她来了。啊，好心肝奶妈！什么消息？

Juliet. O Heaven, she comes!

Act II. Scene V.

　　　　　　你碰到他了吗？叫那个人出去。

乳媪　　　彼得，到门口去等着。（彼得下）

朱丽叶　　亲爱的好奶妈——哎呀！你怎么一脸懊恼？就算是
　　　　　坏消息，你也该装出笑容来说；如果是好消息，你
　　　　　就不该用这副难看的面孔奏出美妙的音乐。

乳媪　　　我累死了，让我歇一会儿吧。哎呀，我的骨头好痛！
　　　　　我赶了多少路呀！

朱丽叶　　我但愿能把骨头给你，你把消息给我。求求你，快
　　　　　说呀；好奶妈，说呀。

乳媪　　　耶稣啊！你急什么？你不能等一下吗？你没见我气
　　　　　都喘不过来了吗？

朱丽叶　　既然气都喘不过来，你又怎么能告诉我说你气都喘
　　　　　不过来？你费了这么久的时间推三阻四，要是干脆
　　　　　告诉我，还不是几句话就完了。我只要你回答，
　　　　　你的消息是好是坏？只要先回答我一个字，详细的
　　　　　话慢慢再说好了。快让我知道了吧，是好消息还是
　　　　　坏消息？

乳媪　　　好，你是个傻孩子，选中了这么个人；你不知道怎
　　　　　样选一个男人。罗密欧！不，他不行，虽然他的面
　　　　　孔长得比人家漂亮一点；可他的腿才叫有模有样；
　　　　　讲到他的手、他的脚、他的身体，虽然这种话不大
　　　　　说得出口，可的确谁也比不上他。他不是顶懂礼貌，
　　　　　可他温柔得就像一头羔羊。好，看你的运气吧，姑
　　　　　娘；好好敬奉上帝。怎么，你在家里吃过饭了吗？

朱丽叶	没有，没有。你说的这些我早知道了。结婚的事情，他怎么说？
乳媪	主啊！我头痛死了！我害了多厉害的头痛！痛得好像要裂成二十块似的。还有我这边的背痛；哎哟，我的背！我的背！你的心肠真好，叫我到外边东奔西走去寻死呀。
朱丽叶	害你这样不舒服，我真是说不出的抱歉。亲爱的、亲爱的、亲爱的奶妈，告诉我，我的爱人说了些什么？
乳媪	你的爱人说——他说得很像个老老实实的绅士，很有礼貌，很和气，很漂亮，而且也很规矩——你妈妈呢？
朱丽叶	我妈妈！她就在里面；她还会在哪儿？你回答得多么古怪："你的爱人说，他说得很像个老老实实的绅士，你妈妈呢？"
乳媪	哎哟，圣母娘娘！你就这么性急？哼！反了反了，这就是你瞧我筋酸骨痛，替我涂上的药膏吗？以后还是你自己去送信吧。
朱丽叶	别缠下去啦！快些，罗密欧怎么说？
乳媪	你已经得到准许，今天去忏悔了吗？
朱丽叶	准我去了。
乳媪	那你快到劳伦斯神父的寺院里去，有个丈夫在那儿等着你去做他的妻子。现在你的脸红起来啦。你到教堂里去吧，我还要到别处去搬一张梯子，等到天

黑的时候，你的爱人就能凭着它爬进鸟窠。为了叫你高兴，我不怕吃苦奔劳，可今天晚上，你也得负起担子来啦。去吧，我还没吃过饭呢。

朱丽叶　　我要寻找我的幸运去了！好奶妈，再会。（各下）

第六场

同前。劳伦斯神父的寺院

劳伦斯神父及罗密欧上。

劳伦斯　　　愿上天祝福这神圣的结合，别让日后的懊恨把我们
　　　　　　　谴责！

罗密欧　　　阿门，阿门！可无论将来会发生何等悲哀的后果，
　　　　　　　都抵不过我在看见她这短短一分钟内的欢乐。不管
　　　　　　　侵蚀爱情的死亡怎样伸展它的魔手，只要你用神圣
　　　　　　　的言语，把我们的灵魂结为一体，让我能用"我的
　　　　　　　人儿"来唤她一声，我也就不再有什么遗恨。

劳伦斯　　　这种狂暴的快乐会产生狂暴的结局，正像火和火药
　　　　　　　的亲吻，就在最得意的一刹那间烟消云散。最甜的
　　　　　　　蜜糖会让味觉麻木；不太热烈的爱情才会维持久
　　　　　　　远；太快和太慢，结果都不会圆满。

朱丽叶上。

劳伦斯　　　这位小姐来了。啊！这样轻盈的脚步，它永远不会
　　　　　　　踏破神龛前的砖石；一个恋爱中人，可以踏在随风

飘荡的蛛网之上，不会跌下，幻妄的幸福让灵魂飘
然轻举。

朱丽叶　　晚安，神父。

劳伦斯　　罗密欧会感谢你的，孩子，替我们两个。

朱丽叶　　我也会谢他，不然他的谢意便会太多。

罗密欧　　啊，朱丽叶！要是你感到和我一样多的快乐，要是
你的灵唇慧舌，能宣述你衷心的快乐，那就让空气
中布满从你嘴里吐出的芳香，用无比的妙乐，把这
次相见之际我们给予彼此的无限欢欣倾吐出来。

朱丽叶　　充实的思想不在于言语的富丽；只有乞儿才会计数
他的家私。真诚的爱情充溢在我心里，我无法估量
自己享有的财富。

劳伦斯　　来，跟我来，我们要把事情早点办好；因为在神
圣的教会让你们结合以前，你们是不能在一起的。

（同下）

第一场

维洛那。广场

茂丘西奥、班伏里奥、侍童及若干仆人上。

班伏里奥 好茂丘西奥，咱们还是回去吧。天这么热，凯普
莱特家的人满街都是，要是碰到了他们，又免不
了吵上一架；在这种大热天里，人的脾气最容易
暴躁起来。

茂丘西奥 你就像这么一种家伙，他们跑进了酒店的门，把剑
在桌上一放，说，"上帝保佑我别用到你！"等到
两杯喝罢，他就无缘无故拿起剑来跟酒保吵架。

班伏里奥 我难道是这样的人吗？

茂丘西奥 得啦得啦，你的坏脾气比得上所有暴躁的意大利人；
动不动就要生气，一生气就要乱动。

班伏里奥 往哪儿动？

茂丘西奥 哼！要是有两个像你这样的人碰在一起，结果总会

一个也不剩下，因为两个人都要杀死对方才肯罢
休。你！嘿，你会跟人家吵架，因为他比你多一根
或是少一根胡须。瞧见人家咬栗子，你也会跟他闹
翻，你的理由只是因为你有一双栗色的眼睛。除了
你这样的一双眼睛，还有什么眼睛能吹毛求疵到这
种地步，瞧见这样的理由？你的脑袋里装满了惹是
招非的念头，正像鸡蛋里装满了蛋黄蛋白，虽然为
了惹是招非的缘故，你的脑袋曾经给人打得像个坏
蛋一样。你以前还因为有人在街上咳了一声而跟他
吵架，因为他咳醒了你那条在太阳底下睡觉的狗。
你有一次不是因为看见一个裁缝在复活节前穿起他
的新背心来，就跟他大闹一场吗？还有一次，你不
是因为他用旧带子系他的新鞋，就又跟他闹吗？现
在你却要教我不要跟人家吵架！

班伏里奥　　要是我像你一样爱吵架，不消一时半刻，我的性命
　　　　　　就卖给人家了。

茂丘西奥　　卖给人家？哼，傻瓜。

班伏里奥　　哎哟！凯普莱特家的人来了。

茂丘西奥　　来就来吧，我才不管。

提伯尔特及余人等上。

提伯尔特　　你们跟着我，别走开，等我去跟他们说话。两位晚
　　　　　　安！我要跟你们之中无论哪一位说句话儿。

茂丘西奥	您只要跟我们之中的一个人说一句话吗？那未免太不够意思。要是您愿意在一句话以外，再跟我们较量一两手，那我们倒愿意奉陪。
提伯尔特	只要您给我一个理由，您就会知道我也不是个怕事的人。
茂丘西奥	您不能自己想出个理由来吗？
提伯尔特	茂丘西奥，你陪着罗密欧到处乱闯——
茂丘西奥	到处拉唱！怎么！你把我们当作一群沿街卖唱的人吗？你要是把我们当作沿街卖唱的人，那么我们倒要请你听一点儿不大好听的声音；这就是我提琴上的拉弓，拉一拉就要叫你跳起舞来。他妈的！到处拉唱！
班伏里奥	这儿来往的人太多，讲话不大方便，最好还是找个清静点的地方谈谈；要不然大家别闹意气，有什么过不去的事情，平心静气地理论理论；否则各走各的路，也就完了，别让这么多人的眼睛瞧着我们。
茂丘西奥	人生着眼睛总要瞧的，让他们瞧去好了；我可不能为了别人高兴，自己离开这地方。

罗密欧上。

提伯尔特	好，我的人来了；我不跟你吵。
茂丘西奥	他又不吃你的饭，不穿你的衣服，怎么是你的人？可他虽然不是你的跟班，要是你到决斗场去，他倒

一定会紧紧跟住你的。这么一来，阁下倒能喊这一声，"我的人来了"。

提伯尔特　罗密欧，我对你的仇恨，让我只能用一个名字来称呼你了——你就是个恶贼！

罗密欧　提伯尔特，我跟你无冤无仇，你这样无端挑衅，本来我不能容忍，可我有必须爱你的理由，所以也不愿意跟你计较。我不是恶贼；再见，我看你还不知道我的身份。

提伯尔特　小子，你冒犯了我，现在可不能用这花言巧语掩饰过去；赶快回过身子，拔出剑来。

罗密欧　我可以郑重声明，我从没冒犯过你，而且你想不到我是怎样爱你，除非你知道了我爱你的理由。所以，好凯普莱特——我尊重这个姓氏，就像尊重我自己的姓氏一样——咱们还是讲和了吧。

茂丘西奥　哼，好丢脸的屈服！只有武力才能洗去这种耻辱。（拔剑）提伯尔特，你这捉耗子的猫儿，你愿意跟我决斗吗？

提伯尔特　你要我跟你干吗？

茂丘西奥　好你个猫精，听说你有九条性命，我只取你一条，留下那另外八条，以后再跟你算账。快快拔出你的剑来，否则莫怪无情，我的剑就要临到你耳朵边了。

提伯尔特　（拔剑）好，我愿意奉陪。

罗密欧　好茂丘西奥，收起你的剑。

茂丘西奥　来，来，来，我倒要领教领教你的剑法。（二人互斗）

罗密欧	班伏里奥，拔出剑来，打下他们的武器。两位老兄，这算什么？快别闹啦！提伯尔特，茂丘西奥，亲王已经明令禁止在维洛那的街道上斗殴。住手，提伯尔特！好茂丘西奥！（提伯尔特及其党徒下）
茂丘西奥	我受伤了。你们这两户倒霉的人家！我已经完啦。他不带一点伤就走了？
班伏里奥	啊！你受伤了吗？
茂丘西奥	嗯，嗯，擦破了一点儿；可也够受的了。我的童儿呢？狗奴才，快去找个外科医生来。（侍童下）
罗密欧	放心吧，老兄；这伤口不算太深。
茂丘西奥	是的，没有井那么深，也没有门那么阔，可这一点点伤就够要人的命了；要是你明天找我，就在坟墓里见。我这一生是完了。你们这两户倒霉的人家！他妈的！狗、耗子、猫儿，都能咬得死人！这个说大话的家伙，这个混账东西，打起架来也要照着数学公式！谁叫你把身子插进来了？都是你把我拉住，我才中了剑的。
罗密欧	我完全是出于好意。
茂丘西奥	班伏里奥，快把我扶进哪个屋子里去，不然我就要晕过去了。你们这两户倒霉的人家！我已经死在你们手里了。——你们这两户人家！（茂丘西奥、班伏里奥同下）
罗密欧	他是亲王的近亲，也是我的好友；如今他为了我而受到致命的重伤。提伯尔特杀死了我的朋友，又毁

谤了我的名誉，虽然他在一小时前还是我的亲人。亲爱的朱丽叶啊！你的美丽让我懦弱，磨钝了我勇气的锋刃！

班伏里奥重上。

班伏里奥　啊，罗密欧，罗密欧！勇敢的茂丘西奥死了；他已经撒手离开尘世，他的英魂已经升上了天庭！

罗密欧　今天这场意外的变故，怕要引起日后的灾祸。

提伯尔特重上。

班伏里奥　暴怒的提伯尔特又来了。

罗密欧　茂丘西奥死了，他却耀武扬威地活在人世！现在我只好抛弃一切顾忌，不怕伤了亲戚的情分，让眼里喷出火焰的愤怒支配我的行动！提伯尔特，你刚才骂我恶贼，我要你收回这两个字；茂丘西奥的阴魂就在我们头顶，他在等你去跟他做伴；我们之中必须有人去和他做伴，要不然就一起死吧。

提伯尔特　你这该死的小子，你生前跟他做了朋友，死后也去陪着他吧！

罗密欧　这柄剑可以替我们决定谁死谁生。（二人互斗；提伯尔特倒下）

班伏里奥　罗密欧，快走！市民都已经被这场争吵惊动，提伯

　　　　　　尔特又死在这儿。别站着发怔；要是你给他们捉住，

　　　　　　亲王就要判你死刑。快走吧！快走吧！

罗密欧　　唉！我是受命运玩弄的人。

班伏里奥　你怎么还不走？（罗密欧下）

　　　　　　市民等上。

市民甲　　杀死茂丘西奥的人逃到哪儿去了？那凶手提伯尔特

　　　　　　逃到哪儿去了？

班伏里奥　躺在那边的就是提伯尔特。

市民甲　　先生，请跟我走一趟。我用亲王的名义命令你服从。

　　　　　　　亲王率侍从；蒙太古夫妇、凯普莱特夫妇及

　　　　　　余人等上。

亲王　　　这场争端的祸首现在何处？

班伏里奥　啊，尊贵的亲王！我可以把这场流血争端的不幸经

　　　　　　过向您从头告禀。那个躺在那边的人，就是把您的

　　　　　　亲戚，勇敢的茂丘西奥杀死的人，他现在已经被年

　　　　　　轻的罗密欧杀死。

凯普莱特夫人　提伯尔特，我的侄儿！啊，我哥哥的孩子！亲王啊！

　　　　　　侄儿啊！丈夫啊！哎哟！我亲爱的侄儿叫人杀了！

　　　　　　殿下，您正直无私，必会让蒙太古家血债血偿。哎

　　　　　　哟，侄儿啊！侄儿！

亲王　　　　班伏里奥，是谁挑起了这场流血的争斗？

班伏里奥　　死在这儿的提伯尔特，他被罗密欧杀死。罗密欧很
　　　　　诚恳地劝他，叫他想想这样的争吵多没意思，同时
　　　　　也提起了您的森严禁令。他用温和的语调、谦恭的
　　　　　态度，赔着笑脸向他反复劝解，可提伯尔特充耳不
　　　　　闻，一味逞着骄横，拔出剑来就向勇敢的茂丘西奥
　　　　　胸前刺去；茂丘西奥也动了怒，就还手和他交锋起
　　　　　来，自恃着本领高强，满不在乎地一手挡开敌人致
　　　　　命的剑锋，一手向提伯尔特还刺过去，提伯尔特眼
　　　　　明手快，也把它挡开。那时罗密欧就高声喊叫，"住
　　　　　手，朋友；快快分开！"说时迟，来时快，他敏捷
　　　　　的腕臂已经打下他们的利剑，他就插身在他们中
　　　　　间；谁料提伯尔特怀着毒心，冷不防打罗密欧的臂
　　　　　下刺了一剑，竟中了茂丘西奥的要害，于是他就逃
　　　　　离了现场。过了一会儿，他又回来找罗密欧，罗密
　　　　　欧这时正满腔怒火，像闪电似的跟他打了起来，我
　　　　　还来不及拔剑阻止他们，勇猛的提伯尔特就已中剑
　　　　　而死，罗密欧见他倒在地上，也转身逃走。我说的
　　　　　句句都是真话，倘有虚言，愿受死刑。

凯普莱特夫人　他是蒙太古家的亲戚，他说的话都徇着私情，完全
　　　　　是假的。大概有二十个人参加了这场残酷的争斗，
　　　　　二十个人合力谋害一条人命。殿下，我要请您主持
　　　　　公道，罗密欧杀死了提伯尔特，罗密欧必须抵命。

亲王　　　　罗密欧杀了他，他杀了茂丘西奥；茂丘西奥的命该

由谁来抵偿？

蒙太古　　殿下，罗密欧不该偿他的命；他是茂丘西奥的朋友，他的过失不过是执行了提伯尔特依法应处的死刑。

亲王　　为了这个过失，我现在宣布，立刻把他放逐出境。你们双方的憎恨已经牵涉到我，在你们残暴的争斗中，已经流下了我的亲人的鲜血；我必须重罚你们，以此警诫你们的将来。我不听任何请求辩护，哭泣和祈祷都无法让我枉法徇情，所以，不用再想什么挽回的办法，赶快把罗密欧遣送出境；不然的话，他在什么时候被我们发现，就在什么时候把他处死。把这尸体扛走，不许违抗我的命令；对杀人凶手莫讲慈悲，否则便成了鼓励凶杀。（同下）

第二场

同前。凯普莱特家的花园

朱丽叶上。

朱丽叶　　快快跑过去吧，踏着火云的骏马，把太阳拖回它安息的所在；但愿驾车的法厄同[1]鞭策你们飞驰向西，让阴沉的暮夜赶快降临。展开你密密的帷幕，成全恋爱的黑夜！遮住夜行人的眼睛，让罗密欧悄悄投入我的怀里，不被人家看见，也不被人家谈论！恋人们可在自身美貌的光辉里互相缱绻；即使恋爱盲目，那也正好和黑夜相称。来吧，温文的夜，你这朴素的黑衣妇人，教会我怎样在一场全胜的赌博中失败，让各人纯洁的童贞互为赌注。用你黑色的罩巾遮住我脸上羞怯的红潮，等我深藏内心的爱情慢慢大胆起来，不再因为在行动上流露真情而惭愧。来吧，黑夜！来吧，罗密欧！来吧，你这黑夜中的白昼！因为你将睡在黑夜的翅膀之上，比乌鸦背上的新雪还要皎白。来吧，柔和的黑夜！来吧，可爱

1　法厄同（Phæthon），希腊神话中太阳神的儿子，因驾驶太阳马车却无法驾驭，使马车脱离轨道而被宙斯用雷电殛落。

的黑颜的夜，把我的罗密欧给我！等他死后，你再把他带走，分散成无数的星星，把天空装饰得那样美丽，让全世界都恋爱着黑夜，不再崇拜炫目的太阳。啊！我已买下一所恋爱的华厦，可它还不曾属我所有；虽然我已经把自己出卖，可还没有被买主领去。这日子长得真叫人厌烦，正像一个做好了新衣的小孩，在节日的前夜焦躁地等着天明一样。啊！我的奶妈来了。

乳媪携绳上。

朱丽叶　　她带着消息来了。谁的舌头织出了罗密欧的名字，他就在吐露着天上的仙音。奶妈，什么消息？你带着些什么来了？那就是罗密欧叫你去拿的绳子？

乳媪　　是的，是的，这绳子。（将绳掷下）

朱丽叶　　哎哟！怎么了？你为什么扭着双手？

乳媪　　唉！唉！唉！他死了，他死了，他死了！我们完了，小姐，我们完了！唉！他走了，他给人杀了，他死了！

朱丽叶　　老天竟会这样狠毒？

乳媪　　不是老天狠毒，是罗密欧才下得了这样毒手。啊！罗密欧，罗密欧！谁想得到会有这样的事情？罗密欧！

朱丽叶　　你是个什么鬼，这样煎熬着我？这简直就是地狱里的酷刑。罗密欧把自己杀死了吗？你只要回答我一个"是"字，这一个"是"字就比毒龙眼里射放的死光更能致人死命。要是他死了，你就说"是"；要是他没死，你就说"不"；这两个简单的字就能决定我的终身祸福。

乳媪　我看见他的伤口，我亲眼看见他的伤口，慈悲的上帝！就在他勇敢的胸前。一个可怜的尸体，一个可怜的流血的尸体，像灰一样苍白，满身是血，满身都是一块块的血；我一瞧见就晕过去了。

朱丽叶　啊，我的心要碎了！——可怜的破产者，你已丧失了一切，还是赶快碎裂了吧！失去了光明的眼睛，你从此不能再见天日了！你这俗恶的泥土之躯，赶快停止呼吸，复归于泥土，去和罗密欧同眠在一个墓穴里吧！

乳媪　啊！提伯尔特，提伯尔特！我顶好的朋友！啊，温文尔雅的提伯尔特，正直的绅士！想不到我活到今天，却会看见你死去！

朱丽叶　这是一阵什么风暴，一会儿又换了方向！罗密欧给人杀了，提伯尔特又死了吗？一个是我最亲爱的哥哥，一个是我更亲爱的夫君？那么，可怕的号角，宣布世界末日的来临吧！要是这样两个人都可以死去，谁还该活在这世上？

乳媪　提伯尔特死了，罗密欧被放逐了；罗密欧杀了提伯尔特，他现在被放逐了。

朱丽叶	上帝啊！提伯尔特是死在罗密欧手里的吗？
乳媪	是的，是的；唉！是的。
朱丽叶	啊，花一样的面庞下藏着蛇一样的心！那条恶龙曾栖息在这样清雅的洞府里吗？美丽的暴君！天使般的魔鬼！披着白鸽羽毛的乌鸦！豺狼一样残忍的羔羊！圣洁的外表包覆着丑恶的实质！你的内心刚巧和你的模样相反，一个万恶的圣人，一个庄严的奸徒！造物主啊！你为什么要从地狱里提出这个恶魔的灵魂，把它安放在这样可爱的一座肉体的天堂里呢？哪一本邪恶的书籍曾装订得这样美观？啊！谁想得到这样一座富丽的宫殿里，会容纳着欺人的虚伪！
乳媪	男人都靠不住，没有良心，没有真心；谁都是三心二意，反复无常，奸恶多端，净是些骗子。啊！我的人呢？快给我倒点酒来；这些悲伤烦恼，已经让我老起来了。愿耻辱降临到罗密欧头上！
朱丽叶	你说出这样的愿望，你的舌头就该长出水疱！耻辱从来不曾和他一起，它不敢侵上他的眉宇，因为那是君临天下的荣誉的宝座。啊！我刚才我这样把他辱骂，我真是个畜生！
乳媪	杀死你族兄的人，你还要说他的好话？
朱丽叶	他是我丈夫，我难道该说他坏话？啊！我可怜的丈夫！你这三小时的妻子都这样凌辱你的名字，谁还会对它说一句温情的慰藉？可你这恶人，你为什么

杀死我的哥哥？他要是不杀我的哥哥，我凶恶的哥哥就会杀死我的丈夫。回去吧，愚蠢的眼泪，流回你的源头；你那滴滴的细流，本来是悲哀的倾注，可你却错把它呈献给喜悦。我的丈夫活着，他没被提伯尔特杀死；提伯尔特死了，他想要杀死我的丈夫！这明明是喜讯，我为什么要哭泣？还有两个字比提伯尔特的死更使我痛心，像一柄利刃刺进我的胸中；我但愿忘了它们，可……唉！它们紧紧牢附着我的记忆，就像萦回在罪人脑中的不可宥恕的罪恶。"提伯尔特死了，罗密欧被放逐了！"放逐了！这"放逐"两字，就等于杀死了一万个提伯尔特。单单是提伯尔特的死，就已经能令人伤心；即使祸不单行，必须在"提伯尔特死了"之后，再接上一句不幸的消息，为什么不说你的父亲，或是你的母亲，或是父母两人都死了，来引起一点人情之常的哀悼？可在提伯尔特的噩耗之后，来的竟是一记更大的打击，"罗密欧被放逐了！"这话简直就等于，父亲、母亲、提伯尔特、罗密欧、朱丽叶，都一起被杀，一起死了。"罗密欧被放逐了！"这句话里包含着无穷无际、无极无限的死亡，没有字句能够形容里面蕴蓄着的悲伤。——奶妈，我的父亲、我的母亲呢？

乳媪　　他们正抚着提伯尔特的尸体痛哭。你要去看他们吗？让我带着你去。

朱丽叶	让他们用眼泪洗涤他的伤口，我的眼泪要留着为罗密欧的放逐而哀哭。拾起那些绳子。可怜的绳子，你是失望了，我们俩都失望了，因为罗密欧被放逐了；他要借你来做接引相思的桥梁，可我却要做个独守空闺的怨女，直到我死去。来，绳儿；来，奶妈。我要睡上我的新床，把我的童贞献给死亡！
乳媪	那你快到房里去吧；我去找罗密欧来给你安慰，我知道他在哪儿。听着，你的罗密欧今晚一定会来看你；他现在躲在劳伦斯神父的寺院，我这就去找他。
朱丽叶	啊！你快去找他；把这指环拿去给我忠心的骑士，叫他来作最后的诀别。（各下）

第三场

同前。劳伦斯神父的寺院

劳伦斯神父上。

劳伦斯　　罗密欧，出来；快出来，你这担惊受怕的人，你已经和坎坷的命运结下不解之缘。

罗密欧上。

罗密欧　　神父，什么消息？亲王的判决怎样？还有什么我不知道的不幸要来找我？

劳伦斯　　我的好孩子，你已遭逢太多不幸。我来告诉你亲王的判决。

罗密欧　　除了死罪，还能有什么判决？

劳伦斯　　他的判决是很温和的：他并不判你死罪，只宣布把你放逐。

罗密欧　　嘿！放逐！慈悲一点，还是说"死"吧！不要说"放逐"，因为放逐比死还可怕。

劳伦斯　　你必须立刻离开维洛那境内。不要懊恼，这是一个广大的世界。

罗密欧	在维洛那城外，没有别的世界，只有地狱的苦趣；所以，从维洛那放逐，就是从这世上放逐，与死无异。明明是死，你却说是放逐，这就等于用一柄利斧砍下我的脑袋，反因自己夺人性命而洋洋得意。
劳伦斯	哎哟，罪过罪过！你怎能如此不知恩德！你犯下的过失，按照法律本应处死，幸亏亲王仁慈，对你特别开恩，才把可怕的死罪改成放逐；这明明是莫大的恩典，你却不知。
罗密欧	这是酷刑，不是恩典。朱丽叶所在的地方就是天堂；这儿的每一只猫、每一只狗、每一只小小的老鼠，都生活在天堂，都可以瞻仰她的容颜，可罗密欧却看不见她。污秽的苍蝇都能接触亲爱的朱丽叶的皎洁玉手，从她的嘴唇上偷取天堂中的幸福，那两片嘴唇是这样纯洁贞淑，永远含着娇羞，好像觉得彼此相吻也是一种罪恶；苍蝇可以这样，我却必须远走高飞，它们是自由的，我却是个被放逐的流徒。你还说放逐不是死吗？难道你没有配好的毒药、锋锐的刀子，无论什么致命的利器，必须用"放逐"两字来杀害我吗？放逐！啊，神父！只有沉沦在地狱里的鬼魂才会用到这两个字，伴着凄厉的呼号；你是一个教士，一个替人忏罪的神父，又是我的朋友，怎么忍心用这两个字，"放逐"，来寸磔我呢？
劳伦斯	你这痴心的疯子，听我说一句吧。
罗密欧	啊！你又要把放逐挂在嘴上。

劳伦斯	我要教你抵御这两个字的方法，用哲学的甘乳安慰你的逆运，让你忘却被放逐的痛苦。
罗密欧	又是"放逐"！我不要听什么哲学！除非哲学能制造一个朱丽叶，迁移一个城市，撤销一个亲王的判决，否则它就没什么用处。别再多说了吧。
劳伦斯	啊！我看疯人是不生耳朵的。
罗密欧	聪明人不生眼睛，疯人何必生耳朵呢？
劳伦斯	让我跟你讨论讨论你现在的处境。
罗密欧	你无法谈论你没有感受到的事情；要是你也像我一样年轻，朱丽叶是你的爱人，才刚结婚一个小时，你就把提伯尔特杀了；要是你也像我一样热恋，像我一样被放逐，那时你才能讲话，那时你才会像我现在一样扯着头发，倒在地上，替自己量一个葬身的墓穴。（内叩门声）
劳伦斯	快起来，有人在敲门；好罗密欧，躲起来吧。
罗密欧	我不要躲，除非我从心底里发出的痛苦呻吟的气息，会像一重云雾一样掩蔽着我，让我躲过追寻者的眼睛。（叩门声）
劳伦斯	听！门打得多响！——是谁在外面？——罗密欧，快起来，他们会捉住你的。——等一等！——站起来；（叩门声）跑到我的书斋里去。——就来了！——上帝啊！瞧你多不听话！——来了，来了！（叩门声）谁把门敲得这么响？你是从哪儿来的？有什么事？

乳媪	（在内）让我进来，你就能知道我的来意；我是从朱丽叶小姐那里来的。
劳伦斯	那好极了，欢迎欢迎！

乳媪上。

乳媪	啊，神父！啊，告诉我，神父，我家小姐的姑爷在哪？罗密欧呢？
劳伦斯	那边地上哭得如醉如痴的就是他了。
乳媪	啊！他正像我的小姐一样，正像她一样！唉！真是同病相怜，一般的伤心！她也这样躺在地上，一头唠叨一头哭，一头哭一头唠叨。起来，起来；是个男子汉的话，您就该起来；为了朱丽叶的缘故，为了她的缘故，站起来吧。为什么您要伤心成这个样子？
罗密欧	奶妈！
乳媪	唉，姑爷！唉，姑爷！一个人到头来总是要死的。
罗密欧	你刚才不是说起朱丽叶吗？她现在怎样？我现在已经用她近亲的血液玷污了我们的新欢，她不会把我当作一个杀人的凶犯吗？她在哪儿？她怎么样？我秘密的新娘，对于我们这段中断的情缘，她说了些什么？
乳媪	啊，她没说什么，姑爷，只是哭呀哭的，哭个不停；一会儿倒在床上，一会儿又跳了起来；一会儿叫一

声提伯尔特，一会儿哭一声罗密欧啊；然后又倒了下去。

罗密欧　好像我那名字是从枪口里瞄准了射出来似的，一弹出去就把她杀死，正像我这该死的双手杀死了她的亲人一样。啊！告诉我，神父，告诉我，我的名字藏在我身上哪处万恶的地方？告诉我，好让我捣毁这可恨的巢穴。（拔剑）

劳伦斯　放下你那鲁莽的手！你是个男子汉吗？你形似男儿，却流着妇人的眼泪；你狂暴的举动，简直像头野兽在无可理喻地咆哮。你这须眉的贱妇，你这人头的畜类！我真想不到你的性情竟会这样毫无涵养。你已经杀死了提伯尔特，你还要杀死你自己吗？你怎不想想，你对自己做出这种万劫不赦的暴行，不也就是在杀死你那和你相依为命的妻子吗？为什么你要怨恨天地，怨恨你自己生不逢辰？天地好不容易生下你这个人来，你却要亲手把自己摧毁！呸！呸！你有的是堂堂七尺之躯，有的是热情和智慧，你却不知道好好利用它们，这岂不是辜负了你的七尺之躯，辜负了你的热情和智慧？你的堂堂仪表不过是一尊蜡塑的形象，没有一点男子汉的血气；你的山盟海誓都是些空虚的谎言，杀害你发誓要珍爱的情人；你的智慧不知指挥你的行动，驾驭你的感情，它已变成愚妄的谬见，正像装在一个笨拙的军士的枪膛里的火药，本来是自卫的武器，就因为他不懂怎样去点燃，反而毁损了自己的肢体。
怎么！起来吧，孩子！你刚才几乎要为了你的朱丽
叶而自杀，可她现在正好好地活着，这是你的第一
件幸事。提伯尔特要把你杀死，可你却杀死了提伯
尔特，这是你的第二件幸事。法律本来规定杀人抵
命，可它对你特别留情，减成放逐的刑罚，这是你
的第三件幸事。这么多幸事照顾着你，幸福穿着盛
装向你献媚，你却像个倔强乖僻的女孩，向命运和
爱情噘起了嘴唇。留心，留心，这样不知足的人啊，
都不得好死。去，快去面见你的情人，按照预定的
计划，到她的寝室里去，给她安慰；不过，在逻骑
出发以前，你必须及早离开，否则你就到不了曼多
亚了。你可以暂时在曼多亚住下，等我们觑着机会，
宣布你们的婚姻，和解两家的亲族，向亲王请求特
赦，那时我们就能用超过你现在的离别悲痛二百万
倍的欢乐招呼你回来。奶妈，你先去吧，替我向你
家小姐致意；叫她设法催促她家里的人早早安睡，
在他们遭遇这样重大的悲伤以后，这很容易办到。
你对她说，罗密欧就要来了。

乳媪　　　主啊！这样好的教训，就是在这儿听上一夜，我都
愿意；啊！不愧是有学问的人呀！姑爷，我这就去
告诉小姐，说您要来了。

罗密欧　　很好，请你再叫我的爱人准备好一顿责骂。

乳媪　　　姑爷，这枚戒指，小姐叫我拿来送您，请您赶快就

去，天色已经晚了。（下）

罗密欧　这枚戒指，它真是莫大的安慰！

劳伦斯　去吧，晚安！你的命运在此一举：你必须在巡逻者
　　　　　开始查缉以前脱身，否则就得在黎明时候化装逃走。
　　　　　你就在曼多亚安下身来；我可以找到你的仆人，如
　　　　　果这儿有什么好消息给你，我会叫他随时通知。把
　　　　　你的手给我。天不早了，再会吧。

罗密欧　倘不是一种超乎一切喜悦的喜悦在招呼着我，这样
　　　　　匆匆的离别，定会让我黯然神伤。再会！（各下）

第四场

同前。凯普莱特家中一室

凯普莱特、凯普莱特夫人及帕里斯上。

凯普莱特　　伯爵，舍间因为遭逢变故，我们还没有时间去开导小女；您知道她跟她的族兄提伯尔特友爱甚笃，我也非常喜欢他；唉！人生不免一死，也不必再去说他。时间已经很晚，她今夜不会再下来了；不瞒您说，倘不是您大驾光临，我也早在一小时前就上床啦。

帕里斯　　　我在你们正在伤心的时候来此求婚，实在是太冒昧了。晚安，伯母；请您替我向令爱致意。

凯普莱特夫人　好，我明天一早就去探听她的意思；今夜她已抱着满腔的悲哀关门睡了。

凯普莱特　　帕里斯伯爵，我可以大胆替我的孩子做主，我想她一定会绝对服从我的意志；是的，对这一点，我可以断定。夫人，睡前你先去看看她吧，让她知道这位帕里斯伯爵向她求爱的意思；你再对她说，听好我的话，叫她在星期三——且慢！今天星期几？

帕里斯　　　星期一，老伯。

凯普莱特　　星期一！哈哈！好，星期三是太快了点儿，那么就

星期四吧。对她说，这个星期四，她就要嫁给这位
尊贵的伯爵。您来得及准备吗？不嫌太匆促吗？咱
们也不必十分铺张，略请几位亲友就够了；因为提
伯尔特刚死不久，他是我们家里的人，要是我们大
开欢宴，人家也许会说，我们对去世的人太不讲情
分。所以，我们只请五六个亲友，把仪式举行一下
就好。您说星期四怎样？

帕里斯 老伯，我但愿明天便是星期四。

凯普莱特 好，你去吧；那就星期四了。夫人，你睡前先去看
看朱丽叶，叫她预备预备，好做起新娘来啦。再见，
伯爵。喂！掌灯！天很晚了，再等一会儿就该说早
安了。晚安！（各下）

第五场

同前。朱丽叶的卧室

罗密欧及朱丽叶上。

朱丽叶　　你现在就要走吗？天亮还有一会儿呢。那刺进你惊恐的耳膜中的，不是云雀，只是夜莺的声音；它每晚在那石榴树上歌唱。相信我，爱人，那是夜莺的歌声。

罗密欧　　那是报晓的云雀，不是夜莺。瞧，爱人，不作美的晨曦在东天的云朵上镶起了金线，夜晚的星光已经烧尽，愉快的白昼蹑足踏上了迷雾的山巅。我必须到别处去找寻生路，或者留在这儿束手待死。

朱丽叶　　那光明不是晨曦，我知道；那是从太阳里吐射出来的流星，要在今夜替你拿着火炬，照亮你去曼多亚的路途。所以你不必着急，再耽搁一会儿吧。

罗密欧　　让我被他们捉住，让我被他们处死；只要是你的意思，我就毫无怨恨。我愿说，那灰白色的云彩，不是黎明睁开了睡眼，那不过是从月亮的眉宇间反映出来的微光；那响彻云霄的歌声，也不是出于云雀喉中。我巴不得留在这里，永远不要离开。来吧，死亡，我欢迎你！因为这是朱丽叶的意思。怎样，我的灵魂？让我们谈谈；天还没亮哩。

朱丽叶　　天亮了，天亮了；快走吧，快走吧！那唱得这样刺耳、嘶着粗涩的噪声和讨厌的锐音的，正是天际的云雀。有人说，云雀会发出千变万化的甜蜜歌声，这话一点也不对，因为它只让我们彼此分离；有人说，云雀曾和丑恶的蟾蜍交换眼睛，啊！我但愿它们也交换了声音，因为那声音让你离开了我的怀抱，用催人梦醒的晨歌催你远走。啊！现在你快走吧；天越来越亮了。

罗密欧　　天越来越亮，我们悲哀的心却越来越黑暗。

乳媪上。

乳媪　　　小姐！

朱丽叶　　奶妈？

乳媪　　　你母亲就要到你房里来了。天已亮啦，留点儿心。（下）

朱丽叶　　那么窗啊，让白昼进来，让生命出去。

罗密欧　　再会，再会！给我一个吻，我就下去。（由窗口下降）

朱丽叶　　你就这样走了吗？我的夫君，我的爱人，我的朋友！我必须在每一小时内的每一天都听到你的消息，因为一分钟就等于许多日子。啊！照这样计算起来，等我再看见我的罗密欧时，我不知道我会老成什么

Juliet. Then, window, let day in, and let life out.
Romeo. Farewell, farewell! one kiss, and I'll descend.

Act III. Scene V.

样子。

罗密欧	再会！我决不放弃任何机会，爱人，向你传达我的衷忱。
朱丽叶	啊！我们会不会再有见面的日子？
罗密欧	一定会的；我们现在这一切悲哀痛苦，到将来便是握手谈心的话资。
朱丽叶	上帝啊！我有一颗预感不祥的灵魂；现在，我望见站在下面的你，仿佛望见一具坟底的尸骸。是我眼光昏花，还是你的面容太过惨白。
罗密欧	相信我，爱人，在我眼中，你也是这样；忧伤吸干了我们的血液。再会！再会！（下）
朱丽叶	命运啊，命运！谁都说你反复无常；要是你真的反复无常，那你会怎样对待一个忠贞不二的人呢？愿你不要改变你轻浮的天性，因为这样的话，你也许会厌倦，便不再把他玩弄，早早把他打发回来。
凯普莱特夫人	（在内）喂，女儿！你起来了吗？
朱丽叶	谁在叫我？是我母亲吗？——难道她这么晚了还没睡觉？还是这么早就起了？是什么特殊的原因让她到我这儿来？

凯普莱特夫人上。

|凯普莱特夫人|啊！怎么，朱丽叶！|
|朱丽叶|母亲，我不大舒服。|

凯普莱特夫人	老是为了你族兄的死而掉眼泪吗？什么！你想用眼泪把他从坟墓里冲出来吗？就是冲得出来，你也没法叫他复活；所以，还是算了吧。适当的悲哀可以表达感情的深切,过度的伤心却能证明智慧的欠缺。
朱丽叶	可我失去了太多,太痛心了,让我哭吧。
凯普莱特夫人	失去固然痛心,可一个失去的亲人,不是哭就能哭回来的。
朱丽叶	我失去的越让我痛心,我就越觉得自己不能不为他哭泣。
凯普莱特夫人	哎,孩子,人已经死了,你也不用再多掉眼泪；顶可恨的,是那杀死他的恶人仍旧活在世上。
朱丽叶	什么恶人,母亲？
凯普莱特夫人	就是罗密欧那个恶人。
朱丽叶	（旁白）"恶人"——跟他相去不知多少距离！——上帝饶恕他！我也饶恕他,全心全意；可这世上再没有谁,能像他这样让我满心悲伤。
凯普莱特夫人	那是因为这个万恶的凶手还活在世上。
朱丽叶	是的,母亲,我恨不得把他抓在手里。但愿我能独自一人,报这杀兄之仇！
凯普莱特夫人	放心吧,仇我们一定要报；别哭了。这个亡命的流徒到曼多亚去了,我要差个人去,用一种稀有的毒药把他毒死,让他早点跟提伯尔特见面；到了那时,我想你一定会感到满足。
朱丽叶	真的,我心里永远不会感到满足,除非我看见罗密

欧在我面前——死去；我这可怜的心是这样为一个亲人而痛楚！母亲，要是您能找到一个愿意带去毒药的人，让我亲手把它调好，好叫那罗密欧服下以后，就安然睡去。唉！我心里多么难过，只听到他的名字，却赶不到他的面前，让他知道我有多爱我的——提伯尔特哥哥。

凯普莱特夫人　你去调吧，我一定能找到这么个人。可是，孩子，现在我要告诉你好消息了。

朱丽叶　在这样不愉快的时候，好消息来得太及时了。请问母亲，是什么好消息呢？

凯普莱特夫人　哈哈，孩子，你有一个体贴你的好爸爸哩；为了替你排解愁闷，他已为你选定一个大喜的日子，不但你想不到，就是我也没有想到。

朱丽叶　母亲，快告诉我，是什么日子？

凯普莱特夫人　哈哈，我的孩子，星期四的早晨，那位风流年少的贵人，帕里斯伯爵，就要在圣彼得教堂里娶你做他幸福的新娘了。

朱丽叶　凭着圣彼得教堂和圣彼得的名字起誓，我决不让他娶我做他幸福的新娘。世间哪有这样匆促的事情，人家还没来向我求婚，我倒先做了他的妻子！母亲，请您告诉父亲，我现在还不愿意出嫁；就是要出嫁，我可以发誓，我也宁愿嫁给我所痛恨的罗密欧，而不是帕里斯。哎，可真是好消息呀！

凯普莱特夫人　你爸爸来啦；你自己对他说去，看他会不会听你的话。

凯普莱特及乳媪上。

凯普莱特　太阳西下的时候，天空中散下了蒙蒙的细露；可我的侄儿死了，却有倾盆大雨送他下葬。怎么！装起喷水管来了吗，孩子？咦！还在哭吗？雨到现在还没停吗？你这小小的身体里面，也有船，也有海，也有风；因为你的眼睛是海，永远有泪潮在那儿涨退；你的身体是船，在这泪海上航行；你的叹气是海上的狂风；你的身体经不起风浪的吹打，会在这汹涌的怒海中覆没。怎么，夫人！你没把我们的主张告诉她吗？

凯普莱特夫人　我告诉她了；可她说谢谢你，她不要嫁人。我希望这傻丫头还是死了干净！

凯普莱特　且慢！讲明白点儿，讲明白点儿，夫人。怎么！她不要嫁人？她不谢谢我们？她不称心吗？像她这样的贱丫头，我们替她找到这么一位高贵的绅士，来做她的新郎，她还不想想，这是多大的福气吗？

朱丽叶　我没有欢喜，只有感激；你们不能勉强我喜欢一个我没有好感的人，可我感激你们爱我的一片好心。

凯普莱特　怎么！怎么！胡说八道！这是什么话？什么喜不喜欢，感不感激！好丫头，我也不要你感谢，我也不要你喜欢，只要你准备好了，星期四去圣彼得教堂

Lady Capulet.   Fie, fie! what! are you mad?
Juliet. Good father, I beseech you on my knees,
Hear me with patience but to speak a word.

Act III. Scene V.

跟帕里斯结婚；你要是不愿意，我就把你装在木笼里拖去。不要脸的死丫头，贱东西！

凯普莱特夫人　哎哟！哎哟！你疯了吗？

朱丽叶　好爸爸，我跪下来求求您了，请您耐心听我说一句话。

凯普莱特　该死的小贱妇！不孝的畜生！我告诉你，星期四给我到教堂里去，不然你再也不要见我的面。不许说话，别回答我；我的手指正痒着呢。——夫人，我们常常怨叹自己福薄，只生下这一个孩子；可现在我才知道，就这一个都算多了，真是家门不幸，出了这么个冤孽！不要脸的贱货！

乳媪　上帝祝福她！老爷，您不该这样骂她。

凯普莱特　为什么不该！我聪明的老太太？谁要你多嘴，我的好大娘？你去跟你那些婆婆妈妈们谈天去吧，滚！

乳媪　我又没说冒犯您的话。

凯普莱特　嘿，你给我滚滚滚。

乳媪　就不能让人说句话吗？

凯普莱特　闭嘴，你这叽里咕噜的蠢婆娘！这儿还轮不到你来多嘴。

凯普莱特夫人　你的脾气太暴躁啦。

凯普莱特　哼！我气都气疯啦。每天每夜，时时刻刻，不论忙着空着，独自一人还是跟别人一起，我心里总在盘算，要怎样替她找个好好的人家；好不容易找到一位出身高贵的绅士，又有家私，又年轻，又受过高尚的教养，正是人家说的十二分的人才，好到没得说了；偏偏这不懂事的傻丫头，放着送上门来的好福气不要，说什么"我不要结婚""我不懂恋爱""我年纪太小""请你原谅我"；好，你要是不愿意嫁人，我可以放你自由，尽你的意思，想去哪去哪，我这屋里可容不得你了。你给我想想明白，我一向是说到哪做到哪的。星期四就在眼前；自己仔细考虑考虑。你如果是我女儿，就得听我的话，嫁给我的朋友；你如果不是我女儿，那你去上吊也好，做叫花子也好，挨饿也好，死在路上也好，我都不管，我凭着我的灵魂起誓，再也不会认你这个女儿，你也别想我会分点什么给你。我不会骗你，自己想一想吧；我誓也发了，那就一定会做到。（下）

朱丽叶　天知道我心里多么难过，它竟连一点慈悲都不给我吗？啊，我亲爱的母亲！不要丢弃我！把这门亲事延期一月，或是一个星期也好；或者，要是您不答应，那就请您把我的新床安放在提伯尔特长眠的幽暗的坟茔里吧！

凯普莱特夫人　别对我讲话，我没什么话好对你说。随你的便吧，我是不管你啦。（下）

朱丽叶　上帝啊！啊，奶妈！怎么才能避过这件事呢？我的丈夫还在世间，我的誓言已上达天听；倘若我的誓言可以收回，除非我的丈夫已脱离人世，从天上把它送还给我。安慰安慰我吧，替我想想办法。唉！

　　　　唉！想不到老天会作弄我这样柔弱的人！你怎么说？难道你没有一句能让我快乐的话吗？奶妈，给我一点安慰吧！

乳媪　　好，那么你听我说。罗密欧被放逐了；我可以打赌，无论拿什么东西来赌，他也再不敢回来把你责问，除非他偷偷溜了回来。事情既然这样，那我想，你最好还是跟那伯爵结婚。啊！他真是个可爱的绅士！罗密欧比起他来，只能算块抹布；小姐，一只老鹰也没有帕里斯那样一双又是碧绿得好看，又是锐利的眼睛。说句该死的话，我想你这第二个丈夫，比第一个丈夫好得多啦；话也许不是这么说，可是你的第一个丈夫虽然还在世上，对你已经没有什么用处，也就跟死了差不多啦。

朱丽叶　　你这些话是从心里说出来的？

乳媪　　这不但是我心里的话，也是我灵魂里的话；如有虚假，让我的灵魂下地狱吧。

朱丽叶　　阿门！

乳媪　　什么！

朱丽叶　　好，你已经给我很大的安慰。你进去吧；去告诉我母亲，就说我出去了，因为得罪了父亲，要去劳伦斯的寺院忏悔我的罪过。

乳媪　　很好，我就这样告诉她；这才是聪明的办法哩。（下）

朱丽叶　　老不死的魔鬼！顶丑恶的妖精！她要我背弃我的盟誓；她几千次向我夸奖我的丈夫，说他比谁都好，现在却又用同一条舌头说他的坏话！滚吧，我的顾问；从此以后，我再不会把你当作心腹。我要到神父那儿去向他求救；要是一切办法都已穷尽，我唯有一死了之。（下）

第一场

维洛那。劳伦斯神父的寺院

劳伦斯神父及帕里斯上。

劳伦斯	星期四吗,伯爵?时间未免太局促了。
帕里斯	这是我的岳父凯普莱特的意思;他既然这样性急,我也不愿把时间延迟下去。
劳伦斯	您说您还不知道那小姐的心思;我不赞成这种片面决定的事情。
帕里斯	提伯尔特的死让她伤心过度,所以我没跟她多谈恋爱,因为在一间哭哭啼啼的屋子里,维纳斯也是露不出笑容来的。神父,她父亲瞧她这样一味伤心,恐怕会发生什么意外,所以才决定替我们提早完婚,免得她一天到晚哭得像个泪人儿一般;一个人待在房间,最容易触绪兴怀,要是有了伴侣,也许能替她排解悲哀。现在您知道我匆促结婚的理由了吧。

劳伦斯　　　（旁白）我希望我不知道它必须延迟的理由。——
　　　　　　瞧，伯爵，这位小姐到寺里来了。

朱丽叶上。

帕里斯　　　您来得正好，我的爱妻。

朱丽叶　　　伯爵，等我做了妻子以后，也许您可以这样叫我。

帕里斯　　　爱人，也许到了星期四，这就会成为事实。

朱丽叶　　　事实无可避免。

劳伦斯　　　那是当然的道理。

帕里斯　　　您是来向神父忏悔吗？

朱丽叶　　　要回答您这个问题，我就得向您忏悔。

帕里斯　　　别在他面前否认您爱我。

朱丽叶　　　我愿意在您面前承认我爱他。

帕里斯　　　我相信您也一定愿意在我面前承认您爱我。

朱丽叶　　　要是我必须承认，那么在您背后承认，比在您面前
　　　　　　承认好得多啦。

帕里斯　　　可怜的人儿！眼泪已经毁损了你的美貌。

朱丽叶　　　眼泪并没得到多大的胜利；因为我这副容貌在被眼
　　　　　　泪毁损以前，就已经够丑了的。

帕里斯　　　你不该说这样的话来诽谤你的美貌。

朱丽叶　　　这不是诽谤，伯爵，这是实在的话，我已当着我自
　　　　　　己的面说明白了。

帕里斯　　　你的脸是我的，你不该侮辱它。

朱丽叶	也许是的，因为它不是我自己的。神父，您现在有空吗？还是让我在晚祷的时候再来？
劳伦斯	我还是现在有空，多愁的女儿。请原谅，伯爵，现在我们得单独待一会儿了。
帕里斯	我不敢打扰你们的祈祷。朱丽叶，星期四一早我就来叫醒你；再会，请你保留这个神圣的吻。（下）
朱丽叶	啊！把门关了！关了门，再来陪着我哭吧。没有希望，没有补救，没有挽回了！
劳伦斯	啊，朱丽叶！我早已知道你的悲哀，实在想不出一个万全的计策。我听说你必须在星期四跟这伯爵结婚，而且毫无拖延的可能。
朱丽叶	神父，别对我说你已听说这件事情，除非你能教我，怎样才能避免它的发生；要是你的智慧不能帮我，那么只要你赞同我的决心，我就立刻用这把刀来解决一切。上帝把我的心和罗密欧的心结合在一起，而你，神父，则让我们十指交缠；我这只手，已在你证明之下和罗密欧缔盟，若它再和别人缔结新盟，或是我忠贞的心起了叛变，投进别人的怀里，那这刀子便能割下这只背盟的手，诛戮这颗叛变的心。所以，神父，凭着你丰富的见识阅历，请你赶快给我指教；否则，瞧吧，这血腥的刀刃，就能在我和我的困难之间做个公证，替我解决你的经验和才能无法替我觅得一个光荣的解决方法的难题。不要总是沉默；要是你教不了我补救的办法，那我除了一

死以外，没有别的希冀。

劳伦斯　　住手，女儿；我已望见了一线希望，可我们必须用
　　　　　非常的手段，才能抵御这次非常的变故。要是你因
　　　　　为不愿跟帕里斯伯爵结婚，能毅然立下视死如归的
　　　　　决心，那么你也一定愿意采取一种几乎与死无异的
　　　　　办法，来避免这种耻辱；倘若你敢冒险一试，我就
　　　　　告诉你办法。

朱丽叶　　啊！只要不嫁给帕里斯，你可以叫我从那边塔顶的
　　　　　雉堞上纵身跳下；你可以叫我在盗贼出没、毒蛇潜
　　　　　迹的路上匍匐行走；把我和咆哮的怒熊锁在一起；
　　　　　或者在夜间把我关进堆积尸骨的地窟，用许多陈死
　　　　　的白骨、霉臭的腿胴和失去下颚的焦黄的骷髅来掩
　　　　　盖我的身体；或者叫我跑进一座新坟，把我隐匿在
　　　　　死人的殓衾里头；无论是什么让我战栗的事，只要
　　　　　能让我，为了我的爱人，做个纯洁无瑕的妻子，我
　　　　　都会毫不恐惧、毫不迟疑地去做。

劳伦斯　　好，那就放下刀；快快乐乐地回家去，答应嫁给帕
　　　　　里斯。明天就是星期三了；明天晚上你必须一人独
　　　　　睡，别让你的奶妈睡在你的房间；这个药瓶你拿去，
　　　　　等你上床以后，就把里面炼就的汁液一口喝下，然
　　　　　后就有一阵昏昏沉沉的寒气通过你全身的血管；接
　　　　　着，你的脉搏就会停止下来；没有一丝温暖和呼吸
　　　　　能证明你还活着；你的嘴唇和颊上的红色都会变成
　　　　　灰白；你的眼睑闭下，就像死神的手关闭了生命的

白昼；你身上的每一部分都失去了灵活的控制，像死一样僵硬寒冷；在这种与死无异的状态中，你必须度过四十二小时，然后，你就仿佛从一场酣睡中醒来。那新郎在早晨来催你起身的时候，他们会发现你已经死了；然后，照着我们国家的规矩，他们就要替你穿起盛装，用枢车载着你到凯普莱特族中祖先的坟茔里去。同时，在你醒来之前，我会写信给罗密欧，告诉他我们的计划，叫他立刻来这儿；我们两个就守在你身边，等你一醒过来，就叫罗密欧连夜带你到曼多亚去。只要你不临时变卦，不中途气馁，这办法就一定能让你避免这场近在眼前的耻辱。

朱丽叶　给我！给我！啊，别对我说害怕二字！

劳伦斯　拿着；你去吧，愿你立志坚强，前途顺利！我这就叫弟兄火速到曼多亚去，把我的信带给你的丈夫。

朱丽叶　爱情啊，给我力量吧！只有力量可以救我。再会，亲爱的神父！（各下）

第二场

同前。凯普莱特家中厅堂

凯普莱特、凯普莱特夫人、乳媪及众仆上。

凯普莱特 这单子上有名字的，都是要去邀请的客人。（仆甲下）来人，给我雇二十个有本领的厨子来。

仆乙 老爷，您放心吧，我去挑选，不会舔手指的，我一个都不要。

凯普莱特 你这算是什么办法？

仆乙 嘿，老爷，指头上的油水都不揩的厨子哪能做得好菜；所以，不会舔手指的，我统统不招。

凯普莱特 好，快去。（仆乙下）咱们这次实在有点措手不及。什么！我的女儿到劳伦斯神父那儿去了？

乳媪 正是。

凯普莱特 好，也许他能给些劝告；真是个乖僻不听话的浪蹄子！

乳媪 瞧她已经忏悔完毕，高高兴兴地回来啦。

朱丽叶上。

凯普莱特	啊，我倔强的丫头！你荡到哪里去啦？
朱丽叶	我自知忤逆不孝，违抗了您的命令，所以特地去忏悔我的罪过。现在我听从劳伦斯神父的指教，跪在这儿请您宽恕。爸爸，请您宽恕我吧！从此以后，我永远听您的话。
凯普莱特	去请伯爵来，对他说：我要把婚礼改在明早举行。
朱丽叶	我在劳伦斯的寺院里遇见了这位少年伯爵；我已在不超过礼法的范围以内，向他表达了我的爱意。
凯普莱特	啊，那很好，我很高兴。站起来吧；这样才对。让我见见伯爵；喂，快去请他过来。多谢上帝，把这位可敬的神父赐给我们！我们全城的人都感戴他的好处。
朱丽叶	奶妈，请你陪我到房间里去，帮我检点检点衣饰，看有哪些能在明天穿戴。
凯普莱特夫人	不，还是到星期四再说吧，急什么呢？
凯普莱特	去，奶妈，陪她去。明天就上教堂。（朱丽叶及乳媪下）
凯普莱特夫人	我们现在才做准备，怕是来不及了；天都快黑了。
凯普莱特	胡说！我现在就动起手来，你瞧着吧，夫人，到了明天，保证一切都能安排妥当。你快去帮朱丽叶打扮打扮；今晚我不睡觉了，让我一个人做一回管家婆子。喂！来人！怎么一个都不在。好，那我就自己去找帕里斯吧，叫他准备好了，明天就做新郎。这倔强的孩子现在回心转意，真叫我高兴得不得了呀。（各下）

第三场

同前。朱丽叶的卧室

朱丽叶及乳媪上。

朱丽叶　　　嗯，那些衣服都很好。可是，好奶妈，今晚请你不用陪我，因为我还要念许多祷告，求上天宥恕我过去的罪恶，默佑我将来的幸福。

凯普莱特夫人上。

凯普莱特夫人　啊！你忙着吗？要我帮忙吗？

朱丽叶　　　不，母亲；我们已经选好了明天所需的一切，所以现在，请您让我一个人在这儿吧；让奶妈今晚通宵陪着您吧，因为我相信，这次的事办得太匆促了，您一定忙得不可开交。

凯普莱特夫人　晚安！早点睡觉，你该好好休息休息。（凯普莱特夫人及乳媪下）

朱丽叶　　　再会！上帝知道我们会在什么时候相见。我觉得仿佛有一阵寒战刺激着我的血液，简直要把生命的热流冻结起来；待我叫她们回来，给我一些安慰。奶

妈！——要她来干吗？这凄惨的场面必须由我一人
出演。来，药瓶。要是这药水不发生效力，会是怎
样的收场？我明早就必须结婚了吗？不，不，这把
刀会阻止我的；你躺在那儿吧。（将匕首置枕边）
也许，这瓶里是毒药，那神父已经替我和罗密欧证
婚，现在我再跟别人结婚，怕要损害他的名誉，所
以有意骗我服下毒药，把我毒死；真怕果然会有这
样的事；可他一向是众人公认的道高德重的人，我
想大概也不至于；我不能抱着这样卑劣的思想。要
是我在墓里醒来，罗密欧却还没来把我救出去呢？
这倒是可怕极了！我岂不是要在终年透不进一丝新
鲜空气的地窟里活活闷死，等不到我的罗密欧了？
即使不闷死，那死亡和长夜的恐怖，那古墓中阴森
的气象，又有谁能忍受——几百年来，我祖先的尸
骨都堆积在那儿，入土未久的提伯尔特蒙着殓衾，
正在那里腐烂；人家说，一到晚上，鬼魂便会归返
他们的墓穴；唉！唉！要是我太早醒来，这些恶臭
的气味，这些让人听了便会发疯的凄厉的叫声——
啊！要是我醒来，周围都是这些吓人的东西，我不
会心神迷乱，疯狂地抚弄祖宗的骨骼，把肢体溃烂
的提伯尔特拖出殓衾来吗？在这样疯狂的状态下，
我不会拾起一根老祖宗的骨头，当作一根棍子，打
破我发昏的头颅吗？啊，瞧！那不就是提伯尔特的
鬼魂，正紧追在罗密欧的身后，要报他的一剑之仇

　　吗？等一等，提伯尔特，等一等！罗密欧，我来了！
我为你干了这杯！（倒在幕内的床上）

第四场

同前。凯普莱特家中厅堂

凯普莱特夫人及乳媪上。

凯普莱特夫人　奶妈，把这串钥匙拿去，再拿点香料来。

乳媪　　　　点心房里在喊着要枣子和榅桲呢。

凯普莱特上。

凯普莱特　　来，赶紧点儿，赶紧点儿！鸡叫了两次，晚钟已经
　　　　　　打过，到三点钟了。好安吉丽加，看着些，当心肉
　　　　　　饼烘焦。多花几个钱也没关系的。

乳媪　　　　走开，走开，女人家的事用不到您多管；快去睡吧，
　　　　　　今天忙一晚上，明天又要害病了。

凯普莱特　　不，哪儿的话！嘿，我为了不打紧的事儿，也曾整
　　　　　　夜不睡，几时害过病了？

凯普莱特夫人　对啦，你从前也是个惯偷女人的夜猫儿，可现在有
　　　　　　我管着，才没让你出去胡闹。（凯普莱特夫人及乳
　　　　　　媪下）

凯普莱特　　醋娘子！真是个醋娘子！

三四仆人持炙叉、木柴及篮上。

凯普莱特　　喂，这是什么东西？

仆甲　　老爷，都是给厨房用的，我也不知道是什么东西。

凯普莱特　　赶紧点儿，赶紧点儿。（仆甲下）喂，木头要拣干
　　　　　燥些的，你去问彼得，他会告诉你在哪儿。

仆乙　　老爷，我自己也长着眼睛，会拣木头，用不着麻烦
　　　　　彼得。（下）

凯普莱特　　嘿，倒说得有理，这淘气的小杂种！哎哟！天都
　　　　　亮了；伯爵就要带着乐工来了，他说过的。（内
　　　　　乐声）我听见他走近了。奶妈！夫人！喂，喂，喂！
　　　　　奶妈呢？

乳媪重上。

凯普莱特　　快去叫朱丽叶起来，给她打扮打扮；我要跟帕里斯
　　　　　谈天去了。快去，快去，赶紧点儿；新郎已经来了；
　　　　　赶紧点儿！（各下）

第五场

同前。朱丽叶的卧室

乳媪上。

乳媪　小姐！喂，小姐！朱丽叶！她准是睡熟了。喂，小羊！喂，小姐！哼，你这懒丫头！喂，亲亲！小姐！心肝！喂，新娘！怎么！一声也不响？现在尽你睡去，尽你睡一个星期；到今天晚上，帕里斯伯爵可不会让你安安静静地休息哪怕一会儿了。上帝饶恕我，阿门，她睡得多熟！我必须叫她醒来。小姐！小姐！小姐！好，让那伯爵自己到你床上来吧，那时你可要吓得跳起来了，是不是？怎么！衣服都穿好了，又重新睡下去吗？我必须把你叫醒。小姐！小姐！小姐！哎哟！哎哟！救命！救命！我的小姐死了！哎哟！我还活着做什么呀！喂，拿点酒来！老爷！太太！

凯普莱特夫人上。

凯普莱特夫人　吵些什么？

乳媪　　　哎哟，我心都碎啦！

凯普莱特夫人　什么事？

乳媪　　　瞧，瞧！哎哟，我受不了啦！

凯普莱特夫人　哎哟，哎哟！我的孩子，我唯一的生命！醒醒！睁
　　　　　　开你的眼睛！你死了，叫我怎么活得下去？救命！
　　　　　　救命！大家来啊！

　　　　　　凯普莱特上。

凯普莱特　还不送朱丽叶出来，她的新郎已经来啦。

乳媪　　　她死了，死了，她死了！哎哟，我心都碎了！

凯普莱特夫人　唉！她死了，她死了，她死了！

凯普莱特　嘿！让我瞧瞧。哎哟！她身上冰冷冰冷；她的血液
　　　　　　已停止流动，她的手脚都硬了；她的嘴唇没了生命
　　　　　　的气息；死像一阵未秋先降的寒霜，摧残了这朵最
　　　　　　鲜嫩的娇花。

乳媪　　　哎哟，我心都碎了！

凯普莱特夫人　哎哟，我命好苦啊！

凯普莱特　死神夺去了我的孩子，他让我悲伤得说不出话来。

　　　　　　劳伦斯神父、帕里斯及乐工等上。

劳伦斯　　来，新娘有没有准备好上教堂去？

凯普莱特　她已准备动身，可这一去就再也不回来了。啊，贤

Nurse. Oh, lamentable day!

Lady Capulet.   Oh, woeful time!

Capulet. Death, that hath ta'en her hence to make me wail,
Ties up my tongue, and will not let me speak.

                              Act IV. Scene V.

婿！死神已在你新婚的前夜降临到你妻子身上。她躺在那里，像一朵被他摧残了的鲜花。死神是我的新婿，是我的后嗣，他娶走了我的女儿。我也快要死了，把我的一切都传给他；我的生命财产，一切都归死神所有！

帕里斯　　我眼巴巴地望到天明，迎接我的竟是这样一副凄惨的情景？

凯普莱特夫人　倒霉的、不幸的、可恨的日子！在这永无休止的时间的运行之中，何曾有过更悲惨的时辰！我就生了这一个孩子，这可怜可爱的孩子，她是我唯一的欢喜和安慰，现在却被残酷的死神从我眼前夺走！

乳媪　　苦啊！好苦、好苦、好苦的日子啊！我这一生一世里最伤心的日子！最凄凉的日子！哎哟，今天这日子！这可恨的日子！从没见过这样倒霉的日子！好苦、好苦的日子啊！

帕里斯　　最可恨的死亡，你欺骗了我，杀害了她，拆散了我们的良缘，一切都被残酷的、残酷的你破坏了！啊！爱人！啊，我的生命！没有生命，只有被死亡吞噬的爱情！

凯普莱特　　被轻鄙，被伤心，被憎恨，被折磨，被屠戮！悲痛的命运，为什么你要来打破、打破我们的盛礼？儿啊！儿啊！我的灵魂，你死了！你已不再是我的孩子！死了！唉！我的孩子死了，我的快乐也已随她埋葬！

劳伦斯　安静下来！不害羞吗？这样乱哭乱叫无济于事。上天和你们共同拥有着这个好女儿；现在她已完全属于上天所有，这是她的幸福，因为你们无法让她的肉体避免死亡，上天却能让她的灵魂得到永生。你们竭力替她找寻一个美满的前途，因为你们的幸福寄托在她的身上；现在她高高升去云中，你们却要为她哭泣？啊！你们瞧着她享受最大的幸福，却这样发疯一样号啕叫喊，这就算是对女儿的真爱吗？活着，嫁人，一直到老，这样的婚姻有什么乐趣？在年轻时成婚而死，才最最幸福。擦干你们的眼泪，把你们的香花散布在这美丽的尸体上吧，按照习惯，给她穿上盛装，抬到教堂里去。虽然愚痴的天性让我们伤心痛哭，可在理智眼中，这些天性的眼泪却很可笑。

凯普莱特　我们为了喜庆而预备好的一切，现在都要变成悲哀的殡礼；我们的乐器要变成忧郁的丧钟，我们的婚筵要变成凄凉的丧席，我们的赞美诗要变成沉痛的挽曲，新娘手里的鲜花要放在坟墓中殉葬，一切都要相反而行。

劳伦斯　凯普莱特先生，您进去吧；夫人，您陪他进去；帕里斯伯爵，您也去吧；都做好准备，送这美丽的尸体下葬。上天的愤怒已降临在你们身上，别再违逆他的意志，招致更大的灾祸。（凯普莱特夫妇、帕里斯、劳伦斯同下）

乐工甲	真的，咱们也可以收起笛子，离开这儿了。
乳媪	啊！好兄弟们，收起来吧，收起来吧；这真是一场令人痛心的横祸！（下）
乐工甲	唉，真的，但愿这事还有补救的办法。

彼得上。

彼得	乐师！啊！乐师，《心里的安乐》，《心里的安乐》！啊！替我奏一曲《心里的安乐》，否则我就活不下去。
乐工甲	为什么要奏《心里的安乐》？
彼得	啊！乐师，因为我的心正奏响《我心里充满了忧伤》。啊！替我奏支快活的曲子，安慰安慰我吧。
乐工甲	不奏不奏，现在不是奏乐的时候。
彼得	你们一定不肯奏吗？
乐工甲	不奏。
彼得	那我就给你们——
乐工甲	给我们什么？
彼得	可不是钱，哼！我要给你们一顿痛骂；我骂你们是一群卖唱的叫花子。
乐工甲	那我就骂你是个下贱的奴才。
彼得	那我就把奴才的刀搁上你们的脑袋。我可不奏你们那破曲儿；这刀子它一横是"re"，一竖是"fa"，你听懂了吗？

乐工乙	且慢，君子动口，小人动手。
彼得	好，那就让我用舌剑唇枪杀得你们抱头鼠窜。有本领的，回答我这个问题：

悲哀伤痛着心灵，

忧郁萦绕在胸怀，

唯有音乐的银声——

为什么说"银声"？为什么说"音乐的银声"？西门·凯特林，你怎么说？

乐工甲	因为银子的声音好听。
彼得	说得好！休·利培克，你怎么说？
乐工乙	因为乐师奏乐的目的，是想人家赏他几两银子。
彼得	说得好！詹姆士·桑德普斯特，你怎么说？
乐工丙	不瞒你说，我可不知道该怎么说。
彼得	啊！对不起，你是只会唱唱歌的；我替你说吧：因为乐师奏乐奏到老死，也换不到金子。

唯有音乐的银声，

可以把烦闷推开。（下）

乐工甲	真是个讨厌的家伙！
乐工乙	该死的奴才！来，咱们且慢回去，等吊客来时吹奏两声，吃他们一顿饭再走。（同下）

第一场

曼多亚。街道

罗密欧上。

罗密欧　　要是梦寐中的美景果然能成为事实，那我的梦便预
兆着有好消息到来；我觉得心君宁恬，整日都有种
向来没有的精神，用快乐的思想让我离地飘升。我
梦见我的爱人来时，见我已死——奇怪的梦，一个
死人也会思想！——她亲吻着我，把生命吐进我的
嘴唇，我就此复活，成为一代君王。唉！仅仅是爱
的影子，就已给人这样丰富的欢乐，要是占有了爱
的本身，那该多么甜蜜！

鲍尔萨泽上。

罗密欧　　从维洛那来的消息！啊，鲍尔萨泽！不是神父叫你

带信给我的吗？我爱人怎样？我父亲好吗？我再问你一遍，我的朱丽叶安好吗？因为只要她好，一定什么都好。

鲍尔萨泽   她好，什么都好；她的身体长眠在凯普莱特家的坟茔里，她不死的灵魂和天使们在一起。我看见她下葬在她亲族的墓里，所以立刻飞马前来，向您报告。啊，少爷！恕我带来如此噩耗，因为这是您吩咐的事。

罗密欧   有这样的事！命运，我诅咒你！——你知道我的住处；给我买些纸笔，雇下两匹快马，我今晚就要动身。

鲍尔萨泽   少爷，请您宽心；您的脸色惨白而仓皇，恐怕是不吉之兆。

罗密欧   胡说，你看错了。快去，赶快把我吩咐的事情办好。神父没叫你带信给我吗？

鲍尔萨泽   没有，我的好少爷。

罗密欧   算了，你去吧，把马匹雇好；我马上就来找你。（鲍尔萨泽下）好，朱丽叶，今晚我要睡在你的身旁。让我想个办法。啊，罪恶的念头！你会多么迅速地钻进一个绝望者的心里！我想起一个卖药的人，他的铺子就开在附近，我曾见他穿着一身破烂的衣服，皱着眉头在那儿采拣药草；他的形貌十分消瘦，贫苦把他熬得只剩一把骨头；他寒碜的铺子里挂着一只乌龟、一条剥制的鳄鱼，还有几张形状丑陋的鱼

皮；他的架子上稀疏地散放着几只空匣、绿色的瓦
罐、一些胞囊和发霉的种子、几段包扎完剩下的麻
绳，还有几块陈年的干玫瑰花，作为聊胜于无的点
缀。看到这种寒酸的样子，我就对自己说："在曼
多亚城，谁卖了毒药，就会被立刻处死，可如果有
谁需要，这儿有个可怜的奴才会卖药给他。"啊！
不料我这番想法，竟预示着我自己的需要，这个穷
汉的毒药得卖给我了。我记得这里就是他的铺子；
今天是假日，所以这叫花子没有开门。喂！卖药的！

卖药人上。

卖药人	谁在高声叫喊？
罗密欧	过来，朋友。我瞧你很穷，这儿是四十块钱，请你给我一些能迅速致命的毒药；一经服下，这毒药便能散入全身的血管，让厌倦生命的人立刻停止呼吸而死，快得就像火药从炮膛里射出一样。
卖药人	这种致命的毒药我有；可曼多亚的法律严禁发卖，卖它的人要处死刑的。
罗密欧	你这样穷苦，难道还怕死吗？饥寒的痕迹刻在你的脸颊，贫乏和迫害从你眼中射出饿火，轻蔑和卑贱重压在你背上；这世界不是你的朋友，这世间的法律也给不了你保护，没有任何一条法律能让你富贵；你又何必苦耐着贫穷？不如犯了国法，把钱拿下。

卖药人　　　我的贫穷答应了你，但我不能违背良心。

罗密欧　　　我的钱给的是你的贫穷，不是你的良心。

卖药人　　　把这服药放在无论什么饮料里喝下，即使你有二十
个人的气力，也会立刻送命。

罗密欧　　　这钱给你，它才是害人灵魂的更坏的毒药，在这万
恶的世界上，它比你那些不准贩卖的微贱的药品更
会杀人；你没卖毒药给我，是我把毒药卖给了你。
再见；买些吃的东西，把自己喂胖一点。——来，
你不是毒药，你是替我解除痛苦的仙丹，我要带你
一起，去朱丽叶的坟墓，到时我少不得要借重于你。

（各下）

第二场

维洛那。劳伦斯神父的寺院

约翰神父上。

约翰　　喂！师兄，你在吗？

劳伦斯神父上。

劳伦斯　这是约翰师弟的声音。欢迎你从曼多亚回来！罗密欧怎么说？要是信里写明了他的意思，那就把信交给我吧。

约翰　　我临走时，因为要找个同伴，就去见了一个同门师弟，他正在这城里访问病人，不料被本地巡逻的人看见；他们疑心我们进了一家染着瘟疫的人家，就封住了门，不让我们出来，所以耽误了我的曼多亚之行。

劳伦斯　那么谁把我的信送去给罗密欧呢？

约翰　　我没法送信出去，现在又把它带回来了；因为他们害怕瘟疫传染，也没人愿意把它送还给你。

劳伦斯　糟了！这信绝非等闲，事关重大，要是耽误了，也许会引起极大的灾祸。约翰师弟，你快去给我找一柄铁锄，立刻带到这儿来。

约翰　　　好师兄，我马上给你拿来。（下）

劳伦斯　　现在我必须独自到墓地里去；这三小时内，朱丽叶就会醒来，因为给罗密欧的信没能送到，她一定会责怪于我。我现在要再写一封到曼多亚去，让她留在我这，直等罗密欧到来。可怜的活尸，竟幽闭在一座死人的墓里！（下）

第三场

同前。凯普莱特家坟茔所在的墓地

帕里斯及侍童携鲜花火炬上。

帕里斯　孩子，把你的火把给我；走开，站在远远的地方；
还是熄了它吧，我不愿给人看见。你去在那边的紫
杉树下直躺下来，把耳朵贴着中空的土地，这里墓
穴成群，土质松动，要是有踉跄的脚步走到坟地上
来，你定能听见；要是听见了什么声息，就吹个呼
哨通知。把那些花给我。快去，照我的吩咐去做。

侍童　（旁白）我简直不敢一个人站在这墓地上，可我还
是要硬着头皮试它一下。（退后）

帕里斯　这些鲜花替你铺盖新床；
惨啊，一朵娇红永委沙尘！
我要用沉痛的热泪淋浪，
和着香水浇溉你的芳坟；
夜夜到你墓前散花哀泣，
这一段相思啊永无消歇！（侍童吹口哨）
这孩子在警告我有人来了。哪个该死的家伙晚上还
来打扰我在我爱人墓前的凭吊？什么！还拿着火

把？——让我躲在一旁看看他的动静。（退后）

罗密欧及鲍尔萨泽持火炬锹锄等上。

罗密欧　　把那锄头跟铁钳给我。且慢，拿着这封信；等天一亮，你就把它送去给我父亲。把火把给我。听好我的吩咐，无论你听见什么、瞧见什么，都远远地站着，不许乱动，免得妨碍了我的事情；要是敢动一下，我就要你的命。我所以要跑下这个坟墓，一部分原因是要探望我的爱人，可主要的理由，是要从她的手指上取下一个宝贵的指环，因为它别有很重要的用途。所以你赶快给我走开；要是你不相信我，胆敢回来窥伺我的行动，那么，我可以对天发誓，我会把你的骨头一节一节地扯下，让这饥饿的墓地上散满你的肢体。我现在的心绪无比狂野，比饿虎或是咆哮的怒海都凶猛无情，你可不要惹我性起。

鲍尔萨泽　少爷，我去就是了，决不来打扰您。

罗密欧　　这才像个朋友。这些钱你拿去，愿你一生幸福。再会，好朋友。

鲍尔萨泽　（旁白）虽然这么说，我还是要躲在附近；他的脸色让我害怕，我不知道他究竟要做些什么。（退后）

罗密欧　　你这无情的泥土，吞噬了世上最可爱的人儿，我要擘开你的馋吻，（将墓门掘开）索性让你再吃个饱！

帕里斯　　这就是那个被放逐了的骄横的蒙太古，他杀死了我爱人的族兄，据说她之所以夭亡，就是因为心痛他的惨死。现在这家伙又要来盗尸发墓，待我抓住此人。（上前）万恶的蒙太古！停止你罪恶的勾当，难道你杀了他们还不算够，还要在死人身上发泄你的仇恨？该死的凶徒，赶快束手就捕，跟我见官去！

罗密欧 我果然该死，所以才到这儿来。好孩子，不要激怒一个不顾死活的人，快快离开这儿吧；想想这些死了的人，你该觉得胆寒。孩子，请你不要激发我的怒气，让我再犯一次罪了；啊，去吧！我可以对天发誓，我爱你远胜于爱我自己，因为我来这儿的目的，就是要跟自己作对。别留在这儿，走吧；好好留着你的性命，以后也能跟人说起，是一个疯子发了慈悲，叫你逃走活命。

帕里斯 我不听你这种鬼话；你是个罪犯，我要逮捕你。

罗密欧 你一定要激怒我吗？那好吧，来，孩子！（二人格斗）

侍童 哎哟，主啊！他们打起来了，我去叫巡逻的人来！（下）

帕里斯 （倒下）啊，我死了！——你倘有几分仁慈，就打开墓门，把我放在朱丽叶的身旁！（死）

罗密欧 好，我愿意成全你的志愿。让我瞧瞧他的面孔；啊，茂丘西奥的亲戚，尊贵的帕里斯伯爵！我们一路骑马而来的时候，我的仆人对我说了些什么，我心绪烦乱，没能听得进去；他说了些什么？好像他告诉我说，帕里斯本来要娶朱丽叶为妻；是这么说的吗？还是我做过这样的梦？或者是我神经错乱，听他说起朱丽叶的名字，就产生了这种幻想？啊！把你的手给我，你我都是登记在厄运的黑册上的人呀，我要把你葬入一座胜利的坟墓；一座坟墓吗？啊，不！被杀害的少年，这是一座灯塔，因为朱丽叶睡在这里，她的美貌让这墓窟变成一座充满光明的欢宴华堂。死了的人，躺在那儿吧，一个死了的人已经把你安葬。（将帕里斯放下墓中）人在临死之际，往往反会觉得心中愉快，旁观的人便说，这是死前一阵回光返照；啊！这就是我的回光返照吗？啊，我的爱人！我的妻子！死亡虽已吸走你呼吸中的芳蜜，却还没有力量摧残你的美貌；你还没有被他征服，你的嘴唇上、脸庞上，依然呈显着红润的美艳，不曾让灰白的死亡进占。提伯尔特，你也裹着你那血淋淋的殓衾躺在那儿了？啊！你的青春葬送在你的仇人手里，现在我替你报仇来了，我要亲手杀死把你杀害的人。原谅我吧，兄弟！啊！亲爱的朱丽叶，你为什么仍然这样美丽？难道那虚无的死亡，那枯瘦可憎的妖魔，也是个多情的种子，要把你藏匿在这幽暗的洞府，让你做他的情妇？为了防止这样的事情，我要永远陪伴着你，再不离开这漫漫长夜的幽宫；我要留在这儿，跟你的侍婢——跟那些蛆虫待在一起；啊！我要在这儿永久地安息，让这厌倦人世的凡躯挣脱厄运的束缚。眼睛啊，瞧最后一眼吧！手臂，做最后的拥抱吧！嘴唇，啊！你这呼吸之门，用一个合法的吻，跟网罗一切的死亡订立永久的契约吧！来，苦味的向导，你这绝望的舵手，赶快让厌倦了风涛的船舶向那巉岩冲撞过去！为了我的爱人，我干了这杯！（饮药）啊！那卖药的人没有骗我，药效果然神速。我就这样在这一吻中死去。（死）

劳伦斯神父持灯笼、锄锹自墓地另一端上。

劳伦斯	圣芳济保佑我！我这双老脚今晚怎么老是在坟堆里绊来跌去！那边是谁？
鲍尔萨泽	是一个朋友，也是一个您熟识的人。
劳伦斯	祝福你！告诉我，我的好朋友，那边是什么火把，正对蛆虫和没有眼睛的骷髅浪费着它的光明？据我判断，那火把亮着的地方，似乎是凯普莱特家的坟茔。
鲍尔萨泽	正是，神父；那是我的主人，您的好朋友，他就在那儿。
劳伦斯	他是谁？
鲍尔萨泽	罗密欧。
劳伦斯	他来多久了？
鲍尔萨泽	足足半点钟。
劳伦斯	陪我到墓穴那儿去。

鲍尔萨泽　我不敢，神父。我的主人不知道我还没走；他曾对我严词恐吓，说要是我留在这儿窥伺他的动静，他就把我杀死。

劳伦斯　那你留在这儿，让我一个人去。恐惧降临我身；啊！我怕会有不幸的祸事发生。

鲍尔萨泽　在这株紫杉树下睡过去时，我梦见主人跟另一个人打架，那人被主人杀了。

劳伦斯　（趋前）罗密欧！哎哟！哎哟，这坟墓的石门上染着谁的血迹？在这安静的地方，怎么横放着两柄沾满血污的无主之剑？（进墓）罗密欧！啊，他的脸色这么惨白！还有谁？什么！帕里斯也躺在这儿，浑身浸在血泊里头？啊！多么残酷的时辰，酿成了如此凄惨的意外！小姐醒过来了。（朱丽叶醒）

朱丽叶　啊，善心的神父！我的夫君呢？我记得很清楚，我应该在什么地方，现在我就在这里。我的罗密欧呢？

　　　　　（内喧声）

劳伦斯　我听见有什么声音。小姐，赶快离开这个密布着毒氛腐臭的死亡的巢穴吧；一种我们无法反抗的力量已经阻挠了我们的计划。来，出去吧。你的丈夫已经在你怀中死去；帕里斯也死了。来，我能替你找个地方，让你和修女们待在一起。不要耽误时间盘问我了，巡夜的人就要来了。来，好朱丽叶，走吧。（内喧声又起）我不敢再等下去了。

朱丽叶　走，你走吧！我不想走。（劳伦斯下）这是什么？

一只杯子，紧紧地握在我忠心的爱人手里？我知道
了，一定是毒药结果了他的生命。唉，冤家！你都
喝了，一滴也不留给我吗？我要亲吻你的嘴唇，也
许上面还留着一些毒液，好让我如饮补药一般服下，
就此随你而去。（吻罗密欧）你的嘴唇还是暖的！

巡丁甲　　（在内）孩子，带路；在哪个方向？

朱丽叶　　啊，人声吗？那我必须快点了结。啊，好刀子！（攫
住罗密欧的匕首）这就是你的鞘子；（以匕首自刺）
插进来吧，让我死去。（扑在罗密欧身上死去）

巡丁及帕里斯侍童上。

侍童　　就是这儿，那火把亮着的地方。

巡丁甲　　地上都是血；你们几个去墓地四周搜查一下，看见
人了立刻就抓。（若干巡丁下）好惨！伯爵的尸体
躺在这儿，朱丽叶的胸口流着鲜血，身上还有热气，
好像刚死不久，虽然她已下葬两天。去，报告亲王，
通知凯普莱特家里，再去把蒙太古家的人叫醒，剩
下的人到各处去搜。（若干巡丁续下）我们眼见这
些惨事发生在这儿，可在得到人证以前，谁都没法
明了事情背后的真相。

若干巡丁率鲍尔萨泽上。

巡丁乙　　　这是罗密欧的仆人；我们看见他躲在墓地里。

巡丁甲　　　把他好生看押起来，等亲王来审问。

　　　　　　若干巡丁率劳伦斯神父上。

巡丁丙　　　我们看见这个教士从墓地旁边跑了出来，神色慌张，
　　　　　　一边叹气一边流着眼泪，他手里还拿着锄头铁锹，
　　　　　　都给我们拿下来了。

巡丁甲　　　他有很重大的嫌疑；把这教士也看押起来。

　　　　　　亲王及侍从上。

亲王　　　　这一大早的，是什么祸事，打断了我清晨的安睡？

　　　　　　凯普莱特、凯普莱特夫人及余人等上。

凯普莱特　　外边这样乱叫乱喊，是怎么回事？

凯普莱特夫人　街上的人有的喊着罗密欧，有的喊着朱丽叶，有的
　　　　　　喊着帕里斯，都沸沸扬扬地向家坟奔去。

亲王　　　　为什么这么多人发出这样惊恐的叫喊？

巡丁甲　　　王爷，帕里斯伯爵被人杀了，就躺在这儿；罗密欧
　　　　　　也死了；已经死了两天的朱丽叶，身上还热着，又
　　　　　　重新被人杀了。

亲王　　　　用心搜寻，把这场万恶的杀人命案的真相调查出来。

巡丁甲	这儿有一个教士，还有一个被杀的罗密欧的仆人，他们都拿着掘墓的器具。
凯普莱特	天啊！——夫人啊！瞧我们的女儿流着这么多血！这刀子插错了地方！瞧，它的空鞘还在蒙太古家那小子的背上，可它却插进了我女儿的胸膛！
凯普莱特夫人	哎哟！这死亡的惨象就像惊心动魄的钟声，警告我已风烛残年，就快不久人世了。

蒙太古及余人等上。

亲王	来，蒙太古，你起得很早，可你的儿子倒下得更早。
蒙太古	唉！殿下，我妻子因为小儿的远逐而过度悲伤，已在昨晚去世；还有什么祸事，要来跟我这老头子作对呢？
亲王	瞧吧，瞧了你就明白了。
蒙太古	啊，你这不孝的东西！你怎能抢在你父亲前面，自己先钻到坟墓里去呢？
亲王	暂时停止你们的悲恸，让我把可疑的事况讯问明白，知道了详细的原委以后，再来领导你们放声一哭；我的悲哀要远远胜过你们也不一定！——把嫌疑犯带上来。
劳伦斯	时间和地点都能成为不利于我的证人；在这场悲惨的血案中，我虽然能力最弱，但嫌疑最重。我现在站在殿下面前，一方面要供认我自己的罪过，一方

面也要为我自己辩解。

亲王　那就快把你知道的一切说出来吧。

劳伦斯　我要把事情的经过尽可能简单地叙述出来，因为我
短促的残生还不及一段冗繁的故事那么漫长。死了
的罗密欧是死了的朱丽叶的丈夫，她是罗密欧忠心
的妻子，他们的婚礼是我主持的。就在他们秘密结
婚那天，提伯尔特死于非命，这个才做新郎的人也
从城里被放逐出去；朱丽叶是为了他，不是为了提
伯尔特，才那样伤心憔悴。你们为了替她解除烦恼，
把她许配给帕里斯伯爵，还要强迫她出嫁，她就跑
来见我，神色慌张地要我替她想个办法，来避免重
婚的悲剧，否则她就要在我那里自杀。所以我就根
据我医药方面的学识，给了她一服安眠的药水；它
果然产生了我所预期的效力，她一服下，就像死了
一样昏沉过去。同时我写信给罗密欧，叫他就在今
天这个悲惨的晚上到这墓地里来，帮我把她搬出她
寄寓的坟墓，因为药性一到时候便会过去。可替我
带信的约翰神父却遭到意外，不能脱身，昨晚才把
去信原样带了回来。那时我只好按照预先算定好的
她醒来的时间，独自一人到她的家墓去带她出来，
准备把她藏在我的住处，等方便时再把罗密欧叫
来；不料，就在她醒来前几分钟，我到这儿的时候，
尊贵的帕里斯和忠诚的罗密欧已双双惨死。她一醒
来，我就请她出去，劝她安心忍受这等天意安排的

变故；可那时我听见纷纷人声，吓得逃出了墓穴，她在万分绝望之中不肯跟我离去，看样子，她一定是自杀了。这是我所知道的一切，至于他们的婚姻，她的乳母细有与闻。要是这场不幸的惨祸是因我的疏忽而起，我这条老命愿受最严厉的法律制裁，不必等到寿尽之时，不妨现在就了结了它吧。

亲王　　　　我一向知道你是个道行高尚的人。罗密欧的仆人呢？他有些什么话说？

鲍尔萨泽　　我把朱丽叶的死讯带给了主人，所以他从曼多亚急急赶到这里，到了这座坟堂前面。这封信他叫我一早就送给我家老爷；他走进墓穴的时候，还恐吓我，说要是我不赶快走开，让他一个人在那儿，他就把我杀掉。

亲王　　　　把信给我，我要看看。叫巡丁来的那个伯爵的童儿呢？喂，你主人来这儿做什么？

侍童　　　　他带了花来散在他夫人的坟上，他叫我远远站着，我就听他的话；不一会儿工夫，就来了个拿着火把的人，他打开了坟墓，我主人就拔剑跟他打了起来，我就奔去叫了巡丁。

亲王　　　　这封信证实了神父的话，讲起他们恋爱的经过和她去世的消息；他还说他从一个穷苦的卖药人手里买到一种毒药，要把它带到墓里，准备和朱丽叶一起长眠。两个冤家在哪儿？——凯普莱特！蒙太古！瞧瞧你们的仇恨，让你们受到了多大的惩罚，上天

借手爱情，夺去了你们心爱的人；因为姑息放纵你
们的争执，我也失去了一双亲人，大家都已受到惩
罚。

凯普莱特　　啊，蒙太古大哥！把你的手给我；这就是你给我女
儿的一份聘礼，我不敢再有更大的奢求。

蒙太古　　但我可以给你更多；我要用纯金替她铸一座像，只
要维洛那城一天不改变它的名称，任何塑像都不会
比忠贞的朱丽叶的塑像更为超卓。

凯普莱特　　罗密欧也要有座同样富丽的金像，就卧在他爱人的
身旁，这对因为家仇而惨遭牺牲的苦命鸳鸯！

亲王　　清晨带来了凄凉的和解，
　　　　　太阳也惨得在云中躲闪。
　　　　　大家先回去发几声感慨，
　　　　　该恕的、该罚的再听宣判。
　　　　　古往今来多少离合悲欢，
　　　　　谁曾见像这样哀怨辛酸！（同下）

哈姆雷特

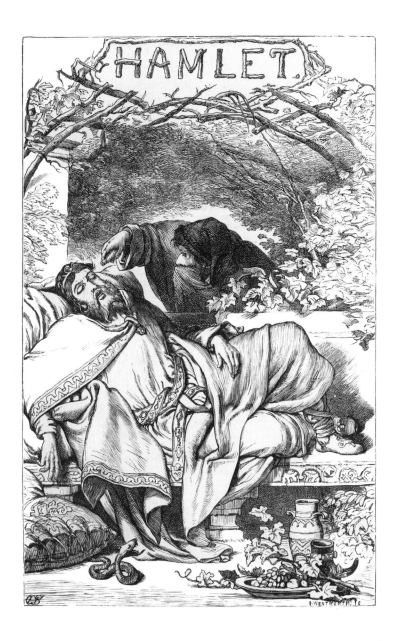

HAMLET.

剧中人物

克劳狄斯 / 丹麦国王

哈姆雷特 / 前王之子，今王之侄

福丁布拉斯 / 挪威王子

霍拉旭 / 哈姆雷特之友

波洛涅斯 / 御前大臣

雷欧提斯 / 波洛涅斯之子

伏提曼德

考尼律斯

罗森格兰兹 ⎬ 朝臣

吉尔登斯吞

奥斯里克

马西勒斯
⎬ 军官
勃那多

弗兰西斯科 / 兵士

雷奈尔多 / 波洛涅斯之仆

英国使臣

众伶人

二小丑 / 掘坟墓者

乔特鲁德 / 丹麦王后，哈姆雷特之母

奥菲利娅 / 波洛涅斯之女

贵族、贵妇、军官、兵士、教士、水手、使者及侍从等

哈姆雷特父亲的鬼魂

地点

艾尔西诺

第一幕

第一场

艾尔西诺。城堡前的露台

弗兰西斯科立台上守望。勃那多自对面上。

勃那多	那边是谁?
弗兰西斯科	不,你先回答我;站住,告诉我你是什么人。
勃那多	国王万岁!
弗兰西斯科	勃那多吗?
勃那多	正是。
弗兰西斯科	你来得很准时。
勃那多	现在已打过十二点钟;你去睡吧,弗兰西斯科。
弗兰西斯科	谢谢你来替我;天冷得厉害,我心里也老大不舒服。
勃那多	你守在这儿,一切都很安静吗?
弗兰西斯科	一只小老鼠也不见走动。
勃那多	好,晚安!要是你碰见霍拉旭和马西勒斯,我守夜的伙伴,就叫他们赶紧过来。

弗兰西斯科　我想我听见了他们的声音。喂，站定！那边是谁。

霍拉旭及马西勒斯上。

霍拉旭　　　都是自己人。

马西勒斯　　丹麦王的臣民。

弗兰西斯科　祝你们晚安！

马西勒斯　　啊！再会，正直的军人！谁替了你？

弗兰西斯科　勃那多接我的班。祝你们晚安！　（下）

马西勒斯　　喂！勃那多！

勃那多　　　喂——啊！霍拉旭也来了吗？

霍拉旭　　　冻得就剩这一小块啦。

勃那多　　　欢迎，霍拉旭！欢迎，好马西勒斯！

马西勒斯　　什么！这东西今晚又出现过了？

勃那多　　　我还没瞧见什么。

马西勒斯　　霍拉旭说那不过是我们的幻想。我告诉他，我们已
　　　　　　　经两次看见这个可怕的怪象，他总是不肯相信；所
　　　　　　　以我请他今晚也来，陪我们守上一夜，这鬼魂要是
　　　　　　　再来，就能证明我们并没看错，还可以叫他跟它说
　　　　　　　几句话。

霍拉旭　　　嘿，嘿，它不会出现的。

勃那多　　　请先坐下；虽然你一定不肯相信我们的故事，我们
　　　　　　　还是要把这两夜来我们看见的情形再跟你絮叨一遍。

霍拉旭　　　好，我们坐下，听听勃那多怎么说。

勃那多	昨天晚上，北极星西面那颗明星向它现在正吐射光辉的地方运行的时候，钟刚敲了一点，马西勒斯和我——
马西勒斯	住声！别说了；瞧，它又来了！

鬼魂上。

勃那多	模样就像已故的国王。
马西勒斯	你是有学问的人，去跟它说话，霍拉旭。
勃那多	它的样子不像已故的国王吗？看好，霍拉旭。
霍拉旭	像得很；真叫我心里又惊又怕。
勃那多	它希望我们跟它说话。
马西勒斯	你去问它一问，霍拉旭。
霍拉旭	你是什么鬼怪，胆敢僭窃丹麦先王出征时的神武雄姿，在这深夜时分出现？凭着上天的名义，我命令你说话！
马西勒斯	它生气了。
勃那多	瞧，它悄悄地走了！
霍拉旭	别走！说话呀！我命令你，快说！（鬼魂下）
马西勒斯	它走了，不肯回答我们。
勃那多	怎么，霍拉旭！你在发抖，你的脸色这样惨白。这不是幻想吧？你有什么高见？
霍拉旭	当着上帝的面，要不是我自己的眼睛向我证明，我再也不会相信这样的怪事。

马西勒斯	它不像我们的国王吗？

霍拉旭　　正如你像你自己一样。它身上那副战铠，就是他讨伐野心勃勃的挪威王时所穿；它脸上那副怒容，活像他上次在激烈的争辩中，把那些波兰人打倒在冰上时的神气。怪事怪事！

马西勒斯　前两次他也是这样，不先不后，就在这个静寂的时辰，用军人的步态走过我们眼前。

霍拉旭　　我不知道究竟该作怎样的想法；可大概推测起来，这恐怕预兆着我们国内将会发生一番非常的变故。

马西勒斯　好了，坐吧。谁要是知道，就请告诉我吧，为什么我们要有这样森严的戒备，让全国军民每夜不得安息；为什么每天都在制造铜炮，还要从国外购买战具；为什么征召大批船匠，拼命造船，连星期天也不停工作；这样夜以继日地辛苦忙碌，究竟是为了什么急事？谁能告诉我？

霍拉旭　　我可以告诉你；至少一般人都这样传说。刚才他的形象还向我们显现的那位已故的王上，你们知道，曾接受骄矜好胜的挪威人福丁布拉斯的挑战；在那次决斗中，我们勇武的哈姆雷特——英名举世称颂的哈姆雷特——杀死了福丁布拉斯；按照双方根据法律和骑士精神所订立的协定，福丁布拉斯要是战败，除了他自己的生命以外，必须把他名下的一切土地拨归胜利的一方；同时，我们的王上也拿出相当的土地作为赌注，要是福丁布拉斯得胜，那些土

地也就归他所有，正像同一协定所规定的，他失败
了，哈姆雷特就能收走他的土地一样。眼下，说起
那位福丁布拉斯的儿子，他生得一副有待调教的、
烈火也似的性格，已在挪威四境召集了一群无赖之
徒，供他们衣食，驱策他们去干冒险的勾当。他唯
一的目的，我们的当局看得非常清楚，无非是要用
武力和强迫性的条件，夺回他父亲所丧失的土地。
照我所知，这就是我们做种种准备的主要动机，我
们这样戒备的唯一原因，也是全国之所以这样慌忙
骚乱的缘故。

勃那多　　我想正是为了这个缘故。我们那位王上在过去和目
前的战乱中，都是一个主要的角色，所以无怪他全
副武装的形象要向我们显现示警。

霍拉旭　　那是扰乱我们心灵之眼的一点微尘。从前在富强繁
盛的罗马，那雄才大略的裘力斯·恺撒驾崩前不久，
披着殓衾的死人都从坟墓里出来，在街道上啾啾鬼
语，拖着火尾、喷着血露的星辰在白昼陨落，支配
潮汐的月亮被吞蚀得像个没有起色的病人；这类预
报重大变故的朕兆，在我们国内也已屡次出现。等
等！别作声！瞧！它又来了！

鬼魂重上。

霍拉旭　　我要挡住它的去路，即便它会害我。别走，幻象！

要是你能开口，就对我说话；要是我可以为你效劳，让你的灵魂得到安息，那就对我说话；要是你已预知祖国的命运，靠着你的指示，也许能及时避免未来的灾祸，那就对我说话；或者你生前曾把你搜括而来的财宝埋在地下，我听人说，鬼魂总在他们藏金的地方徘徊不散，（鸡啼）要是有这样的事，你也对我说吧；别走，说呀！拦住它，马西勒斯。

马西勒斯　　要不要用戟子打它？

霍拉旭　　　打吧，要是它不肯站定。

勃那多　　　它在这儿！

霍拉旭　　　它在这儿！（鬼魂下）

马西勒斯　　它走了！我们不该用暴力对待这样一个威严的亡魂；因为它像空气一样不可侵害，我们无益的打击不过是恶意的徒劳。

勃那多　　　它正要说话的时候，鸡就啼了。

霍拉旭　　　于是它就像一个罪犯听到了可怕的召唤似的惊跳起来。我听人说，报晓的雄鸡用它高锐的啼声，唤醒了白昼之神，一听到它的警告，那些在海里、火里、地下、空中到处浪游的有罪灵魂，就一个个钻回各自的巢穴里去；这话不假，现在已经证实。

马西勒斯　　它正是在鸡鸣的时候隐去。有人说，我们每次庆祝圣诞前不久，这报晓的鸟儿总会彻夜长鸣；那时候，他们说，没有一个鬼魂敢出外行走，夜间的空气非常清净，没有一颗星用毒光射人，没有一个神仙用

法术迷人，妖巫的符咒也失去了力量，一切都圣洁而美好。

霍拉旭 我也听人这样说过，倒有几分相信。可瞧，清晨披着赤褐色的外衣，已经踏着那东方高山上的露水走来。是时候下班了。照我的意思，我们该把今夜所见告诉年轻的哈姆雷特；因为，凭着我的生命起誓，这鬼魂虽对我们不发一言，见了他，却一定有话要说。你们觉得，就凭交情和责任，是不是该让他知道这件事情？

马西勒斯 很好，那就去告诉他吧；我知道今早在什么地方最容易把他找到。（同下）

第二场

城堡中的大厅

国王、王后、哈姆雷特、波洛涅斯、雷欧提斯、伏提曼德、考尼律斯、群臣、侍从等上。

国王　虽然亲爱的王兄哈姆雷特新丧未久，我们的心里应当充满了悲痛，全国都该表示一致的哀悼，可我们凛于后死之辈责任的重大，不能不违情逆性，一方面固然要以适度的悲哀纪念先王，一方面也要为自身的利害着想；所以，在一种悲喜交集的情绪下，让幸福和忧郁分据我的双眼，殡葬的挽歌和结婚的笙乐并奏一时，用盛大的喜乐抵消沉重的不幸，我已和我旧日的长嫂，当今的王后，这个多事之国的共同的统治者，结为夫妇；这次婚姻事先曾征求各位的意见，多承各位诚挚的赞助，我必须在此致谢。现在我要告诉你们，年轻的福丁布拉斯看轻了我们的实力，也许他以为在我亲爱的王兄崩逝以后，我们的国势已经瓦解，所以挟着从中取利的梦想，不断提出书面要求，要我们把他父亲依法割让给我英勇的王兄的土地归还。这是他一方面的意思。现在，要讲到我们的态度，和今天召集各位来此的目的。我们的对策如下：我已写好一封给挪威国王——即年轻的福丁布拉斯的叔父——的信，他因卧病在床，不曾与闻他侄子的企图；在信里我请他注意他侄子擅自在国内征募壮丁，训练士卒，积极进行各种准备的事实，要求他从速制止他的进一步行动；现在我就派你，考尼律斯，还有你，伏提曼德，替我把信送呈挪威老王，除了国书规定的条件以外，你们不得僭用权力，和挪威订立任何逾矩的协议。你们火速前去，尽早复命！

考尼律斯 伏提曼德 〉我们必当尽力执行陛下的旨意。

国王 我相信你们的忠心；再会！（伏提曼德、考尼律斯同下）现在，雷欧提斯，你有什么话说？你对我说，你有一个请求；是什么请求，雷欧提斯？只要是合理的事情，你向丹麦王提出，他不会不答应你。你的要求，雷欧提斯，我岂非在你开口以前就已自动应允？丹麦王室和你父亲的关系，正像头脑之于心灵一样密切；丹麦国王乐意为你父亲效劳，正像嘴里所说的话，可由双手去执行一样。你要些什么，雷欧提斯？

雷欧提斯 陛下，我请求您的允许，让我回到法国。这次我回国参加陛下加冕的盛典，略尽臣子的微忱，实在是莫大的荣幸；可现在我任务已尽，心愿又向法国飞驰，但求陛下开恩允许。

国王　　你父亲已经答应了吗？波洛涅斯怎么说？

波洛涅斯　陛下，经他几次三番的恳求，我已勉强答应他了；
　　　　　请陛下放他去吧。

国王　　好好利用你的时间，雷欧提斯，尽情发挥你的才能！
　　　　　来，我的侄儿哈姆雷特，我的孩子——

哈姆雷特　（旁白）超乎寻常的亲族，漠不相干的路人。

国王　　愁云何以依旧笼罩在你身上？

哈姆雷特　不，陛下；是父王您如骄阳在上。

王后　　好哈姆雷特，脱下你忧黯的孝服，对你父王应当和
　　　　　颜悦色；不要老是垂下眼皮，在泥土中寻找你高贵
　　　　　的父亲。这是人所周知的平常之事，活着的人都会
　　　　　死去，从这生界离开，踏进永久的宁静。

哈姆雷特　是的，母亲，这是人所周知的事。

王后　　既然人所周知，那你为什么总显得这样郁郁于心？

哈姆雷特　"显得"？母亲！不，是这样就是这样，我不知道
　　　　　什么"显"不"显得"。好母亲，我这墨黑的外套、
　　　　　这礼俗所定的丧服、这勉强吐出的叹息、这滚滚江
　　　　　流般的眼泪、这悲苦沮丧的脸色，和这一切仪式、
　　　　　外表和忧伤的流露，都无法表现我的真实情绪。这
　　　　　些才真是给人瞧的，因为谁都能演出这副样子。它
　　　　　们不过是悲哀的装饰和外衣；我郁结心中的悲苦终
　　　　　究难得表达。

国王　　哈姆雷特，你这孝思不匮，原是你天性中纯笃过人

King. How is it that the clouds still hang on you?
Hamlet. Not so, my lord; I am too much i' the sun.

Act I. Scene II.

之处；可你要知道，你的父亲也失去过父亲，他失去了的父亲也失去过他的父亲；留在世上的儿子为了尽孝，必须按期服丧守制，但固执不变的哀伤，却是一种逆天悖理的愚行，不是堂堂男子所应有的举止；它表现出一份不肯安于天命的意志、一颗经不起艰难痛苦的心、一个缺乏忍耐的头脑和一种简单愚昧的理性。既然我们知道那是无可避免的事，无论是谁，都会遭遇同样的经验，那还为什么要这样固执地对它介介于怀？嘿！那是对上天的罪戾、对死者的罪戾，也是违反人情的罪戾；从理智上讲，它更是荒谬，因为从第一个死去的父亲开始，到今天死去的最后一个父亲为止，理智永远在呼喊："这无可避免。"我希望你抛弃这种无益的悲伤，把我当作你的父亲；因为我要让全世界知道，你是王位的直接继承者，我要给你的尊荣和恩宠，决不亚于一个最慈爱的父亲会给予他儿子的一切。至于你要回到威登堡去继续求学的意思，那可完全违背了我们的愿望；请你听从我的劝告，不要离开这里，在朝廷上领袖群臣，做我们最亲近的国亲和王子，让我们因为每天都能看见你的面容而心生快慰。

王后　　　　不要让你母亲的祈求全归无用，哈姆雷特；请你不要离开我们，不要到威登堡去。

哈姆雷特　　我将勉力服从您的意志，母亲。

国王　　　　啊，这才是句有孝心的答复；你将在丹麦享有和我同等的尊荣。御妻，来。哈姆雷特这种自然而然的顺从让我非常高兴；为表庆贺，今天丹麦王每一次举杯祝饮，都要放一响高入云中的祝炮，让上天应着地上的雷鸣，发出欢乐的回声。来。（除哈姆雷特外均下）

哈姆雷特　　啊，但愿这太过坚实的肉体会融解、消散、化成一堆露水！只愿那永生的真神不曾制定禁止自杀的律法！上帝啊，上帝！人世间的一切在我看来是多么可厌、陈腐、乏味、无聊！哼！哼！那是一个荒芜不治的花园，长满了恶毒的莠草。想不到啊，居然会有这等丑事！刚死两月！不，还不满两月！这样一个好国王，比起现在这个，简直是天神和丑怪；他这样爱我的母亲，甚至不愿让天风吹痛她的脸庞。天地啊！我必须想起这些事吗？嗬，她会偎依在父王身旁，好像吃了美味的食物，格外促进了食欲一般；可是，不过一个月的时间——我不能再想下去了！脆弱啊，你的名字就是女人！短短一个月前，她还哭得像个泪人儿似的，送我那可怜的父亲下葬；送葬时她穿的那双鞋子还是新的，她竟然，她就——上帝啊！一头没有理性的畜生也会悲伤得长久一些——她竟然就嫁给了我的叔父，我父亲的弟弟，可他一点也不像我的父亲，正如我一点也不像赫剌克勒斯[1]一样。只有一个月的时间，她那流着虚伪之泪的眼睛还没有消去红肿，她就嫁了人了。啊，罪恶的匆促，这样迫不及待地钻进了乱伦的衾被！那绝非善事，也不会结出善果；碎了吧，我的心啊；因为我必须闭上我的嘴！

霍拉旭、马西勒斯、勃那多同上。

霍拉旭　　祝福，殿下！

哈姆雷特　见你身体健康，我很高兴；你不是霍拉旭吗？肯定没错。

霍拉旭　　正是，殿下；我永远是您卑微的仆人。

哈姆雷特　不，你是我的好朋友；我愿意和你朋友相称。你怎么不在威登堡，霍拉旭？——马西勒斯！

马西勒斯　殿下——

哈姆雷特　很高兴见到你。（向勃那多）你好，朋友。——可是你究竟为什么离开威登堡呢？

霍拉旭　　无非是偷闲躲懒罢了，殿下。

哈姆雷特　我不愿听见你的仇敌这样说你，你也不能用这样的话来刺痛我的耳朵，让它相信你对你自己的诽谤；我知道你不是个偷闲躲懒的人。可你到艾尔西诺有什么事？趁你没走，我们要跟你痛饮几杯。

1　赫剌克勒斯（Hercules），希腊神话中力大无穷的英雄。

霍拉旭	殿下，我是来参加您父王的葬礼的。
哈姆雷特	请你不要取笑，我的同学；我想你是来参加我母后的婚礼的吧。
霍拉旭	真的，殿下，这一葬一婚离得太近。
哈姆雷特	这是一举两便的办法，霍拉旭！葬礼剩下的残羹冷炙，正好宴请婚筵上的宾客。霍拉旭，我宁愿在天上遇见我最痛恨的仇人，也不愿看到那样的一天！我的父亲，我仿佛看见了我的父亲。
霍拉旭	啊，在什么地方，殿下？
哈姆雷特	在我的心眼里，霍拉旭。
霍拉旭	我曾见过他一次；真是堂堂君王。
哈姆雷特	无论如何，他都是堂堂男子汉；今生今世，再也找不到像他那样的人了。
霍拉旭	殿下，我想我昨天晚上看见他了。
哈姆雷特	看见谁？
霍拉旭	殿下，我看见了您的父王。
哈姆雷特	我的父王！
霍拉旭	不要吃惊，请您静听我说完这桩奇事，这两位可以替我作证。
哈姆雷特	看在上帝的分上，快讲给我听。
霍拉旭	这两位朋友，马西勒斯和勃那多，在万籁俱寂的午夜值岗守望的时候，曾连续两夜看见一个自顶至踵全身甲胄，像您父亲一样的人形，出现在他们面前，用庄严而缓慢的步伐走过他们身边。当着他们惊奇

骇愕的眼睛，它三次步行而去，手里握着的鞭杖近得能碰到他们身上；他们吓得几乎浑身瘫痪，只是呆立不动，一句话也没对它讲。怀着惴惧的心情，他们把这事悄悄告诉了我，我就在第三夜陪着他们一起守望；全如他们所说，那鬼魂又出现了，出现的时间和鬼魂的形貌，证实了他们没有一句虚言。我认识您的父亲；那鬼魂酷似先王，我这两只手也不及他们相似。

哈姆雷特	到底是在什么地方？
马西勒斯	殿下，就在我们守望的露台上。
哈姆雷特	你有没有跟它说话？
霍拉旭	殿下，我说了，可它没有回答；但有一次，我觉得它好像抬起头来，像要开口说话似的，可就在那时，晨鸡大声啼了起来，它一听见鸡叫，就很快没了踪影。
哈姆雷特	这真是奇怪。
霍拉旭	凭着我的生命起誓，殿下，这是真的；我们认为按着我们的责任，应该让您知道这件事情。
哈姆雷特	没错，没错，朋友们；可这件事情让我非常迷惑。你们今晚是否还要去守夜？
马西勒斯 **勃那多** ⎫⎬⎭	是的，殿下。
哈姆雷特	你们说它穿着甲胄？
马西勒斯 **勃那多** ⎫⎬⎭	是的，殿下。

哈姆雷特	从头到脚？

马西勒斯 勃那多	从头到脚，殿下。

哈姆雷特	那你们没看见它的脸吗？
霍拉旭	啊，看见了，殿下；它的面甲是掀开的。
哈姆雷特	怎么样，看上去像在发怒吗？
霍拉旭	看它脸上的表情，是悲哀多于愤怒。
哈姆雷特	它脸色惨白，还是红润？
霍拉旭	惨白极了。
哈姆雷特	它的眼睛盯着你吗？
霍拉旭	一直盯着我看。
哈姆雷特	真希望我也在场。
霍拉旭	那您一定会骇愕万分。
哈姆雷特	多半会的，多半会的。它待得久吗？
霍拉旭	大概就是用不快不慢的速度从一数到一百的时间。

马西勒斯 勃那多	还要久一些，还要久一些。

霍拉旭	我看见它时，就这么久。
哈姆雷特	它是不是胡须斑白？
霍拉旭	是的，正像我在它生前看见的那样，乌须里夹着些 白须。
哈姆雷特	我今晚也去守夜；或许它还会出现。
霍拉旭	我可以担保，它一定会出来。
哈姆雷特	要是它借着我父王的形貌出现，即使地狱张开嘴来，

叫我不要作声，我也一定要跟它说话。要是你们还没把这一切告诉别人，那我就要请求你们，请大家继续保持沉默；无论今夜发生什么，都请放在心里，不要泄漏于口舌之间。我一定会报答你们的忠诚。好，再会；今晚十一到十二点间，我们在露台上见。

众人 我们愿意为殿下尽忠。

哈姆雷特 但愿我们能保持这不渝的交情；再会！（霍拉旭、马西勒斯、勃那多同下）我父亲的灵魂披着甲胄！事情有些不妙；我看这里面必有奸人的恶计。但愿黑夜早点到来！静静地等吧，我的灵魂；罪恶总有一天会原形毕露，虽然这满地的泥土正把它们遮掩。（下）

第三场

波洛涅斯家中一室

雷欧提斯及奥菲利娅上。

雷欧提斯 我需要的物件已经装在船上，再会了；妹妹，在好风给人方便，路上没有阻碍的时候，不要贪睡，让我听见你的消息。

奥菲利娅 你还不相信我吗？

雷欧提斯 对于哈姆雷特和他的调情献媚，你必须把它认作一时的感情冲动，一朵初春的紫罗兰早熟而易凋，馥郁而不能持久，一分钟的芬芳和喜悦，如此而已。

奥菲利娅 如此而已吗？

雷欧提斯 如此而已；因为像新月一样逐渐饱满的人生，不仅是肌肉和体格的成长，而且是随着身体的发展，精神和心灵也同时变得广阔。也许他现在爱你，他真诚的意志纯洁而不带欺诈；可你必须留心，他身处这样高的地位，他的意志并不属于他自己，因为他自己也要被他的血统支配；他不能像一般庶民一样为自己选择，因为他的决定足以影响整个国本的安危，他是一整副身体的首脑，他的选择必须得到各

部分肢体的同意；所以要是他说，他爱你，你该谨
慎对待，细细思量：他身处这样的地位，也许的确
会兑现他的承诺，但他的行为始终受制于丹麦国内
的舆论。你再想想，要是你用过于轻信的耳朵倾听
他的歌曲，让他攫走了心，在他狂妄的渎求之下，
打开了你宝贵的童贞，那时你的名誉将要蒙受多大
的损失。留心，奥菲利娅，留心，我亲爱的妹妹，
不要放纵你的爱情，不要让欲望的利箭把你射中。
一个自爱的女子，不该向月亮显露她的美貌；即便
是圣贤，也无法逃避谗口的中伤；春天的草木往往
还没吐放它们的蓓蕾，就已被蛀虫蠹蚀；朝露一样
晶莹的青春，常常会受到罡风的吹打。所以，留心
着吧，戒惧是最安全的方策；即使没有旁人的诱惑，
少年也会乘着血气，向他自己发动叛变。

奥菲利娅 我会记住你这金玉良训，让它看守我心。可是，我
的好哥哥，你不要像有些坏心眼的牧师一样，指点
我直达天堂的险峻的荆棘之途，自己却在花街柳巷
流连忘返，忘记了自己的箴言。

雷欧提斯 啊！别为我担心。我已耽搁太久；瞧，父亲来了。

波洛涅斯上。

雷欧提斯 双重的祝福是双倍的恩荣；第二次的告别总是格外
可喜。

波洛涅斯　还在这儿，雷欧提斯！上船去，快点儿，真好意思！风息已在帆顶，人家都在等着你哩。好，我为你祝福！还有几句教训，希望你铭刻在记忆之中：不要想到什么就说什么，凡事必须三思而行。对人要和气，但不要过分狎昵。相知有素的朋友，应该用钢圈箍上你的灵魂，但不要对每一个泛泛的新知滥施你的交情。要多留心，避免和人家争吵；可万一争端已起，就该让对方知道，你不可轻侮。倾听每个人的意见，但只对极少数人发表自己的意见；接纳每个人的批评，但要保留你自己的判断。尽你的财力购置贵重的衣服，但不要炫新立异，必须富丽而不浮艳，因为服装往往能表现人格；法国的名流要人，特别注重这点。不要向人告贷，也不要借钱给人；因为债款一放，往往不但丢了本钱，还会失去朋友；向人告贷，容易养成因循懒惰的习惯。尤其要紧的是，你必须忠于自己；正像有了白昼才有黑夜一样，忠于自己，才不会欺于他人。再会；祝福你，愿你牢记并践行这番话语！

雷欧提斯　父亲，就此告别。

波洛涅斯　时候不早了；去吧，你的仆人都在等着。

雷欧提斯　再会，奥菲利娅，记住我说的话。

奥菲利娅　你的话已锁进我的记忆，钥匙你替我保管着吧。

雷欧提斯　再会！（下）

波洛涅斯　奥菲利娅，他对你说了些什么？

奥菲利娅	回父亲的话，我们刚才谈起了哈姆雷特殿下。
波洛涅斯	嗯，这的确应该考虑一下。听说他近来常跟你在一起，你也从不拒绝他的求见；要是果然有这样的事——人家这么告诉我的，也无非是叫我注意——那我必须要说，你还没能懂得，你做了我的女儿，按照你的身份，应该怎样留心自己的行动。你们之间究竟有什么关系？老实告诉我。
奥菲利娅	父亲，他最近屡次向我表示过爱意。
波洛涅斯	爱意！呸！你讲的话完全像个没经历过这种危险的不懂事的女孩子。你信他那种你所谓的表示吗？
奥菲利娅	父亲，我不知该怎样想才好。
波洛涅斯	好，让我来教你；你该这么想，你是个孩子，把这些假意的表示当成了真心的奉献。你该"表示"出更高的身价，否则——嘿，这可怜的字眼都快被我使唤得断了气了——你"表示"的，就是个傻字。
奥菲利娅	父亲，他向我求爱的态度十分光明正大。
波洛涅斯	嗯，他的态度；很好，很好。
奥菲利娅	而且，父亲，他几乎用尽了神圣的言辞，发尽了山盟海誓，来证实他的心意。
波洛涅斯	嗯，这些都是捕捉愚蠢的山鹬的圈套。我知道一个人在热情燃烧的时候，什么盟誓都发得出口；这些火焰，女儿，总是光多于热，一下子就会光消焰灭，因为它们本即虚幻，你不能把它们当作真火看待。从现在起，你还是少露一些你女儿家的脸；你该自

高身价，别让人以为，你是能随意呼召的人。对于
哈姆雷特殿下，你该这么想，他是个年轻的王子，
和你相比，他在行动上有更大的自由。总而言之，
奥菲利娅，不要相信他的盟誓，它们不过是淫媒，
表面光鲜大方，却表里不一，只会诱人堕落，齷齪
至极，就像那道貌岸然的鸨母一样，满嘴仁义，却
只为达到骗人的目的。我言尽于此，简单一句话，
从现在起，我不许你跟哈姆雷特殿下聊一句话。你
留点儿神吧；进去。

奥菲利娅　　　我一定听您的话，父亲。（同下）

第四场

露台

哈姆雷特、霍拉旭及马西勒斯上。

哈姆雷特　风吹得人怪痛的，这天气真冷。

霍拉旭　真是凛冽的寒风。

哈姆雷特　现在什么时候了？

霍拉旭　估计快十二点了。

马西勒斯　不，已经打过钟了。

霍拉旭　真的？我没听见；那鬼魂也快出现了。（内喇叭奏花腔及鸣炮声）这是什么意思，殿下？

哈姆雷特　王上今晚大宴群臣，通宵醉舞；每次他喝下一杯葡萄美酒，铜鼓和喇叭便吹打起来，欢祝万寿。

霍拉旭　这是向来的风俗？

哈姆雷特　嗯，是的。可我虽然从小就熟习这种风俗，但我倒觉得对这种风俗，与其遵守，不如打破，倒还更体面些。这种酗酒纵乐的风俗，让我们在东西各国受到许多诽毁；他们称我们为酒徒醉汉，将下流的污名加在我们头上，让我们的各种伟大成就都因此而大为减色。在个人方面，情况也常常是这样，有些

人纵然在其他方面堪称圣洁，具备人能具备的无限
美德，也会因为秉性上生了本是天生缺陷，而非自
身过失的恶痣，或者某种性情发展过度，冲破了理
智的尖桩与壁垒，或者某种习惯玷染了原本令人赞
赏的作风，就受到世人的指摘：随便哪种毛病的印
记，无论是天生的记号还是偶然的烙印，都会让他
们在非议中逐渐溃烂。丁点的邪恶便足以勾销所有
高贵的品质，叫人声名狼藉。

鬼魂上。

霍拉旭	瞧，殿下，它来了！
哈姆雷特	天使保佑我们！不管你是一个善良的灵魂还是万恶

的妖魔，不管你带来了天上的和风还是地狱的罡风，
不管你的来意是好是坏，你的模样都是这样和蔼可
亲，所以我要对你说话；我要叫你哈姆雷特，君王，
父亲！尊贵的丹麦先王，啊，回答我！不要让我在
无知的蒙昧中抱恨终天；告诉我，为什么你长眠的
骸骨不安窀穸，为什么安葬你遗体的坟墓张开它大
理石制的沉重双颚，把你重新吐放出来。你这已死
的尸体这样全身甲胄，出现在月光之下，让黑夜变
得这样阴森，让我们这些为造化所玩弄的愚人充满
了不可思议的恐怖，究竟是什么用意？说，这是为
了什么？你要我们怎样？（*鬼魂向哈姆雷特招手*）

Horatio.　　　Look, my lord, it comes!
Hamlet.　Angels and ministers of grace defend us!

Act I. Scene IV.

霍拉旭	它招手叫您跟着它去，好像有话要对您一个人说。
马西勒斯	瞧，它用很有礼貌的举动，招呼您到一个僻远的所在；可您千万别跟它去。
霍拉旭	千万不要跟去。
哈姆雷特	它不肯说话；我还是跟它去吧。
霍拉旭	别去，殿下。
哈姆雷特	嗨，怕什么呢？我生命的价值不过一枚针的价值；至于我的灵魂，则跟它一样永生不灭，它又能如何加害？它又在招手叫我去了；我要跟着它去。
霍拉旭	殿下，要是它把您诱到潮水里去，或者把您领到下临大海的峻峭的悬崖之巅，然后在那儿，它现出了狰狞的形貌，让您丧失理智，变得疯狂，那可如何是好？您想，无论是谁，一到那样的地方，望着身下的千仞峭壁，听见海水奔腾的怒吼，即使没有别的原因，也会吓得心惊胆裂。
哈姆雷特	它还在向我招手。——走吧，我跟着你。
马西勒斯	您不能去，殿下。
哈姆雷特	放开你们的手！
霍拉旭	听我们的劝吧，别去。
哈姆雷特	我的命运在高声呼喊，使我全身每一根微细的血管都变得像怒狮的筋骨一样坚硬。（鬼魂招手）它依然在召唤着我。放开我，朋友们；（挣脱二人之手）凭着上天起誓，谁要是拉住了我，我要叫他也变成了鬼！走开！——走吧，我跟着你。（鬼魂及哈姆

雷特同下）

霍拉旭　　　幻想占据了他的头脑，让他不顾一切。

马西勒斯　　我们跟上去吧；我们不该由着他的。

霍拉旭　　　那就走吧。这种事情会引出什么结果来呢？

马西勒斯　　丹麦国里恐怕有些不可告人的坏事。

霍拉旭　　　上天的意旨支配一切。

马西勒斯　　好了，快跟上去。（同下）

第五场

露台的另一部分

鬼魂及哈姆雷特上。

哈姆雷特　你要领我去哪儿？说；我不愿再往前了。

鬼魂　听我说。

哈姆雷特　我在听。

鬼魂　我的时间快要到了，我必须再次回到硫黄的烈火里去，受煎熬之苦。

哈姆雷特　唉，可怜的亡魂！

鬼魂　别可怜我，你只要留心听好我要告诉你的一切。

哈姆雷特　说吧；我就在这儿听着。

鬼魂　你听了以后，必须替我报仇。

哈姆雷特　什么？

鬼魂　我是你父亲的灵魂，因为生前孽障未尽，被判在晚间游行地上，在白昼忍受火焰的烧灼，必须经过相当的时期，等生前的过失被火焰净化，方才可以脱罪。可我不能违犯禁令，泄漏我狱室中的秘密，我可以告诉你一个故事，它最轻微的一句话，都能让你魂飞魄散，让你年轻的血液凝冻成冰，让你的双眼像脱了轨道的星球一样突出眼眶，让你纠结的鬈发根根分开，像愤怒的豪猪身上的刺毛一样森然耸立；可这永恒的神秘，却不能向血肉凡耳宣示。听着，听着，啊，听着！要是你曾爱过你亲爱的父亲——

哈姆雷特　　上帝啊！

鬼魂　　你必须替他报那逆伦惨恶的杀身之仇。

哈姆雷特　　杀身之仇！

鬼魂　　杀人是重大的罪恶；可这桩谋杀惨案，是最骇人听闻、逆天害理的罪行。

哈姆雷特　　快告诉我，让我驾着像思想和爱情一样迅速的翅膀，飞去杀死仇人。

鬼魂　　我的话果然激发了你；要是你听见这种事情却漠然置之、无动于衷，那你岂不比舒散在忘河之滨的蔓草还要冥顽不灵。现在，哈姆雷特，听我说；一般人都以为，是我在花园里睡觉的时候，一条蛇来螫死了我，这般虚构的死状，骗过了丹麦全国的人；可你要知道，好孩子，那毒害你父亲的蛇，头上正戴着王冠！

哈姆雷特　　啊，果然让我猜中！我的叔父！

鬼魂　　嗯，那头乱伦通奸的畜生，他有的是过人的诡诈、天赋的奸恶，凭着他阴险的手段，诱惑了我那外表上看来似乎非常贞淑的王后，来满足他无耻的兽欲。啊，哈姆雷特，那是多么无耻的背叛！我的爱情是那样纯洁真诚，我始终信守着我在结婚时对她立下的盟誓；她却会对一个天赋与才德远不如我的恶人降心相从！可正像一个贞洁的女子，纵使淫欲披上神圣的外衣，也不能把她煽动一样，一个淫妇纵然与光明的天使为偶，也总有一天会厌倦天国的唱随之乐，而宁愿搂抱人间的朽骨。且慢！我仿佛嗅到了清晨的空气；让我把话说得简短一些。在我按照每天午后的惯例，在花园里睡觉的时候，你的叔父乘我不备，悄悄溜了进来，拿着一只盛着毒草汁的小瓶，把一种致人麻痹的药水注入我的耳腔；那药性发作起来，会像水银一样迅速流过全身的大小血管，像酸液滴进牛乳一般，把淡薄而健全的血液凝结起来；它一进入我的身体，我全身光滑的皮肤上便立刻发出无数疱疹，像害着癞病似的满布着可憎的鳞片。就这样，我在睡梦之中，被自己的兄弟同时夺去了生命、王冠与王后，甚至连个忏罪的机会也不给我，让我在没领圣餐，也没受临终涂膏礼时，就一无准备地背负一生的罪恶去对簿阴曹。可怕啊，可怕！要是你有天性之情，就别默尔而息，不要让丹麦的御寝变成藏奸养逆的卧榻；可无论你怎样复仇，你行事都必须光明磊落，更不可对你母亲有什么不利的图谋，让她去受上天的裁判，受她自己内心的荆棘的刺戳吧。现在我必须走了！萤火的微光已开始暗淡，清晨快要来了；再会，再会！哈姆雷特，记着我。（下）

哈姆雷特　　天上的神明啊！大地啊！还有什么呢？我还要向地
　　　　　　狱呼喊吗？啊，呸！忍着吧，忍着吧，我的心！我
　　　　　　全身的筋骨，不要一下就衰老，还请撑着我的身体！
　　　　　　记着你！那是当然，可怜的亡魂，只要记忆不曾从
　　　　　　我混乱的头脑里消失，我就会记着。记着你！那是
　　　　　　当然，我要从我记忆的碑版之上，拭去一切琐碎愚
　　　　　　蠢的记录、一切书本上的格言、一切陈言套语、一
　　　　　　切过去的印象、一切我少年的阅历所留下的痕迹，
　　　　　　只让你的命令留存在我脑海的书卷，不掺杂一点下
　　　　　　贱的废料；是的，上天为我作证！啊，最恶毒的妇
　　　　　　人！啊，奸贼，奸贼，满脸堆笑的万恶奸贼！我的
　　　　　　写字板呢？我必须把它记下：人可以满面是笑，骨
　　　　　　子里却是杀人的奸贼；至少我相信，在丹麦就有这
　　　　　　样的人。（写字）好，叔父，我记下你了。现在我
　　　　　　要记下我的座右铭来，那是："再会，再会！记着
　　　　　　我。"我已发过誓了。

霍拉旭　　　（在内）殿下！殿下！

马西勒斯　　（在内）哈姆雷特殿下！

霍拉旭　　　（在内）上天保佑他！

马西勒斯　　（在内）但愿如此！

霍拉旭　　　（在内）喂，嗬，嗬，殿下！

哈姆雷特　　喂，嗬，嗬，孩儿！来，鸟儿，来。

　　　　　　霍拉旭及马西勒斯上。

马西勒斯	怎么样，殿下？
霍拉旭	有什么事，殿下？
哈姆雷特	啊！奇怪！
霍拉旭	好殿下，快告诉我们。
哈姆雷特	不，你们会泄漏出去。
霍拉旭	不，殿下，凭着上天起誓，我一定不会泄漏。
马西勒斯	我也一定不会，殿下。
哈姆雷特	那你们说，谁能想到有这种事？可你们能不能保守秘密？
霍拉旭 **马西勒斯**	能，上天为我们作证，殿下。
哈姆雷特	在全丹麦都不曾有哪一个恶贼不是个坏透了的无赖。
霍拉旭	殿下，这种话可用不着什么鬼魂走出坟墓来告诉我们。
哈姆雷特	啊，不错，你说得有理；所以，我们还是不必多说废话，大家握个手就分开了吧。你们可以照你们的意思去干你们的事——因为各人都有各人的意思和各人的事——至于我自己，那我就告诉你们，我要做祈祷去了。
霍拉旭	殿下，您这话说得可真让人摸不着头脑。
哈姆雷特	我的话冒犯了你，真是非常抱歉；是的，我从心底里抱歉。
霍拉旭	哪儿的话，殿下。
哈姆雷特	不，凭着炼狱守护神圣伯特力克的名义，霍拉旭，我的确是严重地冒犯了你。讲到这个幽灵，那就让

我告诉你们，它是一个诚实的亡魂；你们想知道它对我说了些什么，只好请你们暂时不要动问。现在，好朋友们，你们都是我的朋友，都是学者和军人，请你们允许我提出一个卑微的要求。

霍拉旭　　什么要求，殿下？我们一定答应。

哈姆雷特　永远别把今晚所见告诉别人。

霍拉旭
马西勒斯　　殿下，我们一定不告诉别人。

哈姆雷特　不，你们必须宣誓。

霍拉旭　　凭着良心起誓，殿下，我决不告诉别人。

马西勒斯　凭着良心起誓，殿下，我也决不告诉别人。

哈姆雷特　把手按在我的剑上宣誓。

马西勒斯　殿下，我们宣过誓了。

哈姆雷特　那不算，把手按在我的剑上。

鬼魂　　　（在下）宣誓！

哈姆雷特　啊哈！孩儿！你也这样说吗？你在那儿吗，好家伙？来；你们都听见地下这伙计怎么说了。宣誓吧。

霍拉旭　　请您教我们怎样宣誓，殿下。

哈姆雷特　永不向人提起你们今晚的所见所闻。把手按在我的剑上宣誓。

鬼魂　　　（在下）宣誓！

哈姆雷特　处处都有你吗？那我们换个地方。过来，朋友们。把你们的手按在我的剑上，宣誓永不向人提起你们今晚的所见所闻。

鬼魂　　　　（在下）宣誓！

哈姆雷特　　说得好，老鼹鼠！你能在地底下钻得这么快吗？好一个开路先锋！好朋友们，我们再换一个地方。

霍拉旭　　　哎哟，真是不可思议的怪事！

哈姆雷特　　那你还是用见怪不怪的态度对待它吧。霍拉旭，天地之间有许多事情，远非你们的哲学之梦所能企及。可是，来，上帝的慈悲保佑你们，你们必须再次宣誓。今后我也许时而要故意装出一副疯疯癫癫的样子，你们要是在那时见到我古怪的举动，切不可像这样交叉着手臂，或者这样摇头摆脑，或者嘴里说些吞吞吐吐的词句，比如"呃，呃，我们知道"，或者"只要我们高兴，我们就可以"，或是"只要我们想说"，或是"有人要是怎么怎么"，诸如此类的含糊其词的话语，表示你们知道我有什么秘密；你们必须答应，从此避免这类言辞，上帝的恩惠和慈悲保佑着你们，宣誓吧。

鬼魂　　　　（在下）宣誓！（二人宣誓）

哈姆雷特　　安息吧，安息吧，受难的灵魂！好，朋友们，我用全心的真情，信赖着你们两位；要是在哈姆雷特的微弱能力以内，有能向你们表达他的友情之处，上帝在上，我一定不会有负你们。让我们一同进去；请你们记住，无论什么时候，都要守口如瓶。这是个颠倒而混乱的时代，唉，倒霉的我却要负起重整乾坤的责任！来，我们一块儿走吧。（同下）

第一场

波洛涅斯家中一室

波洛涅斯及雷奈尔多上。

波洛涅斯　把这些钱和这封信交给他，雷奈尔多。

雷奈尔多　是，老爷。

波洛涅斯　这件事你要办得聪明些，好雷奈尔多，你去看他以前，最好先探听探听他的作风。

雷奈尔多　老爷，我本就有这个打算。

波洛涅斯　很好，很好，好得很。你先给我调查调查，有些什么丹麦人在巴黎，他们是干什么去的，叫什么名字，有没有钱，住在什么地方，跟哪些人做伴，用度大不大；用这种转弯抹角的方法，要是你打听到他们也认识我的儿子，你就可以更进一步，表示你对他也有相当的认识；你可以这样说："我认识他的父亲和他的朋友，对他也稍有了解。"你听见没有，雷奈尔多？

雷奈尔多　是，我在留心听着，老爷。

波洛涅斯　"对他也稍有了解，可也，"你可以说，"不怎么熟悉；不过假如果然是他的话，那他可是个相当放浪的人，有些怎样怎样的坏习惯。"说到这里，你就可以随便捏造一些关于他的坏话；当然啰，你也不能把他说得太不成样儿，那会损害他的名誉，这一点你必须注意；可你不妨举出一些纨绔子弟们最普通的浪荡行为。

雷奈尔多　譬如赌钱，老爷。

波洛涅斯　对了，或是喝酒、斗剑、赌咒、吵嘴、嫖妓之类，你都可以说。

雷奈尔多　老爷，那可会损害他的名誉。

波洛涅斯　不，不，你可以在言语间说得轻淡一些。你不能说他公然纵欲，那可不是我的意思；你得把他的过失讲得巧妙一些，让人听着好像那不过是小小的不检点，是一个血气方刚的少年在一时胡闹，没什么大不了的，是人都会这样。

雷奈尔多　可老爷——

波洛涅斯　为什么叫你做这种事？

雷奈尔多　是的，老爷，请您明示。

波洛涅斯　呃，我的用意是这样的，我相信我这策略合情合理：你这样轻描淡写地说了我儿子的一些坏话，就像提起一件略有污损的东西似的，听着，要是跟你谈话的人，也就是你向他探询的人，果然见过你说起的那个少年犯了你刚才所列举的那些罪过，他一定会用这样的话向你表示同意："好先生——"或者"朋友""仁兄"，具体怎么称呼，就得看他是什么身份、什么习惯了。

雷奈尔多　很好，老爷。

波洛涅斯　然后他就——他就——我刚才要说什么来着？哎哟，我刚要说什么的；我说到哪儿啦？

雷奈尔多　您刚才说到"用这样的话表示同意"。

波洛涅斯　说到"用这样的话表示同意"，嗯，对了；他会用这样的话向你表示同意："我认识这位绅士，昨天我还看见他了，或许是前天，或许是什么什么时候，跟什么什么人在一起，正像您所说的，他在什么地方赌钱，在什么地方喝得醺醺大醉，在什么地方因为打网球而跟人家打起架来；"也许他还会说，"我看见他走进怎么怎么一户卖那东西的人家，"也就是说他进了窑子或是诸如此类的所在。你瞧，你用谎言的钓饵，就能把事实的真相诱上你的钓钩；我们有智慧、有见识的人，往往会用这种旁敲侧击的方法，间接达到我们的目的；你也可以照我刚才说的那些，去打探我儿子的行为。你懂我意思没有？

雷奈尔多　老爷，我懂了。

波洛涅斯　上帝和你同在；再会！

雷奈尔多　那我走了，老爷。

波洛涅斯	你自己也得留心观察他的举止。
雷奈尔多	是，老爷。
波洛涅斯	叫他用心学习音乐。
雷奈尔多	是，老爷。
波洛涅斯	你去吧！（雷奈尔多下）

奥菲利娅上。

波洛涅斯	啊，奥菲利娅！什么事？
奥菲利娅	哎哟，父亲，我吓坏了！
波洛涅斯	凭着上帝的名义，你怎么了？
奥菲利娅	父亲，我在房间里缝纫的时候，哈姆雷特殿下跑了进来，走到我面前；他上身的衣服完全没扣上纽子，头上也不戴帽子，袜子沾着污泥，没有袜带，一直垂到脚踝；他的脸色白得像他的衬衫，两个膝盖互相碰撞，他的神气是那样凄惨，好像他刚刚逃出地狱，要向人讲述那地狱的恐怖一般。
波洛涅斯	他因为得不到你的爱而发疯了吗？
奥菲利娅	父亲，我不知道，可我想也许是这样的。
波洛涅斯	他怎么说？
奥菲利娅	他握住我的手腕，紧紧不放，拉直了手臂向后退立，用他的另一只手这样遮着他的额角，一眼不眨地瞧我的脸，像要把它临摹下来似的。就这样，过了好久，他才轻轻摇动一下我的手臂，他的脑袋一上一

F. WENTWORTH. sc.

下地癫了三癫，接着就发出一声无比惨痛而深长的叹息，好像整个胸腔都已爆裂，他的生命就在这一声叹息中完结了似的。然后，他松开手，转过身，可脑袋却还是向后回顾，好像他完全不用眼睛帮忙也能走路，因为直到他走出门外，他的眼睛依然注视着我。

波洛涅斯　　跟我来；我要去见王上。这正是恋爱不遂的疯狂；一个人受到这种剧烈的刺激，什么不顾一切的事情都干得出来；我真后悔。怎么，你最近说过什么让他难堪的话没有？

奥菲利娅　　没有，父亲，可我已经遵从您的命令，拒绝他的来信，并且不许他来见我。

波洛涅斯　　这就是他疯狂的原因。我很后悔自己看错了人。我以为他不过是在把你玩弄，怕他误你终身；我不该这样多疑！正像年轻人做起事来，往往不知瞻前顾后一样，我们这些上了年纪的人，总免不了鳃鳃过虑。来，我们去见王上。这种事情不可蒙蔽，要是隐讳不报，说不定会闹出乱子。来。（同下）

第二场

城堡中一室

国王、王后、罗森格兰兹、吉尔登斯吞及侍从等上。

国王　欢迎，亲爱的罗森格兰兹和吉尔登斯吞！这次匆匆召请两位，一方面是因为我非常思念你们，一方面也是因为我有需要你们帮忙的地方。你们大概已经听闻哈姆雷特的变化；我把它称为变化，是因为无论在外表上或是精神上，他都已和从前大不相同。除了他父亲的死，究竟还有些什么原因，把他激成这种疯疯癫癫的样子，我实在无从猜测。你们从小便跟他一起长大，素来知道他的脾气，所以我特地请你们到这宫廷里来盘桓几天，给他陪伴，替他解解愁闷，同时乘机窥探一下，他究竟有什么秘密的心事，是我们所不知道的，也许一旦内情明了，我们就能对症下药，给他帮助。

王后　他常常讲起你们，我相信世上没有哪两个人比你们还受他亲信。你们要是不嫌怠慢，答应在这儿小作勾留，帮我们实现我们的希望，那么你们的盛情雅意，一定会受到丹麦王室的隆重礼谢。

罗森格兰兹	我们是陛下与王后的臣子，陛下与王后有什么旨意，尽管下达；像这样言重的话，倒使我们置身无地了。
吉尔登斯吞	我们愿意投身在陛下与王后足下，陛下与王后无论有什么命令，我们都愿尽力奉行。
国王	谢谢你们，罗森格兰兹和善良的吉尔登斯吞。
王后	谢谢你们，吉尔登斯吞和善良的罗森格兰兹。现在我就要请你们立刻去看看我那大大变了样子的儿子。来人，领这两位绅士去看看哈姆雷特。
吉尔登斯吞	但愿上天加佑，让我们得到他的欢心，助他恢复常态！
王后	阿门！（罗森格兰兹、吉尔登斯吞及若干侍从下）

波洛涅斯上。

波洛涅斯	启禀陛下，我们派往挪威的两位钦使已经喜气洋洋地回来了。
国王	你总是带着好消息来报告我们。
波洛涅斯	真的吗，陛下？不瞒陛下，我把我对上帝和对我宽仁厚德的王上的责任，看得和我的灵魂一样贵重。要是我的脑筋还没出毛病，没想到岔路上去，那我想我已经发现了哈姆雷特发疯的原因。
国王	啊！你说吧，我正急着想知道呢。
波洛涅斯	请陛下先接见钦使；我的消息就留着做那盛筵之后的佳果美点吧。

国王　　　　那就有劳你去迎他们进来。（波洛涅斯下）我亲爱
　　　　　　的王后，他对我说他已经发现了你儿子心神不定的
　　　　　　原因。

王后　　　　我想主要原因还是他父亲的死和我们过于仓促的婚
　　　　　　姻。

国王　　　　好，等我们细细问询。

波洛涅斯率伏提曼德及考尼律斯重上。

国王　　　　欢迎，我的好朋友们！伏提曼德，我们的挪威王兄
　　　　　　怎么说？

伏提曼德　　他让我们向陛下转达他友好的问候。他听到我们的
　　　　　　要求，就立刻传谕，让他的侄儿停止征兵；本来他
　　　　　　以为这种举动是准备对付波兰人的，可一经调查，
　　　　　　才知道它的对象原来是陛下；得知此事以后，他痛
　　　　　　心自己因为年老多病，受人欺罔，震怒之下，传令
　　　　　　把福丁布拉斯逮捕；福丁布拉斯并未反抗，受到挪
　　　　　　威王的一番申斥，最后当着他叔父的面立誓，决不
　　　　　　兴兵侵犯陛下。老王见他诚心悔过，非常欢喜，当
　　　　　　下就给他三千克朗的年俸，并委任他统率他所征募
　　　　　　的那些军士，去征伐波兰人了；同时他叫我把这封
　　　　　　信上呈陛下，（以书信呈上）请求陛下允许他的军
　　　　　　队借道通过陛下的领土，他已在信里提出若干条件，
　　　　　　保证决不扰乱丹麦的安宁。

国王	这样很好，等我们有空的时候，还要仔细考虑一下，然后再作答复。你们远道跋涉，不辱使命，很是劳苦，请先去休息，今晚我们还要设下酒宴，欢迎你们回来！（伏提曼德、考尼律斯同下）
波洛涅斯	这件事情总算圆满结束。王上、王后，要是我向你们长篇大论地解释君上的尊严，臣下的名分，白昼何以为白昼，黑夜何以为黑夜，时间何以为时间，那不过徒然浪费了昼夜的时间；所以，既然简洁是智慧的灵魂，冗长是肤浅的藻饰，我还是把话说得简单些吧。你们的那位殿下已经疯了；我说他疯了，因为假如要说明什么才是真疯，那就只有发疯，此外还有什么话好说呢？也罢，也罢，话也不是——
王后	多谈些实际，少弄些玄虚。
波洛涅斯	王后，我发誓我一点没弄玄虚。他疯了，这是真的；唯其是真，所以可叹，它的可叹也是真的——蠢话少说，因为我不愿故弄玄虚。好，让我们同意他已经疯了；现在我们就该求出导致这一结果的原因，或者更准确地说，是这一病态的原因，因为它绝非无因而至的病态，这就是我们现在要做的一步工作。我们来想一想吧。我有一个女儿——当她还不过是我女儿的时候，她是属于我的——难得她一片孝心，把这封信交给了我；现在，请猜猜这信里说了些什么。"给那天仙化人的，我灵魂的偶像，最娇艳的奥菲利娅——"这是什么粗俗的、下流的措辞；这

　　　　　　"娇艳"二字可真是下流极了；后边还有呢，"在

　　　　　　她美妙而雪白的酥胸中"，这些——

王后　　　这是哈姆雷特写给她的？

波洛涅斯　好王后，等一等，听我念下去：

　　　　　　"你可以疑心星星是火把；

　　　　　　你可以疑心太阳会移转；

　　　　　　你可以疑心真理是谎话；

　　　　　　可是我的爱永没有改变。

　　　　　　亲爱的奥菲利娅！我的诗写得太坏。我不会用诗句

　　　　　　来抒写我的愁怀；但相信我，最好的人儿啊！我最

　　　　　　爱的是你。再会！最亲爱的小姐，只要一息尚存，

　　　　　　我便永远是你的，哈姆雷特。"

　　　　　　这封信是我女儿出于孝顺之心拿给我看的；此外，

　　　　　　她又把他一次次求爱的情形，在什么时候，用什么

　　　　　　方法，在什么地方，全都讲给我听了。

国王　　　可她对于他的爱意又抱着怎样的态度呢？

波洛涅斯　陛下以为我是怎样一个人呢？

国王　　　一个忠心正直的人。

波洛涅斯　但愿我能证明自己就是这样。可假如我看见这场热

　　　　　　烈的恋爱正在进行——不瞒陛下，我在我女儿告诉

　　　　　　我以前，就早已看出来了——假如我知道有这么回

　　　　　　事，却在暗中玉成他们的好事，或者故意视若无睹，

　　　　　　假作痴聋，一切不闻不问，那时陛下的心里会作何

　　　　　　感想？我的好王后，您这位王后陛下的心里又作何

感想？不，我一点儿也不敢懈怠我的责任，立刻就告诉我家小姐："哈姆雷特殿下是一位王子，不是你可以仰望的；这种事情不能让它继续下去。"于是我把她教训一番，叫她深居简出，不要和他见面，不要接纳他的来使，也不要收受他的礼物；她听了这番话，就照着我的意思实行起来。说来话短，他遭到拒绝以后，心里就郁郁不快，于是饭也吃不下了，觉也睡不着了，身体一天比一天憔悴，精神一天比一天恍惚，这样一步步发展下来，他就变成现在这副令我们大家都感到悲痛的疯狂模样。

国王　　　　王后认为是这个原因吗？

王后　　　　这很有可能。

波洛涅斯　　我斗胆相问，哪一次我肯定地说出"这件事情是这样的"，可结果却并不是这样？

国王　　　　照我所知，倒是没有。

波洛涅斯　　要是我说错了话，就把这东西从上面拿下来吧。（指自己的头及肩）只要有线索可寻，我总会找出事实的真相，即使那真相一直藏在地球的中心。

国王　　　　我们如何能进一步加以试探？

波洛涅斯　　您知道，有时他会接连几个钟头在这走廊里踱来踱去。

王后　　　　他的确常常这样。

波洛涅斯　　乘他踱来踱去的时候，我就让我女儿去见他，你我可以躲在帷幕后面，注视他们相会的情形；要是他不爱她，他的理智不是因为恋爱而丧失，那请不要叫我襄理国家的政务，我宁可去做个耕田的农夫。

国王　　　我们试试。

王后　　　瞧啊，这可怜的孩子来了，他正满脸正经地念着书呢。

波洛涅斯　请陛下与王后暂避；让我上去招呼殿下。〔国王、王后及侍从等下〕

哈姆雷特读书上。

波洛涅斯　啊，恕我冒昧。您好吗，哈姆雷特殿下？

哈姆雷特　呃，上帝怜悯世人！

波洛涅斯　您认识我吗，殿下？

哈姆雷特　认识认识，你是一个卖鱼的贩子。

波洛涅斯　我不是啊，殿下。

哈姆雷特　那我但愿你是个和鱼贩子一样老实的人。

波洛涅斯　老实，殿下！

哈姆雷特　嗯，先生；在这世上，一万个人里才不过一个老实人啊。

波洛涅斯　这话说得很对，殿下。

哈姆雷特　要是太阳能在一条死狗的尸体上孵育蛆虫，因为它是一块人皆可吻的臭肉——你有一个女儿吗？

波洛涅斯　我有，殿下。

哈姆雷特　不要让她在阳光下行走；虽说肚子里有东西是种幸

福，可也不是你女儿肚子里的那种东西。朋友，留点心哪。

波洛涅斯　（旁白）你们瞧，他念念不忘地提起我女儿；可一开始他又不认得我，说我是卖鱼的贩子。他真是病了，病得很深、很深。说老实话，我年轻的时候，为了恋爱也曾大发其疯，那样子也跟他差不多哩。我要再跟他说几句话——您在读些什么，殿下？

哈姆雷特　空话，空话，空话。

波洛涅斯　说的什么事，殿下？

哈姆雷特　谁跟谁有事？

波洛涅斯　我是说您读的书里说什么事了，殿下。

哈姆雷特　一派诽谤，先生；这个专爱把人讥笑的坏蛋在这儿说呢：老年人长着灰白的胡须，脸上爬满了皱纹，眼睛粘满了眼屎，脑袋里空空洞洞，两条腿摇摇摆摆；这些话，先生，虽然我十分相信，可照这样写在书上，总归有伤厚道；就拿先生您来说吧，要是您能像螃蟹一样向后倒爬，那您也该爬回我这年纪来了。

波洛涅斯　（旁白）虽然是些疯话，却有深意在内。——您要走进里边去吗，殿下？这儿风大！

哈姆雷特　走进我的坟墓里去？

波洛涅斯　（旁白）他的回答有时是多么深刻！疯狂的人往往能说出理智清明的人怎么也说不出来的话。我得离开这儿了，得立刻想个法子，让他跟我女儿见面。——殿下，请允许我向您告别。

哈姆雷特　　先生，那是再好没有的事；但愿我也能向我的生命告别，但愿我也能向我的生命告别，但愿我也能向我的生命告别。

波洛涅斯　　再会，殿下。（欲去）

哈姆雷特　　这些讨厌的老傻瓜！

罗森格兰兹及吉尔登斯吞重上。

波洛涅斯　　你们要找哈姆雷特殿下，那边就是。

罗森格兰兹　上帝保佑您，大人！（波洛涅斯下）

吉尔登斯吞　我尊贵的殿下！

罗森格兰兹　我最亲爱的殿下！

哈姆雷特　　我的好朋友们！你好，吉尔登斯吞？啊，罗森格兰兹！好孩子们，你们两人都好？

罗森格兰兹　不过像庸碌之辈一样，在世上虚度时光而已。

吉尔登斯吞　无荣无辱便是我们的幸福；我们可不是命运女神帽顶的纽扣。

哈姆雷特　　也没低到她的鞋底是吗？

罗森格兰兹　正是，殿下。

哈姆雷特　　那你们就是在她腰上，或是在她的怀抱中吗？

吉尔登斯吞　说老实话，我们在她的私处。

哈姆雷特　　在命运女神的秘密部位吗？啊，对了；她本就是个娼妓。你们听到什么消息没有？

罗森格兰兹	没有，殿下，我们只知道这世界变得实诚起来了。
哈姆雷特	那世界末日也快到了；可你们的消息是假的。让我再问你们一些私人的问题；我的好朋友们，你们在命运女神那儿犯了什么案子，才被她送到这牢狱里来了？
吉尔登斯吞	牢狱，殿下！
哈姆雷特	丹麦是一所牢狱。
罗森格兰兹	那这世界也是一所牢狱。
哈姆雷特	一所很大的牢狱，里面有许多监房囚室；丹麦是最坏的一间囚室。
罗森格兰兹	我们倒不这样想，殿下。
哈姆雷特	啊，那对你们来说，它就不是牢狱；因为世事本无善恶，善恶都是被各人的思想分出来的；对我来说，它是一所牢狱。
罗森格兰兹	啊，那是因为您的梦想太大，而丹麦是个狭小的地方，不够您发展梦想，所以您才把它看成了一所牢狱啦。
哈姆雷特	上帝啊！要不是因为我噩梦连连，就算把我关进一个果壳，我也会当自己是个拥有无限空间的君王。
吉尔登斯吞	那些噩梦便是您的野心；因为野心的本质，说白了，也不过是个梦影。
哈姆雷特	梦本身也无非一个影子。
罗森格兰兹	不错，因为野心是那么空虚轻浮的东西，所以我认为它不过是影子的影子。

哈姆雷特　　那我们的乞丐倒是有实体的，我们的帝王和大言不惭的英雄却成了乞丐的影子。我们进宫去好吗？我实在没法陪你们谈玄说理。

罗森格兰兹
吉尔登斯吞　｝我们愿意侍候殿下。

哈姆雷特　　没有的事，我不愿把你们当作仆人一样看待；老实对你们说吧，在我身边侍候我的人太多啦。不过，凭着我们多年的交情，请告诉我，你们到艾尔西诺来有何贵干？

罗森格兰兹　我们是专诚来拜访您的，殿下；没有别的原因。

哈姆雷特　　像我这样一个叫花子，我的感谢也是不值钱的，可我还是要感谢你们；我想，亲爱的朋友们，你们专诚而来，只换得我一声半文不值的感谢，未免太不值得。不是有人叫你们来的？真是你们自己的意思？真是随性而来吗？来，不要骗我。来，来，快说。

吉尔登斯吞　我们该说什么呢，殿下？

哈姆雷特　　说什么都行，只要不是废话。你们是奉命而来；瞧瞧，你们没法掩饰良心上的惭愧，你们的脸色都已经招了。我知道是我们的好国王和好王后叫你们来的。

罗森格兰兹　为了什么目的呢，殿下？

哈姆雷特　　那可要请你们指教了。可凭着我们朋友间的道义，凭着我们少年时的亲密情谊，凭着我们始终不渝的友好精神，凭着其他一切更有力量的理由，我请求你们开诚布公，告诉我吧，你们是不是奉命而来？

罗森格兰兹　（向吉尔登斯吞旁白）你怎么说？

哈姆雷特　（旁白）好了好了，对你们我可留心着呢。——要是你们对我还有真情，就别再抵赖了吧。

吉尔登斯吞　殿下，我们是奉命而来。

哈姆雷特　让我代你们说明来意，免得你们泄漏了自己的秘密，有负国王王后的付托。我近来不知因为什么，一点兴致都提不起来，什么游乐寻欢的事都懒得过问；在这抑郁的心境下，仿佛支载万物的大地，这座美好的框架，只是一片荒凉不毛的海岬；覆盖群动的苍穹，这顶壮丽的帐幕，这点缀着金黄火球的庄严屋宇，只是一大团乌烟瘴气的集合。人——是一件多么了不得的杰作！多么高贵的理性！多么广大的能力！多么优美的仪表！多么文雅的举动！行动起来多像一个天使！论智思又多像一个天神！宇宙的精华！万物的灵长！可在我看来，这泥土塑成的生命算得了什么？人类无法让我产生兴趣；不，女人也无法让我产生兴趣，虽然从你此刻的微笑之中，我看得出你心里的意思。

罗森格兰兹　殿下，我心里并没有这样的想法。

哈姆雷特　那么我说"人类无法让我产生兴趣"的时候，你为什么笑了起来？

罗森格兰兹　我想，殿下，要是人类无法让您产生兴趣，那些戏子们恐怕就要自讨没趣来了；我们在路上赶过了他

Hamlet. [*Aside.*] Nay, then, I have an eye of you.—If you love me, hold not off.

Guildenstern. My lord, we were sent for.   *Act II. Scene II.*

们，他们要来这儿向您献技。

哈姆雷特　　扮演国王的人将会得到我的欢迎，我要在他的御座前致献我的敬礼；冒险的骑士可以挥舞他的剑盾；情人的叹息不会没有酬报；躁急易怒的角色可以平安下场；小丑要让那班善笑的观众捧腹；我们的女主角必须不受干扰，倾情表演，否则那诗体的台词就会丢了板眼。他们是一班什么戏子？

罗森格兰兹　　就是您向来喜欢的那个班子，专门在城里演悲剧的。

哈姆雷特　　他们怎么走起江湖来了？固定在一个地方演戏，在名誉和进益上都好得多哩。

罗森格兰兹　　我想他们没法在一个地方立足，是因为时势的变化。

哈姆雷特　　他们的名声还是跟我在城里那时一样吗？他们的观众还是那么多吗？

罗森格兰兹　　不，已是今非昔比了。

哈姆雷特　　怎么会这样？他们的演技退步了吗？

罗森格兰兹　　不，他们还是跟从前一样努力；可是，殿下，他们的地位已经被一群羽毛未丰的黄口小儿夺走。这些娃娃们的嘶叫博得了台下疯狂的喝彩，他们是时下最红的班子，他们的声势压倒了所谓的普通戏班，以至于许多腰佩长剑的时髦看客，都因为惧怕受到那些剧作家的鹅毛管的奚落，不敢去看老戏班的戏了。

哈姆雷特　　什么！是些娃娃吗？谁维持他们的生活？他们的薪酬是怎么算的？他们一到不能唱歌的年龄，就不干这行了吗？要是他们攒不了多少钱，长大后多半还是要做普通戏子，到时他们岂不是要抱怨那些写剧本的害了他们，因为原本他们挖苦嘲弄的，不正是他们自己的未来？

罗森格兰兹 真的，双方闹过不少纠纷，国人却都站在一边，恬不为意地呐喊助威，怂恿他们互相争斗。曾有一个时期，一个剧本里要是没有表现编剧和演员争得不可开交的桥段，它就卖不出钱。

哈姆雷特 有这等事？

吉尔登斯吞 是啊，那争得可真叫机关算尽。

哈姆雷特 最后是娃娃们赢了？

吉尔登斯吞 可不是嘛，殿下，连赫剌克勒斯和他背在肩上的地球[1]都被他们拿下了呀。

哈姆雷特 那也没什么稀奇；我的叔父是丹麦国王，我父亲在世时对他扮过鬼脸的人，现在都愿意拿出二十、四十、五十、一百块金洋来买他的一幅小照。哼，这里面确有常理难解之处，怕是要靠哲学才能推究清楚。（内喇叭奏花腔）

吉尔登斯吞 戏班的人来了。

哈姆雷特 两位先生，欢迎你们来艾尔西诺。把你们的手给我；按照通俗的礼节，我该向你们表示欢迎。别让我失了礼数，因为戏子们来了以后，我不得不敷衍他们

---

1 莎士比亚剧团常在以赫剌克勒斯肩负地球为招牌的环球剧场演出，此处或是对环球剧场的影射。

一番，你们见了，也许会产生误会，以为我招待你们还不及招待他们时殷勤。我欢迎你们；可我的叔父爸爸和婶母妈妈可弄错啦。

吉尔登斯吞　弄错了什么，我的好殿下？

哈姆雷特　天上刮着西北风，我才发疯；风从南方吹来的时候，我还分得清老鹰和鹭鸶。

波洛涅斯重上。

波洛涅斯　祝福你们，两位先生！

哈姆雷特　听着，吉尔登斯吞；你也听着；左右两耳边上各有一人听着：你们看，那边那个大孩子，还在襁褓之中，没学会走路哩。

罗森格兰兹　也许他是第二次裹在襁褓里了，因为人家都说，人上了年纪，就像再做一回婴儿一样。

哈姆雷特　我可以预言，他是来告诉我戏子们到了的消息的；听好。——你说得不错；在星期一早上；正是正是。[1]

波洛涅斯　殿下，我有消息要向您报告。

哈姆雷特　大人，我也有消息要向您报告。当罗马名伶罗歇斯[2]——

波洛涅斯　那班戏子已经到这儿来了，殿下。

哈姆雷特　嗤！嗤！

1　此话是哈姆雷特假装和朋友交谈，故意说给波洛涅斯听的。

2　罗歇斯（Roscius），古罗马著名伶人。

波洛涅斯　　　凭着我的名誉起誓——

哈姆雷特　　　那时每一个伶人都骑驴而来——

波洛涅斯　　　他们是全世界最好的伶人，无论悲剧、喜剧、历史剧、田园剧、田园喜剧、田园史剧、历史悲剧、历史田园悲喜剧，无论是场景固定的古典剧，还是无拘无束的新派剧，他们无不擅长；塞内加的悲剧不嫌沉重，普鲁图斯的喜剧不嫌轻浮。[1] 无论是规矩演出还是即兴演出，他们都是最好的演员。

哈姆雷特　　　以色列的士师耶弗他啊，你有怎样一件宝贝！[2]

波洛涅斯　　　他有什么宝贝，殿下？

哈姆雷特　　　嗨——

　　　　　　　他有一个独生娇女，

　　　　　　　爱她爱得不同寻常。

波洛涅斯　　　（旁白）还在提我女儿。

哈姆雷特　　　我这词儿念得对吗，耶弗他老头儿？

波洛涅斯　　　要是您叫我耶弗他，殿下，那就是说我也有个我爱得不同寻常的娇女。

哈姆雷特　　　不不，那可不是同一回事。

波洛涅斯　　　那是怎么一回事呢，殿下？

哈姆雷特　　　嗨，

1　塞内加（Seneca）、普鲁图斯（Plautus）均为罗马剧作家，前者善写悲剧，后者善写喜剧。

2　据圣经记载，耶弗他（Jephthah）得上帝相助，击败了敌人后，以自己的女儿向上帝献祭。

命中数，天清楚。

下边还有，你知道的，

十之八九那事儿有——

这圣歌的第一节里可多有意味，去查查吧！瞧啊，

有人来断我话头了呀。

优伶四五人上。

哈姆雷特　欢迎，各位朋友，欢迎欢迎！——看见你们都这样健好，我很高兴。——欢迎，列位。——啊，我的老朋友！你脸上比我上次见到你时，多长了几根胡子，格外显出威武来啦；你来丹麦是要向我挑战的吗？啊，我年轻的姑娘！凭着圣母起誓，您穿上这双高底木靴，比我上次见到您时，要苗条得多啦；上帝保佑，但愿您的喉咙不要沙哑得像面破碎的铜锣才好！各位朋友，欢迎欢迎！我们要像法国的驯鹰师一样，看见什么就放出鹰去；让我们立刻就来念段台词。来，试试你们的本领，来段激昂慷慨的台词。

伶甲　殿下要听哪一段呢？

哈姆雷特　我曾听你向我背诵过一段台词，可它不曾上演；即使上演，也不会超过一次，因为我记得这戏并不受大众欢迎。它是不合一般人口味的鱼子酱；可照我的意思——其他一些在这方面比我更有权威的人也

抱着同样的见解——它是一部绝妙的戏剧，场面支配得很是适当，文字质朴而富于技巧。我记得有人这样说过：这戏里没有滥加提味的语料，也毫无矫揉造作的痕迹；他称之为一种老老实实的写法，兼有刚健与柔和之美，壮丽而不流于纤巧。其中有一段话是我最喜爱的，就是埃涅阿斯对狄多讲述的故事，尤其是关于普里阿摩斯被杀的一节。[1] 要是你们还没忘记，请从这一行念起；让我想想，让我想想——

野蛮的皮洛斯 [2] 像猛虎一样——

不，不是这样；但的确是从皮洛斯开始的——

野蛮的皮洛斯蹲伏在木马之中，

黝黑的手臂和他的决心一样，

像黑夜一般阴森而恐怖；

在这黑暗狰狞的肌肤之上，

现在更染上令人惊怖的纹章，

从头到脚，他全身一片殷红，

溅满了父母子女们无辜的血；

那些燃烧着熊熊烈火的街道，

发出残忍而惨恶的凶光，

照亮敌人去肆行他们的杀戮，

---

1 以下所引剧词，叙述特洛亚亡国惨状，大约系莎翁模拟古典剧风之作。普里阿摩斯（Priam），为特洛亚之王。

2 皮洛斯（Pyrrhus），希腊英雄阿喀琉斯（Achilles）之子，以骁勇残忍著称。

　　　　　　　也焙干了到处横流的血泊；

　　　　　　　冒着火焰的熏炙，像恶魔一般，

　　　　　　　全身胶黏着凝结的血块，

　　　　　　　圆睁着两颗血红的眼睛，

　　　　　　　他来往寻找普里阿摩斯老王的踪迹。

　　　　　　　——来，你接下去吧。

波洛涅斯　　上帝在上，殿下，您念得好极了，真是抑扬顿挫，

　　　　　　　曲尽其妙。

伶甲　　　　那老王止在气喘吁吁，

　　　　　　　在希腊人的重围中苦战；

　　　　　　　一点不听他手臂的指挥，

　　　　　　　他的古老的剑锵然落地；

　　　　　　　皮洛斯瞧他孤弱可欺，

　　　　　　　疯狂似的向他猛力攻击，

　　　　　　　凶恶的剑锋上下四方挥舞，

　　　　　　　却把心胆俱丧的老王击倒。

　　　　　　　这一下打击有如天崩地裂，

　　　　　　　惊动了没有感觉的特洛亚城，

　　　　　　　冒着火焰的屋顶霎时坍下，

　　　　　　　那轰然的巨响像一个霹雳，

　　　　　　　震聋了皮洛斯的耳朵；瞧！

　　　　　　　他的剑还没砍下普里阿摩斯的

　　　　　　　白发的头颅，却已在空中停住；

　　　　　　　像一个涂朱抹彩的暴君，

对自己的行为漠不关心，

他兀立不动。

在一场暴风雨未来以前，

天上往往有片刻的宁寂，

一块块乌云静悬在空中，

狂风悄悄地收起它的声息，

死样的沉默笼罩整个大地；

可是就在这片刻之内，

可怕的雷鸣震裂了天空。

经过暂时的休止，杀人的暴念

重新激起了皮洛斯的精神；

库克罗普斯[1]为战神铸造甲胄，

那巨力的锤击，还不及皮洛斯的

流血的剑向普里阿摩斯身上劈下

那样凶狠无情。

去，去，你娼妇一样的命运！

天上的诸神啊！剥去她的权力，

不要让她僭窃神明的宝座；

拆毁她的车轮，把它滚下神山，

直到地狱的深渊。

波洛涅斯　　这一段太长啦。

哈姆雷特　　它该跟你的胡子一起到理发匠那儿去剃一剃了。念

1　库克罗普斯（The Cyclops），传说中之一族独眼巨人。

下去吧。他只爱听俚俗的歌曲和淫秽的故事，否则
他就会瞌睡。念下去；下面要讲到赫卡柏[1]了。

伶甲　　可是啊！谁看见那蒙脸的王后——

哈姆雷特　"那蒙脸的王后"？

波洛涅斯　很好；"蒙脸的王后"，好句。

伶甲　　满面流泪，在火焰中赤脚奔走，

一块布覆在失去宝冕的头上，

也没有一件蔽体的衣服，

只有在惊惶中抓到的一幅毡巾，

裹住她瘦削而多产的腰身；

谁见了这样伤心惨目的景象，

不要向残酷的命运申申毒詈？

她看见皮洛斯以杀人为戏，

正在把她丈夫的肢体脔割，

忍不住大放哀声，那凄凉的号叫——

除非人间的哀乐不能感动天庭——

即使光明的日月也会陪她流泪，

诸神的心中都要充满悲愤。

波洛涅斯　瞧，他脸色都变了，他眼里已含着热泪！别念了吧。

哈姆雷特　很好，其余部分等会儿再念给我听吧。大人，请您
找个好地方来安顿这一班伶人。听着，他们不可怠
慢，因为他们是这个时代的缩影；宁可在死后得到

1　赫卡柏（Hecuba），特洛亚王普里阿摩斯之后。

一首恶劣的墓铭，也不要在生前受他们一场刻毒的讥讽。

波洛涅斯　殿下，我按着他们应得的待遇对待他们。

哈姆雷特　哎哟，朋友，再客气些嘛！要是照每一个人应得的待遇来对待，那么谁逃得了一顿鞭子？照你自己的名誉地位来对待他们；他们越是不配得到这样的待遇，就越能显出你的谦虚有礼。领他们进去。

波洛涅斯　来，各位朋友。

哈姆雷特　跟他去，朋友们；明天我们还要听你们唱戏。（波洛涅斯偕众伶下，伶甲独留）听着，老朋友，你会演《贡扎古之死》吗？

伶甲　会演，殿下。

哈姆雷特　那我们明晚就让它上演。但我准备另写约莫十几行的一段台词，把它插进剧里；必要的话，你能预先背熟它吗？

伶甲　能，殿下。

哈姆雷特　很好。跟那位老爷去吧；留心一些，别取笑他。（伶甲下）（向罗森格兰兹、吉尔登斯吞）我的两位好朋友，我们今晚再见；欢迎你们来艾尔西诺！

吉尔登斯吞　再会，殿下！（罗森格兰兹、吉尔登斯吞同下）

哈姆雷特　好，上帝和你们同在！终于只剩我一个人了。啊，我是个多么不中用的蠢材！那不过是个虚构的故事、一场激昂的幻梦，这伶人却能把他的灵魂融入他的意象，在它的影响之下，他整张脸都变得惨白，眼中洋溢着热泪，神情流露着仓皇，他的声音是那么呜咽、凄凉，每一个动作都和意象达成一致，这不是很不可思议的事吗？而且一切都不为了什么！为了赫卡柏！赫卡柏与他何干，他与赫卡柏何干，他却要为她流泪？要是他有像我那样令人痛心的理由，他会怎么样呢？他一定会让眼泪淹没舞台，用可怖的字句震裂听众的耳朵，让有罪的人发狂，让无罪的人惊骇，让愚昧无知的人惊惶失措，让所有耳目都迷乱了自己的功能。可我，一个糊涂颠顸的家伙，垂头丧气，一天到晚像做梦似的，忘了杀父大仇；一个国王被人家用万恶的手段掠夺了权位，杀害了最宝贵的生命，我却始终哼不出一句话来。我竟然是一个懦夫？谁骂我恶人？谁敲破我的脑壳？谁拔掉我的胡子，把它吹在我脸上？谁扭我的鼻子？谁当面指斥我胡说？谁对我做这种事？嘿！我就该忍受这样的侮辱，因为我是一个没有心肝、逆来顺受的怯汉，否则我早已用这奴才的尸肉，喂肥了四境之内的乌鸢。嗜血的、荒淫的恶贼！狠心的、奸诈的、淫邪的、悖逆的恶贼！啊！复仇！——嗨，我真是个蠢材！我亲爱的父亲遭人谋杀，鬼神都在鞭策我复仇，我这做儿子的，却像个下流的女人，只会用空话发发牢骚，学起泼妇骂街的样子，真是个了不得的勇夫！呸！呸！活动起来，我的脑筋！听人家说，犯罪的人在看戏的时候，因为台上表演的巧妙，有时会激动天良，当场供认他们的罪恶；因为暗杀之事，无论干得如何隐秘，总会借着神奇的喉舌泄露出来。我要叫这班伶人在我叔父面前表演一出跟我父亲的惨死情节相仿的戏剧，我就在一旁窥察他的神色；我要探视他的灵魂深处，要是他稍露惊骇不安之态，我就知道该怎么办了。我所看见的幽灵也许是魔鬼的化身，借着一副美好的形貌出现，魔鬼确实有此本领；对于柔弱忧郁的灵魂，他最能发挥他的魔力；也许他看准了我的柔弱和忧郁，才来向我作祟，要把我诱上沉沦之路。我得先得到一些更切实的证据；凭着这一出戏，我能发掘国王内心的隐秘。（下）

第一场

城堡中一室

国王、王后、波洛涅斯、奥菲利娅、罗森格兰
兹及吉尔登斯吞上。

国王　　　你们能否用直截了当的措辞，问他为什么这样神魂
颠倒，让紊乱而危险的疯狂困扰他安静的生活？

罗森格兰兹　他承认他有些神经迷惘，却绝口不说是什么缘故。

吉尔登斯吞　他也不乐意接受我们的引导；每当我们想要从他嘴
里知道一些真相，他总是用假作痴呆的神气回避不
答。

王后　　　他对你们还客气吗？

罗森格兰兹　很有礼貌。

吉尔登斯吞　但不大自然。

罗森格兰兹　谈话时他并不主动，但有问必答，答得毫不拘束。

王后　　　你们有没有劝导他去找些什么消遣？

King. And can you, by no drift of circumstance,
Get from him why he puts on this confusion?

Act III. Scene I.

罗森格兰兹　王后，我们来时，刚巧赶上也要来这儿的一班戏子；我们把这消息告诉了他，他听了好像很高兴。现在他们已经进宫，我想他已吩咐他们今晚为他演出。

波洛涅斯　一点不错；他还叫我来请陛下与王后同去看看他们演得怎样。

国王　那好极了；听见他在这方面感兴趣，我非常高兴。请你们两位还要更进一步鼓起他的兴味，把他的心思移转到这些娱乐上面。

罗森格兰兹　是，陛下。（罗森格兰兹、吉尔登斯吞同下）

国王　亲爱的乔特鲁德，你也暂时回避一下；因为我们已经暗中差人去唤哈姆雷特来这儿，让他和奥菲利娅见上一面，就像是他们偶然相遇一般。她的父亲跟我两人将要权充一下密探，躲在可以看见他们，却不会被他们看见的地方，注意他们会面的情形，从他的行为上判断他的疯病究竟是不是恋爱上的苦闷所致。

王后　我愿意服从您的意旨。奥菲利娅，但愿你的美貌果然是哈姆雷特疯狂的原因；更愿你的美德能帮助他恢复原状，让你们两人都能安享尊荣。

奥菲利娅　王后，但愿如此。（王后下）

波洛涅斯　奥菲利娅，你在这儿走走。陛下，我们去躲起来吧。（向奥菲利娅）你拿着这本书读，他看见你这样用功，就不会疑心你为什么一个人在这儿。人们往往会用至诚的外表和虔敬的行动，掩饰一颗魔鬼般的内心，这样的例子太多太多。

国王　（旁白）啊，这话太真实了！它在我的良心上抽了多么重的一鞭！涂脂抹粉的娼妇的脸颊，也不及我掩藏在虚伪言辞背后的行为丑恶。难堪的重负！

波洛涅斯　我听见他来了；我们退下去吧，陛下。（国王及波洛涅斯下）

哈姆雷特上。

哈姆雷特　生存还是毁灭，这是一个值得考虑的问题；默然忍受命运的暴虐毒箭，或是挺身反抗人世的无涯苦难，在斗争中结束这一切；这两种方式，哪一种才更勇敢？死了；睡去了；什么都完了；要是在这睡眠之中，我们心头的创痛，以及其他无数血肉之躯无法避免的打击，都可以从此消失，那正是我们求之不得的结局。死了；睡去了；睡去了也许还会做梦；嗯，阻碍就在这儿：因为我们摆脱了这具朽腐的皮囊以后，在那死的睡眠里，究竟会做怎样的梦，那不能不使我们踌躇顾虑。人们甘心久困于患难之中，也就是这个缘故；谁愿忍受人世的鞭挞和讥嘲、压迫者的凌辱、傲慢者的冷眼、被轻蔑的爱情的惨痛、法律的迁延、官吏的横暴和微贱者费尽辛勤所换来的鄙视，要是他只用一柄小小的刀子，就能清算自己的一生？谁愿背负这样的重担，在烦劳的生命的压迫下呻吟流汗？还不是因为惧怕不可知的死后，那从来不曾有一个旅人去而复归的神秘之国；是它迷惑了我们的意志，使我们宁愿忍受眼前的磨折，不敢向我们所不知道的痛苦飞去。这样，理智让我们全都变成懦夫，决心的赤热的光彩，被审慎的思维盖上了一层灰影，伟大的事业在如此考虑之下，也会逆流而退，失去行动的意义。且慢！美丽的奥菲利娅！——女神，在你的祈祷之中，别忘了替我忏悔我的罪孽。

奥菲利娅	我的好殿下，这许多天来，贵体安好吗？
哈姆雷特	谢谢你，我很好，很好，很好。
奥菲利娅	殿下，有几件您送我的纪念品，我早就想还给您了；现在请您收回去吧。
哈姆雷特	不，我不要；我从没给过你什么东西。
奥菲利娅	殿下，我记得很清楚，您把它们送给了我，那时您还说了许多甜言蜜语，让这些东西格外显得贵重；现在，它们的芳香已经消散，请您拿回去吧，因为对于自尊自爱的人来说，送礼的人要是变了心，礼物虽贵，也会失去价值。拿去吧，殿下。
哈姆雷特	哈哈！你贞洁吗？
奥菲利娅	殿下！
哈姆雷特	你美丽吗？
奥菲利娅	殿下是什么意思？
哈姆雷特	要是你既贞洁又美丽，那你的贞洁就不该跟你的美

丽来往。

奥菲利娅	殿下，难道美丽除了贞洁，还有更好的相交对象？
哈姆雷特	嗯，真的；因为美丽能让贞洁变成淫荡，贞洁却未必能让美丽受它的感化；这话从前像是怪诞之谈，可在眼下这世上，它已经被证实。我的确深爱过你。
奥菲利娅	真的，殿下，您曾让我相信您爱我。
哈姆雷特	你当初就不该信我，因为美德不能熏陶我们罪恶的本性；我没有爱过你。
奥菲利娅	那我真是受了骗了。
哈姆雷特	进修道院去吧；你为什么要生一群罪人出来呢？我自己还不算是个最坏的人；但我可以指出我的许多过失，一个人有了那些过失，他的母亲还是不要生他下来的好。我很骄傲，有仇必报，野心勃勃；我有那么多罪恶，连我的思想也容纳不下，我的想象也无法给它们形象，我甚至没有一一实行它们的时间。像我这样的家伙，匍匐于天地之间，有什么用呢？我们都是些十足的坏人；一个也不要相信我们。进修道院去吧。你的父亲呢？
奥菲利娅	在家里，殿下。
哈姆雷特	把他关起来，让他只好在家里发发傻劲。再会！
奥菲利娅	哎哟，天哪！救救他！
哈姆雷特	要是你一定要嫁人，我就把这诅咒送你，做你的嫁妆：尽管你像冰一样坚贞，像雪一样纯洁，你还是逃不过谗人的诽谤。进修道院去吧，去；再会！或

Hamlet. I did love you once.

Ophelia. Indeed, my lord, you made me believe so.

Hamlet. You should not have believed me.

                                 Act III. Scene I.

者，你要是必须嫁人的话，就嫁个傻瓜吧；因为聪明人都明白你们会让他们变成怎样的怪物。进修道院去吧，去；越快越好。再会！

奥菲利娅　天上的神明啊，让他清醒过来吧！

哈姆雷特　我也知道你们会怎样涂脂抹粉；上帝给了你们一张脸，你们又替自己另外造了一张。你们烟视媚行，淫声浪气，替上帝造下的生物乱取名字，卖弄你们不懂事的风骚。算了吧，我再也不敢领教了；它已经让我发狂。我说，我们以后再不要结什么婚了；已经结过婚的，除了一人之外，都可以让他们苟活；没结婚的就别再结婚！进修道院去吧，去。（下）

奥菲利娅　啊，一颗多么高贵的心就这样陨落！朝臣的眼睛、学者的辩舌、军人的利剑、国家所瞩望的一朵娇花；时流的明镜、人伦的雅范、举世瞩目的中心，就这样无可挽回地陨落！我是所有女人中最伤心、最不幸的，我曾从他音乐般的盟誓中吮吸芬芳的甘蜜，现在却眼看着他高贵无上的理智像一串美妙的银铃失去了谐和的音调，他无与伦比的青春美貌在疯狂中凋谢！啊！我好苦命，谁料过去的繁华，变作今朝的泥土！

国王及波洛涅斯重上。

国王　恋爱！他的精神错乱不像是因为恋爱；他说的话虽

　　　　　　　然有些颠倒，也不像是疯言。有些心事盘踞在他的
　　　　　　　灵魂之中，我怕它说不定会造成危险的后果。为防
　　　　　　　万一，我已当机立断，想定了一个办法：他必须立
　　　　　　　刻去英国，向他们追索延宕未纳的贡物；也许，他
　　　　　　　到海外各国游历一趟，那时时变换的环境，能排解
　　　　　　　令他神思恍惚的心事。你看如何？

波洛涅斯　那很好；可我相信他如此烦闷的根本原因，还是恋
　　　　　　　爱上的失意。啊，奥菲利娅！你不用告诉我们哈姆
　　　　　　　雷特殿下说了些什么；我们全听见了。陛下，照您
　　　　　　　的意思办吧；不过，您要是认为可以，不妨在戏剧
　　　　　　　终场以后，让他的母后独自一人跟他待在一起，恳
　　　　　　　求他吐露心事；她必须开门见山地跟他谈谈，我则
　　　　　　　找个地方，听听他们说了些什么。要是王后也探听
　　　　　　　不到他的秘密，您就叫他到英国去，或者，凭着您
　　　　　　　的高见，把他关禁在一个适当的地方。

国王　　　就这样吧；大人物的疯狂，不可听其自然。（同下）

第二场

城堡中的厅堂

哈姆雷特及若干伶人上。

哈姆雷特　　请你在念这段剧词的时候，要照我刚才读给你听的那样，一个字、一个字，打舌头上轻快地吐出；要是你也像多数伶人一样，只会拉开了喉咙嘶叫，那我宁愿叫那宣布告示的公差来念这几行词句。也不要老是把手在空中这么摇挥；一切动作都要温文，因为就是在洪水暴风一样的感情激发之中，你也必须取得一种节制，免得流于过火。啊！我最不愿听见一个披着满头假发的家伙在台上乱嚷乱叫，把一段感情片片撕碎，让那些只爱热闹的下层观众听了出神，他们中的大部分，除了欣赏一些莫名其妙的手势以外，什么都不懂得。我真想抓住这种家伙，抽一顿鞭子，他们肯定会过分演绎妥玛刚特的脾性，连希律王的凶暴都要对他甘拜下风。[1] 请你留心避免才好。

1　妥玛刚特（Termagant）是基督教徒虚构的穆斯林神祇；希律王（Herod）是耶稣诞生时的以色列暴君。

伶甲　　　　我留心就是，殿下。

哈姆雷特　　但也不能太平淡了，你当接受自己的常识的指导，让动作和言语互相配合起来；特别要注意一点，你不能越过自然的常道；因为不近情理的过分描写和戏剧表演的原意相悖，自有戏剧以来，它的目的始终是反映自然，显示善恶的本来面目，让它所处的时代与社会一睹它自身演变发展的形式与印记。表演若是过分或者懈怠，虽然可博外行的观众一笑，却会让明眼之士皱眉；相比满场观众盲目的毁誉，你必须更加看重具有如此卓识之人的批评。啊！我曾看过一些伶人演戏，也听说他们收到了极口好评，说句并不过分的话，他们既不会说基督徒的语言，也不会学着基督徒、异教徒或者普通人的样子走路，瞧他们在台上大摇大摆、使劲叫喊的样子，我心里就想，一定是造化手下的哪个笨工拙匠把他们造了出来：造得这样拙劣，以至于全然失去了人类的面目。

伶甲　　　　我希望我们在这方面已有所改进。

哈姆雷特　　啊！你们必须彻底纠正这种弊病。还有你们那些扮演小丑的人，除了剧本上专为他们写下的台词，别让他们临时编造，多加话语。往往有许多小丑，爱用自己的笑声，引起台下一些无知观众的哄笑，但在那时，全场的注意力都该集中在其他更重要的戏码之上；这种行为不可饶恕，它只会表现出那丑角

的可鄙野心。去，去准备起来。（伶人等同下）

波洛涅斯、罗森格兰兹及吉尔登斯吞上。

哈姆雷特	啊，大人，王上愿意来听这出戏吗？
波洛涅斯	他和王后都快到了。
哈姆雷特	叫那些戏子们赶紧点儿。（波洛涅斯下）你们两个也去帮着催催。
罗森格兰兹 吉尔登斯吞	是，殿下。（罗森格兰兹、吉尔登斯吞下）
哈姆雷特	喂！霍拉旭！

霍拉旭上。

霍拉旭	在，殿下。
哈姆雷特	霍拉旭，你是我所结交的人中最正直的一个。
霍拉旭	啊，殿下！——
哈姆雷特	不，不要以为我在恭维你；除了善良的精神，你身无长物，我恭维了你，又有什么好处？为什么要恭维穷人？不，让蜜糖般的嘴唇去吮舐愚妄的荣华，在有利可图的所在弯下他们生财有道的膝盖来吧。听着。自从我能辨别是非、察择贤愚，你就是我的灵魂所选中的人，因为你历经所有颠沛，却不曾受到一点伤害，命运的虐待和恩宠，你都泰然收受；

你是有福之人，能把感情和理智调整得那么适当，不让命运把你玩弄于指掌之间。给我一个不为感情所奴役的人，我愿把他珍藏在我的心坎，我灵魂的深处，正像我对你一样。这些话现在已不必多说。今晚，我们要在国王面前表演一出戏剧，其中一场的情节跟我告诉过你的，我父亲的死状颇相仿佛；在那一幕戏开演之际，我要请你集中你的全副精神，观察我的叔父，要是在他听到那段戏词以后，他隐藏的罪恶还是不露出一丝痕迹，那我们所看见的那个鬼魂就一定是个恶魔，我的幻想也就像铁匠的砧石那样黑漆一团。留心看他；我也要让我的眼睛看定在他脸上；过后我们再把各自观察到的结果综合起来，替他下一个判断。

霍拉旭　　很好，殿下；要是在戏上演之时，他有什么容色举止上的变化逃过了我的注意，请您唯我是问。

哈姆雷特　　他们来看戏了；我必须装出无所事事的神气。你去拣个地方坐下。

　　　　奏丹麦进行曲，喇叭奏花腔。国王、王后、波洛涅斯、奥菲利娅、罗森格兰兹、吉尔登斯吞及余人等上。

国王　　近日可好，哈姆雷特贤侄？

哈姆雷特　　进食？进得好极了！我吃的是变色龙吃的空气，肚

	里全是空头承诺，塞得满当；阉了的公鸡可不能这么喂呀。
国王	你这话可真是答非所问，哈姆雷特；我不是那个意思。
哈姆雷特	啊，我也没有那个意思。（向波洛涅斯）大人，您说您在大学里念书的时候，曾演过一回戏吗？
波洛涅斯	是的，殿下，他们都夸我是个好演员哩。
哈姆雷特	您扮演什么角色呢？
波洛涅斯	我扮的是裘力斯·恺撒；勃鲁托斯在朱庇特神殿里杀死了我。
哈姆雷特	他真是太残忍了，居然在神殿里杀死那么好的一头小牛。那班戏子已经预备好了吗？
罗森格兰兹	是，殿下，他们在等候您的旨意。
王后	过来，我的好哈姆雷特，坐在我旁边。
哈姆雷特	不，好妈妈，这儿有个更迷人的东西哩。
波洛涅斯	（向国王）啊哈！您看见了吗？
哈姆雷特	小姐，我可以躺在您的两腿间吗？
奥菲利娅	不，殿下。
哈姆雷特	我的意思是说，我可以把头枕在您的膝盖上吗？
奥菲利娅	嗯，殿下。
哈姆雷特	您以为我在转着下流的念头吗？
奥菲利娅	我什么也没以为，殿下。
哈姆雷特	睡在姑娘的大腿中间，想起来倒是有趣得很。
奥菲利娅	什么，殿下？

哈姆雷特   空洞洞的吧。

奥菲利娅   您在开玩笑吧，殿下。

哈姆雷特   谁，我吗？

奥菲利娅   嗯，殿下。

哈姆雷特   上帝啊！要说说笑，我可是当世无双。人为什么不
说说笑笑的呢？您瞧，我的母亲多么高兴，我的父
亲才死了不过两个钟头。

奥菲利娅   不，已经四个月了，殿下。

哈姆雷特   这么久了吗？哎哟，那就让魔鬼去穿孝服吧，我可
要去做一身貂皮新衣啦。天啊！死了两个月，还没
忘记他吗？看来，一个大人物死后，人们对他的记
忆也许能保持半年之久啊；可是凭着圣母起誓，他
必须造下好几所教堂，否则他就要跟那被遗弃的木
马一样，没人会再想念他了。

高音笛奏乐。哑剧登场。
一国王及一王后上，状极亲热，互相拥抱。后
跪地，向王作宣誓状，王扶后起，俯首后颈上。王
就花坪上睡下；后见王睡熟离去。另一人上，自王
头上去冠，吻冠，注毒药于王耳，下。后重上，见
王死，作哀恸状。下毒者率其他二三人重上，佯作
陪后悲哭状。从者舁王尸下。下毒者以礼物赠后，
向其乞爱；后先作憎恶不愿状，卒允其请。同下。

奥菲利娅　　这是什么意思，殿下？

哈姆雷特　　呃，这是阴谋诡计、为非作歹的意思。

奥菲利娅　　大概这场哑剧就是全剧的主线了。

致开场词者上。

哈姆雷特　　这家伙会告诉我们一切；演戏的都守不住秘密，他们什么话都会说出来的。

奥菲利娅　　他们会把刚才那场哑剧的奥妙也透露给我们吗？

哈姆雷特　　是啊；你透露什么，他们就透露什么；只要你不害羞，愿意透露你那地方，他们也不会害羞，肯定把那地方的奥妙给你透露清楚。

奥菲利娅　　你下流，你下流；我还是看戏吧。

开场词

这悲剧要是演不好，

要请各位原谅指教，

小的在这厢有礼了。（致开场词者下）

哈姆雷特　　这算开场词呢，还是指环上的铭文？

奥菲利娅　　太短了，殿下。

哈姆雷特　　正像女人的爱情一样。

二伶人扮国王王后上。

伶王　　　日轮已经盘绕三十春秋，

那茫茫海水和滚滚地球，

月亮吐耀着借来的晶光，

三百六十回向大地环航，

自从爱把我们缔结良姻，

许门替我们证下了鸳盟。

伶后　　　愿日月继续他们的周游，

让我们再厮守三十春秋！

可是唉，你近来这样多病，

郁郁寡欢，失去旧时高兴，

好教我满心里为你忧惧。

可是，我的主，你不必疑虑；

女人的忧伤像她的爱一样，

不是太少，就是超过分量；

你知道我爱你是多么深，

所以才会有如此的忧心。

越是相爱，越是挂肚牵胸；

不这样哪显得你我情浓？

伶王　　　爱人，我不久必须离开你，

我的全身将要失去生机；

留下你在这繁华的世界

安享尊荣，受人们的敬爱；

也许再嫁一位如意郎君——

伶后　　　啊！我断不是那样薄情人；

　　　　　　　　我倘忘旧迎新，难邀天恕，

　　　　　　　　再嫁的除非是杀夫淫妇。

哈姆雷特　（旁白）苦恼，苦恼！

伶后　　　妇人失节大半贪慕荣华，

　　　　　　　　多情女子决不另抱琵琶；

　　　　　　　　我要是与他人共枕同衾，

　　　　　　　　怎么对得起地下的先灵！

伶王　　　我相信你的话发自心田，

　　　　　　　　可是我们往往自食前言。

　　　　　　　　志愿不过是记忆的奴隶，

　　　　　　　　总是有始无终，虎头蛇尾，

　　　　　　　　像未熟的果子密布树梢，

　　　　　　　　一朝红烂就会离去枝条。

　　　　　　　　我们对自己所负的债务，

　　　　　　　　最好把它丢在脑后不顾；

　　　　　　　　一时的热情中发下誓愿，

　　　　　　　　心冷了，那意志也随云散。

　　　　　　　　过分的喜乐，剧烈的哀伤，

　　　　　　　　反会毁害了感情的本常。

　　　　　　　　人世间的哀乐变幻无端，

　　　　　　　　痛哭一转瞬早换了狂欢。

　　　　　　　　世界也会有毁灭的一天，

　　　　　　　　何怪爱情要随境遇变迁；

　　　　　　　　有谁能解答这一个哑谜，

是境由爱造？是爱逐境移？

失财势的伟人举目无亲；

走时运的穷酸仇敌逢迎。

这炎凉的世态古今一辙：

富有的门庭挤满了宾客；

要是你在穷途向人求助，

即使知交也要情同陌路。

把我们的谈话拉回本题，

意志命运往往背道而驰，

决心到最后会全部推倒，

事实的结果总难符预料。

你以为你自己不会再嫁，

只怕我一死你就要变卦。

伶后　　　　地不要养我，天不要亮我！

昼不得游乐，夜不得安卧！

毁灭了我的希望和信心；

铁锁囚门把我监禁终身！

每一种恼人的飞来横逆，

把我一重重的心愿摧折！

我倘死了丈夫再作新人，

让我生前死后永陷沉沦！

哈姆雷特　　现在要是背了誓，那还了得！

伶王　　　　难为你发这样重的誓愿。

爱人，你且去；我神思昏倦，

想要小睡片刻。（睡）

伶后　　　愿你安睡；

上天保佑我俩永无灾悔！（下）

哈姆雷特　母亲，您觉得这出戏怎样？

王后　　　我觉得那女人的誓发得太重。

哈姆雷特　啊，但愿她会守约。

国王　　　这出戏是怎么个情节？里面没有什么要不得的地方吗？

哈姆雷特　不，不，他们不过是开玩笑的，玩儿似的毒死了人；没什么要不得的。

国王　　　戏名叫什么？

哈姆雷特　《捕鼠机》。呃，怎么？这是一个象征性的名字。戏中的故事影射着维也纳的一件谋杀案。贡扎古是那公爵的名字；他的妻子叫白普蒂丝姐。您看下去就知道是怎么回事。这是一部很恶劣的作品，可那有什么关系？它不会跟陛下您和我们这些灵魂清白的人有什么相干；让被鞍具擦伤、弄疼的马儿去惊跳、退缩，我们的肩背可都好得很呢。

一伶人扮琉西安纳斯上。

哈姆雷特　这个人叫作琉西安纳斯，是那国王的侄子。

奥菲利娅　您很会解释剧情，殿下。

哈姆雷特　要是我看见您跟您爱人演出那种动手动脚的傀儡戏

来，我也会替你们解释。

奥菲利娅　您的嘴真厉害，殿下，您的嘴真厉害。

哈姆雷特　要想我不厉害，你可得哼哼几声才行。

奥菲利娅　话是说得聪明，可也太羞辱人了。

哈姆雷特　你们女人不就是话说得好，丈夫随便挑吗？动手吧，凶手！混账东西，别扮鬼脸了，动手吧！来；哇哇的乌鸦发出复仇的啼声。

琉西安纳斯　黑心快手，遇到妙药良机；

趁着没人看见事不宜迟。

你夜半采来的毒草炼成，

赫卡忒[1]的咒语念上三巡，

赶快发挥你凶恶的魔力，

让他的生命速归于幻灭。（以毒药注入睡者耳中）

哈姆雷特　他因为觊觎权位，在花园里把他毒死。他的名字叫贡扎古；那故事的原文依然存在，是用漂亮的意大利文写的。很快就要演到那凶手是怎样让贡扎古夫人投怀送抱的了。

奥菲利娅　王上站起来了！

哈姆雷特　什么！给一响空枪吓怕了吗？

王后　陛下怎么啦？

波洛涅斯　不要演下去了！

国王　给我点起火把来！走！

1　赫卡忒（Hecate），黑夜及幽冥之女神。

Hamlet. You shall see anon how the murderer gets the love of
Gonzago's wife.

Ophelia. The king rises.

Act III. Scene II.

众人	火把！火把！火把！（除哈姆雷特、霍拉旭外均下）
哈姆雷特	嗨，让那中箭的母鹿掉泪，
	没有伤的公鹿自去游玩；
	有的人失眠，有的人酣睡，
	世界就是这样循环轮转。
	老兄，要是我的命运跟我作起对来，凭着我这台词功夫，再插上满头的羽毛，在开缝的靴子上缀上两朵绢花，你觉得我能不能在戏班子里闯出点名堂？
霍拉旭	他们没准会给您半额包银。
哈姆雷特	我可要领全额的。
	因为你知道，亲爱的朋友，
	这个荒凉破碎的国土
	原本是乔武统治的雄邦，
	而今王位上却坐着——个鸟。
霍拉旭	您该押韵才是。
哈姆雷特	啊，好霍拉旭！那鬼魂真没骗我。你看见了吗?
霍拉旭	看见了，殿下。
哈姆雷特	在那演戏的一提到毒药的时候?
霍拉旭	我看得很清楚。
哈姆雷特	啊哈！来，奏乐！来，那吹笛的呢?
	要是国王不爱这出喜剧，
	那么他多半是不能赏识。
	来，奏乐！

罗森格兰兹及吉尔登斯吞重上。

吉尔登斯吞　殿下，容我跟您说句话吧。

哈姆雷特　　好，说个通史都行。

吉尔登斯吞　殿下，王上——

哈姆雷特　　嗯，王上怎么样？

吉尔登斯吞　他回去以后，非常不快。

哈姆雷特　　喝醉了吗？

吉尔登斯吞　不，殿下，他在发脾气。

哈姆雷特　　以你的聪明，该把这事告诉他的医生；要是让我去替他看诊，恐怕反而会助长他的脾气。

吉尔登斯吞　好殿下，请您说话稳重些吧，别这样拉扯开去。

哈姆雷特　　好，我侧耳恭听，你请说吧。

吉尔登斯吞　您母后的心里无比难过，所以才叫我过来。

哈姆雷特　　欢迎之至。

吉尔登斯吞　哎，不敢当，殿下，您不必这样拘礼。要是您愿意给我一个体面的回答，我就向您传达您母亲的意旨；不然的话，请您原谅，让我就此告退，就这么回去交差。

哈姆雷特　　回答你，恕难从命。

吉尔登斯吞　从什么命，殿下？

哈姆雷特　　我无法给你体面的回答，因为我的脑子已经坏了；但我可以给你的回答——或者如你所说，是给我母亲的回答——倒是要多少有多少。所以别废话了，言归正传；你说我母亲——

罗森格兰兹	她说：您的所作所为令她非常惊愕。
哈姆雷特	啊，好儿子，居然叫母亲如此吃惊！可在这母亲的惊愕之后，还有些什么话呢？说吧。
罗森格兰兹	她请您在就寝以前，去她房间跟她谈谈。
哈姆雷特	即便她做过十次母亲，我也一定从命。还有别的事吗？
罗森格兰兹	殿下，我曾蒙您错爱。
哈姆雷特	凭我这双扒手起誓，我现在依然爱你。
罗森格兰兹	好殿下，您心里这样不快，究竟是什么原因？要是您不肯把心事告诉您的朋友，那恐怕是在自锁解脱之门呀。
哈姆雷特	先生，我本已升格无门。
罗森格兰兹	怎么！王上已经亲口把您立为王位的继承者了，您还不满足吗？
哈姆雷特	是啊，"要等草儿青青——"[1]这老话都老得发了霉啦。

乐工等持笛上。

哈姆雷特	啊！笛子来了；拿一支给我。跟你们退后一步说话；你们为什么总这样千方百计地窥探我的隐私，好像

---

1 全句为："要等草儿青青，马儿早已饿死。"

　　　　　　　一定要把我逼进你们的圈套？

吉尔登斯吞　啊！殿下，要是我有太过冒昧放肆的地方，那都是因为对殿下敬爱太深。

哈姆雷特　我听不太懂你说的话。你愿意吹吹这笛子吗？

吉尔登斯吞　殿下，我不会吹。

哈姆雷特　请你吹一吹。

吉尔登斯吞　我真的不会吹。

哈姆雷特　请你不要客气。

吉尔登斯吞　我真的一点都不会，殿下。

哈姆雷特　那就跟说谎一样容易；你只要用手指按着这些笛孔，把你的嘴放上去一吹，它就会发出最好听的音乐。瞧，这些是音栓。

吉尔登斯吞　可我没法从里面吹出谐和的曲调；我不懂那技巧。

哈姆雷特　哼，你们把我看成了什么！你们玩弄我；你们自以为摸得到我的心窍；你们想探出我内心的秘密；你们想从我的最低音开始，试到我的最高音；这小小的乐器之内，藏着绝妙的音乐，你们却没法让它发出声音。哼，你们以为玩弄我比玩弄一支笛子容易？无论你们把我叫成什么乐器，我都不会让你们来把我玩弄。

　　　　　　　波洛涅斯重上。

哈姆雷特　上帝祝福你，先生！

波洛涅斯	殿下，王后请您立刻去见她，她要跟您说话。
哈姆雷特	你看见那片像骆驼一样的云了吗？
波洛涅斯	哎哟，真是像头骆驼。
哈姆雷特	我好像觉得它还是像头黄鼠狼。
波洛涅斯	它拱起背时正像一头黄鼠狼。
哈姆雷特	还是像条鲸鱼吧？
波洛涅斯	很像一条鲸鱼。
哈姆雷特	那我等会儿就去见我母亲。（旁白）他们逼着我装傻装到我自己也受不了了。（高声）我等会儿就来。
波洛涅斯	我就这么回复。（下）
哈姆雷特	"等会儿"很容易说。离开我，朋友们。（除哈姆雷特外均下）现在是一夜之中最阴森的时候，鬼魂都在此刻从坟墓里出来，地狱也要向人世吐放疠气；现在我可以痛饮热腾腾的鲜血，干那白昼所不敢正视的残忍行为。且慢！我还要去我母亲那儿一趟。心啊！不要失去你的天性之情，永远别让弑母的尼禄[1]的灵魂潜入我这坚定的胸怀；让我做一个凶徒，但别让我做个逆子。我要用利剑一样的话语去刺痛她心，但决不伤她一根毛发；这一回，我的舌头和灵魂要学学伪善者的样子，无论在言语上给她多么严厉的谴责，都不能在行动上有丝毫可堪指摘之处。（下）

---

1 尼禄（Nero），古罗马暴君。

第三场

城堡中一室

国王、罗森格兰兹及吉尔登斯吞上。

国王　　我不喜欢他；纵容他这样疯闹下去，对我是个很大的威胁。所以，你们快去准备起来；我马上可以发布明令，派你二人护送他去英国。就我的地位而论，他的疯狂每一小时都会危害我的安全，我不能让他留在近旁。

吉尔登斯吞　我们这就准备起来；许多人的安危都寄托在陛下身上，这是再圣明不过的顾虑。

罗森格兰兹　每一个庶民都知道怎样远祸全身，一个身负天下重寄的人，尤其该刻刻不懈地防备危害的袭击。君主的薨逝不仅是个人的死亡，它像漩涡一样，凡是在它近旁的东西，都要被它卷去，和它同归于尽；它又像个矗立在最高山峰上的巨轮，轮辐上连附着无数小小的零件，巨轮轰然崩裂之际，那些零件也跟着它一齐粉碎。国王的一声叹气，总是伴随着全国的呻吟。

国王　　请你们立刻准备出发；我们必须及早制止这种公然

的威胁。

罗森格兰兹
吉尔登斯呑 〉 我们这就去加紧准备。（罗森格兰兹、吉尔登斯呑
　　　　　　同下）

波洛涅斯上。

波洛涅斯　陛下，他去了他母亲的房间。我现在就去躲在帷幕
　　　　　　后面，听他们怎么说。我可以断定，她一定会好好
　　　　　　教训他一顿。您说得很不错，母亲对儿子总有几分
　　　　　　偏心，所以最好有第三个人躲在旁边偷听他们谈话。
　　　　　　再会，陛下；在您就寝以前，我还要来见您一次，
　　　　　　告诉您我探听到的事情。

国王　　　谢谢你，贤卿。（波洛涅斯下）啊！我罪恶的戾气
　　　　　　已上达于天；我的灵魂背负着一个元始以来最久远
　　　　　　的诅咒：杀害兄弟的暴行！我不能祈祷，虽然我的
　　　　　　愿望像决心一样强烈；我更坚强的罪恶击败了我坚
　　　　　　强的意愿。就像一个人同时要做两件事情，我因为
　　　　　　不知先从哪里下手而徘徊歧途，结果反弄得一事无
　　　　　　成。要是这只可诅可咒的手因为染上了兄弟之血而
　　　　　　变得更厚，难道天上所有的甘霖，都不能把它洗得
　　　　　　像雪一样洁白？慈悲的使命，不正是宽宥罪恶？祈
　　　　　　祷的目的，不正是一面预防我们的堕落，一面救拔
　　　　　　我们于堕落之后？我只能仰望上天；我的过错已经
　　　　　　铸成。可唉！哪种祈祷才适用于我？"求上帝赦免

我的杀人罪"吗？不，我现在还占据着诱我犯下罪
过的东西，我的王冠、我的野心和我的王后。非分
之利还在手里，便可幸邀宽恕吗？在这贪腐的人世，
罪恶的镀金之手也许能推开公道不顾，暴徒的赃物
往往就是枉法的贿赂；可天上却不是这样，在那里，
一切都无可遁避，任何作为都会尽显真相，我们必
须当面为自己的罪恶作证。那么，该怎么办呢？还
有什么办法可想？试试忏悔的力量吧。有什么是忏
悔做不到的？可对一个不能忏悔的人来说，它又有
什么用呢？啊，太不幸了！啊，像死亡一样黑暗的
心胸！越是挣扎，就越不能脱身，被胶住了的灵魂！
救救我，天使们！让我试试：弯下来吧，顽强的膝
盖；钢丝一样的心弦，变得像新生婴儿的筋肉一样
柔嫩吧！但愿一切转祸为福！（退后跪祷）

哈姆雷特上。

哈姆雷特　　现在他正在祈祷，我正好动手；我决定现在就干，
让他上天堂去，我也算报了仇了。不，还得考虑一
下：一个恶人杀死我的父亲；我，他的独生子，却
把这恶人送上天堂。啊，这简直成了以恩报怨。他
用卑鄙的手段，在我父亲罪孽正重的时候，乘其不
备狠下杀手；虽然谁也不知道在上帝面前，他生前
的善恶如何相抵，可照一般的推想，他的孽债多半

很重。现在他正洗涤他的灵魂，要是我这时结果了他，那天国之路便会为他开放，这样还算是复仇吗？不！收起来，我的剑，等待更可怕的机会吧；在他酒醉以后，在他愤怒当头，或者荒淫纵欲的时候，在他赌博、咒骂或是干出其他邪恶的勾当之际，我才会叫他颠踬在我脚下，让他幽深黑暗、不见天日的灵魂永堕地狱。我的母亲在等我。这服续命的药剂不过延长了你临死的痛苦。（下）

国王起立上前。

国王　　我的言语高高飞起，我的思想滞留地下；没有思想的言语永远不会上升天界。（下）

第四场

王后寝宫

王后及波洛涅斯上。

波洛涅斯　　他就要来了。请您着实教训他一顿，告诉他他这种狂妄的态度，实在叫人忍无可忍，倘没有王后您替他居中回护，王上早已对他大发雷霆。我就悄悄躲在这儿。请您在言语上着力一点。

哈姆雷特　　（在内）母亲，母亲，母亲！

王后　　都交给我，你放心吧。退下去，我听见他来了。（波洛涅斯匿帷后）

哈姆雷特上。

哈姆雷特　　母亲，您叫我有什么事？

王后　　哈姆雷特，你已大大得罪了你的父亲。

哈姆雷特　　母亲，您已大大得罪了我的父亲。

王后　　来，来，别用这种胡说八道的话来回我。

哈姆雷特　　去，去，别用这种胡说八道的话来说我。

王后　　啊，怎么，哈姆雷特！

哈姆雷特	又怎么了？
王后	你忘记我了吗？
哈姆雷特	不，凭着十字架起誓，我没有忘记；你是王后，你丈夫的兄弟的妻子，又是我的母亲——但愿你不是！
王后	哎哟，那我只好去叫那些会说话的人来跟你说了。
哈姆雷特	来，来，坐下来，别动；我要在你面前放一面镜子，让你看看你自己的灵魂。
王后	你要干什么呀？你要杀我吗？救命！救命呀！
波洛涅斯	（在后）喂！救命！救命！救命！
哈姆雷特	（拔剑）怎么！是哪个鼠贼？一钱不值的东西？看我结果了你。（以剑刺穿帷幕）
波洛涅斯	（在后）啊！我死了！
王后	哎哟！你干了什么？
哈姆雷特	我也不知道；那不是国王吗？
王后	啊，多么鲁莽、残酷的行径！
哈姆雷特	残酷的行径！好妈妈，这行径真是坏透了呀，坏得就跟杀了一个国王，再嫁给他的兄弟一样。
王后	杀了一个国王！
哈姆雷特	嗯，母亲，这正是我的原话。（揭帷见波洛涅斯）你这可怜的、粗心的、爱管闲事的傻瓜，再会！我还以为是你上面的人哩。也是你命不该活；现在你知道爱管闲事的危险了。——别尽扭着手了。静一静，坐下来，让我来扭你的心；你的心如果不是铁

石打成，万恶的习惯如果不曾让它变硬，硬得透不进一点感情，那么我说的话就一定可以把它刺痛。

王后　　　我做了什么错事，你敢这样肆无忌惮地向我摇唇弄舌？

哈姆雷特　你的行为让贞节蒙污，让所谓美德变成了虚伪，从纯情的额上取下娇艳的蔷薇，盖上耻辱的烙印，让婚姻的盟约变得像博徒的誓言一样虚伪；啊！这样的行为，简直让婚约变成一个没有灵魂的躯壳，让神圣的宗教变成一串谵妄的狂言；连苍天的脸上也为它而显露羞色，大地也因为痛心而罩上满面的愁容，好像世界末日快要到来一般。

王后　　　唉！究竟是何等极恶重罪，让你一开口就愤恨难当、怨气惊人？

哈姆雷特　瞧这幅画像，再瞧这幅；这是两个兄弟的肖像。你看这一个的相貌是多么高雅优美：太阳神的鬈发，天神的前额，像战神马斯一样威风凛凛的眼睛，像降落在高吻穹苍的山巅的传报神一样矫健的姿态；这般完善卓越的仪表，真好像每一位天神都在上面打下了印记，要向世间证明这是男子汉的榜样。他是你从前的丈夫。现在你再看看这个：这是你现在的丈夫，像一株霉烂的禾穗，毒害了他健硕的兄弟。你有眼睛吗？你甘心离开这座大好的高山，靠着这片荒野生活？嗬！你有眼睛吗？你不能说那是爱情，因为在你的年纪，热情已经冷淡下来，它必须等候理智的判断；什么理智愿意从这么高的地方，降落到这么低的所在？知觉你当然是有，否则你不会有所行动；可你那知觉也一定已经麻木；因为就是疯子也不会犯那样的错误，无论怎样丧心病狂，总不会连这样悬殊的差异都分辨不出。那又是什么魔鬼蒙住了你的眼睛，把你这样欺骗？你的视觉、听觉、触觉、嗅觉，全都失去了交相为用的功能了吗？因为单单一个感官出了毛病，决不会让人愚蠢到这步田地。羞啊！你不觉得惭愧吗？要是地狱中的孽火能在一个中年妇人的骨髓里煽起蠢动，那就让贞操在青春的烈焰中像蜡一样熔化了吧。当欲海兴起不可阻挡的狂澜，不用再说羞不羞耻，就连霜雪都会自动燃烧，理智都会做了情欲的奴隶。

王后　　　啊，哈姆雷特！不要说下去了！你让我的眼睛看进了我的灵魂深处，看见我灵魂里那些洗拭不去的黑色污点。

哈姆雷特　嘿，生活在那张汗臭垢腻的床上，让淫邪熏没了心窍，在污秽的猪圈里调情弄爱——

王后　　　啊，不要再对我说下去了！这些话像刀子一样戳进我的耳朵；不要说下去了，亲爱的哈姆雷特！

哈姆雷特　一个杀人犯，一个恶徒，一个不及你前夫二百分之一的庸奴，一个戴着王冠的丑角，一个盗国窃位的扒手，从架子上偷下珍贵的王冠，塞进自己的腰包！

王后　　　别说了！

哈姆雷特　　一个下流无赖，一身小丑衣装的国王——

鬼魂上。

哈姆雷特　　天上的神明啊，救救我，用你们的翅膀覆盖我的头顶！——陛下英灵不昧，有何见教？

王后　　　　哎哟，他疯了！

哈姆雷特　　您是不是来责备您的儿子不该消磨他的时间和感情，把您的煌煌旨令搁在一旁，耽误了他该完成的大事？啊，说吧！

鬼魂　　　　不要忘记。我现在来，是为磨砺你快要蹉跎的决心。可瞧！你母亲那副惊愕的神情。啊，快去安慰安慰她矛盾的身心！最柔弱的人最容易受幻想的欺凌。去跟她说话，哈姆雷特。

哈姆雷特　　您怎么啦，母亲？

王后　　　　唉！你怎么啦？你为什么睁着眼睛，凝望着虚无，向空中喃喃说话？你眼里射出狂乱的神色；像熟睡的军士突然听到警号一般，你整齐的头发一根根像有了生命似的竖了起来。啊，好儿子！在你疯狂的热焰上，浇洒一些清凉的镇静！你在看些什么？

哈姆雷特　　他，他！您瞧，他的脸色多么惨淡！看见他这样的形貌，再知道他背负的沉冤，连石块也会动容。——别瞧着我，因为那不过徒然勾起我的哀感，也许反会妨碍我冷酷的决心；也许我会因此失去勇气，让

　　　　　　挥泪把流血代替。

王后　　　　你这番话是对谁说的？

哈姆雷特　　您没看见那边有什么吗？

王后　　　　什么也没有；要是那边有些什么，我不会不看见的。

哈姆雷特　　您也没听见什么？

王后　　　　不，除了我们的对话以外，我什么也没听见。

哈姆雷特　　啊，您瞧！瞧，它悄悄走了！我的父亲，穿着他生
　　　　　　前的衣服！瞧！就在这一刻，他从门口走出去了！

　　　　　　（鬼魂下）

王后　　　　这是你脑中虚构的意象；人在心神恍惚的状态下，
　　　　　　最容易产生这种幻妄的错觉。

哈姆雷特　　心神恍惚！我的脉搏跟您的一样，按着正常的节奏
　　　　　　跳动着哩。我说的并不是疯话；要是您不信，我可
　　　　　　以把我刚才的话一字不漏地复述一遍，一个疯子可
　　　　　　不会记得那样清楚。母亲，为了上帝的慈悲，不要
　　　　　　自己安慰自己，以为我这番话只是出于疯狂，不是
　　　　　　真心对您的过失而发；那样的思想不过是骗人的油
　　　　　　膏，只会让您溃烂的良心上结起一层薄膜，内里的
　　　　　　毒疮却越长越大。向上天承认您的罪恶吧，忏悔过
　　　　　　去，警戒未来；不要把肥料浇向莠草，让它们格外
　　　　　　蔓延开来。原谅我这番正义的劝告；因为在这样一
　　　　　　种万恶的时世，正义必须向罪恶乞恕，它必须俯首
　　　　　　屈膝，要求对方接纳他善意的箴规。

王后　　　　啊，哈姆雷特！你把我的心劈成了两半！

哈姆雷特　　啊！把那坏的一半丢掉，保留另外一半，让您的灵
　　　　　　魂清净一些。晚安！但不要上我叔父的床！即便已
　　　　　　经失节，您也得勉力学做一个贞洁的妇人。习惯虽
　　　　　　是一个能让人失去羞耻的魔鬼，但它也可以做一个
　　　　　　天使，对于勉力为善的人，它会通过潜移默化的手
　　　　　　段，让人弃恶从善。您要是今晚就自加节制，下次
　　　　　　就会觉得这种自制的功夫并不怎么令你为难，慢慢
　　　　　　就能习以为常；因为习惯简直有种能改变气质的神
　　　　　　奇力量，它能让魔鬼主宰人类的灵魂，也能将他从
　　　　　　人们心里驱逐出去。让我再向您道一次晚安；您希
　　　　　　望得到上天祝福的时候，我将求您把我祝福。至于
　　　　　　这位老人家，（指波洛涅斯）我很后悔自己一时鲁
　　　　　　莽，杀死了他；可这是上天的意思，上天要借他的
　　　　　　死来惩罚我，同时也借我的手来惩罚他，让我一方
　　　　　　面自受天谴，一方面又成为代天行刑的使者。我现
　　　　　　在先去安顿好他的尸体，再来承担这杀人的过咎。
　　　　　　晚安！为了顾全母子的恩慈，我不得不忍情行暴；
　　　　　　不幸已经开始，更大的灾祸还在接踵而至。再有一
　　　　　　句话，母亲——

王后　　　　我该怎么做呢？

哈姆雷特　　我不能禁止您不再让那骄淫的僭王引诱您和他同
　　　　　　床，让他揪您的脸颊，叫您作他的乖乖；我也不能
　　　　　　禁止您因为他给了您一两个恶臭的吻，或是用他万
　　　　　　恶的手指抚摩您的颈项，就把您所知道的事情一起

　　　说出，告诉他我其实是装疯，不是真疯。您应该让
　　　他知道；哪个聪明懂事的王后，愿意隐藏这样重大
　　　的消息，不去告诉一只蛤蟆、一只蝙蝠、一只老雄
　　　猫呢？不，虽然理性警告您要保守秘密，您大可以
　　　学那寓言中的猴子，受好奇心的驱使，到屋顶去打
　　　开笼门，把鸟儿放走，自己钻进笼里，结果连笼子
　　　一起掉下来跌死。

王后　　　你放心吧，要是言语源自呼吸，呼吸源自生命，只
　　　要我还有呼吸，我就决不让我的呼吸泄漏你对我说
　　　过的话。

哈姆雷特　我必须到英国去；您知道吗？

王后　　　唉！我忘了；这事已经定了。

哈姆雷特　公文已经封好，打算交给我那两个同学带去，对这
　　　两个家伙，我要像对待两条咬人的毒蛇一样随时提
　　　防；他们将会做我的先驱，引导我钻进什么圈套里
　　　去。我倒要瞧瞧他们的能耐。开炮的要是给炮轰了，
　　　也是件好玩的事儿；他们会埋地雷，我要比他们埋
　　　得更深，把他们轰到月亮里去。啊！用诡计对付诡
　　　计，不是顶顶有趣的吗？这家伙一死，多半会提早
　　　我的行期；让我把这尸体拖到隔壁。母亲，晚安！
　　　这位大臣生前是个愚蠢饶舌的家伙，现在却变成非
　　　常谨严庄重的人了。来，老先生，让我跟您来个了断。
　　　晚安，母亲！（各下；哈姆雷特曳波洛涅斯尸入内）

第一场

城堡中一室

国王、王后、罗森格兰兹及吉尔登斯吞上。

国王　这些长吁短叹之中，都含着深长的意义，你得明说
出来，我才能为你分忧。你的儿子呢？

王后　（向罗森格兰兹、吉尔登斯吞）请你们暂时退下。
（罗森格兰兹、吉尔登斯吞下）啊，陛下！今晚我
看见了多么骇人的景象！

国王　什么，乔特鲁德？哈姆雷特怎么啦？

王后　疯狂得像彼此争强斗胜的天风和海浪一样。野性发
作的时候，他听见帷幕后有什么东西爬动的声音，
就拔出剑来，嚷着"有耗子！有耗子！"于是在一
阵疯狂的恐惧之中，把那躲在幕后的老好人杀了。

国王　啊，罪过，罪过！要是我在那儿，我也一样会死在
他手里；放任他这样胡作非为，对你、对我、对每

一个人，都是极大的威胁。唉！这等流血的暴行该由谁来负责？我们难辞其咎，因为我们早该防患未然，把这发疯的孩子关禁起来，不让他到处乱走；可我们太爱他了，以至于不愿意想个适当的方策，正像一个害着恶疮的人，因为不让它出毒而弄到毒气攻心，无法救治一样。他去哪儿了？

王后 拖着被他杀死的尸体出去了。像一堆下贱的铅铁掩不了真金的光彩一样，他知道自己做错了事，他纯良的本性就从他的疯狂里透露出来，他哭了。

国王 啊，乔特鲁德！来！太阳一到山上，我们就赶紧让他登船出发。对于这般罪恶的行为，我们只能巧用权威和手腕，替他掩饰过去。喂！吉尔登斯吞！

罗森格兰兹及吉尔登斯吞重上。

国王 两位朋友，你们快去多找几个帮手。哈姆雷特在疯狂之中，已杀死了波洛涅斯；他现在把那尸体从他母亲的房间拖出去了。你们去把他找来，对他说话要和气一些；再把那尸体搬到教堂里去。请你们快去把这件事办好。（罗森格兰兹、吉尔登斯吞下）来，乔特鲁德，我要去召集最有见识的朋友，把我的决定和这意外的变故告诉他们，免得外边无稽的谰言牵扯到我，它的毒箭从低声的密语中散放，会像弹丸从炮口射出一样每发必中。啊，来吧！我的灵魂充满了混乱和惊愕。（同下）

第二场

城堡中的另一室

哈姆雷特上。

哈姆雷特　　藏好了。

罗森格兰兹
吉尔登斯吞　　（在内）哈姆雷特！哈姆雷特殿下！

哈姆雷特　　什么声音？谁在叫哈姆雷特？啊，他们来了。

罗森格兰兹及吉尔登斯吞上。

罗森格兰兹　　殿下，您把那尸体怎么样啦？

哈姆雷特　　它本就是泥土，我仍旧让它回到泥土里去。

罗森格兰兹　　告诉我们它在哪儿，让我们把它搬到教堂里去。

哈姆雷特　　不要相信。

罗森格兰兹　　不要相信什么？

哈姆雷特　　不要相信我会放弃我自己的意见，来听你的话。而且，一块海绵也敢冲我问话！一个堂堂王子该用什么话去回答它呢？

罗森格兰兹　　您把我当作一块海绵吗，殿下？

哈姆雷特	是的，先生，一块吸收君王的恩宠、利禄和官爵的海绵。可这样的官员要到最后才会显出他们最大的用处；像猴子吃硬壳果一般，他们的君王先把他们含在嘴里，舐弄了好久，然后再一口咽下。当他需要被你们吸收的东西时，他只要一挤，于是，海绵，你又是一块干巴巴的东西了。
罗森格兰兹	我不懂您的话，殿下。
哈姆雷特	那很好，下流的话正好埋进一个傻瓜的耳朵。
罗森格兰兹	殿下，您必须告诉我们那尸体在什么地方，然后跟我们去见王上。
哈姆雷特	他的身体和国王同在，可那国王并不和他的身体同在。国王这个东西——
吉尔登斯吞	这个东西，殿下？
哈姆雷特	其实不是个东西。带我去见他。狐狸躲起来，大家追上去。（同下）

第三场

同前。另一室

国王上,侍从后随。

国王　　我已经叫他们找他去了,还叫他们找出那具尸体。让这家伙任意胡闹,是件多么危险的事情!可我们又不能用严刑峻法来对待他,他颇受糊涂群众的喜爱,他们喜欢一个人,只凭眼睛,不凭理智;我要是处罚了他,他们只会看见刑罚的苛酷,不会想想他犯的是什么重罪。为了顾全各方面的关系,叫他这样仓促离国,必须显得像是煞费苦心的安排。应付非常的变故,要么不用手段,要用则必用非常的手段。

罗森格兰兹上。

国王　　啊!事情怎么样啦?

罗森格兰兹　　陛下,他不肯告诉我们那尸体在哪儿。

国王　　他人在哪里?

罗森格兰兹　　在外面,陛下;我们把他看起来了,等候您的旨意。

国王	带他来见我。
罗森格兰兹	喂，吉尔登斯吞！带殿下进来。

哈姆雷特及吉尔登斯吞上。

国王	啊，哈姆雷特，波洛涅斯呢？
哈姆雷特	吃饭去了。
国王	吃饭去了！在什么地方？
哈姆雷特	不是在他吃饭的地方，是在人家吃他的地方；有一群精明的蛆虫正在他身上大吃特吃哩。蛆虫是全世界最大的饕餮家；我们喂肥了各种牲畜，让自己受用，再喂肥了自己，去让蛆虫受用。胖胖的国王跟瘦瘦的乞丐是一张桌上的两道不同的菜；不过是这么回事。
国王	唉！唉！
哈姆雷特	一个人可以拿一条吃过国王的蛆虫去钓鱼，再吃掉吃过蛆虫的鱼。
国王	你这话是什么意思？
哈姆雷特	没什么意思，不过是指点一下；一个国王可以在一个乞丐的脏腑里经历一番什么变化。
国王	波洛涅斯呢？
哈姆雷特	在天上；你差人到天上去找他吧。要是你的使者在天上找不到他，你就自己到其他地方去找。可要是在这一个月里都找不到他，你们只要跑上走廊的阶

石，也就能闻到他的气味了。

国王　　　（向若干侍从）到走廊去找找。

哈姆雷特　　您不去，他就一直等在那儿。（侍从等下）

国王　　　哈姆雷特，你干出这种事来，我非常痛心。为了你自身的安全，你必须火速离开国境；所以，快去准备准备。船已整装待发，风势也顺，同行的人都在等你，一切都已准备就绪，只等开赴英伦。

哈姆雷特　　到英国去！

国王　　　是的，哈姆雷特。

哈姆雷特　　好。

国王　　　要是你明白我的用意，你该知道这是为了你好。

哈姆雷特　　我看见一个明白你用意的天使。可以，来吧，到英国去！再会，亲爱的母亲！

国王　　　还有你慈爱的父亲，哈姆雷特。

哈姆雷特　　我的母亲。父亲和母亲是夫妇二人，夫妇本是一体之亲；所以，再会了，我的母亲！来，到英国去！（下）

国王　　　跟在他后面，劝诱他赶快上船，不要耽搁；我要他今晚就离境。去！和这件事有关的全部公文，全都密封妥当。请你们赶紧些。（罗森格兰兹、吉尔登斯吞下）英格兰王啊，你的国土上还留着丹麦的宝剑划下的鲜明创痕，你向我们纳款输诚的礼敬至今未减，要是你畏惧我的威力，重视我的友谊，你就不能忽视我的意旨；我已在公函里提出要求，望你

立即处死哈姆雷特，照着我的意思做吧，英格兰王，
他就像我深入膏肓的痼疾，我须借你之手把我医治。
我必须知道他已不在人世，我的脸上才会有笑容浮
起。（下）

第四场

丹麦原野

福丁布拉斯、一队长及兵士等列队行进上。

福丁布拉斯 队长，你去替我问候丹麦国王，告诉他说，福丁布拉斯因为得到他的允许，已经按照约定，率领一支军队通过他的国境。你知道我们在哪儿集合。要是丹麦王有什么话要当面跟我说的，我也可以入朝晋谒；你就这样对他说吧。

队长 是，大人。

福丁布拉斯 慢步前进。（福丁布拉斯及兵士等下）

哈姆雷特、罗森格兰兹、吉尔登斯吞等同上。

哈姆雷特 官长，这些是什么人的军队？

队长 他们都是挪威的军人，先生。

哈姆雷特 请问他们是要开去哪里？

队长 到波兰的某一部分。

哈姆雷特 谁是领兵的主将？

队长 挪威老王的侄儿福丁布拉斯。

哈姆雷特	他们是要向波兰本土进攻，还是要袭击边疆？
队长	不瞒您说，我们是要去夺一小块徒有虚名、毫无实利的土地。叫我出五块钱买它，我也不要；要是把它标卖起来，不论归谁，挪威也好，波兰也好，谁都不会得到更多实惠。
哈姆雷特	啊，那波兰人一定不会多加防卫。
队长	不，他们早已布防好了。
哈姆雷特	为了这块荒瘠的土地，白白牺牲两千人的生命、两万块的金圆，争端也不会得到解决。这完全是因为国家富足升平，晏安的积毒蕴蓄于内，虽然已到了溃烂的程度，外表上却还一点都看不出致死的内因。谢谢您，官长。
队长	上帝和您同在，先生。（下）
罗森格兰兹	我们走吧，殿下。
哈姆雷特	我就来，你们先走一步。（除哈姆雷特外均下）我所见到、听到的一切，都好像在对我发出谴责，鞭策我速速践行我那蹉跎未就的复仇大愿！要是在生命的盛年，一个人只知道吃吃睡睡，那他还算个什么东西？简直是头畜生罢了！上帝创造我们，让我们能这样高谈阔论，瞻前顾后，当然是要我们利用他赋予我们的这种能力和灵明的理智，不让它们白白废掉。现在我明明有理由、有决心、有力量、有方法，可以动手做我该做的事，可我依然大言不惭地在嘴上说着"这件事要做"，却始终没在行动上

有所表现；我不知道这是因为鹿豕一般的健忘，还是因为三分懦怯、一分智慧的过于审慎的顾虑。像大地一样显明的榜样都在鼓励着我；瞧这一支勇猛的大军，领队的是个娇贵的少年王子，勃勃的雄心振作了他的精神，让他蔑视不可预知的结果，为了区区一块弹丸大小的不毛之地，拼着血肉之躯，去向命运、死亡和危险挑战。真正的伟大不是轻举妄动，而是在荣誉遭遇危险的时候，即使是为了一根稻秆之微，也要慷慨力争。然而，我的父亲遭人惨杀，我的母亲遭人污辱，我的理智和感情都被这不共戴天的大仇激动，我却因循隐忍，一切听其自然，看着这二万个人为了博取一份虚名，视死如归地走进他们的坟墓，去争夺一方作埋骨之所都还不够的土地；相形之下，我将何地自容？啊！从这一刻起，让我屏除一切疑虑妄念，让流血的思想充满我的脑际！（下）

第五场

艾尔西诺。城堡中一室

王后、霍拉旭及一侍臣上。

王后	我不乐意跟她说话。
侍臣	她一定要见您；她那样子疯疯癫癫，瞧着怪可怜的。
王后	她想要些什么？
侍臣	她不断提起她的父亲；她说她听说这世上到处都是诡计；一边呻吟，一边捶她的心，对一些琐琐屑屑的事情大发雷霆，讲的都是些玄乎的话，好像有意思，好像又没有意思。那话虽然不知所云，却能让听见的人心里生出反应，企图从里头找出些意义，接着妄加猜测，断章取义，把自己的思想附会上去；她讲出那些话时，有时眨眼，有时点头，做着种种手势，的确让人相信在她的言语之间，含蓄着什么意思，虽然不能确定，却能做些很不好听的解释。
霍拉旭	最好有人去跟她谈谈，因为她或许会在愚妄的脑袋里散布一些危险的猜测。
王后	让她进来。（侍臣下）

　　　　　　　我负疚的灵魂惴惴惊惶，

　　　　　　　琐琐细事也像预兆灾殃；

　　　　　　　罪恶是这样充满了疑猜，

　　　　　　　越小心越容易流露鬼胎。

　　　　　　　侍臣率奥菲利娅重上。

奥菲利娅　　　丹麦的美丽的王后陛下呢？

王后　　　　　啊，奥菲利娅！

奥菲利娅　　　（唱）

　　　　　　　张三李四满街走，

　　　　　　　谁是你情郎？

　　　　　　　毡帽在头杖在手，

　　　　　　　草鞋穿一双。

王后　　　　　唉！好姑娘，这支歌是什么意思？

奥菲利娅　　　您问什么意思？请您听好了。（唱）

　　　　　　　姑娘，姑娘，他死了，

　　　　　　　一去不复来；

　　　　　　　头上盖着青青草，

　　　　　　　脚下石生苔。

王后　　　　　哎，可是，奥菲利娅——

奥菲利娅　　　请您听好了。（唱）

　　　　　　　殓衾遮体白如雪——

国王上。

王后	唉！陛下，您瞧。
奥菲利娅	鲜花红似雨；
	花上盈盈有泪滴，
	伴郎坟墓去。
国王	你好，美丽的姑娘？
奥菲利娅	好，上帝保佑您！他们说猫头鹰是一个面包师的女儿变成的。主啊！我们都知道我们现在是什么，可谁也不知道自己将来会变成什么。愿上帝和您同席！
国王	她父亲的死激起了这种幻想。
奥菲利娅	对不起，我们以后再别提这件事了。要是有人问您这是什么意思，您就这样说吧：（唱）
	情人佳节就在明天，
	我要一早起身，
	梳洗齐整到你窗前，
	来做你的恋人。
	他下了床披了衣裳，
	他开开了房门；
	她进去时是个女郎，
	出来变了妇人。
国王	美丽的奥菲利娅！
奥菲利娅	真的，我不要骂人，我会把它唱完：（唱）
	凭着神圣慈悲名字，

Ophelia. [Sings.] Larded with sweet flowers;
Which bewept to the grave did go
With true-love showers.

Act IV. Scene V.

这种事太丢脸！

少年男子不知羞耻，

一味无赖纠缠。

她说你曾答应婚嫁，

然后再同枕席；

谁料如今被你欺诈，

懊悔万千无及！

国王 她这个样子多久了？

奥菲利娅 我希望一切转祸为福！我们必须忍耐；可我一想到他们把他放进寒冷的泥土，就禁不住掉泪。我哥哥必须知道这事。谢谢你们的好言劝告。来，我的马车！晚安，太太们；晚安，可爱的小姐们；晚安，晚安！（下）

国王 紧紧跟住她；看好她，别让她闹出乱子。（霍拉旭下）啊！深心的忧伤把她害成这样；这完全是因为她父亲的死。啊，乔特鲁德，乔特鲁德！不幸总是接踵而来：首先是她父亲被杀；然后是你儿子远别，他闯下这样的大祸，不得不亡命异国，也是自取其咎。善良的波洛涅斯暴死，人民已经群疑蜂起，议论纷纷；我们这样匆匆忙忙地把他秘密安葬，更加引起了外间的疑窦；可怜的奥菲利娅也因此而悲伤得失去了她正常的理智，我们人类没了理智，就不过是画上的图形、无知的禽兽。最后，跟这些事情一样令我不安的是，她哥哥已从法国秘密回国，行动诡异，居心莫测，他耳中所听到的，都是那些播弄是非的人所散播的关于他父亲死状的恶意谣言；少不得要牵涉到我。啊，我亲爱的乔特鲁德！这要命的开花炮啊，打得我血肉横飞，死上加死。（内喧呼声）

王后　　哎哟！这是什么声音？

一侍臣上。

国王　　我的瑞士卫队呢？叫他们把守宫门。什么事？

侍臣　　赶快避一避吧，陛下；比大洋中的怒潮冲决堤岸、席卷平原还要汹汹其势，年轻的雷欧提斯带领一队叛军，打败了您的卫士，冲进宫里来了。这群暴徒把他称为主上；就像世界才不过刚开始一般，他们推翻一切传统和习惯，自创新制，自立典章，高喊着，"我们推举雷欧提斯为王！"他们掷帽举手，吆呼的声音响彻云霄："让雷欧提斯为王，让雷欧提斯为王！"

王后　　他们这样兴高采烈，却不知道已经误入歧途！啊，你们嗅错方向了，你们这群丹麦叛狗！（内喧呼声）

国王　　宫门都破了。

雷欧提斯戎装上；一群丹麦人随上。

雷欧提斯　　国王在哪儿？弟兄们，大家站在外面。

众人　　　　不，让我们进来。

雷欧提斯　　对不起，请你们让我单独和他一会。

众人　　　　好，好。（众人退立门外）

雷欧提斯　　谢谢你们；把门守好。啊，你这万恶的奸王！还我
　　　　　　　父亲的命来！

王后　　　　安静一点，好雷欧提斯。

雷欧提斯　　我身上要是有一滴血静得下来，我就是个野生的杂
　　　　　　　种，我父亲就是个王八，我母亲贞洁的额角上，也
　　　　　　　要雕上娼妓的恶名。

国王　　　　雷欧提斯，你这样大张声势，兴兵犯上，究竟是为
　　　　　　　了什么？——放了他，乔特鲁德；别担心他会伤害
　　　　　　　我的身体，君王受神灵呵护，他的威严可以吓退叛
　　　　　　　逆。——告诉我，雷欧提斯，有什么令你气恼不平
　　　　　　　的事？——放了他，乔特鲁德。——你说吧。

雷欧提斯　　我父亲呢？

国王　　　　死了。

王后　　　　但并不是他杀死的。

国王　　　　让他问个明白。

雷欧提斯　　他怎么会死？我可决不受人愚弄。忠心，到地狱里
　　　　　　　去吧！让最黑暗的魔鬼把一切誓言抓走！什么良
　　　　　　　心，什么礼貌，都给我滚到无底的深穴里去！我要
　　　　　　　向永劫挑战。我的立场已经确定：今生来世，无论
　　　　　　　有何报应，我都不管，只要痛痛快快地为我父亲

复仇。

国王　　谁会阻止你呢？

雷欧提斯　　除了我自己的意志，世上没人能阻止；至于我的手段，我总能运用自如，不费吹灰之力，就能达成目标。

国王　　好雷欧提斯，要是你真想知道你亲爱的父亲究竟是怎样死去的话，你是先认认清楚，谁是友人，谁是敌人，还是不分黑白输赢，来个通吃，向所有人复仇？

雷欧提斯　　冤有头，债有主，我只找我父亲的敌人算账。

国王　　那你可知道谁是他的敌人？

雷欧提斯　　对于他的好朋友，我愿意张开手臂拥抱他们，像舍命哺雏的鹈鹕一样，用我的鲜血来供养他们。[1]

国王　　啊，现在你说得才像个孝顺的儿子和真正的绅士。我不但与令尊的死毫无关联，也为此感到无比悲痛；这一事实将会直透你心，像白昼的阳光照射你的眼睛一样。

众人　　（在内）放她进去！

雷欧提斯　　怎么！那是什么声音？

奥菲利娅重上。

雷欧提斯　　啊，赤热的烈焰，炙枯我的脑浆吧！七倍辛酸的眼

1　昔人误信鹈鹕以其血哺雏，故云。

泪，灼伤我的视觉吧！天日在上，我定要叫那害你疯狂的仇人重重抵偿他的罪恶。啊，五月的玫瑰！亲爱的女郎，好妹妹，奥菲利娅！天啊！一个少女的理智，也会像一个老人的生命一样受不起打击吗？人类的天性因为爱而变得格外敏感，也正因为敏感，才不惜把自己最珍贵的部分献给所爱之人。

奥菲利娅　（唱）

他们把他抬上枢架；

哎呀，哎呀，哎哎呀；

在他坟上泪如雨下；——

再会，我的鸽子！

雷欧提斯　要是你没有发疯，你激励我复仇的言语也不会比你现在这样子更让我震动。

奥菲利娅　你们该一起和唱"下啊下，下啊下"，就叫他是"啊下下"。啊，这纺轮转动的声音多么好听！那坏良心的管家把主人的女儿拐了去啦。

雷欧提斯　这种无意识的话，比正言危论还有力得多。

奥菲利娅　这是表示回忆的迷迭香；爱人，请你记着吧：这是表示思念的三色堇。

雷欧提斯　这疯话自有道理，回忆、思念，搭配得恰到好处。

奥菲利娅　这是给您的茴香和漏斗花；这是给您的芸香；这儿还留着一些给我自己；到了礼拜天，还不妨叫它忏悔草呢。啊！您可以把您的芸香插戴得别致一些。这儿是一枝雏菊；我想要给您几朵紫罗兰，可是我父亲一死，它们全都谢了；他们说他死得很好——

（唱）

可爱的罗宾是我的宝贝。

雷欧提斯 忧愁、痛苦、悲哀和地狱中的磨难，在她身上都变成了可怜可爱。

奥菲利娅 （唱）

他会不会再回来？

他会不会再回来？

不，不，他死了；

你的命难保，

他再也不会回来。

他的胡须像白银，

满头黄发乱纷纷。

人死不能活，

且把悲声歇；

上帝饶赦他灵魂！

求上帝饶赦一切基督徒的灵魂！上帝和你们同在！

（下）

雷欧提斯 天神啊，你们看见这惨状了吗？

国王 雷欧提斯，关于你所遭逢的不幸，我必须跟你详细谈谈；你不能否决我的这个权利。你不妨先挑选几个最有见识的朋友，请他们在你我之间做个公证：要是他们作出评断，认为是我主动或者同谋杀害了你的父亲，我愿意放弃我的国土、我的王冠、我的生命以及我所拥有的一切，作为对你的补偿；可假如他们认为我无罪，那你必须答应，助我一臂之力，让你我开诚合作，定出一个惩凶的方策。

雷欧提斯　就这样吧；他死得这样不明不白，葬得又这样偷偷摸摸，他的尸体上没有任何战士的荣饰，也不曾举行过祭奠他的仪式，从天上到地下，尽是愤懑不平的呼声，我不能不问个明白。

国王　你定会明白一切；真正有罪的人，斧钺必加其身。请跟我来。（同下）

第六场

同前。另一室

霍拉旭及一仆人上。

霍拉旭　　要来见我说话的是些什么人？

仆人　　　是几个水手，主人；他们说有信要交给您。

霍拉旭　　叫他们进来。（仆人下）倘不是哈姆雷特殿下差来
　　　　　的人，我真不知道这世上还有哪里会有人来找我。

水手等上。

水手甲　　上帝祝福您，先生！

霍拉旭　　愿他也祝福你。

水手乙　　他要是高兴，先生，他会祝福我们的。这儿有一封
　　　　　信给您，先生——是那位到英国去的钦使寄给您
　　　　　的。——要是您的名字果然是霍拉旭的话。

霍拉旭　　（读信）"霍拉旭，你看过这封信后，请把来人领
　　　　　去见见国王；他们还有信要交给他。我们在海上的
　　　　　第二天，就有一艘很凶猛的海盗船向我们追击。我
　　　　　们因为船行太慢，只好勉力迎敌；在彼此相持的时

候，我跳上了盗船，他们就立刻抛下我们的船，扬帆而去，剩下我一个人做他们的俘虏。他们待我很是有礼，可他们也知道这么做对他们有利；毕竟日后我得重谢他们。把我给国王的信交呈以后，请你就像逃命一般火速来见我。我有一些能让你咋舌的话要在你的耳边述说；可事实本身比这些话还严重得多。来人可以把你带到我此刻所在的地方。罗森格兰兹和吉尔登斯吞到英国去了；关于他们，我还有许多话要告诉你。再会。你的哈姆雷特。"

来，我这就带你们去把信送达，然后就请你们领我去面见把这些信交给你们的人。（同下）

第七场

同前。另一室

国王及雷欧提斯上。

国王　你已经用你同情的耳朵，听见我告诉你那杀死令尊的人，也在图谋我的生命；现在你必须明白我的无辜，并把我当作你的心腹友人。

雷欧提斯　听您所说，果然像是真的；可告诉我，为什么对于这样罪大恶极的暴行，您不采取严厉的手段？您的安全、智谋与其他诸多考虑，都该会推动您下定决心。

国王　啊！我有两个理由，也许在你看来，它们不成其为理由，可对我来说，却关系重大。王后，他的母亲，几乎一天不看见他就不能生活；至于我自己，不管这是我的好处还是我致命的弱点，我的生命和灵魂就这样跟她联结在一起，正像星球不能跳出轨道一样，没有她，我也无法生活。而且，我之所以不能把这桩案子公开，还有一个重要的顾虑：一般民众对他有很大的好感，他们盲目的崇拜像一道让树木变成石块的魔泉一样，把他所有的错处都变成了优点。我的箭太轻、太无力了，遇到这样的狂风，不单不能命中目标，反而会被吹转回来。

雷欧提斯 那难道我高贵的父亲就这样白白死去，我好好的妹妹就这样白白疯了不成？她完美卓越的姿容才德，足以傲视一世，睥睨古今。我报仇的机会总有一天会到来。

国王 不要让这件事扰乱你的安睡；你不要以为我是这样一个麻木不仁的人，会让人家揪着胡须，还觉得不过是开开玩笑。很快你就会听到消息。我爱你父亲，也爱我自己；这一点，我希望你能领会——

一使者上。

国王 啊！有什么消息？

使者 启禀陛下，是哈姆雷特寄来的信；这一封是给陛下的，这一封是给王后的。

国王 哈姆雷特寄来的！是谁送到这儿来的？

使者 他们说是几个水手，陛下，我没看见他们；这两封信是克劳狄奥交给我的，他们把信送到了他的手里。

国王 雷欧提斯，你可以听听这信。出去！（使者下）

"陛下，我已光着身子回到您的国土上来了。明天我就要请您允许我拜谒御容。让我先向您禀告我的不召而返之罪，然后再禀告您我这次突然意外回国的原因。哈姆雷特敬上。"

这是什么意思？同去的人也都一起回来了吗？还是什么人在捣鬼，实际上并没有这么回事？

雷欧提斯	您认识这笔迹吗？
国王	这确是哈姆雷特的亲笔。"光着身子"！这儿还附着一笔，说是"一个人回来"。你看他是什么用意？
雷欧提斯	我可不懂，陛下。不过他来得正好；我一想到有这样一天，能当面申斥他的罪状，我郁闷的心也热起来了。
国王	要是他果真已经回来——怎么会回得来呢？可除此之外，又能如何解释？雷欧提斯，你愿意听我的吩咐吗？
雷欧提斯	愿意，陛下，只要您不勉强我跟他和解。
国王	我是要解你自己心里的气。要是他现在中途而返，不准备再作这样的航行，那我已经想好了一个计策，激他去做一件事情，一定能叫他自投罗网；而且他死了以后，谁也不会讲一句闲话，即便是他母亲，也不能察觉我们的诡计，只好认为是一次意外的灾祸。
雷欧提斯	陛下，我愿意服从您的指挥；最好请您设法让他死在我的手里。
国王	我正是这样计划的。自从你出国游学，人家常常说起你有一种特别的本领，这种话哈姆雷特也是早就听到过的；虽然依我的意见，这不过是你所有才艺里最不足道的一种，可你的一切才艺的总和，都不

及这一种本领更能挑起他的妒忌。

雷欧提斯　是什么本领，陛下？

国王　它虽仅仅是装饰在少年冠帽上的一条缎带，但也是少不了的；因为年轻人应该装束得华丽潇洒一些，来表现他的健康活泼，正像老年人应该装束得朴素大方一些，来表现他的矜严庄重。两个月以前，这儿来了一个诺曼绅士；我见过法国人，和他们有过对抗，他们都很精于骑术；可这位好汉简直有不可思议的魔力，他骑在马上，好像和他的坐骑化成了一体，随意驰骤，无不出神入化。他的马术是那样高深，远超我的预料，无论我如何杜撰夸大的词句，都不足以形容它的奇妙。

雷欧提斯　是个诺曼人吗？

国王　是诺曼人。

雷欧提斯　那一定是拉摩德了。

国王　正是他。

雷欧提斯　我认识他；他的确是全法知名的勇士。

国王　他承认你的武艺很是了得，对你的剑术尤其极口称赞，说如果有人能和你对敌，那一定大有可观；他发誓说，他们国家的剑士要是跟你交起手来，一定会眼花缭乱，全然失去招架之功。他对你的这一番夸奖，让哈姆雷特妒恼交集，一心希望你快些回来，跟他比试一下。从这一点上——

雷欧提斯　从这一点上怎么，陛下？

国王	雷欧提斯，你是真爱你的父亲吗？还是仅仅是在强作悲哀，只有表面，没有真心？
雷欧提斯	您为什么这样问我？
国王	我不是觉得你不爱你的父亲；可我知道，爱不过起于一时的情感冲动，经验告诉我，经过相当的时间，它会逐渐冷淡。爱像一盏油灯，灯芯烧枯以后，它的火焰也会微暗下来，终至消灭。一切事情都不能永远保持良好，因为过度的善反会摧毁它本身，正像一个人因充血而死去一样。我们要做的事，应该想到就做；因为一个人的心理随时会发生变化，一旦迟疑，就会遭遇种种阻碍。回到我们要谈论的中心问题上来吧。哈姆雷特回来了；你准备怎样用行动代替言语，表明你自己的确是你父亲的孝子呢？
雷欧提斯	我要在教堂里割破他的喉咙。
国王	任何所在都无法庇护一个杀人的凶手；复仇不该受地点的限制。可是，好雷欧提斯，你要是果然志切复仇，还是待在自己家里，不要出来。哈姆雷特回来以后，我们会让他知道你也已经回来，会叫人在他面前夸奖你的本领，把你说得比那法国人说的还要了得，怂恿他和你比试一回，赌个输赢。他是个粗心的人，丝毫不会想到人家在把他算计，一定不会仔细检视比试用的刀剑的利钝；你只要预先把一柄利剑混在里面，趁他不注意时不动声色地拿在自己手里，在比试之际，看准他的要害刺去，就能替

你的父亲报仇。

雷欧提斯 我愿意这样做；为了达到复仇的目的，我还要在剑上涂些毒药。我已经从一个卖药人手里买到一种致命的药油，只要剑头沾上一滴，刺到人身上，它一碰到血，哪怕只是破一点皮，也会毒性发作，无论什么灵丹仙草，都救不了他的性命。

国王 让我们再考虑考虑，看时间和机会能给我们什么方便。要是此计失败，要是我们在行动间露出破绽，那还是不去尝试的好。为了预防失败，我们应该另想一个万全之计。且慢！让我想来：我们可以拿你们的胜负打赌；啊，有了：跟他交手的时候，你必须用上全副精神，让他疲于奔命，等他口干烦躁，要讨水喝的当儿，我就为他备好一杯毒酒，就算他逃过了你的毒剑，只要酒水沾唇，我们也能达成心愿。且慢！什么声音？

王后上。

国王 啊，亲爱的王后！

王后 一桩祸事刚刚到来，又有一桩接踵而至。雷欧提斯，你妹妹掉在水里，淹死了。

雷欧提斯 淹死了！啊！在哪儿？

王后 在小溪之旁，斜生着一株杨柳，它毵毵的枝叶倒映在明镜一样的水流之中；她一个人到了那边，用毛

King.　　　　And, in a pass of practice,
Requite him for your father.
　　Laertes.　　　　　I will do 't:
And, for that purpose, I'll anoint my sword.
　　　　　　　　　　　Act IV. Scene VII.

莨、荨麻、雏菊和被正派的姑娘称作"死人指头"，
被放荡的牧人起过不雅之名的长颈兰编成一个个花
圈，替她自己做出一身奇异的装饰。她爬上一根横
垂的树枝，想把她的花冠挂在上面；就在这时，一
根邪恶的树枝忽然折断，她就连人带花一起落进了
呜咽的溪水。她的衣服四散展开，让她一时像人鱼
一样漂浮水上；她嘴里还断断续续地唱着古旧的谣
曲，好像一点都没感觉到痛苦，又好像她本就生长
在水中一般。可不一会儿，她的衣服就被水浸透，
变得沉重起来，这可怜的人儿歌还没有唱完，就沉
到泥里去了。

雷欧提斯　　　唉！她就这么淹死了吗？

王后　　　　　淹死了，淹死了！

雷欧提斯　　　太多的水淹没了你的身体，可怜的奥菲利娅，所以
我必须忍住我的眼泪。可人之常情又怎能遏阻，我
掩饰不了心中的悲哀，只好顾不得惭愧；我们的眼
泪干了以后，我们的妇人之仁也是会随之消散的。
再会，陛下！我有一段炎炎欲焚的烈火般的话语，
可我傻气的眼泪却浇熄了它。（下）

国王　　　　　我们紧跟着他，乔特鲁德；我好不容易才暂时平息
了他的怒火，现在那怒火恐怕又要重新燃起。我们
快跟上去吧。（同下）

第一场

墓地

二小丑携锄锹等上。

小丑甲　　她存心自己脱离人世，却要照基督徒的仪式下葬
　　　　　吗？

小丑乙　　我跟你说是的，所以你赶快把她的坟掘好了吧；验
　　　　　尸官已经验明她的死状，宣布应该按照基督徒的仪
　　　　　式把她下葬。

小丑甲　　这可奇了，难道她是因为自卫而跳进水里的吗？

小丑乙　　他们验明是这样的。

小丑甲　　那一定是自残，不可能是别的。因为问题是这样的：
　　　　　要是我有意投水自杀，那必须成立一个行为；一个
　　　　　行为可以分为三个部分，那就是干、行、做；所以，
　　　　　她是有意投水自杀的。

小丑乙　　哎，你听我说——

小丑甲	让我说完。这儿是水；好，这儿站着人；好，要是这个人跑到这水里，把他自己淹死了，那么，不管他自己愿不愿意，总是他自己跑下去的；你听到了没有？可要是那水走到他身上，把他淹死了，那就不是他自己把自己淹死；所以，对他自己的死无罪的人，并没有自寻短见。
小丑乙	法律上是这样说的？
小丑甲	嗯，是的，这是验尸官的验尸法。
小丑乙	说句老实话，要是这死的不是一位贵家女子，他们决不会按照基督徒的仪式把她下葬。
小丑甲	对了，你说得有理；有财有势的人，就是要投河上吊，比起同教的基督徒来，也可以格外通融，世上的事情真是太不公平！来，我的锄头。要说家世最悠久的体面人啊，就数种地的、开沟的和掘坟的了；他们都继承着亚当的行业。
小丑乙	亚当也算体面人吗？
小丑甲	他可是有史以来第一个有两手的体面人啊。
小丑乙	他才没两手呢。
小丑甲	怎么？你是个异教徒吗？你读没读过圣经？圣经上说"亚当掘地"；没有两手，能掘地吗？让我再问你一个问题；要是你答得不对，你就自认——
小丑乙	你问吧。
小丑甲	谁造东西比泥水匠、船匠或是木匠造得更坚固？
小丑乙	造断头台的人；因为一千个上过那台子的人都先后

死去，它还是站在那儿动都不动。

小丑甲　　我很欢喜你的聪明，真的。断头台很合适；可它怎么个合适法呢？它对那些有罪的人来说是合适的。你说断头台造得比教堂还坚固，说这样的话是种罪过；所以，断头台对你来说是合适的。来，重新说过。

小丑乙　　谁造东西比泥水匠、船匠或是木匠造得更坚固？

小丑甲　　嗯，你回答了这个问题，我就让你下工。

小丑乙　　呃，现在我知道了。

小丑甲　　说吧。

小丑乙　　哎呀，我还真答不出来。

哈姆雷特及霍拉旭上，立远处。

小丑甲　　别绞尽脑汁了，懒驴子是打死也走不快的；下回有人问你这个问题，你就对他说，"掘坟的人"，因为他造的房子可以一直住到世界末日。去，到约翰酒店给我倒杯酒来。（小丑乙下；小丑甲且掘且歌）

年轻时候最爱偷情，

觉得那事很有趣味；

规规矩矩学做好人，

在我看来太无意义。

哈姆雷特　这家伙难道对他的工作一点没有感觉，掘坟的时候还会唱歌吗？

霍拉旭　　他做习惯了，所以不以为意。

哈姆雷特　　正是；不大劳动的手，它的感觉要比较灵敏一些。

小丑甲　　　（唱）

　　　　　　　谁料如今岁月潜移，

　　　　　　　老景催人急于星火，

　　　　　　　两腿挺直，一命归西，

　　　　　　　世上原来不曾有我。（掷起一骷髅）

哈姆雷特　　那个骷髅里曾经有一条舌头，它还会唱歌哩；瞧这家伙把它摔在地上，好像它是世上第一个杀人凶手该隐[1]的腭骨似的！它也许是个政客的头颅，现在却让这蠢货丢来踢去；也许他生前是个偷天换日的好手，你看是不是？

霍拉旭　　　也许是的，殿下。

哈姆雷特　　也许是个朝臣，他会说，"早安，大人！您好，大人！"也许他就是某大人，嘴里称赞其他某位大人的马好，心里却想把它讨来，你看是不是？

霍拉旭　　　是，殿下。

哈姆雷特　　啊，肯定是这样；现在却让蛆虫伴寝，他的下巴也脱掉了，一柄工役的锄头能在他头上敲来敲去。从这种变化上，我们大可以看透生命的无常。难道这些枯骨生前受了那么多教养，死后却只好给人当木块一般抛着玩吗？想起来真是怪不好受的。

小丑甲　　　（唱）

1　该隐（Cain），亚当之长子，杀其弟亚伯（Abel），见《旧约·创世记》。

　　　　　　　　锄头一柄，铁铲一把，

　　　　　　　　殓衾一方掩面遮身；

　　　　　　　　挖松泥土深深掘下，

　　　　　　　　掘了个坑招待客人。（掷起另一骷髅）

哈姆雷特　又是一个；谁知道那会不会是一个律师的骷髅？他舞文弄法的手段，颠倒黑白的雄辩，现在都到哪儿去了？为什么他让这个放肆的家伙用醒齪的铁铲敲他的脑壳，不去告他个殴打罪呢？哼！这家伙生前也许曾买下许多地产，开口闭口用那些条文、具结、罚款、双重担保、赔偿一类的名词吓人；现在他的脑壳里塞满了泥土，这就算是他得来的罚款和最后的赔偿了吗？他所谓的双重担保怎么没担保他再多买些地皮，只给他保下一块和那种一式两份的双重契约书一样大小的坟地？这坟坑大小的盒子，要装他原来的地产证书怕都不够，如今这地主本人却只有这么个容身之地，哈？

霍拉旭　多一点都不行，殿下。

哈姆雷特　契约纸不是用羊皮做的吗？

霍拉旭　是的，殿下，用牛皮的也有。

哈姆雷特　用这种玩意儿来图个担保的人，比牛羊聪明不了多少。我要跟这家伙谈谈。——喂，伙计，这是谁的坟墓？

小丑甲　我的，先生——

　　　　　　　　挖松泥土深深掘下，

掘了个坑招待客人。

哈姆雷特　我看也是你的，因为你在里头胡闹。

小丑甲　您在外头胡闹，先生，所以这坟不是您的；至于我，我没在里头胡闹，可这坟的确是我的。

哈姆雷特　你在里头，又说坟是你的，这就是"在里头胡闹"。挖坟是为了死人，不是为了会蹦会跳会闹的活人，所以你是在胡闹。

小丑甲　这胡话还真是会蹦会跳会闹，先生；瞧它一蹦一跳，又该闹回您嘴里去了。

哈姆雷特　你在给什么人掘坟？是个男人吗？

小丑甲　不是男人，先生。

哈姆雷特　那是个女人？

小丑甲　也不是女人。

哈姆雷特　不是男人，也不是女人，那谁会葬在里面？

小丑甲　先生，她本来是个女人，可上帝安息她的灵魂，她已经死了。

哈姆雷特　这混蛋倒分辨得这么清楚！我们讲话可得斟词酌句，稍有含糊，就会被他钻了空子。凭着上帝发誓，霍拉旭，我觉得这三年来，世人都变得越发精明刁钻，乡巴佬的脚趾都快挨上达官显贵的脚跟，能蹭破那上面的冻疮了。——你这掘墓的营生，做多久了？

小丑甲　我开始干这营生，是在我们的老王爷哈姆雷特打败福丁布拉斯的那天。

哈姆雷特	那是多久以前的事？
小丑	你不知道吗？每个傻子都知道呀；那正是小哈姆雷特出世的那天——就是那个发了疯，被他们送到英国去的。
哈姆雷特	嗯，对了；为什么要送他去英国？
小丑甲	就是因为他发了疯呀；去了英国，他的疯病就会好的，即使疯病不好，在那边也没什么关系。
哈姆雷特	为什么？
小丑甲	英国人不会把他当作疯子；他们都跟他一样疯。
哈姆雷特	他怎么会发疯？
小丑甲	人家说得很奇怪。
哈姆雷特	怎么奇怪？
小丑甲	他们说他神经来了毛病。
哈姆雷特	从哪里来的？
小丑甲	当然是丹麦来的。我在这地方干这掘坟的营生，从小到大，干了足足三十年了。
哈姆雷特	一个人埋在地下，要过多久才会腐烂？
小丑甲	假如他不是死前就已经腐烂——现在多的是害杨梅疮死掉的尸体，简直抬都抬不下去——大概能撑八九年；硝皮匠的话，九年都烂不掉。
哈姆雷特	为什么他能撑得久些？
小丑甲	因为，先生，他的皮硝得比人家的硬，可以长久不透水呀；尸体一碰到水，就最会腐烂。这儿又是个骷髅；这骷髅已经埋在地下二十三年了。

哈姆雷特	它是谁的骸髅？
小丑甲	是个婊子养的疯小子；你猜是谁？
哈姆雷特	不，我猜不出。
小丑甲	这个遭瘟的疯小子！他有一次把一瓶葡萄酒倒在我头上。这骸髅，先生，是国王的弄人郁利克的骸髅。
哈姆雷特	这就是他！
小丑甲	正是。
哈姆雷特	让我看看。（取骸髅）唉，可怜的郁利克！霍拉旭，我认识他；他是个最会开玩笑，非常有想象力的家伙。他曾一千次地把我负在背上；现在我一想起来，却忍不住胸头作恶。这儿本来有两片嘴唇，我不知吻过它们多少次。——现在你还会挖苦人吗？你还会蹦蹦跳跳，逗人发笑吗？你还会唱歌吗？你还会随口编些笑话，说得满座捧腹吗？你没留下一个笑话，讥笑你自己吗？这样垂头丧气了吗？现在你给我到小姐的闺房里去，对她说，尽管她脸上的脂粉搽得有一寸厚，将来也总要变成这样；就这么告诉她，看她笑不笑吧。霍拉旭，请你告诉我一件事情。
霍拉旭	什么事情，殿下？
哈姆雷特	你觉得亚历山大在地下也是这副样子吗？
霍拉旭	也是这样。
哈姆雷特	也有同样的臭味吗？呸！（掷下骸髅）
霍拉旭	也有同样的臭味，殿下。
哈姆雷特	谁知道我们将来会变成什么下贱的东西，霍拉旭！

First Clown. This same skull, sir, was Yorick's skull, the
    king's jester.
Hamlet. This?
First Clown. E'en that.
Hamlet. Let me see.   *Act V. Scene I.*

要是我们凭想象推测下去，谁知道亚历山大的高贵
尸体，会不会就是塞在酒桶口上的泥土？

霍拉旭　　那未免太想入非非了。

哈姆雷特　不，一点都不，这只是合情合理的推想，就这么想
吧：亚历山大死了；亚历山大下葬；亚历山大化为
尘土；人们把尘土做成烂泥；那为什么亚历山大变
成的烂泥，不会被人拿来塞在啤酒桶的口子上呢？
恺撒死了，你尊严的尸体
也许变了泥把破墙填砌；
啊！他从前是何等的英雄，
现在只好替人挡雨遮风！
嘘，别作声！别作声！站开；国王来了。

　　　　教士等列队上；众舁奥菲利娅尸体前行；雷欧
　　　　提斯及诸送葬者、国王、王后及侍从等随后。

哈姆雷特　王后和朝臣们也都来了；他们是送谁下葬来的？仪
式又这样草率？看上去他们送葬的人，好像是自杀
而死，同时又很有身份。让我们躲在一旁瞧瞧他们。
（与霍拉旭退后）

雷欧提斯　还有些什么仪式？

哈姆雷特　（向霍拉旭旁白）那是雷欧提斯，一个很高贵的青
年；听好。

雷欧提斯　还有些什么仪式？

教士甲　她的葬礼已经超过她应得的名分。她的死状很是可疑；倘不是因为我们迫于权力，按例就该把她安葬在圣地以外，直到最后审判的喇叭吹响，召她起来。我们不但不该替她祷告，还要把砖瓦碎石丢在她的坟上；可现在，我们给了她处女的葬礼，用花圈盖着她的身体，替她散播鲜花，鸣钟送她入土，这还不够吗？

雷欧提斯　就不能再有些别的仪式了吗？

教士甲　不能再有别的仪式了；要是我们为她奏安灵乐，像对平安死去的一般灵魂一样，就要亵渎了教规。

雷欧提斯　把她放到泥土里去；愿她娇美无瑕的肉体上，生出芬芳馥郁的紫罗兰来！我告诉你，你这下贱的教士，我妹妹必将成为天使，你死了却要在地狱里呼号。

哈姆雷特　什么！美丽的奥菲利娅吗？

王后　好花应当散在美人身上；永别了！（散花）我本希望你来做我的哈姆雷特的妻子；这些鲜花本要铺上你的新床，亲爱的女郎，谁能想到，我要把它们散在你的坟上！

雷欧提斯　啊！但愿千百重的灾祸，降临在那个害你精神错乱的该死的恶人头上！等一等，别就这样把泥土盖上，让我再拥抱她一次。（跳下墓中）现在，把你们的泥土倒下，把死的和活的一起掩埋了吧；让这平地上堆起一座高山，那古老的丕利恩和苍秀插天的俄林波斯都要俯伏在它的足下。[1]

哈姆雷特	（上前）是谁的心里装载得下这样沉重的悲伤？是谁的哀恸的词句，能使天上的流星惊疑止步？我，丹麦王子哈姆雷特，来了！（跳下墓中）
雷欧提斯	让你的灵魂见鬼去吧！（将哈姆雷特揪住）
哈姆雷特	你祷告错了。请别掐住我的头颈；我虽不是暴躁易怒的人，可我的火性发作起来，也很危险，你还是不要激恼我了。放开你的手！
国工	把他们扯开！
王后	哈姆雷特！哈姆雷特！
众人	殿下，公子——
霍拉旭	好殿下，冷静一些。（侍从等分开二人，二人自墓中出）
哈姆雷特	嘿，我愿意为此跟他决斗，直到我的眼皮不再眨动。
王后	啊，我的孩子！斗什么呀？
哈姆雷特	我爱奥菲利娅；四万个兄弟的爱相加，也抵不过我对她的爱。你愿意为她做些什么？
国王	啊！他是个疯子，雷欧提斯。
王后	看在上帝的分上，别跟他顶真。
哈姆雷特	哼，让我瞧瞧你能干些什么。你会哭吗？会打架吗？会绝食吗？会撕破你自己的身体吗？会喝一大缸醋吗？会吃下一条鳄鱼吗？我都做得到。你是来这儿

---

1 丕利恩（Pelion）、俄林波斯（Olympus），均为希腊北境山名。

哭泣的吗？你跳进她的坟里，是要当面羞辱我吗？你跟她活埋在一起，我也会跟她活埋在一起；要是你还要夸说什么高山大岭，那就让他们把几百万亩的泥土堆在我们身上，直到这坟地深陷到赤热的地心，让巍峨的奥萨山在相形之下变得只像树瘤一般大小！[1] 嘿，你会吹，我就不会吗？

王后　这不过是他一时的疯话。他的疯病发作起来，总是这个样子；可等一会儿他就会安静下来，像母鸽孵育它那一双金羽的雏鸽时一样温和。

哈姆雷特　听我说，老兄；你为什么这样对我？我一向爱你。但这些都不用说了，有本领的，随他干什么吧；猫总是要叫，狗总是要闹的。（下）

国王　好霍拉旭，请你跟住他。（霍拉旭下）（向雷欧提斯）记着我们昨晚说过的话，格外忍耐些吧；我们马上就能实行我们的办法。好乔特鲁德，叫几个人，好好看守你的儿子。这坟上将要植立一块活生生的墓碑。平静的日子不久就会到来；现在，我们得耐着性子，把一切安排妥当。（同下）

1　奥萨（Ossa），亦希腊山名，与丕利恩及俄林波斯相近。

第二场

城堡中的厅堂

哈姆雷特及霍拉旭上。

哈姆雷特 这件事已经讲完。至于另一件事，你还记得当初的所有情形吗？

霍拉旭 记得，殿下！

哈姆雷特 我心里有一种战争，让我不能安睡；我觉得我的处境比套在脚镣里的叛变水手还要难堪。我一个莽撞——结果倒撞对了方向。我们应该承认，有时候一时的孟浪，反而能让我们做到在深谋密虑之下做不成功的事；从这一点上，我们可以看出，无论我们怎么苦谋，我们的结局都早已被冥冥中的力量安排好了。

霍拉旭 这一点无可置疑。

哈姆雷特 我从舱里起来，一件航海的宽衣罩在我身上，我在黑暗中摸索，找寻他们的所在，果然让我达到目的，摸到了他们的包裹；我拿着它回到我自己的地方，疑心使我忘记了礼貌，我大胆拆开了他们的公文，那里头，霍拉旭——啊，堂皇的诡计！——我发现一道严厉的命令，借许多好听的理由为名，说是为了丹麦和英国双方的利益，决不能留下我这恶人的性命，国书送达之后，甚至无须磨好利斧，应该立即枭下我的首级。

霍拉旭　　有这等事？

哈姆雷特　　这就是那封国书；空时你可仔细一读。可你愿意听听后来我怎么办吗？

霍拉旭　　快请告诉我吧。

哈姆雷特　　在这重重诡计的包围之中，我的脑筋不等我定心思索，就开始活动起来；我坐下来另写了一封国书，字迹端正漂亮。从前我曾抱着跟我们那些政治家们一样的意见，认为字体端正是件有失品味的事，总想竭力忘记这门学问，可现在它却帮了我大忙。你想知道我写了些什么话吗？

霍拉旭　　嗯，殿下。

哈姆雷特　　我用国王的名义，向英王提出恳切的要求，因为英国是他忠心的藩属，因为两国之间的友谊，必须让它像棕榈树一样发荣繁茂，因为和平的女神必须永远戴着她的荣冠，沟通彼此的情感，以及诸如此类的重要理由，请他在读完这封信后，不要有任何迟延，立刻把那两个传书的来使处死，不让他们有从容忏悔的时间。

霍拉旭　　可国书上没有盖印，怎么办呢？

哈姆雷特　　啊，就在这件事上，也可以看出，一切都是上天预

先注定。我的衣袋里恰巧藏着我父亲的私印，它跟
丹麦的国玺一个式样；我把伪造的国书照着原来的
样子折好，签上名字，盖上印玺，把它小心封好，
归还原处，一点不露破绽。第二天，我们就遇见了
海盗，之后的情形，你早就知道。

霍拉旭　　这样说来，吉尔登斯吞和罗森格兰兹是去送死的了。

哈姆雷特　　哎，朋友，他们本就是自己钻求这差使的；我在良
心上没有对不起他们的地方，是他们自己的阿谀献
媚断送了他们的生命。两个强敌猛烈争斗的时候，
不自量力的微弱之辈，却要插身其中，这是再危险
不过的事情。

霍拉旭　　唉，竟有这样的国王！

哈姆雷特　　你想，我是不是应该——他杀死了我的父王，奸污
了我的母亲，篡夺我嗣位的权利，用这样的诡计谋
害我的生命，凭良心说，我是不是该亲手向他复仇
雪恨？我要是不去剪除这个戕害天性的蟊贼，让他
继续为非作恶，岂不该受天谴？

霍拉旭　　他不久就会从英国得到消息，知道这害人的把戏产
生了怎样的结果。

哈姆雷特　　时间虽很局促，但我抓住了眼前这一刻工夫；一个
人的生命可以在说一个"一"字的一刹那间了结。
可是我很后悔，好霍拉旭，我不该在雷欧提斯面前
失去自制；因为他所遭遇的惨痛，正是我自己的怨
愤的影子。我要取得他的好感。可他如果没有那样

夸大他的悲哀，我也决不会动起那么大的火性。

霍拉旭　　别作声！谁来了？

奥斯里克上。

奥斯里克　　殿下，欢迎您回到丹麦！

哈姆雷特　　谢谢您，先生。（向霍拉旭旁白）你认识这只水苍蝇吗？

霍拉旭　　（向哈姆雷特旁白）不认识，殿下。

哈姆雷特　　（向霍拉旭旁白）那是你的运气，因为认识他是件丢脸的事。他有许多肥田美壤；要是一头畜生做了一群畜生的主子，他那食槽也能被搬到国王的餐桌上来。他"咯咯"叫着，没完没了。可这家伙——我刚才说了——家有大片粪土。

奥斯里克　　殿下，您要是有空的话，我奉陛下之命，要来告诉您一件事情。

哈姆雷特　　先生，我愿意恭聆大教。您的帽子应该戴在头上，您还是戴上去吧。

奥斯里克　　谢谢殿下，天气真热。

哈姆雷特　　不，相信我，天冷得很，在刮北风哩。

奥斯里克　　是有点儿冷，殿下。

哈姆雷特　　可对我这样的体质来说，我觉得这种天气还是闷热得厉害。

奥斯里克　　对对，殿下；真是说不出来的闷热。可是，殿下，

陛下叫我来通知您一声，他已经在您身上下了一个很大的赌注。殿下，事情是这样的——

哈姆雷特　请您别这么多礼。（促奥斯里克戴帽）

奥斯里克　不，殿下，我这样挺舒服的，真的。殿下，雷欧提斯最近到我们的宫廷里来；相信我，他是一位完美的绅士，充满最卓越的特点，他的态度非常温雅，他的谈吐又非常渊博；说句发自衷心的话，他是上流社会的指南针，因为在他身上，可以找到一个绅士所应有的品性的总合。

哈姆雷特　先生，您的这一番描绘，他的确当之无愧；虽然我知道，要想把他的优点一个一个列举出来，我们的记忆都将因此而淆乱，交不出一份正确的账目，而且，他这艘满帆的快船，也决不是我等失舵之舟所能追及；可是，凭着真诚的赞美而言，我认为他是个才德优异的人，他高超的禀赋是那样稀有而罕见，说句真心的话，除了他的镜子里头，在哪儿都找不到第二个跟他一样的人，纷纷追踪求迹之辈，不过是他的影子而已。

奥斯里克　殿下说得一点不错。

哈姆雷特　您的用意呢？为什么我们要将尘俗的呼吸，嘘吐在这位高雅的绅士身上？

奥斯里克　殿下？

霍拉旭　自己用的语言，到了别人嘴里，就听不懂了？你早晚会懂的，先生。

哈姆雷特　　您向我提起这位绅士的名字，是什么意思？

奥斯里克　　雷欧提斯吗？

霍拉旭　　　他嘴里已变得空空洞洞，因为他那些好听的话都说完了。

哈姆雷特　　正是雷欧提斯。

奥斯里克　　我知道您不是不知道——

哈姆雷特　　您真能知道我不是不知道，那就很好；可老实说，即便你知道我知道，对我来说，这也不是什么增光的事。好，您怎么说？

奥斯里克　　您不是不知道雷欧提斯有什么特长——

哈姆雷特　　那我可不敢说，也许人家会疑心我有意跟他比个高下；实际上，要知道一个人的底细，就该先知道自己。

奥斯里克　　殿下，我说的是他的武艺；人家都称赞他的本领一时无二。

哈姆雷特　　他会使些什么武器？

奥斯里克　　长剑和短刀。

哈姆雷特　　他会使这两种武器？很好。

奥斯里克　　殿下，王上已经用六匹巴巴里的骏马跟他打赌；他那边的赌注，据我所知，是六柄法国的宝剑和好刀，连同所有鞘带、挂钩之类的附件，其中三柄的挂机尤其珍奇可爱，跟剑柄尤为相配，式样非常精致，花纹非常富丽。

哈姆雷特　　您说的挂机是什么东西？

霍拉旭　　　我知道您要听懂他说的话，非得翻查一下注解不可。

奥斯里克　　殿下，挂机就是挂钩。

哈姆雷特　　要是我们腰间挂着大炮，这挂机一词倒挺合适的；可在我们挂上大炮之前，我看还是叫它挂钩吧。好，说下去；六匹巴巴里骏马对六柄法国宝剑，附件在内，外加三条花纹富丽的挂钩。可为什么他们两方要下这样的赌注？

奥斯里克　　殿下，王上跟他打赌，要是你们二位交起手来，在十二个回合里，他击中您的次数，不会比您击中他的次数多三次；因此王上赌您受让三剑获胜。殿下要是答应的话，马上就可以试试。

哈姆雷特　　要是我答个"不"呢？

奥斯里克　　殿下，我的意思是说，您亲自去跟他试试身手。

哈姆雷特　　先生，我还要在这大厅里散散步呢。您去回复陛下，说现在是我一天中的休息时间。叫他们把比赛用的钝剑备好，要是这位绅士愿意，王上也不改变他的意见，我愿意尽力为他博取一次胜利；万一不幸失败，我也不过是丢一回脸，让他多剁两下。

奥斯里克　　我就照这样去回话吗？

哈姆雷特　　您就照这个意思去说，随便您加些什么花哨的词句都行。

奥斯里克　　保证为殿下效劳。

哈姆雷特　　不敢，不敢。（奥斯里克下）亏得有他自己保证，别人可不会替他张口。

霍拉旭　　　这小鸭子顶着壳儿逃走了。

哈姆雷特	他在母亲的怀抱里时，也要先恭维她母亲的奶头几句，然后再张嘴吸奶。像他这类靠些繁文缛礼撑撑场面的家伙，正是愚妄的世人所醉心的；他们浅薄的牙慧不单让傻瓜受骗，连聪明人也能糊弄，可一经试验，他们的水泡就会爆破。

一贵族上。

贵族	殿下，陛下刚才叫奥斯里克来向您传话，知道您在这大厅等候他的旨意；他叫我再来问您一声，您是不是仍旧愿意跟雷欧提斯比剑，还是慢慢再说。
哈姆雷特	我没改变我的初心，一切服从王上的旨意。现在也好，无论什么时候都好，只要他方便，我总是随时准备着，只要我还像现在这样，身上有些力气。
贵族	王上、王后和其他人都要到这儿来了。
哈姆雷特	他们来得正好。
贵族	王后请您在开始比赛以前，对雷欧提斯客气一些。
哈姆雷特	我愿意服从她的教诲。（贵族下）
霍拉旭	殿下，这一回赌，您多半要输的。
哈姆雷特	我想不会。自从他去了法国，我练得很勤；我一定能把他打败。可你不知道我心里有多不舒服；但没关系。
霍拉旭	啊，我的好殿下——
哈姆雷特	那不过是种傻气的心理；只有女人才可能会因为这

种莫名其妙的疑虑而惶惑。

霍拉旭　　要是您心里不愿意做一件事，那就别做了吧。我可以去通知他们，说不用到这儿来了，您现在不能比赛。

哈姆雷特　　不，我们不要害怕什么预兆；一只雀子的死生，都有命运预先注定。注定在今天，就不会是明天；不是明天，就是今天；逃过了今天，也逃不过明天，随时准备着就是。一个人既然不知道他会留下什么，那么早早脱身而去，不是更好？随它去吧。

　　　　国王、王后、雷欧提斯、众贵族、奥斯里克及侍从等持钝剑等上。

国王　　来，哈姆雷特，来，让我替你们两个和解和解。（牵雷欧提斯、哈姆雷特二人手使相握）

哈姆雷特　　原谅我，雷欧提斯；我得罪了你，可你是个堂堂男子，请你原谅我吧。在场的众人都知道，你也一定听人说过，我是怎样为疯狂所苦。我的所作所为，凡是足以伤害你的感情和荣誉，挑起你的愤激来的，我现在声明，都是我在疯狂中犯下的过失。难道哈姆雷特会做对不起雷欧提斯的事吗？哈姆雷特决不会做这样的事。要是哈姆雷特在丧失他自己的心神之时，做了对不起雷欧提斯的事，那这些事就不是哈姆雷特做的，哈姆雷特不能承认。那是谁做的呢？

是他的疯狂。既然是这样，那么哈姆雷特也属于受
害的一方，他的疯狂是可怜的哈姆雷特的敌人。当
着在座众人的面，我承认我在无心中射出的箭，误
伤了我的兄弟；现在我要请求他的大度包涵，宽恕
我并非出于故意的罪恶。

雷欧提斯　我的气愤虽已平息，可几句道歉的话，无法让我抛
弃复仇的誓愿；除非有那位众人敬仰的长者，告诉
我可以跟你捐除宿怨，指出这样的事有前例可援，
不至于损害我的名誉，我才能跟你言归于好。眼下
我会诚心接受你友好的表示，保证不会有负盛情。

哈姆雷特　我绝对信任你的诚意，愿意陪你赌剑过招，一试友
谊。把钝剑拿来。来。

雷欧提斯　来，给我一柄。

哈姆雷特　雷欧提斯，我荒疏剑术已久，只能做你的陪衬；相
形之下，你高超的本领，正像一颗在最黑暗的夜里
熠熠吐耀的明星。

雷欧提斯　殿下不要取笑。

哈姆雷特　不，我可以举手起誓，这不是取笑。

国王　奥斯里克，把钝剑分给他们。哈姆雷特侄儿，你知
道我们是怎样打赌的吗？

哈姆雷特　我知道，陛下；您把赌注下在了实力较弱的一方。

国王　我想我的判断不会有错。你们的剑术我都曾领教；
但后来他又有了进步，所以才让他承让几招。

雷欧提斯　这一柄太重；换一柄给我。

哈姆雷特	这一柄我很满意。这些钝剑都是同样长短的吗？
奥斯里克	是，殿下。（二人准备比剑）
国王	替我在那桌上斟几杯酒。要是哈姆雷特击中了第一剑或是第二剑，或者在第三次交锋时争得上风，让所有碉堡一齐鸣起炮来；国王将要饮酒慰劳哈姆雷特，还要把一颗比丹麦四代国王王冠上的珍宝更贵重的珍珠丢进酒杯。把杯子给我；鼓声一起，喇叭就接着吹响，通知外面的炮手，让炮声震彻天地，报告这个消息，"现在国王要为哈姆雷特祝饮！"来，开始比赛吧；你们，在场的裁判，都要留心看好。
哈姆雷特	请了。
雷欧提斯	请了，殿下。（二人比赛）
哈姆雷特	一剑。
雷欧提斯	不，没有击中。
哈姆雷特	请裁判员公断。
奥斯里克	中了，很明显的一剑。
雷欧提斯	好；再来。
国王	且慢；拿酒来。哈姆雷特，这颗珍珠是你的；祝你健康！把这杯酒给他。（喇叭齐奏；内鸣炮）
哈姆雷特	让我先赛完这局；暂且把它放在一旁。来。（二人比赛）又是一剑；你怎么说？
雷欧提斯	我承认你碰着了。
国王	我们的孩子一定会胜利。
王后	他身体太胖，有些喘不过气来。来，哈姆雷特，把

我的手巾拿去，擦干你额上的汗。王后为你饮下这一杯酒，祝你胜利，哈姆雷特。

哈姆雷特　好妈妈！

国王　乔特鲁德，别喝。

王后　我要喝，陛下；请您原谅。

国王　（旁白）这杯酒里有毒；太迟了！

哈姆雷特　母亲，我现在还不敢喝酒；等等再喝吧。

王后　来，让我擦干你的脸。

雷欧提斯　陛下，现在我一定要击中他了。

国王　我怕你击不中他。

雷欧提斯　（旁白）可我的良心却好像不赞成我做这样的事。

哈姆雷特　来，第三回合，雷欧提斯。你怎么一点不起劲呢？请使出你的全副本领来吧；我怕你在开我的玩笑哩。

雷欧提斯　你这样说吗？来。（二人比剑）

奥斯里克　两边都没打中。

雷欧提斯　受我这一剑！（雷欧提斯挺剑刺伤哈姆雷特；二人在争夺中彼此手中之剑各为对方夺去，哈姆雷特以夺来之剑刺雷欧提斯，雷欧提斯亦受伤）

国王　分开他们！他们动起火性来了。

哈姆雷特　来，再试一下。（王后倒地）

奥斯里克　哎哟，瞧啊，王后怎么啦？

霍拉旭　两人都在流血。您怎么啦，殿下？

奥斯里克　您怎么啦，雷欧提斯？

雷欧提斯　唉，奥斯里克，正像一只自投罗网的山鹬，我用诡計害人，反而害了自己，这也是我应得的报应。

哈姆雷特　　王后怎么啦？

国王　　她看见他们流血，昏过去了。

王后　　不，不，那杯酒，那杯酒——啊，我亲爱的哈姆雷特！那杯酒，那杯酒；我中毒了。（死）

哈姆雷特　　啊，奸恶的阴谋！喂！把门锁上！阴谋！查查是谁干的。（雷欧提斯倒地）

雷欧提斯　　凶手就在这儿，哈姆雷特。哈姆雷特，你活不了了；世上没有任何药可以救你，不到半小时，你就会死去。那杀人的凶器就在你手里，那利刃上还涂着毒药。这奸恶的诡计，反过头来害了我自己；瞧！我躺在这儿，再也不会站起来了。你的母亲也中了毒。我说不下去了。国王——国王——都是他一个人的罪恶。

哈姆雷特　　利刃上还涂着毒药！——好，毒药，发挥你的力量吧！（刺国王）

众人　　反了！反了！

国王　　啊！帮帮我，朋友们；我不过是受了点轻伤。

哈姆雷特　　好，你这败坏伦常，嗜杀贪淫，万恶不赦的丹麦奸王！喝干这杯毒酒；——你那颗珍珠不是还在这儿吗？——跟我的母亲一起去吧！（国王死）

雷欧提斯　　他死得应该；这毒药是他亲手调的。尊贵的哈姆雷特，让我们互相宽恕；我不怪你杀死我和我的父亲，你也不要怪我杀死了你！（死）

哈姆雷特	愿上天赦免你的错误！我也跟着你来了。我死了，霍拉旭。不幸的王后，别了！你们这些因为见证这幕意外的惨变而战栗失色的无言的观众，倘不是因为死神的拘捕不容片刻的留滞，我本可以告诉你们——啊，随它去吧。霍拉旭，我死了，你还活在世上；请你把我如此行事的始末根由昭告世人，解除他们的疑惑。
霍拉旭	不，论身，我是丹麦人，论心，我却是古罗马人；这儿还留剩着一些毒药。
哈姆雷特	你是个汉子，把那杯子给我；放手；凭着上天起誓，你必须把它给我。啊，上帝！霍拉旭，我这一死，要是世人不明白这一切的真相，我的名誉将要永远蒙受怎样的损伤！你要是爱我，就请暂时牺牲天堂的幸福，留在这冷酷的人世，替我传述我的故事。（内军队自远处行进及鸣炮声）这是哪儿来的战场上的声音？
奥斯里克	年轻的福丁布拉斯从波兰奏凯班师，这是他为英国来的钦使鸣响的礼炮。
哈姆雷特	啊！我死了，霍拉旭；猛烈的毒药已经克服我的精神，我无法活着听见英国来的消息。但我可以预言，福丁布拉斯将被推戴为王，他已得到我这临死之人的同意；你可以把这儿发生的一切都如实相告。除此之外，唯余沉默。啊，啊，啊！（死）
霍拉旭	一颗高贵的心就此碎裂！晚安，亲爱的王子，愿成

群的天使用歌声慰您安息！——为什么鼓声越来越近？（内军队行进声）

福丁布拉斯、英国使臣及余人等上。

福丁布拉斯　这场比赛在哪里举行？

霍拉旭　你们要看些什么？要是你们想看些惊人的惨象，就不用再去别处找了。

福丁布拉斯　好一场惊心动魄的屠杀！啊，骄傲的死神！你用这样残忍的手腕，一下杀死了这么多王裔贵胄，在你永恒的幽窟里，将有一席多么丰美的盛筵！

使臣甲　这景象太惨了。我们奉命从英国而来，原本是要回复这里的王上，说我们已经遵从他的命令，把罗森格兰兹和吉尔登斯吞双双处死；我们不幸来迟了一步，本该听我们说话的耳朵已没了知觉，我们还指望从谁的嘴里得到一声感谢呢？

霍拉旭　即便他能开口跟你们说话，他也不会感谢你们；他从未命令你们处死他们。可既然你们都来得这么凑巧，有的刚从波兰回来，有的刚从英国到来，恰好看见这幕流血的惨剧，那就请你们叫人抬起这几具尸体，放上高台，让大家都能看见，让我来向懵无所知的世人报告这些事情的发生经过；你们会听到奸淫和残杀、反常悖理的行为、冥冥中的判决、意外的屠戮、借手杀人的狡计，以及陷人自害的结局；

Horatio. Now cracks a noble heart:—good night, sweet prince;
And flights of angels sing thee to thy rest!

Act V. Scene II.

这一切我都能确确实实地告诉你们。

福丁布拉斯　大家快来听吧；所有最尊贵的人，叫他们一起来吧。我本也有权继承丹麦的王位，现在国中无主，正是我索求这一权利的机会；可我虽然准备接受我的幸运，心里却充满了悲哀。

雷拉旭　关于王位的继承，我受死者的嘱托，也有话要说，他的遗言影响深广；可在这人心惶惶的时候，还是让我先把一切解释明白，免得引起更多的不幸、阴谋和错误。

福丁布拉斯　让四个将士把哈姆雷特当作军人一样扛到台上，要是他能践登王位，定会成为一个贤明的君主；为了表示对他的悲悼，我们要用军乐和战地的仪式来向他致敬。把这些尸体也一并抬起。在战场上，这种情形不足为奇，可在宫廷之内，却是非常的变故。去，叫兵士放起炮来。（奏丧礼进行曲；众异尸同下；内鸣炮）

奥瑟罗

剧中人物

威尼斯公爵

勃拉班修 / 元老

葛莱西安诺 / 勃拉班修之弟

罗多维科 / 勃拉班修的亲戚

奥瑟罗 / 摩尔族贵裔，供职威尼斯政府

凯西奥 / 奥瑟罗的副将

伊阿古 / 奥瑟罗的旗官

罗德利哥 / 威尼斯绅士

蒙太诺 / 塞浦路斯总督，奥瑟罗的前任者

小丑 / 奥瑟罗的仆人

苔丝狄蒙娜 / 勃拉班修之女，奥瑟罗之妻

爱米利娅 / 伊阿古之妻

比恩卡 / 凯西奥的情妇

**元老、水手、吏役、军官、使者、乐工、
传令官、侍从等**

地点

第一幕在威尼斯；其余各幕在塞浦路斯岛一海口

第一场

威尼斯。街道

罗德利哥及伊阿古上。

罗德利哥　嘿！不要说了，伊阿古；我把我的钱袋交给你支配，让你随意花用，你却做了他们的同谋，这太不够朋友啦。

伊阿古　他妈的！你总是不肯听我说呀。我要是做梦能想到这种事情，你就别把我当人看了。

罗德利哥　你告诉过我，你对他有恨。

伊阿古　我要是不恨他，你从此别理我了。这城里的三个当道要人亲自跟他打了招呼，举荐我做他的副将；凭良心说，我知道我自己的价值，难道我就做不得一个副将？可他眼里只有自己，没有别人，对于他们的请求，他全用一套塞满了军事术语的空话回绝掉了；因为，他说，"我已选定了我的将佐。"他选中的是个什么人呢？哼，一个算学大家，一个叫作迈克尔·凯西奥的佛罗伦萨人，一个几乎因为娶了娇妻而误了终身的家伙；他从来没在战场上领过一队兵，对于布阵作战的知识，简直不比一个老守空闺的女人知道得多；即使懂得一些书本上的理论，那些身穿宽袍的元老大人们讲起来也会比他头头是道；只有空谈，毫无实际，这就是他全部的军人资质。可是，老兄，他居然得到了任命；我在罗得斯岛、塞浦路斯岛，以及其他基督徒和异教徒的国土上，立过多少军功，都是他亲眼所见，现在却必须低首下心，受一个市侩的指挥。这位掌柜居然做起了他的副将，而我呢——上帝恕我直说——却只在这位黑将军麾下充个旗官。

罗德利哥 天哪，我宁愿做他的刽子手。

伊阿古 这也是没办法呀。说来真叫人恼恨，军队里的升迁可以全然不管古来的定法，按照各人的阶级依次递补，谁只要脚力够大，能得到上官的欢心，就能越级蹿升。现在，老兄，请你替我评评，我究竟有什么理由要去跟这摩尔人要好。

罗德利哥 假如是我，我就不愿意跟他。

伊阿古 啊，老兄，你放心吧；我之所以跟他，不过是要利用他来达到我自己的目的。我们不能每个人都是主人，也不是每个主人都有忠心的仆人。有一辈天生的奴才，他们卑躬屈膝，拼命讨主人的好，甘心受

主人的鞭策，像头驴子似的，为了些粮草而出卖他
们的一生，等到年纪老了，主人就把他们撵走；这
种老实的奴才就该抽他们一顿鞭子。还有一种人，
他们表面上装出一副鞠躬如也的样子，骨子里却是
为他们自己打算；看上去好像是替主人做事，实际
却在借主人的牌头，发展自己的势力；这还算有几
分头脑，我就属于这一类人。因为，老兄，正像你
是罗德利哥，不是别人一样，我要是做了那摩尔人，
我就不会是伊阿古。说是跟他，其实还是跟着自己。
上天为我作证，我这样对他赔着小心，既不是为了
感情，也不是为了义务，我只是为了自己的利益，
才戴上这副假脸。要是我表面上的作秀会泄露我内
心的活动，那么不久我就要掏出我的心来，叫乌鸦
们乱啄一通了。世人所知道的我，并不是实在的我。

罗德利哥　要是那厚嘴唇的家伙也有这么一手，那就算他走大
运了！

伊阿古　叫起她父亲来；不要放过他，打断他的兴致，到各
处街道宣布他的罪恶；激怒她的亲族：让他即便住
在气候宜人的地方，也免不了受蚊蝇的滋扰，即便
享受着盛大的欢乐，也免不了受烦恼的缠绕。

罗德利哥　这就是她父亲家了；我要大声喊了。

伊阿古　很好，你嚷起来吧，就像在一座人口众多的城里，
因为晚间失慎而火烧起来的时候，人们用那种惊骇
惶恐的声音呼喊一样。

罗德利哥	喂，喂，勃拉班修！勃拉班修先生，喂！
伊阿古	醒来！喂，喂！勃拉班修！捉贼！捉贼！捉贼！留心你的屋子，你的女儿和你的钱袋！捉贼！捉贼！

勃拉班修自上方窗口上。

勃拉班修	大惊小怪的，叫什么呀？出什么事了？
罗德利哥	先生，您家里没少人吧？
伊阿古	您家的门都锁上了吗？
勃拉班修	你们为什么这么问我？
伊阿古	哼！先生，有人偷了您家的人啦，还不赶快披上您的袍子！您的心都要碎了，您的灵魂已丢了一半；就在这时候，在这一刻工夫，一头老黑羊正在糟蹋您的白母羊哩。起来，起来！打钟惊醒那些鼾睡的市民，否则魔鬼要让您抱外孙啦。喂，起来！
勃拉班修	什么！你疯了吗？
罗德利哥	老先生，您听得出我的声音吗？
勃拉班修	我听不出；你是谁？
罗德利哥	我的名字叫罗德利哥。
勃拉班修	去去！我叫你不要在我家门前走动；我已经老老实实、明明白白地对你说了，我女儿是不能嫁给你的；现在你吃饱了饭，喝醉了酒，疯疯癫癫，不怀好意，又要来打搅我的清静。
罗德利哥	先生，先生，先生！

勃拉班修　可你必须明白，我不是个好说话的人，要是你惹我性起，凭着我的地位，我略微使点儿力气，你就要叫苦不迭。

罗德利哥　好先生，不要生气。

勃拉班修　说什么有贼没贼？这儿是威尼斯；我的屋子不是一座独家的田庄。

罗德利哥　最尊贵的勃拉班修，我是诚心来通知您的。

伊阿古　嘿，先生，您也是那种因为信了魔鬼的话，就把上帝丢在一旁的人。您把我们当作了坏人，所以把我们的好心看成了恶意，宁愿让您女儿给一匹黑马骑了，替您生些马子马孙，攀些马亲马眷。

勃拉班修　你是个什么混账东西，敢这样胡说八道？

伊阿古　先生，我是个特意给您带来消息的人，令爱现在正和那摩尔人干那禽兽一样的勾当哩。

勃拉班修　你是个混蛋！

伊阿古　您还是位——元老呢。

勃拉班修　你留点儿神吧；罗德利哥，我认识你。

罗德利哥　先生，我愿意负一切责任；但请您允许我说一句话。要是令爱因为得到了您明智的同意，所以才在这样更深人静的午夜，让一个公爵的奴才，一个下贱的船夫，把她载进一个贪淫的摩尔人的粗野怀抱——要是您对这件事情不但知道，而且默许——照我看来，您至少也已给了她一部分的同意——那么我们的确太放肆、太冒昧了；可假如您果真不知道这事，

那么单从礼貌上说，您也不该对我们恶声相向。难
道我会一点不懂规矩，敢来戏侮您这样一位年尊的
长者？我再说一句，要是令爱没有得到您的许可，
就把她的责任、美貌、智慧和财产，全部委弃在一
个到处为家，漂泊流浪的异邦人身上，那么她的确
已经犯下重大的逆行。您可以立刻去查个明白，要
是她好好地在她房里，或是在您屋里，那就是我欺
骗了您，您可以按照国法来惩办。

勃拉班修　　喂，点起火来！给我一支蜡烛！把我的仆人都叫起
来！这真是一场噩梦，简直和真的一样，重重压在
我的心头。喂，拿火来！拿火来！（自上方下）

伊阿古　　再会，我要失陪了；要是我留下，我就得跟这摩尔
当面对证，那不但不太合适，也多有不便之处，毕
竟我是他的旗官；我知道无论他将因此而受到什么
谴责，政府方面现在都不能免他的职；塞浦路斯的
战事吃紧，必须马上派他前去，他们找不到第二个
有他那样的才能的人，来担当这一重任。所以，虽
然我恨他像恨地狱里的刑罚一样，但为了现实上的
需要，我不得不假意和他周旋，可那也不过是表面
上的敷衍。等他们出来找人的时候，您只要领他们
到市政厅去，就一定找得到他；我也会在那边，跟
他一起。再见。（下）

勃拉班修率众仆持火炬自下方上。

勃拉班修	真有这样的祸事！她居然不在；只有悲哀怨恨和我这衰朽的余年相伴！罗德利哥，你在哪儿看见她的？——啊，不幸的孩子！——你说跟那摩尔人在一起吗？——谁还愿意做一个父亲！——你怎么知道是她？——唉，想不到她会这样欺骗我！——她怎么对你说的？——再拿些蜡烛来！唤醒我所有的亲族！——你觉得他们有没有结婚？
罗德利哥	说老实话，我觉得他们已经结了婚啦。
勃拉班修	天哪！她怎么出去的？啊，血肉的叛逆！做父亲的人啊，从此以后，你们千万要留心女儿的行动，不要信任她们的心思。是什么邪门歪道在诱骗青年少女，让她们失去贞操？罗德利哥，你有没有在书上读到过这类事情？
罗德利哥	有，先生，我的确读到过。
勃拉班修	叫起我的兄弟来！唉，我后悔不让你娶了她去！你们快给我分头去找！我们往哪儿去找，能把她和那摩尔人一起捉到？
罗德利哥	我想我能找到他的踪迹，要是您愿意多派几个得力的人手跟着我去。
勃拉班修	请你带路。我要一户一户地搜；大部分人家都在我的势力之下。喂，多带些武器！再叫起几个巡夜的警吏！去，好罗德利哥，你辛苦了，我一定重谢。 （同下）

第二场

另一街道

奥瑟罗、伊阿古及侍从等持火炬上。

伊阿古　我虽然在战场上杀过不少的人，可总觉得有意杀人是违反良心的事；缺少作恶的本能，往往让我做不出我要做的事。好多次我都想把剑刺进他肋下。

奥瑟罗　随他怎么说吧。

伊阿古　可他唠里唠叨，说了许多难听的话，破坏您的名誉，连我这样一个荒唐的家伙，也实在压不住我的怒火。可是，请问将军，你们有没有完成婚礼？您要注意，这位元老很得人心，他的潜在势力比公爵还要大上一倍；他会拆散你们的姻缘，尽可能地运用法律的力量来压制您、迫害您。

奥瑟罗　随他怎样发泄他的愤恨；我为贵族们立下的功劳，就能抹倒他的控诉。世人还不知道——要是夸口是件光荣的事，我就要到处宣布——我是高贵祖先的后裔，我有充分的资格，享受我目前所得到的值得骄傲的幸运。告诉你吧，伊阿古，要不是我真心爱着温柔的苔丝狄蒙娜，即便给我大海中的所有珍宝，

	我也不愿放弃我无拘无束的自由生活，来俯就家室的羁绊。啊，瞧！那边举着火把朝我们走来的是什么人？
伊阿古	她父亲带着一众亲友来找您了；您还是进去避一避吧。
奥瑟罗	不，我要让他们看见我；我的地位和我清白的人格可以替我表明一切。是不是他们？
伊阿古	凭着两面神[1]起誓，我想不是。

凯西奥及若干吏役持火炬上。

奥瑟罗	原来是公爵手下的人，还有我的副将。晚安，各位朋友！有什么消息？
凯西奥	将军，公爵向您致意，请您立刻过去。
奥瑟罗	你知道是为什么事吗？
凯西奥	照我猜想，大概是塞浦路斯方面的事情，看样子很是紧急；就在这一个晚上，已经连续派了十二个使者飞奔出发，许多元老都从睡梦中被人叫起，在公爵府里集合了。他们在到处找您；因为您不在家里，所以元老院派了三队人来分头寻访。
奥瑟罗	幸而我给你找到。让我到这屋里去吩咐一句，就来跟你同去。（下）

---

1 古罗马神话中的门神，拥有前后两张面孔，一张面向过去，一张面向未来。

凯西奥	他到这儿来有什么事？
伊阿古	不瞒你说，今夜他登上了一艘陆地上的大船；要是能证明那是一件合法的战利品，他就能成家立业了。
凯西奥	我不懂你的意思。
伊阿古	他结了婚啦。
凯西奥	跟谁结婚？

奥瑟罗重上。

伊阿古	呃，跟——来，将军，我们走吧。
奥瑟罗	好，我跟你走。
凯西奥	又有一队人来找您了。
伊阿古	那是勃拉班修。将军，请您留心点儿；他没怀好意。

勃拉班修、罗德利哥及吏役等持火炬武器上。

奥瑟罗	喂！站住！
罗德利哥	先生，这就是那摩尔人。
勃拉班修	杀死他，这恶贼！（双方拔剑）
伊阿古	你，罗德利哥！来，我们来比个高下。
奥瑟罗	收起你们那明晃晃的剑来，沾了露水，它们会生锈的。老先生，像您这么年高德劭的人，有什么不能命令我们去做，何必动起武来？
勃拉班修	啊，你这恶贼！你把我女儿藏到哪儿去了？你不想

Iago. You, Roderigo! come, sir, I am for you.
Othello. Keep up your bright swords, for the dew will rust them.

Act 1. Scene II.

想你自己是个什么东西，胆敢用妖法将她蛊惑；就单凭情理判断，她这样一个年轻貌美、娇生惯养的姑娘，我们国内多少有财有势的俊秀子弟，她都看不上眼，倘不是中了魔，怎会背着尊亲，不怕人家笑话，投奔到你这丑恶的黑鬼怀里？她害怕还来不及呢，哪里会有什么欢喜！世人可以替我一评，是不是明摆着的，是你用了邪恶的符咒欺诱她娇弱的心灵，用药饵丹方迷惑她的知觉；我要上法庭叫大家评一评理，这种事情是不是可能至极。所以，我现在就要把你逮捕；妨害风化，行使邪术，便是你的罪名。抓住他；要是他敢反抗，你们就用武力制伏。

奥瑟罗　　支持我的，反对我的，大家都放下手来！要是想打架，我自己知道该在什么时候动手。您要我到哪里去答复您的控诉？

勃拉班修　　到监牢里去，等法庭传唤你时你再开口。

奥瑟罗　　要是我依您说的，去了，那我要如何答复公爵？他的使者就在我身边，因为有紧急的公事，等着带我去见他。

吏役　　真的，大人；公爵正在举行会议，我相信他已经派人请您去了。

勃拉班修　　怎么！公爵在举行会议！在这么个更深夜半的时候！把他带去。我的事情也不是等闲小事；公爵和我的同僚们听见了这个消息，定会把这侮辱当作对他们自己的侮辱。要是这样的行为可以置之不问，奴隶和异教徒都要来主持国政，当家做主了。

（同下）

第三场

议事厅

公爵及众元老围桌而坐；吏役等随侍。

公爵　　消息纷歧，难以置信。

元老甲　确实参差不一；给我的信上说共有一百零七艘船。

公爵　　给我的信上说是一百四十。

元老乙　我这儿又说是二百艘船。虽然所报数目各不相同，
　　　　　　因为估计所得，难免会有出入，但它们都证实了一
　　　　　　点，的确有支土耳其舰队在向塞浦路斯岛进发。

公爵　　嗯，推想起来，这很有可能；即使消息不尽正确，
　　　　　　大体上也总有根据，我们不能不担几分心啊。

水手　　（在内）喂！喂！喂！有人吗？

吏役　　一个从船上来的使者。

一水手上。

公爵　　什么事？

水手　　安哲鲁大人叫我来此禀告殿下，土耳其人调集舰队，
　　　　　　正向罗得斯岛进发。

公爵　　　情势如此变化，你们有什么意见？

元老甲　　照常识判断，这是没有的事；它无非是转移目标的
　　　　　一种诡计。我们只要想想，对土耳其人来说，塞浦
　　　　　路斯岛的重要性，远在罗得斯岛之上，而且攻击塞
　　　　　浦路斯岛，也比攻击罗得斯岛容易得多，因为那儿
　　　　　的防务比较空虚，不像罗得斯岛那样戒备严密；我
　　　　　们只要想到这点，就能断定土耳其人决不会那么愚
　　　　　笨，甘心舍本逐末，避轻就重，进行一场无益的冒险。

公爵　　　嗯，他们的目标决不是罗得斯岛，这可以断定。

吏役　　　又有消息来了。

　　　　　一使者上。

使者　　　各位大人，向罗得斯岛进发的土耳其人，已经和后
　　　　　来的另一支舰队会合了。

元老甲　　嗯，果然符合我的预料。照你猜想，一共有多少船
　　　　　只？

使者　　　三十艘模样；它们现已回过头来，显然是要开向塞
　　　　　浦路斯岛了。蒙太诺大人，您忠实英勇的仆人，叫
　　　　　我来向您报告这个消息。

公爵　　　那就一定是去塞浦路斯岛的。玛克斯·勒西科斯不
　　　　　在威尼斯吗？

元老甲　　他现在在佛罗伦萨。

公爵　　　替我写封十万火急的信给他。

元老甲	勃拉班修和那勇敢的摩尔人来了。

勃拉班修、奥瑟罗、伊阿古、罗德利哥及吏役等上。

公爵	英勇的奥瑟罗，我们必须立刻派你出发，去和我们的公敌土耳其人作战。（向勃拉班修）我没看见您，先生；欢迎，欢迎，今晚我们正需要您的指教和帮助。
勃拉班修	我也同样需要您的指教和帮助。殿下，请您原谅，我并不是因为听到了什么国家大事，才从床上惊起；国家的安危不能引起我的注意，因为我个人的悲哀简直压倒了一切，吞没了其他所有的忧虑。
公爵	啊，出什么事了？
勃拉班修	我的女儿！啊，我的女儿！
公爵 **众元老**	死了吗？
勃拉班修	嗯，对我来说，和死了一样。她已遭人污辱，有人把她从我家拐走，用江湖骗子的符咒药物诱她堕落；因为一个身无残疾、眼睛明亮、理智健全的人，倘不是中了魔法的蛊惑，决不会犯下这样荒唐的错误。
公爵	如果有人用这种邪恶的手段引诱你的女儿，让她失去了本性，也让你失去了她，无论是谁，你都可以根据无情的法律，照你自己的解释，给他应得的严刑；即便是我的儿子，你也照样可以控诉。
勃拉班修	感谢殿下。罪人就在这儿，就是这个摩尔人；您好

像是为了重要的公事才召他来的。

公爵　　⎱
　　　　　⎰　真是太遗憾了。
众元老

公爵　（向奥瑟罗）对这件事，你有什么要分辩的吗？

勃拉班修　没什么可分辩的，事情就是这样。

奥瑟罗　威严无比、德高望重的各位大人，我尊贵贤良的主人们，我带走了这位老人家的女儿，这完全真实；我已经和她结婚，这也是真的；我最大的罪状仅止于此，别的就不是我知道的了。我的确言语粗鲁，一点不懂那些温文尔雅的辞令；因为自从我这双手臂长了七年的膂力，直到最近这九个月的无所事事，它们一直都在战场上发挥它们的本领；对于这个广大的世界，我除了冲锋陷阵，几乎一无所知，所以我也无法用什么动人的字句替自己辩护。可要是你们愿意耐心听听，我可以向你们讲述一段质朴无文的、关于我恋爱的全部经过的故事，告诉你们我到底用了什么药物、什么符咒、什么驱神役鬼的手段和什么神奇玄妙的魔法，骗到了他的女儿，既然他给我安上了这样的罪名。

勃拉班修　一个素来胆小的女孩，生性如此幽娴贞静，哪怕心里略动感情，都会满脸羞愧；以她这样的品性，这样的年龄，竟会不顾国族的畛域，牺牲名誉和一切，去跟一个她都不敢正眼瞧看的人恋爱！这全然不近情理，要是没有阴谋诡计，怎会有这种事情？我敢断定，他一定用烈性的药饵，或是邪术炼成的毒剂，来麻醉了她的血液。

公爵　没有更确实显明的证据，单凭这些表面上的猜测和莫须有的武断，是无法令人信服的。

元老甲　奥瑟罗，你说，你是用了不正当的诡计诱惑这位年轻的女郎，或是用强暴的手段逼迫她服从，还是正大光明地对她披心吐腹，达到了你求爱的目的？

奥瑟罗　请你们差人去叫这位小姐，让她到市政厅来，当着她父亲的面告诉你们，我是怎样的人。如果根据她的诉说，你们认定我有罪，那你们不但可以撤销对我的信任，解除给我的职权，还可以判我死刑。

公爵　去把苔丝狄蒙娜带来。

奥瑟罗　旗官，你领他们去；你知道她在哪儿。（伊阿古及吏役等下）她来以前，我要像对天忏悔我的血肉的罪恶一样，把我怎样得到这位美人的爱，她又怎样得到我的爱的经过情形，忠实地向各位陈诉。

公爵　说吧，奥瑟罗。

奥瑟罗　她的父亲很看重我，常常请我到他家里，每次谈话的时候，总是问起我过去的历史，要我讲述我所经历的各次战争、围城和意外的遭遇；我就把我的一生事实，从我的童年时代开始，直到他叫我讲述的时期为止，原原本本地说了出来。我说起最可怕的灾祸，海上、陆上的惊人奇遇，间不容发的脱险，在傲慢的敌人手中被俘为奴和遇赎脱身的经过，以及旅途中的种种见闻；那些广大的岩窟、荒凉的沙漠、突兀的崖嶂、巍峨的峰岭，以及彼此相食的野蛮部落，和肩下生头的化外异民，都是我谈论的话题。对这种故事，苔丝狄蒙娜总是出神倾听；有时，为了家庭事务，她不得不离座而起，可她总是尽力把事情赶紧办好，再回来孜孜不倦地把我口中的每一个字都听了进去。我注意到她这种情形，便在某天一个适当的时间，从她嘴里逗出了她真诚的心愿：她希望我能把我一生的经历，对她详细复述一次，因为她平日所闻，只是一鳞半爪、残缺不全的片段。我答应了她的要求；讲到我在少年时代所遭逢的不幸打击时，她往往忍不住掉下泪来。我的故事讲完以后，她用无数叹息来给我酬劳；她发誓说，那真是奇异而悲惨的经历；她希望她没有听到这段故事，可又希望上天为她创造这样一个男子。她向我道谢，对我说，要是我有一个朋友爱上了她，我只要教他怎样讲述我的故事，他就得到她的爱情。我听懂了这份暗示，才向她吐露我求婚的诚意。她因为我经历的种种患难而爱我，我因为她对我的同情而爱她：这就是我唯一的妖术。她来了；让她来为我证明吧。

苔丝狄蒙娜、伊阿古及吏役等上。

公爵　　　像这样的故事，我想我的女儿听了，也会着迷。勃

　　　　　　拉班修，木已成舟，不必懊恼了。刀剑虽破，比起
　　　　　　手无寸铁，总是略胜一筹。

勃拉班修　请殿下听她说说；要是她承认她本来对他也有爱慕，
　　　　　　我从此决不归咎于他。过来，好姑娘，你看这在座
　　　　　　的济济众人之中，谁是你最该服从的人？

苔丝狄蒙娜　我尊贵的父亲，我在这里所看到的，是我难以两全
　　　　　　的义务：对您来说，我深荷您生养教育的大恩，您
　　　　　　给我的教养使我明白我该怎样敬重您；您是我的家
　　　　　　长和严君，我直到现在都是您的女儿。可这儿是我
　　　　　　的丈夫，正像我的母亲对您克尽一个妻子的义务，
　　　　　　把您看得比她的父亲更重一样，我也应该有权向这
　　　　　　位摩尔人，我的夫主，尽我应尽的名分。

勃拉班修　上帝和你同在！我没话说了。殿下，请您继续处理
　　　　　　国家要务吧。我宁愿抚养一个义子，也不愿自己生
　　　　　　男育女。过来，摩尔人。我现在用我的全副诚心，
　　　　　　把她交付给你；倘不是你早已得到了她，我一定不
　　　　　　再让她落入你手。为了你的缘故，宝贝，我很高兴
　　　　　　我没有别的儿女，否则你的私奔将让我变成一个虐
　　　　　　待儿女的暴君，给他们的手脚加上镣铐。我没话说
　　　　　　了，殿下。

公爵　　让我设身处地，说几句话给你一听，也许能帮助这
　　　　　　对恋人，让他们得到你的欢心。
　　　　　　眼看希望幻灭，厄运临头，
　　　　　　无可挽回，何必满腹牢愁？

Desdemona.   You are the lord of duty,—
I am hitherto your daughter: but here 's my husband.

Act I. Scene III.

为了既成的灾祸而痛苦，

徒然招惹出更多的灾祸。

既不能和命运争强斗胜，

还是付之一笑，安心耐忍。

聪明人遭盗窃毫不介意；

痛哭流涕反而伤害自己。

勃拉班修　　让敌人夺去我们的海岛，

我们同样可以付之一笑。

那感激法官仁慈的囚犯，

他可以忘却刑罚的苦难；

倘然他怨恨那判决太重，

他就要忍受加倍的惨痛。

种种譬解虽能给人慰藉，

它们也会格外添人悲戚；

可是空言毕竟无补实际，

几曾有一句话刺透心底？

请殿下继续原来的公事吧。

公爵　　　土耳其人正向塞浦路斯大举进犯；奥瑟罗，那岛上
的实力你十分清楚；虽然我们派去代理总督职务的，
是个公认很有能力的人，可大家的意思，还是该由
你去负责镇守，才能万无一失；所以，只得打搅你
新婚的快乐，辛苦你去赶这一趟。

奥瑟罗　　各位尊敬的元老，习惯的暴力早已让我把冷酷无情
的战场当作温软的眠床，对于艰难困苦，我总会挺

身而赴。我愿意接受你们的命令，去和土耳其人作战；可我要恳求你们，看在我为国尽心竭力的分上，给我妻子一个适当的安置，按照她的身份，供给她一切日常的需要。

公爵　　你要是同意的话，可以让她住在她父亲家里。

勃拉班修　我不愿意留她。

奥瑟罗　　我也不能同意。

苔丝狄蒙娜　我也不愿住在父亲家里，让他每天看见我就生气。最仁慈的公爵，愿您俯听我的陈请，让我卑微的衷忱得到您的谅解和赞许。

公爵　　你有什么请求，苔丝狄蒙娜？

苔丝狄蒙娜　我对命运的决绝反抗可以代我向世人宣告，我爱这个摩尔人，就愿意和他共同生活；我的心灵完全为他高贵的德性所征服；我首先认识到他天挺的精神，接着又看见他奇伟的仪表；我已把我的灵魂和命运一起呈献给他。所以，各位大人，要是他独自一人迢迢出征，把我遗留在和平的后方，像一只醉生梦死的蜉蝣一样，我将因为不能朝夕事奉他，而在镂心刻骨的离情别绪中度日如年。让我跟他去吧。

奥瑟罗　　请你们允许了她吧。上天为我作证，我这样向你们请求，并不是为了满足我自己的欲望，因为对我来说，青春的热情已成过去；我唯一的动机，只是不忍令她失望。请你们千万别抱着那样的思想，以为她跟我待在一起，会让我懈怠了你们托付给我的重大使命。不，要是插翅的爱神的风流解数，会蒙蔽我灵明的理智，让我因为贪恋欢娱而误了正事，那就让主妇们把我的战盔当作水罐，让一切污名都丛集我身！

公爵 她的去留行止，可由你们自己决定。事情很是紧急，你必须立刻出发。

元老甲 今晚你就得动身。

奥瑟罗 很好。

公爵 明早九点，我们还要在这儿聚会一次。奥瑟罗，请你留下一个将佐，要是随后还有什么决定，可以让他把训令传达给你。

奥瑟罗 殿下，我的旗官就很合适，他为人忠实、可靠；我还要请他负责护送我的妻子，要是此外还有什么必须捎给我的物件，也请殿下一起交给他吧。

公爵 很好。各位晚安！（向勃拉班修）尊贵的先生，才德也是美啊，你这位女婿长得虽黑，但又岂有不美之处？

元老甲 再会，勇敢的摩尔人！好好照看苔丝狄蒙娜。

勃拉班修 看好她吧，摩尔人，不要视而不见；她已经愚弄了她的父亲，当心她把你也欺骗。（公爵、众元老、吏役等同下）

奥瑟罗 我用生命保证她的忠诚！正直的伊阿古，我必须把我的苔丝狄蒙娜托付给你，请你叫你妻子照料好她；什么时候方便，就烦你护送她们起程。来，苔丝狄

蒙娜，我只有一小时的工夫来和你诉说衷情、料理庶事了。我们必须服从环境的支配。（奥瑟罗、苔丝狄蒙娜同下）

罗德利哥　伊阿古！

伊阿古　怎么说，好朋友？

罗德利哥　你觉得我该怎么办？

伊阿古　上床睡觉去吧。

罗德利哥　我还不如立刻投水去了。

伊阿古　好，你要是投了水，我从此不喜欢你了。嘿，你这傻大少爷！

罗德利哥　活着要是这样受苦，傻瓜才愿意继续活着；一死可以了却烦恼，还是死了的好。

伊阿古　啊，该死！我在这世上也经历四七二十八个年头了，自从我能辨别利害以来，我不曾见过知道怎样爱惜自己的人。要是我也会因为爱上一个得不到的雌儿而投水自杀，我宁愿变成一只猴子。

罗德利哥　我该怎么办？我承认这样痴心是件丢脸的事，可我生来就没有补救这般傻气的力量。

伊阿古　力量！废话！我们变成这样那样，全看我们自己。我们的身体就像一座园圃，我们的意志是这园圃里的园丁；不论我们插荨麻，种莴苣，栽下牛膝草，拔起百里香，或者单独培植一种草木，或者把全园种得万卉纷披，让它荒废不治也好，把它辛勤耕垦也好，那权力都在于我们的意志。要是在我们的生

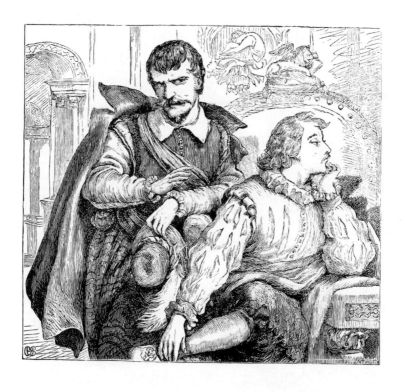

命之中，理智和情欲不能保持平衡，我们血肉的邪心就会引导我们走向一个荒唐的结局；可我们有的是理智，可以冲淡我们汹涌的热情、肉体的刺激和奔放的淫欲；我认为你所谓的爱情，也不过是那样一种东西。

罗德利哥　不，它不是。

伊阿古　那不过是在意志的默许之下，一阵情欲的冲动而已。算了，做个男子汉吧。投水自杀！捉几只大猫小狗，投进水里去吧！我声明过，我是你的朋友，我承认我对你的友谊是用不可摧折的坚韧缆索联结起来的友谊；现在正是我该为你出力的时候。把银钱放进你的钱袋；跟他们出征；装一脸假胡子，遮住你的本来面目——我说，把银钱放进你的钱袋。苔丝狄蒙娜对那摩尔人的爱决不会长久——把银钱放进你的钱袋——他也不会长久地爱她。她一开始就爱他爱得这样热烈，他们感情的破裂一定也很突然；你只要把银钱放进你的钱袋。这些摩尔人很容易变心；让你的钱袋装满了钱；现在他尝来像蝗虫一样美味的食物，不久就要变得像苦苹果一样涩口。她必须换一个年轻的男子；在餍足那摩尔人的肉体以后，她就会觉悟，意识到她选错了人。她必须换换口味，非换不可；所以，把银钱放进你的钱袋。要是你一定要寻死，也得想个比投水更巧妙的死法。尽你的力量搜括一些金钱。要是凭着我的计谋和魔鬼们的奸诈，破坏这鲁莽的蛮子和这狡猾的威尼斯女人之间的脆弱的盟誓，还不算是件难事，那你就一定能享用到她；所以，快去设法弄些钱来。投水自杀！什么话！根本提也别提；宁可因为追求你的快乐而被人吊死，也不要在还没一亲她的香泽以前投水自杀。

罗德利哥　　要是我期待着这样的结果，你一定会尽力帮我达成我的愿望吗？

伊阿古　　你可以完全信任我。去，弄些钱来。我常对你说，一次次反复告诉过你，我恨那摩尔人；我的怨毒积在心头，你对他也怀有同样深刻的仇恨，让我们同心合力，向他复仇；要是你能给他戴上一顶绿帽，你固然是如愿以偿，我也可以拍掌称快。无数人事的变化孕育在时间的胚胎之中，我们等着看吧。去，准备好你的钱。我们明天再谈这件事吧。再见。

罗德利哥　　明早我们在哪儿会面？

伊阿古　　就在我的寓所里吧。

罗德利哥　　我一早就来见你。

伊阿古　　好，再会。你听见了吗，罗德利哥？

罗德利哥　　什么？

伊阿古　　别再提投水的事儿了，你听见没有？

罗德利哥　　我已经变了一个人了。我这就去变卖我的所有田产。

伊阿古　　好，再会！多放些钱在你的钱袋。（罗德利哥下）我总是这样，让这种傻瓜掏出钱来给我花用；要不是为了解解闷气，占些便宜，浪费时间跟这么个呆子周旋，那才叫冤枉。我恨那摩尔人；有人说他私通我的妻子，我不知道是真是假；可对这种事情，即使仅仅是嫌疑，我也要当作实有其事一样看待。他对我很有好感，这给了我格外的方便，让我更容易对他实行我的计策。凯西奥是一个俊美的男子；让我想想：夺到他的位置，实现我一举两得的阴谋；怎么办？怎么办？让我看看：等过些时候，在奥瑟罗耳边捏造一些鬼话，说凯西奥跟他妻子看上去太亲热了；他长得漂亮，性情又温和，天生有种媚惑女人的魔力，这样的人，很容易引起疑心。那摩尔人是个坦白爽直的人，他看见人家在表面上装出一副忠厚诚实的样子，就觉得这人一定是个好人；我可以像牵驴一般牵着他的鼻子。有了！我的计策已经诞生。地狱和黑夜酿就这空前的罪恶，它必须向世界显露它的面目。（下）

第一场

塞浦路斯岛海口一市镇。码头附近的广场

蒙太诺及二军官上。

蒙太诺	你从那海岬上望出去,看见海里有什么船只没有?
军官甲	什么也望不见。波浪很高,在天海之间,我看不出一片船帆。
蒙太诺	风在陆地上吹得也很厉害;从没有这么大的暴风打击过我们的雉堞。要是它在海上也这么猖狂,哪艘橡木造的船身能扛得住山一样的巨涛迎头倒下?这样的风暴之中,能传来什么消息?
军官乙	土耳其的舰队想必要被风浪冲散。只要站在白沫飞溅的海岸上,就能看见咆哮的汹涛高击云霄,被狂风卷起的怒浪奔腾山立,像要把海水浇到光明的大熊星上,熄灭那照耀北极、永古不移的斗宿一样。我从没见过这样可怕的惊涛骇浪。

蒙太诺	要是土耳其舰队没有避进港里，它们一定已经沉没；这可是没法抵御的风浪。

另一军官上。

军官丙	报告消息！战事已经结束。土耳其人遭受狂风大浪的突击，不得不放弃他们的进攻计划。一艘从威尼斯来的大船一路上看见他们的船只或沉或破，大部分都零落不堪。
蒙太诺	啊！这是真的吗？
军官丙	大船已在这儿进港，是一艘维洛那造的兵船；迈克尔·凯西奥，那勇武的摩尔人奥瑟罗的副将，已经上岸来了；那摩尔人还在海上，他奉着全权委任，来了塞浦路斯。
蒙太诺	我很高兴，这是一位很有才能的总督。
军官丙	但这个凯西奥在兴高采烈地说起土耳其人的损失的同时，也满脸愁容地祈祷那摩尔人的安全，因为他们分手的时候，风浪尤其险恶。
蒙太诺	但愿他平安无恙；我曾在他手下做事，知道在治军用兵这一方面，他的确是个大将之才。来，我们到海边去！一方面看看新近到来的船舶，一方面让我们遥望海天相接的远处，盼候着勇敢的奥瑟罗吧。
军官丙	来，我们走吧；因为每一分钟都会有更多的人到来。

凯西奥上。

凯西奥　谢谢你们，守卫这英雄一屿的各位壮士，谢谢你们这样褒奖我们的主帅。啊！但愿上天助他战胜风浪；此前，我们失散在险恶的波涛之中。

蒙太诺　他的船靠得住吗？

凯西奥　船身很是坚固，舵师很有经验，所以我还抱着很大的希望。（内呼声："一艘船！一艘船！一艘船！"）

一使者上。

凯西奥　什么声音？

使者　全市的人都出来了；海边上站满了人，都在嚷着"一艘船！一艘船！"

凯西奥　希望那就是我们的新任总督。（炮声）

军官乙　他们在放礼炮了；即使不是总督，至少也是我们的朋友。

凯西奥　先生，请你过去看看，回来告诉我们来的究竟是谁。

军官乙　我马上就去。（下）

蒙太诺　请问，副将，你们的主帅结婚了吗？

凯西奥　他的婚姻是再幸福不过的婚姻。他娶到了一位女郎，她的容貌才德，胜过一切的形容和无边的美誉；笔墨的赞叹无法道尽她的优点，没有任何适当的言语能充分表现她的天生丽质。

军官乙重上。

凯西奥　啊！谁来了？

军官乙　是元帅麾下一个名叫伊阿古的旗官。

凯西奥　他倒一帆风顺地到了。汹涌的怒涛，咆哮的狂风，埋伏在海底的礁石沙碛，似乎也懂得爱惜美人，收敛它们的凶恶本性，让神圣的苔丝狄蒙娜安然通过。

蒙太诺　她是谁？

凯西奥　就是我刚才说的，我们主帅的主帅。勇敢的伊阿古护送她来这儿，想不到他们来得这么地快，比预期早到了七天。伟大的乔武啊，保佑奥瑟罗，向他的船帆吹出一口的强劲的气息，让他高大的桅樯在这海港里显现它的雄姿，让他跳动着一颗恋人的心，投进苔丝狄蒙娜的怀抱，重新燃起我们奄奄欲绝的精神，让整个塞浦路斯充满兴奋！

苔丝狄蒙娜、爱米利娅、伊阿古、罗德利哥及侍从等上。

凯西奥　啊！瞧，船上的珍宝上岸来了。塞浦路斯人啊，向她下跪吧。祝福你，夫人！愿神灵伴你前后左右，把你呵护！

苔丝狄蒙娜　谢谢您，英勇的凯西奥。您有我丈夫的消息吗？

凯西奥　他还没到；我只知道他很平安，大概不久就会到来。

苔丝狄蒙娜　　啊！可我怕——你们怎么会分散？

凯西奥　　天风和海水的猛烈激战，让我们彼此相失。可你听啊！有船来了。（内呼声："一艘船！一艘船！"炮声）

军官乙　　他们朝我们放礼炮了；来的也是我们的朋友。

凯西奥　　你去探看一下。（军官乙下）（向伊阿古）老总，欢迎！（向爱米利娅）欢迎，嫂子！我这么行礼，好伊阿古，请不要见怪，所受教养如此，只好放肆啦。（吻爱米利娅）

伊阿古　　老兄，要是她向你掀动她的嘴唇，也像她向我掀动她的舌头一样，那你可要叫苦不迭了。

苔丝狄蒙娜　　唉！她又不会多嘴。

伊阿古　　真的，她太会多嘴了；我每次想睡觉的时候，总被她吵得不得安宁。不过，在夫人您面前，我还要多说一句，她有些话是放在心里说的，人不见她开口，她却在心里骂人。

爱米利娅　　你没理由这样冤枉我。

伊阿古　　得啦，得啦，你跑出门来像图画，走进房里像响铃，到了灶下像野猫；设计害人的时候，面子上装得像尊菩萨，人家冒犯了你，你便活像夜叉；叫你管家，你只会一味胡闹，可一上了床，却又十足像个幽娴贞静的主妇。

苔丝狄蒙娜　　啊，啐！你这污蔑女人的家伙！

伊阿古　　话要有假，我就是土耳其人；

十足是床下乐呵，床上认真。

爱米利娅　用不着你来夸我。

伊阿古　好，你可别叫我夸。

苔丝狄蒙娜　要是叫你夸我，你要怎么夸呢？

伊阿古　啊，好夫人，别叫我夸了，我这人只会吹毛求疵。

苔丝狄蒙娜　来，试试看。有人到港口去了？

伊阿古　是，夫人。

苔丝狄蒙娜　我纵然心里愁闷，也只能强作欢容。来，你怎么夸我？

伊阿古　我正在想着呢；可我的诗情粘在脑壳里了，用力一挤会连脑浆也一起挤出来了。有了：
她要是既漂亮又智慧，
就不会误用她的娇美。

苔丝狄蒙娜　夸得好！要是她又黑又丑，却很聪明呢？

伊阿古　要是又黑又丑却聪明，
包她找到一位俊郎君。

苔丝狄蒙娜　不成话。

爱米利娅　要是美貌却愚蠢呢？

伊阿古　美女人决不是笨冬瓜，
蠢煞也会抱个小娃娃。

苔丝狄蒙娜　这都是酒馆里骗傻瓜们一笑的老歪诗了。还有一种又丑又笨的女人，你也能勉强夸两句吗？

伊阿古　别嫌她心肠笨相貌丑，
女人的戏法一样拿手。

苔丝狄蒙娜	真是岂有此理！你把最好的赞美给了最坏的女人。如果是个真正值得夸赞的好女人——好到连最挑剔、最恶毒的人也无话可说的女人，你又怎么夸呢？
伊阿古	她长得漂亮，却从不骄傲， 能说会道，却不大喊大叫； 有钱如她，从不穿戴浮夸， 有欲不求，直到她说"来吧"； 即使生气，她也不图还手， 抛开不快，委屈统统忍受； 她贤惠懂事，却没有软弱， 嫁谁跟谁，从不心思活络； 脑袋灵光，却把心迹掩藏， 有人追求，决不回头搭腔。 要是真有这样的天仙娇娘——
苔丝狄蒙娜	就怎么样呢？
伊阿古	给傻瓜喂奶，记油盐小账。
苔丝狄蒙娜	啊，这可真是最蹩脚、最不够劲儿的收场！爱米利娅，就算他是你丈夫，也别听他胡说。您怎么说，凯西奥？他是不是个粗俗不堪、胡说八道的家伙？
凯西奥	他说话很直，夫人。您要是把他当作一个军人，不把他当作一个文士，您就不会嫌他说话粗俗了。
伊阿古	（旁白）他捏着她的手心。嗯，交头接耳，好得很。我只要张起这么一张小小的网，就能捉住一只像凯西奥这样的大苍蝇。嗯，对她微笑，很好；我要叫

你跌翻在你自己的礼数里头。——您说得对，正是正是。——要是这种鬼殷勤会葬送你的前程，你还是别老吻着你的三个指头，表现你的绅士风度了吧。很好；吻得不错！绝妙的礼数！正是正是。又把手指放上嘴唇了吗？（喇叭声）主帅来了！我听得出他的喇叭声。

凯西奥	真的是他。
苔丝狄蒙娜	我们快去迎接他吧。
凯西奥	瞧！他来了。

奥瑟罗及侍从等上。

奥瑟罗	啊，我娇美的战士！
苔丝狄蒙娜	我亲爱的奥瑟罗！
奥瑟罗	看见你比我先到这里，真让我又惊又喜。啊，我心爱的人儿！要是每一次暴风雨后，都有这样和煦的阳光，那就尽管让狂风肆意地吹，把死亡都吹醒了吧！让那辛苦挣扎的船舶爬上座座如山的高浪，就像从高高的天上堕下幽深的地狱一般，一泻千丈地跌落下来！要是我现在死去，那才是最幸福的；因为我怕我的灵魂已经尝到无上的欢乐，此生此世，再也不会有同样令人欣喜的事情。
苔丝狄蒙娜	但愿上天眷顾，让我们的爱情和欢乐与日俱增！
奥瑟罗	阿门，慈悲的神明！我无法表达我心里有多满足、

Othello. Oh, my fair warrior!
Desdemona.   My dear Othello!

Act II. Scene I.

有多快乐；太多的欢喜窒住了我的呼吸。（吻苔丝
狄蒙娜）这儿一个——再来一个——这便是两颗
心儿之间最不和谐的声音。

伊阿古　　（旁白）啊，看看你们，真是琴瑟调和，看我不动
声色，叫你们弦断音坏。

奥瑟罗　　来，我们去城堡里吧。好消息，朋友们；我们的战
事已经结束，土耳其人全都淹死在了海里。我的岛
上旧友，您还好吗？爱人，在塞浦路斯，你将要受
到众人的宠爱，我觉得他们都非常热情。啊，亲爱
的，我太高兴了，所以才说出这样忘形的话来。好
伊阿古，请你去港口一趟，把我的箱子搬到岸上。
带那船长到城堡里来；他是个了不起的家伙，没有
他的才能，就过不了那大风大浪，我对他很是佩服。
来，苔丝狄蒙娜，在塞浦路斯，我们再次相聚。（除
伊阿古、罗德利哥外均下）

伊阿古　　你马上来港口找我。过来。人家说，爱情能刺激懦
夫，让他鼓起原本没有的勇气；要是你果然有胆量，
请听我说。副将今晚在卫舍守夜。首先，我要告诉
你，苔丝狄蒙娜直截了当地爱上了他。

罗德利哥　爱上了他！不可能的。

伊阿古　　闭上你的嘴，好好听我说。你看当初，她不过因为
这摩尔人向她吹了些法螺，撒了些漫天大谎，就爱
他爱得那么热烈；难道她会因为他吹牛的本领而继
续爱他？你是个聪明人，不要以为世上会有这样的

事。她的眼睛必须得到满足；她能从魔鬼的脸上得
到什么乐趣？一阵兴奋过后，肉体渐生厌倦；这时，
它必须换个新鲜的口味，才能重新燃起情火，或是
容貌的漂亮，或是年龄的相称，或是举止的风雅，
这些都是这摩尔人所欠缺的东西；因为在这种种必
要的方面不能得到满足，她一定会觉得自己的青春
娇艳所托非人，从而对这摩尔人感到失望，以至憎
恨，又由憎恨变成厌恶；到了那时，她的天性就会
迫令她再作第二次选择。这是很自然，也很可能出
现的情形；要是承认了这一点，试问哪一个人能比
凯西奥更有享受这等福分的便利？一个很会讲话的
家伙，为了达到他秘密的、淫邪的欲望，会恬不为
意地装出一副殷勤文雅的样子。哼，谁也比不上他；
一个狡猾阴险的家伙，惯会乘机取利，无孔不入；
一个鬼一样的家伙！而且，这家伙又漂亮，又年轻，
凡是能让无知女人醉心的条件，他无一不备；一个
十足害人的家伙。这女人已经勾上他了。

罗德利哥	我无法相信，她是个圣洁的女人。
伊阿古	他妈的圣洁！她喝的酒也是用葡萄酿的；她要是圣洁，就不会爱这摩尔人了。哼，圣洁！你没看见她捏他的手心？你没看见吗？
罗德利哥	嗯，我看见了；可那不过是礼貌罢了。
伊阿古	我举手为誓，这明明就是奸淫！这段意味深长的楔子，就包含无限淫情欲念的交流。他们的嘴唇那么

贴近，他们的呼吸简直在互相拥抱。这就是罪恶的念头在萌芽，罗德利哥！这种表面上的亲热一开了端，主要的好戏就会跟着上场，肉体的结合是必然的结论。啊呸！老兄啊，你听我说。我特意把你从威尼斯带来，今晚你代我值班守夜；凯西奥不认识你；我就在离你不远的地方看着；见了凯西奥，你就找些借口向他挑衅，或者高声辱骂，或者毁谤他不守军纪，或者随你的意思，用无论什么方法，见机行事。

罗德利哥　好。

伊阿古　他是个性情暴躁、容易发怒的人，也许会向你动武；就算他不动武，你也要激他，让他和你打起架来；借着这个理由，我就能在塞浦路斯煽起一场暴动，而要平息塞浦路斯人的愤怒，除了把凯西奥解职以外，没有其他办法。这样一来，你就能在我的设计与协助之下，早日达成你的愿望，你的阻碍也会从此消除，否则，我们的事情就绝无成功之望。

罗德利哥　我会照你说的去做，只要我能找到下手的机会。

伊阿古　机会我可以向你保证。等会儿在城门口见。现在我得去港口替他搬东西了。再会。

罗德利哥　再会。（下）

伊阿古　凯西奥爱她，这一点我完全能相信；她爱凯西奥，这也是相当自然而可能的事。这摩尔人，我虽气他不过，却有一副坚定、仁爱、正直的性格；我相信，在苔丝狄蒙娜身边，他会做个最动情、最体贴的丈夫。至于我嘛，我也爱她，并不完全是出于情欲的冲动——尽管我的罪过也许不比情欲之罪轻上多少，我大半是为了报仇雪恨，因为我疑心这好色的摩尔人已经爬到我老婆身上。这般念头像毒药一样腐蚀我的肝肠，什么都无法让我满足，除非老婆换老婆，让我在他身上发泄这口怨气；即使不能做到这一点，我也要叫这摩尔人心里长起一种根深蒂固，没有任何理智的药饵能够治疗的嫉妒。为了达成这一目的，我要让这威尼斯瘟生做我的鹰犬；要是他果然听我嗾使，我就能抓住我们那位迈克尔·凯西奥的把柄，在这摩尔人面前加以诽谤——因为我疑心凯西奥也跟我老婆有些暧昧。这样，这摩尔人就会感谢我、喜欢我、报答我，做头大大的蠢驴，任我耍弄；我要用诡计捣乱他的平和安宁，让他因为气愤而发疯。好，方针已定，前途未料；恶人的面目要到阴谋施展之际才会揭晓。（下）

第二场

街道

传令官持告示上；民众随后。

传令官 我们尊贵英勇的元帅奥瑟罗有令，根据最近接到的
消息，土耳其舰队已全军覆灭，全体军民听到如此
捷音，理应同伸庆祝：跳舞的跳舞，燃放焰火的燃
放焰火，每一个人都可以随他自己的高兴尽情欢
乐；因为除了这些可喜的消息以外，我们同时还要
祝贺我们元帅的新婚。帅府撤除一切门禁，从下午
五时起，直到深夜十一时，无论何人，都可自由出
入，饮酒宴乐。上天祝福塞浦路斯岛和我们尊贵的
元帅奥瑟罗！（同下）

第三场

城堡中的厅堂

奥瑟罗、苔丝狄蒙娜、凯西奥及侍从等上。

奥瑟罗 好迈克尔，今天请你留心警备；我们必须时刻保持谨慎，免得因为纵乐无度而肇成意外。

凯西奥 我已经吩咐伊阿古该怎么办了，我也要亲自督察照看。

奥瑟罗 伊阿古是个忠实可靠的汉子。迈克尔，晚安；明天你一早就来见我。（向苔丝狄蒙娜）来，我的爱人，我们已经彼此交换了心身，愿今后花开结果，恩情美满。晚安！（奥瑟罗、苔丝狄蒙娜及侍从等下）

伊阿古上。

凯西奥 欢迎，伊阿古；我们该守夜去了。

伊阿古 时候还早哪，副将；现在还不到十点。咱们主帅舍不得他的新夫人，所以这么早就打发我们出去；可我们也怪不得他，他还没真正跟她销魂过呢，她这样的人啊，任是天神见了也要动心。

凯西奥	她是一位人间无比的佳人。
伊阿古	我可以担保，她在床上也定是个风流人儿。
凯西奥	她的确是个娇艳可爱的女郎。
伊阿古	她的眼睛多么迷人！简直在向人挑战。
凯西奥	一双动人的眼睛；可却有种端庄贞静的神气。
伊阿古	她一说话，不就在发送警报，让男人别多用情吗？
凯西奥	她真是十全十美。
伊阿古	好，愿他们被窝里快乐！来，副将，我有瓶好酒；外面有两个塞浦路斯的军官，想为黑将军祝饮一杯。
凯西奥	今夜可不能奉陪了，好伊阿古。我一喝酒，头脑就会糊涂起来。我真希望有人能发明一种不用醉酒就能招待宾客、欢庆佳节的办法。
伊阿古	啊，他们都是我们的朋友；喝一杯吧，我也可以代你喝的。
凯西奥	我今晚只喝了一杯，就是那一杯，也被我偷偷冲了些水，可我的头已经有点儿昏啦。我知道自己的弱点，实在不敢再多喝了。
伊阿古	哎哟，朋友！这可是个狂欢的良夜，不要扫了那些绅士的兴。
凯西奥	他们在哪儿？
伊阿古	就在门外；请你叫他们进来，行吗？
凯西奥	好吧，但我心里可不大情愿。（下）
伊阿古	他今晚已喝了些酒，我只要再灌他一杯，他就会像小狗一样到处招惹是非。为了苔丝狄蒙娜，我们那

位为情憔悴的傻瓜罗德利哥今晚也喝了几大杯酒，我已派他守夜去了。还有三个心性高傲、重视荣誉的塞浦路斯少年，都是这尚武好斗的英雄岛上的优秀人物，我把他们也灌得酩酊大醉；他们今晚也要守夜。在这一群醉汉里头，我要叫我们这位凯西奥干出一些能激起岛上公愤的事来。——瞧，他们来了。要是接下来的情况果真如我所愿，我的船儿就能顺风顺水，直奔前程。

凯西奥率蒙太诺及军官等重上；众仆持酒后随。

凯西奥　　上帝可以作证，他们已经灌了我一满杯啦。

蒙太诺　　真的，只是小小一杯，顶多也不过一品脱的分量；我是个军人，从来不会说谎。

伊阿古　　喂，酒来！（唱）

一瓶一瓶复一瓶，

饮酒击瓶玎珰鸣。

我为军人岂无情，

人命倏忽如烟云，

聊持杯酒遣浮生。

孩儿们，酒来！

凯西奥　　好一支歌儿！

伊阿古　　这歌是我在英国学的。英国人的酒量才叫厉害；什么丹麦人、德国人、大肚子的荷兰人——酒来！——

比起英国人来，都不算什么。

凯西奥　　英国人果然这么能喝?

伊阿古　　嘿，他们不动声色，就把丹麦人灌得烂醉如泥，面不流汗，就能把德国人灌得不省人事，还没倒满下一杯，荷兰人就已吐得一片狼藉。

凯西奥　　祝我们的主帅健康!

蒙太诺　　好啊，副将，您喝我也喝。

伊阿古　　啊，可爱的英格兰! （唱）

英伦明君斯蒂芬，

一条裤子几百文;

还嫌多花钱六个，

骂那裁缝是小人。

国王美名满天下，

你这小子又算啥?

傲里傲气亡了国，

不如旧衣满身挂。

喂，酒来!

凯西奥　　嘿，这一支比刚才那支还有意思。

伊阿古　　要我再唱一遍吗?

凯西奥　　不不，我觉得他这样高高在上的人，去骂一个裁缝，实在有失身份。上帝在上，有的灵魂必须得救，有的灵魂没法得救。

伊阿古　　说得对，副将。

凯西奥　　要说我吧——我并没有冒犯我们的主帅或是无论哪

一位大人物的意思——我是希望自己能得救的。

伊阿古　　　我也一样，副将。

凯西奥　　　嗯，可是，对不起，你不能比我先得救；副将得救
　　　　　　了，然后才是旗官得救。咱们别提这种事啦，还是
　　　　　　去把公事干好。上帝赦免我们的罪恶！各位先生，
　　　　　　不要忘记了我们的事情。不要以为我醉了，各位先
　　　　　　生。这是我的旗官；这是我的右手，这是我的左手。
　　　　　　我现在并没有醉；我站得很稳，说话也很清楚。

众人　　　　非常清楚。

凯西奥　　　那就好；你们可别以为我醉了。（下）

蒙太诺　　　各位朋友，来，我们上露台值夜去吧。

伊阿古　　　刚才你们看见他出去的那人；论指挥三军的才能，
　　　　　　他能和恺撒争一日之雄；可你们瞧他这副酗酒的样
　　　　　　子，它正好和他的长处互相抵消。我真为他可惜！
　　　　　　我怕奥瑟罗对他如此信任，有一天却可能被他误了
　　　　　　大事，让全岛大受震动。

蒙太诺　　　他经常这样吗？

伊阿古　　　他喝醉了酒，总要睡觉；要是没有酒来催眠，他能
　　　　　　一天一夜打起精神不睡。

蒙太诺　　　这一点该让元帅知道；也许他没有觉察，也许他秉
　　　　　　性仁恕，因为看重凯西奥的才能而忽略了他的短处。
　　　　　　我说得对吗？

罗德利哥上。

伊阿古	（向罗德利哥旁白）怎么，罗德利哥！你快去找找，跟上副将；去！（罗德利哥下）
蒙太诺	这高贵的摩尔人竟让一个染上酒癖的人做他的辅佐，真是令人抱憾。谁能对他如实相告，才是个正直的汉子。
伊阿古	就算把这大好的一座塞浦路斯岛送我，我也不愿意说；我很爱凯西奥，要是有办法，我愿意尽力帮他除去这等恶癖。——听！什么声音？（内呼声："救命！救命！"）

凯西奥驱罗德利哥重上。

凯西奥	混蛋！狗贼！
蒙太诺	什么事，副将？
凯西奥	一个混蛋也敢教训起我来！我要把这混蛋打进一只瓶子里去。
罗德利哥	打我？
凯西奥	你还不收嘴吗，狗贼？（打罗德利哥）
蒙太诺	（拉凯西奥）啊，副将，请您住手。
凯西奥	放开我，先生，否则我要一拳打到你头上来了。
蒙太诺	得啦，得啦，你醉了。
凯西奥	醉了？（与蒙太诺斗）
伊阿古	（向罗德利哥旁白）快走！到外边去高声叫嚷，就说出乱子啦。（罗德利哥下）不，副将！天哪，各

位！喂，来人！副将！蒙太诺！帮帮忙，各位朋友！
这守的算是什么夜呀！（钟鸣）谁在那儿打钟？该
死！全城的人都要起来了。天哪！副将，住手！你
的脸都要丢尽啦。

奥瑟罗及侍从等重上。

奥瑟罗	出了什么事？
蒙太诺	他妈的！我的血流个不停；我受了重伤啦。
奥瑟罗	要活命的就快住手！
伊阿古	喂，住手，副将！蒙太诺！各位！你们忘记你们的地位和责任了吗？住手！主帅在对你们说话；还不住手！
奥瑟罗	怎么，怎么！为什么闹起来的？难道我们都变成野蛮人了？为了基督徒的体面，停止这场粗暴的争吵；谁要是一味怄气，再敢乱动，他就是在看轻他自己的灵魂，谁敢抬手，我就送他一死。叫他们别打那可怕的钟了；它会扰乱岛上的人心。各位，究竟是怎么回事？正直的伊阿古，瞧你懊恼得脸色惨淡，告诉我，是谁挑起的这场争闹？凭着你的忠心，老实对我说。
伊阿古	我不知道；刚才还是好好的朋友，像正宽衣解带的新婚夫妇一般相亲相爱，一下子就好像受到什么星光的刺激，迷失了他们的本性似的，大家拔出剑来，

向彼此的胸前直刺过去，要拼个你死我活。我说不出这场任性的争吵是怎么开始的；只怪我这双腿不曾丢失在光荣的战阵之上，我居然也踏进这样的是非里了！

奥瑟罗 迈克尔，你怎会这样忘记你自己的身份？

凯西奥 请您原谅；我无话可说。

奥瑟罗 尊贵的蒙太诺，您一向是个温文知礼的人，您的少年端庄举世钦佩，在贤人君子之间，您有很好的名声；您为什么会这样自贬身价，牺牲您宝贵的名誉，让人说您是个在深更半夜酗酒闹事的家伙？给我一个回答。

蒙太诺 尊贵的奥瑟罗，我伤得很重，不能多说话了；您的部下伊阿古可以告诉您我所知道的一切。其实我也不知，今夜我说错了什么，或者做错了什么，除非自重自爱有时会成为过错，除非受暴力侵凌之时，自卫是一桩罪恶。

奥瑟罗 苍天在上，我现在已没法再遏制我的愤怒；我浑身血气上涌，压住了我的理智，让我无法作出清醒的判断；我冲动起来，只要一个动作，或是举举这双手臂，就能叫你们之中最有本领的人在我一怒之下丢掉性命。让我知道这场可耻的骚乱因何而起，谁是最先肇起事端的人；证实了谁是启衅的罪魁，即便他是我的孪生兄弟，我也不能放过。岂有此理！一个新遭战乱的城市，秩序还没恢复，人民心里充满了恐惧，你们却在深更半夜，在保障全岛治安的关键所在，为了私人的细故争闹起来！真是岂有此理！伊阿古，谁是肇事的人？

蒙太诺　　你要是意存偏袒，或是同僚相护，所说的话和事实不尽符合，你就不是个军人。

伊阿古　　不要这样逼我；我宁愿割下自己的舌头，也不愿让它说迈克尔·凯西奥的坏话；可事已如此，我想说老实话也不算对不起他。是这样的，主帅：蒙太诺和我正在谈话，忽然跑进一个人来，高呼救命，凯西奥跟在他后面，杀气腾腾地提着剑，好像一定要杀死他才甘心似的；那时，这位先生就挺身而前，把凯西奥拦住，请他息怒；我则去追赶那个叫喊的人，因为担心他在外边大惊小怪、扰乱人心——最后果真是这样。可他跑得太快，我追不上，又听见背后刀剑碰撞和凯西奥高声咒骂的声音，所以我就掉头回来；我从来没听他这样骂过别人；我本就追得不远，一转身就看见他们在这儿你一刀我一剑地杀得难解难分，正像您来喝开他们的时候一样。我能报告的就是这些。人终归是人，圣贤也有犯错的时候；一个人在愤怒之下，就是好朋友也会翻脸不认。虽然凯西奥有点对不住蒙太诺大人，可我相信凯西奥一定从那逃走的家伙那儿受到了什么奇耻大辱，所以才会动起那么大的火性。

奥瑟罗　　伊阿古，我知道是你的忠实和义气，让你把事情轻描淡写地带过，替凯西奥减轻罪责。凯西奥，你是我的好朋友，可从此以后，你不再是我的部属。

苔丝狄蒙娜率侍从重上。

奥瑟罗　　瞧！我温柔的爱人也被你们吵醒了！（向凯西奥）我要拿你来做个榜样。

苔丝狄蒙娜　出什么事了？

奥瑟罗　　现在都没事了，爱人；回去睡吧。先生，您受的伤我愿亲自替您医治。扶他出去。（侍从扶蒙太诺下）伊阿古，你去巡视市街，安定受惊的人心。来，苔丝狄蒙娜；难圆的是军人的好梦，刚一合眼又被杀声惊动。（除伊阿古、凯西奥外均下）

伊阿古　　什么！副将，你受伤了吗？

凯西奥　　嗯，我的伤是无药可救的了。

伊阿古　　哎哟，上天保佑没有这样的事！

凯西奥　　名誉，名誉，名誉！啊，我的名誉已经一败涂地！我已失去我生命中永生不死的那一部分，剩下来的，也就跟畜生没什么区别。我的名誉，伊阿古，我的名誉！

伊阿古　　我是个老实人，我还以为你身体上受了伤呢，那可比名誉的损失要痛苦得多。名誉是个无聊的、骗人的东西！得到名誉的人未必有什么功德，失去名誉的人也未必有什么过失。你的名誉仍旧是好端端的，

除非你自以为它已经扫地。嘿，朋友，你要重新建立主帅对你的欢心，办法可多得是呢。你不过是一时遭逢他的恼怒；他给你的这种处分，与其说是表达对你的不满，不如说是遮掩世人耳目的政策，正像有人为了吓退一头凶恶的狮子而故意鞭打他驯良的狗儿一样。你只要多多向他恳求，他一定会回心转意。

凯西奥　　我宁愿恳求他唾弃我，也不愿蒙蔽他的智慧，让这样一位贤能的主帅手下有这么一个酗酒放荡的不肖将校。纵饮无度！胡言乱道！吵架！吹牛！赌咒！跟自己的影子说些废话！啊，你这空虚缥缈的旨酒的精灵，要是你还没有名字，让我叫你魔鬼！

伊阿古　　你提剑追逐的那人是谁？他怎么冒犯了你？

凯西奥　　我不知道。

伊阿古　　你怎么会不知道？

凯西奥　　我记得一大堆事情，可都记得模模糊糊；我记得我跟人吵了起来，可不知道是为了什么。上帝啊！人居然会把这样一个仇敌放进自己嘴里，让它偷走自己的头脑！在欢天喜地之中，把自己变成了畜生！

伊阿古　　可你现在不是很清醒嘛；你是怎么明白过来的？

凯西奥　　气鬼一上了身，酒鬼就自动退让；一个过失引起了第二个过失，简直让我自己也瞧不起自己了。

伊阿古　　得啦，你也太较真了。在此时此地的情形之下，我但愿没有这种事情发生；可既然事已如此，以后留心改过也就是了。

凯西奥　我想请求他恢复我的原职；可他会说我是个酒棍！即使我有一百张嘴，这样的答复，也会把它们一起封住。现在还是个清清楚楚的人，不一会儿就变成个傻子，然后立刻就变成一头畜生！啊，奇怪！每一杯过量的酒都是魔鬼酿成的毒水。

伊阿古　算了，算了，好酒只要不去滥喝，也是个很好的伙伴；你也不用咒骂它了。副将，我想你一定把我当作好朋友看待。

凯西奥　我很信任你的友谊。我没醉吧？

伊阿古　朋友，人有时候多喝几杯，也是免不了的。让我告诉你一个办法。主帅的夫人现在是我们真正的主帅；我敢这么说，是因为他心里只念着她的好处，眼里只看见她的可爱。你只要在她面前坦白、忏悔，向她恳求，她一定会帮你官复原职。她的性情是那么慷慨仁慈，那么体贴人心，人家请她出十分力，她要是没出到十二分，就好像觉得对不起人。你请她替你弥缝一下你跟她丈夫之间的这道裂痕，我可以拿我的全部财产打赌，你们的交情一定反而会因此而变得更深更笃。

凯西奥　你这主意出得很好。

伊阿古　我发誓，这主意完全是出于一片诚心。

凯西奥　我完全信任你的善意；明天一早我就请贤德的苔丝狄蒙娜尽力替我说情。要是我在这儿被人革退，我的前途也就毁了。

伊阿古　　你说得对。晚安，副将；我还要守夜去呢。

凯西奥　　晚安，正直的伊阿古！（下）

伊阿古　　谁说我行事奸恶？我贡献的这番意见，不是光明正大、合情合理，而且的确是挽回这摩尔人的心意的最好办法吗？只要是正当的请求，苔丝狄蒙娜总是有求必应；她的为人是再慷慨、再热心不过的了。再说了，她要劝这摩尔人改变主意，更是不费吹灰之力；那摩尔人的灵魂已经完全成为她爱情的俘虏，无论她要做什么事，或是把已成之事重新推翻，即便要抛弃信仰和一切得救的希望，那摩尔人也会唯命是从，让她的喜恶来主宰自己那无力反抗的身心。我既然向凯西奥指出了这条对他有利的方策，谁还能说我是个恶人？佛面蛇心的鬼魅！恶魔往往会用神圣的外表，引诱世人去干最邪恶的罪行，正像我现在所用的手段一样；因为当这个老实的呆子恳求苔丝狄蒙娜为他转圜，当她竭力在那摩尔人面前替他说情的时候，我就要把毒药灌进那摩尔人的耳中，说她之所以要帮凯西奥复职，只是因为恋奸情热。这样，她越是忠于所托，就越会加深那摩尔人的猜疑；我就利用她善良的心肠来污毁她的名誉，让他们一个个都落进我的罗网。

罗德利哥重上。

伊阿古　　啊，罗德利哥！

罗德利哥　我在这儿给你们骗来赶去，不像一只追寻狐兔的猎狗，倒像是替你们来凑热闹的。我的钱也花得差不多了，今夜我还挨了一顿痛打；我想这番教训，大概就是我花钱费力换来的结果。现在我钱囊空空，我的脑袋里总算多了一些智慧，我要回威尼斯去了。

伊阿古　　没有耐性的人是多么可怜！什么伤不是慢慢好起来的？你知道我们做事全赖计谋，靠的又不是魔法，要用计谋，就必须等待时机的成熟。一切不都进行得很顺利吗？凯西奥固然打了你一顿，可你受了点小小的痛苦，就让凯西奥把官职都丢了。虽然在阳光底下，各种草木都欣欣向荣，可最先开花的果子总是最先成熟。你安心点儿吧。哎哟，天已经亮啦；又是喝酒，又是打架，闹哄哄的就让时间飞过去了。你去吧，回你的住处；去吧，有什么消息的话，我会来告诉你的；去吧。（罗德利哥下）我还要做两件事情：第一，我要叫我妻子在她的女主人面前替凯西奥说两句好话；我马上就安排；同时，我就设法把那摩尔人骗开，等到凯西奥去向他的妻子求助的时候，再让他亲眼看到这幕把戏。好啊，言之有理；不要迁延不决，耽误了锦囊妙计。（下）

第一场

塞浦路斯。城堡前

凯西奥及若干乐工上。

凯西奥　　列位朋友，就在这儿奏起来吧；我会酬劳你们。奏
　　　　　　一支简短些的乐曲，敬祝我们的主帅晨安。（音乐）

小丑上。

小丑　　　怎么，列位朋友，你们的乐器都曾去过那不勒斯，
　　　　　　所以会这样嗡咙嗡咙地用鼻音说话吗？

乐工甲　　怎么，大哥，怎么了？

小丑　　　请问这些都是管乐器吗？

乐工甲　　正是，大哥。

小丑　　　啊，怪不得下面长着那么个玩意儿。

乐工甲　　长着怎么个玩意儿，大哥？

小丑	啊，我知道有很多管乐器就是这样。不过，列位朋友，这是赏给你们的钱；将军非常喜欢你们的音乐，他请你们千万别再奏下去了。
乐工甲	好，大哥，我们不奏就是。
小丑	要是你们会奏听不见的音乐，就请奏起来吧；可正像人家说的，对于听得见的音乐，将军不是太感兴趣。
乐工甲	我们不会奏那样的音乐。
小丑	那就藏起你们的笛子，我要走了。去，消失在空气里吧；去！（乐工等下）
凯西奥	你听没听见，我的好朋友？
小丑	不，我没听见您的好朋友；我只听见了您。
凯西奥	少说笑话。这块小小的金币你拿去；要是侍候将军夫人的那位奶奶已经起身，就告诉她，有个凯西奥请她出来说话。行吗？
小丑	她已经起了，先生；要是她愿意出来，我就告诉她。
凯西奥	谢谢你，我的好朋友。（小丑下）

伊阿古上。

凯西奥	来得正好，伊阿古。
伊阿古	你还没沾过床吧？
凯西奥	没呢；我们分手的时候，天就已经亮了。伊阿古，我已大胆叫人去请你妻子出来；我想请她设法让我

见见贤德的苔丝狄蒙娜。

伊阿古　我去叫她立刻出来见你。我还要想个法子把那摩尔人调开，给你们的谈话提供方便。

凯西奥　多谢你的好意。（伊阿古下）我还从没认识过比他更善良正直的佛罗伦萨人。

爱米利娅上。

爱米利娅　早安，副将！听说您误触主帅之怒，真是件令人懊恼的事；可一切都很快会转祸为福。将军和夫人正谈起这事，夫人竭力替您辩白，将军说，那个被您伤害的人，在塞浦路斯很有名誉、很有势力，为了避免受人非难，他不得不把您斥革；可他说他很喜欢您，即使没人替您说情，他也会留心，一有适当的机会，就让您恢复原职。

凯西奥　可我还要求您一事：要是您觉得无妨，或是可以办到的话，请您设法让我单独见见苔丝狄蒙娜，跟她作一次简短的谈话。

爱米利娅　请进来吧；我可以带您去一个地方，在那儿，您能从容吐露您的心曲。

凯西奥　那真是让我感激万分。（同下）

第二场

城堡中一室

奥瑟罗、伊阿古及军官等上。

奥瑟罗　　伊阿古，这几封信你拿去交给舵师，叫他回去替我
　　　　　　上呈元老院。我去堡垒上走走；你把事情办好以后，
　　　　　　就到那边来找我。

伊阿古　　是，主帅，我马上就去。

奥瑟罗　　各位，我们要不要一起去看看这儿的防务？

众人　　　我们愿意奉陪。（同下）

第三场

城堡前

苔丝狄蒙娜、凯西奥及爱米利娅上。

苔丝狄蒙娜　好凯西奥，你放心吧，我一定尽力替你说情就是。

爱米利娅　好夫人，请您千万出力。不瞒您说，我丈夫为了这件事情，也懊恼得不得了，就像他自己惹上了麻烦一样。

苔丝狄蒙娜　啊！你丈夫是个好人。放心吧，凯西奥，我一定设法让我丈夫恢复他对你的友谊。

凯西奥　大恩大德的夫人，无论迈克尔·凯西奥将来有什么成就，他永远是您忠实的仆人。

苔丝狄蒙娜　我知道；我感谢你的好意。你爱我丈夫，又是他多年的知交；放心吧，他只是在表面上为了避嫌而对你略示疏远，决不会真心对你见外。

凯西奥　您说得很对，夫人；就怕这避嫌避得太久，军务政务多了，一忙、一拖，或者因为各种小事、意外接连不断，我就再没机会到帐下效命；日久之后，有人代替了我，恐怕主帅就会忘了我的忠诚与微劳。

苔丝狄蒙娜　那你不用担心；当着爱米利娅的面，我保证你一定

能回复原职。请你相信我，如果我发誓要帮助一个朋友，我就一定会帮他到底。我的丈夫将会不得安息，睡觉也好，吃饭也好，我都要在他耳旁聒噪；无论他做什么事，我都要插进嘴去，替凯西奥说情。所以，高兴些吧，凯西奥，因为你的辩护人啊，她宁死也不愿放弃你的权益。

奥瑟罗及伊阿古自远处上。

爱米利娅	夫人，将军来了。
凯西奥	夫人，我告辞了。
苔丝狄蒙娜	啊，等一等，听我说。
凯西奥	夫人，改日再谈吧；现在我心里很不自在，见了主帅恐怕反多不便。
苔丝狄蒙娜	好，那您请便。（凯西奥下）
伊阿古	嘿！我不喜欢那种样子。
奥瑟罗	你说什么？
伊阿古	没什么，主帅；要是——我不知道。
奥瑟罗	从我妻子身边走开去的，不是凯西奥吗？
伊阿古	凯西奥？不，主帅，我想他一定不会见到您来，就好像做了什么亏心事似的偷偷溜走。
奥瑟罗	我觉得就是他。
苔丝狄蒙娜	啊，我的夫君！刚才有人在这儿向我请托，他失去了您的欢心，所以非常抑郁不快呢。

奥瑟罗　　　你说的是谁?

苔丝狄蒙娜　就是您的副将凯西奥呀。我的好夫君,要是我还有
　　　　　　几分面子,或是几分可以左右您的力量,请您立刻
　　　　　　恢复您对他的恩宠吧;他若不是一个真心爱您的人,
　　　　　　他的过失若不是无心之过,而是有意为之,那就是
　　　　　　我看错人啦。请您叫他回来吧。

奥瑟罗　　　他刚刚才从这儿走开去吗?

苔丝狄蒙娜　嗯,是的;他是那样满怀羞愧,让我也不禁同情起
　　　　　　他来,心里甚是悲哀。爱人,叫他回来吧。

奥瑟罗　　　现在不必,亲爱的苔丝狄蒙娜;慢慢再说吧。

苔丝狄蒙娜　可那不会拖太久吗?

奥瑟罗　　　亲爱的,为了你,我叫他早点复职就是。

苔丝狄蒙娜　今天晚餐时可好?

奥瑟罗　　　不,今晚还不行。

苔丝狄蒙娜　那就明天午餐的时候?

奥瑟罗　　　明天中午我不在家吃;我要跟将领们在营中会面。

苔丝狄蒙娜　那就明天晚上;或者星期二早上,星期二中午、晚
　　　　　　上,星期三早上,随您指定一个时间,但不要超过
　　　　　　三天。对于自己的行为失检,他的确非常悔恨;固
　　　　　　然,在这样的战争时期,地位较高的人必须以身作
　　　　　　则,可照我们平常人看来,他的过失也实在是微乎
　　　　　　其微,不需要针对个人的处罚。什么时候让他过来?
　　　　　　告诉我,奥瑟罗。要是您对我有什么要求,我想我
　　　　　　绝对不会拒绝,或是这样吞吞吐吐。哎!这位迈克

尔·凯西奥啊——您向我求婚的时候，是他陪着您来的；好多次我对您表达不满的时候，他总是为您辩护；现在我请您重新将他叙用，您却这样为难！相信我，我可以——

奥瑟罗 好了，不要说下去了。让他随便什么时候来吧；你的要求，我总不会拒绝。

苔丝狄蒙娜 这并不是一种恩惠；这就好像是我在请求您戴上您的手套，劝您吃些富于营养的菜肴，穿些温暖的衣服，或是叫您做一件对您自己有益的事情。不，如果我真的要向您提出什么要求，来试探一下您的爱情，那一定会是一个棘手异常、难以应允的要求。

奥瑟罗 只要你说，我都不会拒绝；可是现在，你必须答应我的要求，暂时离开我一会儿。

苔丝狄蒙娜 难道我会拒绝您吗？不会的。再见，我的夫君。

奥瑟罗 再见，我的苔丝狄蒙娜；我马上就来找你。

苔丝狄蒙娜 爱米利娅，来吧。您爱怎么样就怎么样，我总是服从您的。（苔丝狄蒙娜、爱米利娅同下）

奥瑟罗 可爱的女人！要是我不爱你，就让我的灵魂永堕地狱！我不爱你的时候，世界也该复归混沌中了。

伊阿古 尊贵的主帅——

奥瑟罗 你有什么要说，伊阿古？

伊阿古 您向夫人求婚的时候，迈克尔·凯西奥也知道你们相恋了吗？

奥瑟罗 他从头到尾都知道。为什么问起这个？

伊阿古	不过是为了解答我心头的一个疑惑，没有其他用意。
奥瑟罗	你有什么疑惑，伊阿古？
伊阿古	我以为他本来跟夫人是不相识的。
奥瑟罗	啊，不，他常常在我俩之间传递消息。
伊阿古	当真？
奥瑟罗	当真？嗯，当真。你觉得有什么不对吗？他这人不老实吗？
伊阿古	老实吗，我的主帅？
奥瑟罗	老实，嗯，当然老实。
伊阿古	主帅，照我所知——
奥瑟罗	你有什么意见？
伊阿古	意见，我的主帅？
奥瑟罗	意见，我的主帅？天哪，他怎么老学我说话，好像他思想里藏着什么丑恶得不可见人的怪物似的。你究竟想说些什么？刚才凯西奥离开我妻子的时候，我听见你说，你不喜欢那种样子；你不喜欢什么样子？我告诉你在我求婚期间，他一直有所参与的时候，你又喊说"当真！"还蹙紧了你的眉头，像在把一个可怕的想法困锁在你的脑袋里一样。你要是爱我，就把你想到的事情告诉我吧。
伊阿古	主帅，您知道我很爱您。
奥瑟罗	我相信你；因为我知道你是一个忠爱正直的人，从来不让任何一句未经忖度的话语轻易出口，所以你这吞吞吐吐的口气格外令我惊疑。要是一个奸诈的

小人这样，那不过是套玩惯了的把戏；可一个正人君子这样，那就是从心底里不知不觉、自然而然地流露出来的秘密抗议。

伊阿古　要说迈克尔·凯西奥，我敢发誓我相信他是忠实的人。

奥瑟罗　我也这么觉得。

伊阿古　人的内心应该跟外表一致，可有的人却不是这样；要是他们能脱下假面，那就好了！

奥瑟罗　不错，人的内心应该跟外表一致。

伊阿古　所以我想凯西奥是个忠实的人。

奥瑟罗　不，我看你还有一些别的意思。请你老老实实告诉我你的想法，哪怕是用最坏的字眼，说出你所想到的最坏的事情。

伊阿古　我的好主帅，请原谅我；凡是您的部下应尽的责任，我当然不敢躲避，可您不能勉强我做连奴隶也没有义务去做的事。吐露我的想法？也许它们邪恶而卑劣；可那座庄严的宫殿，有时不也同样会被下贱的东西闯入？又有谁的心胸能纯洁到没有任何会与正大光明的思想分庭抗礼的污秽念头？

奥瑟罗　伊阿古，要是你认为你的朋友受到了欺侮，却又不让他知道你的想法，这不成了党敌卖友了吗？

伊阿古　也许我是以小人之腹度君子之心，因为我是个秉性多疑的人，常常会无中生有，错怪了人家；所以，还是请您不要把我无稽的猜测放在心上，更不要因为我胡乱的妄言而自寻烦恼。要是我让您知道了我的想法，一会破坏您的清静，对您没什么好处，二也会影响我的人格，对我也不是明智之举。

奥瑟罗　你的话是什么意思？

伊阿古　我的好主帅，无论男人女人，名誉都是灵魂中最切身的珍宝。偷走我钱囊的，不过偷到了一些废物，一些虚无的幻质，它从我的手里转到他的手里，它也曾做过千万人的奴隶；可要是有谁偷走了我的名誉，那么他虽不会因此而富足，我却会因为失去了它而陷入赤贫。

奥瑟罗　凭着上天起誓，我必须知道你的想法。

伊阿古　即使我的心在您手里，您也不会知道我的想法；只要它还在我的保管之下，我就不能让您知道。

奥瑟罗　嘿！

伊阿古　啊，主帅，您要留心嫉妒啊；那是一个绿眼的妖魔，谁做了它的祭品，就要受它的玩弄。原本并不爱他妻子的那种丈夫，虽然明知被妻子欺骗，算来也还是幸福的人；可是啊！一方面那样痴心疼爱，一方面又那样满腹狐疑，才是活活受罪！

奥瑟罗　啊，难堪的痛苦！

伊阿古　贫穷而知足，能赛过富有；有钱的人要是时刻在担心他有天会变成穷人，那么即使他有无限的资财，实际上也像冬天一样贫困。老天保佑，别让我们嫉妒！

奥瑟罗　　　　什么，这是什么意思？你以为我会在嫉妒里消磨我的一生，随着月亮的每一次变化，产生一次又一次的猜疑？不，我一旦感到怀疑，就要立刻把它解决。要是我会让这种捕风捉影的猜测支配我的心灵，就像你所暗示的那样，那我就是一头愚蠢的山羊。谁说我的妻子貌美多姿、爱好交际、口才敏慧、能歌善舞，都决不会让我嫉妒；对一个贤淑的女子来说，这些都是锦上添花的美妙外饰。我也决不会因为我自己的缺点而担心她会背叛；她若没有一双慧眼，是决不会选中我的。不，伊阿古，我在亲眼看见以前，决不妄起猜疑；当我感到怀疑，我就要把它证实；果真有了确实的证据，我就一了百了，让爱情和嫉妒同时毁灭。

伊阿古　　　　您这番话我听了很是高兴，因为我现在能以更坦白的精神，向您披露我的忠爱之忱。既然我不能不说，就请听我说吧。我还不能给您确实的证据。注意尊夫人的行动；留心观察她对凯西奥的态度；用冷静的眼光看着他们，不要一味多心，也不要过于大意。我不愿您那慷慨豪迈的天性被人欺罔；留心一些。我知道我们国家的娘儿们是个什么脾气；在威尼斯，她们背着自己的丈夫，演下了一出出不瞒天地的风流活剧；她们可以不顾羞耻，干她们想干的事，只要不让丈夫知道，就可以问心无愧。

奥瑟罗　　　　你真这样觉得？

Iago. Look to your wife; observe her well with Cassio.

Act III. Scene III.

伊阿古	她当初跟您结婚，曾骗过她的父亲；她似乎对您的容貌感到战栗、畏惧的时候，心里却热爱着它。
奥瑟罗	她正是这样。
伊阿古	好，这样小小的年纪，就有这般能耐，表现得不露一丝破绽，把她父亲的眼睛完全遮掩过去，让他疑心您用妖术把她骗走。——可我不该说这种话；请您原谅我吧，这都是因为我太忠心于您。
奥瑟罗	我永远感激你的好意。
伊阿古	我看这件事情有点儿扫了您的兴致。
奥瑟罗	一点没有，一点没有。
伊阿古	真的，我怕您已经生我的气啦。我希望您把我说的话当作善意的警戒。可我看得出来，您真的动了怒啦。我必须请求您不要因为我这么说了，就武断地下了结论；不过是一点嫌疑，还不能认定是事实哩。
奥瑟罗	我不会的。
伊阿古	您要是这样，主帅，我的话就要引起不幸的后果，完全违反我的本意了。凯西奥是我的好朋友——主帅，我看您是动了怒啦。
奥瑟罗	不，并没怎么动怒。我想苔丝狄蒙娜是贞洁的。
伊阿古	但愿她永远如此！但愿您永远这样想！
奥瑟罗	可一个人往往会迷失本性——
伊阿古	嗯，问题就在这儿。说句大胆的话，当初多少跟她同国族、同肤色、同阶级的人向她求婚，她都置之不理，这明明就是违反常情的举动；嘿！从这一点

上，就能看到一种荒唐的意志、乖僻的习性，和不近人情的思想。可原谅我，我并不是专门指她；虽然我害怕她是因为一时孟浪才跟随了您，也许激情过后，就会觉得您在各方面都和与她同种同族的人不甚相似，从而心生懊悔。

奥瑟罗　再会，再会。要是你还观察到什么，请让我知道；叫你的妻子留心察看。你去吧，伊阿古。

伊阿古　主帅，我告辞了。（欲去）

奥瑟罗　我为什么要结婚呢？这个实诚汉子的所见所知，一定比他向我披露的这些要多得多吧。

伊阿古　（回转）我想说，主帅，请您最好暂时搁下这事，慢慢再看。凯西奥虽然应该让他复职，因为这个职位，他非常胜任；可您要是愿意暂时让他赋闲一阵，就可以借此窥探他的真实面目，看他钻的是哪一条门路。您只要注意尊夫人在您面前是不是着力替他说情就行；从这一点上就能看出不少情事。现在请您只把我的意见认作无谓的过虑——我相信我的确太多疑了——仍旧把尊夫人看成一个清白无罪的人。

奥瑟罗　你放心吧，我不会失去自制。

伊阿古　那么我告辞了。（下）

奥瑟罗　这是一个非常诚实的家伙，对于人情世故是再熟悉不过的了。要是我能证明她是一只没有驯伏的野鹰，即便我用自己的心弦系住了她，我也要放她随风远去，追寻她自己的命运。也许是我生得黑丑，缺少绅士们温柔风雅的谈吐；也许是我年纪大了一些——虽然还不算顶老——她才会把我背叛；我已自取其辱，只好割断对她的这份痴情。啊，结婚的烦恼！我们可以在名义上把这些可爱的人儿称为我们所有，却不能支配她们的爱憎喜恶！我宁愿做只蛤蟆，呼吸牢室中的浊气，也不愿占住心爱之物的一角，让别人把它享用。可那是富贵之人也不能幸免的灾祸，他们并不比贫贱之人享有更多的特权；那是死亡一般不可逃避的命运，那好像是我们生来就注定要戴在头上的一顶绿帽。瞧！她来了。如果她不贞洁，啊！那么上天简直是在开自己的玩笑。我不相信。

苔丝狄蒙娜及爱米利娅重上。

苔丝狄蒙娜　啊，我亲爱的奥瑟罗！您所宴请的那些岛上的贵人们都在等您就席哩。

奥瑟罗　是我失礼了。

苔丝狄蒙娜　您怎么说话这样没劲？您不舒服吗？

奥瑟罗　我有点儿头痛。

苔丝狄蒙娜　那一定是因为睡得少了，不要紧的；让我替您绑紧，一小时内就会好的。

奥瑟罗　你的手帕太小了。（苔丝狄蒙娜手帕坠地）随它去；

来，我跟你一块儿进去。

苔丝狄蒙娜　您身子不舒服，我很懊恼。(奥瑟罗、苔丝狄蒙娜下)

爱米利娅　我很高兴我拾到了这方手帕；这是她从那摩尔人手里得到的第一份礼物。我那古怪的丈夫跟我说了不知多少好话，要我把它偷来；可这玩意儿她喜欢得很，因为他叫她永远珍惜，不许遗失，所以她随时带在身边，一个人时就拿出来吻它，对它说话。我要把那花样描了下来，再把它送给伊阿古；究竟他拿去有什么用，天才知道，我可不知。我不过是为了讨他欢喜。

伊阿古重上。

伊阿古　啊！你一个人在这儿干吗？

爱米利娅　别骂我；我有好东西给你。

伊阿古　好东西给我？肯定没什么特别——

爱米利娅　你说什么？

伊阿古　我说，娶个傻老婆挺正常的。

爱米利娅　你就这么说我？要是我现在把那方手帕给你，你给我什么东西？

伊阿古　什么手帕？

爱米利娅　什么手帕！就是那摩尔人最初送给苔丝狄蒙娜的，你老叫我去偷来的那方手帕呀。

伊阿古　你偷来了？

爱米利娅	不，不瞒你说，是她自己不小心掉下来的，我就在旁边，乘机把它拾起来了。瞧，这不是吗？
伊阿古	好娘子，给我。
爱米利娅	你一定要我偷来，究竟有什么用？
伊阿古	哼，干你什么事？（夺帕）
爱米利娅	要是没什么重要的用途，还是把它还给我吧。可怜的夫人！她丢了这方手帕，准要发疯。
伊阿古	不要告诉别人；我自有用处。去，你去吧。（爱米利娅下）我要把这手帕丢在凯西奥的寓所，让他找到。轻得像空气一样的小事，在心怀嫉妒的人那儿，也会变成天书一样神圣的确证；也许这便能引发一场是非。这摩尔人中了我下的毒，心理上已经发生了变化；危险的思想本就是种毒药，虽然一开始尝不到什么苦涩的味道，可渐渐在血液里活动起来，就会像火山一样轰然爆发。我的预测果然准确；瞧，他又来了！

奥瑟罗重上。

伊阿古	罂粟、曼陀罗或是世上所有致人昏迷的药草，都无法让你再像昨晚那样安享酣眠。
奥瑟罗	嘿！嘿！她会对我不忠？
伊阿古	啊，怎么，主帅！别老想着那件事啦。
奥瑟罗	去！滚开！你害得我好苦。与其不明不白，还是糊

里糊涂受人欺弄的好。

伊阿古　您怎么啦，主帅！

奥瑟罗　她瞒着我跟人私通，我不是一无知觉吗？我没看见，没想到，它跟我漠不相干；到了晚上，我还是睡得安稳，逍遥自得，无忧无虑，在她的嘴唇上找不到凯西奥吻过的痕迹。被偷的人要是不知道那小偷偷走了什么，他就等于没有挨偷一样。

伊阿古　听您说出这样的话，我很抱歉。

奥瑟罗　就算全营的将士，从最低微的工兵开始，都曾领略过她肉体的美趣，我只要一无所知，就依然快乐。啊！从今以后，永别了，宁静的心绪！永别了，平和的幸福！永别了，威武的大军、激发壮志雄心的战争！啊，永别了！永别了，长嘶的骏马、锐利的号角、惊魂的鼙鼓、刺耳的横笛、庄严的大旗和战阵上的一切威仪！还有你，杀人的巨炮啊，你残暴的喉管模仿着天神乔武的怒吼，永别了！奥瑟罗的志业已经彻底消逝。

伊阿古　这怎么可能，主帅！

奥瑟罗　恶人，你必须证明我的爱人是一个淫妇，你必须给我目击的证据；否则，凭着人类永生的灵魂起誓，我燃起的怒火将会喷射在你身上，让你悔恨当初不曾投胎做一条狗！

伊阿古　竟到这样的地步了吗？

奥瑟罗　让我亲眼看见事实的真相，至少也要拿出无可置疑的切实证据，否则我活活要你的命！

伊阿古　　尊贵的主帅——

奥瑟罗　　你要是故意捏造谣言，毁坏她的名誉，让我经受难堪的痛苦，那你再祈祷也没有用了；放弃一切恻隐之心，让各种残酷的罪恶丛集于你残酷的一身，尽管去犯下那些让上天悲泣、让人世惊愕的暴行吧，因为你现在已经罪大恶极，没有什么会让你在地狱里沉沦得更深。

伊阿古　　天啊！您还是个男子汉吗？您有灵魂吗？您有知觉吗？上帝和您同在！我也不要做这劳什子的旗官了。啊，倒霉的傻瓜！你以为自己是个老实人，人家却把你的老实当作罪恶！啊，丑恶的世界！注意，注意，世人啊！说老实话，做老实人，是件危险的事哩。谢谢您给我这么个有益的教训，既然善意反要遭人嗔怪，从此以后，我再也不向什么朋友掬献我的真情。

奥瑟罗　　不，且慢；你就该做个老实的人。

伊阿古　　我该做一个聪明人；因为老实人就是傻瓜，费了一片好心，还是不能取信于人。

奥瑟罗　　我想我的妻子是贞洁的，可又疑心她不贞；我想你是诚实的，可又疑心你作假。我必须得到一些证据。她的名誉本来就像狄安娜的容颜一样皎洁，现在却已染上污垢，像我自己的脸庞一样黝黑。要是这儿有绳子、刀子、毒药、火焰或是令人窒息的河水，

　　　　　　　我一定没法忍受下去。但愿我能扫空这块疑团！

伊阿古　主帅，我觉得您完全在受情感的支配。我很后悔，我不该惹起您的疑心。那么，您愿意知道究竟吗？

奥瑟罗　愿意！嘿，我必须知道。

伊阿古　那倒是可以；可怎样去知道它呢？主帅？您要眼睁睁地看她当场被人骑吗？

奥瑟罗　啊！该死，该死！

伊阿古　叫他们当场出丑，我想很不容易；他们干这种事，总要避人眼目。那怎么样呢？我该怎么说呢？怎样才能拿到真凭实据？即使他们像山羊一样风骚，像猴子一样好色，像豺狼一样贪淫，即使他们是糊涂透顶的傻瓜，您也不可能亲眼看到他们的把戏。可我说了，有了确凿的线索，就能探出事实的真相；要是这类间接的旁证能替您解除疑惑，那倒是不难取得。

奥瑟罗　给我一个牢靠的证据，证明她已经失节。

伊阿古　我不喜欢这差使；可既然愚蠢的忠心把我拉进了这桩纠纷，我也不能再保持沉默。最近我曾和凯西奥同榻；我因为牙痛而不能入睡；世上有一种人，他们的灵魂无法保守秘密，往往会在睡梦中吐露他们的私事，凯西奥也属于这一种人；我听见他在梦中说了，"亲爱的苔丝狄蒙娜，我们须要小心，不要让人窥破了我们的爱情！"于是，主帅，他就紧紧地捏住我手，嘴里喊着，"啊，可爱的人儿！"然后狠狠地吻我，好像那吻就长在我的嘴唇上面，他恨不得连根拔起一样；然后，他又把脚搁上我的大腿，叹一口气，亲一个吻，喊一声"该死的命运，把你给了那摩尔人！"

奥瑟罗　啊，可恶！可恶！

伊阿古　可是，这不过是梦。

奥瑟罗　虽然只是个梦，但也能透露过去发生过什么，这已足够令人生疑。

伊阿古　如果证据稀薄，这倒能加些分量。

奥瑟罗　我要把她碎尸万段。

伊阿古　不，您不能太鲁莽了；我们还没看见实际的行动；也许她依然贞洁。我想问您一件小事：尊夫人是不是有时会拿着一方绣着草莓花样的手帕？

奥瑟罗　我给过她这样一方手帕；那是我送她的第一件礼物。

伊阿古　这我倒不知道；可今天我看见凯西奥用这样一方手帕抹他的胡子，我相信它一定是尊夫人的。

奥瑟罗　假如就是那一方手帕——

伊阿古　假如就是那一方手帕，或者是其他她用过的手帕，那就又多了一个对她不利的证据。

奥瑟罗　啊，我但愿那家伙有四万条命！只死一次怎够发泄我的愤怒。现在我明白了，这件事情全然不假。瞧，伊阿古，我把我的全部痴情向天空吹散；它已随风消失。黑暗的复仇，从你的幽窟中升起来吧！爱情啊，把你的王冠和你心灵深处的宝座让给残暴的憎恨！胀起来吧，我的胸膛，因为你已满载毒蛇的螫舌！

伊阿古　　请不要这样动怒。

奥瑟罗　　啊，血债！血债！血债！

伊阿古　　忍耐一些；也许您会改变主意。

奥瑟罗　　决不，伊阿古。正像黑海的寒涛滚滚奔流，直奔马尔马拉海，冲向达达尼尔海峡，永远不会后退一样，我风驰电掣的流血之思，在这大仇彻底得报之前，也决不会踟蹰回顾，化为绕指柔情。（跪）苍天在上，奇耻大辱不消，誓不偷生人世。

伊阿古　　且慢起来。（跪）永古炳耀的日月星辰，环抱宇宙的风云雨雾，请你们为我作证：从现在起，伊阿古愿意尽心竭力，为受人欺侮的奥瑟罗效劳；不论是什么残酷的工作，只要他一声吩咐，我唯命是从。

奥瑟罗　　我不用空口的感谢来回报你的好意，为了表达我诚心的嘉纳，我要请你立刻履行你的诺言：在三天以内，让我听见你说，凯西奥已不在人世。

伊阿古　　我的朋友必死无疑，因为这是您的意旨；可是，还请放夫人活命。

奥瑟罗　　该死的淫妇！啊，让她下地狱吧！来，跟我走；我要为这美貌的魔鬼想出一个干脆的死法。现在你就是我的副将。

伊阿古　　我永远是您的忠仆。（同下）

第四场

城堡前

苔丝狄蒙娜、爱米利娅及小丑上。

苔丝狄蒙娜　喂，你知道凯西奥副将家住哪里吗？

小丑　　　　我可不敢说他有"家"。

苔丝狄蒙娜　为什么呢，伙计？

小丑　　　　他是个军人，说军人有"假"，可是要挨刀的。

苔丝狄蒙娜　好吧，那他住在哪里？

小丑　　　　告诉您他住在哪里，就是告诉您我在撒谎。

苔丝狄蒙娜　这话是什么意思？

小丑　　　　我不知道他住在哪里；要是胡乱想出一个地方，说
　　　　　　他"家"住这儿、"家"住那儿，那就是我存心造
　　　　　　"假"啦。

苔丝狄蒙娜　你可以打听打听他住在哪儿呀。

小丑　　　　好，我这就去到处打听，我不仅打听，还要一家家
　　　　　　盘问，看他们怎么回答。

苔丝狄蒙娜　找到了你就叫他到这儿来；说我已经在将军那儿说
　　　　　　过情了，大概会是圆满的结果。

小丑　　　　这事儿还算智所能及，所以我愿意试试。（下）

苔丝狄蒙娜　我究竟把那手帕掉在哪儿了呢，爱米利娅？

爱米利娅　　我不知道，夫人。

苔丝狄蒙娜　相信我，我宁愿失去一袋金币；要是我的摩尔夫君不是这样一个光明磊落的汉子，要是他也像那些多疑善妒的卑鄙男人一样，这很可能会引起他的疑心。

爱米利娅　　他不会嫉妒吗？

苔丝狄蒙娜　谁？他？我想在他生长的地方，那灼热的阳光已经完全从他身上吸走了这种气质。

爱米利娅　　瞧！他来了。

苔丝狄蒙娜　他跟凯西奥当面谈话以前，我决不离开他一步。

奥瑟罗上。

苔丝狄蒙娜　您好吗，我的夫君？

奥瑟罗　　　好，我的好夫人。(旁白)啊，装假脸真不容易！——你好吗，苔丝狄蒙娜？

苔丝狄蒙娜　我好，我的好夫君。

奥瑟罗　　　把你的手给我。这手很潮润呢，我的夫人。

苔丝狄蒙娜　它还没感受到老年的侵袭，也没受过忧伤的损害。

奥瑟罗　　　这只手表明它主人的内心丰富而慷慨；这么热，这么潮。奉劝夫人努力克制邪心，常常斋戒祷告，反躬自责，礼拜神明，因为这儿有一个年少风流的魔鬼，惯会在人们的血液里捣乱。这是一只好手，一只很慷慨的手。

Othello. Give me your hand: this hand is moist, my lady.
Desdemona. It yet has felt no age nor known no sorrow.

Act III. Scene IV.

苔丝狄蒙娜 您真的可以这样说，因为就是这一只手，把我的心献给了您。

奥瑟罗 一只慷慨的手。从前的姑娘把手给人，会把心也一起交付；现在时世变了，得到一位姑娘的手的，不一定能得到她的心。

苔丝狄蒙娜 这种话我不会说。来，您答应我的事怎么样啦？

奥瑟罗 我答应你什么，乖乖？

苔丝狄蒙娜 我已经叫人去请凯西奥来跟您谈谈。

奥瑟罗 我的眼睛有些胀痛，老是淌着眼泪。把你的手帕借我一用。

苔丝狄蒙娜 来，我的夫君。

奥瑟罗 我给你的那一方呢？

苔丝狄蒙娜 我没带在身边。

奥瑟罗 没带？

苔丝狄蒙娜 真的没带，我的夫君。

奥瑟罗 那你可就错了。那方手帕是一个埃及女人送给我母亲的；她是一个能洞察人心的女巫，她告诉我的母亲，当她保存着这方手帕的时候，它能让她得到我父亲的欢心，享受专房的爱宠，可她要是失去了它，或是把它送给旁人，我的父亲就会对她心生憎厌，他的心就会另觅新欢。临死之际，她把手帕传给了我，叫我结婚以后，就把它交给新婚的妻子。我照她的吩咐把手帕交给了你，你就必须格外小心、珍惜，就像珍惜你宝贵的眼睛一样；万一丢了，或是送给了别人，一场难以挽救的灾祸便在所难免。

苔丝狄蒙娜　真会有这种事吗？

奥瑟罗　　　真的，这小小的手帕里头，织着神奇的魔力；一个两百岁的神巫在一阵心血来潮之际缝就了它；它那缕缕丝线，也不是世间的凡蚕所吐；织成以后，它曾被处女的心炼成的丹液浸染。

苔丝狄蒙娜　当真！这是真的吗？

奥瑟罗　　　绝对不假；所以，留心保管好吧。

苔丝狄蒙娜　上帝啊，但愿我从没见过这方手帕！

奥瑟罗　　　嘿！为什么？

苔丝狄蒙娜　您为什么语气这样暴躁？

奥瑟罗　　　已经弄丢了吗？不见了吗？说，它是不是已经丢了？

苔丝狄蒙娜　上天祝福我们！

奥瑟罗　　　你说。

苔丝狄蒙娜　没有弄丢；可如果丢了，会怎么样呢？

奥瑟罗　　　怎么！

苔丝狄蒙娜　我说我没有弄丢。

奥瑟罗　　　把它拿来我看。

苔丝狄蒙娜　我可以把它拿来，可现在我不愿意。这是一个诡计，要把我的要求赖了过去。请您重新录用凯西奥吧。

奥瑟罗　　　给我把手帕拿来。我起了疑了。

苔丝狄蒙娜　得啦，得啦，您再也找不到比他还能干的人了。

奥瑟罗　　　手帕！

苔丝狄蒙娜　还是请您跟我谈谈凯西奥的事吧。

奥瑟罗　　　手帕！

苔丝狄蒙娜　他一向受您眷爱，随您同甘共苦，历尽艰辛——

奥瑟罗　　　手帕！

苔丝狄蒙娜　凭良心说，您这样就不应该了。

奥瑟罗　　　去！（下）

爱米利娅　　这个人在嫉妒吗？

苔丝狄蒙娜　我从没见过他这样。这手帕一定有种不可思议的魔力；我真是倒霉，竟然把它丢了。

爱米利娅　　好男人一两年里也很难碰见一个。男人是一张胃，我们是一块肉；他们贪馋地吞下我们，吃饱了就呕出我们。您瞧！凯西奥和我丈夫来啦。

伊阿古及凯西奥上。

伊阿古　　　没有别的法子，只好求她出力。瞧！好运气！去求求她吧。

苔丝狄蒙娜　啊，好凯西奥！有什么消息吗？

凯西奥　　　夫人，我还是要向您重提我原来的请求，希望您发挥鼎力，让我重新做人，能在我敬爱的主帅麾下再邀恩眷。我不能这样延宕下去。假如我果然罪大恶极，无论过去的微劳、现在的悔恨还是将来立功自赎的决心，都不能博取他的矜怜宽谅，那我也希望得到一个明白的答复，然后我就死心塌地，向别处去乞讨命运的布施。

苔丝狄蒙娜　唉，善良的凯西奥！我的话已变成刺耳的烦渎；我的丈夫已不再是我的丈夫，要是他的面貌也像他的脾气一样变了，我简直要不认识他了。愿神灵保佑我！我已尽力替您说话；因为我言辞戆拙，我已遭他憎怒。您得暂时忍守；只要是我力所能及的事，我都愿意为您一试；请您相信我，就算是我自己的事情，我也不会这样热心。这样应该能让您满意了吧。

伊阿古　主帅发怒了吗？

爱米利娅　他刚从这儿走开，神气暴躁异常。

伊阿古　他会发怒吗？我曾看见大炮冲散他的队伍，像魔鬼一样把他的兄弟从他身边轰掉，他仍旧不动声色。他也会发怒吗？一定出了什么大事。我要去看看他。他要是发怒，一定有些缘故。

苔丝狄蒙娜　请你这就去吧。（伊阿古下）一定是什么国家大事，或是在这塞浦路斯发现了威尼斯方面有什么秘密的阴谋，扰乱了他清明的神志；在这种情形下，人往往会为了些许小事而生气，虽然实际激怒他们的却是其他更大的原因。正是这样，我们一个指头疼时，全身都会觉得难受。我们不能把男人当作完善的天神，也不能指望他们永远像新婚之夜那样殷勤体贴。爱米利娅，我真该死，我真是个不合格的战士，会在心里抱怨他的无情；现在我才觉悟，是我自己诱取了假证，让他受了冤枉。

爱米利娅　谢天谢地，但愿果然像您所想，是为了国家的事情，不是因为对您起了疑心。

苔丝狄蒙娜　唉！我从来没给过他任何能让他怀疑的理由。

爱米利娅　可多疑的人不会因此而满足；他们往往不是因为有了什么理由而嫉妒，只是为了嫉妒而嫉妒，那是一个凭空而来、自生自长的怪物。

苔丝狄蒙娜　愿上天保佑奥瑟罗，不要让这怪物钻进他心里！

爱米利娅　阿门，夫人。

苔丝狄蒙娜　我要去找他。凯西奥，您在这儿走走；要是我见到机会，能和他说话，我会向他提起您的请求，尽力为您转圜就是。

凯西奥　多谢夫人。（苔丝狄蒙娜、爱米利娅下）

比恩卡上。

比恩卡　你好，凯西奥朋友！

凯西奥　你怎么不在家里？你好吗，我最娇美的比恩卡？不骗你，亲爱的，我正要去你家呢。

比恩卡　我也正要去你的住处，凯西奥。怎么啦！一星期不来看我？七天七夜？一百六十八个小时？在相思里捱过的时辰，比钟走得要慢上八十倍呢；啊，这笔算不清的糊涂账呀！

凯西奥　对不起，比恩卡，这几天我实在心事太重，改日加

倍补偿你就是。亲爱的比恩卡，（以苔丝狄蒙娜手帕授比恩卡）替我描下这手帕上的花样。

比恩卡　　啊，凯西奥！这是哪儿来的？肯定是哪个新相好的送给你的礼物；我现在明白你不来看我的缘故了。有这等事吗？好，好。

凯西奥　　得啦，女人！把你这胡思瞎想还给魔鬼去吧。你怎么也吃起醋了，还觉得这是什么新相好的送的纪念；不是的，比恩卡，凭着我的良心发誓。

比恩卡　　那这是谁的？

凯西奥　　我不知道，亲爱的；是在我房里找到的东西。那花样我很喜欢，我想趁失主来讨还以前，把它描了下来。请你拿去帮我描描。现在，请你暂时离开我吧。

比恩卡　　离开！为什么？

凯西奥　　我在这儿等主帅来；让他看见我有女人陪着，恐怕不大方便。

比恩卡　　为什么呢？我倒要请问你了。

凯西奥　　不是因为我不爱你。

比恩卡　　而是因为你真不爱我。请你陪我走走，告诉我今晚你来不来看我。

凯西奥　　我只能陪你稍走几步，我在这儿等着人呢；可我很快会去看你。

比恩卡　　那好；我也不能勉强你。（各下）

第一场

塞浦路斯。城堡前

奥瑟罗及伊阿古上。

伊阿古	您这么想吗？

伊阿古　您这么想吗？

奥瑟罗　这么想，伊阿古！

伊阿古　什么，私下接吻？

奥瑟罗　这样的吻礼法不容。

伊阿古　脱光了衣服，和她朋友睡同一张床，经过一个多小时，却一点没起歹意？

奥瑟罗　伊阿古，脱光衣服睡在床上，还会不起邪念？这明明是魔鬼面前的假意矜持；心无邪念的人，会干出这样的勾当？他们的良心经不住魔鬼的诱惑，然后他们就欺骗上天。

伊阿古　要是他们不及于乱，那还不过是个小小的过失；可假如我把一方手帕给了我妻子——

奥瑟罗　　　给了她便怎样？

伊阿古　　　啊，主帅，给了她，那就是她的东西；既然是她的东西，我想她送谁都行。

奥瑟罗　　　她的贞操也是她自己的东西，她也可以随便送给谁吗？

伊阿古　　　她的贞操是一种不可捉摸的品质；世上有几个真正贞洁的贞妇？可讲到那方手帕——

奥瑟罗　　　天哪，真希望我忘了有这回事！你说——啊！它笼罩着我的记忆，像预兆不祥的乌鸦回旋在一户染着瘟疫的人家的屋顶上一样——你说我的手帕在他手里。

伊阿古　　　是的，在他手里便怎么样？

奥瑟罗　　　那可不大好。

伊阿古　　　什么！要是我说我看见他干那对您不住的事，或是听见他说——世上尽多那种家伙，他们靠死命的追求征服了一个女人，或是让什么情妇主动投怀送抱，就禁不住要到处向人吹嘘——

奥瑟罗　　　他说过什么话吗？

伊阿古　　　说过，主帅；可您放心，他说过的话，他都可以发誓否认。

奥瑟罗　　　他说过些什么？

伊阿古　　　他说，他曾——我不知道他到底干了什么。

奥瑟罗　　　他曾什么？什么？

伊阿古　　　跟她——

奥瑟罗	睡了？
伊阿古	睡在一起，睡在她身上；随您怎么说吧。
奥瑟罗	睡在一起？睡在她身上？什么"一起"，什么"在她身上"！——就是睡了！真叫人恶心！手帕——口供——手帕！叫他招供，再把他吊死。先吊起来，再叫他招供。想起来我就气得发抖。人总是有了某种感应，阴暗的情绪才会笼罩他的心灵；一两句空洞的话可不会给我这样大的震动。呸！磨鼻子，咬耳朵，吮嘴唇。会有这样的事吗？口供！——手帕！——啊，魔鬼！（晕倒）
伊阿古	显出你的效力来吧，我的妙药，显出你的效力来吧！轻信的愚人怎能不落入圈套；多少贞洁贤淑的娘儿们，都是这样蒙上了不白之冤。喂，主帅！主帅！奥瑟罗！

凯西奥上。

伊阿古	啊，凯西奥！
凯西奥	怎么回事？
伊阿古	咱们大帅发起癫痫来了。这是他第二次发作；昨天也发过一次。
凯西奥	在他太阳穴上揉揉。
伊阿古	不，不行；这样的昏迷，他必须静歇；不然他就要口吐白沫，很快会发起疯来。瞧！他在动了。你暂

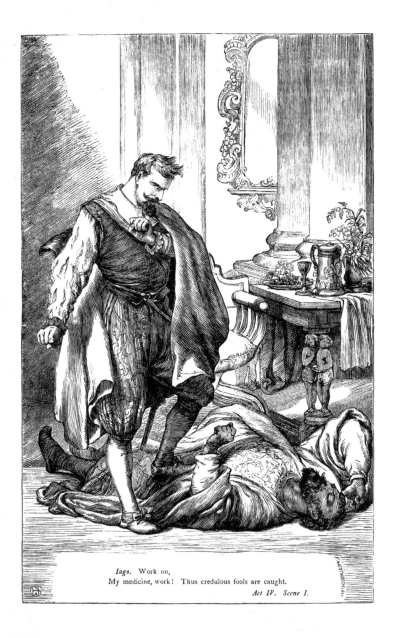

Iago. Work on,
My medicine, work! Thus credulous fools are caught.

Act IV. Scene I.

时走开一下，他很快就会恢复。他走了以后，我还有要紧的话要跟你说。（凯西奥下）怎么啦，主帅？您没伤到头吧？

奥瑟罗　你在讥笑我吗？

伊阿古　我讥笑您！不，没有的事！我只希望您像大丈夫一样忍受命运的播弄。

奥瑟罗　顶上了绿帽，跟头怪兽一样，还算得上人吗？

伊阿古　在大城市里，这种不算人的人儿可多着呢。

奥瑟罗　他承认了吗？

伊阿古　主帅，您看透些吧；您只要想想，哪一个有家室的须眉，没有遭遇如此命运的可能；世上不知有多少男人，卧榻上容留过无数生张熟魏，还满以为那是块私人禁地；您的情形还不算最坏。啊！这是最刻毒的恶作剧，魔鬼的最大玩笑，让一个男人安安心心地搂着一个荡妇亲嘴，还以为她是个三贞九烈的女人！不，我必须看个清楚，先看清自己成了什么，也就知道该拿这荡妇怎么办了。

奥瑟罗　啊！你是个聪明人；你说得一点不错。

伊阿古　现在请您暂时藏到一旁，竭力耐住您的怒气。刚才您恼得昏过去时，凯西奥来过这儿；我说您不省人事，把他打发走了，叫他过一会儿再来找我谈谈；他答应我了。您只要找个地方躲躲，就能看见他满脸得意忘形、冷嘲热讽的神气；因为我要叫他从头叙述他历次跟尊夫人相会的情形，还要问他重温好梦的时间和地点。您留心看看他那副表情吧。不过，不要气恼；否则，我就要说您一味意气用事，一点没有大丈夫的气概啦。

奥瑟罗　　告诉你吧，伊阿古，我会很巧妙地不动声色；可是，你听着，我也会包藏一颗最凶恶的杀心。

伊阿古　　那很好；但什么事都要看准时机。请您走远一步。（奥瑟罗退后）现在我要向凯西奥谈起比恩卡，一个靠着出卖风情维持生活的雌儿；她热恋着凯西奥；这也是娼妓们的报应，她们迷惑了多少男子，结果却往往被一个男人迷昏了心。他一听见她的名字，就会忍不住捧腹大笑。他来了。

凯西奥重上。

伊阿古　　他一笑起来，奥瑟罗就会发疯；可怜的凯西奥的嬉笑的神情和轻狂的举止，一定能在他充满无知的嫉妒的心头，惹起难以收拾的误会。——您好，副将？

凯西奥　　我正因为丢掉了副将头衔而懊恼得要死，你却还要这样喊我。

伊阿古　　在苔丝狄蒙娜跟前多求几句，包你原官起用。（低声）要是这事换在比恩卡手里，早就不成问题了。

凯西奥　　唉，可怜虫！

奥瑟罗　　（旁白）瞧！他已经笑起来啦！

伊阿古　　我从来不知道一个女人会这样爱一个男人。

凯西奥	唉，小东西！我看她倒是真的爱我。
奥瑟罗	（旁白）现在他在含糊否认，想一笑把这事儿搪塞过去。
伊阿古	你听说了吗，凯西奥？
奥瑟罗	（旁白）现在他要缠着不放，硬要他把经过情形讲一讲啦。说下去；很好，很好。
伊阿古	她跟人说你要跟她结婚；你有这个意思吗？
凯西奥	哈哈哈！
奥瑟罗	（旁白）你这样得意吗，好家伙？你这样得意吗？
凯西奥	我跟她结婚！什么？一个妓女？对不起，你不要这样看不起我，我还不至于糊涂到这等地步。哈哈哈！
奥瑟罗	（旁白）好，好，好，好。得胜的人才会笑逐颜开。
伊阿古	不骗你，人家都在说你要跟她结婚。
凯西奥	对不起，别说笑啦。
伊阿古	我要是骗你，我就是个大大的混蛋。
奥瑟罗	（旁白）你这是在报复我吗？好。
凯西奥	一派胡言！她自己一厢情愿，相信我会跟她结婚；我可没有答应。
奥瑟罗	（旁白）伊阿古在向我打招呼了；现在他开始讲故事啦。
凯西奥	她刚才还在这儿；真是到处缠着我不放。前天我在海边跟几个威尼斯人谈话，那傻东西就来啦；不瞒你说，她这样攀住我的脖子——
奥瑟罗	（旁白）叫着"啊，亲爱的凯西奥"吧？看他那表

情我就猜得出来。

凯西奥   她这样拉住我的衣服，靠在我怀里，哭个不停，还这样把我拖来拖去，哈哈哈！

奥瑟罗   （旁白）现在他在讲她怎样把他拖到我的卧室里去啦。啊！瞧你那根晃悠的鼻子，指不定要喂了哪条狗呢。

凯西奥   这样，我就只好离开她了。

伊阿古   啊！瞧，她来了。

凯西奥   好一只抹香粉的臭猫！

比恩卡上。

凯西奥   你这样到处盯着我不放，算什么呀？

比恩卡   让魔鬼跟他老娘盯着你吧！你刚才给我的那方手帕算什么意思？我是傻透了，才收了下来。叫我描下那花样！真好看的花样，你在你卧室里找到的东西，却不知道是谁丢的！肯定是哪个贱丫头送你的东西，倒要叫我来描下它的花样！拿去，还给你那相好去吧；随你从哪儿得来的这方手帕，我可不去描什么花样。

凯西奥   怎么，我亲爱的比恩卡！怎么！怎么！

奥瑟罗   （旁白）天哪，那该是我的手帕！

比恩卡   今晚你要是愿意来吃晚饭，就尽管来吧；要是不愿意来，等下回你有兴致了再来也好。（下）

伊阿古	去追，去追。
凯西奥	真的，我必须去追，不然她会一路骂个不停。
伊阿古	你准备去她家吃晚饭吗?
凯西奥	是的，我是这么打算。
伊阿古	好，也许我会再碰见你；因为我很想跟你谈谈。
凯西奥	请你一定要来。
伊阿古	得啦，别多说啦。（凯西奥下）
奥瑟罗	（趋前）伊阿古，我该怎么杀他?
伊阿古	您看见他一听到人家提起他的丑事，就笑得多高兴了吗?
奥瑟罗	啊，伊阿古!
伊阿古	您看见那手帕了吗?
奥瑟罗	那就是我那方吗?
伊阿古	我可以举手起誓，那就是您的那方。瞧他多看得起您那痴心的太太! 她把手帕送他，他却拿去送他的妓女。
奥瑟罗	我要用九年时间慢慢儿把她磨死。一个高雅的女人! 一个美貌的女人! 一个温柔的女人!
伊阿古	不，您必须忘掉那些。
奥瑟罗	嗯，让她今夜就腐烂、死亡、堕入地狱吧，因为她不能再活在世上。不，我的心已变成铁石；我打它，反而痛了我自己的手。啊! 世上没有任何比她还可爱的东西；她简直能睡在一个皇帝身边，尽情发号施令。

伊阿古	我从没见过您这样。
奥瑟罗	吊死她吧！我说的是实话，她就是这么完美：她的针线活儿是这样精妙！一个出色的音乐家！啊，她唱起歌来，能驯服一头野熊的心！她的心思才智，又是这样敏慧多能！
伊阿古	正因这样多才多艺，却干出这种丑事，才格外叫人气恼。
奥瑟罗	啊！一千倍、一千倍的可恼！而且她生性又这样温柔！
伊阿古	嗯，太温柔了。
奥瑟罗	对啦，一点不错。可是，伊阿古，可惜！啊！伊阿古！伊阿古！太可惜啦！
伊阿古	要是您对一个失节的女人，还是这样恋恋不舍，那就索性放任不管，随她去吧；您自己也不以为意，自然也不干别人的事。
奥瑟罗	我要把她剁成一堆肉酱。敢叫我当王八！
伊阿古	啊，她太不知羞耻啦！
奥瑟罗	跟我的部将通奸！
伊阿古	那尤其可恶。
奥瑟罗	给我弄些毒药来，伊阿古；今天晚上。我不想跟她多费唇舌，免得她的肉体和美貌再次打动我心。就今天晚上，伊阿古。
伊阿古	别用毒药了，在她床上掐死她吧，就在那张被她玷污了的床上。

奥瑟罗	好，好；这样的处置大快人心，很好。
伊阿古	至于凯西奥，让我去取他的命吧；午夜前后，您一定能听到我的消息。
奥瑟罗	好极了。（内喇叭声）怎么有喇叭声？
伊阿古	一定是有人从威尼斯来了。——是罗多维科奉公爵之命到这儿来了；瞧，您那位太太也跟他一起来了。

罗多维科、苔丝狄蒙娜及侍从等上。

罗多维科	上帝保佑您，尊贵的将军！
奥瑟罗	祝福您，大人。
罗多维科	公爵和威尼斯的元老们问候您安好。（以信交奥瑟罗）
奥瑟罗	敬吻恩命。（拆信阅读）
苔丝狄蒙娜	罗多维科大哥，威尼斯有什么消息？
伊阿古	很高兴见到您，大人；欢迎您来塞浦路斯！
罗多维科	谢谢。凯西奥副将好吗？
伊阿古	他还健在，大人。
苔丝狄蒙娜	大哥，他跟我丈夫闹了点别扭；可您能让他们言归于好。
奥瑟罗	你有把握吗？
苔丝狄蒙娜	您怎么说，我的夫君？
奥瑟罗	（读信）"务必照办为要，不得有误。——"
罗多维科	他没在答你的话，正忙着读信。将军跟凯西奥之间

果真出问题了？

苔丝狄蒙娜　发生了很不幸的误会；我对凯西奥很有好感，所以我很愿意尽力调解。

奥瑟罗　该死！

苔丝狄蒙娜　您怎么说，我的夫君？

奥瑟罗　你脑子还清醒吗？

苔丝狄蒙娜　什么，他生气了吗？

罗多维科　也许是这封信激到了他；照我猜想，他们是要召他回国，叫凯西奥代理他的职务。

苔丝狄蒙娜　真的吗？那好极了。

奥瑟罗　当真！

苔丝狄蒙娜　您怎么说，我的夫君？

奥瑟罗　看到你发了疯，我很高兴。

苔丝狄蒙娜　为什么，亲爱的奥瑟罗？

奥瑟罗　魔鬼！（击苔丝狄蒙娜）

苔丝狄蒙娜　我没做错什么，您不该这样对我。

罗多维科　将军，要是把这回事告诉威尼斯人，即便我发誓，说是我亲眼所见，他们也一定不会相信。这太过分了；快向她赔个罪吧，她都哭了。

奥瑟罗　啊，魔鬼！魔鬼！要是女人的眼泪有滋生化育的力量，她落下的每一滴眼泪都会变成一条鳄鱼。走开，别让我再看见你！

苔丝狄蒙娜　我不会留在这儿惹您生气。（欲去）

罗多维科　真是一位顺从的夫人。将军，请叫她回来吧。

奥瑟罗　　　夫人！

苔丝狄蒙娜　我的夫君？

奥瑟罗　　　大人，您要跟她说些什么？

罗多维科　　谁？我吗，将军？

奥瑟罗　　　嗯，您要我叫她回来，现在她回了。她会转来转去，
　　　　　　　走一步路，转一个身；她还会哭，大人，她还会哭；
　　　　　　　她确实非常顺从，正如您所说的，非常顺从。尽管
　　　　　　　流你的泪吧。大人，这信上的意思——好一股装腔
　　　　　　　作势的劲儿！——是要叫我回去。——你去吧，等
　　　　　　　会儿我再叫人来唤你。——大人，我服从他们的命
　　　　　　　令，不日就可束装上路，回威尼斯去。——去！滚
　　　　　　　开！（苔丝狄蒙娜下）凯西奥可以接替我的位置。
　　　　　　　今天晚上，大人，我还要请您赏光便饭。欢迎您来
　　　　　　　塞浦路斯！——一群污羊淫猴！（下）

罗多维科　　这就是我们的元老院从上到下同声赞叹，誉为全才
　　　　　　　全德的那位英勇的摩尔人吗？这就是那喜怒之情无
　　　　　　　从震撼的高贵天性吗？这就是那命运的箭矢无从伤
　　　　　　　破的坚定德操吗？

伊阿古　　　他已大大变了样啦。

罗多维科　　他的脑袋没毛病吗？他的神经是不是有点错乱？

伊阿古　　　他就是这个样子：我实在不敢说他是不是那什么了；
　　　　　　　要是他没那什么，我倒真希望他那什么了！

罗多维科　　那什么？打他妻子？

伊阿古　　　确实，那不太好；可我但愿他只是打打而已！

罗多维科　他一向都这样？还是因为信上的话激怒了他，他才犯下这种前所未有的过失？

伊阿古　唉！唉！按着我的地位，我实在不便把我的所见所知都说出口来。您不妨留心观察一下，他自己的行为就能说明一切，用不着我多说了。请您跟上去吧，看他还会弄出些什么花样。

罗多维科　他竟然是这样一个人，我真是大失所望。（同下）

第二场

城堡中一室

奥瑟罗及爱米利娅上。

奥瑟罗　　　那你什么也没看见吗?

爱米利娅　　没看见, 没听见, 也没怀疑过。

奥瑟罗　　　你不是看见凯西奥跟她在一起吗?

爱米利娅　　可我不知道那有什么不对, 而且我听见了他们说的
每一个字。

奥瑟罗　　　什么! 他们从不低声耳语?

爱米利娅　　从来没有, 将军。

奥瑟罗　　　也没打发你, 让你走开过吗?

爱米利娅　　没有。

奥瑟罗　　　没叫你去替她拿扇子、手套、脸罩, 或者别的什么
东西吗?

爱米利娅　　没有, 将军。

奥瑟罗　　　那可奇了。

爱米利娅　　将军, 我敢用我的灵魂打赌, 她是贞洁的。要是您
疑心她做过非礼之事, 赶快除掉这种想法吧, 因为
那会是您心里的一个污点。要是有哪个混蛋把这种

想法放进您的脑袋，就让上天罚他变成一条蛇，受永远的诅咒！假如她不贞洁、贤淑、忠诚，那世上就没有幸福的男人了；最纯洁的妻子，也会变成最丑恶的淫妇。

奥瑟罗 叫她到这儿来；去。（爱米利娅下）她的话说得很是动听；可这种拉惯了皮条的人，都是天生的利嘴。这是一个狡猾的淫妇，肚子里千刁万恶，当着人却会跪下来向天祈祷；我见过她的这种手段。

爱米利娅偕苔丝狄蒙娜重上。

苔丝狄蒙娜 我的夫君，您有什么吩咐？

奥瑟罗 过来，乖乖。

苔丝狄蒙娜 您要我怎样？

奥瑟罗 让我看看你的眼睛；瞧着我的脸。

苔丝狄蒙娜 这是什么古怪的念头？

奥瑟罗 （向爱米利娅）你去干你该干的吧，奶奶；把门关了，让我俩在这儿谈谈心。要是有人来了，你就在门口咳嗽一声。干你的老本行去吧；快，快！（爱米利娅下）

苔丝狄蒙娜 我跪在您面前，请您告诉我您这些话是什么意思？我知道您在生气，可我听不懂您说的话。

奥瑟罗 嘿，你是什么人？

苔丝狄蒙娜 我的夫君，我是您的妻子，您忠心不二的妻子。

奥瑟罗	来，发一个誓，让你自己死后下地狱吧；你的外表太像一个天使，如果不在不贞之上，再加一重伪誓之罪，也许魔鬼们都不敢抓你下去；所以，发誓，说你是贞洁的吧。
苔丝狄蒙娜	天知道，我是贞洁的。
奥瑟罗	天知道你就像地狱一样淫邪。
苔丝狄蒙娜	我的夫君，我对谁做了欺心的事？我有跟谁举止不端？我怎么淫邪了？
奥瑟罗	啊，苔丝狄蒙娜！去！去！去！
苔丝狄蒙娜	唉，不幸的日子！——您为什么哭？您的眼泪是为我而流的吗，我的夫君？要是您疑心这次奉召回国，是我父亲的主意，请您不要怪我；您固然失去了他的好感，可我也失去了他的慈爱。
奥瑟罗	如果上天的意思，是要让我受尽种种折磨；如果他要将诸般痛苦和耻辱降在我毫无防卫的头上，把我浸没在贫困的泥沼之中，剥夺我的一切自由和希望，我也可以在我灵魂的一隅，找到一滴忍耐的甘露。可唉！在这尖酸刻薄的世上，做个被人戟指笑骂的目标！那还可以容忍；可我的心灵失去了归宿，我的生命失去了寄托，我活力的源泉，变成了蛤蟆们繁育生息的污池！忍耐，你这朱唇韶颜的天婴啊，转变你的脸色，让它化成地狱般的狰狞吧！
苔丝狄蒙娜	我希望在我尊贵的夫主眼中，我是个贤良贞洁的妻子。

奥瑟罗	啊，是的，就像夏天肉铺里的苍蝇一样贞洁，卵入腐肉，却仍能受孕。你这野草闲花！你的颜色是这样娇美，你的香气是这样芬芳，人家看见你，嗅到你，就会心疼；但愿世上从来不曾有你！
苔丝狄蒙娜	唉！我究竟犯了什么连我自己也不知道的罪呢？
奥瑟罗	这张皎洁的白纸，这本美丽的书册，是要让人家写上"娼妓"二字的吗？犯了什么罪！啊，你这人尽可夫的娼妇！我只要一说起你干的事，我的两颊就会变成两座熔炉，把廉耻烧为灰烬。犯了什么罪！天神见了，要掩鼻而过；月亮见了，要羞得闭上眼睛；见谁吻谁的淫风，也静悄悄地躲在岩窟里面，不愿听见人家提起它的名字。犯了什么罪！不要脸的娼妇！
苔丝狄蒙娜	天啊，您不该这样侮辱我！
奥瑟罗	你难道不是娼妇？
苔丝狄蒙娜	不，我发誓我不是，否则我就不是个基督徒。我为我的天主保持着清白的身子，不让淫邪的手把它污毁，要是这样的行为能让我免去娼妇的恶名，那我就不是娼妇。
奥瑟罗	什么！你不是一个娼妇？
苔丝狄蒙娜	不，否则我死后没有得救的希望。
奥瑟罗	真的吗？
苔丝狄蒙娜	啊！上天饶恕我们！
奥瑟罗	那我真是多有冒昧了；我还以为你就是那个嫁给奥

瑟罗的狡猾的威尼斯娼妇哩。——喂，你这刚和圣彼得干着相反的差使的，看守地狱门户的奶奶！

爱米利娅重上。

奥瑟罗	你，你，对了，你！我们的谈话已经完毕。这几个钱是给你的酬劳；请你开了门上的锁，不要泄漏我们的秘密。（下）
爱米利娅	唉！这位老爷究竟在转些什么念头呀？您怎么啦，夫人？您怎么啦，我的好夫人？
苔丝狄蒙娜	我是在半醒半睡之中。
爱米利娅	好夫人，我的主子到底有些什么心事？
苔丝狄蒙娜	谁？
爱米利娅	我的主子呀，夫人。
苔丝狄蒙娜	谁是你的主子？
爱米利娅	我的主子就是你的丈夫，好夫人。
苔丝狄蒙娜	我没有丈夫。不要对我说话，爱米利娅；我不能哭，我没有话来回答你，除了我的眼泪。请你今夜把我结婚的被褥铺在我的床上，记好了；再去替我叫来你的丈夫。
爱米利娅	真是变了，变了！（下）
苔丝狄蒙娜	我应该受到这样的待遇，完全应该。我究竟有些什么不检之举，才会引起他的猜疑？

爱米利娅率伊阿古重上。

伊阿古	夫人，您有什么吩咐？您怎么啦？
苔丝狄蒙娜	我不知道。小孩子做了错事，做父母的总是以温和的态度，用轻微的责罚来教训他们；他也可以这样，因为我是一个娇惯的孩子，不惯受人责备。
伊阿古	怎么回事，夫人？
爱米利娅	唉！伊阿古，将军口口声声骂她娼妇，把那样难堪的字眼加在她身上，稍有人心的人，听了都不能忍受。
苔丝狄蒙娜	我应该得到那样一个称呼吗，伊阿古？
伊阿古	什么称呼，好夫人？
苔丝狄蒙娜	就是她说的——我的夫君对我的称呼。
爱米利娅	他叫她娼妇；一个喝醉了酒的叫花子，也不会把这种字眼加在他的姘妇身上。
伊阿古	他为什么要这样？
苔丝狄蒙娜	我不知道；我相信我不是那样的女人。
伊阿古	不要哭，不要哭。唉！
爱米利娅	多少名门贵族向她求婚，她都拒绝了；她抛下老父，离乡背井，远别亲友，却只讨得他一声娼妇？这还不叫人伤心吗？
苔丝狄蒙娜	怨我自己命薄。
伊阿古	他太岂有此理了！他怎么会起这种心思？
苔丝狄蒙娜	天才知道。

爱米利娅	我可以打赌，一定有个万劫不复的恶人，一个爱管闲事鬼讨好的家伙，一个说假话骗人的奴才，想要钻求差使，才造出这样的谣言；我要是说得不对，我愿意让人把我吊死。
伊阿古	呸！哪里有这样的人？肯定不是这样。
苔丝狄蒙娜	要是果真有这样的人，愿上天宽恕他！
爱米利娅	宽恕他！一条绳子箍住他的颈项，地狱里的恶鬼咬碎他的骨头！他为什么叫她娼妇？谁跟她在一起？什么地方？什么时候？什么方式？什么根据？这摩尔人一定是上了不知哪个千刁万恶的坏人的当，一个下流的大混蛋，一个卑鄙的家伙；天啊！愿你揭破这种家伙的嘴脸，让每一个老实人手里都拿起一根鞭子，脱光这些混蛋的衣服，狠抽一顿，从东方一直抽到西方！
伊阿古	别嚷得给外边都听见了。
爱米利娅	哼，可恶的东西！前回弄昏了你的头，让你疑心我跟这摩尔人有暧昧的，也就是这种家伙。
伊阿古	好了，好了；你是个傻瓜。
苔丝狄蒙娜	好伊阿古啊，我该怎样才能找回我丈夫的欢心？好朋友，替我向他解释解释；凭着天上的太阳起誓，我实在不知道我怎么会失去他的宠爱。我对天下跪，要是在思想上、行动上，我曾有意背弃他的爱情；要是我的眼睛、我的耳朵或是我的任何感觉，曾对别人产生爱悦；要是我在过去、现在和将来，不是

始终那样深爱着他，即使他对我弃如敝屣，也不改变我对他的忠诚；要是我果然有那样的过失，愿我终身不能享受快乐的日子！无情可以给人重大的打击；他的无情也许会摧残我的生命，却永远不能毁坏我的爱情。我不愿提起"娼妇"二字，一说到它，我就心生憎恶，更别提真的去干只有娼妇会干的勾当；整个世界的荣华也不能把我诱动。

伊阿古　　请您宽心，这不过是他一时心绪恶劣，在国事上受了点刺激，所以跟您怄起气来啦。

苔丝狄蒙娜　要是没有别的原因——

伊阿古　　只有这一个原因，我可以保证。（喇叭声）听！喇叭在吹晚餐的信号了；威尼斯的使者在等候进餐。进去，别哭；一切都会圆满解决。（苔丝狄蒙娜、爱米利娅下）

罗德利哥上。

伊阿古　　啊，罗德利哥！

罗德利哥　我看你全然在骗我。

伊阿古　　我怎么骗你？

罗德利哥　伊阿古，你每天在我面前捣鬼，把我支吾过去；照我现在看来，你非但不给我开一线方便之门，反而让我的希望一天一天微薄下去。我实在是忍不住了。为了自己的愚蠢，我已经吃了不少的苦头，这笔账我也不能就此善罢甘休。

伊阿古 你愿意听我说吗，罗德利哥？

罗德利哥 哼，我已经听得太多了；你说的话和你的行动一点不符。

伊阿古 你太冤枉人啦。

罗德利哥 我一点也没冤枉。我的钱都花光啦。你从我手里拿去送给苔丝狄蒙娜的珠宝，即便是圣徒，也会被它诱惑；你对我说她已经收下，告诉我不久就能得到喜讯，可到了现在，也还不见一点动静。

伊阿古 好，算了；很好。

罗德利哥 "很好"？"算了"？我不能就这样"算了"，朋友；我也没觉得有任何"很好"的地方。我举手起誓，这种手段太卑鄙了；我发现自己受了骗了。

伊阿古 很好。

罗德利哥 我告诉你，这事情不"很好"。我要亲自去见苔丝狄蒙娜，要是她肯把珠宝还我，我愿意死了这片真心，忏悔我这非礼的追求；不然的话，你留心点儿吧，我一定会跟你算账。

伊阿古 你现在说完了吧？

罗德利哥 嗯，我决不会说过算过。

伊阿古 好，我现在才知道你是个有骨气的人；从这一刻起，你已经让我加倍看重你了。把你的手给我，罗德利哥。你对我的责备，都非常有理；可我还是要声明一句，我替你干这件事，的的确确是尽忠竭力，不敢存一分昧良的心。

罗德利哥 还没有任何实在的证明。

伊阿古 我承认还没有实在的证明，你的疑心不是没有理由。可是，罗德利哥，要是你果然有决心、有勇气、有胆量——现在我相信你一定有的——今晚你就可以表现出来；要是明天夜里你不能享用苔丝狄蒙娜，你可以用任何恶毒的手段，任何阴险的计谋，来取我的性命。

罗德利哥 好，你要我怎么十？是说得通、做得到的事吗？

伊阿古 老兄，威尼斯已经派来了专使，叫凯西奥代替奥瑟罗的职位。

罗德利哥 真的吗？那奥瑟罗和苔丝狄蒙娜都要回威尼斯去了。

伊阿古 啊，不，他要到毛里塔尼亚去，把那美丽的苔丝狄蒙娜一起带走，除非这儿出了什么状况，让他耽搁下来。最好的办法是把凯西奥除掉。

罗德利哥 你说除掉是什么意思？

伊阿古 砸碎他的脑袋，让他不能担任奥瑟罗的职位。

罗德利哥 那就是你要我干的事吗？

伊阿古 嗯，要是你敢做一件对你自己有利的事。他今晚在一个妓女家吃饭，我也要去那边见他。现在他还不知道他自己的幸运。我可以设法让他在十二点到一点之间从那边出来，你只要在门口留心守候，就可以照你的意思把他处置；我就在附近接应，他夹在我俩之间，一定逃不了的。来，不要发呆，跟我走；我可以告诉你他为什么必须死掉，听了你就知道，这是你无可推辞的一次行动。现在正是晚餐的时候，夜过得很快，准备起来吧。

罗德利哥　　我还要听听你要叫我这样做的理由。

伊阿古　　　我一定会给你解释明白。（同下）

第三场

城堡中的另一室

奥瑟罗、罗多维科、苔丝狄蒙娜、爱米利娅及侍从等上。

罗多维科　将军请留步吧。

奥瑟罗　啊，没关系；散散步对我也有好处。

罗多维科　夫人，晚安；谢谢您的盛情。

苔丝狄蒙娜　大驾光临，我们十分欢迎。

奥瑟罗　请吧，大人。啊！苔丝狄蒙娜——

苔丝狄蒙娜　我的夫君？

奥瑟罗　你快进去睡吧；我马上就回来。把你的侍女们打发开了，不要忘记。

苔丝狄蒙娜　是，我的夫君。（奥瑟罗、罗多维科及侍从等下）

爱米利娅　怎么？他现在的脸色温和多啦。

苔丝狄蒙娜　他说他马上会回来；他叫我去睡，还叫我把你遣开。

爱米利娅　把我遣开！

苔丝狄蒙娜　这是他的吩咐；所以，好爱米利娅，把我的睡衣给我，你去吧，现在我们不能再惹他生气了。

爱米利娅　我真希望当初您没和他相识！

苔丝狄蒙娜   我却不希望这样；我是那么喜欢他，即便是他的固执、他的呵斥、他的怒容——请你替我取下衣服上的扣针——在我看来也很可爱。

爱米利娅   我已照您的吩咐，把被褥都铺好了。

苔丝狄蒙娜   很好。天哪！我们的想法是多么的傻！要是我比你先死，请你就用那些被褥来做我的殓衾。

爱米利娅   得啦得啦，您在说什么呆话。

苔丝狄蒙娜   我母亲有个侍女，叫巴巴拉，她跟人家谈了恋爱；她的情人发了疯，把她丢了。她有一支《杨柳歌》，那是一支古老的曲子，可正好说中了她的命运；她到死的时候，嘴里还在唱它。今晚那曲子总是萦回在我脑畔；我烦乱的心绪，让我不禁侧下脑袋，学着可怜的巴巴拉的样子把它唱响。请你赶快点儿。

爱米利娅   我要不要去把您的睡衣拿来？

苔丝狄蒙娜   不，先替我取下这儿的扣针。这个罗多维科是个俊美的男子。

爱米利娅   一个很漂亮的男人。

苔丝狄蒙娜   谈吐也很高雅。

爱米利娅   我知道威尼斯有一个女郎，愿意打着赤脚，步行到巴勒斯坦，只为碰碰他的下唇。

苔丝狄蒙娜   （唱）

     可怜的她坐在枫树下啜泣，

     歌唱那青青杨柳；

     她手抚着胸膛，她低头靠膝，

唱杨柳，杨柳，杨柳。

清澈的流水吐出她的呻吟，

唱杨柳，杨柳，杨柳。

她的热泪溶化了顽石的心——

把这些放在一旁。——（唱）

唱杨柳，杨柳，杨柳。

快一点，他就要来了。——（唱）

青青的柳枝编成一个翠环；

不要怪他，我甘心受他笑骂——

不，下面一句不是这样。听！是谁在敲门？

爱米利娅　　　是风哩。

苔丝狄蒙娜　　（唱）

我叫情郎负心汉，他又怎么说？

唱杨柳，杨柳，杨柳。

我寻女人窝，你也换得汉子多。

你去吧；晚安。我的眼睛在跳，那是哭泣的预兆吗？

爱米利娅　　　没有这样的事。

苔丝狄蒙娜　　我听人家这么说过。啊，这些男人！这些男人！凭你的良心说，爱米利娅，你想世上有没有背着丈夫干这种坏事的女人？

爱米利娅　　　怎么没有？

苔丝狄蒙娜　　你愿意为了整个世界的财富而干这种事吗？

爱米利娅　　　难道您不愿意吗？

苔丝狄蒙娜　　不，凭着皎皎月光起誓！

爱米利娅　这天光之下，我也不干，要干也得暗地里干。

苔丝狄蒙娜　你愿意为了整个世界而干这种事吗？

爱米利娅　世界是个很大的东西；干件小小的坏事，来换这么大的东西，还是值得的。

苔丝狄蒙娜　说实话，我想你不会这样。

爱米利娅　说实话，我想我应该去干，等干完以后，再当作没干过一样。为了一枚对合的戒指、几亩草地，或是几件衣服、几件裙子、一两顶帽子，以及诸如此类的小玩意儿而叫我干这种事，我当然不愿意；可为了整个世界，谁不愿意出卖自己的贞操，让她丈夫君临天下呢？我就是因此而下了炼狱，也心甘情愿。

苔丝狄蒙娜　我要是为了整个世界，会干出这种丧心病狂的事来，一定不得好死。

爱米利娅　世间的是非本就没有定准；您因为干了一件错事而得到了整个世界，在您自己的世界里，您还不能把是非颠倒过来吗？

苔丝狄蒙娜　我想世上不会有那样的女人。

爱米利娅　这样的女人多的是呢，要多少就有多少，足够塞满她们用这小小的坏事换来的世界。照我想来，妻子的堕落总是丈夫的过失；要是他们疏忽了自己的责任，把我们所珍爱的东西浪掷在外人怀里，或是无缘无故地吃起醋来，约束我们行动的自由，或是殴打我们，削减我们的花粉钱，我们也是有脾气的，虽然生就温柔的天性，到了一定的时候，也会向他们复仇。让做丈夫的人知道，他们的妻子也和他们有同样的感觉：她们的眼睛也能辨别美恶，她们的鼻子也能辨别香臭，她们的舌头也能辨别甜酸，正像她们的丈夫一样。他们厌弃了我们，别寻新欢，是为了什么缘故？是逢场作戏吗？我想是的。是因为爱情的驱使吗？我想也是。还是因为喜新厌旧的人之常情？那也是一个理由。那么难道我们就不会对别人产生爱意，难道我们就没有逢场作戏的欲望，难道我们就不会喜新厌旧，跟男人们一样？所以，让他们好好待我们吧；否则，我们要让他们知道，我们所做的坏事都是出于他们的指教。

苔丝狄蒙娜　晚安，晚安！愿上天监视我们的言行；我不愿以恶为师，只愿鉴非自警！（各下）

第一场

塞浦路斯。街道

伊阿古及罗德利哥上。

伊阿古	来，站在这堵披屋后面；他很快就会来的。把你的宝剑拔出鞘来，看准要害刺去。快，快；不要怕；我就在你旁边。成功失败，在此一举，你得下定决心。
罗德利哥	不要走开，也许我会失手。
伊阿古	我就在这儿，你的近旁。胆子放大些，站定了。（退后）
罗德利哥	这事我并不是特别想干；可他讲的理由十分充分。左右不过除掉一个人罢了。出来，我的宝剑；他必须死！
伊阿古	我让这小脓包动了心了，他居然动起怒了。不管是他杀死凯西奥，还是凯西奥杀死他，或者两败俱伤，对我都有好处。要是罗德利哥活在世上，他总有一

天要问我讨还那许多我从他手里干没下来，名说是
送给苔丝狄蒙娜的金银珠宝；这可断断不能。要是
凯西奥活在世上，我每天都要在他旁边，相形见绌；
而且那摩尔人万一当面质问起他，我的阴谋就会败
露，那时我的地位就会非常危险。不，他非死不可。
就这样吧。我听见他来了。

凯西奥上。

罗德利哥　　我认得他走路的姿势；正是他了。——恶人，你给
　　　　　　我死吧！（挺剑刺凯西奥）

凯西奥　　　幸亏我穿着一身好甲，否则那一剑定会要我的命。
　　　　　　让我也来试试你的护甲牢不牢吧。（拔剑刺伤罗德
　　　　　　利哥）

罗德利哥　　啊，我死了！（伊阿古自后刺伤凯西奥腿，下）

凯西奥　　　我从此终身残废了！救命啊！杀人啦！杀人啦！
　　　　　　（倒地）

奥瑟罗自远处上。

奥瑟罗　　　凯西奥的声音。伊阿古果然没有失信。

罗德利哥　　啊，我真是个恶人！

奥瑟罗　　　一点不错。

凯西奥　　　啊，救命哪！拿火来！找个医生！

Cassio. I will make proof of thine.
Roderigo.   Oh, I am slain!

Act V. Scene I.

奥瑟罗	正是他。勇敢正直的伊阿古呀，你这样奋不顾身，为你的朋友复仇雪耻，真是难得！你给了我一个教训。贱人，你心爱的人已经死在这儿，你的末日就在眼前；娼妇，我来了！从我心头抹去你媚眼的魔力；让淫邪的血溅洒你被淫邪玷污了的枕席。（下）

罗多维科及葛莱西安诺自远处上。

凯西奥	喂！怎么！没有巡夜的逻卒？没有过路的行人？杀人啦！杀人啦！
葛莱西安诺	出了什么乱子？这叫声可真是凄惨。
凯西奥	救命啊！
罗多维科	听！
罗德利哥	啊，该死的恶人！
罗多维科	两三个人在那儿呻吟。这夜里阴沉沉的；也许他们是故意装出来的，我们人手孤单，冒冒失失过去的话，恐怕不大安全。
罗德利哥	没人来吗？我要流血而死了！
罗多维科	听！

伊阿古持火炬重上。

葛莱西安诺	有个人穿着衬衫，一手拿火，一手举着武器来了。
伊阿古	那边是谁？什么人在那儿喊杀人呢？

罗多维科	我们不知道。
伊阿古	你们听见呼声了吗？
凯西奥	这儿，这儿！看在上天的面上，救救我！
伊阿古	怎么回事？
葛莱西安诺	这人好像是奥瑟罗麾下的旗官。
罗多维科	正是；一个勇敢的汉子。
伊阿古	你是什么人，在这儿喊得这样凄惨？
凯西奥	伊阿古吗？啊，我被恶人算计，害得我不能做人啦！救救我！
伊阿古	哎哟，副将！这是哪个恶人干的？
凯西奥	我想有个暴徒还在这儿；他逃不了。
伊阿古	啊，可恶的奸贼！（向罗多维科、葛莱西安诺）你们是什么人？过来帮帮忙。
罗德利哥	啊，救救我！我在这儿。
凯西奥	他就是恶党中的一个。
伊阿古	好一个杀人凶徒！啊，恶人！（刺罗德利哥）
罗德利哥	啊，万恶的伊阿古！没有人心的狗！
伊阿古	在暗地里杀人！这些凶恶的贼党都在哪儿？这地方多么寂静！喂！杀人啦！杀人啦！你们是什么人？是好人还是坏人？
罗多维科	请你自己来判断吧。
伊阿古	罗多维科大人吗？
罗多维科	正是，老总。
伊阿古	恕我失礼。这是凯西奥，被恶人们刺伤，倒在了

地上。

葛莱西安诺	凯西奥！
伊阿古	怎么样，兄弟？
凯西奥	我的腿断了。
伊阿古	哎哟，罪过，罪过！两位先生，请替我照火；我要用我的衫子把它包扎起来。

比恩卡上。

比恩卡	喂，什么事？谁在这儿叫喊？
伊阿古	谁在这儿叫喊！
比恩卡	哎哟，我亲爱的凯西奥！我温柔的凯西奥！啊，凯西奥！凯西奥！凯西奥！
伊阿古	哼，你这声名狼藉的娼妇！凯西奥，照你猜想，对你下这等毒手的，大概是些什么人？
凯西奥	我不知道。
葛莱西安诺	我正要来找你，谁料你会遭逢这样的祸事，真是恼人！
伊阿古	借我一条吊袜带。好。啊，要是有张椅子，让他舒舒服服躺在上面，把他抬去才好！
比恩卡	哎哟，他晕过去了！啊，凯西奥！凯西奥！凯西奥！
伊阿古	两位先生，我很怀疑这个贱人也是那些凶徒们的同党。——忍耐些，好凯西奥。——来，来，借个火。我们认不认识这张面孔？哎哟！是我的同国好友罗

德利哥吗？不。唉，果然是他！天哪！罗德利哥！

葛莱西安诺 什么！威尼斯的罗德利哥吗？

伊阿古 正是他，先生。你认识他吗？

葛莱西安诺 认识！怎么不认识！

伊阿古 葛莱西安诺先生吗？请您原谅，这些流血的惨剧，让我礼貌不周，失敬得很。

葛莱西安诺 哪儿的话；看见您我很高兴。

伊阿古 你怎么啦，凯西奥？啊，来张椅子！来张椅子！

葛莱西安诺 罗德利哥！

伊阿古 他，他，正是他。（众人携椅上）啊！很好；椅子。来几个人把他小心抬走；我这就去找军医官来。（向比恩卡）你，奶奶，你也不用装腔作势啦。——凯西奥，死在这儿的这个人是我的好朋友。你俩有什么仇吗？

凯西奥 一点没有；我根本不认识这个人。

伊阿古 （向比恩卡）什么！你脸色变白了吗？——啊！把他抬进屋子里去。（众人舁凯西奥、罗德利哥二人下）等一等，两位先生。奶奶，你脸色变白了吗？你们看见她眼睛里这股惊慌的神气了吗？哼，要是你这样睁大了眼睛，我们倒要等着听些新鲜话哩。留心瞧她；瞧呀；你们看见了吗，两位先生？哼，犯了罪的人啊，即使舌头僵住，也会不打自招。

爱米利娅上。

爱米利娅	唉！出什么事啦？出什么事啦，我的丈夫？
伊阿古	凯西奥在这黑暗之中，被罗德利哥和几个在逃的同党袭击；他几乎送了性命，罗德利哥已经死了。
爱米利娅	哎哟，好一位绅士！哎哟，好凯西奥！
伊阿古	这是他爱嫖的结果。爱米利娅，你去问问凯西奥，他今晚在哪儿吃的晚饭。——什么！你听了这话就发抖吗？
比恩卡	他在我家吃饭；可我没有因此而发抖。
伊阿古	噢，他在你家吃饭？你跟我走！
爱米利娅	呸，呸，你这不要脸的娼妇！
比恩卡	我不是娼妇；我跟你一样清白。
爱米利娅	跟我一样清白！呸！不要脸！
伊阿古	两位好先生，让我们去帮帮可怜的凯西奥，替他把伤口扎好。来，奶奶，你必须老实交代。爱米利娅，你快奔到城堡里去，告诉将军和夫人这儿发生了什么。你们先请吧。（旁白）今夜是我的命运所寄，倘不能青云直上，就要一败涂地。（同下）

第二场

城堡中的卧室

苔丝狄蒙娜睡床上，一灯照耀室内；奥瑟罗上。

奥瑟罗 只是出于这一个原因，只是出于这一个原因，我的
灵魂！纯洁的星星啊，让我别对你们说出它的名
字！只是出于这一个原因……可我不愿溅她的血，
也不愿毁伤她那比白雪更皎洁，比石膏更腻滑的肌
肤。但她不能不死，否则她将陷害更多的男子。让
我熄灭了这一盏灯，然后我就熄灭你的生命火焰。
融融灯光啊，把你吹熄以后，要是我心生后悔，仍
能把你重新点亮；可你，造化最精美而伶俐的精华
啊，你的火焰一旦熄灭，我不知哪儿有那天上的神
火，能燃起你原来的光彩！我摘下了蔷薇，就不能
再归还失落的生机，只好让它枯萎凋谢；它尚在枝
头的时候，我要嗅一嗅它的芳香。（吻苔丝狄蒙娜）
啊，甘美的气息！你几乎要诱动公道的心，让她折
断了她的利剑！再一个吻，再一个吻。愿你到死都
是这样；我要杀死你，然后再爱你。再一个吻，这
是最后一吻；这样销魂，却又这样惨痛无比！我必

须哭泣，但这些是无情的眼泪。这悲伤只应天上才有，它击碎的，是它的至爱。她醒来了。

苔丝狄蒙娜　谁？奥瑟罗吗？

奥瑟罗　嗯，苔丝狄蒙娜。

苔丝狄蒙娜　您要睡了吗，我的夫君？

奥瑟罗　你今晚祈祷过吗，苔丝狄蒙娜？

苔丝狄蒙娜　祈祷过了，我的夫君。

奥瑟罗　要是你想到在你的一生之中，还有什么罪恶不曾为上帝所宽宥，赶快恳求他的恩赦吧。

苔丝狄蒙娜　哎哟！我的夫君，您这话是什么意思？

奥瑟罗　嘿，祈祷吧，干脆点儿；我就在一旁等着。我不愿杀害你没有准备的灵魂；不，上天禁止这种罪行！我不愿杀害你的灵魂。

苔丝狄蒙娜　您说您要杀我？

奥瑟罗　嗯，是的。

苔丝狄蒙娜　那就愿上天垂怜于我！

奥瑟罗　阿门，但愿如此！

苔丝狄蒙娜　要是您这样说，我希望您不至于把我杀死。

奥瑟罗　哼！

苔丝狄蒙娜　可我怕您；因为您的眼珠这样滚转的时候，您总要杀人。我不知道我为什么害怕，因为我不知道我有什么罪；可我觉得害怕。

奥瑟罗　想想你的罪恶吧。

苔丝狄蒙娜　除非我对您的爱是罪恶，我不知道我有什么罪恶。

奥瑟罗　　　　好，你必须因此而死。

苔丝狄蒙娜　　为了爱而被杀，这样的死是多么违反人情。唉！您
　　　　　　　为什么这样咬着下唇？一种嗜血的欲念震撼您的全
　　　　　　　身，这便是它的征兆；可我希望，我希望您的怒气
　　　　　　　不是对我而发。

奥瑟罗　　　　闭嘴，不要作声！

苔丝狄蒙娜　　是；但请您告诉我究竟是因为什么？

奥瑟罗　　　　你把我给你的那方我心爱的手帕送给了凯西奥。

苔丝狄蒙娜　　不，凭着我的生命和灵魂起誓！您叫他过来问问就
　　　　　　　是。

奥瑟罗　　　　好人儿，留心，别发伪誓；你的死已近在眼前。

苔丝狄蒙娜　　不，我现在还不能死。

奥瑟罗　　　　你必须立刻就死，所以，赶快坦白招认你的罪恶吧；
　　　　　　　即便你发誓否认每一个事实，也不能除去那令我痛
　　　　　　　心的坚实的确信。你必须死。

苔丝狄蒙娜　　那就愿上帝垂怜于我！

奥瑟罗　　　　阿门。

苔丝狄蒙娜　　愿您也大发慈悲！我生平不曾得罪过您，也不曾将
　　　　　　　上天不容的非分之情滥施在凯西奥身上；我没给他
　　　　　　　任何东西。

奥瑟罗　　　　苍天在上，我亲眼看见我的手帕在他手里。欺罔神
　　　　　　　明的妇人！你让我的心变得坚硬；我本来想叫你做
　　　　　　　献祭的牺牲，现在却被你激起了我那屠夫的恶念。
　　　　　　　我明明看见了那方手帕。

苔丝狄蒙娜　那也许是他刚好拾到而已；我没有给他。叫他到
　　　　　　这儿来，让他供认事实的真相。

奥瑟罗　　　他已经承认了。

苔丝狄蒙娜　承认什么，我的夫君？

奥瑟罗　　　承认他已经和你发生过关系。

苔丝狄蒙娜　怎么？非法的关系吗？

奥瑟罗　　　嗯。

苔丝狄蒙娜　他不会这样说的。

奥瑟罗　　　是的，他的嘴已经闭上，正直的伊阿古已经解决了
　　　　　　他。

苔丝狄蒙娜　啊，我的恐惧竟成事实！什么！他死了吗？

奥瑟罗　　　即使他每一根头发里都有生命，我复仇的怒火也会
　　　　　　把它们一起吞下。

苔丝狄蒙娜　唉！他被人陷害，我的一生也就此断送！

奥瑟罗　　　不要脸的娼妇！你当着我的面为他哭泣吗？

苔丝狄蒙娜　啊，我的夫君，放逐我吧，但不要杀我！

奥瑟罗　　　别起来，娼妇！

苔丝狄蒙娜　明天再杀我吧，让我活过今天！

奥瑟罗　　　不，要是你想挣扎——

苔丝狄蒙娜　给我半点钟的时间！

奥瑟罗　　　已经决定了，没有挽回的余地。

苔丝狄蒙娜　让我做一次祷告吧！

奥瑟罗　　　太迟了。（扼苔丝狄蒙娜咽喉）

爱米利娅　　（在内）将军，将军！喂！将军，将军！

奥瑟罗	这是什么声音？还没死吗？还没死透吗？我虽然狠心，却还有几分慈悲；我不愿你多挨一刻痛苦。好，好。（刺苔丝狄蒙娜）
爱米利娅	（在内）喂！将军，将军！
奥瑟罗	谁？
爱米利娅	（在内）啊，将军！我要跟您说句话。
奥瑟罗	哦，是爱米利娅。——等等。——她死了。她多半要来说起凯西奥的死。外边已听得见嘈杂的声音。嘿！一动也不动了吗？像坟墓一样沉寂。要不要让她进来？妥不妥当？我感觉她又在动了。不。怎么办呢？要是她进来，她一定会跟我妻子说话。我的妻子！我的妻子！什么妻子？我没有妻子。啊，难堪！啊，不幸的时辰！我想现在，日月应该晦暗不明，受惊的地球看见这等非常的灾变，也要吓得目瞪口呆。
爱米利娅	（在内）啊，好将军！请让我进来跟您说句话吧。
奥瑟罗	我忘了。啊，进来，爱米利娅。慢，慢，等一等。让我把帐幕拉下。你在哪儿？（启锁开门）

爱米利娅上。

奥瑟罗	有什么事吗？
爱米利娅	啊，好将军！那边出了杀人命案啦！
奥瑟罗	什么！现在？

爱米利娅	就是刚才，将军。
奥瑟罗	那都是因为月亮走错了轨道，比平常更接近地球，所以人们都发了疯了。
爱米利娅	将军，凯西奥杀死了一个名叫罗德利哥的威尼斯青年。
奥瑟罗	罗德利哥被杀了！凯西奥也被杀了吗？
爱米利娅	不，凯西奥没死。
奥瑟罗	凯西奥没死！那就是杀错了人，痛快的复仇又生变数！
苔丝狄蒙娜	啊，死得好冤枉呀！
爱米利娅	哎哟！那是什么呼声？
奥瑟罗	那！什么？
爱米利娅	哎哟！那是夫人的声音。救命！救命啊！救命！啊，夫人，再说一声话儿！亲爱的苔丝狄蒙娜！啊，亲爱的夫人，说呀！
苔丝狄蒙娜	我是无罪而死。
爱米利娅	啊！是谁干的？
苔丝狄蒙娜	谁也没干；是我自己。再会吧；替我向我仁慈的夫君致意。啊，再会吧！（死）
奥瑟罗	啊！她怎么会被人杀死？
爱米利娅	唉！谁知道？
奥瑟罗	你听见她说了，是她自己杀的，我没杀她。
爱米利娅	她是这样说的；我只好按照事实去报告。
奥瑟罗	她宁愿到地狱的火焰里去，也不愿说一句真话。杀

死她的是我。

爱米利娅　啊，那她就尤其是个天使，你就尤其是个黑心的魔鬼！

奥瑟罗　她干了无耻的勾当，是个淫妇。

爱米利娅　你冤枉她，你是个魔鬼。

奥瑟罗　她像水一样轻浮。

爱米利娅　你说她轻浮，你自己才像火一样粗暴。啊，她是个圣洁而忠贞的人！

奥瑟罗　凯西奥和她通奸，不信去问问你丈夫。啊，要是我采取这种极端的手段，并没有正当的理由，死后就要永远堕入地狱的底层！你丈夫知道一切。

爱米利娅　我丈夫！

奥瑟罗　你丈夫。

爱米利娅　他知道她不守贞节吗？

奥瑟罗　嗯，他知道她跟凯西奥有暧昧。嘿，如果她是个贞洁的女人，即使上帝用一颗完整的宝石为我另造一个世界，我也不愿用她去交换。

爱米利娅　我丈夫！

奥瑟罗　嗯，他是最先告诉我这件事的。他是个正人君子，他痛恨卑鄙龌龊的勾当。

爱米利娅　我丈夫！

奥瑟罗　你这女人，你这话说了又说，是什么意思？我说的就是你丈夫。

爱米利娅　啊，夫人！你因为多情，受了奸人的愚弄了！我丈夫说她不贞！

奥瑟罗　　　正是他，女人；我说的就是你丈夫；你听得懂吗？我的朋友，你的丈夫，正直的、正直的伊阿古。

爱米利娅　　要是他真的说了这样的话，愿他恶毒的灵魂一天一天、一分一寸地烂掉！他完全是在胡说；她对她的男人，这个最卑鄙的男人，实在是太痴心了。

奥瑟罗　　　嘿！

爱米利娅　　随你把我怎么样吧。你配不上这样的好妻子，你做了这样的事，天都不会容你。

奥瑟罗　　　还不闭嘴！

爱米利娅　　你没有半分力量能伤害我；也不能让人把我欺侮。啊，笨伯！傻瓜！泥土一样愚蠢的家伙！你已做下一件大大不该的事——我不怕你的剑；我要宣布你的罪恶，即使我将因此而丧失二十条性命。救命！救命啊！救命！摩尔人杀死夫人啦！杀人啦！杀人啦！

蒙太诺、葛莱西安诺、伊阿古及余人等上。

蒙太诺　　　什么事？怎么，将军！

爱米利娅　　啊！你来了吗，伊阿古？你做得好事，人家都把杀人的罪名架在你头上啦！

葛莱西安诺　什么事？

爱米利娅　　你要是个汉子，就赶快否认这恶人说的话吧；他说

Emilia. I care not for thy sword; I'll make thee known,
Though I lost twenty lives.—Help! help, ho! help!
The Moor has kill'd my mistress! Murder! murder!

Act V. Scene II.

你告诉他，他的妻子不贞。我知道你不会说这种话的，你还不会是这样一个恶人。说吧，我的心都要胀破了。

伊阿古　　我不过把我自己的意思告诉了他；我对他说的，已经由他自己证实。

爱米利娅　可你有没有说她不贞？

伊阿古　　说过。

爱米利娅　你说谎，一个可憎可恨、万恶不赦的谎！凭着我的灵魂起誓，这是谎话，罪恶的谎话！她跟凯西奥私通！你说她跟凯西奥私通吗？

伊阿古　　是的，太太，就是跟凯西奥私通。好了好了，收住你的舌头吧。

爱米利娅　我不能收住我的舌头；我必须说话。夫人在这床上被谋杀了。

众人　　啊，哪会有这样的事！

爱米利娅　都是你造的谣言，引起了这场血案。

奥瑟罗　　各位不必惊慌；事情是真的。

葛莱西安诺　真有这样的事，那可奇了！

蒙太诺　　啊，真是穷凶极恶！

爱米利娅　诡计！诡计！诡计！我现在想起来了；啊，诡计！那时候我就有些怀疑；我要伤心死了！啊，诡计！诡计！

伊阿古　　什么！你疯了吗？快给我回家去！

爱米利娅　各位先生，给我一个说话的机会。照理我应该服从他的命令，但现在我不能服从。也许，伊阿古，我永远不会回家了。

奥瑟罗　啊！啊！啊！（扑卧床上）

爱米利娅　哼，你躺下来哭吧，叫吧；因为你杀死了世间最温柔、最纯洁的人。

奥瑟罗　啊，她是个淫污的女人！我简直不认识您啦，叔父。那边躺着您的侄女，她的呼吸刚刚被我用这双手扼断；我知道，在世人看来，这是惊人而残酷的事情。

葛莱西安诺　可怜的苔丝狄蒙娜！幸亏你父亲已经死了；你的婚事就是他的死因，悲伤摧折了他衰老的生命。要是他现在还活着，看见这种惨状，一定会干出一些疯狂的事情；是的，他会咒骂护佑他的天使，抛弃他的命魂。

奥瑟罗　这诚然是件伤心的事；可伊阿古知道，她跟凯西奥干过许多回无耻的勾当，凯西奥自己也承认了。她还把我的定情礼物送给凯西奥，来回报他的献媚。我看见它在他手里；那是一方手帕，我父亲给我母亲的一件古老的纪念品。

爱米利娅　天啊！天上的神明啊！

伊阿古　去去，闭上你的嘴！

爱米利娅　事情总会暴露，总会暴露的。闭上我的嘴？不，不，我要像北风一样自由地说话；让天神、世人和魔鬼都把我嘲骂、把我羞辱，我也要说我的话。

伊阿古　放明白些，回家去吧。

爱米利娅	我不想回家。（伊阿古拔剑欲刺爱米利娅）
葛莱西安诺	呸！你向一个女人动剑吗？
爱米利娅	你这愚笨的摩尔人啊！你所说起的那方手帕，是我偶然拾到之后，再交给我丈夫的；虽然那只是个小小的东西，他却几次三番，求我帮他偷来。
伊阿古	长舌的淫妇！
爱米利娅	她送给凯西奥！唉！不，是我拾到了，把它交给我丈夫的。
伊阿古	贱人，你说谎！
爱米利娅	苍天在上，我没说谎；我没说谎，各位先生。杀人的傻瓜啊！像你这样一个蠢材，怎么配得上这样一位好妻子呢？
奥瑟罗	天上没有石块，可以像雷霆一样打下来吗？好一个奸贼！（向伊阿古扑奔；伊阿古刺爱米利娅逃下）
葛莱西安诺	这女人倒下来了；他杀了他的妻子。
爱米利娅	是，是；啊！把我放在夫人身边吧！
葛莱西安诺	他走了，他妻子被他杀了。
蒙太诺	这是个罪大恶极的凶徒。你拿着这柄我从这摩尔人手里夺下的剑。来，在门外守好，别让他出去；要是他想逃走，尽管把他杀死。我要去追那恶人，那是个不可宽恕的家伙。（蒙太诺、葛莱西安诺下）
奥瑟罗	我的勇气也离我而去了，每一个孱弱的懦夫都能夺下我的剑来。可奸恶既然战胜了正直，哪里还会有荣誉存在？让一切都归于幻灭吧！

爱米利娅	你唱的歌是预兆吗，夫人？听，你听见我的声音了吗？我要像天鹅一样在音乐里死去。（唱） 杨柳，杨柳，杨柳…… 摩尔人，她是贞洁的；她爱你，狠心的摩尔人。我说的是真话，愿我的灵魂享受天福；我的话跟我的思想一致。我死了，我死了。（死）
奥瑟罗	我还有一柄剑在这屋里，那是一柄用冰泉之水浸炼的西班牙宝剑。啊，在这儿！叔父，我一定要出去。
葛莱西安诺	（在内）你如果敢试上一试，就得付出重大的代价；你没有武器，还是老实些吧。
奥瑟罗	那就进来瞧瞧我吧，我有话要对你说；否则，我就算没有武器，也只好不顾一切，跟你拼一拼了。

葛莱西安诺重上。

葛莱西安诺	什么事？
奥瑟罗	瞧！我有一柄剑；从来没有任何一个战士，佩带过比它更好的剑；凭着这条小小的胳膊和这一柄利剑，我冲破过人数比你们多上二十倍的包围；可是，无聊的夸口啊！谁又能主宰自己的命运？现在我已没了那样的本领。虽然你看我拿着武器，可你不用害怕，这儿就是我旅途的终点，我一生航程的最后目标。你吓得退走了吗？没必要这样惊恐；无论是谁，只要拿一根灯草向奥瑟罗的胸前一刺，他

也会向后退缩。奥瑟罗该到哪儿去呢？——啊，再让我看看你的脸庞，薄命的女郎！像你的衬衣一样惨白！我们在天庭对簿的时候，你这副脸色就能把我的灵魂赶下天堂，让魔鬼把它抓走。你全身冰冷，我的恋人！正像你的贞洁一样凛若寒霜。啊，该死的、该死的奴才！魔鬼啊，把我从这天仙一样的美人面前鞭逐出去！让狂风把我吹卷，硫黄把我熏烤，沸汤的深渊把我沉浸吧！啊，苔丝狄蒙娜！苔丝狄蒙娜！死了！啊！啊！啊！

　　罗多维科、蒙太诺、二侍从以卧椅抬凯西奥及吏役等押伊阿古同上。

罗多维科	这鲁莽而不幸的人在哪儿？
奥瑟罗	那个人就是从前的奥瑟罗；我在这儿。
罗多维科	那条毒蛇呢？把这恶人带上来。
奥瑟罗	据说魔鬼的脚像只蹄子，让我看看他的脚是不是这样。要是你真是个魔鬼，我就杀不死你。（刺伤伊阿古）
罗多维科	夺下他手里的剑。
伊阿古	我不过是流了点血，还没被他杀死。
奥瑟罗	那也好，我要你留着活命；在我看来，死倒是一桩幸福。
罗多维科	啊，奥瑟罗！你本是个大大的好汉，却会中这万恶

的奸人的诡计，我们该说你什么才好？

奥瑟罗　随便你们说吧；要是你们愿意，不妨说我是个正直的凶手，因为我的所作所为，都是出于荣誉的观念，不是出于猜嫌的私恨。

罗多维科　这恶人已经承认了他的一部分奸谋；杀凯西奥是你跟他同谋的吗？

奥瑟罗　是的。

凯西奥　主帅，我从没得罪过您。

奥瑟罗　我相信你的话；愿你原谅我吧。你们问问那个顶着人头的恶魔，为什么他要这样陷害我的灵魂和肉体？

伊阿古　什么也不要问我；你们所知道的，你们已经知道；从这一刻起，我不再说一句话了。

罗多维科　什么！你连祷词也不说了吗？

葛莱西安诺　酷刑会逼你开口。

奥瑟罗　没错，这是最好的办法。

罗多维科　将军，你会明白一切的经过，我相信你现在还完全蒙在鼓里。这是从已死的罗德利哥的衣袋里搜到的一封信；这儿还有一封，里面透露了对凯西奥下杀手的，正是罗德利哥。

奥瑟罗　啊，奸贼！

凯西奥　野蛮残忍的阴谋！

罗多维科　这儿还有一封从他的衣袋里找到的满是怨言的信，罗德利哥好像要把它寄给这个万恶的奸人；可信还没有寄出，伊阿古就给了他满意的答复。

奥瑟罗 啊，恶毒的奸贼！凯西奥，我妻子的手帕怎么会到你手里？

凯西奥 我在我的房间里找到了它；他刚才已经亲口承认，是他故意把它丢在那儿的，他可以借此达成他的图谋。

奥瑟罗 啊，傻瓜！傻瓜！傻瓜！

凯西奥 在罗德利哥的信里，他还埋怨伊阿古不该撺掇他在我值夜的时候向我寻事；我就是因为那天的事情被去了职的。就在刚才，在昏迷了很久之后，他醒了过来，还说起他一切都听伊阿古的指使，结果却叫伊阿古伤了他的性命。

罗多维科 你必须离开这屋子，跟我们走；你的军队和兵权必须全部交卸，让凯西奥主持塞浦路斯的军政重务。至于这个家伙，我们要把所有巧妙的酷刑都用在他身上，让他遍受种种痛苦，却不会立刻死去。我们还要把你严密监禁，等候威尼斯政府来判决你的罪状。来，把他带下去。

奥瑟罗 且慢，在你们离开以前，再听我说一两句。我为国家立下过相当的功劳，这是执政诸公所知道的；那些话现在也不用说了。在你们向他们报告这些不幸的时候，请你们在公文上实事求是地叙述，不要对我徇情回护，也不要恶意构陷；你们应当说我是个在恋爱方面不明不智、过于深情的人；一个不容易心生嫉妒，可一旦被人煽动，就会极度烦恼的人；
一个像那愚蠢的印度人一般，把一颗比他整个部落
的所有财产都更贵重的珍珠随手抛弃的人；一个虽
不惯于流妇人之泪，可一旦被感情征服，也会像涌
流着胶液的阿拉伯胶树一般两眼泛滥的人。请你们
把这些话记下，再补充一句，就说：在阿勒坡，曾
有一个裹着头巾的土耳其恶徒，他殴打一个威尼斯
人，诽谤我们的国家，那时我就一把抓住这个受过
割礼的狗子的咽喉，就这样把他杀了。（以剑自刎）

罗多维科 啊，残酷的结局！

葛莱西安诺 说什么都于事无补了。

奥瑟罗 我在杀你以前，曾用一吻和你诀别；现在，我自己
的生命也在一吻里终结。（倒扑在苔丝狄蒙娜身上，
死）

凯西奥 我早就担心会有这样的事发生，可我还以为他没有
武器；他的心地是光明的。

罗多维科 （向伊阿古）你这比痛苦、饥饿和大海更凶暴的猛
犬啊！瞧瞧床上这一双浴血的尸身；这是你干的好
事。这样伤心惨目的景象，快把它遮起来吧。葛莱
西安诺，请您接收这所屋子；这摩尔人的全部家产，
都应归您继承。总督大人，怎样处置这个恶魔般的
奸徒，什么时候，什么地点，用怎样的刑法，都要
请您全权办理，千万不要宽纵！我现在就要上船回
去，禀明政府，用一颗悲哀的心去报告这场悲哀的
事故。（同下）

李尔王

剧中人物

李尔 / 不列颠国王

法兰西国王

勃艮第公爵

康华尔公爵

奥本尼公爵

肯特伯爵

葛罗斯特伯爵

爱德伽 / 葛罗斯特之子

爱德蒙 / 葛罗斯特之庶子

克伦 / 朝士

奥斯华德 / 高纳里尔的管家

老人 / 葛罗斯特的佃户

医生

弄人

爱德蒙属下一军官

考狄利娅一侍臣

传令官

康华尔的众仆

高纳里尔

里根　　　　　　李尔之女

考狄利娅

扈从李尔之骑士、军官、使者、兵士及侍从等

地点

不列颠

第
一
幕

第一场

李尔王宫中大厅

　　　　　肯特、葛罗斯特及爱德蒙上。

肯特　　　我想王上对于奥本尼公爵，比他对康华尔公爵更有
　　　　　好感。

葛罗斯特　我们一向都觉得是这样；可在这一次的国土划分中，
　　　　　却看不出他对这两位公爵有什么偏心；因为他分配
　　　　　得那么平均，无论他们怎样斤斤较量，都不能说对
　　　　　方比自己更占便宜。

肯特　　　大人，这位是令郎吗?

葛罗斯特　他是在我手里长大的；我常不好意思认他，可现在
　　　　　承认惯了，也就不以为意啦。

肯特　　　我不懂您的意思。

葛罗斯特　大人，这小子的母亲可懂得很呢；不瞒您说，这小
　　　　　子的母亲没有嫁人就大了肚子生下他来。您想这应

不应该？

肯特　　　　能生下这样一个好儿子来，即便是一时错误，也是
　　　　　　可以原谅的。

葛罗斯特　　我还有个合法的儿子，年纪大他一岁，然而我还是
　　　　　　喜欢这个。这小崽子虽然不等我的召唤，就自己莽
　　　　　　莽撞撞，来到这世上，可他的母亲是个迷人的东西，
　　　　　　我们在造他的时候，有过一场销魂的游戏，这孽种
　　　　　　我不能不认。爱德蒙，你认识这位贵人吗？

爱德蒙　　　不认识，父亲。

葛罗斯特　　这是肯特伯爵；从此以后，你该记着，他是我尊贵
　　　　　　的朋友。

爱德蒙　　　大人，我愿意为您效劳。

肯特　　　　我肯定喜欢你，希望以后能常常见面。

爱德蒙　　　大人，我一定尽力报答您的垂爱。

葛罗斯特　　他已在国外待过九年，不久还要出去。王上来了。

　　　　　　喇叭奏花腔。李尔、康华尔、奥本尼、高纳里
　　　　　　尔、里根、考狄利娅及侍从等上。

李尔　　　　葛罗斯特，你去招待招待法兰西国王和勃艮第公爵。

葛罗斯特　　是，陛下。（葛罗斯特、爱德蒙同下）

李尔　　　　现在我要向你们说明我的心事。把那地图给我。告
　　　　　　诉你们吧，我已经把我的国土划成三个部分；我自
　　　　　　己年纪大了，所以决心摆脱一切世务的牵萦，把责

任交卸给年轻力壮之人，让自己松一松肩，好安安心心地等死。康华尔和奥本尼两位贤婿，为了预防他日的争执，我想还是趁现在把我几个女儿的嫁妆在这儿分配清楚。法兰西和勃艮第这两位王公正在竞夺我小女儿的爱情，为了向她求婚，他们住在这宫里，也已经有好多时候；现在，他们就可以得到答复。孩子们，在我把我的政权、领土和国事的重任全部放下以前，告诉我，你们之中谁最爱我？我看看谁最有孝心，最有贤德，我就给她最大的恩惠。高纳里尔，我的大女儿，你先说吧。

高纳里尔   父亲，我对您的爱，不是言语能表达的；我爱您胜过自己的眼睛、整个的空间和广大的自由；超越一切可以估价的贵重稀有的事物；不亚于赋有淑德、健康、美貌和荣誉的生命；不曾有一个儿女这样爱过他的父亲，也不曾有一个父亲这样为他的儿女所爱；这种爱能让唇舌无能为力，辩才无所效用；我对您的爱，是不可以数量计算的爱。

考狄利娅   （旁白）考狄利娅该怎样才好？默默地爱着吧。

李尔   在这些疆界以内，从这一条界线起，直到这一条为止，所有浓密的森林、膏腴的平原、富庶的河流、广大的牧场，都要奉你为它们的女主人；这一块土地永远为你和奥本尼的子孙所保有。我的二女儿，最亲爱的里根，康华尔的夫人，你怎么说？

里根   我和姊姊一样，您凭着她就可以判断我。在我的真心中，我觉得她刚才说的，正是我爱您的实际情形，但她还没能充分说明我的心理：我厌弃一切能被敏锐的知觉感受到的快乐，只有爱您才是我无上的幸福。

考狄利娅　（旁白）那么，考狄利娅，你只好自安于贫穷了！可我并不贫穷，因为我深信我的爱心比我的口才更为富有。

李尔　这一块从我们这美好的王国中划分出来的三分之一沃壤，是你和你的子孙永远世袭的产业，和高纳里尔所得到的那份同样广大，同样富庶，也同样佳美。现在，我的宝贝，虽然你是最后一个，我心里却并没把你放在最后；法兰西的葡萄和勃艮第的乳酪都在竞争你的青春之爱；你有些什么话，能换到一份比你两个姊姊更为富庶的土地？说吧。

考狄利娅　父亲，我没有话说。

李尔　没有？

考狄利娅　没有。

李尔　没有只能换到没有；重新说过。

考狄利娅　我是个笨拙的人，不会让我的心意涌上嘴里；我爱您，只是按照我的名分，一分不多，一分不少。

李尔　怎么，考狄利娅！把你的话修正修正，否则你就要毁了你自己的命运了。

考狄利娅　父亲，您生下我来，把我教养成人，爱惜我、厚待我；我受到您这样的恩德，只有恪尽我的责任，服从您、爱您、敬重您。我的姊姊们要是把整颗心都用来爱您，那她们又为什么要嫁人？要是有一天我出嫁了，那接受我忠诚誓约的丈夫，就将得到我一半的爱、我一半的关心和责任；假如我只爱我的父亲，我一定不会像我的姊姊们一样再去嫁人。

李尔 你这些话果真是从心里说出来的？

考狄利娅 是的，父亲。

李尔 年纪这样小，却这样没良心吗？

考狄利娅 父亲，我年纪虽小，我的心却很忠实。

李尔 好，那就让你的忠实来做你的嫁妆。凭着太阳神圣的光辉，凭着黑夜的神秘，凭着主宰人类生死的星球的运行，我发誓从现在起，和你永远断绝一切父女之情和血亲关系，把你当作一个路人来看待。啖食自己儿女的野蛮的锡第亚人，比起你，我旧日的女儿来，也不会更受我的憎恨。

肯特 陛下——

李尔 闭嘴，肯特！不要来批怒龙的逆鳞。她是我最爱的一个，我本想在她的殷勤看护之下，终养我的天年。去，别让我看见你的脸！让坟墓做我安息的眠床吧，我将从此割断对她的天伦之爱！叫法兰西王来！都是死人吗？叫勃艮第来！康华尔，奥本尼，你们已经到我两个女儿的嫁妆，现在把我第三个女儿的那份也拿去分了；让骄傲——让她所谓的坦白——替她找一个丈夫。我把我的威力、特权和一切君主

　　的尊荣一起给了你们。我自己只保留一百名骑士，

　　按月在你们二人的地方轮流居住，由你们负责供养。

　　除了国王的名义和尊号，所有行政的大权、国库的

　　收入和大小事务的处理，完全交到你们手里；为了

　　证实我说的话，两位贤婿，我赐给你们这顶宝冠，

　　归你们共同保有。

肯特　　尊贵的李尔，我一向像敬重我的君王一样敬重您，

　　像爱我的父亲一样爱您，像跟随我的主人一样跟随

　　您，在我的祈祷中，我总把您当作我伟大的恩主——

李尔　　弓已弯好拉满，你留心躲开箭锋吧。

肯特　　让它落下来吧，即使箭镞会刺进我心里。李尔发了

　　疯，肯特也只好不顾礼貌。你究竟要怎样，老头儿？

　　你以为有权有位的人向谄媚者低头，尽忠守职的臣

　　僚就不敢说话了吗？君主不顾自己的尊严，干下愚

　　蠢的事情，在朝的端人正士只好直言极谏。保留你

　　的权力，仔细考虑一下你的举措，收回这种鲁莽灭

　　裂的成命。你的小女儿并不是最不孝顺你的一个；

　　声音小，没有空洞的回响，并不代表内心空虚。我

　　的判断要是有错，你尽管取我的命。

李尔　　肯特，你要是想活命，赶快闭上你的嘴。

肯特　　我的命本来准备抛向你的仇敌；为了你的安全，我

　　也不怕把它失去。

李尔　　走开，别让我看见你！

肯特　　看明白些，李尔；还是让我永远留在你眼前吧。

李尔	凭着阿波罗起誓——
肯特	凭着阿波罗，老王，你向神明发誓也没有用。
李尔	啊，可恶的奴才！（以手按剑）
奥本尼 康华尔	陛下息怒。
肯特	好，杀了你的医生，把你的恶病养得一天比一天厉害吧。赶快撤销你分土授国的原议；否则，只要喉舌尚在，我就要大声疾呼，告诉你你做了错事。
李尔	听着，逆贼！你既然是个忠臣，就给我听着！你想耸动我毁弃我不容更改的誓言，凭着你不法的跋扈，对我的命令和权力妄加阻挠，这种目无君上的态度，让我忍无可忍；为了维持王命的尊严，我不能不给你应得的处分。我现在宽容你五天时间，让你备些应用的衣食，免得受饥寒之苦；到第六天，你那可憎的身体必须离开我的国境；要是此后十天之内，我们的领土上再发现你的踪迹，到了那时，我就把你当场处死。去！凭着朱庇特发誓，这一判决无可改移。
肯特	再会，国王；你既不知悔改， 囚笼里也没有自由存在。（向考狄利娅） 神明荫护你，善良的姑娘！ 你的正心之论无愧纲常。（向里根、高纳里尔） 愿你们的夸口变成实事， 假树上会结下真的果子。

各位王子，肯特从此远去；

到新的国土走他的旧路。（下）

　　　　喇叭奏花腔。葛罗斯特偕法兰西王、勃艮第及
侍从等重上。

葛罗斯特　　陛下，法兰西国王和勃艮第公爵来了。

李尔　　　　勃艮第公爵，您跟这位国王都是来向我的女儿求婚
的，现在我先问您：您希望她至少有多少陪嫁的嫁
妆，否则宁愿放弃对她的追求？

勃艮第　　　陛下，照着您已答应的数目，我就很满足了；想来
您也不会再有吝惜。

李尔　　　　尊贵的勃艮第，她受我宠爱的时候，我把她看得非
常珍重，可现在她已经跌价。公爵，您瞧她站在
那儿，一个小小的东西，要是除了我的憎恨，我什
么都不给她，而您仍然觉得她有让您喜欢的地方，
或是觉得她整个儿都能让您满意，那么她就在那儿，
您把她带去好了。

勃艮第　　　我不知该怎样回答。

李尔　　　　像她这样一个一无可取的女孩，没有亲友的照顾，
又刚遭到我的憎恨，诅咒是她的嫁妆，我已立誓和
她断绝关系，您还愿意娶她，还是愿意放弃她呢？

勃艮第　　　原谅我，陛下；在这种条件下，决定取舍是件很令
人为难的事。

李尔　　　那就放弃她吧，公爵；凭着神明起誓，我已告诉您她全部的价值。（向法兰西王）至于您，伟大的国王，因为重视你我的友谊，我断不愿把一个我所憎恶的人许配给您；所以，还是请您丢开这个天地不容的贱人，另寻佳偶吧。

法兰西王　这太奇怪了，她刚才还是您眼中的珍宝、您赞美的主题、您老年的安慰、您最心爱的人儿，怎么转瞬间，她就犯下这样一个罪大恶极的错误，丧失了您的深恩厚爱！她的罪恶倘不是超乎寻常，您的爱心决不会变得这样厉害；可除非那是一桩奇迹，我无论如何也不相信她会做那样的事。

考狄利娅　陛下，我只是因为缺少娓娓动人的口才，不会讲一些违心的话，凡是我心里想到的事情，我总不愿在没有把它实行以前就放在嘴里宣扬；要是您因此而恼我，我必须请求您让世人知道，我失去您的欢心的原因，并不是什么丑恶的污点、淫邪的行为，或是不名誉的举止；只是因为我不像人家那样，有双献媚希恩的眼睛，有条善于逢迎，在我看来相当可耻的舌头，虽然这样的缺陷让我不能再受您宠爱，但也正是因为这样，我才格外尊重我自己的人格。

李尔　　　你不能在我面前曲意承欢，还是没把你生养下来的好。

法兰西王　只是出于这一个原因吗？历史上往往有许多远大的计划，因为不求人知而失于记载。勃艮第公爵，对

　　　　　　　　这位公主，您意下如何？爱情里要是掺杂了和它本身不相关涉的顾虑，那就不是真正的爱情。您愿不愿意娶她？她自己就是一注无价的嫁妆。

勃艮第　　尊贵的李尔，只要您把原已许下的那份嫁妆给我，我现在就可以让考狄利娅成为勃艮第公爵的夫人。

李尔　　我什么都不给；我发过誓了，再也没有挽回的余地。

勃艮第　　那么抱歉得很，您已失去一个父亲，现在必须再失去一个丈夫了。

考狄利娅　　愿勃艮第平安！既然他爱的只是财产，我也不愿做他的妻子。

法兰西王　　最美丽的考狄利娅！你因为贫穷，所以才最富有；你因为被遗弃，所以才最宝贵；你因为遭人轻视，所以才最蒙我怜爱。我现在把你和你的美德一起攫在手里；人弃我取，法理所容。天啊天！想不到他们的冷酷蔑视，会激起我热烈的敬爱。陛下，您这位没有嫁妆的女儿跟我三生缘定，现在是与我共享荣华的王后，法兰西全国的女主人了；沼泽之邦勃艮第所有的公爵，都不能从我手里买去这个无价的女郎。考狄利娅，向他们告别吧，虽然他们如此无良；你抛弃了故国，却将得到一个更好的家乡。

李尔　　你带她去吧，法兰西王；她是你的，我没有这样的女儿，也再不要看见她的脸，去吧，你们别想得到我的恩宠和祝福。来，尊贵的勃艮第公爵。（喇叭奏花腔；李尔、勃艮第、康华尔、奥本尼、葛罗斯

特及侍从等同下）

法兰西王　向你的两位姊姊告别吧。

考狄利娅　父亲眼中的两颗宝玉，考狄利娅用眼泪洗过的眼睛向你们告别。我知道你们是怎样的人；碍着姊妹的情分，我不愿直言指斥你们的错处。好好对待父亲；你们亲口说了，自己是孝敬他的，我就把他托付给你们。可唉！要是我没失去他的欢心，我定不会让他受你们照顾。再会了，两位姊姊。

里根　我们用不着你来教训。

高纳里尔　你还是去小心侍候你丈夫吧，命运的慈悲把你交到他的手里；你自己忤逆不孝，今天空手跟了汉子，也是活该。

考狄利娅　慢慢地，总有一天，深藏的奸诈会显出原形；罪恶虽可掩饰一时，却免不了最后出乖露丑。愿你们幸福！

法兰西王　来，我的考狄利娅。（法兰西王、考狄利娅同下）

高纳里尔　妹妹，我有许多和我们两个有切身关系的话必须跟你谈谈。我想我们的父亲今晚就要离开此地。

里根　那是一定，他会去你们那儿；下月再跟我们同住。

高纳里尔　你瞧他现在年纪老了，脾气多么变化不定；我们已经屡次注意到他行为上的乖僻。他一向最爱我们的妹妹，现在他一时气恼，就把她撵走，足以见得他是多么糊涂。

里根　这是他老来昏悖；可他向来就这样喜怒无常。

Cordelia. Who cover faults, at last shame them derides.
Well may you prosper!
France.   Come, my fair Cordelia.

Act I. Scene I.

高纳里尔	他年轻时性子就很暴躁，现在他任性惯了，再加上老年人刚愎自用的怪脾气，看来我们只好准备受他的气了。
里根	他把肯特也放逐了；谁知道他心里一不高兴，会不会用同样的手段对付我们？
高纳里尔	法兰西王辞行回国，跟他还有一番礼仪上的应酬。让我们同心合力，决定一个方策；要是我们的父亲顺着他这脾气滥施威权，这次让国对于我们，未必有什么好处。
里根	我们还要仔细考虑一下。
高纳里尔	我们必须趁早想个办法。（同下）

第二场

葛罗斯特伯爵城堡中的厅堂

爱德蒙持信上。

爱德蒙　　大自然，你是我的女神，我愿意在你的法律之前俯首听命。为什么我要受世俗的排挤，让世人的歧视剥夺我应享的权利，只因为我比一个哥哥迟生了一年或是十四个月？为什么他们要叫我私生子？为什么我比人家卑贱？我壮健的体格、我慷慨的精神、我端正的容貌，哪一点比不上正夫人的公子？为什么他们要给我加上庶出、贱种、私生子的恶名？贱种，贱种；贱种？难道在热烈兴奋的奸情里生下的孩子，倒不及拥着一个毫无欢趣的老婆，在半睡半醒间制造出来的那批蠢货？好，合法的爱德伽，我一定要得到你的土地；我们的父亲喜欢他的私生子爱德蒙，正像他喜欢他合法的嫡子一样。好听的名词，"合法"！好，我合法的哥哥，要是这封信发生效力，我的计策能够成功，瞧着吧，庶出的爱德蒙将把合法的嫡子盖罩在他下面——那时我可要扬眉吐气啦。神啊，帮帮私生子吧！

葛罗斯特上。

葛罗斯特　肯特就这样被放逐了！法兰西王盛怒而去；王上昨
　　　　　晚又走了！他把权力全部交出，依靠他的女儿过
　　　　　活！这些事情都在匆促中决定，不曾经过丝毫的考
　　　　　虑！爱德蒙，怎么！有什么消息？

爱德蒙　禀父亲，没什么消息。（藏信）

葛罗斯特　你为什么急急忙忙藏起那封信来？

爱德蒙　我不知道有什么消息，父亲。

葛罗斯特　你读的是什么信？

爱德蒙　没什么，父亲。

葛罗斯特　没什么？那你为什么慌慌张张地把它塞进衣袋？既
　　　　　然没什么，何必藏起来？来，给我看看；要是那上
　　　　　面没什么话，我也不用戴眼镜了。

爱德蒙　父亲，请您原谅我；这是我哥哥写给我的一封信，
　　　　　我还没读完，照我已经读到的一部分看来，我想还
　　　　　是不要让您看见的好。

葛罗斯特　把信给我。

爱德蒙　不给您看您要恼我，给您看了您又要动怒。哥哥真
　　　　　不该写出这种话来。

葛罗斯特　给我看，给我看。

爱德蒙　我希望哥哥有他的理由，才写出这封信来，他不过
　　　　　是要试试我的德性。

葛罗斯特　（读信）"这种尊敬老年人的政策，让我们在年轻

时不能享受生命的欢乐；我们的财产不能由我们自己处分，等年纪老了，这些财产对我们也失去了用处。我开始觉得老年人的专制，实在是一种荒谬愚蠢的束缚；他们没有权力压迫我们，是我们自己在容忍他们的压迫。来跟我讨论讨论这个问题吧。要是我们的父亲闭上了眼睛，你就可以永远享受他一半的收入，并将为你哥哥所喜爱。爱德伽。"——哼！阴谋！"要是他闭上了眼睛，你就可以享受他一半的收入。"我的儿子爱德伽！他会有这样的心思，写这样的信吗？这封信是什么时候到你手里的？谁送给你的？

爱德蒙　　　　不是谁送给我的，父亲；这正是他狡猾的地方；我看见它塞在我房间的窗眼里。

葛罗斯特　　这笔迹你认识吗，是你哥哥的吗？

爱德蒙　　　　父亲，要是这信里写的，都是很好的话，我敢发誓这是他的笔迹；可那上面写的既然是这样的话，我但愿不是他写的。

葛罗斯特　　这是他的笔迹。

爱德蒙　　　　笔迹确是他的，父亲；可我希望这样的话不是出于他的真心。

葛罗斯特　　他以前有没有用这一类话试探过你？

爱德蒙　　　　没有，父亲；可我常常听见他说，儿子成年以后，父亲如已衰老，他就该受儿子的监护，把他的财产交给儿子掌管。

| 葛罗斯特 | 啊，混蛋！混蛋！正是他在这信里表达的意思！可恶的混蛋！不孝的畜生！禽兽不如的东西！去，把他找来；我要依法惩办他。可恶的混蛋！他在哪儿？ |

爱德蒙 我不太清楚，父亲。照我的意思，您在得到可靠的证据，证明哥哥确有这种意思以前，最好暂时耐一耐您的怒气；要是您立刻就对他采取激烈的手段，万一事情出于误会，不但您的名誉会大受妨害，他对您的孝心也会从此动摇！我敢拿我的生命为他作保，他写这封信的用意，不过是试探试探我对您的孝心，并没有其他危险的目的。

葛罗斯特 你以为是这样的吗？

爱德蒙 您要是觉得可以，让我把您安置在一个隐僻的地方，从那个地方，您可以听到我们谈论这事，用您自己的耳朵得到一个真凭实据；事不宜迟，今天晚上就可以一试。

葛罗斯特 他不会是这样一个大逆不道的禽兽——

爱德蒙 他断不会是这样的人。

葛罗斯特 天地良心！我从没亏待过他。爱德蒙，找他出来；探探他究竟居心何在；你尽管照你自己的意思随机应付。我愿意放弃我的地位和财产，把这事调查明白。

爱德蒙 父亲，我立刻去找他，用最适当的方法探明这事，然后再来向您禀告。

葛罗斯特 最近这些日蚀月蚀果然不是好兆；虽然人们凭着天

赋的智慧，能对它们作出种种合理的解释，可接踵
而来的天灾人祸，却让人无法否认，这是上天对人
们的惩罚。亲爱的人互相疏远，朋友变为陌路，兄
弟化成仇敌；城市出现暴动，国家发生内乱，宫廷
内潜藏着逆谋；父不父，子不子，纲常伦纪完全破
灭。我家这畜生也是上应天数；有他这样逆亲犯上
的儿子，也就有像我们的王上一样不慈不爱的父亲。
我们最好的日子已经过去；现在只有一些阴谋、欺
诈、叛逆、纷乱，追随在我们背后，把我们赶进坟
墓。爱德蒙，去把这畜生找来；那对你不会有什么
妨害；你自己留心一点就是。——忠心的肯特又被
放逐！他的罪名是正直！怪事，怪事！（下）

爱德蒙　　人们最爱用这种糊涂思想来欺骗自己；往往，当我
们因为自己行为不慎而遭逢不幸，我们就会把灾祸
归怨于日月星辰，好像我们做了恶人，也是命运注
定，做了傻瓜，也是出于上天的旨意，做无赖、做
盗贼、做叛徒，都是受到天体运行的影响，酗酒、
造谣、奸淫，都有一颗什么星在那儿主持操纵，无
论干出什么罪恶的勾当，全都是因为某种超自然的
力量在冥冥中驱策着我们。明明自己跟人通奸，却
把他好色的天性归咎到一颗星星身上，真是绝妙的
推诿！我的父亲和母亲在巨龙星的尾巴下交媾，我
又是在大熊星底出世，所以我就是个粗暴而好色的
家伙。嘿！即便在我父母苟合成奸的时候，有一颗

最贞洁的处女星在天空眨眼，我也决不会换个样子。

爱德伽——

爱德伽上。

爱德蒙	一说起他，他就来了，正像旧式喜剧里的大团圆一样；我现在必须装出一副奸诈的忧郁，像疯子一般长吁短叹。唉！这些日蚀月蚀果然预兆着人世的纷争！法——索——拉——咪。
爱德伽	啊，爱德蒙兄弟！你在沉思些什么？
爱德蒙	哥哥，我正想起前天读到的一篇预言，说是在这些日蚀月蚀之后，将要发生些什么事情。
爱德伽	你让这些东西烦扰你的精神？
爱德蒙	他所预言的事情，果然不幸被他说中；什么父子的乖离、死亡、饥荒、友谊的毁灭、国家的分裂、对国王和贵族的恫吓与诅咒、无谓的猜疑、朋友的放逐、军队的瓦解、婚姻的破坏，还有许多我不知道的事情。
爱德伽	你什么时候信起星象之学来了？
爱德蒙	来，来；你最后一次看见父亲是什么时候？
爱德伽	昨天晚上。
爱德蒙	你跟他说过话没？
爱德伽	嗯，我们谈了两个钟头。
爱德蒙	你们分别的时候，没闹什么意见？你在他的辞色之

间，不觉得他对你有点恼怒？

爱德伽　　一点没有。

爱德蒙　　想想你在什么地方得罪了他；听我的劝，暂时避一避吧，等他的怒气平息下来再说，现在他正大发雷霆，恨不得一口咬下你的肉来。

爱德伽　　肯定是哪个坏东西在搬弄是非。

爱德蒙　　我也担心是有人在暗中离间。请你千万忍耐一下，不要撞上他的火性；现在你还是跟我去我的地方，我可以设法让你躲着，听听他老人家怎么说吧；这是我的钥匙。你要是在外面走动，最好随身带些武器。

爱德伽　　带些武器，弟弟！

爱德蒙　　哥哥，我这样劝你，都是为了你好；带些武器在身边吧；要是我对你存着什么心思，我就不是个好人。我已把我看到、听到的事情都告诉你了；可我还只是轻描淡写，实际的情形比我说的要严重可怕得多哩。请你赶快去吧。

爱德伽　　我很快就能听到你的消息？

爱德蒙　　在这件事上，我总会竭力帮你就是。（爱德伽下）一个轻信的父亲，一个忠厚的哥哥，他自己从不算计别人，所以也不疑心别人会把他算计；对付他们这样老实的傻瓜，我的奸计绰绰有余。我知道该怎么办了。既然出身低微，配不上那份地产，就让我用智谋来取；只要能达到目的，用什么手段都没问题。（下）

第三场

奥本尼公爵府中一室

高纳里尔及其管家奥斯华德上。

高纳里尔　我父亲因为我的侍卫骂了他的弄人，所以动手打他吗？

奥斯华德　是的，夫人。

高纳里尔　他一天到晚欺侮我；每一点钟他都要借端寻事，把我们这儿吵得鸡犬不宁。我不能再忍受下去。他的骑士们一天一天横行不法起来，他自己又出点什么小事就责骂我们。等他打猎回来，我不想跟他说话；就跟他说我生病了。你也不必像从前那样殷勤侍候他了；他要是见怪，都怪在我身上吧。

奥斯华德　他来了，夫人；我听见了。（内号角声）

高纳里尔　你跟你手下的人尽管对他装出一副不理不睬的态度；我倒要看看他有些什么话说。他要是恼了，让他去我妹妹那儿吧，我知道我妹妹的心思，她也跟我一样，不肯受人压制。这老废物已经放弃了他的权力，还想管这管那！凭着我的生命发誓，年老的傻瓜就像小孩一样，一味的姑息会惯坏了他的脾气，

　　　　　　　对他不凶一点可不行，记住我说的话。

奥斯华德　　是，夫人。

高纳里尔　　让他的骑士们也尝尝你们的冷眼；无论发生什么，
　　　　　　　你们都不用管；你就这样去通知你手下的人吧。我
　　　　　　　要造出一些借口，和他当面说个明白。我还要立刻
　　　　　　　写信给我妹妹，叫她采取一致的行动。吩咐他们备
　　　　　　　饭。（各下）

第四场

奥本尼公爵府中厅堂

肯特化装上。

肯特　　我已完全隐去我的本来面目，要是我能把话声也完全改变，那我的一片苦心，也许可以达到目的。被放逐的肯特啊，要是你再有机会去服侍你已得罪的主人，也许他看你勤劳尽力，会鉴念你的忠诚。

内号角声。李尔、众骑士及侍从等上。

李尔　　我一刻也不能等了，快叫他们拿出饭来。（一侍从下）啊！你是什么？

肯特　　我是一个人，大爷。

李尔　　你是干什么的？你来见我有什么事？

肯特　　您瞧我像干什么的，我就是干什么的；谁信任我，我愿尽忠服侍；谁居心正直，我愿献上爱戴；谁聪明而不爱多说，我愿跟他来往；我害怕法官；逼不得已的时候，我也会跟人打架；我不吃鱼。[1]

李尔 你究竟是什么人？

肯特 一个心肠非常正直的汉子，而且像国王一样贫穷。

李尔 要是你这做臣民的，也像我这做国王的一样穷得无家可归，那你确实是穷。你要什么？

肯特 我要讨一个差使。

李尔 你想替谁做事？

肯特 替您。

李尔 你认识我吗？

肯特 不，陛下，可在您的神气之间，有某种力量，让我愿意叫您做我的主人。

李尔 是什么力量？

肯特 一种天生的威严。

李尔 你会做些什么？

肯特 我会保守秘密，我会骑马，我会跑路，我会把一个复杂的故事讲得索然无味，我会老老实实传一个简单的口信；凡是普通人能做的，我都能做，我最大的优点是勤劳。

李尔 你多大年纪？

肯特 陛下，说我年轻，我也不算年轻，我不会因为一个女人会唱几句歌而害上相思；说我年老，我也不算年老，我不会糊里糊涂地溺爱一个女人；我已活过

---

1 意即不是天主教徒。天主教徒照例会在星期五吃鱼。

四十八个年头。

李尔 跟着我吧；你可以替我做事。要是我吃过了晚饭，对你还是这样喜欢，那我就不会把你撵走。喂！饭呢？拿饭来！我的孩子呢？我的傻瓜呢？你，去把我的傻瓜叫来。（一侍从下）

奥斯华德上。

李尔 喂，喂，我女儿呢？

奥斯华德 对不起——（下）

李尔 这家伙怎么说？叫那蠢东西回来。（一骑士下）喂，我的傻瓜呢？全都睡着了吗？怎么！那狗头呢？

骑士重上。

骑士 陛下，他说公主病了。

李尔 我叫他回来，那奴才为什么不回？

骑士 陛下，他非常放肆，回答我说，他不乐意回来。

李尔 他不乐意回来！

骑士 陛下，我也不知道是什么缘故，可照我看来，他们待您的礼数，已经不像往日那样殷勤；不单是一般的下人从仆，就是公爵和公主，也对您冷淡多了。

李尔 嘿！你这样说吗？

骑士 陛下，要是我说错了话，请您原谅我；可当我觉得您受到欺侮的时候，责任所在，我不能闭口不言。

李尔　　　　你不过是向我提起了一件我自己也有所察觉的事；近来我也觉得他们对我的态度有点儿冷淡，可我总以为是我自己多心，不愿断定是他们在有意怠慢。我还要仔细观察一下他们的举止。可我的傻瓜呢？我两天没见过他了。

骑士　　　　陛下，自从小公主去了法国，这傻瓜老是郁郁不乐。

李尔　　　　别再提这事了；我也注意到了。——你去告诉我女儿，我要跟她说话。（一侍从下）你去把我的傻瓜叫来。（另一侍从下）

奥斯华德重上。

李尔　　　　啊！你，你过来。你知道我是谁吗？

奥斯华德　　是我们夫人的父亲。

李尔　　　　"我们夫人的父亲！"还我们大爷的奴才呢！好大胆的狗！

奥斯华德　　请您原谅，我不是狗。

李尔　　　　你敢当面顶撞我吗，你这混蛋？（打奥斯华德）

奥斯华德　　您不能打我。

肯特　　　　我也不能踢你吗，你这踢皮球的下贱东西？（自后踢奥斯华德倒地）

李尔　　　　谢谢你，好家伙；你帮了我，我喜欢你。

肯特　　　　来，朋友，站起来，给我滚吧！我要教训教训你，让你知道尊卑上下的分别。去！去！你还想在地上打滚，用你蠢笨的身体丈量土地吗？滚！你难道不懂得厉害吗？去你的。（将奥斯华德推出）

李尔　我的好小子，谢谢你；这是你替我做事的定钱。（以钱给肯特）

弄人上。

弄人　让我也把他雇下；这是我的鸡头帽。（脱帽授肯特）

李尔　啊，我的乖乖！你还好吗？

弄人　喂，你还是戴了我的鸡头帽吧。

肯特　傻瓜，为什么？

弄人　为什么？因为你帮了一个失势的人。你要是不会看准风向，迎上你的笑脸，就会吞下一口冷气。来，把我的鸡头帽拿去。嘿，这家伙撵走了两个女儿，他的第三个女儿倒是很受他的祝福，虽然也不是出于他的本意；要是你跟了他，你必须戴上我的鸡头帽。啊，老伯！但愿我有两顶鸡头帽，再有两个女儿！

李尔　为什么，我的孩子？

弄人　要是我把我的家私一起给了她们，我自己也要存下两顶鸡头帽。我这儿有一顶；再去向你女儿讨一顶吧。

李尔　嘿，你可小心鞭子抽你。

弄人	真理是一条贱狗，它只好躲在狗洞里头；猎狗太太站在火边撒尿的时候，它必须一顿鞭子被人赶走。
李尔	简直是揭我的痛疮！
弄人	（向肯特）喂，我来教你一段话吧。
李尔	你教。
弄人	听好了，老伯；——
	多积财，少摆阔；
	耳多听，话少说；
	少放款，多借债；
	走路不如骑马快；
	三言之中信一语，
	多掷骰子少下注；
	莫饮酒，莫嫖妓；
	闭门不管他家事；
	会打算的占便宜，
	不会打算叹口气。
肯特	傻瓜，这些话一点意思也没有。
弄人	那我就像拿不到讼费的律师一样，我的话都是白说。老伯，你不能从没意思里头，探出点意思来吗？
李尔	啊，不，孩子；垃圾里头可淘不出金子。
弄人	（向肯特）请你告诉他，他那么多的土地，也就和一堆垃圾一样；他不肯相信一个傻瓜嘴里的话。
李尔	好尖酸的傻瓜！
弄人	我的孩子，你知道傻瓜是有酸有甜的吗？

李尔	不知道，孩子；你来教我。
弄人	听了他人话，
	土地全丧失；
	我傻你更傻，
	两傻相并立：
	一个傻瓜甜，
	一个傻瓜酸；
	甜的穿花衣，
	酸的戴王冠。
李尔	你叫我傻瓜吗，孩子？
弄人	你把你所有的尊号都送了别人；只有这一个名字是你从娘胎里带出来的。
肯特	陛下，他倒不完全是个傻瓜哩。
弄人	不，那些老爷大人都不肯答应我的；要是我取得傻瓜的专利，他们一定要来夺一份去，就是太太小姐也不会放过我的；他们不肯让我一个人来做这傻瓜。老伯，给我一个蛋，我给你两顶冠。
李尔	两顶什么冠？
弄人	我把蛋从中间切开，吃完了蛋黄、蛋白，就用蛋壳给你做两顶冠。你想，你自己好端端有一顶王冠，却把它从中间剖成两半，还把两半都送给人家，这不是背了驴子过泥潭吗？你这光秃秃的头顶，连里面也是光秃秃的，没有一点脑子，所以你才会把一顶金冠送人。我说了我要说的，谁说我说的是傻话，

就让他挨一顿鞭子。——

这年头傻瓜供过于求，

聪明人个个变了糊涂，

顶着个没有思想的头，

只会跟着人依样葫芦。

李尔　　你几时学会了这么多歌？

弄人　　老伯啊，自从你把女儿当作了母亲，我就常常唱起歌来；因为你把棒子给了她们，又拉下你自己的裤子时啊——

她们高兴得眼泪盈眶，

我只好唱歌自遣哀愁，

可怜你堂堂一国之王，

却跟傻瓜们做伴嬉游。

老伯啊，你去请位先生，来教教你的傻瓜该怎样说谎；我很想学学说谎。

李尔　　要是你说了谎，小子，我就用鞭子抽你。

弄人　　我不知道你跟你的女儿究竟是什么亲戚：我说了真话，她们要用鞭子抽我，我说了谎，你要用鞭子抽我；有时我啥也不说，你们也要用鞭子抽我。我宁可做个无论什么东西，也不要做个傻瓜；可我宁可做个傻瓜，也不愿意做你，老伯；你从两边削掉了你的聪明，削得中间啥也不剩。瞧，削掉的一边来了。

高纳里尔上。

李尔	啊，女儿！你脸上怎么罩满了怒气？我看你近来老是皱着眉头。
弄人	从前你用不着看她的面孔，随她皱不皱眉，都不与你相干，那时你也算得了一个好汉；可现在你却变成一个孤零零的圈儿了。你还比不上我呢；我是个傻瓜，你简直就不是个东西。（向高纳里尔）好，好，我闭嘴就是；虽然你没有说话，可看你的脸色，我就知道你的意思。

闭嘴，闭嘴；

你不知道积谷防饥，

活该啃不到面包皮。

他是个空空的豆荚。（指李尔）

高纳里尔	父亲，您这个肆无忌惮的傻瓜就不说了，您那些蛮横的卫士，也都在时时刻刻寻事骂人，种种不法的暴行，实在叫人忍无可忍。父亲，我本还以为，要是让您知道了这种情形，您一定会戒饬他们的行为；可照您最近所说的话、所做的事看来，我不能不疑心您是有意纵容，才让他们这样有恃无恐。要是这果真是您授意，为了维持法纪的尊严，我们也不能默尔而息，不采取断然的处置，虽然这可能是对您不敬，会让您难堪；本不该如此，但眼下，这是必要的步骤。

弄人	你看，老伯——

那篱雀养大了杜鹃，

自己的头也给它吃掉。

蜡烛熄了，我们的眼前只有一片黑暗。

李尔　你是我的女儿吗？

高纳里尔　您不是一个不懂道理的人，我希望您想明白些；近来您动不动就怄气，实在是太失体统，不像一个做长辈的啦。

弄人　车拖着马走，不是连笨驴都看得清的事儿吗？"呼，骚姐儿！我爱你。"

李尔　这儿有谁认识我吗？这不是李尔。是李尔在走路吗？在说话吗？他的眼睛呢？他的知觉迷乱了吗？他的神志麻木了吗？嘿！他醒着吗？没有的事。有谁能告诉我，我是什么人？

弄人　李尔的影子。

李尔　这话我愿意相信；因为我庄严的服饰和我的记忆都在告诉我，我是个有女儿的人。

弄人　那些女儿会叫你做个孝顺的父亲。

李尔　太太，请教您的芳名？

高纳里尔　父亲，您何必这样假痴假呆？您是个有了年纪的老者，应该懂事一些。请您明白我的意思：您在这儿养了一百个骑士，全是些胡闹放荡、胆大妄为的家伙，这好好的宫廷被他们搅得像个喧嚣的客店；他们成天吃、喝、玩女人，简直把这儿当作了酒馆妓院，哪还是座庄严的御邸。这种可耻的现状，必须立刻设法纠正；所以，请您依了我的要求，酌量减少您的扈从的人数，只留下一些适合您的年龄，知道您的地位，也明白自己身份的人作为随从；要是您不答应，那我也没有办法，只好勉强执行。

李尔　　　地狱里的魔鬼！备起我的马来；召集我的侍从。没有良心的贱人！我不麻烦你了；我还有一个女儿。

高纳里尔　你打我的用人，你那班捣乱的流氓也不想想自己是什么东西，胆敢把他们的上官像奴仆一样呼来叱去。

奥本尼上。

李尔　　　唉！现在懊悔也来不及了。（向奥本尼）啊！你也来了？这是不是你的意思？你说。——替我备马。丑恶的海怪也没有忘恩的儿女那样可怕。

奥本尼　　陛下，请您不要生气。

李尔　　　（向高纳里尔）枭獍不如的东西！你说谎！我的卫士都是最有品行的人，他们懂得一切礼仪，他们的一举一动，都无愧骑士之名。啊！考狄利娅不过犯了小小的错误，怎会在我眼里变得这样丑恶！它像一座酷虐的刑具，扭曲了我的天性，抽干了我心里的慈爱，把烈苦的怨恨灌了进去。啊，李尔！李尔！李尔！对准这扇放进你的愚蠢、放出你的智慧的门，着力痛打吧！（自击其头）走，走，我的人。

奥本尼 陛下，我没得罪您，也不知道您为什么生气。

李尔 也许不是你的错，公爵。——听着，造化的女神，听我的吁诉！要是你想让这畜生生男育女，就请你改变你的意旨！取消她生殖的能力，干涸她产育的器官，让她枯瘠的身体里永远生不出一个子女！要是她必须生产，请让她生下一个忤逆狂悖的孩子，让她终身受苦！让她年轻的额角早早刻上皱纹；让眼泪流下她的脸颊，磨出一道道沟渠；让她鞠育的辛劳，只换来一声冷笑、一个白眼；让她也感觉到一个孩子的负心，比毒蛇的牙齿更令人痛入骨髓！去，去！（下）

奥本尼 凭着我们敬奉的神明，告诉我这是怎么回事？

高纳里尔 你不用知道是什么原因；他老糊涂了，让他去发他的脾气吧。

李尔重上。

李尔 什么！我在这儿不过住了半月，就把我的卫士一下裁撤五十个吗？

奥本尼 怎么回事，陛下？

李尔 等等告诉你。（向高纳里尔）吸血的魔鬼！我真惭愧，我竟会在你面前失去了大丈夫的气概，让我的热泪为了一个下贱的婢子滚滚流出。愿毒风吹着你，恶雾罩着你！愿一个父亲的诅咒刺透你的五

Lear. Hear, Nature, hear; dear goddess, hear!
Suspend thy purpose, if thou didst intend
To make this creature fruitful!   *Act I. Scene IV.*

官百窍，留下永远不能平复的疮痍！痴愚的老眼，要是你再为此流泪，我就把你挖了出来，丢进你流下的泪水，和泥土拌在一起！哼！竟有这等事吗？好，我还有一个女儿，我相信她是孝顺我的；她听见你这样待我，一定会用指爪抓破你那豺狼一样的面孔。你以为我这辈子都不能恢复我原来的威风了吗？好，你瞧着吧。（李尔、肯特及侍从等下）

高纳里尔　你听见没有？

奥本尼　高纳里尔，我十分爱你，可我不能这样偏心——

高纳里尔　你不用管我。喂，奥斯华德！（向弄人）你这七分奸刁三分傻的东西，跟你的主人去吧。

弄人　李尔老伯，李尔老伯！等一等，带傻瓜一块儿走呀。

捉狐狸，杀狐狸，

谁家女儿是狐狸？

可惜我这顶帽子，

换不到一条绳子；

追上去，你这傻子。（下）

高纳里尔　不知道是什么人替他出的好主意。一百个骑士！让他随身带着一百个全副武装的卫士，真是万全之计；只要他做一个梦，听一句谣言，转一个念头，或者心里不高兴、不舒服了，就可以用他们的力量来危害我们的生命。喂，奥斯华德！

奥本尼　也许你太过虑了。

高纳里尔　过虑总比大意好些。与其时时刻刻提心吊胆，害怕人家的暗算，宁可爽爽快快除去一切可能的威胁。
我知道他的心理。他说的话，我已经写信告诉我妹
妹；她要是不听我劝，仍旧容留他带着他的一百个
骑士——

奥斯华德重上。

高纳里尔　啊，奥斯华德！什么！我叫你写给我妹妹的信，你
　　　　　　写好了没有？

奥斯华德　写好了，夫人。

高纳里尔　带几个人跟着你，赶快上马出发；明白告诉她我担
　　　　　　心的情形，再加上一些你能想到的理由，让它格外
　　　　　　动听一些。去吧，早点回来。（奥斯华德下）不，
　　　　　　不，我的爷，你做人太仁善太厚道了，虽然我不怪
　　　　　　你，可恕我直言一句，人家只会骂你糊涂，不会称
　　　　　　赞你是个好人。

奥本尼　我不知道你的眼光能看到多远；可过分操切也会误
　　　　　　事。

高纳里尔　咦，那么——

奥本尼　好吧，好吧，但看结果如何。（同下）

第五场

奥本尼公爵府外院

李尔、肯特及弄人上。

李尔　你带着这封信，先去葛罗斯特。我女儿看了这信，如果有话问你，你就照你知道的回答，此外可别多说什么。要是你路上偷懒，耽搁时间，也许我会比你先到。

肯特　陛下，把您的信送到以前，我决不打一次瞌睡。（下）

弄人　要是一个人的脑筋生在脚跟上，它会不会长起冻疮来呢？

李尔　会啊，孩子。

弄人　那你放心；你的脑筋可用不着穿拖鞋来防疮。

李尔　哈哈哈！

弄人　你到了你另一个女儿的地方，就会知道她会对你多好；虽然她跟现在这个就像野苹果跟家苹果一样相像，但我可以告诉你我知道的事情。

李尔　可以告诉我什么，孩子？

弄人　你一尝到她的滋味，就会知道她跟现在这个完全一样，正像两颗野苹果一般，没有分别。你能告诉我，

为什么一个人的鼻子生在脸中央吗?

李尔　　　不能。

弄人　　　因为中间放了鼻子,两旁就可以安放眼睛;鼻子嗅
　　　　　不出的,眼睛可以看个细致。

李尔　　　我对不起她——

弄人　　　你知道牡蛎怎样造它的壳吗?

李尔　　　不知道。

弄人　　　我也不知道;可我知道蜗牛为什么背着一个屋子。

李尔　　　为什么?

弄人　　　因为它能把头放在里面;它不会把它的屋子送给它
　　　　　的女儿,害得它连触角也没地方安顿。

李尔　　　我也顾不得什么天性之情了。我这做父亲的有什么
　　　　　地方亏待了她!我的马儿都备好了吗?

弄人　　　你的驴子们在那儿替你准备呢。昴宿星为什么只有
　　　　　七颗,其中有个绝妙的理由。

李尔　　　因为没有第八颗吗?

弄人　　　正是,一点不错;你可以做个出色的傻瓜。

李尔　　　用武力夺回来!忘恩负义的畜生!

弄人　　　假如你是我的傻瓜,老伯,我就要打你,因为时候
　　　　　没到你就老了。

李尔　　　那是什么意思?

弄人　　　你该懂得些世故再变老呀。

李尔　　　啊!别让我发疯!天啊,制住我的怒气,别让我发
　　　　　疯!我不要发疯!

　　　　侍臣上。

李尔　　　怎么！马备好了吗？

侍臣　　　备好了，陛下。

李尔　　　来，孩子。

弄人　　　哪家的姑娘敢笑我跑这一遭，

　　　　　除非那话儿切短，她童贞难保！（同下）

第二幕

第一场

葛罗斯特伯爵城堡庭院

爱德蒙及克伦自相对方向上。

爱德蒙	您好，克伦？
克伦	您好，公子。我刚才见过令尊，通知他康华尔公爵跟他的夫人里根公主今晚要来这儿拜访他。
爱德蒙	他们怎么会来？
克伦	我也不知道。您有没有听见外边的消息？我的意思是说，人们交头接耳，在暗中互相传说的那些消息。
爱德蒙	我没听见；请教是些什么消息？
克伦	您没听说康华尔公爵也许会跟奥本尼公爵开战吗？
爱德蒙	一点都没听说。
克伦	那也许您慢慢会听说的。再会，公子。（下）
爱德蒙	公爵今晚来这儿！那也好！再好没有！我正好利用这个机会，我的父亲已叫人四处把守，要捉我哥哥；

我还有件不太好办的事情，必须赶快着手。这事要
做得敏捷迅速，但愿命运助我！——哥哥，跟你说
句话；下来，哥哥！

爱德伽上。

爱德蒙	父亲在盯着你呢。啊，哥哥！离开这儿吧；有人告诉他你躲在哪儿了；趁着现在天黑，你快逃吧。你有没有说过什么康华尔公爵的坏话？他也马上要到这儿来了，在这样的夜里，急急忙忙的。里根也跟着他来；你有没有说过他们要对付奥本尼公爵之类的话？仔细想想。
爱德伽	我真的一句也没说过。
爱德蒙	我听见父亲来了；原谅我；我必须装出一副对你动武的样子；拔出剑来，就像在自我防御一般；好生应付一下。（高声）放下你的剑；去见我父亲！喂，拿火来！这儿！——逃吧，哥哥。（高声）火把！火把！——再会。（爱德伽下）身上沾些血迹，能让他相信我确实凶猛地争斗过一番。（以剑刺伤手臂）我见过有些醉汉就为了开个玩笑，都不顾死活地割破自己的皮肉。（高声）父亲！父亲！住手！住手！没人来帮我吗？

葛罗斯特率众仆持火炬上。

葛罗斯特　　爱德蒙，那畜生呢？

爱德蒙　　　他站在这黑暗之中，拔出他那锋利的剑，嘴里念念
　　　　　　有词，见神见鬼地请月亮帮他的忙。

葛罗斯特　　可他人呢？

爱德蒙　　　瞧，父亲，我流着血呢。

葛罗斯特　　那畜生呢，爱德蒙？

爱德蒙　　　往这边逃了，父亲。他看他没法——

葛罗斯特　　喂，你们追上去！（若干仆人下）"没法"什么？

爱德蒙　　　没法劝我跟他同谋把您杀死；我对他说，疾恶如仇
　　　　　　的神明看见弑父的逆子，是要下天雷来殛死他的；
　　　　　　我告诉他，儿子和父亲的关系是多么深切而不可摧
　　　　　　毁；总而言之，一句话，见我这样憎恶他荒谬的图
　　　　　　谋，他就恼羞成怒，拔出他早就备好的剑，汹汹其
　　　　　　势地冲我毫无防卫的身上挺了过来，刺破了我的手
　　　　　　臂；那时我也发起怒来，自恃理直气壮，奋力跟他
　　　　　　对抗，他倒胆怯起来，也许是听见我喊叫起来，就
　　　　　　飞也似的跑了。

葛罗斯特　　让他逃得远远的吧；除非逃到国外，否则总有捉到
　　　　　　他的一天；看他被我们捉住，还活得成不。公爵殿
　　　　　　下，我的主上，今晚就要来啦，我要请他发出一道
　　　　　　命令，谁要能捉住这杀人的懦夫，让我们把他绑上
　　　　　　木桩，用火烧死，我们就重重酬谢；谁要是把他藏
　　　　　　匿起来，一经发觉，就是死路一条。

爱德蒙　　　他不听我劝，决意实行他的企图时，我就严辞恫吓

过他，说要宣布他的秘密；可他却回答我说："你这没有继承权的私生子！你觉得如果我们两个站在敌对的位置，你有什么信用、品德或者身份资格，能让人家信你的话？哼！我可以矢口否认——我当然会否认，即便你拿出我的亲笔字迹，我也可以反咬一口，说这全是你的阴谋恶计；人们不是傻瓜，他们当然会相信，是你在觊觎我死后的利益，所以起了这样的毒心，想要害我的命。"

葛罗斯特　好狠心的畜生！他赖得掉他的信吗？我没他这个儿子。（内喇叭奏花腔）听！公爵的喇叭。不知他是为何而来。我要关上所有城门，看这畜生能逃到哪儿；公爵必须答应我这个要求；我还要把他的小像到处传送，让全国上下都留个心眼。我孝顺的孩子，你不学你哥哥的坏样，我一定设法让你承继我的土地。

康华尔、里根及侍从等上。

康华尔　您好，我尊贵的朋友！我不过刚到这儿，就听见了奇怪的消息。

里根　要是真有那样的事，那罪人真是万死不足蔽辜。是怎么回事，伯爵？

葛罗斯特　啊！夫人，我这颗老心已经碎了，已经碎了！

里根　什么！我父亲的义子要谋害您的性命？就是我父亲

给他命了名的，您的爱德伽吗？

葛罗斯特　啊！夫人，夫人，发生了这种事情，真是说来也叫人丢脸。

里根　他不是常跟我父亲身边的那些横行不法的骑士们在一起吗？

葛罗斯特　我不知道，夫人。太可恶了！太可恶了！

爱德蒙　是的，夫人，他就是那一伙的。

里根　难怪他会变得这么坏啊；一定是他们在撺掇，让他谋害老爹，好拿他的财产给大家挥霍。今天傍晚，我接到我姊姊的信，她告诉我，他们有各种各样的不法行径，还警告我说，要是他们想住到我家，千万别招待他们。

康华尔　相信我，里根，我也决不会去招待他们。爱德蒙，我听说你对你的父亲很尽孝道。

爱德蒙　那是做儿子的本分，殿下。

葛罗斯特　他揭发了他哥哥的阴谋；您看他受了这伤，就是因为他奋不顾身，想捉住那畜生。

康华尔　那凶徒跑了，有人追上去吗？

葛罗斯特　有，殿下。

康华尔　要是他给我们捉住，我们一定不让他再为非作恶；你只要决定一个办法，在我的权力范围以内，我都可以替你办到。爱德蒙，这一回，你表现出了深明大义的孝心，我们由衷赞美；像你这样不负托付的人，正是我们所需要的，我们要大大地重用你。

爱德蒙	殿下，我愿意为您尽忠效命。
葛罗斯特	殿下这样看得起他，我感激万分。
康华尔	您还不知道我们现在要来见您的原因——
里根	尊贵的葛罗斯特，我们这样在黑暗的夜色之中，一路摸索前来，实在是因为有些相当重要的事情，必须请教一下您的意见。我们的父亲和姊姊都有信来，说他们之间发生了一些冲突；我想最好别在自己家里答复他们；两方的使者都到这儿来等候我的回复。善良的老朋友啊，您不要气恼，赶快替我们出个主意吧。
葛罗斯特	夫人但有所命，我总是愿意贡献我的一得之愚。殿下和夫人光临蓬荜，欢迎得很！（同下）

第二场

葛罗斯特城堡之前

肯特及奥斯华德各上。

奥斯华德　早安，朋友；你是这府里的人吗？

肯特　嗯。

奥斯华德　什么地方能让我们拴马？

肯特　烂泥地里。

奥斯华德　拜托啦，大家都是朋友，告诉我吧。

肯特　谁是你的朋友？

奥斯华德　好，那我也不睬你了。

肯特　要是我把你一口咬住，看你睬不睬我。

奥斯华德　你为什么这样对我？我又不认识你。

肯特　小子，我认得你。

奥斯华德　认得我是谁吗？

肯特　一个无赖；一个恶棍；一个吃剩饭的家伙；一个下
贱的、骄傲的、浅薄的、叫花子一样的、只有三身
衣服、全部家私算起来不过一百镑的、卑鄙龌龊的、
穿毛绒袜子的无赖；一个没有胆量的、靠着官府势
力压人的玩意儿；一个婊子生的、顾影自怜的、奴

颜婢膝的、装腔作势的混账东西；一个家当一箱整的奴才；一个天生的王八胚子；又是无赖，又是叫花子，又是懦夫，又是王八，又是一条杂种老母狗的儿子；要是你不承认你这些头衔，我要把你打得放声大哭。

奥斯华德 咦，奇怪，你是个什么东西，你也不认识我，我也不认识你，怎么开口骂人？

肯特 你还说不认识我，你这厚脸皮的奴才！两天以前，我不是把你绊倒在地，还在王上面前打过你吗？拔出剑来，你这混蛋；虽是夜里，可月亮还照着；我要在月光底下把你剁成稀烂。（拔剑）拔出剑来，你这婊子生的下流东西，拔出剑来！

奥斯华德 去！我不跟你胡闹。

肯特 拔出剑来，你这恶棍！谁叫你做人家的傀儡，替一个女儿寄信，攻击她的父王？拔出剑来，你这混蛋，否则我要砍下你的胫骨。拔出剑来，恶棍；来来来！

奥斯华德 喂！救命哪！要杀人啦！救命哪！

肯特 来，你这奴才；站住，混蛋，别跑；你这漂亮的奴才，你不会还手吗？（打奥斯华德）

奥斯华德 救命啊！要杀人啦！要杀人啦！

爱德蒙拔剑上。

爱德蒙	怎么！什么事？（分开二人）
肯特	好小子，你也要寻事吗？来，我们试试；来，小哥儿。

康华尔、里根、葛罗斯特及众仆上。

葛罗斯特	动刀动剑的，什么事呀？
康华尔	大家别闹；谁再动手，就叫他死。怎么回事？
里根	一个是我姊姊的使者，一个是国王的使者。
康华尔	你们为什么争吵？说。
奥斯华德	殿下，我给他缠得气都喘不过来啦。
肯特	怪不得你，你把全身勇气都提起来了。你这怯懦的恶棍，造化不承认他曾经造下你这个人；你是个裁缝手里做出来的。
康华尔	你这奇怪的家伙；一个裁缝能做出人来？
肯特	是的，一个裁缝；石匠或者油漆匠哪怕学艺不过两个钟头，都不会造出他这样的坏货。
康华尔	说，你们怎么会吵起来的？
奥斯华德	这个老不讲理的家伙，殿下，要不是我看在他胡子都白了的分上，早就取了他的性命——
肯特	你这不中用的废物！殿下，要是您允许的话，我要把这下流东西踏成一堆给人涂墙刷壁的泥浆。看在我胡子都白了的分上？你这摇尾乞怜的狗！
康华尔	住口！畜生，你规矩都不懂吗？

肯特	我懂，殿下；可我实在气愤不过。
康华尔	你为什么气愤？
肯特	我气愤的是，像这样一个奸诈的奴才，居然也让他佩起剑来。都是这种笑脸小人，像老鼠一样咬破了神圣的伦常纲纪；他们的主上起了恶念，他们便竭力逢迎，不是火上浇油，就是雪上添霜；他们最擅长的，就是随风转舵，主子说一声是，他们也跟着说是，说一声不，他们也跟着说不，像狗一样什么都不知道，就知道跟着主人跑。但愿恶疮烂掉你那抽搐的面孔！你笑我说的，以为我是个傻瓜吗？呆鹅，要是让我在旷野上碰见了你，看我不打得你嘎嘎乱叫，把你一路赶回老家！
康华尔	什么！你疯了吗，老头儿？
葛罗斯特	说，你们究竟是怎么吵起来的？
肯特	我跟这混蛋势不两立。
康华尔	你为什么叫他混蛋？他做错了什么？
肯特	我不喜欢他那张脸。
康华尔	也许你也不喜欢我的脸、他的脸，还有她的。
肯特	殿下，我是说惯了老实话的：我曾见过一些面孔，比现在我眼前的这些面孔可好得多啦。
康华尔	这个人就是那种因为有人称赞他言辞率直而故意装出一副目中无人的粗鲁模样，净用矫揉造作、不显本心的腔调来说话的家伙。他不会谄媚，他有一颗正直坦白的心，他必须说老实话；要是人家愿意接

受他的意见，很好；不然的话，他是个老实人嘛。我知道这种家伙，他们用坦白的外表，包藏着极大的奸谋祸心，比二十个胁肩谄笑、小心翼翼的愚蠢的谄媚者更不怀好意。

肯特　殿下，您伟大的明鉴，就像福玻斯神光煜煜的额上那轮烨耀的火冠，请您照临我善意的忠诚、恳切的虔心——

康华尔　这是什么意思？

肯特　您不喜欢我说的话，所以我变了个样子。我知道我不是个谄媚之徒；我也不愿做个故意用率直的言语诱人听信的奸诈小人；即便您请我做这样的人，我也决不从命。

康华尔　（向奥斯华德）你怎么得罪他了？

奥斯华德　我从来没得罪过他。最近他的王上因为对我有点误会，就把我打了；他便助主为虐，闪在我背后把我绊倒在地，侮辱谩骂，无所不至，装出一副勇敢无比的神气；他的王上见他这样，夸了他两句，他便得意忘形，以为我不是他的对手，所以一看见我，就又要跟我闹呀。

肯特　跟这些流氓和懦夫相比，那说大话的埃阿斯 [1] 也只能算个傻子。

康华尔　拿足枷来！你这口出狂言的顽固老贼，我们要教训

---

1 埃阿斯（Ajax），希腊神话中的英雄。

你一下。

肯特　殿下，我年纪太老，不能受您的教训了；您不能用足枷枷我。我是王上的人，奉他的命令前来；您要是把他的使者枷了起来，未免对我的主上太失敬、太放肆了。

康华尔　拿足枷来！凭着我的生命和荣誉起誓，他必须锁进足枷，直到中午为止。

里根　到中午为止！得到晚上，殿下；把他整整枷上一夜再说。

肯特　啊，夫人，就算我是您父亲的狗，您也不该这样对我。

里根　因为你是他的奴才，所以才要这样对你。

康华尔　这正是我们的姊姊说起的那个家伙。来，拿足枷来。（从仆取出足枷）

葛罗斯特　殿下，请您不要这样。他的过失诚然很大，王上知道了，一定会责罚他的；您决定的这种羞辱性刑罚，只能惩戒那些犯偷窃之类普通小罪的下贱囚徒；他是王上差来的人，要是给他这样的处分，王上一定会因为您轻蔑了他的来使而心中不快。

康华尔　这我可以负责。

里根　我姊姊要是知道她的使者因为奉行她的命令而被人这样侮辱殴打，她心里还要不高兴哩。把他的腿放进去。（从仆将肯特套入足枷）来，殿下，我们走吧。（除葛罗斯特、肯特外均下）

葛罗斯特　朋友，我很为你抱恨；这是公爵的意思，全世界都

　　　　　　　　知道，他的脾气非常固执，不肯接受别人的劝阻。
　　　　　　　　我还会替你向他求情。

肯特　　　　请您不必多此一举，大人。我走了许多路，还没睡
　　　　　　　　过觉呢；一部分时间将在瞌睡中过去，醒着的时候
　　　　　　　　我可以吹吹口哨。再会！

葛罗斯特　　这是公爵的不是；王上一定会见怪的。（下）

肯特　　　　好王上，您正像俗语说的，抛下了天堂的幸福，来
　　　　　　　　受赤日的煎熬。来吧，你这照耀下土的炬火，让我
　　　　　　　　借着你温暖的光辉，来读读这信。只有倒霉的人才
　　　　　　　　会遇见奇迹；我知道这是考狄利娅寄来的信，我改
　　　　　　　　头换面的行踪，已经侥幸让她知道；她一定会找到
　　　　　　　　机会，来纠正这种反常的情形。疲倦得很；闭上了
　　　　　　　　吧，沉重的眼睛，免得看见这耻辱的歇地。晚安，
　　　　　　　　命运，求你转过你的轮子，再向我们微笑。（睡）

第三场

荒野的一部分

爱德伽上。

爱德伽　听说他们已经发出告示抓我；幸亏我躲进一株空心的树干，没给他们找到。没有一处城门能出入无阻；没有一个地方不是警卫森严，准备把我抓住！我要保全性命，等待逃脱之机；我看不如改扮成一个最卑贱、最穷苦、最受世人轻视，和禽兽相去无几的家伙；我要把污泥涂在脸上，用一块毡布裹腰，给满头的头发打上许多乱结，赤身裸体，抵抗风雨的侵凌。这地方本就有许多疯丐，他们高声叫喊，把针啊，木锥啊，钉子啊，迷迭香的树枝啊，刺进他们麻木而僵硬的手臂；以这种可怕的形貌，到那些穷苦的农场、乡村、羊棚和磨坊里去，时而发出一些疯狂的诅咒，时而向人哀求祈祷，乞讨一些布施。我学起他们的样子，就不会引起人家的疑心。可怜的疯叫花子！可怜的汤姆！倒有几分相像；现在我不再是爱德伽了。（下）

Edgar. I heard myself proclaim'd;
And by the happy hollow of a tree
Escap'd the hunt.   *Act II. Scene III.*

第四场

葛罗斯特城堡前

肯特系足枷中。李尔、弄人及侍臣上。

李尔　　真奇怪，他们不在家里，又不打发我的使者回去。

侍臣　　我听说他们在前一天晚上还没有走动的意思。

肯特　　祝福您，尊贵的主人！

李尔　　嘿！你把这样的羞辱当作消遣吗？

肯特　　不，陛下。

弄人　　哈哈！他吊着一副多么难受的袜带！缚马缚在头上，缚狗缚熊缚在脖上，缚猴缚在腰上，缚人缚在腿上；人的腿儿太会活动，就要叫他穿木袜咯。

李尔　　谁认错了人，把你锁在这儿？

肯特　　是他和她——您的女婿和女儿。

李尔　　不会的。

肯特　　会的。

李尔　　我说不会。

肯特　　我说会的。

李尔　　不，不，他们不会干这样的事。

肯特　　他们干都干了。

李尔　　　凭着朱庇特起誓，没有这样的事。

肯特　　　凭着朱诺起誓，有这样的事。

李尔　　　他们不敢做这样的事；他们不能，也不会做这样的
　　　　　　事；要是他们有意干出这等重大的暴行，那简直比
　　　　　　杀人更不可恕。快告诉我，你究竟犯了什么罪，他
　　　　　　们才用这样的刑罚来对待一个国王的使者。

肯特　　　陛下，我带着您的信到了他们家里，我跪在地上，
　　　　　　把信呈上，还没立起身来，就又有个使者汗流满面，
　　　　　　气喘吁吁，急急忙忙地奔了进来，代他的女主人高
　　　　　　纳里尔向他们请安，还不管不顾地打断了我的公事，
　　　　　　递上了一封书信；他们看见她也有信，就来不及理
　　　　　　我，先读起她的信来；读完，他们立刻召集仆从，
　　　　　　上马出发，叫我跟到这儿来，等候他们的答复；对
　　　　　　我十分冷淡。一到这儿，我又碰见了那个使者，也
　　　　　　就是最近对您非常无礼的那个家伙，我知道他们对
　　　　　　我这样冷淡，都是因为他也来了，所以一时激于气
　　　　　　愤，不加考虑地向他拔出剑来；他见我这样，就高
　　　　　　声发出怯懦的叫喊，惊动了全屋的人。您的女婿女
　　　　　　儿认为我犯了这样的罪，应该羞辱我一下，就把我
　　　　　　枷起来了。

弄人　　　如果野雁尽往那头飞呀，冬天就还没过呢。
　　　　　　老父衣百结，
　　　　　　儿女不相识；
　　　　　　老父满囊金，

儿女尽孝心。

命运如娼妓，

贫贱遭遗弃。

虽然这样说，你的女儿们还要孝敬你数不清的烦恼哩。

李尔　　啊！我这一肚子气都涌上心头来了！你这歇斯底里的气恼，给我下去，回你该去的地方！我这女儿呢？

肯特　　在里边，陛下；跟伯爵在一起。

李尔　　别跟着我；在这儿等着。（下）

侍臣　　除了你刚才说的，你没犯其他的过失？

肯特　　没有。王上怎不多带几个人来？

弄人　　你会发出这么一问，活该被人用足枷枷着。

肯特　　为什么，傻瓜？

弄人　　你该拜蚂蚁为师，让它教你一下，冬天没有甜头，不能工作。所有跟着鼻子走的，除非眼瞎，都得靠眼睛认路，要是谁身上起霉发臭，二十只鼻子里没有一只会嗅不出来。一个大车轮滚下山坡的时候，你千万别去抓它，免得跟它一起滚走，跌断了你的头颈；可你要是见它上山，那就让它拖你一起上去。要是有什么聪明人给了你更好的教训，请你把这番话还我；一个傻瓜的教训，只配让混蛋去遵从。

他为了自己的利益，

向你屈膝卑躬，

天色一变就要告别，

留下你在雨中。

聪明的人全都飞散，

只剩傻瓜一个；

傻瓜逃走变成混蛋，

那混蛋不是我。

肯特　　　傻瓜，你从哪儿学的这歌？

弄人　　　不是从足枷里学的，傻瓜。

李尔偕葛罗斯特重上。

李尔　　　拒绝跟我说话！他们有病！他们累了，他们昨晚走
　　　　　　得辛苦！都是些鬼话，摆明了是要背叛我的意思。
　　　　　　给我再去要个好听点的答复。

葛罗斯特　陛下，您知道公爵的火性，他决定怎样就是怎样，
　　　　　　不会改的。

李尔　　　反了！反了！火性！什么火性？嘿，葛罗斯特，葛
　　　　　　罗斯特，我要跟康华尔公爵和他妻子说话。

葛罗斯特　呃，陛下，我已经跟他们说了。

李尔　　　跟他们说了！你懂我意思吗？

葛罗斯特　懂，陛下。

李尔　　　国王要跟康华尔说话；亲爱的父亲要跟他女儿说
　　　　　　话，叫她出来见我；你有没有这样告诉他们？哼，
　　　　　　火性！跟那性如烈火的公爵说——不，且慢，也许
　　　　　　他真的不大舒服；一个人因为疾病而疏忽了他的责

任，应当加以原谅；我们身上有了病痛，精神上总是连带觉得烦躁郁闷。我且忍耐一下，不要太鲁莽了，对一个有病的人作过分求全的责备。该死！（视肯特）为什么把他枷在这儿？这一举动使我相信，她和公爵回避于我，完全是种预定的计谋。把我的仆人放出来还我。去，跟公爵和他妻子说，我现在、立刻就要跟他们说话；叫他们赶快出来见我，否则我要在他们的卧房门前擂起鼓来，搅得他们不得安睡。

葛罗斯特　我但愿你们一家和和好好。（下）

李尔　　　啊！我的心啊！我怒气直冲的心！静下来吧！

弄人　　　吃喝吧，老伯，冲它吃喝，就像那娇气的娘儿们把鳗鱼活活丢进面糊时一样。拿起棍子，对着那鱼头一顿敲呀，嘴里还吆喝："下去吧，你这捣蛋东西，下去！"也就像她哥哥一样，纯粹是出于好心，往那马料上涂了黄油。

康华尔、里根、葛罗斯特及众仆上。

李尔　　　早安两位！

康华尔　　祝福陛下！（众人释肯特）

里根　　　很高兴见到陛下。

李尔　　　我也觉得你高兴见我，里根；我知道我为什么这么觉得：要是你不高兴见我，我就要跟你已故的母亲离婚，把她的坟墓当作一座淫妇的丘陇。（向肯特）

啊！你出来了吗？等会儿再谈吧。亲爱的里根，你姊姊太不孝啦。啊，里根！她无情的凶恶像饿鹰的利喙一样猛啄我心。对你我简直说不出口；你不会相信她伤天害理到什么地步——啊，里根！

里根　父亲，请您不要恼怒。我想她不会对您有失礼敬，恐怕还是您呀，没能谅解她的苦心。

李尔　嗯？这是什么意思？

里根　我想我姊姊决不会有不尽孝道之处；要是，父亲，她约束了您那班随从的放荡作风，那她当然有充分的理由和正大的目的，绝对不能怪她。

李尔　我诅咒她！

里根　啊，父亲！您岁数大了，天年将满，应该有个比您自己更明白您的状况的人来约束您、引导您；所以，我劝您还是回到姊姊那儿，给她赔个不是。

李尔　去请求她的饶恕？你看这像不像个样子："好女儿，我承认我年纪大了，不中用啦，让我跪在地上，（跪下）请求您赏我几件衣服穿，赏我一张床睡，赏我些东西吃吧。"

里根　父亲，别这样了；这算什么，简直是胡闹！回我姊姊那儿去吧。

李尔　（起立）再也不回去了，里根。她裁掉我一半的侍从；不给我好脸色看；用她毒蛇一样的舌头打击我的心啊。但愿上天蓄积的愤怒一起落在她那无情无义的头上！但愿恶风吹打她腹中的胎儿，让它生下

	地来就是个跛子！
康华尔	嘿！这是什么话！
李尔	迅疾的闪电啊，把你炫目的火焰，射进她傲慢的眼睛！沼地上被烈日的熏灼蒸起的瘴气啊，损坏她的美貌，毁灭她的骄傲吧！
里根	天上的神明啊！您要是对我发起怒来，也会这样咒我。
李尔	不，里根，你永远不会受我诅咒；你温柔的天性决不会让你干出冷酷残忍的事来。她的眼里有股凶光，可你的眼睛却温存而和蔼。你决不会吝惜我的享受，裁撤我的侍从，用不逊之言向我顶撞，削减我的费用，甚至把我关在门外，不让我进来；你懂得天伦的义务、儿女的责任、孝敬的礼貌和受恩的感激；你总还没忘记，我曾赐给你一半国土。
里根	父亲，别把话说岔了吧。
李尔	谁把我的人枷起来的？（内喇叭奏花腔）
康华尔	那是谁的喇叭？
里根	我知道，是我姊姊来了；她在信上说了，她很快就会过来。

奥斯华德上。

里根	夫人来了吗？
李尔	这是一个靠着女主人暂时的恩宠、狐假虎威、倚势

　　　　　凌人的奴才。滚开，贱奴，别让我看见你！

康华尔　　陛下，这是什么意思？

李尔　　　谁把我的仆人枷起来的？里根，我希望你不知道这
　　　　　事。是谁来了？

　　　　　高纳里尔上。

李尔　　　天啊，要是你爱老人，要是你的仁政善治认同孝道，
　　　　　要是你自己也是老人，那就不要漠然不动，降下你
　　　　　的愤怒，帮我申雪我的怨恨！（向高纳里尔）你看
　　　　　见我这把胡须，不觉得惭愧吗？啊，里根，你还愿
　　　　　意跟她握手？

高纳里尔　为什么她不能跟我握手！我做错了什么？难道凭着
　　　　　一张糊涂昏悖的嘴里吐出的胡言乱语，就可以把我
　　　　　立案问罪吗？

李尔　　　啊，我的胸膛！你还没胀破吗？我的人怎么被你们
　　　　　枷了起来？

康华尔　　陛下，是我把他枷在那儿的；照他狂妄的行为，这
　　　　　样的惩戒还是太轻啦。

李尔　　　你！是你干的吗？

里根　　　父亲，您该明白，您是个衰弱的老人，一切只好将
　　　　　就着些。要是您现在回去，仍旧跟姊姊住在一起，
　　　　　裁撤您一半的侍从，那么，等住满一月，再到我
　　　　　这儿来吧。现在我不在自己家里，要供养您也有许

多不便。

李尔	回她那儿? 裁撤五十名侍从! 不, 我宁愿什么屋子也不住, 过风餐露宿的生活, 和无情的大自然抗争, 和豺狼鸱鸮做伴, 忍受一切饥寒之苦! 回去跟她住在一起? 嘿, 我宁愿到娶了我那没嫁妆的小女儿去的热情的法兰西国王座前匍匐膝行, 像个臣仆一样讨份微薄的恩俸, 苟延我的残喘。回去跟她住在一起! 你还是劝我在这可恶的奴仆手下当奴才、当牛马吧。(指奥斯华德)
高纳里尔	随您的便。
李尔	女儿, 请你不要让我发疯; 我也不愿再来打扰你了, 我的孩子。再会吧; 我们从此不再相见。可你还是我的肉、我的血、我的女儿; 或者, 倒不如说, 是我身上的一个恶瘤, 我不能不承认你是我的; 你是我腐败的血液里的一个疖子、一个瘀块、一个肿毒的疔疮。可我不愿把你责骂; 让羞辱自己降临在你身上, 我不去呼召; 我不要求天雷把你殛死, 也不向垂察善恶的天神控诉你的忤逆, 你回去仔细想想, 趁早痛改前非, 还来得及。我可以忍耐; 我可以带着我的一百个骑士, 跟里根住在一起。
里根	那绝对不行; 现在还轮不到我, 我也还没备好招待您的礼数。父亲, 听我姊姊的话吧; 人家冷眼看着您这愤怒的神气, 心里都要说您老了, 所以——可姊姊是知道她自己在干什么的。

李尔　　　这是你好意的劝告吗？

里根　　　是的，父亲，这是我真诚的意见。什么？五十个卫士？这不是很好吗？再多一些又有什么用处？就是这么多人，数目也不少了，别说供养很难，让他们成群结党，也是件危险的事。一间屋里养这么多人，拥戴着两个主人，怎能不发生争闹？简直不成话呀。

高纳里尔　父亲，您为什么不让我们的仆人侍候您呢？

里根　　　对啊，父亲，那不是很好吗？要是他们怠慢了您，我们也可以训斥他们。您下回来我这儿的时候，请您只带二十五个人来，因为现在我已看见了危险；超过这个数目，恕我不便招待。

李尔　　　我把一切都给了你们——

里根　　　您总算在恰当的时候给了我们。

李尔　　　叫你们做我的代理人、保管者，我的唯一条件，只是让我保留这么多侍从。什么？我必须只带二十五人，才能去你那儿？里根，你是不是这么说的？

里根　　　父亲，我可以再说一遍，我只允许您带二十五个。

李尔　　　恶人的脸相固然狰狞可怖，可要是有人比他更恶，相形之下，也会显得和蔼可亲；不是绝顶的凶恶，总还有几分可取。（向高纳里尔）我愿意跟你回去；你的五十个人还比她的二十五人多上一倍，你的孝心也大她一倍。

高纳里尔　父亲，我家难道没有两倍于此的仆人可以侍候您吗？要我说，不但用不到二十五个，就是十个五个

　　　　　　　　也是多事。

里根　　　依我看啊，一个也不需要。

李尔　　　啊！别跟我说什么需不需要；最卑贱的乞丐，也有
　　　　　　　他不值钱的身外之物；人生除了天然的需要，要是
　　　　　　　没有其他享受，和畜类的生活有什么分别。你是一
　　　　　　　位夫人；你穿着这样华丽的衣服，如果你的目的只
　　　　　　　是为了保暖，那它根本就不符合你的需要，因为这
　　　　　　　种盛装艳饰并不能把你温暖。可是，讲到真的需要，
　　　　　　　那么天啊，赐我忍耐，我需要忍耐！神啊，你们看
　　　　　　　见我在这儿，一个可怜的老头，被忧伤和老迈折磨
　　　　　　　得好苦！假如是你们鼓动了这些女儿的心，让她们
　　　　　　　忤逆她们的父亲，那请你们别尽是把我愚弄，叫我
　　　　　　　默然忍受了吧；让我心里激起刚强的怒火，别让女
　　　　　　　人恃为武器的泪点玷污我这男子汉的脸颊！不，你
　　　　　　　们这两个不孝的妖妇，我要向你们复仇，我要做出
　　　　　　　一些惊怖天下的事来，虽然我现在还不知该怎么去
　　　　　　　做。你们以为我会哭泣；不，我不愿哭泣，我虽然
　　　　　　　有充分的理由哭泣，可我宁愿让这颗心碎成万片，
　　　　　　　也不愿流下一滴泪来。啊，傻瓜！我要发疯了！（李
　　　　　　　尔、葛罗斯特、肯特及弄人同下）

康华尔　　我们进去吧；暴风雨快要来了。（远处暴风雨声）

里根　　　这屋子太小，安不下这老头和他带着的那班随从。

高纳里尔　是他自己不好，放着安逸的日子不过，一定要吃些
　　　　　　　苦头，才知道自己的愚蠢。

里根   光他一人，我倒也很愿意收留，可他那班随从，我是一个也容不下的。

高纳里尔   我也是这个意思。葛罗斯特伯爵呢？

康华尔   跟老头子出去了。他回来了。

    葛罗斯特重上。

葛罗斯特   王上盛怒。

康华尔   他要去哪儿？

葛罗斯特   他叫人备马；但没让我知道他要去哪儿。

康华尔   还是别去管他，悉听他自己的意思吧。

高纳里尔   伯爵，您千万不要留他。

葛罗斯特   唉！天色暗下来了，田野里都在刮着狂风，附近多里之内，简直连株小小的树木都没有。

里根   啊！伯爵，对于刚愎自用的人，只好让他们自己招致的灾祸来教训他们。关上您的门吧；他有一班亡命之徒跟在身边，他自己又这么容易受人愚弄，谁知道他们会煽动他干出些什么事来。我们还是小心为妙。

康华尔   关上您的门，伯爵；这是一个狂暴的夜晚。我的里根说得一点不错。暴风雨来了，我们进去吧。（同下）

第一场

荒野

暴风雨，雷电。肯特及一侍臣上，相遇。

肯特	除了这恶劣的风雨，还有谁在这儿？
侍臣	一个心绪像这天气一样不安的人。
肯特	我认识你。王上呢？
侍臣	正在跟暴怒的大自然争吵；他叫狂风把大地吹下海里，叫泛滥的波涛吞没陆地，让万物都变了样子或归于毁灭；他拉下他的一根根白发，让挟着盲目的愤怒的暴风把它们卷得不知去向；在他渺小的一身之内，正勉力进行着一场比暴风雨的冲突更剧烈的争斗。这样的晚上，被小熊吸干了乳汁的母熊，也躲着不敢出来，狮子和饿狼都不愿沾湿它们的毛皮。他却光秃着头，在风雨中狂奔，把一切付托给不可知的力量。

肯特	可谁和他在一起呢？
侍臣	只有那傻瓜一路跟着，竭力用些笑话替他排解那由衷的伤痛。
肯特	我知道你是什么人，我敢凭着我的观察所及，告诉你一个重要的消息。在奥本尼和康华尔之间，虽然表面上掩饰得毫无痕迹，暗中却已经发生了冲突；正像一般身居高位的人一样，他们手下都有一些名为仆从，实际上却是向法国密报国内情形的探子的人，凡是这两个公爵的明争暗斗，他们两个对善良老王的冷酷待遇，以及其他所有更秘密的动静，全都传到了法国人耳中；现在，一支军队已从法国开到我们这片分裂的国土上来，乘着我们疏忽无备，在几处最好的港口秘密登陆，不久就会揭开他们的鲜明旗帜。现在，你要是信我的话，请你赶快去多佛一趟，在那儿你会碰见欢迎你的人的，你可以向他做个确实的报告，说明王上所受的种种无理的屈辱，他一定会感激你的好意。我是个有地位、有身家的绅士，因为知道你为人可靠，才把这件差使交托给你。
侍臣	我还想跟您谈谈。
肯特	不，不必。为了向你证明我并不像表面上这样，是个微贱之人，你可以打开这个钱囊，把里面的东西拿去。你一到多佛，就一定能见到考狄利娅；只要给她看了这枚戒指，她就会告诉你，你眼前这位不

　　　　　　认识的同伴是谁。好大的风雨！我要找王上去。

侍臣　　把您的手给我。您没有别的话要交代了吗？

肯特　　还有几句，但比刚才说的都更重要：我们先得找到
　　　　　　王上；你往那边，我往这边，谁先找到，就大声打
　　　　　　个招呼。（各下）

第二场

荒野的另一部分

暴风雨继续未止。李尔及弄人上。

李尔　　　吹吧，风啊！胀破了你的脸颊，猛烈地吹吧！你，
　　　　　瀑布一样的倾盆大雨，尽管倒泻下来，浸没了我们
　　　　　的尖塔，淹沉了屋顶的风标！你，思想般迅速的硫
　　　　　黄电火，劈碎橡树的巨雷的先驱，烧焦我的白头！
　　　　　你，震撼一切的霹雳啊，把这生繁殖密的饱满地球
　　　　　击平了吧！打碎造物的模型，别让一颗忘恩负义的
　　　　　人类的种子遗留在世！

弄人　　　啊，老伯，在干燥的屋里讨杯冷水来喝，不比在这
　　　　　没有遮蔽的旷野里淋雨要好得多吗？老伯，回那屋
　　　　　子里去，向你的女儿们请求祝福吧；这样的夜，无
　　　　　论对谁，聪明人也好，傻瓜也好，都是不发一点慈
　　　　　悲的呀。

李尔　　　尽管轰吧！尽管吐进你的火舌，喷泻你的雨水！风、
　　　　　雨、雷、电，都不是我的女儿，我不怪你们无情；
　　　　　我不曾给你们国土，不曾喊你们孩子，你们没有顺
　　　　　从我的义务；所以，随你们高兴，降下你们可怕的

威力来吧，我站在这儿，只是你们的奴隶，一个可怜、衰弱、无力、遭人贱视的老头。可我仍然要骂，你们是卑劣的帮凶，你们滥用上天的威力，帮同两个万恶的女儿来跟我这个白发的老翁作对。啊！啊！这太卑劣了！

弄人　　谁要有个好脑袋，就不愁脑袋没房住。

　　　　脑袋还没房子住，

　　　　话儿倒先有了屋；

　　　　从头到脚虱子窝，

　　　　乞丐这么讨老婆。

　　　　谁要只爱脚指头，

　　　　心儿倒往一边丢，

　　　　活该夜里鸡眼痛，

　　　　翻来嚷去难入梦。

　　　　没哪个漂亮女人不对着镜子扮鬼脸的。

　　　　肯特上。

李尔　　不，我要忍受众人无法忍受的痛苦；我要闭口无言。

肯特　　谁在那边？

弄人　　一个是陛下，一个是弄人。一个聪明，一个傻。

肯特　　唉！陛下，你在这儿吗？喜爱黑夜的东西，都不会喜爱这样的夜晚；狂怒的天色吓怕了黑暗中的漫游者，让它们躲在洞里，不敢出来。有生以来，我从

Lear. I tax not you, you elements, with unkindness;
I never gave you kingdom, call'd you children,
You owe me no subscription. *Act III. Scene II.*

没见过这样的闪电，从没听过这样可怕的雷声，这样惊人的风咆雨哮；这样的磨折和恐怖，人类的精神禁受不起。

李尔　　伟大的神灵在我们的头顶掀起这场可怕的骚动。现在，让他们找到他们的敌人。战栗吧，你这尚未被人发觉，正逍遥法外的罪人！躲起来吧，你这杀人的凶手，你这伪誓欺人的骗子，你这道貌岸然的逆伦禽兽！魂飞魄散吧，用正直的外表遮掩杀人阴谋的人奸巨恶！撕下你们包藏祸心的伪装，显露你们罪恶的原形，向这一众可怕的天吏哀号乞命吧！我并没有犯什么罪，我是一个含冤负屈的人。

肯特　　唉！您头上也没点遮盖的东西！陛下，这附近有间茅屋，能替您挡挡风雨。我刚才到那冷酷的屋子——比它墙上的石块还要冷酷无情的屋子——探问过您的行踪，可他们关上了门，不让我进；现在您且暂时躲一躲雨，我还要回去说说，逼让他们讲点人情。

李尔　　我的头脑开始昏乱了起来。来，我的孩子。你怎么啦，我的孩子？你冷吗？我自己也冷呢。我的朋友，这间茅屋在什么地方？一个人到了困穷无告的时候，下贱的东西也会变成无价之宝。来，带我去那茅屋。可怜的傻小子，我心里还留着地方来为你悲伤哩。

弄人　　只怪自己糊涂自己蠢，

　　　　嗨呵，一阵风来一阵雨，

　　　　背时倒运莫把天公恨，

管它朝朝雨雨又风风。

李尔　　不错，我的好孩子。来，领我们到那茅屋里去。（李尔、肯特同下）

弄人　　这么美妙的夜晚，连宫廷名妓都热不起骚劲儿。临走我得留个预言：

哪天那牧师们光说不做；

哪天那酿酒的掺水太多；

哪天那权贵教裁缝干活；

不烧异教徒，光烧[1]下流货。

哪天那官司都审得明白；

骑士不穷困，随从不欠债。

哪天那舌头不中伤造谣；

扒手也不到人堆里行盗；

哪天那放债的当众点钱；

老鸨和婊子把教堂修建；

大英国土之上

就要大乱一场：

活到了那天，就都能看到，

人要走路，终究得靠双脚。

这预言该让梅林[2]来说，因为我生得比他要早。（下）

1　指梅毒患者的灼烧感。

2　梅林是亚瑟王传说中的巫师，李尔王的传说早于亚瑟王的传说。

第三场

葛罗斯特城堡中一室

葛罗斯特及爱德蒙上。

葛罗斯特　唉，唉！爱德蒙，我不赞成这种不近人情的行为。我请求他们允许我给他一点援助的时候，他们竟会剥夺我使用自家屋子的权利，不许我提起他的名字，不许我替他恳求一句，也不许我给他任何救济，要是违背了他们的命令，我就要永远失去他们的欢心。

爱德蒙　太野蛮，太不近人情了！

葛罗斯特　算了，你别多说什么。两个公爵现在已经有了意见，而且，还有一件比这更严重的事情。今晚我接到一封信，里面的话说出来也很危险；我已把信锁在壁橱里了。王上受到这样的凌虐，总有人会来替他报复；有支军队已经上路；我们必须站在王上一方。我这就去找他，暗地里给他救济；你去陪公爵谈谈，免得我的行动被他觉察。要是他问起我来，你就回复他说，我身子不好，已经睡了。大不了就是个死——他们就是这样威胁我的，王上是我的老主人，我不能坐视不救。出人意料的事情快要来了，

　　爱德蒙，你必须小心一点。（下）

爱德蒙 　你违背了命令，去献这种殷勤，我立刻就要告诉公爵；还有那封信，我也要坦白。这是我献功邀赏的大好机会，我的父亲将会因此而丧失他的一切，也许他的全部家产都要落入我手：老的一代没落了，年轻的一代才会兴起。（下）

第四场

荒野。茅屋之前

李尔、肯特及弄人上。

肯特　就是这儿，陛下，进去吧。在这毫无掩庇的黑夜里，像这样的狂风暴雨，谁也受不了的。（暴风雨继续不止）

李尔　别缠着我。

肯特　陛下，进去吧。

李尔　你要碎裂我的心吗？

肯特　我宁愿碎裂我自己的心。陛下，进去吧。

李尔　你以为让这样的狂风暴雨侵袭我们的肌肤，是件了不得的苦事；在你看来就是这样；可一个人要是身沾重病，他就不会感觉到小小的痛楚。你见了一头熊就要转身逃走；可假如你背后是汹涌的大海，你就只好硬着头皮，向那头熊迎面走去。心绪宁静的时候，我们的肉体才会敏感；我心灵中的暴风雨已经取走我其他所有的感觉，只剩下心头的热血在那儿搏动。儿女的忘恩！这不就像这手把食物送进这嘴里，这嘴却把手咬了下来？可我要重重地惩罚她们。不，我不愿再哭泣了。在这样的夜里，把我关在门外！尽管倒下来吧，什么大雨我都能忍受。在这样一个夜里！啊，里根，高纳里尔！你们年老仁慈的父亲一片诚心，把一切都给了你们——啊！这样想下去，我会发疯；我不要想起那些；别再提起那些话了。

肯特　　陛下，进去吧。

李尔　　请你自己进去，把你自己安顿好吧。这暴风雨不肯让我仔细思考种种事情；那些事情我越是去想，就越会增加我的痛苦。我还是进去了吧。（向弄人）进去，孩子，你先。你们这些无家可归的人啊——你进去吧。我要祈祷，然后我要睡一会儿。（弄人入内）衣不蔽体的可怜人啊，无论你们在什么地方忍受这无情风雨的袭击，你们的头上没有片瓦遮身，你们的腹中饥肠雷动，你们的衣服千疮百孔，你们怎能抵挡这样的气候？啊！我从没认真考虑过这些。安享荣华的人啊，睁开你们的眼睛，设身处地，替这些不幸的人们想想，分享一些你们享用不了的福泽，让上天知道，你们不是全无心肝的人吧！

爱德伽　　（在内）九英尺深，九英尺深！可怜的汤姆！（弄人自屋内奔出）

弄人　　别进来，老伯；里面有个妖怪。救命！救命！

肯特　　我来搀你，谁在里边？

弄人　　一个妖怪，一个妖怪；他说他叫可怜的汤姆。

肯特　　　　你是什么人，在这茅屋里大呼小叫的？出来。

爱德伽乔装疯人上。

爱德伽　　　走开！恶魔跟在我背后！"风儿吹过山楂林。"哼！
　　　　　　到你冷冰冰的床上暖暖身吧。

李尔　　　　你把你拥有的一切都给了你的两个女儿，所以才走
　　　　　　到今天这个地步？

爱德伽　　　谁把什么东西给了可怜的汤姆？恶魔带着他穿过大
　　　　　　火，穿过烈焰，穿过水道和漩涡，穿过沼地和泥泞；
　　　　　　把刀子放在他的枕头底下，把绳子放在他的凳子底
　　　　　　下，把毒药放在他的粥里；让他心中骄傲，骑了一
　　　　　　匹栗色的奔马，从四英寸阔的桥梁上过去，把他自
　　　　　　己的影子当作了一个叛徒，紧紧追逐不舍。祝福你
　　　　　　的五种才智！汤姆冷着呢。啊！哆啼哆啼哆啼。愿
　　　　　　旋风不把你吹打，星星不用毒箭射你，瘟疫不沾你
　　　　　　身！做做好事，救救那给恶魔害得好苦的可怜的汤
　　　　　　姆吧！他现在就在那边，在那边，又到那边去了，
　　　　　　在那儿。（暴风雨继续不止）

李尔　　　　什么！他女儿害他变成这个样子？你就不能留下些
　　　　　　什么？你全都给了她们？

弄人　　　　不，他还留着一方毡毯，否则我们大家都要难为情
　　　　　　了。

李尔　　　　愿那弥漫天空、惩奸罚恶的瘟疫一起降临在你女儿

Lear. Didst thou give all to thy two daughters?
And art thou come to this?
   Edgar. Who gives anything to poor Tom?

Act III. Scene IV.

身上！

肯特　　陛下，他没有女儿。

李尔　　该死的奸贼！他没有不孝的女儿，怎会流落到这等
　　　　不堪的地步？难道被儿女抛弃的父亲，都这样一点
　　　　也不爱惜自己的身体？恰当的处罚！谁叫他们的身
　　　　体产下那些枭獍般的女儿来呢？

爱德伽　"小雄鸡坐在高墩上"，啊啰，啊啰，啰，啰！

弄人　　这寒冷的夜晚会把我们都变成傻瓜和疯子。

爱德伽　当心恶魔。孝顺你的爷娘；说过的话不要反悔；不
　　　　要赌咒；不要奸淫有夫之妇；不要把情人打扮得太
　　　　漂亮了。汤姆冷着呢。

李尔　　你本来是干什么的？

爱德伽　一个心性高傲的仆人，一头鬈发，帽子上佩着情人
　　　　的手套，惯会讨女士的欢心，干些不可告人的勾当；
　　　　开口发誓，闭口赌咒，当着上天的面把它们一个个
　　　　毁弃，睡梦里都在转奸淫的念头，一醒来便把它实
　　　　行。我贪酒，我爱赌，我比土耳其人还要好色；一
　　　　颗奸诈的心，一对轻信的耳朵，一双不怕血腥的手；
　　　　猪一般懒惰，狐狸一般狡诡，狼一般贪狠，狗一般
　　　　疯狂，狮子一般凶恶。不要让女人的脚步声和绸衣
　　　　的声音摄走了你的魂魄；不要把脚踏进窑子；不要
　　　　把手伸进裙子；不要把笔放上放债人的账簿；抵抗
　　　　恶魔的引诱吧。"冷风还是打山楂树里吹了过去"；
　　　　听它怎么说的，吁——吁——呜——呜——哈——

哈。道芬我的孩子，我的孩子；叱嚓！让他奔过去吧。（暴风雨继续不止）

李尔 唉，你这样赤身裸体，受风雨的吹淋，还是死了的好。难道人不过是这么个东西？想一想吧，你也不向蚕身上借一根丝，也不向野兽身上借一张皮，也不向羊身上借一片毛，也不向麝猫身上借一块香料。嘿！我们这三个人啊，都已泯没了本来的面目，只有你还保全着天赋原形；人类在草昧的时代，不过是种寒碜的、赤裸的、毛发蓬松的动物，和你一个模样。脱下来，脱下来，你们这些身外之物！来，松开你的纽扣。（扯去衣服）

弄人 老伯，请你安静一些；这样危险的夜里，可不能游泳。旷野里一点小小的火光，正像一个好色老头的心，只有这么一星光热，全身都是冰冷。瞧！一团火走过来了。

葛罗斯特持火炬上。

爱德伽 这就是那个叫作"弗力勃铁捷贝特"的恶魔；他在黄昏时出现，直到第一声鸡啼方才隐去；他叫人两眼长出白膜，刺痛得睁不开来；他叫人嘴唇豁开裂缝；他还会叫面粉发霉，伤害大地上的可怜生物。圣维都尔三次经过山岗，遇见魇魔[1]和她九个儿郎；

他说妖精快下马，

发誓不再把人压；

退开，妖精，急急如律令！

肯特　　　陛下，您怎么啦？

李尔　　　他是谁？

肯特　　　谁在那边？你找谁？

葛罗斯特　你们是什么人？叫什么名字？

爱德伽　　可怜的汤姆，他吃的是泅水的青蛙、蛤蟆、蝌蚪、壁虎和水蜥；恶魔在他心里捣乱的时候，他发起狂来，就会把牛粪当作一盆美味的生菜；他吞的是老鼠和死狗，喝的是一潭死水上绿色的浮渣，他到处被人鞭打，锁在枷里，关在牢里；他从前有三身外衣、六件衬衫，跨着一匹马，带着一口剑；

可是在这整整七年时光，

耗子是汤姆唯一的食粮。

留心那跟在我背后的妖怪。别闹，史墨金！别闹，你这恶魔！

葛罗斯特　什么！陛下竟和这种人做起伴了？

爱德伽　　地狱里的魔王是一个绅士；他的名字叫作摩陀，又叫作玛呼。

葛罗斯特　陛下，我们的亲生骨肉都丧尽了天良，把自己的生

1　传说魇魔会压在熟睡者胸口，引发噩梦；圣维都尔可能是传说中的睡眠守护神。

　　　　　　　　身父母当作了仇敌。

爱德伽　　可怜的汤姆冷着呢。

葛罗斯特　跟我回去吧。我的良心不允许我全然服从您女儿的
　　　　　　　无情命令；虽然他们叫我关上了门，把您丢在这狂
　　　　　　　暴的夜里，可我还是壮起胆子，出来找您，要把您
　　　　　　　带到有火炉、有食物的地方。

李尔　　　让我先跟这位哲学家谈谈。天上打雷是什么缘故？

肯特　　　陛下，接受他的好意；跟他回去吧。

李尔　　　我还要跟这位学者说一句话。您研究的是哪一门
　　　　　　　学问？

爱德伽　　抵御恶魔的战略和消灭毒虫的方法。

李尔　　　让我私下问您一句。

肯特　　　大人，请您再催催他吧；他的神志已经有些错乱。

葛罗斯特　你能怪他吗？（暴风雨继续不止）他的女儿要他死
　　　　　　　哩。唉！那善良的肯特，他早就说过会有这么一天，
　　　　　　　可怜啊，被放逐的人！你说王上要疯了；告诉你吧，
　　　　　　　朋友，我自己也差不多疯了。我有个儿子，现在我
　　　　　　　已断绝跟他的关系；他要害我的命，这还是最近的
　　　　　　　事；我爱他，朋友，没有一个父亲比我更爱他的儿
　　　　　　　子；不瞒你说，（暴风雨继续不止）我简直气昏了
　　　　　　　头。这是个什么夜晚！陛下，求求您了——

李尔　　　啊！请您原谅，先生。高贵的哲学家，请了。

爱德伽　　汤姆冷着呢。

葛罗斯特　进去，你这家伙，到这茅屋里去取取暖吧。

李尔　　　来，大家一起进去。

肯特　　　陛下，这边走。

李尔　　　带着他；我要跟我的哲学家待在一起。

肯特　　　大人，顺他的意吧；让他带上这个家伙。

葛罗斯特　您带着他来吧。

肯特　　　小子，来；跟我们一块儿去吧。

李尔　　　来，好雅典人。

葛罗斯特　嘘！不要说话，不要说话。

爱德伽　　准骑士罗兰[1]来到黑压压的高塔前，还是同一句话：

　　　　　　　　"嘿，嗬，哼！我闻到一个不列颠人的血味儿。"

　　　　　　　（同下）

1　罗兰骑士，欧洲中世纪骑士文学中的英雄人物。

第五场

葛罗斯特城堡中一室

康华尔及爱德蒙上。

康华尔　　离开他家以前，我一定要惩治他一下。

爱德蒙　　殿下，我为了尽忠，不顾父子之情，一想到人家会
　　　　　　怎样批我骂我，心里很有点儿惴惴不安。

康华尔　　我现在才知道，你哥哥想谋害他的性命，并不完全
　　　　　　是出于恶意；多半是他自己咎有应得，才会引起你
　　　　　　哥哥的杀心。

爱德蒙　　我的命运多么悖舛，做了正义的事情，却必须终身
　　　　　　抱恨！这就是他说起的那封信，它可以证实他私通
　　　　　　法国的罪状。天啊！为什么他要这样叛国，为什么
　　　　　　又偏偏要我来揭发？

康华尔　　跟我去见公爵夫人。

爱德蒙　　这信上所言如果属实，那您就有大事要办了。

康华尔　　不管它是真是假，它都已经让你成为葛罗斯特伯爵
　　　　　　了。你去找找你父亲在哪儿，让我们把他逮捕起来。

爱德蒙　　（旁白）要是我看见他正在援助那老王，他的嫌疑
　　　　　　就会格外加重。——虽然忠心和孝道在我的灵魂里

发生了剧烈的争战，可大义所在，只好把私恩抛弃不顾。

康华尔　我完全信任你；在我的恩宠之下，你将要得到一个更慈爱的父亲。（各下）

第六场

邻接城堡的农舍一室

葛罗斯特、李尔、肯特、弄人及爱德伽上。

葛罗斯特 这儿比露天好些，别嫌它寒碜，将就住下来吧。我再去找些吃的用的；我去去就来。

肯特 他的智思已经完全消失在盛怒之中。神明报答您的好心！（葛罗斯特下）

爱德伽 弗拉特累多在叫我，他告诉我尼禄王在冥湖里钓鱼。喂，傻瓜，要留心恶魔啊。

弄人 告诉我，老伯，一个疯子是绅士呢，还是平民？

李尔 是个国王，是个国王！

弄人 不，是个有儿子当上绅士的平民，眼看儿子先他一步当上绅士，他就成了个气疯的平民。

李尔 一千条血红的火舌吱啦啦卷到她们身上——

爱德伽 恶魔在咬我的背。

弄人 谁要是相信豺狼的驯良、马儿的健康、孩子的爱情，或是娼妓的盟誓，他就是个疯子。

李尔 一定要办她们一办，我现在就要训问她们。（向爱德伽）来，最有学问的法官，你坐在这儿；（向弄人）你，贤明的官长，坐在这儿。——来，你们这两头雌狐！

爱德伽　　瞧，他站在那儿，眼睛睁得老大！太太，你在审判的时候，要不要有人瞧着你呢？渡过河来会我一会，蓓西——

弄人　　　她的小船儿漏了，

　　　　　她不能让你知道

　　　　　为什么她不敢见你。

爱德伽　　恶魔借着夜莺的喉咙，向可怜的汤姆作祟了。霍普丹斯在汤姆的肚子里嚷着要两条新鲜的鲱鱼。别吵，魔鬼；我没东西喂你。

肯特　　　陛下，您怎么啦！别这样呆呆地站着。您愿意躺下，在这褥垫上歇一歇吗？

李尔　　　我要先看她们受了审判再说。呈上她们的犯罪证据。（向爱德伽）你这披着法衣的审判官呀，请坐；（向弄人）你，他执法的同僚，坐在他身边。（向肯特）你是陪审官，你也坐下。

爱德伽　　让我们秉公裁判。

　　　　　你睡着还是醒着，牧羊人？

　　　　　你的羊儿在田里跑；

　　　　　只要动动小嘴吹上一声，

　　　　　羊儿就不伤一根毛。

　　　　　呼噜呼噜；这是一只灰色的猫儿。

李尔　　　先控诉她；她是高纳里尔。我当着尊严的堂上起誓，她曾踢过她可怜的父王。

弄人 过来，奶奶。你的名字叫高纳里尔吗？

李尔 她不能抵赖。

弄人 对不起，我还以为您是一张折凳哩。

李尔 这儿还有一个，你们瞧她满脸的横肉，就知道她心肠怎样。拦住她！举起你们的兵器，拔出你们的剑，点起火把来！营私舞弊的法庭！枉法的贪官，你为什么放她逃走？

爱德伽 老天保佑你的神志！

肯特 哎哟！陛下，您不是常常说您没有失去忍耐？现在您的忍耐呢？

爱德伽 （旁白）我滚滚的热泪不禁为他流下，怕要被他们瞧破我的假装。

李尔 这些小狗：脱雷、勃尔趋、史威塔，瞧，它们都在向我狂吠。

爱德伽 让汤姆掉过脸来把它们吓走。滚开，你们这些恶狗！

　　黑嘴巴，白嘴巴，

　　疯狗咬人磨毒牙，

　　猛犬猎犬杂种犬，

　　巴儿小犬团团转，

　　青屁股，卷尾毛，

　　见了汤姆哭又号。

　　我这脑袋甩一甩，

　　犬儿个个逃得快。

哆啼哆啼。叱嚓！来，我们赶庙会，上市集去。可怜的汤姆，你的牛角[1]里干得挤不出一滴水啦。

李尔　叫他们剖开里根的身体，看看她心里有些什么。究竟是出于什么天然的原因，她们的心才变得这样坚硬？（向爱德伽）我把你收养下来，叫你做我一百名侍卫中的一个，只是，我不喜欢你衣服的式样；你也许要说，这是最漂亮的波斯装呀；不过我看，还是请你换一换吧。

肯特　陛下，您还是躺下来歇一歇吧。

李尔　别吵，别吵；放下帐子，好，好，好。我们到早上再去吃晚饭吧；好，好，好。

弄人　那我一到中午就去睡觉。

葛罗斯特重上。

葛罗斯特　过来，朋友；王上呢？

肯特　在这儿，大人；不过别打扰他，他已经神志不清了。

葛罗斯特　好朋友，请你抱他起来。我听说有桩害他性命的阴谋。马车套好了，就在外边，你快抱他进去，驾车到多佛去，那边有人迎接，并且会保障你的安全。抱起你的主子；你再耽误半点钟时间，他的性命、你的性命，以及一切出力救护他的人的性命，都要

1　乞丐的饮具。

保不住了。抱起来，抱起来；跟我来，让我设法把你们尽快送到一处可以安身的地方。

肯特　受尽折磨的身心，现在安然入睡了；安歇也许能镇定一下他破碎的神经，但愿上天行个方便，别让它破碎得不可收拾。（向弄人）来，帮我扛起你的主子；你也不能留在这儿。

葛罗斯特　来，来，走吧。（除爱德伽外，肯特、葛罗斯特及弄人舁李尔下）

爱德伽　做君王的不免如此下场，
　　　　　　使我忘却了自己的忧伤。
　　　　　　最大的不幸是独抱牢愁，
　　　　　　任何的欢娱兜不上心头；
　　　　　　倘有了同病相怜的侣伴，
　　　　　　天大痛苦也会解去一半。
　　　　　　国王有的是不孝的逆女，
　　　　　　我自己遭逢无情的严父，
　　　　　　他与我两个人一般遭际！
　　　　　　去吧，汤姆，忍住你的怨气，
　　　　　　你现在蒙着无辜的污名，
　　　　　　总有日回复你清白之身。
　　　　　　不管今夜还会发生什么，但愿王上终能安然出险！
　　　　　　我还是躲起来吧。（下）

第七场

葛罗斯特城堡中一室

康华尔、里根、高纳里尔、爱德蒙及众仆上。

康华尔　夫人，请您赶快去您丈夫那儿，把这封信交给他；法国军队已经登陆了。——来人，给我去搜寻那反贼葛罗斯特的踪迹。（若干仆人下）

里根　捉到了立刻吊死。

高纳里尔　把他的眼珠子挖出来。

康华尔　我自有处置他的办法。爱德蒙，我们不该让你看见你那谋叛的父亲受到怎样的刑罚，所以，请你先护送我们的姊姊回去，替我向奥本尼公爵致意，叫他赶快准备；我们这儿也要采取同样的行动。我们两地之间，必须随时以飞骑传报消息。再会，亲爱的姊姊；再会，葛罗斯特伯爵。

奥斯华德上。

康华尔　怎么样？那国王呢？

奥斯华德　葛罗斯特伯爵已经载他出城；有三十五六个追寻他

的骑士在城门口和他会合，还有几个伯爵手下的人也跟他们一起，出发往多佛去了，据说那边有全副武装的朋友在等着他们。

康华尔　替你家夫人备马。

高纳里尔　再会，殿下，再会，妹妹。

康华尔　再会，爱德蒙。（高纳里尔、爱德蒙及奥斯华德下）再去些人，把那反贼葛罗斯特捉来，把他像小偷一样绑来见我。（若干仆人下）虽然在正式的审判手续完成以前，不该马上处他死刑，可为了发泄我们的愤怒，只好不顾人们的指摘，凭着我们的权力独断独行了。那边是什么人？是那反贼吗？

众仆押葛罗斯特重上。

里根　没有良心的狐狸！正是他。

康华尔　牢牢绑起他那枯瘪的手臂。

葛罗斯特　两位殿下，这是什么意思？我的好朋友们，你们是我的客人；别用这种无礼的手段来对待我。

康华尔　捆住他。（众仆绑葛罗斯特）

里根　绑紧些，绑紧些。啊，可恶的反贼！

葛罗斯特　你是个没心没肺的女人，我却不是反贼。

康华尔　把他绑上这张椅子。奸贼，我要让你知道——（里根扯葛罗斯特须）

葛罗斯特　天神在上，这还成什么话，还扯我的胡子！

Gloster. What mean your graces?—Good my friends, consider
You are my guests: do me no foul play, friends.
   Cornwall. Bind him, I say.   *Act III. Scene VII.*

里根　　　　胡子这么白了，居然是个反贼！

葛罗斯特　　恶妇，你从我腮上拉下这些胡子，它们会像活人一
　　　　　　样控诉你的罪恶。我是这里的主人，你不该用你那
　　　　　　双强盗的手，这样报答我好客的殷勤。你究竟想怎
　　　　　　样？

康华尔　　　说，你最近从法国那边得到了什么书信？

里根　　　　老实说话，我们什么都知道了。

康华尔　　　你跟那些近来踏上我国领土的叛徒们有什么来往？

里根　　　　你把那发疯的老王送到谁那儿去了？说。

葛罗斯特　　我只收到过一封书信，里面都不过是些猜测之谈，
　　　　　　寄信的人立场中立，不是敌人。

康华尔　　　好狡猾的推托！

里根　　　　一派鬼话！

康华尔　　　你把国王送到哪儿去了？

葛罗斯特　　送到多佛。

里根　　　　为什么送到多佛？我们不是早就警告过你——

康华尔　　　为什么送到多佛？让他回答这个问题。

葛罗斯特　　罢了，我现在身陷虎穴，只好拼了这条老命。

里根　　　　为什么送到多佛？

葛罗斯特　　因为我不愿看见你那凶恶的指爪挖出他那可怜的老
　　　　　　眼；因为我不愿看见你那残暴的姊姊用她野猪般的
　　　　　　利齿咬进他神圣的血肉。他赤裸的头顶在地狱般黑
　　　　　　暗的夜里冲风冒雨；受那等狂风暴雨震荡的海水，
　　　　　　也要把它的怒潮喷向天空，浇灭星星的火焰；但他

呢，可怜的老翁，却还要用他的热泪帮老天浇风洒雨。在那样骇人的晚上，就是豺狼在你家门前悲鸣，你也该说，"善良的看门人啊，开开门吧"，不去计较它的一切罪恶。不过，总有一天，我会亲眼看到上天的报应降临在这样的儿女身上。

康华尔 你见不到那一天了。来啊，按住这椅子。你这双眼睛，我要用脚来践踏。

葛罗斯特 谁希望自己平安到老，就帮帮我吧！啊，真是惨无人道！天啊！（葛罗斯特一眼被挖出）

里根 还有那一颗呢，挖出来吧，免得这边嘲笑那边。

康华尔 要是你看见什么报应——

仆甲 住手，殿下；我从小就服侍您，但我对您最好的服侍，就是在此时此刻请您住手。

里根 怎么，你这狗东西！

仆甲 要是您腮上长起了胡子，我现在也要扯下它来。

康华尔 混账奴才，你反了吗？（拔剑）

仆甲 好，那就来吧，我们拼个你死我活。（拔剑；二人决斗；康华尔受伤）

里根 把你的剑给我。一个奴才也敢撒野到这等地步！（取剑自后刺仆甲）

仆甲 啊！我死了。大人，您还剩下一只眼睛，能看看他受到的这点小小的报应。啊！（死）

康华尔 哼，看他还能瞧见什么报应！出来，可恶的浆块！现在你还会发光吗？（葛罗斯特另一眼被挖出）

葛罗斯特	一切都是黑暗和痛苦。我的儿子爱德蒙呢？爱德蒙，燃起你天性中的怒火，替我报复这场暗无天日的暴行吧！
里根	哼，万恶的奸贼！你呼唤的，是个无比恨你的人；你反叛我们的阴谋，就是由他出首告发，他是个深明大义的人，决不会对你发一点怜悯。
葛罗斯特	啊，我是个蠢材！那么爱德伽是被冤枉的了。仁慈的神明啊，赦免我的错误，保佑他吧！
里根	把他推出门外，让他一路摸着到多佛去吧。（一仆率葛罗斯特下）怎么，殿下？您的脸色怎么变啦？
康华尔	我受了伤啦。跟我来，夫人。把那瞎眼的奸贼撵出门去；把这奴才丢进粪堆。里根，我的血在流个不停；真是无妄之灾。用手搀我一搀。（里根扶康华尔同下）
仆乙	要是这家伙会有善终，我什么坏事都能做了。
仆丙	要是她能寿终正寝，所有女人都会变成恶鬼。
仆乙	让我们跟在那老伯爵身后，叫那疯丐把他领到他要去的地方。反正他疯疯癫癫，到处游荡，什么地方都去。
仆丙	你先去吧；我先去拿些麻布和蛋白，贴在他淌血的脸上。但愿上天保佑他吧！（各下）

第一场

荒野

爱德伽上。

爱德伽　与其被人在表面上恭维，背地里鄙弃，还是像这样，自己知道自己举世不容的好。一个最困苦、最微贱、最受命运屈辱的人，可以永远抱着希冀，无所恐惧；从最高的地位跌落，那变化当然可悲，可对于穷困的人，命运的转机却能使他欢笑！是谁来啦？

一老人率葛罗斯特上。

爱德伽　我的父亲，让一个穷苦的老头领着他吗？啊，世界，世界，世界！要不是你的变幻无常让我们厌倦为人，谁又甘心老去？

老人　啊，我的好老爷！老太爷在世的时候，我就是您府

　　　　　　　　上的佃户，一直做到现在，已经有八十年了。

葛罗斯特　　　去吧，好朋友，你快去吧；你的安慰对我没有用处，
　　　　　　　　没准反倒会害了你的。

老人　　　　　您眼睛看不见，怎么走路呢？

葛罗斯特　　　我没有路，所以不需要眼睛；我能看见的时候，也
　　　　　　　　会失足颠仆。我们往往因为自有所恃而失之大意，
　　　　　　　　有所缺陷反倒对我们有益。啊！好儿子爱德伽啊，
　　　　　　　　你的父亲受人愚弄，错恨了你，要是死前我能摸到
　　　　　　　　你的身体，我就要说，我又长了眼啦。

老人　　　　　啊！那边是谁？

爱德伽　　　　（旁白）神啊！谁又能说"我已到了不幸的极点"？
　　　　　　　　现在，我比从前要不幸得多啦。

老人　　　　　那是可怜的发疯的汤姆。

爱德伽　　　　（旁白）也许我还会遭遇更不幸的命运；还能说出
　　　　　　　　"这是最不幸的事情"，就还没到最不幸的关头。

老人　　　　　汉子，你到哪儿去？

葛罗斯特　　　是个叫花子吗？

老人　　　　　是个疯叫花子。

葛罗斯特　　　他的理智还没完全丧失，否则他不会向人乞讨。在
　　　　　　　　昨晚的暴风雨里，我也看见这样一个家伙，他让我
　　　　　　　　觉得人不过是条虫子；那时我儿子的影像就闪进我
　　　　　　　　心，可当时我憎恨着他，不愿想起他来；现在我才
　　　　　　　　逐渐明白过来。天神掌握着我们的命运，正像顽童
　　　　　　　　捉到飞虫一样，为了戏弄我们，就把我们杀害。

爱德伽	（旁白）怎会有这样的事？在一个伤心人面前装傻，对自己、对别人，都不是件愉快的事。（向葛罗斯特）祝福你，先生！
葛罗斯特	他就是那个不穿衣服的家伙吗？
老人	正是，老爷。
葛罗斯特	那你走吧。我要请他领我到多佛去，要是你看在我的分上，愿意回去拿些衣服，替他遮遮身子，就再好不过了；我们不会走远，从这儿去多佛的方向，一两里路之内，你一定能追上我们。
老人	唉，老爷！他是个疯子哩。
葛罗斯特	疯子带着瞎子走路，本就是这个时代的病态。照我的话，或者就照你自己的意思去做；总而言之，你快去就是。
老人	我要把我最好的衣服都拿来给他，不管它会引起怎样的后果。（下）
葛罗斯特	喂，不穿衣服的家伙——
爱德伽	可怜的汤姆冷着呢。（旁白）我不能再装下去了。
葛罗斯特	过来，汉子。
爱德伽	（旁白）可我不能不装。——祝福您可爱的眼睛，它们在流血哩。
葛罗斯特	你认识去多佛的路吗？
爱德伽	一处处关口城门、一条条马路步道，我全认识。可怜的汤姆被他们吓迷了心窍；祝福你，好人的儿子，愿恶魔不来缠你！五个魔鬼一齐作弄着可怜的

汤姆：一个是色魔奥别狄克特；一个是哑鬼霍别狄丹斯；一个是偷东西的玛呼；一个是杀人的摩陀；一个是扮鬼脸的弗力勃铁捷贝特，他后来常常附在丫头、使女身上。好，祝福您，先生！

葛罗斯特　来，你这受尽上天凌虐的人，把这钱囊拿去；我的不幸却是你的运气。天道啊，愿你常常如此！让那穷奢极欲，把你的法律当作满足他自己享受的工具，因为知觉麻木而沉迷不悟的人，赶快感受到你的威力；从享用过度的人那儿夺下一些来分给穷人，让每一个人都得到他应得的一份。多佛你熟吗？

爱德伽　熟，先生。

葛罗斯特　那边有一座悬崖，它峭拔的绝顶俯瞰着幽深的海水；你只要领我到那悬崖边上，我就给你一些我随身携带的贵重东西，你拿去之后，能过些舒服的日子；到了那儿，我也不用再烦你带路了。

爱德伽　把您的手臂给我；让可怜的汤姆领着你走。（同下）

第二场

奥本尼公爵府前

高纳里尔及爱德蒙上。

高纳里尔　欢迎，伯爵；我不知道我那位温和的丈夫为什么不来迎接我们。

奥斯华德上。

高纳里尔　主人呢？

奥斯华德　夫人，他在里边；可他已大大变了个人啦。我告诉他法国军队登陆的消息，他听了只是微笑；我告诉他您回来了，他的回答却是，"还是不来的好"；我告诉他葛罗斯特怎样谋反、他的儿子怎样尽忠的时候，他骂我蠢货，说我颠倒是非。凡是他该痛恨的事情，他听了都很得意；他该欣慰的事情，反而让他恼怒。

高纳里尔　（向爱德蒙）那么你先止步。他生性懦怯畏缩，让他不敢担当大事；他宁愿忍受侮辱，也不肯挺身而起。我们在路上谈起的那个愿望，也许可以实现。

爱德蒙，你且回我妹夫那儿；催他赶紧调齐人马，交你统率；我这儿只好由我自己出马，把家务托付给我的丈夫。这个可靠的仆人能替我们传达消息；要是你有胆量，敢为了你自己的好处，履行你的女主人的命令，那么不久之后，你大概就会听到我的音信。把这东西拿去，带在身边；不要多说什么；（以饰物赠爱德蒙）低下你的头来：这一个吻要是能替我说话，它会叫你的灵魂儿上了天的。你要明白我的心意；再会吧。

爱德蒙 我愿意为您赴汤蹈火。

高纳里尔 我最亲爱的葛罗斯特！（爱德蒙下）唉！都是男人，却有这样的不同！哪个女人不愿为你贡献她的一切，我却让个傻瓜侵占了我的眠床。

奥斯华德 夫人，殿下来了。（下）

奥本尼上。

高纳里尔 你太瞧不起人啦。

奥本尼 啊，高纳里尔！你的价值还比不上那狂风吹在你脸上的尘土。我替你这脾气担着心呢：一个人要是看轻了自己的根本，难免会做出一些越限逾分的事来；树干断了伤了，枝叶也要跟着萎谢，到后来只好让人当作枯柴付之一炬。

高纳里尔 得啦得啦；全是些傻话。

奥本尼	智慧和仁义在恶人眼中都是恶的；下流的人只喜欢下流的事。你们都干了些什么？你们是猛虎，不是女儿，你们都干了些什么？这样一位父亲，这样一位仁慈的老人，一头野熊看见了他，也会俯首帖耳，你们这些蛮横下贱的女儿，却把他激得发狂！难道我那位贤明的襟兄竟会纵容你们这样胡闹？他也是个堂堂汉子，一邦之君，又受过他这样的深恩厚德！要是上天不立刻降下一些显而易见的灾祸，来惩罚这种万恶的做派，那么人类就快像深海的怪物一样自相吞食了。
高纳里尔	不中用的懦夫！你让人家打肿了脸，把侮辱加在头上，还以为是件体面的事；正像那些不明是非的傻瓜，人家存心害你，幸亏发觉得早，他们还没下毒手就受到惩罚，你倒还要可怜他们。你的鼓呢？法国的旌旗已经展开在我们安静的国土上了，你的敌人顶着羽毛飘扬的战盔，已经向你发出了威胁。你这迂腐的傻子却坐在那儿，一动不动，只会说："唉！他为什么要这样？"
奥本尼	瞧瞧你自己吧，魔鬼！恶魔的丑恶嘴脸，都不及一个恶魔般的女人那么丑恶万分。
高纳里尔	哎哟，你这没脑子的蠢货！
奥本尼	你这化作女人的形状，来掩蔽你蛇蝎般的真貌的魔鬼，不要露出你狰狞的面目来吧！要是我能允许我这双手去服从我的怒气，它们一定会一块块抓下你

的肉来，一根根折断你的骨头；可你虽然是个魔鬼，形状却还是个女人，我不能伤害你。

高纳里尔　哼，这就是你的男子汉气概。——呸！

一使者上。

奥本尼　有什么消息？

使者　啊！殿下，康华尔公爵死了；他正要挖掉葛罗斯特的第二只眼睛，他的一个仆人把他杀了。

奥本尼　葛罗斯特的眼睛！

使者　他畜养的一个仆人因为激于义愤，反对他的这种做法，就拔出剑来，行刺他的主人；主人也动了怒，和他奋力猛斗，结果砍死了那个仆人，可自己也受了重伤，最后不治身亡。

奥本尼　啊，天道终究还是有的，人世的罪恶这么快就受到了诛谴！可唉，可怜的葛罗斯特！他失去了他的第二只眼睛吗？

使者　殿下，他两只眼睛都被挖了。夫人，这是您妹妹写来的信，请您立刻给她一个回音。

高纳里尔　（旁白）一方面，这是个好消息；可她做了寡妇，我的葛罗斯特又跟她在一起，也许我所有的美满愿望，都要消灭在我这可憎的生命中了；不然的话，这消息还不算顶坏。（向使者）我读过以后再回信吧。（下）

奥本尼	他们挖他眼睛的时候，他儿子在哪儿？
使者	他是跟夫人一起到这儿来的。
奥本尼	他不在这儿。
使者	殿下，我在路上碰见他往回走了。
奥本尼	他知道这罪恶的勾当吗？
使者	知道，殿下；就是他出首告发他父亲的，他走出家门，就是为了给他们留个方便。
奥本尼	葛罗斯特，我永远感激你对王上的好意，一定替你报这抉目之仇。过来，朋友，再详细告诉我一些你知道的消息。（同下）

第三场

多佛附近法军营地

肯特及一侍臣上。

肯特　为什么法兰西王突然回去，您知道他的理由吗？

侍臣　他在国内还有一点未了的要事，直到离国以后方才想起；事关国家的安全，他不得不亲自回去料理。

肯特　他走了以后，委托谁代他主持军务？

侍臣　拉·发元帅。

肯特　王后看了您的信，有没有什么悲哀的表示？

侍臣　有的，先生；她拿了信，当着我的面读了下去，一颗颗饱满的泪珠淌下她娇嫩的面颊；可她仍然保持着一个王后的尊严，虽然她的情感像叛徒一样想把她压服，她还是竭力把它克制了下去。

肯特　啊！那么她是受到感动的了。

侍臣　她并不痛哭流涕；"忍耐"和"悲哀"互相竞争，看谁能把她表现得更美。您见过阳光和雨点同时出现；她的微笑和眼泪也正是这样，只是更要动人得多；那些荡漾在她红润的嘴唇上的小小微笑，似乎不知道她的眼睛里有些什么客人，他们从她钻石一样晶莹的眼球里滚了出来,正像一颗颗浑圆的珍珠。简而言之,要是所有悲哀都这样美丽,那么悲哀就会成为最受世人喜爱的珍奇。

肯特　她没说过什么话吗?

侍臣　有一两次,她嘴里进出了"父亲"二字,好像它们正重重压住她的内心;她哀呼着:"姊姊!姊姊!女人的耻辱!姊姊!肯特!父亲!姊姊!什么,在风雨里吗?在黑夜里吗?别相信世上还有什么怜悯!"于是她挥去她天仙般的眼睛里的神圣水珠,让眼泪淹没她沉痛的悲号,移步他往,和哀愁独自做伴去了。

肯特　那是天上的星辰,天上的星辰主宰着我们的命运;否则同一个父母怎样会生下这样不同的儿女。后来您没跟她说过话吗?

侍臣　没有。

肯特　这是在法兰西王回国以前的事吗?

侍臣　不,这是他走后的事。

肯特　好,告诉您吧,可怜的受难的李尔已经到了此地,要是他在比较清醒的时候,知道了我们来这儿的目的,他一定不肯见他女儿。

侍臣　为什么呢,好先生?

肯特　羞耻之心掣住了他;他自己的忍心剥夺了她应得的慈爱,让她远适异国,听任天命的安排,把她的权利分给那两个犬狼之心的女儿——这种种回忆像毒螫一样刺痛他心，让他充满了火烧一样的惭愧，阻挠他和考狄利娅相见。

侍臣 唉！可怜的人！

肯特 关于奥本尼和康华尔的军队，您听见什么消息没有？

侍臣 是的，他们已经出动。

肯特 好，先生，我要带您去见见我们的王上，请您替我照顾好他。出于某种重要的理由，我必须暂时隐藏我的身份；知道我是谁以后，您决不会后悔跟我结识。请您跟我去吧。（同下）

第四场

同前。帐幕

旗鼓前导，考狄利娅、医生及兵士等上。

考狄利娅　唉！正是他。刚才还有人看见了他，他疯狂得像被飓风激动的怒海，高声地歌唱，头上插满了恶臭的地烟草、牛蒡、毒芹、荨麻、杜鹃花和各种蔓生在田亩间的野草。派一百个兵士到繁茂的田野里细细搜寻，务必将他领来见我。（一军官下）人们的智慧能不能恢复他丧失的心神？谁能治他的病，我就把我身外的富贵一并送上。

医生　王后，办法是有的；休息是滋养疲乏精神的保姆，他现在就是缺少休息；只要给他服些药草，就能阖上他痛苦的眼睛。

考狄利娅　一切神圣的秘密、一切潜伏地下的灵奇，随我的眼泪一起，奔涌出来！助我解除我善良的父亲的痛苦！快去找他，快去找他，我只怕他在不可控制的疯狂之中，会毁了他失去主宰的生命。

一使者上。

使者　　　报告王后，英国军队向这儿开过来了。

考狄利娅　我们早已知道；一切都预备好了，只等他们到来。
亲爱的父亲啊！我这次掀动干戈，完全是为了你的
缘故；伟大的法兰西王被我的悲哀和恳求的眼泪感
动，他完全没有非分的野心，只有一片真情，热烈
的真情，要替我们的老父主持正义。但愿我很快就
能听见他、看到他！（同下）

第五场

葛罗斯特城堡中一室

里根及奥斯华德上。

里根　　　可我姊夫的军队出发了吗?

奥斯华德　出发了,夫人。

里根　　　他亲自率领吗?

奥斯华德　夫人,好不容易才把他催上了马;还是您姊姊更像
　　　　　　个军人哩。

里根　　　爱德蒙伯爵到了你们家里,有没有跟你家主人谈过
　　　　　　话?

奥斯华德　没有,夫人。

里根　　　我姊姊给他的信里说了些什么?

奥斯华德　我不知道,夫人。

里根　　　告诉你吧,他有重要的事情,已经离开此地。挖了
　　　　　　葛罗斯特的眼睛,仍旧放他活命,实在是个极大的
　　　　　　失策;因为他每到一处地方,就会激起民众对我们
　　　　　　的反感。我想爱德蒙见他困苦,出于怜悯,就会替
　　　　　　他解脱他那暗无天日的生涯;而且,他还身负使命,
　　　　　　要去探察敌人的实力。

奥斯华德　　夫人，我必须去追，我得把信送到。

里根　　　我们的军队明天就要出发；你暂且待在我们这儿吧，路上很危险呢。

奥斯华德　　我不能待了，夫人；我家夫人吩咐过我，不准误事。

里根　　　为什么她要写信给爱德蒙呢？难道你不能替她传个口信？看来，怕是有些——我也说不出来。让我拆开这封信吧，我会十分喜欢你的。

奥斯华德　　夫人，那我可——

里根　　　我知道你家夫人不爱她的丈夫；这一点我可以确定。上回她来这儿，就常常对高贵的爱德蒙抛掷含情的媚眼。我知道你是她的心腹。

奥斯华德　　我，夫人！

里根　　　我的话可不是随便说说，我知道你是她的心腹；所以，你且听我一言，我的丈夫已经死了，爱德蒙曾和我谈过，他向我求爱，总比向你家夫人求爱要来得方便。其余的，你自己去意会吧。要是你找到了他，请你替我把我这封信交给他吧；等你向你家夫人转达了我这番话，再请她仔细想个明白。好，再会。如果你听人说起那瞎眼的老贼在哪儿，能把他除掉，一定能得到重赏。

奥斯华德　　但愿他能碰在我的手里，夫人；我一定会向您表明我是站在哪一边的。

里根　　　再会。（各下）

第六场

多佛附近的乡间

葛罗斯特及爱德伽作农民装束同上。

葛罗斯特　什么时候我才能登上山顶?

爱德伽　您正一步步上呢;瞧这路多么难走。

葛罗斯特　我觉得路很平坦。

爱德伽　陡得可怕呢;听!那不是海水的声音吗?

葛罗斯特　不,我真的听不见。

爱德伽　哎哟,那大概是您的眼睛痛得厉害,所以别的知觉也糊涂啦。

葛罗斯特　那倒是真有可能。我觉得你的声音也变了样啦,你讲的话不像原来那样疯疯癫癫啦。

爱德伽　您错啦;除了衣服以外,我什么都没变样。

葛罗斯特　我觉得你的话像样多啦。

爱德伽　来,先生;我们到了,您站好。眼睛往那底下看呀,真是令人心惊目眩!在半空盘旋的乌鸦,瞧上去小得像只甲虫;山腰间悬着一个采金花草的人,可怕的工作!我看他那整个身子简直不及一个人头的大小。在海滩上走路的渔夫就像小鼠一般,那艘碇泊

Gloster. When shall I come to the top of that same hill?
Edgar. You do climb up it now: look, how we labour.
Gloster. Methinks the ground is even.

Act IV. Scene VI.

岸旁的大帆船小得像它的划艇，它的划艇小得像个浮标，几乎看不出来。澎湃的波涛冲击海滨无数石子的声音，也不能传到这么高的地方。我不愿再看下去了，免得我的脑袋昏眩起来，眼睛一花，就要一个筋斗直跌下去。

葛罗斯特　带我到你站的地方。

爱德伽　把您的手给我；您现在离崖边就一英尺了；就算把世上的一切都给我，我也不愿在这儿蹦跳。

葛罗斯特　放开我的手。朋友，这儿还有一个钱囊，里面有一颗宝石，一个穷人得到了它，可以终身温饱；愿天神保佑你因此而得福吧！你再走远一点；向我告别一声，让我听见你离开。

爱德伽　那就再会了，好先生。

葛罗斯特　再会。

爱德伽　（旁白）我这样戏弄他的目的，是要把他从绝望的境地里解救出来。

葛罗斯特　威严的神明啊！我现在脱离这个世界，当着你们的面，摆脱我的惨痛；要是我能继续忍受，不去怨尤你们不可反抗的伟大意志，我这可厌的残生不久也会焚枯。要是爱德伽尚在人世，神啊，请你们祝福他！现在，朋友，我们再会了！（向前扑地）

爱德伽　我走了，先生；再会。（旁白）可我不知道在一个人愿意受他自己的幻想的欺骗，相信他已经死去的时候，那种幻想会不会真的偷走了他生命的至宝；

要是他果然到了他想象的那个地方，现在他应该已经没了思想。活着还是死了？（向葛罗斯特）喂，这位先生！朋友！你听见了吗，先生？说呀！也许他真的死了；可他又醒过来啦。你是什么人，先生？

葛罗斯特　走开，让我死。

爱德伽　你要不是一根蛛丝、一片羽毛、一阵空气，从这千仞之高的悬崖上跌落下来，早该像颗鸡蛋一样摔得粉碎；可你还在呼吸，你的身子还很结实，没流一滴血，也还会说话，简直一点损伤也没。十根桅杆连接起来，也够不着你跌下来的那个地方；你的生命是一个奇迹。再对我说两句话吧。

葛罗斯特　我到底有没有跌下？

爱德伽　你就是从这可怕的悬崖绝顶之上跌下来的。抬起头来，看一看吧；鸣声嘹亮的云雀飞到了那样高的所在，我们不但看不见它的形状，也听不见它的声音；你看。

葛罗斯特　唉！我没有眼睛。难道一个苦命的人，连寻死的权利都要被剥夺？罢了，悲惨的人要是能骗过暴君的狂怒，挫败他骄横的意志，那他也多少能得到一点安慰。

爱德伽　把你的手臂给我；起来，好，怎样？站得稳吗？

葛罗斯特　很稳，很稳。

爱德伽　这真是太不可思议了。刚才在那悬崖顶上，从你身边走开去的是什么东西？

葛罗斯特	一个可怜的叫花子。
爱德伽	我站在下面望着他,仿佛看见他的眼睛像两轮满月;他有一千个鼻子,满头都是像波浪一样高低不平的角;一定是个什么恶魔。所以,你这幸运的老人家,你该觉得这是无所不能的神明在暗中默佑着你,否则决不会有这样的奇事。
葛罗斯特	我现在记起来了;从此以后,我要耐心忍受痛苦,直等它终有一天自己喊出"够啦,够啦",那时候我再撒手死去。你所说起的这个东西,我还以为它是个人呢;它老是嚷着"恶魔,恶魔"的;就是它把我领到了那个地方。
爱德伽	不要胡思乱想,安心忍耐。是谁来啦?

李尔以鲜花杂乱饰身上。

爱德伽	神志清醒的人可决不会打扮成这个样子。
李尔	不,他们不能判我私造货币之罪;我是国王哩。
爱德伽	啊,令人痛心的景象!
李尔	在那一点上,天然要胜过人工。这是你们当兵的军饷。那家伙弯弓的姿势,活像个稻草人;给我射一支一码长的箭试试。瞧,瞧!一只小老鼠!别闹,别闹!这块烘乳酪能把它捉住。这是我的铁手套;尽管他是个巨人,我也要跟他一决胜负。带那些戟手上来。啊!飞得好,鸟儿;刚好中在靶心里头,

咻！口令！

爱德伽　茉荞兰。

李尔　过去。

葛罗斯特　我认得那个声音。

李尔　嘿！长着白胡须的高纳里尔！她们像狗一样向我献媚，说我在没出黑须以前，就已经有了白须。我说一声"是"，她们就应一声"是"；我说一声"不"，她们就应一声"不"！当雨点淋湿了我，风吹得我牙齿打战，当雷声不肯听我的话平静下来的时候，我才发现了她们，嗅出了她们的踪迹。算了，她们不是心口如一的人；她们把我恭维得天花乱坠；全是个谎，一发起寒热，我就没有办法。

葛罗斯特　这种说话的声调我记得很清楚；他不就是我们的王上吗？

李尔　嗯，从头到脚都是国王；我只要一睁眼睛，我的臣子就要吓得发抖。我赦免那个人的死罪。你犯的是什么案子？奸淫吗？你不用死；因为奸淫而死？不，小鸟儿都在干那把戏，金苍蝇当着我的面也会公然交尾哩。让通奸的人多子多孙吧；因为葛罗斯特的私生儿子，也比我合法的女儿更孝顺父亲。淫风越盛越好，我巴不得他们替我多造几个兵士。瞧那脸上堆着假笑的妇人，她装出一副冷若冰霜的神气，做作得那么端庄贞静，一听见人家说起调情的话来，就使劲摇头；其实她自己干起那回事来，比臭猫和骚马还浪得多哩。她们的上半身是女人，下半身却是淫荡的妖怪；腰带以上属于天神，腰带以下统统属于魔鬼：那儿是地狱，那儿是黑暗，那儿是火坑，吐着熊熊的烈焰，发出熏人的恶臭，把一切都烧成了灰。啐！啐！啐！呸！呸！好掌柜，给我称一两麝香，让我解解我想象中的臭气；钱在这儿。

葛罗斯特　　啊！让我吻一吻那只手！

李尔　　　　让我先把它擦干净了；上面有股热烘烘的人气。

葛罗斯特　　啊，毁灭了的生命！这个广大的世界有天也会像这样零落得只剩一堆残迹。你认识我吗？

李尔　　　　我很记得你这双眼睛。你在瞟我吗？不，盲目的丘匹德，随你使出什么手段，我也不会爱了。这是一封挑战书，你拿去读吧，瞧瞧它是怎么写的。

葛罗斯特　　即使每一个字都是一个太阳，我也瞧不见。

爱德伽　　　（旁白）要是人家告诉我这样的事，我一定不会相信；可这是真的，我的心都要碎了。

李尔　　　　读。

葛罗斯特　　什么！用眼眶子读吗？

李尔　　　　啊哈！你原来是这个意思？你的头上也没有眼睛，你的袋里也没有银钱吗？你的眼眶真深，你的口袋真轻。可你还是看得见这世界的变化？

葛罗斯特　　我只能感觉到它的变化。

李尔　　　　什么！你疯了吗？一个人就是没有眼睛，也可以看

见这世界的变化。用耳朵去看吧：你没看见那法官怎样痛骂那个卑贱的偷儿吗？侧过你的耳朵，听我告诉你：让他们两人换了位置，谁还认得出哪个是法官，哪个是偷儿？你见过一条农夫的狗向一个乞丐叫唤吗？

葛罗斯特　　见过，陛下。

李尔　　你还见过那家伙怎样被那条狗赶走吗？从这件事上，你就可以看到威权的伟大的影子；一条得势的狗，也可以让人唯命是从。你这可恶的教吏，停下你残忍的手！为什么你要鞭打那个妓女？向你自己的背上着力抽下去吧；你自己心里想跟她淫乱，却因为她跟人家干了而用鞭子抽她。放高利贷的判诈骗的死刑。褴褛的衣衫遮不住小小的过失；披上锦袍裘服，便可隐匿一切。罪恶镀了金，公道的坚强枪刺也会迎之而断；用破烂的布条裹起它来，一根侏儒的稻草就能戳破了它。没有一个人是犯了罪的，没有，我说了，没有；我愿意为他们担保；相信我吧，我的朋友，我有权力封住控诉者的嘴唇。你还是去装上一副玻璃眼睛，像个卑鄙的阴谋家似的，假装能看见你看不见的事吧。来，来，来，来，替我脱掉靴子；用力一点，用力一点；好。

爱德伽　　（旁白）啊！虽然是疯话，却并非全无意义。

李尔　　要是你愿意为我的命运痛哭，那就把我的眼睛拿了去吧。我知道你是什么人；你的名字是葛罗斯特。

　　　　　　你必须忍耐；你知道我们来到这世上，第一次嗅到
　　　　　　了空气，就哇呀哇呀地哭了起来。让我来讲些道理
　　　　　　给你听听；你听好了。

葛罗斯特　唉！唉！

李尔　　我们生下地来的时候，因为登上了这个全是些傻瓜
　　　　　　的广大舞台，所以禁不住放声大哭。这顶帽子的式
　　　　　　样不错！用毡呢钉在一队马儿的蹄上，倒是一个妙
　　　　　　计；我要试着实行一下，悄悄地偷进我那两个女婿
　　　　　　的营地，然后我就杀，杀，杀，杀，杀，杀！

　　　　　　侍臣率侍从数人上。

侍臣　　啊！他在这儿；抓住他。陛下，您最亲爱的女
　　　　　　儿——

李尔　　没人救我吗？什么！我变成一个囚犯了吗？我真是
　　　　　　个天生被命运愚弄的人。不要虐待我；有人会拿钱
　　　　　　来赎我。替我请几个外科医生，我脑袋里受了伤啦。

侍臣　　您将会得到您所需要的一切。

李尔　　一个伙伴也没有？只有我一个人吗？哎哟，这会叫
　　　　　　人哭成了泪人儿，把眼睛充作灌园的水壶，去浇洒
　　　　　　秋天的泥土的。

侍臣　　陛下——

李尔　　我要像一个新郎一样勇敢地死去。嘿！我要高高兴
　　　　　　兴的。来，来，我是一个国王，你们知道吗？

侍臣	您是一位尊贵的王上，我们服从您的旨意。
李尔	那还有几分希望。要去快去。吵吵吵吵。（下；侍从等随下）
侍臣	最微贱的平民到了这样的地步，看了也会叫人伤心，何况是一个国王！你那两个不孝的女儿，已经让所有女人受到诅咒，可是，你还有一个女儿，却已把自己从这样的诅咒中振拔出来。
爱德伽	祝福，先生。
侍臣	足下有何见教？
爱德伽	关于一场即将发生的战争，您有没有听见什么消息？
侍臣	这已经是件千真万确、谁都知道的事了；每一个耳朵能够辨别声音的人都听到过这样的消息。
爱德伽	那借问一声，您知道对方的军队离这儿还有多少路吗？
侍臣	很近了，他们来得很快；他们的主力部队每一点钟都有可能到达。
爱德伽	谢谢您，先生；这就是我想知道的一切。
侍臣	出于特别的原因，王后还在这儿，但她的军队已经开上去了。
爱德伽	谢谢您，先生。（侍臣下）
葛罗斯特	永远仁慈的神明，请俯听我的祷告：别再在你们要我离开人世之前，让我罪恶的灵魂引诱我结束我自己的生命！

爱德伽	您祷告得很好，老人家。
葛罗斯特	好先生，您是什么人？
爱德伽	一个非常穷苦的人，受惯命运的打击；我自己就是从忧患中活下来的，所以很能同情不幸的人。把您的手给我，让我把您领到一处可以栖身的地方。
葛罗斯特	多谢多谢；愿上天大大赐福给您！

奥斯华德上。

奥斯华德	明令缉拿的要犯！居然碰在我的手里！你那颗瞎眼的头颅，注定是我进身的阶梯。你这倒霉的老奸贼，赶快忏悔你的罪恶，剑已出鞘，你今天难逃一死。
葛罗斯特	但愿你这慈悲的手多用些气力，助我早早脱离苦痛。
	（爱德伽劝阻奥斯华德）
奥斯华德	大胆村夫，怎敢袒护一个明令缉拿的叛徒？滚开，免得你也染上同样的命运。放开他的手臂。
爱德伽	先生，你不向我说明理由，我不会放手。
奥斯华德	放开，奴才，否则我叫你死。
爱德伽	好先生，你走你的路，让穷人们过去吧。这种吓人的话，就是接连说上半月，也吓不倒人的。不，不要靠近这个老头儿；我关照你，走远一点；不然的话，我要试试究竟是你的头硬还是我的棍子硬。我可不懂什么客气不客气的。
奥斯华德	走开，混账东西！

爱德伽	我要拔掉你的牙齿，先生。来，尽管刺过来吧。（二人决斗，爱德伽击奥斯华德倒地）
奥斯华德	奴才，你打死我了。把我的钱囊拿了去吧。要是你希望将来有好日子过，请你把我的尸体掘个坑埋了；我身边还有封信，请你替我送给葛罗斯特伯爵爱德蒙大爷，他在英国军队里，你能找到他的。啊！想不到我今天会死在你的手里！（死）
爱德伽	我认识你；你是个惯会讨主上欢心的奴才；无论你的女主人有什么万恶的命令，你总是奉命唯谨。
葛罗斯特	什么！他死了吗？
爱德伽	坐下来，老人家；您休息一会儿吧。让我们搜搜他的衣袋；他说起的那封信，也许能对我有些用处。他死了；我只可惜他没死在别人手里。让我们看看：对不起，好蜡封，我要把你拆开来了；恕我无礼，为了知道敌人的想法，就是他们的心肝，我们也要剖它出来，拆阅他们的信件不算是违法的事。

　　“不要忘记我们之间的誓约。你有许多机会能把他除掉；只要你有决心，一切都不成问题。要是他得胜归来，那就什么都完了；我将成为一个囚人，他的眠床就是我的牢狱。把我从那可憎的温热中救出来吧，他的地位，你可以取而代之。恋慕你的奴婢——但愿我能换上妻子二字——高纳里尔。”

　　啊，不可测度的女人心啊！谋害她善良的丈夫，叫我的兄弟去代替他的位置！在这砂土之内，我要把你掩埋起来，你这杀人淫妇的使者。在适当的时间，我要让那遭人阴谋弑害的公爵见到这封卑劣的信。我能把你的死讯和你的使命告诉他，对他来说，是件幸运的事。

葛罗斯特　王上疯了；我万恶的知觉却牢附在我身上，我一站起身来，无限的悲痛就涌上心头！还是疯了的好；那样我就不会再想到我的不幸，让一切痛苦在昏乱的幻想中忘记了它们本身的存在。（远处鼓声）

爱德伽　把您的手给我；我好像听见远处有打鼓的声音。来，老人家，让我把您安顿在一个朋友的地方。（同下）

第七场

法军营帐

考狄利娅、肯特、医生及侍臣上。

考狄利娅　好肯特啊！我怎么才能报答你这一番苦心好意呢！就是粉身碎骨，也不能抵偿你的大德。

肯特　王后，只要自己的苦心被人了解，那就是莫大的报酬。我讲的话，句句都是事实，没有一分增减。

考狄利娅　去换身好点的衣服吧；您身上的衣服是那段悲惨时光的纪念，请脱下来吧。

肯特　原谅我，王后；我现在还不能恢复我的本来面目，因为那会妨碍我预定的计划。请您准许我这个要求，在我认定的适当时机到来以前，您必须把我当作一个不相识的人。

考狄利娅　那就照你的意思来吧，伯爵。（向医生）王上怎样？

医生　王后，他仍旧睡着。

考狄利娅　慈悲的神明啊，请治好他备受凌辱的心灵中的重大裂痕！保佑这个被不孝的女儿们反噬的老父，让他错乱昏迷的神智恢复健全吧！

医生　请问王后，我们现在能不能叫王上醒来？他已经睡得很久了。

考狄利娅　照你的意见，该怎么办就怎么办吧。他换好衣服了吗？

　　　　　　李尔卧椅内，众仆舁上。

侍臣　换好了，王后；我们趁他熟睡，已经替他穿上了新衣。

医生　王后，请您不要走开，等我们叫他醒来；我相信他的神经已经安定下来。

考狄利娅　很好。（乐声）

医生　请您走近一步。音乐还要再响一点。

考狄利娅　啊，我亲爱的父亲！但愿我的唇上有治愈疯狂的灵药，让这一吻抹去我那两个姊姊给您的身体带来的无情伤害！

肯特　善良的好公主！

考狄利娅　就算你不是她们的父亲，这满头的白雪也该引起她们的怜悯。这样一张脸庞是受得起激战的狂风吹打的吗？它能抵御可怕的雷霆吗？在最惊人的闪电的辉光之下，你，孤立无援的可怜兵士！戴着这顶薄薄的戎盔，苦苦地守着你的哨位吗？我的敌人的狗，即使它咬过我，在那样的夜里，我也要让它躺在我的火炉之前。可你，我可怜的父亲，却甘心钻在污秽霉烂的茅草屋里，和猪狗乞儿做伴吗？唉！唉！你的生命不和你的智慧同归于尽，才是一件怪事。

　　　　　　　　他醒来了；对他说些什么话吧。

医生　　　　　王后，应该由您去跟他说说。

考狄利娅　　　父王陛下，您好吗？

李尔　　　　　你们不该把我从坟墓里拖了出来。你是一个有福的
　　　　　　　灵魂；我却缚在一个燃着烈火的车轮之上，我自己
　　　　　　　的眼泪也像熔铅一样灼痛我的脸啊。

考狄利娅　　　父亲，您认识我吗？

李尔　　　　　你是一个灵魂，我知道；你是什么时候死的？

考狄利娅　　　还是疯疯癫癫的。

医生　　　　　他还没完全清醒过来；暂时不要惊扰他了。

李尔　　　　　我到过哪里？现在我在哪里？明亮的白昼吗？我大
　　　　　　　大受了骗啦。怎么我还能活着看见这样的一天？我
　　　　　　　不知道该怎么说了。我不愿发誓，说这是我的双手；
　　　　　　　让我试试看吧，用这针刺，是觉得痛的。但愿我能
　　　　　　　确认我现在的处境！

考狄利娅　　　啊！瞧着我，父亲，把您的手按在我的头上，为我
　　　　　　　祝福吧。不，父亲，您千万不能跪下。

李尔　　　　　请不要取笑我；我是个非常愚蠢的傻老头子，都活
　　　　　　　到八十多了；不瞒您说，我怕我的脑袋有点不大健
　　　　　　　全。我想我应该认识您的，也该认识这个人的；可
　　　　　　　我不敢确定；因为我完全不知道这是什么地方，而
　　　　　　　且，凭着我所有的能力，我也记不得我在什么时候
　　　　　　　穿上了这身衣服；也不知道昨晚我在哪里过夜。不
　　　　　　　要笑我；我想这位夫人是我的孩子考狄利娅。

考狄利娅 正是，正是。

李尔 你在流眼泪吗？当真。请你不要哭啦；要是你为我预备了毒药，我愿意喝掉。我知道你不爱我；因为我记得，你的两个姊姊都虐待我；你虐待我还有几分理由，她们却没理由这样。

考狄利娅 谁都没理由这样对您。

李尔 我是在法国吗？

肯特 在您自己的国土上，陛下。

李尔 不要骗我。

医生 请宽心些，王后；您看他的疯狂已经平静下去；可再向他提起从前的事情，却非常危险。不要再烦扰他了，让他的神经完全安定下来。

考狄利娅 请陛下去里边歇歇吧。

李尔 你必须原谅我。请你不咎既往，宽赦我的过失；我是个老来糊涂的人。（李尔、考狄利娅、医生及侍从等同下）

侍臣 先生，康华尔公爵被刺的消息是真的吗？

肯特 千真万确。

侍臣 他的军队归谁统领？

肯特 据说是葛罗斯特的庶子。

侍臣 他们说他放逐在外的儿子爱德伽现在跟肯特伯爵一起，都在德国。

肯特 消息常常变化不定。现在是该做好戒备了，英国军队很快就要迫近。

Lear.   Do not laugh at me;
For, as I am a man, I think this lady
To be my child Cordelia.
    Cordelia.   And so I am, I am.

Act IV. Scene VII.

侍臣 一场血战是免不了的。再会，先生。（下）

肯特 我的目标能否顺利达成，要在这场战事结束之后，

方见分晓。（下）

第
五
幕

第一场

多佛附近英军营地

旗鼓前导，爱德蒙、里根、军官、兵士及侍从等上。

爱德蒙	（向一军官）你去问一声公爵，他是不是仍旧保持着原来的决心，还是已经出于其他的理由，改变了方针；他这个人毫无定见，动不动就引咎自责；我要知道他究竟抱着怎样的主张。（军官下）
里根	我那姊姊差来的人一定在路上出了事啦。
爱德蒙	那可说不定，夫人。
里根	好爵爷，我对你的一片好心，你不会不知道的；现在，请告诉我，老老实实地告诉我，你不爱我的姊姊吗？
爱德蒙	我只是按照我的名分敬爱着她。
里根	难道你从没循着我姊夫的路，闯入过那片禁地？
爱德蒙	这样的思想可有失您自己的体统。

里根	我怕你们已经打成一片，她心坎儿里只有你一个人哩。
爱德蒙	凭着我的名誉起誓，夫人，没有这样的事。
里根	我决不答应她；我亲爱的爵爷，不要跟她亲热。
爱德蒙	您放心吧。——她跟她的公爵丈夫来啦！

旗鼓前导，奥本尼、高纳里尔及兵士等上。

高纳里尔	（旁白）我宁愿这次战败，也不让我那妹妹从我手里夺走了他。
奥本尼	久违了，贤妹。伯爵，我听说王上已经带着我们国内的一群亡命之徒，到他女儿的地方去了。要是我们兴的是不义之师，我可再也提不起勇气来了；可现在的问题，并不是我们的王上和他手下的那一群人，在法国的煽动之下，以堂堂正正的理由向我们兴师问罪，而是法国举兵侵犯我们的领土，这是我们所不能容忍的。
爱德蒙	您说得有理，佩服，佩服。
里根	这种话，你讲它做什么呢？
高纳里尔	我们只需同心合力，打退敌人；这些内部的纠纷，不是现在需要讨论的问题。
奥本尼	那就让我们跟那些久历戎行的战士们讨论讨论，我们该采取怎样的战略吧。
爱德蒙	很好，我马上到您帐里来叨陪末议。

里根	姊姊，您也跟我们一块儿去吗？
高纳里尔	不。
里根	您怎么能不去？来，请吧。
高纳里尔	（旁白）哼！我明白你的意思。（高声）好，我这就去。

爱德伽乔装上。

爱德伽	殿下要是不嫌我微贱，请听我说一句话。
奥本尼	你们先请一步，我随后就来。——说。（爱德蒙、里根、高纳里尔、军官、兵士及侍从等同下）
爱德伽	在您开始作战以前，先把这封信拆开来看看。要是您得到胜利，可以吹喇叭为信，叫我出来；虽然，您看，我是这样一个下贱的人，但我可以请出一个证人，来证明信里说的事情。要是您战死，那您在这世上的使命就已完结，一切阴谋也都无能为力。愿命运眷顾您！
奥本尼	等我读完信再走。
爱德伽	我不能等了。时候一到，您只要叫传令官传唤一声，我就会出来。
奥本尼	那么，再见；你的信我拿回去看吧。（爱德伽下）

爱德蒙重上。

爱德蒙　　敌人已经望得见了；快把您的军队集合起来。这儿记载着敌方军力的估计，是精密侦察所得；可现在您必须抓紧些了。

奥本尼　　好，我们准备迎敌就是。（下）

爱德蒙　　我对这一双姊妹都已立下爱情的盟誓；她们彼此互怀嫉妒，就像被蛇咬过的人见不得蛇的影子一样。我该选择哪一个呢？两个都要？只要一个？还是一个也不要？要是两个全都留在世上，我就一个也不能到手；娶了那寡妇，一定会激怒她的姊姊高纳里尔；而且，她丈夫一天不死，就总会妨碍我的前途。现在我们还要借他做号召军心的幌子；等战事结束，要是她想把他除掉，就让她自己设法去结果他的性命。照他的意思，李尔和考狄利娅被捉到以后，我们不能加害；可假如他们果然落在我们手里，我们可决不让他们得到他的赦免；对我来说，保全自己的地位要紧，什么天理良心只好一概不论。（下）

第二场

两军营地之间的原野

> 内号角声。旗鼓前导，李尔及考狄利娅率军队
> 上；同下。爱德伽及葛罗斯特上。

爱德伽　　来，老人家，在这树荫底下坐坐吧；但愿正义得到
　　　　　　胜利！要是我还能回来见你，我一定会给你好消息
　　　　　　的。

葛罗斯特　上帝照顾您，先生！（爱德伽下）

> 号角声；有顷，内吹退军号。爱德伽重上。

爱德伽　　去吧，老人家！把你的手给我；去吧！李尔王已经
　　　　　　失败，他跟他的女儿都被捉了。把你的手给我；来。

葛罗斯特　不，先生，我不想再到哪儿去了；就让我在这儿等
　　　　　　死吧。

爱德伽　　怎么！你又转起那种坏念头来了？人的生死都不可
　　　　　　以勉强，你该耐心忍受天命的安排。来。

葛罗斯特　说得也是。（同下）

第三场

多佛附近英军营地

　　　　　　旗鼓前导，爱德蒙凯旋上；李尔、考狄利娅被
俘随上；军官、兵士等同上。

爱德蒙　　来人，把他们押下去，好生看守，等上面发落下来，
再作道理。

考狄利娅　存心良善的反而得到恶报，这样的前例很多。我只
是为了你，被迫害的国王，才落得如此下场；否则，
就算欺人的命运对我横眉怒目，我也不怕受她凌辱。
我们要不要去见见这两个女儿和姊姊？

李尔　　不，不，不，不！来，让我们到监牢里去。我们两
个将要像笼中之鸟一般歌唱；你求我为你祝福的时
候，我要跪下来求你饶恕；我们就这样生活、祈祷、
歌唱，说些古老的故事，嘲笑那披着金翅的蝴蝶，
听听那些可怜的囚徒讲些宫廷里的消息；我们也要
跟他们一起谈话，谁失败，谁胜利，谁在朝，谁在野，
用我们的意见解释各种事情的秘密，就像我们是上
帝的间谍一样；在囚牢四壁之内，我们将要冷眼看
尽那些朋比为奸的党徒随着月亮的圆缺而升沉。

爱德蒙　　把他们带下去。

李尔　　　对于这样的祭物，我的考狄利娅，连天神也要焚香致敬。我果然把你捉住了吗？谁要是想分开我们，就必须从天上取下一把火炬，像驱逐狐狸一样把我们赶散。擦干你的眼睛；在他们能让我们流泪之前，岁月会先连肉带骨地吞噬他们，我们要先看着他们被活活饿死。来。（兵士押李尔、考狄利娅下）

爱德蒙　　过来，队长。听着，把这通密令拿去；（以一纸授军官）跟着他们，到监牢里去。我已升了你一级，要是你能切实执行密令，一定大有好处。你要知道，识时务的才是好汉；心肠太软的人不配佩带刀剑。我吩咐你的这件重要差使，你可不必多问，愿意就做，不愿意就别做。

军官　　　我愿意，大人。

爱德蒙　　那就去吧；立下了这份功劳，你就是个幸运的人。听着，事不宜迟，必须照我写的，赶快办好。

军官　　　我不会拖车子，也不会吃干麦；只要是男子汉干的事情，我就会干。（下）

　　　　　　喇叭奏花腔。奥本尼、高纳里尔、里根、军官及侍从等上。

奥本尼　　伯爵，你今天果然表明你是将门之子；命运眷顾着你，使你克奏肤功，跟我们敌对的人都已束手就擒。

请把你的俘虏交给我们，让我们一方面按照他们的
身份，一方面顾及我们自身的安全，来决定一个适
当的处置。

爱德蒙　　殿下，我已把那不幸的老王拘禁起来，并派了兵士
严密监视；他的高龄和尊号都有一种莫大的魔力，
能吸引人心的归附，要是不加防范，恐怕我们的部
下都要受他煽惑，对我们反戈相向。那王后，我为
了同样的理由，也已把她一起下监；他们明天，或
者迟一两天，就能接受你们的审判。现在弟兄们刚
刚流过血汗，丧折了不少朋友亲人，他们感受战争
的残酷，心中难免激愤，引起这场争端的理由无论
怎样正大，在他们看来，都是可诅可咒；所以，对
考狄利娅和她父亲的审问，必须在一个更适当的时
候举行。

奥本尼　　伯爵，说句不怕你见怪的话，你不过是个随征的将
领，我并没把你当作一个同等地位的人。

里根　　假如我愿意，他为什么不能和你分庭抗礼呢？我想，
你在说这样的话以前，应该先问问我的意思才是。
他带领我们的军队，受到我的全权委任，凭着这一
层亲密的关系，也够资格和你称兄道弟了。

高纳里尔　少亲热点儿吧；他的地位，是他靠自己的才能挣来
的东西，并不是你给他的恩典。

里根　　凭着我的权力，我可以让他和最尊贵的人匹敌。

高纳里尔　他得先做了你的丈夫，你才有这种权力。

里根	笑话往往会变成预言。
高纳里尔	呵呵！看你挤眉弄眼的，果然不怀好意。
里根	太太，我现在身子不大舒服，懒得跟你斗口。将军，请你接受我的军队、俘虏和财产；这一切，连我自己一起，都由你支配；我是向你献城降服的臣仆；让全世界为我证明，我现在就立你为我的丈夫和君主。
高纳里尔	你想要享用他吗？
奥本尼	那不是你能阻止的。
爱德蒙	也不是你能阻止的。
奥本尼	杂种，我可以阻止。
里根	（向爱德蒙）叫鼓手打起鼓来，证明我已经把尊位给你。
奥本尼	等一等，我还有话说。爱德蒙，你犯有叛逆重罪，我逮捕你；同时我还要逮捕这条披着金鳞的毒蛇。（指高纳里尔）贤妹，为了我妻子的缘故，我必须要求您放弃您的权利；她已经跟这位勋爵有约在先，所以我，她的丈夫，不得不对你们的婚姻表示异议。要是您想结婚，还是把您的爱情用在我身上吧，我的妻子已经另有所属。
高纳里尔	怎么又节外生枝起来！
奥本尼	葛罗斯特，你现在甲胄在身；让喇叭吹起来吧；要是没人出来证明你犯下的无数凶残罪恶、众目昭彰的叛逆重罪，这儿是我的信物；（掷下手套）在我

剖开你的胸口，证明我此刻所说的一切以前，我决不让任何食物接触我的嘴唇。

里根　　　　哎哟！我病了！我病了！

高纳里尔　　（旁白）你要是不病，我也从此不相信毒药了。

爱德蒙　　　这儿是我给你的交换品；（掷下手套）谁骂我是叛徒，谁就是个说谎的恶人。叫你的喇叭吹起来吧；谁有胆量，出来，我可以向他、向你、向每一个人证明我不可动摇的忠心和荣誉。

奥本尼　　　来，传令官！

爱德蒙　　　传令官！传令官！

奥本尼　　　信赖你个人的勇气吧；因为你的军队都是用我的名义来征集的，我已经用我的名义遣散了他们。

里根　　　　我的病越来越厉害啦！

奥本尼　　　她身体不舒服；把她扶到我的营帐里去。（侍从扶里根下）过来，传令官。

传令官上。

奥本尼　　　叫喇叭吹起来。宣读这道命令。

军官　　　　吹喇叭！（喇叭吹响）

传令官　　　（宣读）"在本军官校将佐之中，要是有人愿意证明爱德蒙，名分未定的葛罗斯特伯爵，是个罪恶多端的叛徒，让他在第三次喇叭声中出来。爱德蒙决意捍卫自己。"

爱德蒙　　　　吹！（喇叭初响）

传令官　　　　再吹！（喇叭再响）

传令官　　　　再吹！（喇叭三响；内喇叭声相应）

喇叭手前导，爱德伽武装上。

奥本尼　　　　去问明他的来意，为什么他听见喇叭的呼召就现身

　　　　　　　　于此。

传令官　　　　你是什么人？叫什么名字？在军中是什么官级？为

　　　　　　　　什么你要应召而来？

爱德伽　　　　我的名字已被阴谋的毒齿咬啮蛀蚀；可我的出身正

　　　　　　　　像我现在要来面对的敌手一样高贵。

奥本尼　　　　谁是你的敌手？

爱德伽　　　　代表葛罗斯特伯爵爱德蒙的是什么人？

爱德蒙　　　　他自己；你对他有什么话说？

爱德伽　　　　拔出你的剑来，要是我的话激怒了一颗正直的心，

　　　　　　　　你的兵器可以为你辩护；这儿是我的剑。听着，虽

　　　　　　　　然你有的是勇力、青春、权位和尊荣，虽然你挥着

　　　　　　　　胜利的宝剑，夺得了新的幸运，可凭着我的荣誉、

　　　　　　　　我的誓言和我的骑士身份赋予我的特权，我当众宣

　　　　　　　　布你是一个叛徒，不忠于你的神明、你的兄长和你

　　　　　　　　的父亲，阴谋倾覆这位崇高卓越的君王，从你头顶

　　　　　　　　直到你足下的尘土，你彻头彻脑是个最可憎的逆贼。

　　　　　　　　要是你说一声"不"，这一柄剑、这一条手臂和我

全身的勇气，都要向你的心口证明你在说谎。

爱德蒙　　照理我应该问你的名字；可既然你的外表这样英勇，你的出言吐语，也能表明你不是一个卑微的人，虽然按照骑士的规则，我可以拒绝你的挑战，我却不惜唾弃这些规则，把你口中的那些罪名照旧丢回到你头上，让那些像地狱一般可憎的谎话吞没你心；凭着这一柄剑，我要在你的心头挖出一个窟窿，把你的罪恶一并塞了进去。吹起来，喇叭！（号角声；二人决斗；爱德蒙倒地）

奥本尼　　留他活口，留他活口！

高纳里尔　这是诡计，葛罗斯特；按照决斗规则，你尽可以不接受一个不知名的对手的挑战；你不是被人打败，你是中了人家的计了。

奥本尼　　闭上你的嘴，女人，否则我就用这张纸来把它塞住。拿去，你这比一切恶名更恶的恶人，读读你自己的罪恶吧。别把它撕了，太太；我看你也是认得这封信的。（以信授爱德蒙）

高纳里尔　即便我认得，又怎么样，法律在我手里，不在你手；谁能控诉我？（下）

奥本尼　　岂有此理！你知道这封信吗？

爱德蒙　　别问我知不知道。

奥本尼　　追上她去；情急之下，她什么事都干得出来；留心看好她。（一军官下）

爱德蒙　　你指斥我的罪状，我全都承认；而且我干的事，着实不止这一些呢，总有一天会全部暴露。现在这些事情已成过去，我也要永辞人世了。——可你是什么人，我竟然败在你的手里？假如你是个贵族，我就不记恨于你。

爱德伽 让我们互相宽恕吧。在血统上我并不比你低微，爱德蒙；要是我的出身比你高贵，你尤其不该那样害我。我的名字是爱德伽，你父亲的儿子。公正的天神让我们的风流罪过成为惩罚我们的工具；他在那黑暗淫邪的地方生下了你，结果让他丢掉了他的眼睛。

爱德蒙 你说得不错；的确，天道之轮转满了一圈；我落得如此下场。

奥本尼 我一看见你的举止行动，就觉得你不是个凡俗之人。我必须拥抱你；让悔恨碎裂我心，要是我憎恨过你和你的父亲。

爱德伽 殿下，我一向知道您的仁慈。

奥本尼 你把自己藏匿在什么地方？你怎么知道你父亲的灾难？

爱德伽 殿下，我知道他的灾难，因为我就在他身边照料着他，听我讲一段简短的故事；我说完以后，啊，但愿我的心爆裂了吧！贪生恶死，是我们人类的常情，我们宁愿每小时忍受着死亡的惨痛，也不愿一下子结束自己的生命；我为了逃避那紧迫着我的、残酷的宣判，不得不披上一身疯人的褴褛衣衫，改扮成一副连狗也要看不起的样子。在这样的乔装下，我碰见了我的父亲，他的两个眼眶淋着鲜血，那宝贵的眼珠已然失落；我做他的向导，带着他走路，为他向人求乞，把他从绝望中拯救出来；啊！千不该、万不该，我不该向他隐瞒自己！直到大约半小时前，我已披上甲胄，因为不知此行结果如何，要请他为我祝福，才把我的全部经历从头到尾告诉了他；可唉！他破碎的心太脆弱了，载不起这样重大的喜悦和悲伤，在这两种极端情绪的猛烈冲突之下，他含着微笑离开了人世。

爱德蒙 你这番话很让我感动；可是，请说下去吧，你好像还有别的要说。

奥本尼 要是还有比这更伤心的，就请不要说下去了；我听到这里，就已经忍不住热泪盈眶。

爱德伽 对于不喜欢悲哀的人，这似乎已是悲哀的顶点；可在极度的悲哀之上，还有更大的悲哀。我正放声大哭的时候，来了一个人，他认出我就是他见过的那个疯丐，便不敢走近；可后来他知道了我究竟是谁，就抱住我的头颈，大放悲声，好像要把天空都震碎一般：他俯伏在我父亲的尸体之上；讲出了关于他和李尔的一段最惨人听闻的故事；他越讲越伤心，他的生命之弦都行将颤断；那时，喇叭声已响过两次，我只好抛下了他，留他独自在那儿如痴如醉。

奥本尼 可那是什么人呢？

爱德伽	肯特，殿下，被放逐的肯特；他一路乔装改貌，跟随把他视同仇敌的国王，替他躬操奴隶不如的贱役。

一侍臣持一流血之刀上。

侍臣	救命！救命！救命啊！
爱德伽	救什么命！
奥本尼	说呀，什么事？
爱德伽	那柄血淋淋的刀是什么意思？
侍臣	它还热腾腾地冒着气呢；是从她的心窝里拔出来的——啊！她死了！
奥本尼	谁死了？说呀。
侍臣	您的夫人，殿下，您的夫人；她妹妹也被她毒死了，她自己承认的。
爱德蒙	我跟她们两个都有婚姻之约，现在我们三人可以待在一块儿做夫妻啦。
爱德伽	肯特来了。
奥本尼	把她们的尸体抬出来吧，不管她们有没有死。上天的这一判决让我们战栗，却无法引起我们的怜悯。

（侍臣下）

肯特上。

奥本尼	啊！这就是他吗？眼下的变故让我不能尽我应尽的

礼敬。

肯特	我要来向我的王上道一声永久的晚安，他不在这儿吗？
奥本尼	我们忘了一件重要的事情！爱德蒙，王上呢？考狄利娅呢？肯特，你看见这幅情景了吗？（侍从抬高纳里尔、里根二尸体上）
肯特	哎哟！这是为了什么？
爱德蒙	爱德蒙还是有人爱的：为了我的缘故，这个毒死那个，然后跟着自杀。
奥本尼	正是这样。遮住她们的脸。
爱德蒙	我快要断气了，倒想做一件违反我本性的好事。赶快差人到城堡里去，因为我已经下令，要把李尔和考狄利娅处死。不要多说废话，迟一点就来不及啦。
奥本尼	跑！快跑！跑呀！
爱德伽	跑去找谁呀，殿下？——这是谁负责的差事？你得给我个什么东西，作为赦免的凭证。
爱德蒙	想得还挺周到；把我的剑拿去给那队长。
奥本尼	快去，快去。（爱德伽下）
爱德蒙	他从我和我妻子手里得到密令，要把考狄利娅在狱中缢死，并对外宣称，是她自己在绝望中轻了生的。
奥本尼	神明保佑她！把他抬出去吧。（侍从抬爱德蒙下）

李尔抱考狄利娅尸体，爱德伽、军官及余人等同上。

李尔	哀号吧，哀号吧，哀号吧，哀号吧！啊！你们都是些石头一样的人；要是我有了你们的舌头和眼睛，我要用我的眼泪和哭声震撼穿苍。她是一去不回的了。一个人是死是活，我知道的；她已经像泥土一样死去。借一面镜子给我；要是她的气息还能在镜面上呵起一层薄雾，那她就还活着。
肯特	这就是世界的结局了吗？
爱德伽	还是末日恐怖的预象？
奥本尼	天倒下来了，一切都要归于毁灭了吗？
李尔	这根羽毛在动；她没有死！要是她还有活命，我的一切悲哀就都能消释。
肯特	（跪）啊，我的好主人！
李尔	走开！
爱德伽	这是尊贵的肯特，您的朋友。
李尔	一场瘟疫就要降在你们身上，全是些凶手，奸贼！我本来还能把她救活；现在她再也回不来了！考狄利娅，考狄利娅！等一等。嘿！你说什么？她的声音总是那么柔软温和，女儿家就应该这样。我亲手杀了那个吊死你的奴才。
军官	殿下，他真的杀死了他。
李尔	可不是嘛，老弟？从前我一举起我的宝刀，就能吓得他们抱头鼠窜；现在我年纪大啦，受了这么多磨难，一天比一天不中用啦。你是谁？老实告诉你吧，我的眼睛可不大好。

肯特	要是命运女神向人夸口，说起有两个一度受她宠爱，后来却遭她厌弃的人，那么其中的一个就在我们眼前。
李尔	我的眼睛太糊涂啦。你不是肯特吗？
肯特	正是，您的仆人肯特。您的仆人卡厄斯呢？
李尔	他是个好人，这一点我可以担保；他动起性子就会打人。现在他死得连骨头都烂了。
肯特	不，陛下；我就是那个——
李尔	我等会儿再谈这个。
肯特	自您遭遇变故以来，一直追随您不幸的足迹的——
李尔	欢迎，欢迎。
肯特	不，一切都是凄惨的、黑暗的、阴郁的；您的两个大女儿已经在绝望中自杀了。
李尔	嗯，我也是这么想的。
奥本尼	他不知道他自己在说些什么，我们对他表明身份，也是徒然。
爱德伽	尽是徒然。

一军官上。

军官	禀殿下，爱德蒙死了。
奥本尼	他的死不过是件无足重轻的小事。各位勋爵和各位尊贵的朋友，听我向你们宣示我的意旨：对于这位老病衰弱的君王，我们将尽我们的力量给他可能的

安慰；他在世时，我仍旧把最高的权力归还给他。
（向爱德伽、肯特）你们两位恢复原来的爵位，我
还要加赏你们额外的尊荣，褒扬你们过人的节行。
所有朋友都将得到忠贞的报酬，所有仇敌都要尝到
罪恶的苦杯。——啊！瞧，瞧！

李尔　　　我可怜的傻瓜被吊死了！不，不，没了命了！为什
　　　　　么一条狗、一匹马、一只耗子，都有它们的生命，
　　　　　你却没有一丝呼吸？你是永远也不回来了，永不，
　　　　　永不，永不，永不，永不！请你替我解开这个纽扣；
　　　　　谢谢你，先生。你看见了吗？瞧着她，瞧，她的嘴
　　　　　唇，瞧那边，瞧那边！（死）

爱德伽　　他晕过去了！——陛下，陛下！

肯特　　　碎吧，心啊！碎吧！

爱德伽　　抬起头来，陛下。

肯特　　　不要烦扰他的灵魂。啊！让他安然死去吧；他将痛
　　　　　恨想让他在这无情的人世多受一刻酷刑的人。

爱德伽　　他真的走了。

肯特　　　他居然能忍受这么长的时间，才是一件奇事；他的
　　　　　生命不是他自己的。

奥本尼　　把他们抬出去。我们现在要传令全国举哀。（向肯
　　　　　特、爱德伽）
　　　　　两位朋友，帮我主持大政，
　　　　　维护罹受创伤的国本。

肯特　　　不日我就要登程上道；

我已听见主上的呼召。

奥本尼　　不幸的重担不能不肩负；

感情是我们唯一的言语。

年老的人已经忍受一切，

后人只有抚陈迹而叹息。（同下；奏丧礼进行曲）

麦克白

剧中人物

邓肯 / 苏格兰国王

马尔康
道纳本 } 邓肯之子

麦克白
班柯 } 苏格兰军中大将

麦克德夫
列诺克斯
洛斯
孟提斯 } 苏格兰贵族
安格斯
凯士纳斯

弗里恩斯 / 班柯之子

西华德 / 诺森伯兰伯爵，英国军中大将

小西华德 / 西华德之子

西登 / 麦克白的侍臣

麦克德夫的幼子

英格兰医生

苏格兰医生

军曹

门房

老翁

麦克白夫人

麦克德夫夫人

麦克白夫人的侍女

赫卡忒及三女巫

贵族、绅士、将领、兵士、刺客、侍从及使者等

班柯的鬼魂及其他幽灵等

地点

苏格兰；英格兰

第
一
幕

第一场

荒原

雷电。三女巫上。

女巫甲　　何时姊妹再相逢，

　　　　　雷电轰轰雨蒙蒙？

女巫乙　　且等烽烟静四陲，

　　　　　败军高奏凯歌回。

女巫丙　　半山夕照尚含晖。

女巫甲　　何处相逢？

女巫乙　　荒原会。

女巫丙　　同去会会麦克白。

女巫甲　　我来了，小灰猫。

女巫乙　　癞蛤蟆在把我叫。

女巫丙　　就到就到。

三女巫　　（合）美即丑恶丑即美，

　　　　　翱翔毒雾妖云里。（同下）

第二场

福累斯附近的营地

　　　　　　内号角声。邓肯、马尔康、道纳本、列诺克斯
　　　　及侍从等上，与一流血之军曹相遇。

邓肯　　那个流血的人是谁？看他的样子，也许能向我们报
　　　　告关于叛乱的最新消息。

马尔康　这就是那个奋勇苦战，助我冲出敌人重围的军曹。
　　　　祝福，勇敢的朋友！把你离开战场前的战况报告王
　　　　上。

军曹　　双方依然胜负未决；正像两个精疲力竭的泳者，彼
　　　　此扭成一团，显不出他们的本领。那残暴的麦克唐
　　　　华德不愧是个叛徒，无数奸恶的天性都丛集于他一
　　　　身；他已征调了西方各岛上的轻重步兵，命运也像
　　　　个娼妓一样，有意向叛徒卖弄风情，助长他罪恶的
　　　　气焰。可这一切都无能为力，因为英勇的麦克白不
　　　　以命运的喜怒为意，挥舞他血腥的宝剑，像煞星一
　　　　般一路砍杀过去，直到那奴才面前，不打一语，就
　　　　挺剑冲他的肚脐刺了进去，划破他的胸膛，一直划
　　　　到下巴；他的脑袋被割了下来，挂在我们的城楼

　　　　　　　　上了。

邓肯　　　　　啊，英勇的堂弟！尊贵的壮士！

军曹　　　　　天有不测风云，正像从暖阳重升、曙光拨云的东方
　　　　　　　忽然袭来摧枯拉朽的风暴雷霆一般，我们在兴高采
　　　　　　　烈之际，又遭遇了重大的打击。听着，陛下，听着：
　　　　　　　当正义凭着勇气的威力，正驱逐敌军向后溃退，挪
　　　　　　　威国君看见有机可乘，调了一批甲械精良的生力军
　　　　　　　来，又向我们发起一次新的猛攻。

邓肯　　　　　我们的将军，麦克白和班柯有没有因此而气馁？

军曹　　　　　没有，除非麻雀能让怒鹰退却，兔子能把雄狮吓走。
　　　　　　　实实在在地说，他们就像两尊巨炮，满装着双倍火
　　　　　　　力的炮弹，愈发愈猛，向敌人射击；瞧他们的神气，
　　　　　　　像要拼着浴血负创，非让尸骸铺满原野，否则决不
　　　　　　　罢手一般。可惜我已气力不济，我的伤口需要马上
　　　　　　　医治。

邓肯　　　　　你的叙述和你的伤口一样，都表现出一个战士的精
　　　　　　　神。来，把他送到军医那儿去。（侍从扶军曹下）

　　　　　　　洛斯上。

邓肯　　　　　谁来啦？

马尔康　　　　尊贵的洛斯爵士。

列诺克斯　　　他的眼睛里露出多么慌张的神色！好像要说些什么
　　　　　　　意想不到的事情似的。

洛斯　　　上帝保佑吾王！

邓肯　　　爵士，你是从哪里来的？

洛斯　　　从费辅来，陛下；挪威的旌旗在那边的天空招展，
　　　　　把一阵寒风扇进了我方人民的心里。挪威国君亲自
　　　　　率领大队人马，靠着那个最奸恶的叛徒考特爵士的
　　　　　帮助，开始了一场残酷的血战；后来麦克白披甲而
　　　　　前，和他奋勇交锋，方才挫折了他的傲气；胜利终
　　　　　归我们所有。——

邓肯　　　好大的幸运！

洛斯　　　现在史威诺，挪威的国王，已经向我们求和；我们
　　　　　责令他在圣戈姆小岛上缴纳一万块钱，充入我们的
　　　　　国库，否则就不让他把战死的将士埋葬。

邓肯　　　我们不能再让考特爵士泄露我们的秘密。立刻宣布
　　　　　他的死刑，他原来的爵位移赠麦克白。

洛斯　　　我马上去执行陛下的旨意。

邓肯　　　他所失去的，就是尊贵的麦克白所得到的。（同下）

第三场

荒原

雷鸣。三女巫上。

女巫甲　妹妹，你从哪儿来？

女巫乙　我刚杀了猪来。

女巫丙　姊姊，你从哪儿来？

女巫甲　一个水手的妻子坐在那儿，吃着栗子，啃呀啃呀啃
　　　　　呀啃。"给我。"我说。"滚开，妖巫！"这个大
　　　　　鱼大肉的贱人喊起来了。她的丈夫是"猛虎号"的
　　　　　船长，到阿勒坡去了；不过，我要驾着一张筛子，
　　　　　追上他去，像只没有尾巴的老鼠，我要去，我要去，
　　　　　我要去。

女巫乙　我助你一阵风。

女巫甲　感谢你的神通。

女巫丙　我也助你一阵风。

女巫甲　驾风直到海西东。

　　　　　到处狂风吹海立，

　　　　　浪打行船无休息；

　　　　　终朝终夜不得安，

骨瘦如柴血色干；

年年辛辛月月劳，

气断神疲精力销；

波涛汹涌鱼龙怒，

一叶漂流无定处。

瞧我有些什么东西？

女巫乙 给我看，给我看。

女巫甲 这是一个在归来途中覆舟殒命的舵工的拇指。（内鼓声）

女巫丙 鼓声！鼓声！麦克白来了。

三女巫 （合）手携手，三姊妹，

沧海高山弹指地，

朝飞暮返任游戏。

姊三巡，妹三巡，

三三九转蛊方成。

麦克白及班柯上。

麦克白 我从没见过这样阴郁又这样光明的日子。

班柯 到福累斯还有多远？这些是什么人,形容这样枯瘦,服装这样怪诞,不像是人间的居民,可却在人间出现？你们是活人吗？你们能不能回答我们的问题？好像你们懂得我的话声,闻声就把满是皱纹的手指按上干枯的嘴唇。你们应当是女人,可你们的胡须

Macbeth. Speak, if you can;—what are you?
First Witch. All hail, Macbeth! hail to thee, thane of Glamis!

Act I. Scene III.

却让我不敢相信你们是女人。

麦克白   你们要能开口讲话，就告诉我们，你们是谁？

女巫甲   万福，麦克白！祝福你，葛莱密斯爵士！

女巫乙   万福，麦克白！祝福你，考特爵士！

女巫丙   万福，麦克白，未来的君王！

班柯   将军，您为什么这样吃惊，好像害怕这种听上去很好的消息似的？以真理的名义回答我，你们现在所显现的样子，到底是幻象，还是你们的真实模样？你们向我高贵的同伴致敬，并且预言他未来的尊荣和远大的希望，让他听得出神；可你们却没对我说一句话。要是你们能洞察时间播下的种子，知道哪一颗会长成，哪一颗不会长成，就请告诉我吧；我既不乞讨你们的恩惠，也不惧怕你们的憎恨。

女巫甲   祝福！

女巫乙   祝福！

女巫丙   祝福！

女巫甲   比麦克白低微，可你的地位在他之上。

女巫乙   不像麦克白那样幸运，可你比他更加有福。

女巫丙   你虽不是君王，你的子孙却要君临一国。万福，麦克白和班柯！

女巫甲   班柯和麦克白，万福！

麦克白   且慢，你们这些闪烁其词的预言者，说得明白一些。西纳尔死后，我知道我已晋封葛莱密斯爵士；可我怎么会做起考特爵士？考特爵士现在还活着，他的势力非常煊赫；至于说我是未来的君王，那正像说我是考特爵士一样，令人难以置信。说，你们这种奇怪的消息是从哪儿来的？你们在这荒凉的郊野，用这种种预言来招呼我们，让我们止步，是为了什么？说，我命令你们。（三女巫隐去）

班柯 水上有泡沫，土地也有泡沫，这些便是大地上的泡沫。她们消失到哪儿去了？

麦克白 消失在空气之中，好像是有形体的东西，却像呼吸一样，融在了风里。我倒希望她们再多留一会儿。

班柯 我们正在谈论的这些怪物，果真在这儿出现过吗？还是我们误食了致人疯狂的草根，已经丧失了我们的理智？

麦克白 您的子孙将要成为君王。

班柯 您自己就将成为君王。

麦克白 还要做考特爵士；是这么说吧？

班柯 正是这么说的。谁来啦？

洛斯及安格斯上。

洛斯 麦克白，王上已经很高兴地接到你胜利的消息；听说你如何在这次征讨叛逆的战争中立下英勇勋绩的时候，他简直不知是该惊异还是赞叹，在这两种心理的交相冲突下，他快乐得说不出话来。他又得知在同一天内，你又在雄壮的挪威大军的阵地上出现，不因你亲手造成的死亡惨象而感到任何恐惧。报信的人像密雹一样接踵而至，异口同声地在他面前称颂你保卫祖国的大功。

安格斯 我们奉王上的命令前来，向你传达他的慰劳之诚；我们的使命，只是来迎你回去面谒王上，不是来酬答你的功绩。

洛斯 为了向你保证他将给你更大的尊荣，他叫我为你加上考特爵士的称号；祝福你，最尊贵的爵士！这个尊号已经属于你了。

班柯 什么！魔鬼居然会说真话吗？

麦克白 考特爵士现在还活着；为什么要给我穿上借来的衣服？

安格斯 原来的考特爵士现在还活着，可他因为自取其咎，犯下不赦的重罪，在无情的判决之下，将要失去他的生命。他究竟有没有和挪威人公然联合，或者给过叛党秘密的援助，或者同时用这两种手段来图谋颠覆他的祖国，我还不能确切知道；但他的叛国重罪，已经由他亲口供认，并且罪证确凿，他已难逃毁灭的命运。

麦克白 （旁白）葛莱密斯和考特爵士；最大的尊荣还在后头。（向洛斯、安格斯）谢谢二位跋涉而来。（向班柯）她们叫我做考特爵士，果然被她们说中；您难道不希望您的子孙将来能当上君王？

班柯 您要是果然信了她们的话，也许做了考特爵士以后，

　　　　　　　　还想把王冠攫到手里。可这种事情非常奇怪；魔鬼为了陷害我们，往往故意向我们吐露真言，在小事情上取得我们的信任，然后在重要关头，我们便会堕入他的圈套。两位大人，让我跟你们说句话吧。

麦克白　　（旁白）两句话已经证实，这是我有一天会跻登王座的幸运预告。（向洛斯、安格斯）谢谢你们二位。（旁白）这种神奇的启示不会是凶兆，可也不像是吉兆。假如它是凶兆，又为什么要用一开始就应验的预言来保证我未来的成功？我现在不是做了考特爵士了吗？假如它是吉兆，为什么我脑中会出现可怖的印象，令我毛发悚然，让我的心全然失去常态，噗噗跳个不住？想象中的恐怖远过于实际上的恐怖；我的思想之间不过偶然浮起杀人的妄念，就已经让我全身震撼，心灵在疑似的猜测中丧失了作用，把虚无的幻影认作了真实。

班柯　　瞧，我们的同伴想得多么出神。

麦克白　　（旁白）要是命运将使我成为君王，也许命运自会替我戴上王冠，用不着我自己费力。

班柯　　新的尊荣加在他身，就像我们穿上新衣一样，在穿惯以前，总觉得有些不大合身。

麦克白　　（旁白）无论事情怎样发生，就让它发生，最难堪的日子也会成为过去。

班柯　　尊贵的麦克白，我们在等候您的意旨。

麦克白　　原谅我；我迟钝的脑筋刚才偶然想起一些已经忘记

的事情，二位大人，你们的辛苦我已铭刻在心，我每天都会打开心坎，诵读你们的恩惠。让我们去王上那儿。我们得好好想想最近发生的这些事情；等我们仔细考虑之后，再把各人心里的意思开诚相告。

班柯　　很好。

麦克白　　现在暂时不必多说。来吧，好朋友们。（同下）

第四场

福累斯。宫中一室

　　　　　　　喇叭奏花腔。邓肯、马尔康、道纳本、列诺克斯及侍从等上。

邓肯　　　考特的死刑有没有执行完毕？监刑的人还没回来吗？

马尔康　　陛下，他们还没回来；可我和一个亲眼看见他就刑的人谈过话了，他说他很坦白地供认了他的叛逆，请求您宽恕他的罪恶，并表示深切的悔恨。他一生行事都不曾像他临终时那样值得钦佩；他抱着视死如归的态度，抛弃了他最宝贵的生命，就像它是不足介意的琐屑一样。

邓肯　　　世上还没有任何方法，能从一个人的脸上探察他的居心；他是我曾经绝对信任的一个人。

　　　　　　　麦克白、班柯、洛斯及安格斯上。

邓肯　　　啊，贤卿！我忘恩负义的罪恶，刚才还重压在我心头。你的功劳太不寻常，飞得最快的报酬都追不上

你；要是它再微小一点，我也许就能按照适当的名
分，给你应得的感谢和酬劳；现在我只能这样说了，
一切报酬都无法抵偿你的伟大勋绩。

麦克白　　为陛下尽忠效命，本身就是一种酬报。接受我们的
效劳是陛下的名分；我们对于陛下和王国的责任，
正像子女和奴仆一样，为了尽到敬爱之忱，无论什
么事情，都是我们应该做的。

邓肯　　　欢迎你回来；我已开始把你栽培，我要努力使你繁
茂。尊贵的班柯，你的功劳也不在他之下，让我把
你拥抱在我心头。

班柯　　　要是我能在陛下的心头生长，那收获必定属于陛下。

邓肯　　　我洋溢在心头的盛大喜乐，想要在悲哀的泪滴里隐
藏自己。吾儿，各位国戚、各位爵士，以及一切最
亲近的人，我现在向你们宣布，我立我的长子马尔
康为储，封肯勃兰亲王；得到如此光荣的人，不单
是他，广大的恩宠会像繁星一样，照耀在每一位
功臣身上。陪我去殷佛纳斯，让我再次叨受你盛情
的招待。

麦克白　　这是莫大的光荣；让我充当前驱，先去向我妻子报
告陛下光降的喜讯；容我就此告辞。

邓肯　　　我尊贵的考特！

麦克白　　（旁白）肯勃兰亲王！这是一块横在我前途上的阶
石，我必须跳过这块阶石，否则就要颠仆在它上面。
星星啊，收起你们的火焰！别让光亮照见我那黑暗

幽深的欲望。眼睛别看这手，要干就干吧，哪怕干

下的事，眼睛都吓得不敢去看。

邓肯　　真的，尊贵的班柯；他的英勇真是名不虚传，我已

饱听他人对他的赞美，那对我来说，就像是一桌盛

筵。他要款待我们，先去做准备了，让我们跟上去吧。

真是个了不起的皇亲国戚。（喇叭奏花腔；众下）

第五场

殷佛纳斯。麦克白的城堡

麦克白夫人上，读信。

麦克白夫人　"她们在我胜利的那天迎接了我；根据可靠的传说，我知道，她们拥有超越凡俗的知识。我燃烧着热烈的欲望，想向她们详细询问的时候，她们已经化作了风，消失不见。我正惊奇不置，王上的使者就来了，他们都称我为'考特爵士'；这正是那些神巫用来称呼我的尊号，而且她们还对我作出这样的预示，说'祝福，未来的君王！'我想我应该告诉你这样的消息，我最亲爱的、有福同享的伴侣，让你不至于对你即将得到的富贵一无所知，从而失去你理应享有的欢欣。把它放在你的心头，再会。"你本已是葛莱密斯爵士，现在又成了考特爵士，将来也会到达那预言中的高位。可我却为你的天性忧虑：它充满太多人情的乳臭，让你不敢采取最方便的捷径；你希望做个伟大的人物，你不是没有野心，可你却缺少和那种野心相连相属的奸恶；你希望用正直的手段，达到你的崇高企图；一方面不愿玩弄机诈，一方面却又要作非分的攫夺；伟大的葛莱密斯，你想要的东西在大声呼喊，如果你想要它，"你就得这么去干！"你不是不想去干，而是害怕去干。快回来吧，让我把我的精神力量倾注在你耳中；命运和玄奇的力量分明已经准备好了，要把黄金的宝冠罩在你的头顶，让我用舌尖的勇气，把阻止你得到那顶王冠的一切障碍驱扫一空。

一使者上。

麦克白夫人 有什么消息吗？

使者 王上今晚要到这儿来。

麦克白夫人 你在说疯话吗？你主人难道不是跟王上在一起吗？要是真有这么回事，他一定早就通知我们，让我们做准备了。

使者 禀夫人，我说的是真的。我们的爵爷快要来了；我的一个伙伴比他早到了一步，他跑得气都喘不过来，好不容易才告诉我这个消息。

麦克白夫人 好好照顾他吧；他带来了重大的消息。（使者下）报告邓肯将要走进我这夺命城堡的大门的乌鸦，它的叫声是嘶哑的。来，注视着人类恶念的魔鬼们！解除我女性的柔弱，把最凶恶的残忍，自顶至踵，注入我的身体；凝结我的血液，不要让悔恨通过我的心头，不要让天性中的恻隐动摇我狠毒的决意！

来，你们这些杀人的助手，你们无形的躯体散满空间，到处找寻为非作恶的机会，进入我这女人的胸中，把我的乳水当作胆汁吧！来，阴沉的黑夜，用最昏暗的地狱中的浓烟罩住自己，让我锐利的刀刃瞧不见它自己切下的伤口，让青天无法从黑暗的重衾里探出头来，高喊"住手，住手！"

麦克白上。

麦克白夫人　伟大的葛莱密斯！尊贵的考特！比葛莱密斯更伟大、比考特更尊贵的未来的统治者！你的信使飞越蒙昧的当下，我已感觉到未来的搏动。

麦克白　我最亲爱的亲人，邓肯今晚要到这儿来。

麦克白夫人　什么时候回去呢？

麦克白　他预备明天回去。

麦克白夫人　啊！太阳永远不会见到那样一个明天。您的脸，我的爵爷，正像一本书，人们能从这本书上读到奇怪的事情。要欺骗世人，就必须装出和世人同样的神气；让您的眼里、您的手上、您的舌尖，随处流露出欢迎；让人家眼中的您成为一朵纯洁的花朵，可在花瓣底下，却潜伏着一条毒蛇。我们必须做好准备，要款待这位贵宾；您可以把今晚的大事交给我办；凭此一举，我们今后就能永掌君临万民的无上权威。

麦克白　　　我们还要商量商量。

麦克白夫人　泰然自若地抬起您的头来；恐惧往往是误事的根
源。一切都包在我身上。（同下）

第六场

同前。城堡之前

　　　　　　高音笛奏乐。火炬前导；邓肯、马尔康、道纳
本、班柯、列诺克斯、麦克德夫、洛斯、安格斯及
侍从等上。

邓肯　　这座城堡的位置很好；一阵阵温柔的和风轻轻吹拂
着我们微妙的感觉。

班柯　　夏天的客人，巡礼庙宇的燕子，也在这里筑下它温
暖的巢居；这便证明，这里的空气有种诱人的香味；
檐下梁间、墙头屋角，无不是这鸟儿安置吊床和摇
篮的地方：据我观察，在它们的生息繁殖之处，空
气总是甘美非常。

　　　　　麦克白夫人上。

邓肯　　瞧，瞧，我们尊贵的主妇！到处跟随我们的挚情厚
爱，有时反倒让人困窘，我们却还要领受致谢；我
这么说啊，是要鼓励你们请求上帝因为你们的付出
而赐我恩赏；你们这样操劳，倒还要感谢我哩。

麦克白夫人　我们的犬马微劳，即使加倍报效，比起陛下赐给我们的深恩广泽，也不足挂齿；我们只能燃起一瓣心香，为陛下祷祝上苍，报答陛下在过去和近日里赐予我们的荣宠。

邓肯　考特爵士呢？我们还想赶在他前面，趁他还没到家，就先设好宴席，为他洗尘；谁料他的骑术十分了得，他的一片忠心让他急如星火，助他先到一步。高贵贤淑的主妇，今晚我要做您的宾客了。

麦克白夫人　只要陛下吩咐，您的仆人们随时准备把自己和他们所拥有的一切奉还在陛下跟前，请陛下清点这本就属于陛下的财产。

邓肯　把您的手给我；领我去见府中男主。我对他甚是爱重，更将继续给他恩宠。请了，夫人。（同下）

第七场

同前。堡中一室

　　　　　　　　高音笛奏乐；室中遍燃火炬。一司膳及若干仆
　　　　　　　人持肴馔食具上，自台前经过。麦克白上。

麦克白　　要是干了就完，那还是快一点干；要是凭着暗杀这
　　　　　　　种手段，可以攫取美满的结果；要是这一刀砍下，
　　　　　　　就能完成一切、终结一切；要是在这里，仅仅是在
　　　　　　　这里，我们就能跳过时间的浅濑，展开生命的新页，
　　　　　　　又何必在乎来世的风雨业报。可在这种事上，我们
　　　　　　　往往能看见冥冥中的裁判；教唆杀人的人，最终反
　　　　　　　而为人所杀；把毒药投入酒杯的人，最终也会饮鸩
　　　　　　　而死。他来这儿，本有两重信任：第一，我是他的
　　　　　　　亲戚，又是他的臣子，按照名分，我绝对不能干这
　　　　　　　样的事；第二，今夜我是家主，应当保障他的人身
　　　　　　　安全，怎可自己动手，持刀行刺？而且，这个邓肯
　　　　　　　秉性仁慈，在国政上从无过失，要是把他杀死，他
　　　　　　　生前的美德，就会像天使一般发出喇叭一样清澈的
　　　　　　　声音，向世人昭告我的弑君重罪；"怜悯"像一个
　　　　　　　赤身裸体驾着风暴的婴儿，又像个御气为马的小小

天使，将把这等可憎的勾当揭露在每一个人眼中，让眼泪淹没了天风。没有任何力量能鞭策我的意愿之马，可我跃跃欲试的野心，却不顾一切地驱我向前，去冒颠踬之险。——

麦克白夫人上。

麦克白　　　啊！什么消息？

麦克白夫人　他快吃好了；你怎么跑出来了？

麦克白　　　他问起我没？

麦克白夫人　你不知道他问起过你吗？

麦克白　　　这事我们还是取消了吧。最近他给了我极大的尊荣；我也好不容易从各种人物的嘴里博到了无上的美誉，我的名声现在正绽射出最灿烂的光彩，不能这么快就把它丢弃。

麦克白夫人　难道你沉浸其中的那种希望，只是醉酒后的妄想？现在它从睡梦中醒来，因为追悔昨夜的孟浪，而吓得面色煞白？从这一刻起，我要把你的爱情看作同样靠不住的东西。你不敢让自己的行为和勇气和你的欲望达成一致吗？你宁愿像只畏首畏尾的猫儿，顾全你视之为生命的美饰的名誉，不惜让自己在自己眼中成为一个懦夫，让"我不敢"永远跟随在"我想要"的后面？

麦克白　　　请你别再说了。只要是男子汉做的，我都敢做；没人比我更有胆量。

麦克白夫人　那当初是什么畜生让你把这种企图告诉我的？是男
子汉，就该敢作敢为；要是你敢于做你不能做的，
你才更是条汉子。曾几何时，就算天时地利都不具
备，你也能下定决心，实现你的愿望；现在，你有
了大好机会，却又失去了勇气。我曾给婴孩哺乳，
知道一个母亲有多怜爱吮吸过她的乳汁的子女；可
要是我也像你一样，曾经发誓要下这样的毒手，我
也会在它冲我微笑的时候，从它柔软的嫩嘴里摘下
我的乳头，把它的脑袋砸碎。

麦克白　假如我们失败了——

麦克白夫人　我们失败！只要你集中你的全副勇气，我们就决不
会失败。邓肯赶了一天的路，辛苦得很，一定睡得
很熟；我再去陪他那两个侍卫饮酒作乐，灌得他们
头脑模糊，记忆化成一阵烟雾；等他们烂醉如泥，
像死猪一样睡去，我们不就能随意摆布那毫无防备
的邓肯了吗？我们不就可以把这重大的谋杀罪案，
推到那两个醉酒侍卫的头上了吗？

麦克白　愿你所生所育，全是男孩，因为你这无畏的精神，
只该铸就刚强的男儿。要是我们往睡在他卧室里的
那两个人身上抹些血迹，而且就用他们的刀子，人
家会不会相信，这真是他们干下的事？

麦克白夫人　等他的死讯传出以后，我们就假意装出号啕痛哭的
样子，这样还有谁敢不信？

麦克白　　我的决心已定，我要用上全身的力量，去完成这件

惊人的大业。去，用最美妙的外表去欺骗人们的耳

目；奸诈的心必须罩上虚伪的笑脸。（同下）

第一场

殷佛纳斯。堡中庭院

仆人执火炬引班柯及弗里恩斯上。

班柯　　　孩子，夜已过了几更？

弗里恩斯　月亮落下去了；我还没听见打钟。

班柯　　　月落是在十二点钟。

弗里恩斯　我想它要到十二点以后才下去呢，父亲。

班柯　　　把我的剑拿着。上天也讲究节俭，熄掉了所有灯烛。把那个也拿着。催人入睡的疲倦，像沉重的铅块一样压在身上，我却一点也不想入睡。慈悲的神明！抑制那些罪恶的念头，别让它们潜入我的睡梦。

麦克白上，一仆人执火炬随上。

班柯　　　把我的剑给我。——那边是谁？

麦克白	一个朋友。
班柯	什么，爵爷！还没歇息吗？王上已经睡了；他今天非常高兴，赏了许多东西给你家的仆人。这颗金刚钻是他送给尊夫人的，他称她为最殷勤的主妇。无限的愉快笼罩着他的全身。
麦克白	事先没有准备，怕有许多招待不周的地方。
班柯	好说好说。昨晚我梦见那三个女巫；她们对您的预言倒有几分应验。
麦克白	我没想到过她们；可等我们有了工夫，不妨谈谈那件事吧，要是您愿意的话。
班柯	悉如尊命。
麦克白	您要是与我同心，包您有一笔富贵到手。
班柯	为了觊觎富贵而丧失荣誉的事，我是不会做的；要是您有什么见教，只要不毁坏我清白的忠诚，我都愿意接受。
麦克白	那就慢慢再说，请歇息吧。
班柯	谢谢；您也该歇息啦。（班柯、弗里恩斯同下）
麦克白	去对太太说，要是我的酒准备好了，请她打一下钟。你去睡吧。（仆人下）在我面前摇摇晃晃、柄对我手的，不是一把刀子吗？来，让我抓住你。我抓不到你，可仍旧看得见你。不祥的幻象，你只是个可视而不可触碰的东西吗？或者，你不过是一把想象中的刀子，从狂热的脑海中显发出来的虚妄的意匠？我仍旧看得见你，你的形状正像我现在拔出的

这把刀子一样明显。你指示着我要前去的方向，告诉我该用上何等利器。我的眼睛不是受了其他知觉的愚弄，就是兼领了一切感官的机能。我仍旧看得见你；你的锋刃上、握柄上，还流着一滴、一滴刚才没有的血。没有这样的事；杀人的恶念让我看见这种异象。现在，半个世界的生命仿佛都已死去，罪恶的梦景扰乱着平和的睡眠，作法的女巫在向惨白的赫卡忒献祭；形容枯瘦的杀人凶手，听到了替他巡哨的豺狼的嗥声，像个鬼魂似的跨着步子，悄悄向他的目的地前进。坚实的大地啊，别听见我的脚步迈向何方，我怕路上的砖石会泄漏我的行踪。我在这里威胁他的生命，他却在那儿活得安好；在紧张的行动中，言语是多么软弱无力。（钟声）我去，就这么干；钟声在招引着我。别去听它，邓肯，这是丧钟的声音，不是召你上登天堂，就是叫你下落地狱。（下）

第二场

同前

麦克白夫人上。

麦克白夫人 酒已醉倒了他们,却提起了我的勇气;浇熄了他们的馋焰,却燃起我心头的烈火。听!别再作声!这是夜枭在啼叫,它正鸣响丧钟,向人们道出凄厉的晚安。他动手了。门都开着,那两个醉饱的侍卫用鼾声代替他们的守望;我在他们的乳酒里下了麻药,瞧他们熟睡的样子,简直分别不出是活是死。

麦克白 (在内)那边是谁?喂!

麦克白夫人 哎哟!我怕他们醒过来了,这事都还没办好;不是罪行本身,而是我们的图谋不慎毁了我们。听!我把他们的刀子都放好了;他不会找不到的。要不是他睡着的样子活像我的父亲,我早就自己动手了。我的丈夫!

麦克白上。

麦克白 事情已经办好。你没听见什么声音吗?

Lady Macbeth. Alack, I am afraid they have awak'd,
And 'tis not done.

Act II. Scene II.

麦克白夫人　我听见枭啼和蟋蟀的鸣声。你没出过声吗？

麦克白　　什么时候？

麦克白夫人　刚才。

麦克白　　我下来的时候？

麦克白夫人　嗯。

麦克白　　听！谁睡在隔壁的房间？

麦克白夫人　道纳本。

麦克白　　（视手）好惨！

麦克白夫人　别发傻，惨什么。

麦克白　　一个在睡梦里大笑，还有一个喊"杀人啦！"他们惊醒了对方；我站定在那儿，听他们说话；可他们念完祷告，又睡了过去。

麦克白夫人　那间房里确实有两个人同睡。

麦克白　　一个喊，"上帝保佑我们！"一个喊，"阿门！"好像他们看见我高举这双杀人的血手似的。听着他们惊慌的口气，他们说过"上帝保佑我们"以后，我想说"阿门"，却怎么也说不出来。

麦克白夫人　别把它放在心上。

麦克白　　可我为什么说不出"阿门"两个字来？我才是最需要上帝垂恩的人，可"阿门"两字却哽在喉间。

麦克白夫人　我们干这种事，不能尽往这方面想；这样去想，会让我们发疯。

麦克白　　我仿佛听见一个声音在喊："别再睡了！麦克白已经杀害了睡眠。"那清白的睡眠，把忧虑的乱丝编

织起来的睡眠，那日常的死亡，疲劳者的沐浴，受
伤的心灵的油膏，大自然的二度历程，生命盛筵上
的营养主肴——

麦克白夫人　你这种话是什么意思？

麦克白　那声音继续向全屋喊着："别再睡了！葛莱密斯已
经杀害了睡眠，所以考特将再也得不到睡眠，麦克
白将再也得不到睡眠！"

麦克白夫人　谁喊着这样的话？唉，我的爵爷，您这样胡思乱想，
可会妨害您的健康。去拿些水来，把您手上的血迹
洗洗干净。这两把刀子您怎么也带了过来？应该放
在那边。快拿回去，涂些鲜血在那两个熟睡的侍卫
身上。

麦克白　我不想再去；我不敢回想我刚才干下的事，更没胆
量再去看它一眼。

麦克白夫人　意志动摇的人！把刀子给我。睡着的人和死了的人
不过和画像一样；只有小儿的眼睛才会害怕画中的
魔鬼。要是他还在淌血，我就把它涂在那两个侍卫
的脸上；因为我们必须让人家瞧着就像是他们的罪
恶。（下；内敲门声）

麦克白　那敲门的声音是从哪儿来的？究竟是怎么回事，一
点点声音都能吓得我心惊肉跳？这是什么手！嘿！
它们要挖出我的眼睛。大洋里所有的水，能洗净我
手上的血吗？不，恐怕我这一手的血，倒要把一碧
无垠的海水染成一片殷红。

麦克白夫人重上。

麦克白夫人　我的双手也是同样的颜色，可我的心却羞于像你那样变得惨白。（内敲门声）我听见有人敲着南面的门；让我们回到自己的房间；一点点水就能替我们泯除痕迹；不是很容易的事吗？你的魄力不知到哪儿去了。（内敲门声）听！又在那儿敲门。披上你的睡衣，也许人家会来找我们的，别让他们看见我们还没睡下。别再这样傻头傻脑、失魂落魄地胡思乱想。

麦克白　与其要去想起我干下的好事，还不如丢了魂魄。（内敲门声）用你敲门的声音把邓肯惊醒了吧！但愿你把他惊醒！（同下）

第三场

同前

内敲门声。一门房上。

门房　门敲得这样厉害！要是一个人在地狱里做了管门人，就是拔闩开锁这一件事情，也够他受了。（内敲门声）敲，敲，敲！凭着魔鬼的名义，谁在那儿？一定是个屯了粮食，却碰上丰收，就上了吊的地主；快进来吧，多预备几方汗巾，到了这儿，包你淌出一身臭汗。（内敲门声）敲，敲！凭着那另一个魔鬼的名字，是谁在那儿？哼，一定是什么讲起话来暧昧含糊的家伙，他会同时站在两方，一会儿帮着这个去骂那个，一会儿帮着那个来骂这个；他曾为了上帝的缘故，干过不少亏心事，可他那条暧昧含糊的舌头却不能把他送上天堂。啊！进来吧，暧昧含糊的家伙。（内敲门声）敲，敲，敲！谁在那儿？哼，一定是什么英国裁缝，做条法国裤子还要偷工减料。进来吧，裁缝；你可以来这儿烫你的熨斗。（内敲门声）敲，敲；敲个不停！你是什么人？这儿太冷，做不成地狱。我再也不要做这鬼看门人了。我倒很想放进几个各色各样的人来，让他们经过酒池肉林，直到刀山火焰上去。（内敲门声）来了，来了！请你记着我这看门的人。（开门）

麦克德夫及列诺克斯上。

麦克德夫	朋友，你是不是睡得太晚，所以睡到现在还爬不起来？
门房	不瞒您说，大人，我们昨晚喝酒，一直闹到第二遍鸡啼哩；喝酒这件事啊，大人，最容易引起三件事情。
麦克德夫	哪三件事情？
门房	呃，大人，酒糟鼻、睡觉和撒尿。酒啊，它既能唤起色欲，又能把它打消；它让你想干得很，可又不让你好好地干。所以，酒这玩意，跟色欲扯在一起，就是个两面派：它既要成全，又要破坏；既点人欲火，又浇人冷水；既要鼓励，又要打击；既让你硬，又叫你硬不下去；结果呢，这两面派扯个淫谎，哄睡了你，叫你做起春梦，自个儿却溜之大吉。
麦克德夫	我看昨晚的酒也冲你扯谎了吧。
门房	可不是嘛，大人，它骗得我好惨。可我也还了手了，我觉得我比它强，虽然有时会让它揪住大腿，可我终究还是放倒了它。
麦克德夫	你的主人起床了吗？

麦克白上。

麦克德夫　我们的敲门声把他吵醒了；他来了。

列诺克斯　早安，爵爷。

麦克白　两位早安。

麦克德夫　爵爷，王上起床了吗？

麦克白　还没有。

麦克德夫　他叫我一早就来叫他；我差点误了时间。

麦克白　我带您去见他。

麦克德夫　我知道您乐意之至，可实在是有劳您啦。

麦克白　乐意之劳，能让我们忘记劳苦。来，这门里便是。

麦克德夫　那就恕我冒昧，毕竟我奉有王上的命令。（下）

列诺克斯　王上今天就要走吗？

麦克白　是的，他已做了决定。

列诺克斯　昨晚刮着很厉害的暴风，我们住的地方，烟囱都给吹了下来；他们还说，空中有哀哭的声音，有人听见奇怪的死亡惨叫，还有人听见一个可怕的声音，预言一场绝大的纷争和混乱，将要降临在这不幸的时代。漫长的夜里，暗中的怪鸟吵个不停；有人说大地都发热而战抖了起来。

麦克白　果然是个可怕的晚上。

列诺克斯　我阅历尚浅，记忆中确实难以找到类似的夜晚。

麦克德夫重上。

麦克德夫　啊，可怕！可怕！可怕！不可言喻、不可想象的恐怖！

麦克白
列诺克斯 ﹜ 出什么事了？

麦克德夫　混乱已经完成了他的杰作！大逆不道的凶手打开了王上的圣殿，偷走了它的生命！

麦克白　你说什么？生命？

列诺克斯　你是说陛下吗？

麦克德夫　到他的卧室里去，让惊人的惨象昏眩你们的视觉。别向我追问；你们自己去看了再说。（麦克白、列诺克斯同下）醒来！醒来！敲起警钟。杀了人啦！有人谋反啦！班柯！道纳本！马尔康！醒来！不要贪恋温柔的睡眠，那不过是死亡的假象，亲眼瞧瞧死亡本身！起来，起来，瞧瞧世界末日的影子！马尔康！班柯！像鬼魂从坟墓里起来一般，过来瞧瞧这恐怖的景象！把钟敲起来！（钟鸣）

麦克白夫人上。

麦克白夫人　为什么要吹起这样凄厉的号角，把一屋子睡着的人统统唤醒？说，说！

麦克德夫　啊，好夫人！我不能让您听见我嘴里的消息，它进了女人的耳朵，就比利剑还让人痛苦。

班柯上。

麦克德夫	啊，班柯！班柯！我们的主上被人谋杀了！
麦克白夫人	哎哟！什么！在我们的屋子里吗？
班柯	无论在哪，都太惨了。好德夫，请你收回你刚才说过的话，告诉我们没有这一回事。

麦克白及列诺克斯重上。

| 麦克白 | 要是我在这场变故发生前一小时死去，我就能说，我活过了一段幸福的时光；因为从这一刻起，人生已经失去严肃的意义，一切都只是儿戏；荣名和美德已经死去，生命的美酒已经喝完，剩下来的，只是一些无味的渣滓。 |

马尔康及道纳本上。

道纳本	出了什么乱子？
麦克白	你们还不知道自己失去了什么；你们血液的源泉已断，你们生命的根本已断。
麦克德夫	你们的父王被人谋杀了。
马尔康	啊！被谁谋杀？
列诺克斯	看起来像是睡在他房间里的那两个家伙干的；他们的手上、脸上都是血迹；我们从他们的枕头底下搜

出了两把刀子，刀上的血迹也没擦掉；他们的神色惊惶万分；谁也不能把他自己的生命交托给这样的家伙。

麦克白　啊！可我后悔自己一时鲁莽，把他们杀了。

麦克德夫　你为什么杀了他们？

麦克白　谁能在惊愕中保持冷静，在盛怒中保持镇定，在激于忠愤时保持他不偏不倚的精神？世上没有这样的人吧。我的理智来不及控制我激愤的忠诚。这儿躺着邓肯，他银白的皮肤上镶着缕缕黄金宝血，他创巨痛深的伤痕张开了裂口，仿佛道道毁灭的门户；那边站着这两个凶手，身上浸润着他们罪恶的颜色，他们的刀上凝结着刺目的血块；只要是尚有几分忠心的人，谁不会怒火中烧，替他的主子报仇雪恨？

麦克白夫人　啊，来人扶我进去！

麦克德夫　快来照料夫人。

马尔康　（向道纳本旁白）这是跟我们切身相关的事情，为什么我们一言不发？

道纳本　（向马尔康旁白）我们身陷危境，不可测度的命运随时会吞噬我们，还有什么好说？走吧，我们的眼泪现在还只在心头酝酿着呢。

马尔康　（向道纳本旁白）我们沉重的悲哀也还没阻碍我们的行动。

班柯　照料这位夫人。（侍从扶麦克白夫人下）等我们回去穿上衣服，也暂时收起我们的惶恐与悲伤之后，让我们举行一次会议，详细彻查这件最残酷的血案的真相。恐惧和疑虑摇撼着我们；承蒙上帝的伟大指导，我定要从尚未揭发的假面之下，探出叛逆的阴谋，和它殊死决斗。

麦克德夫　我也愿作同样的宣告。

众人　我们也都抱着同样的决心。

麦克白　让我们赶快振作我们刚强的精神，大家到厅堂里商议。

众人　很好。（除马尔康、道纳本外均下）

马尔康　你预备怎么办？我们别跟他们一起。装出一副悲哀的面孔，是每一个奸人的拿手好戏。我要到英格兰去。

道纳本　我到爱尔兰去；我们各奔前程，对彼此都是比较安全的办法。我们眼下所在，笑中多有利刃暗藏；越是跟我们血统相近的人，越是想喝我们的血。

马尔康　杀人的利箭已经射出，此刻还没落下，避开箭锋所指，是我们唯一的活路。所以，快上马吧；不必再斤斤于告别的礼貌，趁着有便就溜出去吧；明知没有网开一面的希望，就该及早逃避弋人的罗网。（同下）

第四场

同前。城堡外

洛斯及一老翁上。

老翁　　　　我已活了七十个年头，惊心动魄的日子过得不少，
　　　　　　稀奇古怪的事情也见过不少，可像这样可怕的夜晚，
　　　　　　我还是第一次遇见。

洛斯　　　　啊！好老人家，你看上天好像恼怒人类的行为，在
　　　　　　向这流血的舞台发出恐吓。照钟点，现在该是白天，
　　　　　　可黑夜的魔手却把那盏在天空运行的明灯遮蔽得不
　　　　　　露光亮。难道黑夜已经统治一切，还是因为白昼羞
　　　　　　于抬头，让这该有阳光遍吻的大地被无边的黑暗笼
　　　　　　罩？

老翁　　　　这种现象实在反常，正像那件惊人的血案一样。上
　　　　　　星期二，一只食鼠的鸥鹑飞来，啄死了一只雄踞高
　　　　　　岩的猛鹰。

洛斯　　　　还有一件非常怪异却确实无误的事情，邓肯有几匹
　　　　　　躯干俊美、举步如飞的骏马，的确是不可多得的良
　　　　　　种，忽然野性大发，撞破了马棚，冲了出来，倔强
　　　　　　得不受羁勒，像要向人类挑战似的。

老翁	据说它们还彼此相食。
洛斯	是的，我亲眼看见这种事情，简直不敢相信自己的眼睛。麦克德夫来了。

麦克德夫上。

洛斯	现在情况怎么样啦？
麦克德夫	啊，您没看见吗？
洛斯	知道是谁犯下这等残酷得超乎寻常的罪行了吗？
麦克德夫	就是那两个被麦克白杀了的家伙。
洛斯	唉！他们这么干有什么好处？
麦克德夫	他们一定是受人教唆。马尔康和道纳本，王上的两个儿子，已经偷偷逃走，这让他们也蒙上了嫌疑。
洛斯	那就更加违反人情了！反噬自己的命根，这样的野心会有什么善终？看来麦克白大有可能要登上王位。
麦克德夫	他已受到推举，到斯贡即位去了。
洛斯	邓肯的尸体在哪儿？
麦克德夫	已经抬到戈姆基尔，他祖先的陵墓上了。
洛斯	您也要到斯贡去吗？
麦克德夫	不，兄弟，我去费辅。
洛斯	好吧，我要去斯贡。
麦克德夫	好，但愿您看见那里一切都好，再会！怕只怕我们的新衣不及旧衣舒服哩！

洛斯　　　　再见，老人家。

老翁　　　　上帝祝福您，也祝福那些化恶事为善事、化仇敌为
　　　　　　朋友的人们！（各下）

第一场

福累斯。宫中一室

班柯上。

班柯   你现在已经如愿以偿：国王、考特、葛莱密斯，一
        切都符合女巫们的预言；你得到这种富贵的手段恐
        怕不大正当；可据说你的王位不能传及子孙，我却
        要成为许多君王的始祖。她们的话既然已经在你麦
        克白的身上应验，难道不也会成为对我的启示，让
        我对未来产生希望吗？嘘，住嘴！别再多说什么。

        喇叭奏花腔。麦克白王冠王服；麦克白夫人后
        冠后服；列诺克斯、洛斯、贵族、贵妇、侍从等上。

麦克白   这些都是我们的上宾。

麦克白夫人 要是忘了请他，那这盛筵上便有绝大的遗憾，一切

都显得寒碜得很。

麦克白　将军，我们今晚要举行一场隆重的宴会，请你千万出席。

班柯　谨遵陛下命令；我的忠诚永远接受陛下的使唤。

麦克白　今天下午你要骑马去吗？

班柯　是的，陛下。

麦克白　否则我很想请你参加今天的会议，给我们贡献一些良好的意见，你的老谋深算，我一向佩服；不过，还是明天再谈。你要骑到很远的地方去吗？

班柯　陛下，我想尽量在马背上把从此刻到晚餐前的这段时间消磨过去；要是我的马儿不跑得快些，也许要到天黑以后一两个小时才能回来。

麦克白　不要误了我们的宴会。

班柯　陛下，我定不失约。

麦克白　我听说我那两个凶恶的王侄已经分别到了英格兰和爱尔兰，对其残酷的弑父重罪，他们不肯承认，反而到处向人传播离奇荒谬的谣言；不过，还是明天再谈，有许多重要的国事等着你我二人共同处理。请上马吧；等你晚上回来时再会。弗里恩斯也跟你去吗？

班柯　是的，陛下；时间已经不早，我们这就出发。

麦克白　愿你四蹄轻快，一路平安。再见。（班柯下）大家请便，各自去干各自的事，到晚上七点再聚首吧。为了更好地领略嘉宾满堂的快乐，我在晚餐以前，准备独自静息一番；愿上帝和你们同在！（除麦克白及侍从一人外均下）喂，问你一句。那两个人是不是在外面候着我的旨意？

侍从　　　是的，陛下，他们就在宫门外面。

麦克白　　带他们进来见我。（侍从下）单单做到这样还不算什么，总要把现状确定、巩固起来才好。我对班柯怀有深切的恐惧，他高贵的天性之中，有种令我生畏的东西；他是个敢作敢为的人，他无畏的精神之上，更有深沉的智虑，能指导他的大能大勇在确有把握的时机行动。除他以外，我谁都不怕，只有他的存在会让我惴惴不安；据说在恺撒手下，安东尼的天才完全被恺撒掩盖，在他的雄才大略之下，我的情形也是一样。那些女巫最初称我为王的时候，他呵斥她们，叫她们对他说话；她们就像先知似的，说他的子孙将相继为王，她们把一顶不结果的王冠戴在我的头上，把一根没人继承的御杖放在我的手里，然后再从我手里夺去。要是果然是这样，那么我玷污了我的双手，就只是在造福班柯的后裔；为了他们，我暗杀了仁慈的邓肯；为了他们，我的良心背负着重大的罪疚和不安；我把我永生的灵魂送给了人类的公敌，只是为了让他们能登上王座，让班柯的种子登上王座！不，我不能忍受这样的事，宁愿接受命运的挑战！是谁？

侍从率二刺客重上。

麦克白　到门口去，等我叫你你再进来。（侍从下）我们昨天不是谈过话了？

刺客甲　回陛下的话，正是昨天。

麦克白　那好，你们考虑过我的话没有？你们知道，从前都是他的缘故，让你们屈身微贱，而你们却错怪到我的身上。上次面谈，我就已经把这一点跟你们说明白了，我用确凿的证据，指出你们怎样被人操纵愚弄、怎样受人牵制压抑、别人用了什么手段、谁又是主使，以及其他种种，一个半痴半傻、疯疯癫癫的人听了，也会恍然大悟地说，"这都是班柯干的。"

刺客甲　我们已蒙陛下开示。

麦克白　是的，而且我还要更进一步，这就是今天这第二次谈话的目的。你们难道有如此耐性，能忍受这样的屈辱？他的铁手压弯了你们的腰背，都快弯进了坟墓，让你们的子孙永世为丐，难道你们就这么虔诚，倒要替这个好人和他的子孙祈祷？

刺客甲　陛下，我们是人。

麦克白　嗯，按说你们也能算作人类，正像家狗、野狗、猎狗、巴儿狗、狮子狗、杂种狗和癞皮狗统称为狗一样；它们有的灵敏，有的迟钝，有的狡猾，有的可以看门，有的可以打猎，各自按照造物赋予它们的本能而分别价值的高下，在广泛的总称下得到特殊

　　的名号；人类也是一样。要是在人类的行列中，你
　　们并不属于最卑劣的一级，那就跟我明说，我就能
　　把那件事情托付给你们，你们照我所说，成事以后，
　　不但能除去你们的仇人，还能永远受我眷宠；只要
　　他活在世上，我的心病就不会痊愈。

刺客乙　　陛下，我久受世间无情的打击和虐待，为了向这世
　　界发泄我的怨恨，我什么事情都愿意干。

刺客甲　　我也一样，一次次的灾祸逆运，让我厌倦人世，我
　　愿意拿生命去赌，或者从此交上好运，或者了结我
　　的一生。

麦克白　　二位都知道，班柯是你们的仇人。

刺客乙　　是的，陛下。

麦克白　　他也是我的仇人；而且是我的肘腋之患，他的存在
　　每一分钟都深深威胁着我的安全；虽然我大可以赤
　　裸裸地运用我的权力，把他从我眼前扫除，而且这
　　也并不会令我心有不安，可我还不能这么去干，因
　　为他的几个朋友也是我的朋友，我不能招致他们的
　　反感，即使我亲手把他打倒，也必须假意为他的死
　　亡悲泣；所以，出于诸多重要的理由，我只好借重
　　二位的助力，完成这事，遮过一般人的耳目。

刺客乙　　陛下，我们一定遵命去办。

刺客甲　　即便我们的生命——

麦克白　　你们的勇气已经充分透露在神情之间。最迟在这一
　　小时内，我就会告诉你们在哪里埋伏，到何时动

Macbeth.   Both of you
Know Banquo was your enemy.
    Both Murderers.   True, my lord.
    Macbeth. So is he mine.   *Act III. Scene I.*

手；这件事情一定要在今晚办好，而且办事地点要远离王宫，你们必须记住，不能把我牵涉在内；同时，为了避免留下枝节，你们还要把随他身侧的弗里恩斯，他的儿子，也一起杀掉，他们父子二人的死，对我来说同样重要，必须让他们同时接受黑暗的命运。二位可去定夺一番；我随后就来。

刺客乙　　我们早已有了定夺，陛下。

麦克白　　我很快会来找你们的；你们进去等一会儿。（二刺客下）班柯，你命运已决，你的灵魂若能找到天堂，就必在今晚。（下）

第二场

同前。宫中另一室

麦克白夫人及一仆人上。

麦克白夫人　班柯离宫了吗？

仆人　　　　是的，王后，但他今晚就会回来。

麦克白夫人　你去对王上说，我要请他允许我跟他说几句话。

仆人　　　　是，王后。（下）

麦克白夫人　费尽一切，却一无所得，我们的目的虽已达成，却
　　　　　　丝毫不令人满足。要是在毁灭他人之后，陷身于充
　　　　　　满疑虑的欢娱，那我们还不如那被害之人，他倒落
　　　　　　得无忧无虑。

麦克白上。

麦克白夫人　啊，我的夫君！您为什么一个人孤零零的，让最悲
　　　　　　哀的幻想做您的伴侣，把您的思想念念不忘地集中
　　　　　　在一个已死之人身上？没有挽回的事，只好听其自
　　　　　　然；事情既然干了，也就只能这样。

麦克白　　　我们不过是刺伤了蛇身，却没有把它杀死，它的伤

口会慢慢平复，再用它原来的毒牙向我们复仇。但
愿一切秩序完全解体，让活人、死人都去受罪，我
们为什么要在忧虑中进餐，在夜夜令我们惊恐的噩
梦的谲弄中成眠？为了希求自身的平安，我们把别
人送进了坟墓，让他们去享受永久的平安，可我们
的心灵却折磨着我们，不容一刻平静的安息，让我
们觉得，还是跟已死之人待在一起，倒要幸福得多。
邓肯已长眠墓中；经过一场人生的热病，他现在正
睡得安稳，叛逆已把最狠毒的伤害带给了他，再没
有刀剑、毒药、内乱、外患，可以加害于他。

麦克白夫人　算了，算了，我的好夫君，收起您那烦恼的面容；
今晚您必须和颜悦色地招待您的客人。

麦克白　正是，我的爱妻；你也要这样。请你尤其要对班柯
曲意殷勤，用你的眼睛和舌头给他特殊的荣宠。我
们的地位尚未巩固，我们必须借谄媚的流水来洗刷
我们的声名，用我们的外貌遮掩我们的内心，不要
让人窥破。

麦克白夫人　您不要再多想这些。

麦克白　啊！我的脑袋里爬满了毒蝎，亲爱的妻子；你也知
道，班柯和他的弗里恩斯尚在人间。

麦克白夫人　可他们不会长生不死。

麦克白　那倒能给我几分安慰，他们并非刀枪不入；所以，
你宽心一些，高兴起来。在蝙蝠完成它在黑暗中的
飞翔以前，在振翅而飞的甲虫应着赫卡忒的呼召，

用嗡嗡的声音摇响催眠的晚钟以前，一件可怕的事情将要完结。

麦克白夫人　是什么事情？

麦克白　你暂时不必知道，最亲爱的宝贝，等事成以后，你再鼓掌称快。来，令人盲目的黑夜，遮住可怜的白昼的温柔的眼睛，用你无形的毒手，撕毁那令我心慌不已的重大束缚！天色在朦胧起来，乌鸦都飞回到昏暗的林中；一天的好事开始沉沉睡去，黑夜的罪恶的使者却已准备动身，去攫捕他们的猎物。我的话会令你惊讶；但请不要说话；始于不义的事情，必须用罪恶来巩固。请跟我来。（同下）

第三场

同前。苑囿，有一路通王宫

三刺客上。

刺客甲　可是谁叫你来帮我们的？

刺客丙　麦克白。

刺客乙　对他我们不必怀疑，关于我们的任务和动手的方法，
他已传达清楚，和我们得到的命令完全一致。

刺客甲　那就跟我们一块儿干吧。西方还闪耀着一线白昼的
余晖；晚归的行客快马加鞭，要来找寻宿处；我们
守候的目标就在那儿，正向我们走近。

刺客丙　听！我听见马蹄声了。

班柯　（在内）喂，给我们一个火把！

刺客乙　一定是他；别的客人都已到了宫里。

刺客甲　有人替他牵马。

刺客丙　差不多有一里；可就像许多人一样，从这儿到宫门
的这一段路，他常常下马步行。

刺客乙　火把，火把！

刺客丙　是他。

刺客甲　准备。

班柯及弗里恩斯持火炬上。

班柯	今晚怕是有雨。
刺客甲	让它下吧。（刺客等向班柯攻击）
班柯	啊，阴谋！快逃，好弗里恩斯，逃，逃，逃！你也许能替我报仇。啊，奴才！（死；弗里恩斯逃去）
刺客丙	谁灭的火？
刺客甲	不该灭吗？
刺客丙	只有一个人倒下；那儿子跑啦。
刺客乙	这下这大事可搞砸了一半。
刺客甲	哎，走吧，报告工作结果去吧。（同下）

第四场

同前。宫中大厅

厅中陈设筵席。麦克白、麦克白夫人、洛斯、列诺克斯、群臣及侍从等上。

麦克白　　大家按着各自的品级就座；总而言之，一句话，我竭诚欢迎你们。

群臣　　　谢陛下恩典。

麦克白　　我自己将和你们待在一起，做个谦恭的主人，我们的主妇现在还保持着她的尊严，可到了时辰，我就要请她殷勤招待你们。

麦克白夫人　陛下，请您替我向所有的朋友表达我由衷的欢迎。

刺客甲上，至门口。

麦克白　　瞧，他们用诚挚的感谢答复你了；两边已各得其平。我要在这中间坐下。大家不要拘束，乐个畅快；稍后我们就合席痛饮一巡。（至门口）你的脸上有血。

刺客甲　　那它就是班柯的血。

麦克白　　我宁愿你站在门外，也不愿他置身室内。你们把他结果了吗？

刺客甲　　陛下，他的咽喉已断；我一刀致命。

麦克白　　你是个最有本领的杀手；可谁杀死了弗里恩斯，也
　　　　　　一样值得夸奖；你要是把他也杀了，那才是个无比
　　　　　　的好汉。

刺客甲　　陛下，弗里恩斯跑了。

麦克白　　我的心病本可痊愈，现在它又要发作；我本可像大
　　　　　　理石一样完整，像岩石一样坚固，像空气一样广大
　　　　　　自由，现在我却被恼人的疑惑和恐惧包围拘束。不
　　　　　　过，班柯当真已死？

刺客甲　　是的，陛下；他安安稳稳地躺在一条泥沟里头，他
　　　　　　的头上刻着二十道伤痕，最轻的一道也能致他死命。

麦克白　　谢天谢地。大蛇躺在那里；那逃走的小虫，将来会
　　　　　　用毒液害人，可现在它的牙齿还没长成。去吧，明
　　　　　　天再来听候我的旨意。（刺客甲下）

麦克白夫人　陛下，您还没劝过客呢；宴会上少了主人的殷勤招
　　　　　　待，那么请酒便成了卖酒；只为了吃饭的话，还不
　　　　　　如在家吃呢。所以，主家的礼节才是最开胃的调料，
　　　　　　少了它呀，这合席大宴就没了味道。

麦克白　　亲爱的，不是你提起，我几乎忘了！来，请放量醉
　　　　　　饱，愿各位胃纳健旺，身强力壮！

列诺克斯　陛下请安坐。

班柯鬼魂上，坐在麦克白座上。

麦克白	要是班柯在座，那么全国的英俊，真可说是荟集一堂了；我宁愿因为他的疏怠而嗔怪于他，也不愿因为他遭到了什么意外而为他惋惜。
洛斯	陛下，他今天失约，是他自己的过失。请陛下上坐，让我们叨陪末席。
麦克白	席上已经坐满。
列诺克斯	陛下，这是给您留着的一个位置。
麦克白	什么地方？
列诺克斯	这儿，陛下。是什么让陛下这样变了脸色？
麦克白	你们哪一个人干了这事？
群臣	什么事，陛下？
麦克白	你不能说这是我干的事；别这样对我摇晃你那染血的头发。
洛斯	各位大人，起来；陛下病了。
麦克白夫人	坐下，尊贵的朋友们，王上常常这样，他从小就有这种毛病。请各位安坐；这不过是他暂时的癫狂，一会儿就会好起来的。也许你们太过注意，他就会动怒，发起狂来更加厉害；大家尽管吃喝，别理他吧。你还是不是男人？
麦克白	啊，我是个堂堂男子，能让魔鬼胆裂的东西，我也敢正眼瞧它。
麦克白夫人	啊，这倒说得不错！这不过是你的恐惧所描绘出来的一幅图画；正像你所说的那柄引导你去行刺邓肯的空中匕首一样。啊！在冬天的火炉旁，听一个女

Macbeth. Which of you have done this?
Lords. What, my good lord?
Macbeth. Thou canst not say I did it.

Act III. Scene IV.

人讲述她的老祖母告诉她的故事时，这种情绪的冲动、恐惧的伪装，倒是非常合适。不害羞吗？你为什么扮出这样的怪脸？你瞧着的不过是张凳子。

麦克白　你瞧那边！瞧！瞧！瞧！你怎么说？哼，我什么都不在乎。要是你会点头，你也应该会开口说话。要是殡舍和坟墓必须把我们已经埋葬的人送回世上，那么我们的坟墓就都该是鸢鸟的胃囊。（鬼魂隐去）

麦克白夫人　什么！你发了疯，把你的男子气都丢掉了吗？

麦克白　要是我真的站在这儿，我就真的瞧见他了。

麦克白夫人　啐！不害羞吗？

麦克白　在人类不曾制定法律，保障公众福利的古代，杀人流血是不足为奇的事；就算有了法律，惨不忍闻的谋杀事件，也随时都在发生。古时候，一刀下去，当场毙命，事情就这样完结；可现在呢，他们却会从坟墓中起来，头顶二十处致命的伤口，把我们推下王座。这样的事情真比那种谋杀血案还要怪诞。

麦克白夫人　陛下，您尊贵的朋友们都因为您的失陪而十分扫兴哩。

麦克白　我忘了。别对我惊诧，我最尊贵的朋友们；我有一种怪病，认识我的人都知道那不足为奇。来，让我们用这一杯酒来表达我们的同心永好，祝各位健康！你们干了这杯，我就坐下。给我拿些酒来，倒满一杯。我为在座众人的快乐，也为我们亲爱的朋友，今夜没能出席的班柯尽此一杯；要是他也在这儿，那就好了！来，为大家，为班柯，干杯；所有人，为彼此，干杯。

群臣　敢不奉命。

班柯鬼魂重上。

麦克白　去！从我眼前滚开！让土地把你藏匿！你的骨髓已经枯竭，你的血液已经凝冷；你那瞪人的眼睛也已失去了光彩。

麦克白夫人　各位大人，这不过是他旧病复发，没什么别的缘故；害各位扫兴，真是抱歉得很。

麦克白　别人敢做的事，我都敢做：无论你以何等形貌出现，像粗暴的俄罗斯大熊也好，像披甲的犀牛、舞爪的猛虎也好，只要不是你现在的样子，我坚定的神经就决不会起半分战栗；或者你现在死而复活，用你的剑向我挑战，要是我惊惶胆怯，那你就能宣称，我是个少女怀抱中的婴孩。去，可怕的影子！虚妄的挪揄，去！（鬼魂隐去）嘿，他一消失，我便恢复了气概。请大家安坐。

麦克白夫人　你这样疯疯癫癫，已经打断了众人的兴致，扰乱了今天的良会。

麦克白　难道这样的事情，能像一朵夏天的浮云一般飘过头顶，全然不叫人吃惊？我吓得面无人色，你们眼看着这样的怪象，脸上却还保持着天然的红润，这才怪哩。

洛斯 什么怪象，陛下？

麦克白夫人 请您不要跟他说话；他的病是越来越重；你们多问了他，他还会动怒。对不起，还是散席了吧；大家不必推先让后，请立刻就去，晚安！

列诺克斯 晚安；愿陛下早复健康！

麦克白夫人 各位晚安！（群臣及侍从等下）

麦克白 他们说，流血是免不了的；流血必须引起流血。据说石块曾自己转动，树木曾开口说话；鸦鹊的鸣声曾预示着阴谋作乱。夜已过去多少？

麦克白夫人 差不多到了黑夜和白昼的交界，分别不出谁是谁来。

麦克白 麦克德夫藐视王命，拒不奉召，你看怎样？

麦克白夫人 你差人去叫过他没有？

麦克白 抗命的事我只是耳闻；我还会派人打听。他们这批人家里，都有一个被我买通的仆人，替我窥探他们的动静。我明天要趁早去访那三个女巫，听她们还有什么话说；因为我现在非得从最妖邪的恶魔口中知道我最悲惨的命运不可。为了我自己的好处，只好把一切置之不顾。我已两足深陷于血泊之中，要是不再涉血前进，那么回头的路也同样令人厌倦。我想起一些非常的计谋，必须在被人觉察以前迅速实行。

麦克白夫人 一切有生之伦，都少不了睡眠的调剂，你还没有好好睡过。

麦克白   来，我们睡吧。我的疑鬼疑神、出乖露丑，都是因为未经磨炼、心怀恐惧；干这样的事，我们太缺乏经验。（同下）

第五场

荒原

雷鸣。三女巫上，与赫卡忒相遇。

女巫甲　哎哟，赫卡忒！您在发怒哩。

赫卡忒　我不该发怒吗，你们这些放肆大胆的丑婆子？你们怎么敢用哑谜和有关生死的秘密和麦克白打起交道；你们的魔法，都由我主宰，一切的灾祸，都由我支配，你们却不通知于我，让我也来显显神通？而且，你们的所作所为，都只是为了一个刚愎自用、残忍狂暴的人；他像所有世人一样，只知道自己的利益，对你们一点也没存好意。现在，你们必须补赎你们的过失；快去，到冥河去，天明时分在地坑附近会我，他会到那边去探询他的命运；把你们的符咒、魔蛊和一切所需预备齐整，不得有误。我将乘风而去，今晚我要用整夜的工夫，布置一场悲惨的结局；在正午以前，必须完成大事。月亮角上挂着一颗湿淋淋的露珠，我要在它堕地以前把它摄取，用魔术提炼，然后便凭借它的魔力来呼灵唤鬼，让种种虚妄的幻影迷乱他的本性；他将藐视命运，唾斥死生，超越一切情理，排弃一切疑虑，执着他无望的希望；你们都知道，自信是人类最大的仇敌。（内歌声，"来吧，来吧，……"）听！他们在叫我啦；我的小精灵们，瞧，他们坐在云雾之中，在等着我呢。（下）

女巫甲 来，我们赶快；她很快就会回来。（同下）

第六场

福累斯。宫中一室

列诺克斯及另一贵族上。

列诺克斯 我早前的话不过刚巧合你的意，那些话都还可以进一步解释；我只觉得事情有些古怪。仁厚的邓肯被麦克白哀悼；邓肯是已经死去的了。勇敢的班柯不该在深夜走路，要是您愿意的话，也许您可以说，杀他的人是弗里恩斯，因为弗里恩斯已经逃匿无踪；人总不该在深夜行路。谁不以为马尔康和道纳本杀死他们仁慈的父亲，是个多么惊人的巨变？万恶的罪行！为了这事，麦克白多么痛心；他不是乘着一时的忠愤，杀掉那两个酗酒贪睡的溺职卫士了吗？那件事不是干得很忠勇吗？嗯，而且也干得非常聪明；因为他们要是抵赖罪状，谁听了都会怒从心起。所以我说，所有事情他都处理得很好；我想，要是邓肯的两个儿子也被他拘留起来——上天保佑他们不会落在他的手里——他们就会知道，向自己的父亲行弑，必须受到怎样的报应；弗里恩斯也是一样。哎，这些话就别提啦，我听说麦克德夫因为出言不逊，又不出席那暴君的宴会，已经受到贬辱。您能告诉我他现在人在哪儿吗？

贵族　　被这暴君篡逐出亡的邓肯世子现在寄身于英格兰宫廷，谦恭的爱德华对他非常优待，一点不因他处境颠危而减削礼敬。麦克德夫也去了那里，要请求贤明的英王协力激励诺森伯兰和好战的西华德，让他们秉承王命，出兵相援，帮我们恢复失落的自由，让我们仍能享受食桌上的盛馔和酣畅的睡眠，不再畏惧宴会中有沾血的刀剑，让我们能一方面输诚效忠，一方面安受爵赏而心无疑虑；眼下，这一切都是众心所望。这个消息已令我们的王上大为震怒，他已下定决心，准备开战。

列诺克斯　麦克白有没有差人去找过麦克德夫？

贵族　　找过；他回答得干脆利落："大人，恕不从命。"那面有忧色的使者转身就走，嘴里咕咕哝哝，像是在说，"你给我这样的答复，看着吧，你一定会自食其果。"

列诺克斯　这倒是个警醒，让他多多留心，远避当前的祸害。但愿某位神圣的天使飞进英格兰的宫廷，预先把他的消息带给我们；让上天的祝福速速回到我们这个在毒手的压制下备受苦难的国家！

贵族　　我愿意为他祈祷。（同下）

第一场

山洞。中置沸釜

雷鸣。三女巫上。

女巫甲	斑猫已叫过三声。
女巫乙	刺猬已啼了四次。
女巫丙	怪鸟在鸣啸：时候到了，时候到了。
女巫甲	绕釜环行火融融，
	毒肝腐脏置其中。
	蛤蟆蛰眠寒石底，
	三十一日夜相继；
	汗出淋漓化毒浆，
	投之鼎釜沸为汤。
众巫	（合）不惮辛劳不惮烦，
	釜中沸沫已成澜。
女巫乙	沼地蟒蛇取其肉，

　　　　　　　　脔以为片煮至熟；

　　　　　　　　蝾螈之目青蛙趾，

　　　　　　　　蝙蝠之毛犬之齿，

　　　　　　　　蝮舌如叉蚯蚓刺，

　　　　　　　　蜥蜴之足枭之翅，

　　　　　　　　炼为毒蛊鬼神惊，

　　　　　　　　扰乱人世无安宁。

众巫　　　（合）不惮辛劳不惮烦，

　　　　　　　　釜中沸沫已成澜。

女巫丙　　　豺狼之牙巨龙鳞，

　　　　　　　　千年巫尸貌狰狞；

　　　　　　　　海底抉出鲨鱼胃，

　　　　　　　　夜掘毒芹根块块；

　　　　　　　　杀犹太人摘其肝，

　　　　　　　　剖山羊胆汁潺潺；

　　　　　　　　雾黑云深月蚀时，

　　　　　　　　潜携斤斧劈杉枝；

　　　　　　　　娼妇弃儿死道间，

　　　　　　　　断指持来血尚殷；

　　　　　　　　土耳其鼻鞑靼唇，

　　　　　　　　烈火糜之煎作羹；

　　　　　　　　猛虎肝肠和鼎内，

　　　　　　　　炼就妖丹成一味。

众巫　　　（合）不惮辛劳不惮烦，

　　　　　　釜中沸沫已成澜。

女巫乙　　炭火将残蛊将成，

　　　　　　猩猩滴血蛊方凝。

　　　　　　赫卡忒上。

赫卡忒　　善哉尔曹功不浅，

　　　　　　颁赏酬劳利泽遍。

　　　　　　于今绕釜且歌吟，

　　　　　　妖精鬼灵环舞行，

　　　　　　摄人魂魄荡人心。（音乐；众巫唱幽灵之歌）

女巫乙　　拇指怦怦动，

　　　　　　必有恶人来；

　　　　　　既来皆不拒，

　　　　　　洞门敲自开。

　　　　　　麦克白上。

麦克白　　啊，你们这些神秘的幽冥的夜游的妖婆子！你们在
　　　　　　干些什么？

众巫　　（合）一件没有名义的事。

麦克白　　凭着你们的职业，我吩咐你们回答，无论你们的知
　　　　　　识是从何而来。即使你们的嘴里会放出狂风，让它
　　　　　　们向教堂猛击；即使汹涌的波涛会覆吞航海的船

Macbeth. How now, you secret, black, and midnight hags!
What is 't you do?
    All.   A deed without a name.   *Act IV. Scene I.*

只；即使谷物的叶片会倒折田间，树木会连根拔起；即使城堡会向它们的守卫者头顶倒下；即使宫殿和金字塔都会倾圮；即使大自然所孕育的一切灵奇尽归毁灭，我也要你们回答我的问题。

女巫甲　说。

女巫乙　你问吧。

女巫丙　我们可以回答。

女巫甲　你愿意从我们的嘴里听到答复，还是愿意让我们的主师们来回答你呢？

麦克白　叫他们出来；让我见见他们。

女巫甲　母猪九子食其豚，

　　　　　血浇火上焰生腥；

　　　　　杀人恶犯上刑场，

　　　　　汗脂投火发凶光。

众巫　（合）鬼王鬼卒火中来，

　　　　　现形作法莫惊猜。

雷鸣。第一幽灵出现，为一戴盔之头。

麦克白　告诉我，你这不可思议的力量——

女巫甲　他知道你的心事；听他说，你不用开口。

第一幽灵　麦克白！麦克白！麦克白！留心麦克德夫；留心费辅爵士。放我回去。够了。（隐入地下）

麦克白　不管你是什么精灵，我感谢你的忠言警告；你已一语道破我的忧虑。可我还想知道——

女巫甲　　　他不受命令。这儿又来了一位，他的法力比刚才那
　　　　　　位更大。

雷鸣。第二幽灵出现，为一流血之小儿。

第二幽灵　　麦克白！麦克白！麦克白！——

麦克白　　　我要是有三只耳朵，我的三只耳朵都会听着你说。

第二幽灵　　你要残忍、勇敢、坚决；你可以把人类的力量付之
　　　　　　一笑，因为只要是女人生下的人，都无法把麦克白
　　　　　　伤害。（隐入地下）

麦克白　　　那么尽管活下去吧，麦克德夫；我何必惧怕你呢？
　　　　　　可我要让确定的事实加倍确定，从命运手里接受切
　　　　　　实的保证。我还是要你一死，让我能斥胆怯的恐惧
　　　　　　为虚妄，在雷电怒作的夜里也能安心睡觉。

雷鸣。第三幽灵出现，为一戴王冠之小儿，手持树枝。

麦克白　　　这是什么，他的模样像是一个王子，他幼稚的脑袋
　　　　　　上还戴着统治者的荣冠？

众巫　　　　静听，不要对它说话。

第三幽灵　　你要像狮子一样骄傲而无畏，不要关心人家的怨怒，
　　　　　　也不要担忧有谁在算计着你。麦克白永远不会被人
　　　　　　打败，除非有一天，勃南的树林会跟他作对，向邓

西嫩高山移动。（隐入地下）

麦克白　　那是决不会有的事；谁能命令树木，叫它从泥土中拔起它的深根来呢？幸运的预兆！好！勃南的树林不会移动，叛徒的举事也不会成功，身居巍巍高位的麦克白将要尽其天年，在他寿数告终的时候奄然物化。可我的心怦怦跳着，想要知道一件事情；告诉我，要是你们的法术能够解释我的疑惑，班柯的后裔会不会在这片国土上称王？

众巫　　别再追问下去。

麦克白　　我一定要知道究竟；要是你们不告诉我，愿永久的诅咒降在你们身上！告诉我。为什么那口大釜沉了下去？这是什么声音？（高音笛声）

女巫甲　　出来！

女巫乙　　出来！

女巫丙　　出来！

众巫　　（合）一见惊心，魂魄无主；

如影而来，如影而去。

　　　　作国王装束者八人次第上；最后一人持镜；班柯鬼魂随其后。

麦克白　　你太像班柯的鬼魂了；下去！你的王冠刺痛了我的眼珠。怎么，又是一个戴王冠的，你的头发也跟第一个一样。第三个又跟第二个一样。该死的鬼婆子！

你们为什么要让我看见他们？第四个！跳出来吧，我的眼睛！什么！这一连串戴王冠的，要到世界末日才会完结是吗？又是一个？第七个！我不想再看下去了。可第八个又出现了，他拿着一面镜子，从镜子里面，我能看见许多戴着王冠的人；有几个还拿着两个金球、三根御杖。可怕的景象！啊，现在我知道这不是虚妄的幻象，因为血发披肩的班柯在向我微笑，用手指点着他们，表示他们就是他的子孙。（众幻影消灭）什么！真是这样？

女巫甲　嗯，这一切都是真的；可麦克白为什么这样呆若木鸡？来，姊妹们，让我们鼓舞鼓舞他的精神，用最好的歌舞替他消愁解闷。我先用魔法让空中奏起乐来，你们就搀成一圈，团团跳舞，让这位伟大的君王知道，我们并未把他怠慢。（音乐；众女巫跳舞，舞毕与赫卡忒俱隐去）

麦克白　她们在哪儿？消失了吗？愿这不祥的时辰在日历上永远被人诅咒！外面有人吗？进来！

列诺克斯上。

列诺克斯　陛下有何谕令？

麦克白　你看见那三个女巫了吗？

列诺克斯　没有，陛下。

麦克白　她们没打你身边过去？

列诺克斯	确实没有，陛下。
麦克白	愿她们所驾乘的空气都化为毒雾，愿一切相信她们言语的人都永堕沉沦！我方才听见奔马的声音，是谁经过了这里？
列诺克斯	启禀陛下，刚才有两三个使者来过，向您报告麦克德夫已经逃奔英格兰去了。
麦克白	逃奔英格兰去了！
列诺克斯	是，陛下。
麦克白	时间，你早就料到我狠毒的行为，竟然抢先了一步；要想追上那迅疾的恶意，必须马上付诸行动；从这一刻起，我心里一想到什么，便要立刻实行，没有迟疑的余地；我现在就要用行动来表达我的意志，想到就干。我要去突袭麦克德夫的城堡；我要攫占费辅；把他的妻子儿女和所有追随他的不幸之人一起杀死。我不能像个傻瓜似的，只会空口说说大话；我必须趁我的意图还没冷淡下来，就去把事情干好。可我不想再看见什么幻象！那几个使者呢？来，带我去见见他们。（同下）

第二场

费辅。麦克德夫城堡

麦克德夫夫人、麦克德夫子及洛斯上。

麦克德夫夫人　他干了什么事，要逃亡国外？

洛斯　您必须安心忍耐，夫人。

麦克德夫夫人　他可没有一点忍耐；他的逃亡全然是发疯。我们的作为本来光明坦白，可我们的疑虑却让我们成为叛徒。

洛斯　您还不知道他的逃亡究竟是明智的作为还是无谓的疑虑。

麦克德夫夫人　明智的作为！他自己高飞远走，把他的妻子儿女、他的宅第尊位，一齐丢弃不顾，这算是明智的作为？他不爱我们；他没有天性之情；鸟类中最微小的鹪鹩也会奋不顾身，和鸱鸮争斗，保护它巢中的众雏。他心中无爱，只有恐惧；也没有一点智慧，因为他的逃亡完全不合情理。

洛斯　好嫂子，请您克制一下；讲到尊夫的为人，那他就是个高尚明理，又有见识的人，他知道该怎样见机行事。我不敢多说什么；现在这时世，太冷酷太无情了,我们自己还不知道,就已蒙上了叛徒的恶名;一方面恐惧流言,一方面却不知道为何而恐惧,就像在一片风波险恶的海上漂浮,全无任何方向。现在我必须向您告辞;不久我会再到这儿来。最恶劣的事态总有一天会告一段落,或者逐渐恢复原状。我可爱的侄儿,祝福你!

麦克德夫夫人 他虽有父亲,却和没有父亲一样。

洛斯 我是这样一个傻子,要是我再逗留下去,会叫人家笑话,还要连累您心里难过;我现在便告辞了。(下)

麦克德夫夫人 小子,你爸爸死了;你现在怎么办?你准备怎样过活?

麦克德夫子 像鸟儿一样过活,妈妈。

麦克德夫夫人 什么!吃些小虫儿、飞虫儿吗?

麦克德夫子 我的意思是说,我得到些什么,就吃些什么,正像鸟儿们一样。

麦克德夫夫人 可怜的鸟儿!你可从来不怕有人张起网儿、布下陷阱,捉走你哩。

麦克德夫子 我为什么要怕这些,妈妈?他们不会算计可怜的小鸟。我的爸爸并没有死,虽然您是这么说的。

麦克德夫夫人 不,他真的死了。你没了父亲可怎么好呢?

麦克德夫子 您没了丈夫可怎么好呢?

麦克德夫夫人 嘿,我可以到随便哪个市场上去买他二十个丈夫回来。

麦克德夫子 那么您买了他们回来,还是要卖出去的。

麦克德夫夫人　这刁钻的小油嘴；可也亏你想得出来。

麦克德夫子　我爸爸是个反贼吗，妈妈？

麦克德夫夫人　嗯，他是个反贼。

麦克德夫子　什么叫反贼？

麦克德夫夫人　反贼就是起假誓扯谎的人。

麦克德夫子　凡是反贼都是起假誓扯谎的吗？

麦克德夫夫人　起假誓扯谎的人都是反贼，都该绞死。

麦克德夫子　起假誓扯谎的都该绞死吗？

麦克德夫夫人　都该绞死。

麦克德夫子　谁去绞死他们呢？

麦克德夫夫人　那些正人君子。

麦克德夫子　那么那些起假誓扯谎的就都是些傻瓜，他们有这么多人，为什么不联合起来，去打倒那些正人君子，把他们绞死了呢？

麦克德夫夫人　哎哟，上帝保佑你，可怜的猴子！可你没了父亲可怎么好呢？

麦克德夫子　要是他真的死了，您会为他哀哭；要是您不哭，那就是个好兆，我会有个新爸爸了。

麦克德夫夫人　这小油嘴真会胡说！

一使者上。

使者　祝福您，好夫人！您不认识我，可我久闻夫人尊名，所以特地前来，向您报告一个消息。我怕夫人眼下

有极大的危险，要是您愿意接受一个微贱之人的忠
告，那么还是离开此地，赶快带上您的孩子，去避
上一避。我这样惊吓着您，已是够残忍了；要是有
人再要加害于您，那真是太没人道。上天保佑您！
我不敢多作耽搁。（下）

麦克德夫夫人　叫我逃到哪儿去呢？我没做过害人的事。可我记起
来了，我就活在这世上，这世上只有做了恶事才会
受到恭维和赞美，做了好事反会被当作危险的傻
瓜；那么，唉！我为什么还要这样，用婆子气的话
语替自己辩护，说我没做过害人的事呢？

刺客等上。

麦克德夫夫人　这些是什么人？

众刺客　你丈夫呢？

麦克德夫夫人　我希望他是在光天化日之下，在你们这些鬼东西不
敢露脸的地方。

刺客　他是个反贼。

麦克德夫子　你胡说，你这蓬头恶人！

刺客　什么！你这叛徒的孽种！（刺麦克德夫子）

麦克德夫子　他杀死我了，妈妈；您快逃吧！（死；麦克德夫夫
人呼"杀了人啦！"下，众刺客追下）

第三场

英格兰。王宫前

马尔康及麦克德夫上。

马尔康　让我们找处没有人踪的树荫，把我们胸中的悲哀痛
　　　　痛快快地哭个干净。

麦克德夫　我们还是紧握利剑，像好汉似的大步跨过我们颠覆
　　　　了的身世。每一个新的黎明都听得见新媀的寡妇在
　　　　哭泣，新失父母的孤儿在号啕，新的悲哀上冲霄汉，
　　　　发出凄厉的回声，就像哀悼苏格兰的命运，替她奏
　　　　唱挽歌一样。

马尔康　我要为我知道的一切痛哭，我还要等待机会，报仇
　　　　雪恨。您说的话也许是事实。一提起这个暴君的名
　　　　字，我们就切齿腐舌。可是，他曾有过正直的名声；
　　　　您和他曾交情甚笃；他也还没加害于您。我年轻识
　　　　浅，您或许可以拿我去向他邀功求赏，向一个愤怒
　　　　的天神献祭一头柔弱无罪的羔羊，不失为聪明之举。

麦克德夫　我不是个奸诈小人。

马尔康　麦克白却是。在尊严的王命之下，忠实仁善的人也
　　　　许不得不背着天良行事。可我必须请您原谅；您忠

　　　　　　　诚的人格决不会因为我用小人之心加以测度而发生

　　　　　　　变化；最光明的天使或许也会堕落，可天使们依旧

　　　　　　　光明；罪恶虽能遮蔽美德，美德仍会露出它的光辉。

麦克德夫　我已失去我的希望。

马尔康　　也许您的希望就丢失在让我产生怀疑的地方。您为

　　　　　　　什么不告而别，丢下您的妻子儿女，丢下那宝贵的

　　　　　　　力量源泉、坚强的爱之绳结，让他们担惊受险呢?

　　　　　　　请不要把我的多心引为耻辱，为了我自身的安全，

　　　　　　　我不得不作此顾虑。不管我心里是怎样想的，也许

　　　　　　　您真是个忠义好汉。

麦克德夫　流血吧，流血吧，可怜的国家! 不可一世的暴君，

　　　　　　　奠下你安若泰山的基业吧，因为正义的力量不敢向

　　　　　　　你诛讨! 戴上你那不义之冠，这是你业已确定的名

　　　　　　　分；再会，殿下；即便把这暴君治下的全部土地一

　　　　　　　起给我，再加上富庶的东方，我也不愿像你猜疑的

　　　　　　　那样，做个奸诈小人。

马尔康　　不要生气；我说这样的话，并不完全是因为不放心

　　　　　　　您。我想，我们的国家呻吟在虐政之下，流泪、流

　　　　　　　血，每天都有一道新的伤痕加在旧日的疮痍之上；

　　　　　　　我也想到，一定有许多人愿意为了我的权利奋臂而

　　　　　　　起，就在这里，在友好的英格兰，也已有数千义士

　　　　　　　愿意给我助力；可话虽如此，要是我终有一天能脚

　　　　　　　踏暴君的头颅，或是把它悬挂在我的剑上，我可怜

　　　　　　　的祖国就要在另一个暴君的统治下，滋生更多的罪

恶，忍受更大的苦痛，造成更加纷乱的局面。

麦克德夫　这另一个暴君是谁？

马尔康　我说的就是我自己；我知道在我的天性之中，深植着各种罪恶，有天要是暴露出来，在相形之下，连黑暗的麦克白都将变得像白雪一样纯洁；我们可怜的国家见到我的暴虐无度，就会把他当作一头羔羊。

麦克德夫　踏遍地狱也找不出一个比麦克白还万恶不赦的魔鬼。

马尔康　我承认他嗜杀、骄奢、贪婪、虚伪、欺诈、狂暴、凶恶，一切可以指名的罪恶，他都具备；可我的淫佚没有止境：你们的妻子、女儿、妇人、处女，都无法填满我的欲壑；我猖狂的欲念会冲决一切节制和约束；与其让这样的人做了国王，还是让麦克白当权的好。

麦克德夫　不加限制的纵欲是人性对自我的"虐政"，它曾颠覆过不少王权，推翻过无数君主。可您还不必担心，谁也不能禁止您满足您分内的欲望；您可以一方面尽情欢乐，一方面在外表上装出庄重的神气，世人的耳目很容易遮掩过去。我们国内尽多自愿献身的女子，无论您怎样贪欢好色，也应付不了这么多求荣献媚的娇娥。

马尔康　除了这个弱点以外，在我邪僻的心中，还有一种不顾廉耻的贪婪，要是我做了国王，我一定要诛锄贵族，侵夺他们的土地；不是向这个人索取珠宝，就是向那个人索取房屋；我拥有的越多，我的贪心就

越不知餍足，我一定会为了图谋财富，向善良忠贞
的人无端寻衅，陷他们于死地。

麦克德夫　这种贪婪比起少年的情欲，它的毒根埋得更深，曾
经有许多君王，都死在它的剑下。可您不用担心，
苏格兰有足够您享用的财富，它都是属于您的；只
要有其他美德，这些缺点都不算什么。

马尔康　可我丝毫没有君主之德，什么公平、正直、节俭、
镇定、慷慨、坚毅、仁慈、谦恭、诚敬、宽容、勇
敢、刚强，我全没有；各种罪恶却应有尽有，在各
方面表现出来。嘿，要是我掌了大权，我一定会把
和谐的甘乳倾入地狱，扰乱广大的和平，破坏世间
的统一。

麦克德夫　啊，苏格兰，苏格兰！

马尔康　你说这样一个人适不适合统治？我如我所说，正是
那样的人。

麦克德夫　适合统治！不，这样的人就不该让他留在人世。啊，
多难的国家，一个篡位的暴君握着血染的御杖高踞
王座，你最合法的嗣君又亲口吐露，他是这样一个
可诅可咒的人，辱没了他高贵的血统，你几时才能
重见天日？你的父王是最圣明的君主；生养你的母
后每天在死中过活，她朝夕都在屈膝跪求上天的垂
怜。再会！你自己所供认的这些罪恶，已经把我从
苏格兰放逐。啊，我的胸膛，你的希望已永葬于此！

马尔康　麦克德夫，只有一颗正直的心，才会有此勃然而发

的忠义之情，它已把黑暗的疑虑从我的灵魂中一扫而空，让我充分信任你的真诚。魔鬼般的麦克白曾派来许多说客，想把我诱进他的罗网，所以我不得不着意提防；可上帝鉴临你我之间！从现在起，我委身听从你的指导，并撤回我刚才讲我自己的坏话，我加诸己身的一切污点，无一在我天性之中。我从未接近女色，也从未背叛誓言，即便是我自己的东西，我也毫无贪得之欲；我从未失信于人，甚至不愿把魔鬼出卖给他的同伴，我珍爱忠诚，一如我珍爱生命；刚才我对自己的诽谤，是我第一次说谎，而那真诚的我，则准备随时接受你和我不幸的祖国的命令。在你来这儿以前，年老的西华德已经带领一万名装备齐全的战士，向苏格兰出发。现在我们就能合并我们的力量；我们堂堂正正的义师，一定可以得胜。您为什么不说话？

麦克德夫 好消息和恶消息同时传进了我的耳朵，让我的喜怒都失去了自主。

一医生上。

马尔康 好，等会儿再说。请问一声，王上出来了吗？

医生 出来了，殿下；有一大群不幸的人在等候他的医治，他们的疾病让最高明的医生都束手无策，可上天给了王上这样神奇的力量，只要他伸手一触，他们就会立刻痊愈。

马尔康　　多谢见告，大夫。（医生下）

麦克德夫　他说的是什么疾病？

马尔康　　他们都叫它瘰疬；自从来了英国，我常看见这位善
　　　　　良的国王显示他奇妙无比的本领。除他自己以外，
　　　　　谁也不知道他是怎样祈求着上天；害着怪病的人们
　　　　　浑身肿烂，惨不忍睹，一切外科手术都无法医治，
　　　　　可他只要嘴里念着祈祷，亲手将一枚金章挂在他们
　　　　　的颈上，他们便会霍然痊愈；据说他这治病的能耐，
　　　　　是世世相传、永袭罔替的天能。除了这种特殊的本
　　　　　领，他还生来就能未卜先知，他的王座四周，常有
　　　　　祥瑞密布，暗示着他的各种美德。

麦克德夫　瞧，是谁来啦？

马尔康　　是故国来客；可我还认不出是谁。

洛斯上。

麦克德夫　我的贤弟，欢迎。

马尔康　　现在我认识他了。好上帝，请赶快除去那层让我们
　　　　　成为陌路之人的隔膜！

洛斯　　　阿门，殿下。

麦克德夫　苏格兰还是原来那样吗？

洛斯　　　唉！可怜的祖国！它简直不敢再认它自己。它不能
　　　　　再被称为我们的母亲，它只是我们的坟墓；除了浑

浑噩噩、一无所知的人们，谁的脸上都不曾有过一丝笑容；叹息、呻吟、震撼天空的呼号，都是日常听惯的声音，无法再引起人们的注意；剧烈的悲哀变成一般的风气；葬钟敲响的时候，谁也不再关心它是为谁而鸣；善良人的生命往往在帽上的花朵枯萎以前就化作了朝露。

麦克德夫　啊！太巧妙、太真实的描写！

马尔康　最近有什么令人痛心的事吗？

洛斯　一小时前的变故，到了叙述者嘴里，就已变成陈迹；每一分钟都在产生新的祸难。

麦克德夫　我的妻子安好吗？

洛斯　呃，她很安好。

麦克德夫　我的孩子们呢？

洛斯　也很安好。

麦克德夫　那暴君还没搅毁他们的平静？

洛斯　没有；我离开他们的时候，他们还很平安。

麦克德夫　不要吝惜你的言语；究竟怎样？

洛斯　我带着沉重的消息，赶来这儿传报，一路上都听见了谣传，说许多有名望的人都已经起义；这种谣言照我想来，是很可靠的，因为我亲眼见过那暴君的肆虐。现在正是出动全力，挽救祖国沦夷的时候；要是你们能在苏格兰现身，那男人们就个个都能变成兵士，女人们也都会奋起抗争，从困苦中解放自己。

马尔康	我们正要回去，就让这份佳音成为他们的安慰。友好的英格兰已经借给我们西华德将军和一万兵士，找遍基督教国家，都找不出任何一个比他还老练、比他还优秀的军人。
洛斯	我希望我也能带来同样好的消息！可我要说的，是该在荒野里呼喊，不让它钻进人们耳中的话。
麦克德夫	是关于哪方面的？是和大众有关，还是个人的不幸？
洛斯	对这件事情，天良未泯的人都能感同身受、尽历悲苦，虽然你才是最该感到切身之痛的一个。
麦克德夫	如果是和我有关的事，那就不要瞒我；快让我知道了吧。
洛斯	但愿你的耳朵不会就此和我的舌头永世为仇，它将让你听见你有生以来所听到过的最惨痛的声音。
麦克德夫	哼，我猜到了。
洛斯	你的城堡受到袭击；你的妻子和儿女都惨死在野蛮的刀剑之下；要是我把他们的死状也告诉了你，你会痛不欲生，在他们的尸体，在被猎杀的驯鹿般的尸体上，徒添了你的尸体。
马尔康	慈悲的上天！什么，朋友！不要拉下你的帽子，遮住你的额角；让你的悲伤化作倾泻的言语；无言的哀痛会向不堪重压的心低声耳语，叫它裂成片片。
麦克德夫	我的孩子也都死了？
洛斯	妻子、孩子、仆人，他们找得到的，一个没留。

麦克德夫	我却不得不离开那里！我的妻子也死了？
洛斯	我已经说了。
马尔康	请节哀吧；让我们以壮烈的复仇为药，来治愈这般残酷的悲痛。
麦克德夫	他没有儿女。我可爱的宝贝们都死了吗？你说他们一个也不在了吗？啊，地狱里的恶鸟！一个也不留？什么！我可爱的小鸡们和他们的母亲一起，全都葬送在毒手之下？
马尔康	拿出男子汉的气概来吧。
麦克德夫	我要拿出男子汉的气概；可我不能抹杀男子汉的感情。我怎能把最珍爱的人置之度外，不去想念他们？难道上天看见这幕惨剧，会不抱丝毫同情？罪恶深重的麦克德夫！都是为你，他们才死于非命。我真该死，他们没有一点罪过，只是因为我自己不好，无情的屠戮才会降临到他们身上。愿上天给他们安息！
马尔康	把这仇恨当作磨快剑锋的砺石；让哀痛变成愤怒；振奋你心，激起它的怒火来吧。
麦克德夫	啊！我可以一边让我的眼睛流着妇人之泪，一边让我的舌头发出豪言壮语。可是，仁慈的上天，求你撤除一切障碍、一切迁延，让我跟这苏格兰的恶魔正面相对，剑指其身；要是让他侥幸逃脱，就让上天去饶恕他吧！
马尔康	这话说得像个汉子。来，我们去见国王；我们的军

队已经调齐，一切齐备，只待整装出发。麦克白气数将绝，天诛将至；黑夜无论怎样悠长，白昼总会到来。（同下）

第一场

邓西嫩。城堡中一室

一医生及一侍女上。

医生	我已陪你看守了两夜,可一点也不能证实你的说法。她最后一次起夜梦游是在什么时候?
侍女	王上出征以后,我曾看见她从床上起来,披上睡衣,打开橱门的锁,拿出信纸,折叠一下,在上面写字,然后读上一遍,就把信封好,又回到床上;可在这段时间,她始终睡得很熟。
医生	这是一种心理上的重大纷乱,一方面处于睡眠状态,一方面还能像醒着一般做事。在这种睡眠不安的情形下,除了走路和其他动作以外,你听见她说过什么话没?
侍女	大夫,这我可不能背着她乱说。
医生	但你可以说给我听,而且应该说给我听。

侍女	我不能说给您听，也不能对任何人说，因为没人能证明我说的话。

麦克白夫人持烛上。

侍女	您瞧！她来啦。这正是她往常的样子；凭着我的生命起誓，她现在睡得很熟。留心看着她；站近一些。
医生	她怎么会有那支蜡烛？
侍女	那就是放在她床边的；她的卧室里通宵点着灯火，这是她的命令。
医生	你瞧，她睁着眼睛呢。
侍女	嗯，可她的视觉却关闭着。
医生	她现在在干吗？瞧，她在擦她的手。
侍女	这是她的习惯动作，像在洗手似的。我曾看见她这样擦了足有一刻钟的时间。
麦克白夫人	可这儿还有一点血迹。
医生	听！她说话了。我要记下她的话来，免得忘记。
麦克白夫人	去，该死的血迹！去吧！一点、两点，啊，现在该动手了。地狱里是这样幽暗！呸，我的爷，呸！你是个军人，也会害怕吗？既然谁也不能奈何我们，我们为什么要怕别人知道？可谁能想到这老头儿会有这么多血？
医生	你听着没有？
麦克白夫人	费辅爵士从前有一个妻子；现在她在哪儿？什么！

Lady Macbeth. Yet here's a spot.
Doctor. Hark! she speaks.

Act V. Scene I.

这两只手再也不会干净了吗？算了，我的爷，算了；

你这样大惊小怪，把事情都弄糟了。

医生　　　说下去，说下去；你已知道你不该知道的事。

侍女　　　我想她说了她不该说的话了；天知道她心里有些什
么秘密。

麦克白夫人　这儿还是有股血腥味儿；所有阿拉伯香料都不能叫
这只小手变香一点。啊！啊！啊！

医生　　　这叹息是多么沉痛！她心里蕴蓄着无限的凄苦。

侍女　　　我可不愿为了身受尊荣，让我的胸膛里装着这样一
颗心呀。

医生　　　好，好，好。

侍女　　　但愿一切都好，大夫。

医生　　　这种病我没法医治。可我知道有些曾在睡梦中走动
的人，都很虔敬地寿终正寝。

麦克白夫人　洗净你的手，披上你的睡衣；别这样面无人色。我
再告诉你一遍，班柯已经下葬；他不会从坟墓里出
来。

医生　　　有这等事？

麦克白夫人　睡去，睡去；有人在敲门哩。来，来，来，来，让
我挽着你。事情干了就干了。睡去，睡去，睡去。
（下）

医生　　　她现在要上床去吗？

侍女　　　就要去了。

医生　　　外边有很多骇人听闻的流言。反常的行为引起了反

常的纷扰；良心负疚的人往往会向无言的衾枕泄漏他们的秘密；她需要教士的训诲甚于医生的诊视。上帝，上帝饶恕我等世人！留心照料她；一切会对她造成伤害的东西，都要从她身边拿走，随时看好她。好，晚安！她扰乱了我的心，迷惑了我的眼睛。我心有所思，却不敢吐露。

侍女 晚安，好大夫。（各下）

第二场

邓西嫩附近乡野

旗鼓前导，孟提斯、凯士纳斯、安格斯、列诺克斯及兵士等上。

孟提斯　英格兰军队已经迫近，领军的是马尔康、他叔父西华德和麦克德夫三人，他们的胸头燃起复仇的怒火；即便是奄奄垂死的人，也会被这痛入骨髓的仇恨激起溅血的决心。

安格斯　在勃南森林附近，我们将和他们相见；他们正从那条路上过来。

凯士纳斯　谁知道道纳本跟没跟他哥哥一起？

列诺克斯　我可以肯定，将军，他们没在一起。我这儿有张对方高级将领的名单，里面有西华德的儿子，还有许多初上战场、乳臭未干的少年。

孟提斯　那暴君有什么举动？

凯士纳斯　他把邓西嫩的防御修得非常坚固。有人说他疯了；对他较无恶感的人，却说那是一个猛士的愤怒；可他自己无法约束他惶乱的心情，却是毫无疑问的事实。

安格斯　　现在他已感觉到他暗杀先王的罪恶紧粘在他手上；
　　　　　　每分钟都有一次叛变，在谴责他的不忠不义；受他
　　　　　　命令的人，都不过是奉命行事，并不是出于忠诚；
　　　　　　现在他已感觉到了，他的身上罩着他的尊号，就像
　　　　　　一个矮小的小偷穿着一件巨人的衣服一样束手绊
　　　　　　脚。

孟提斯　　他的灵魂都在谴责它本身的存在，也难怪他会知觉
　　　　　　昏乱，怔忡不安。

凯士纳斯　好，我们整队前进吧；我们必须认清，谁是我们应
　　　　　　该服从的人。为了拔除祖国的沉疴，让我们追随着
　　　　　　他，一起流尽最后一滴鲜血。

列诺克斯　无论多少，我们都愿喷洒我们的热血，去灌溉这朵
　　　　　　君国之花，淹没凭陵的野草。向勃南进军！　（众列
　　　　　　队行进下）

第三场

邓西嫩。城堡中一室

麦克白、医生及侍从等上。

麦克白　别再告诉我什么消息；让他们一个个都逃走吧；除非勃南的森林会向邓西嫩移动，我不知道有什么事情值得害怕。马尔康那小子算得什么？他不是女人生的？预知人类死生的精灵曾这样向我宣告："不要害怕，麦克白；只要是女人生下的人，都无法把麦克白伤害。"逃走吧，没有忠心的爵士们，去跟那些英国饭桶们在一起吧。我的头脑永远不会被疑虑困扰，我的心灵永远不会被恐惧震荡。

一仆人上。

麦克白　魔鬼罚你变成炭一样黑，你这脸色惨白的狗头！你从哪儿得来的这副呆鹅的蠢相？

仆人　有一万——

麦克白　一万只鹅吗，狗才？

仆人　一万兵士，陛下。

麦克白	去刺破你自己的脸，把你那吓得毫无血色的两颊染染红吧，你这鼠胆小辈。什么兵士，蠢材？该死的东西！瞧你吓的，脸像白布一般。什么兵士，你这不中用的奴才？
仆人	启禀陛下，是英格兰军队。
麦克白	别让我看见你的脸。（仆人下）西登！——我心里很不舒服，当我看见——喂，西登！——这次战争也许能让我从此高枕无忧，也许能立刻把我倾覆。我活得够长久了；我的生命已日就枯萎，像一片凋谢的黄叶；凡是老年人所应享有的尊荣、敬爱、服从和成群的朋友，我是没有希望再得到的了；代替这一切的，只有低声而深刻的诅咒、口头上的恭维和一些违心的假话。西登！

西登上。

西登	陛下有什么吩咐？
麦克白	还有什么消息吗？
西登	陛下，刚才报告的消息，都已证实。
麦克白	我要战至全身不剩一块好肉。拿我的战铠来。
西登	现在还用不着哩。
麦克白	我要穿起它来。加派骑兵，到全国各处巡回视察，谁嘴里提起一句害怕的话，就把他吊死。拿我的战铠来。大夫，你的病人今天怎样？

医生	回陛下，她没生什么大病，只是因为思虑太过，持续不断的幻想扰乱了她的神经，让她不得安宁。
麦克白	替她医好这一种病。难道你没法诊治这种病态的心理，从记忆中拔去一份根深蒂固的忧郁，拭掉那写在头脑中的烦恼，用一种令人忘却一切的甘美药剂，把那堆满胸间、重压心头的积毒扫除干净？
医生	还是得仗病人自己去设法控制。
麦克白	那就把你的医术药饵都喂了狗吧；这些东西与我无干。来，替我穿上战铠；拿我的指挥杖来。西登，把骑兵派出去。——大夫，那些爵士们都背叛了我，顾自跑了。——来，快去。——大夫，要是你能替我的国家验验小便，查明病根，让它恢复健康，我一定会让我对你的赞美阵阵回响在太空之中。——喂，把它脱掉。——什么大黄肉桂，什么清泻药剂，能赶走这些英格兰人呢？你听说过这种药吗？
医生	是的，陛下；我听说您要亲率大军，上阵迎战。
麦克白	带上我的铠甲。除非勃南森林会向邓西嫩移动，我对死亡和毒谋都没有半分惊恐。
医生	（旁白）要是我能从邓西嫩远远离开，给我高官厚禄，我也不再回来。（同下）

第四场

勃南森林附近的乡野

> 旗鼓前导，马尔康、西华德父子、麦克德夫、孟提斯、凯士纳斯、安格斯、列诺克斯、洛斯及兵士等列队行进上。

马尔康　　诸位贤卿，我希望大家都能安枕而寝的日子已经不远。

孟提斯　　对此我们毫无疑惑。

西华德　　前面这片是什么林子？

孟提斯　　勃南森林。

马尔康　　每个兵士砍下一根树枝，把它举在各人面前；这样我们就能隐匿我军的人数，让敌人无从了解我们的实力。

众兵士　　得令。

西华德　　我们得到的情报，都说那自信的暴君仍在邓西嫩深居不出，等着我们兵临城下。

马尔康　　这是他的唯一的希望；因为在他手下的人，不论地位高低，只要一有机会，就会叛他而去，他们接受他的号令，只是出于被迫，并不是真心实意。

麦克德夫 　等我们真刀真枪打完了仗，再得出准确的判断。眼下，我们要担起军人的职责，不可松懈。

西华德 　我们此番起兵，胜败得失，不久便能见个分晓。口头的推测不过是悬空的希望，实际的行动才能决定结果，大家奋勇前进吧！（众列队行进下）

第五场

邓西嫩。城堡内

旗鼓前导，麦克白、西登及兵士等上。

麦克白　　把我们的旗帜挂在城墙外面；还是到处有人高喊
　　　　　　"他们来了"；我们这城堡修得这样坚固，还怕他
　　　　　　们的围攻？让他们到这儿来，等饥饿和瘟疫来收拾
　　　　　　他们。要不是我们自己的军队也倒戈从敌，跟他们
　　　　　　沆瀣一气，我们也尽可挺身出战，把他们赶回老家。
　　　　　　（内妇女哭声）那是什么声音？

西登　　是女人的哭声，陛下。（下）

麦克白　　我简直忘记了恐惧的滋味。从前，夜里一声哀叫，
　　　　　　就能把我吓出一身冷汗，听个骇人的故事，我的头
　　　　　　发就会有了生命似的竖立起来。现在我已饱尝恐
　　　　　　怖；我已惯于杀戮的思想，再没有什么惨事能让
　　　　　　它惊悚。

西登重上。

麦克白　　那哭声是为了什么？

| 西登 | 陛下，王后死了。 |
| 麦克白 | 她该晚点再死；现在可不是让我听到这个消息的时候。明天，明天，再一个明天，一天接着一天蹑步前进，直到最后一秒钟的时间；我们所有的昨天，不过替傻子们照亮了通往末日黄土的道路。熄灭了吧，熄灭了吧，短促的烛光！人生不过是行走的影子，是个在舞台上指手画脚的拙劣伶人，登场片刻，就在无声无息中悄然退下；它是愚人口中的故事，充满喧哗和骚动，却找不到一点意义。 |

一使者上。

麦克白	你要来播弄你的唇舌；有话快说。
使者	陛下，我本该向您报告我以为我所看见的事，可我不知该怎样说起。
麦克白	好，你说吧。
使者	我站在山头守望的时候，向勃南一眼望去，好像那边的树木都在开始了行动。
麦克白	说谎的奴才！
使者	要是没有那么回事，我愿悉听陛下惩处；不出三里之外，您就能看见它朝这边来了；一座活动的树林。
麦克白	要是你说了谎话，我就把你活活吊在树上，让你饿死；要是你说了真话，我也希望你把我吊死。我的决心不禁有些动摇，我开始怀疑那魔鬼说的似是而

非的暧昧话了；"不要害怕，除非勃南森林会到邓西嫩来"；现在真有一座树林到邓西嫩来了。披上武装，出去！他说的这种事情要是果然出现，那么逃固然逃不了了，留在这儿也不过坐以待毙。我开始厌倦白昼的阳光，但愿这世界早点崩溃。敲起警钟来！吹吧，狂风！来吧，灭亡！就是死我们也要捐躯沙场。（同下）

第六场

同前。城堡前平原

旗鼓前导，马尔康、老西华德、麦克德夫等率
军队各持树枝上。

马尔康　　现在已相去不远；抛下你们的叶障，显出威武的军
容。尊贵的叔父，请您带领我的兄弟，您英勇的儿
子，先去和敌人交战；其余的一切统归尊贵的麦克
德夫和我来负责部署。

西华德　　再会。今晚我们只要找到那暴君的军队，就一定跟
他们拼个你死我活。

麦克德夫　把所有喇叭一齐吹响；鼓足你们的勇气，把流血和
死亡吹进敌人耳中。（同下）

第七场

同前。平原上的另一部分

号角声。麦克白上。

麦克白　　他们已经缚住我的手脚；我不能逃走，可我必须像熊一样挣扎到底。哪一个人不是女人生的？除了不是女人生的，我还怕谁。

小西华德上。

小西华德　你叫什么名字？

麦克白　　我的名字说出来会吓坏了你。

小西华德　即便你给自己取了比地狱里的魔鬼还要炽热的名字，也吓不倒我。

麦克白　　我叫麦克白。

小西华德　魔鬼自己也没法冲我耳中说出一个更可憎的名字。

麦克白　　他也没法说出一个更可怕的名字。

小西华德　胡说，你这可恶的暴君；我要用我手里的剑来捅破你的谎言。（二人交战，小西华德被杀）

麦克白　　你是女人生的；既是女人生的，又何须在我面前舞

刀弄剑，你们的刀剑，不过供我一笑罢了。（下）

号角声。麦克德夫上。

麦克德夫　　喧声是从那边来的。暴君，快快露出脸来；要是你
已被人杀死，等不及我来取你性命，那我妻儿的阴
魂一定不会放过我的。我不能杀害那些受你雇佣的
倒霉士卒；我的剑倘不能把你刺中，麦克白，我宁
愿闲置着它，保全它的锋刃，把它重新插回鞘里。
你应该在那边；这一阵高声的呐喊，好像在宣布什
么重要的人物已经上阵。命运，让我找到他吧！除
此之外，我别无奢求。（下；号角声）

马尔康及老西华德上。

西华德　　这儿来，殿下；那城堡已经拱手纳降。暴君的人民
身在那边，心却向着这边；英勇的爵士们个个出力
奋战；您已胜算在握，大势已定。

马尔康　　我们也遭遇了敌人，但他们只是虚晃几枪。

西华德　　殿下，请进堡里去吧。（同下；号角声）

麦克白重上。

麦克白　　我为什么要学罗马人的傻样，死在我自己的剑下？

我的剑该为杀敌而用。

麦克德夫重上。

麦克德夫	转过来，地狱里的恶狗，转过来！
麦克白	所有人里，我最不愿意见你。你回去吧，我的灵魂已注满你一家人的鲜血，太多的鲜血。
麦克德夫	我无话可说；我的话都在剑上，你这狠毒到没有任何名字可以形容的恶贼！（二人交战）
麦克白	你不过是白费气力；你要让我流血，就像用你锐利的剑锋在空气上划出痕迹一样困难。让你的刀刃落在别人的头顶；我的生命有魔法保护，没有一个女人生的能把它伤害。
麦克德夫	别再信任你的魔法；让你信奉的神来告诉你吧，麦克德夫是还没足月就从母亲的腹中剖出来的。
麦克白	愿那告诉我这些鬼话的舌头永受诅咒，它让我失去了男子气概！愿这些欺人的魔鬼再不会被人相信，他们用模棱两可的话来愚弄我们，虽然句句应验，却和最初的期望全然相反。我不愿跟你交战。
麦克德夫	那就投降吧，懦夫，我们可以饶你活命，但要叫你在众人面前出丑：我们要把你当作一头稀有的怪物一样缚在柱上，涂上花脸，下面写上："看吧，这便是暴君的下场。"
麦克白	我不愿投降，我不愿低头吻那马尔康小儿足下的泥

土，被那些下贱的民众任意唾骂。虽然勃南森林已经到了邓西嫩，虽然今天和你狭路相逢，你偏偏又不是女人生的，可我还是要擎起雄壮的盾牌，尽我最后的力量。来，麦克德夫，谁先喊"住手，够了"，谁就永远在地狱里沉沦。（二人且战且下）

吹退军号。喇叭奏花腔。旗鼓前导，马尔康、老西华德、洛斯、众爵士及兵士等重上。

马尔康	我希望此刻身在别处的朋友都能够安然归来。
西华德	总有人免不了牺牲；可照眼前所见看来，为了这次重大的胜利，我们只付出了很小的代价。
马尔康	麦克德夫跟您英勇的儿子都失踪了。
洛斯	老将军，令郎已经尽到一个军人的责任；他刚到成人的年纪，就用他勇往直前的战斗精神证明了他的勇武，像个男子汉一样战死沙场。
西华德	这么说，他死了吗？
洛斯	是的，他的尸体已经搬离战场。他的死是无价的损失，您要勉抑哀思才好。
西华德	他的伤口在前面吗？
洛斯	是的，在他胸前。
西华德	那么，愿他成为上帝的兵士！就算我的儿子多得像头发一样，我也无法期望他们死得更加光荣；这就作为他的丧钟吧。

马尔康   他理应得到更深的悲悼,我将向他致献我的哀思。

西华德   他已得到最大的酬报;他们说,他死得英勇,他的责任已尽;愿上帝与他同在!又有好消息来了。

麦克德夫携麦克白首级重上。

麦克德夫   祝福,吾王陛下!瞧,篡贼的万恶的头颅已经取来;无道的虐政从此推翻。我看见全国英俊都拥绕在你周围,心里都和我一样,正向您致敬陈忠;现在,我要请他们跟我高呼:祝福,苏格兰国王!

众人   祝福,苏格兰国王!(喇叭奏花腔)

马尔康   多承各位拥戴,论功行赏,在此一朝。各位爵士国戚,从现在起尽封伯爵;如此封爵,在苏格兰还是首次。在这去旧布新之际,我们还有很多要做;那些因为逃避暴君的罗网而出亡国外的朋友,我们必须发出召唤,迎其归来;这个屠夫虽已丧命,他魔鬼般的王后据说也已亲手终结了自己的生命,可帮助他们杀人行凶的党羽,我们必须一一搜捕,处以极刑;此外一切必要的工作,我们都要照上帝的旨意,去分别处理。现在,我要感谢各位的相助,更请大家随我共赴斯贡,参与加冕盛典。(喇叭奏花腔;众下)

校译说明

本书校译以朱生豪译本为底本，主要依循以下原则：

最大限度保留原译；修补部分缺译、误译及双关；调整部分表达结构。

朱生豪译本的"原文能见度"极高，虽为散文体，但在意义准度、情感广度与节奏强度等方面都极大程度地保留了原作的神韵，同时展现出极强的个性。本次校译既以朱译为底本，理应对译者个性抱以最大程度的尊重。

原译中一些明显的"误译"在极力控制连带改动的前提下经过了一定程度的订正。原译稍有偏离原作之处，保留原译，均不视为误译 [如 "to be or not to be" 的译文——"生存还是毁灭"——虽有意义上的偏离，但不失为美妙的偏离："六字"对"六词"，"六音"对"六音"，以及"平（生）—平（存）—平（还）—仄（是）—仄（毁）—仄（灭）"的平仄方式是对原文情绪和节奏的完美呈现，仿佛莎士比亚为哈姆雷特设定的调子便是，"to be or"——上扬，似乌云在聚拢，"not to be"——下顿，如三声雷霆]。一些过于生僻或影响理解的用词经过了最小限度的修改。一些出于不同原因被"略译"的内容经过了补足（如《麦克白》第二幕第三场中门房关于"酒扯淫谎"的论述）。一些出于原译的"轻处理"及其他原因受到遮蔽的双关经过了有限程度的表现（但不予注释，以求原译纯粹）。

此外，一些冗杂、拗口或不甚符合当代语言习惯的表达结构经过了一定程度的调整，望在尽可能保留原译取词及意韵的前提下为读者提供更为流畅的阅读体验。例如，将《哈姆雷特》第三幕第一场中哈姆雷特的独白——

　　……谁愿意负着这样的重担，在烦劳的生命的压迫下呻吟流汗，倘不是因为惧怕不可知的死后，那从来不曾有一个旅人回来过的神秘之国，是它迷惑了我们的意志，使我们宁愿忍受目前的磨折，不敢向我们所不知道的痛苦飞去？……

调整为

　　……谁愿背负这样的重担，在烦劳的生命的压迫下呻吟流汗？还不是因为惧怕不可知的死后，那从来不曾有一个旅人去而复归的神秘之国；是它迷惑了我们的意志，使我们宁愿忍受眼前的磨折，不敢向我们所不知道的痛苦飞去。……

　　朱生豪在《莎士比亚全集》的译者自序中道："虽贫穷疾病，交相煎迫，而埋头伏案，握管不辍。凡前后历十年而全稿完成，夫以译莎工作之艰巨，十年之功，不可云久，然毕生精力，殆已尽注于兹矣。"其译有瑕，无碍光华，拳拳之心，日月可鉴。战争与生计在其笔管中注入一丝匆促与颤动，谨致孤年之力，恪笔蹀躞，愿其伟大天赋与极具生命力的才华闪耀在更为自然明丽的节奏之中。

叶紫